READER'S DIGEST
AUSWAHLBÜCHER

Die Kurzfassungen in diesem Buch erscheinen
mit Genehmigung der Autoren und Verleger

4046 (257)
Printed in Germany
ISBN 3 89915 219 0

READER'S DIGEST AUSWAHLBÜCHER

Reader's Digest

DEUTSCHLAND · SCHWEIZ · ÖSTERREICH

INHALT

Seite 7

Vier Jahre nach dem tragischen Tod ihres Mannes fühlt sich die 29-jährige Julie bereit für eine neue Beziehung. Zwei Männer werben um ihre Liebe: der attraktive, weltgewandte Richard Franklin und der etwas schüchterne Mike Harris, seit Jahren ihr bester Freund. Doch als Julie sich endlich entscheidet, erwartet sie statt des ersehnten Glücks ein furchtbarer Albtraum: Die Eifersucht des Zurückgewiesenen wandelt sich in zerstörerische Leidenschaft.

Seite 155

Paris, 1747. Von Gott und den Menschen verraten, kommt Sophie in die riesige Hauptstadt und verliebt sich in den Philosophen Denis Diderot. Er plant das gefährlichste Buch der Welt seit der Bibel, eine Enzyklopädie mit dem ganzen Wissen der Menschheit – Sprengstoff für die morsche Monarchie. Schon bald begreift Sophie, dass es dabei um viel mehr geht als nur um ein Buch. Es geht um ihr Recht auf Freiheit, Liebe und Glück.

Seite 331

Der Expolizist Alex McKnight liebt die Ruhe in seiner Hütte an der kanadischen Grenze. Doch sein Lieblingswirt Jack verordnet ihm Abwechslung: einen Pokerabend beim reichen Winston Vargas. Mitten im Kartenspiel überfallen drei bewaffnete Gangster die Runde und rauben Vargas' Safe aus. Seltsam nur, dass außer den Mitspielern niemand von einem Safe wusste.

Seite 473

Als der Amerikaner Ron Story auf dem Weingut Rendola in der Nähe von Florenz eine Wohnung mietet, hat er das Gefühl, dass dies der Ort ist, an dem er endlich heimisch werden könnte. Ein Gefühl, das nicht nur mit der herrlichen Umgebung zu tun hat, sondern auch mit der schönen Hausherrin Eliana Ferrini. Doch Eliana ist verheiratet …

NICHOLAS

SPARKS
Du bist nie allein

Julie war ganz sicher:
Er war hier gewesen, in ihrem Haus. Hatte sich umgesehen, Schubladen geöffnet, ihre Sachen durchwühlt …
Mit anderen Worten: Er wusste, wie er ins Haus gelangen konnte. Und er konnte jederzeit wieder kommen!

PROLOG

Heiligabend 1998

Genau vierzig Tage nachdem sie das letzte Mal die Hand ihres Mannes gehalten hatte, saß Julie Barenson am Fenster und sah hinaus auf die stillen Straßen von Swansboro. Seit einer Woche war der Himmel düster verhangen, es war kalt, und der Regen klopfte sacht gegen das Fenster. Die kahlen Bäume reckten ihre knorrigen Äste wie verkrümmte Finger in die frostige Luft.

Jim, das wusste Julie, hätte gewollt, dass sie an diesem Abend Musik hörte. Im Hintergrund sang Bing Crosby leise „White Christmas". Jim zu Ehren hatte sie auch einen Baum aufgestellt. Dabei fiel es ihr schwer, irgendetwas zu fühlen, seit Jim an diesem Tumor im Kopf gestorben war.

Nun war sie also mit 25 Jahren schon Witwe, und sie hasste alles an dem Wort: Wie es klang, was es bedeutete, wie ihr Mund sich anfühlte, wenn sie es aussprach. Wenn sich andere nach ihrem Befinden erkundigten, zuckte sie nur mit den Schultern, obwohl sie manchmal gern geantwortet hätte. Du willst wissen, wie es war, meinen Mann zu verlieren?, hätte sie dann gefragt. Ich werd's dir sagen: Jim ist tot, und jetzt, da er fort ist, fühle ich mich auch wie tot.

Aber ob die Leute das hören wollten? Nicht nur irgendwelche oberflächlichen Sätze wie: „Ich komme schon klar"? Nein, da war es einfacher und ehrlicher, mit den Schultern zu zucken und nichts zu sagen.

Schließlich hatte Julie keineswegs das Gefühl klarzukommen. Die meiste Zeit über fürchtete sie eher, den Tag nicht zu überstehen, ohne zusammenzubrechen. Und Abende wie diese waren am schlimmsten.

Im Schein der Christbaumkerzen legte sie die Hand ans Fenster und spürte das kalte Glas an ihrer Haut.

Mabel hatte sie gefragt, ob sie zum Abendessen kommen wolle. Mike, Henry und Emma hatte sie ebenfalls einen Korb gegeben. Sie fanden es nicht gut, dass Julie an diesem Abend allein war. Und vielleicht hatten sie Recht. Alles im Haus erinnerte sie an Jim.

Julie nahm nur verschwommen wahr, was jenseits der Fensterscheibe geschah. Ganz in Gedanken versunken, kam ihr erst nach und nach zu Bewusstsein, dass ein Ast gegen die Hauswand schlug. Es dauerte eine Weile, bis sie merkte, dass jemand an die Haustür klopfte.

Benommen stand Julie auf. An der Tür blieb sie kurz stehen und fuhr sich mit den Händen durchs Haar, in der Hoffnung, dadurch einen halbwegs akzeptablen Anblick zu bieten. Als sie die Tür öffnete, sah sie zu ihrer Verwunderung einen jungen Mann in einer gelben Regenjacke vor sich stehen. In den Händen hielt er einen großen Karton.

„Mrs Barenson?“, fragte er.

„Ja?“

Der Fremde machte einen zögerlichen Schritt auf sie zu. „Ich soll das bei Ihnen abgeben. Mein Dad hat gesagt, es sei wichtig.“

„Ihr Dad?“

„Er wollte sichergehen, dass Sie es heute Abend bekommen. Es ist ein Geschenk. Mein Vater meinte, das würden Sie verstehen, sobald Sie es aufmachen. Aber nicht schütteln – und diese Seite hier ist oben.“

Bevor Julie etwas dagegen unternehmen konnte, drückte der Mann ihr den Karton in die Arme und wandte sich dann zum Gehen.

„Moment mal“, sagte sie. „Ich verstehe nicht …“

Der junge Mann schaute sich noch mal um. „Frohe Weihnachten!“

Julie sah von der offenen Tür aus zu, wie er in seinen Lieferwagen stieg. Drinnen stellte sie den Karton vor dem Weihnachtsbaum auf den Boden und kniete sich daneben. Sie löste das Band, hob den Deckel ab – und starrte sprachlos ihr Geschenk an.

Ein verfilztes winziges Fellknäuel, kaum mehr als ein paar Pfund schwer, kauerte in einer Kartonecke – der hässlichste Welpe, den Julie je gesehen hatte. Sein Kopf war groß und stand in deutlichem Missverhältnis zum übrigen Körper. Winselnd blickte er zu ihr auf.

Jemand hatte ihr einen Welpen gekauft. Einen hässlichen Welpen.

Innen an der Kartonwand war mit Klebeband ein Briefumschlag befestigt. Während sie danach griff, erkannte sie die Handschrift darauf und hielt inne. Nein, dachte sie, das kann nicht sein …

Die Liebesbriefe, die Jim ihr an ihren Hochzeitstagen geschrieben hatte, trugen diese Handschrift und auch die hastig gekritzelten Nachrichten neben dem Telefon oder die Unterlagen, die sich auf seinem Schreibtisch türmten.

Julie hielt den Umschlag vor sich.

Liebe Jules,

Es war Jims Spitzname für sie, und Julie schloss die Augen. Ihr war, als schrumpfe ihr Körper plötzlich. Sie zwang sich, tief durchzuatmen, und fing noch einmal an zu lesen.

Liebe Jules,
wenn du diesen Brief liest, werde ich dahingegangen sein. Ich weiß nicht, wie lange ich dann schon fort bin, aber ich hoffe, du hast langsam begonnen, es zu verschmerzen. Wenn ich an deiner Stelle wäre, würde es mir schwer fallen, aber du weißt, dass ich dich immer für die Stärkere von uns beiden gehalten habe.

Wie du siehst, habe ich dir einen Hund gekauft. Harold Kuphaldt war ein Freund meines Vaters. Er züchtet Dänische Doggen, solange ich denken kann. Als Junge habe ich mir immer eine gewünscht, aber Mom hat es nicht erlaubt. Es sind große Tiere, zugegeben, aber sie sind auch die liebsten Hunde der Welt.

Insgeheim war mir wohl immer klar, dass ich es nicht schaffen werde. Darüber wollte ich aber nicht nachdenken, weil ich wusste, dass du niemanden hast, der dir hilft, solch eine Situation durchzustehen. Der Gedanke, dass du dann ganz allein bist, hat mir das Herz gebrochen. Weil ich keine bessere Idee hatte, habe ich dafür gesorgt, dass du wenigstens diesen Hund bekommst.

Falls er dir nicht gefällt, musst du ihn natürlich nicht behalten. Harold meinte, er würde ihn ohne Probleme zurücknehmen.

Ich hoffe, es geht dir gut. Seit ich krank wurde, war ich in ständiger Sorge um dich. Ich liebe dich, Jules, wirklich. Als du in mein Leben getreten bist, hast du mich zum glücklichsten Mann der Welt gemacht. Die Vorstellung, dass du nie wieder glücklich wirst, bricht mir fast das Herz. Tu es also für mich, werde wieder glücklich! Finde jemanden, der dich glücklich macht! Die Welt ist so viel schöner, wenn du lächelst.

Und mach dir keine Sorgen. Wo ich auch sein mag, ich werde auf dich aufpassen. Ich werde dein Schutzengel sein, Liebes. Verlass dich darauf, ich beschütze dich.

Ich liebe dich

Jim

Mit Tränen in den Augen spähte Julie über den Rand des Kartons und griff hinein. Der Welpe schmiegte sich an ihre Hand. Sie hob ihn heraus und hielt ihn sich dicht vors Gesicht. Wirklich ein hässliches Kerlchen, dachte sie. Und ausgewachsen wird er so groß wie ein Kalb sein.

Der Welpe, ein Rüde, begann zu winseln, ein hoher Laut, der an- und abschwoll wie der Widerhall von fernen Lokpfeifen.

„Scht … dir passiert nichts“, flüsterte Julie. „Ich tu dir nichts …“

Leise redete sie mit ihm, damit er sich an sie gewöhnte. Der Kleine winselte weiter, fast als wollte er die Musik aus der Anlage begleiten, und Julie kraulte ihn unterm Kinn.

„Singst du mir was vor?“, fragte sie, zum ersten Mal sanft lächelnd. „So hört es sich nämlich an, weißt du?“

Ganz kurz hörte der kleine Hund mit seinem Gewinsel auf und sah zu ihr auf, genau in ihre Augen. Dann begann er erneut zu winseln, aber es klang schon viel weniger verängstigt.

„Singer“, flüsterte sie. „Ich glaube, ich werde dich Singer nennen.“

1

Vier Jahre später

In den Jahren, die seit Jims Tod vergangen waren, hatte Julie Barenson es irgendwie geschafft, ein neues Leben zu beginnen. Aber es hatte seine Zeit gedauert.

Obwohl ein Teil von ihr Jim *immer* lieben würde, war der Schmerz nicht mehr so stark wie am Anfang. Wenn sie jetzt an Jim dachte, lächelte sie bei der Erinnerung an ihn und war dankbar, dass er Teil ihres Lebens gewesen war. Auch für Singer war sie dankbar. Der Hund hatte Julie in gewisser Weise zum Weiterleben gezwungen.

In diesem Moment aber, an einem kühlen Frühlingsmorgen in Swansboro, North Carolina, lag Julie im Bett und dachte nicht daran, welch wunderbare Stütze Singer ihr in den letzten vier Jahren gewesen war. Vielmehr verwünschte sie im Stillen seine bloße Existenz, während sie nach Luft rang und ihr durch den Kopf schoss: Ich fasse es nicht, dass ich so sterben soll. Im Bett, von meinem eigenen Hund erdrückt!

Singer lag voll auf ihr, presste sie regelrecht auf die Matratze, und sie stellte sich vor, wie ihre Lippen vor Sauerstoffmangel blau anliefen.

„Hoch mit dir, du Faultier!“, keuchte sie. „Du bringst mich noch um.“

Sie begann zu zappeln. „Im Ernst“, presste sie zwischen den Zähnen hindurch. „… krieg keine Luft!“

Endlich hob Singer seinen riesigen Kopf und blinzelte Julie schlaftrunken an.

„Runter mit dir!“, schnaufte Julie.

Singer gähnte und stieß ihr die kalte Nase an die Wange.

„Ja, ja, guten Morgen“, japste sie. „Jetzt hau ab!“

Darauf schnaubte Singer und richtete sich auf. Julie hatte das Gefühl, ihr würden dabei weitere Körperteile platt gedrückt. Wie er so über ihr aufragte, sah er aus wie eine Kreatur aus einem billigen Horrorfilm.

Lieber Gott, dachte Julie, wie riesig er ist! Dabei müsste ich mich doch inzwischen daran gewöhnt haben.

Sie holte tief Luft und sah böse zu ihm auf. „Hab ich dir erlaubt, zu mir ins Bett zu kommen?“

Normalerweise schlief Singer nachts in der Ecke ihres Zimmers. Die letzten beiden Nächte aber war er zu ihr ins Bett gekrochen. Oder genauer gesagt, er hatte sich auf sie gelegt. Verrückter Hund!

Julie richtete sich auf. „Na los“, sagte sie, „ich lass dich raus. Aber schnüffle nicht wieder an den Mülltonnen der Nachbarn herum!“

Singer lief aus dem Schlafzimmer Richtung Haustür, und Julie folgte ihm in ihrem rosa Pyjama.

Gleich darauf war er draußen. Statt die Mülltonnen anzusteuern, wanderte er hinüber zu dem bewaldeten Grundstück auf der anderen Seite der Straße.

Dem Himmel sei Dank, dachte Julie. Die letzten paar Tage hatte Singer sie beinahe wahnsinnig gemacht. Er war ihr überallhin gefolgt, wollte sie keine Minute aus den Augen lassen, außer wenn sie ihn nach draußen schickte. In der letzten Nacht hatte er einen einstündigen Knurranfall gehabt.

Nicht, dass Singers Verhalten je … na ja, normal gewesen wäre. Der Hund hatte sich immer aufgeführt, als hielte er sich für einen Menschen. Er weigerte sich, aus einem Hundenapf zu fressen, hatte nie eine Leine gebraucht, und wenn Julie fernsah, sprang er zu ihr aufs Sofa und starrte auf den Bildschirm.

Singer führte das Gewünschte stets aus. Bat Julie ihn: „Könntest du mir meine Tasche aus dem Schlafzimmer holen?“, kam Singer im nächsten Moment damit angetrottet. Sagte sie: „Machst du das Licht aus?“, betätigte er den Schalter mit der Nase.

Gewiss, auch andere Hunde waren gut abgerichtet, aber nicht so. Außerdem hatte es bei Singer keiner Abrichtung bedurft. Jedenfalls nicht im eigentlichen Sinn. Julie brauchte ihm etwas bloß einmal zu zeigen, das genügte. Anderen Leuten kam das manchmal unheimlich vor, aber Julie fühlte sich durch Singers Verhalten wie ein moderner Dr. Dolittle, und das gefiel ihr im Grunde nicht schlecht.

Seit sie allerdings begonnen hatte, wieder mit Männern auszugehen, führte sich Singer seltsam auf – wie eine große, mit Fell versehene Version eines eifersüchtigen Geliebten.

Julie ging ins Bad, um sich für die Arbeit zurechtzumachen. Sieh dich an, dachte sie, als sie in den Spiegel blickte, du bist 29 und gehst langsam in die Breite.

Tagsüber war ihr langes braunes Haar ganz glatt, aber frühmorgens hing es wild und strähnig um ihr Gesicht herum. Die Nasenspitze war gerötet, und ihre grünen Augen waren von Frühlingspollen geschwollen.

Vielleicht musste sie am Ende gar nicht so viel tun, um Bob abzuwehren. Seit einem Jahr schnitt sie Bob nun in Mabels Friseursalon die Haare – oder vielmehr das, was davon übrig war. Und vor zwei Monaten hatte er endlich den Mut aufgebracht, sie um eine Verabredung zu bitten. Ein Adonis war er nicht gerade – Halbglatze, Mondgesicht und deutlicher Bauchansatz –, aber er war Single und erfolgreich, und Julie war seit Jims Tod nicht mehr mit einem Mann ausgegangen. Bob ist eine gute Gelegenheit, erste neue Gehversuche auf diesem Gebiet zu unternehmen, hatte sie gedacht. Ein Irrtum. Denn Bob war nicht ohne Grund Single. Bei ihrem Rendezvous in einem Restaurant war er dermaßen langweilig gewesen, dass selbst die Leute an den Nachbartischen mitleidig in ihre Richtung geschaut hatten. Drei Stunden lang hatte er sich in monotonem Singsang über spezifizierte Abzüge und Streuung von Kapitalerträgen, Abschreibungen und Umschuldungen verbreitet.

Dann war da Ross, der zweite Mann, mit dem sie sich getroffen hatte. Ross, der Arzt. Ross, der Schönling. Ross, der Perversling. Ein einziges Treffen mit ihm reichte ihr völlig, vielen Dank!

Und schließlich der gute alte Adam. Er arbeite im Staatsdienst, hatte er gesagt. Seine Arbeit mache ihm Spaß. Er sei ein ganz normaler Typ.

Adam, stellte Julie fest, arbeitete in der Kläranlage. Die Beziehung stand von Anfang an unter keinem guten Stern.

Als sie schon zu grübeln begonnen hatte, ob es überhaupt noch normale Menschen wie Jim gab, war Richard auf der Bildfläche erschienen.

Und, oh Wunder, selbst nach ihrer ersten Verabredung letzten Samstag wirkte er immer noch … normal. Er war als Gutachter für J. D. Blanchard Engineering aus Cleveland tätig – das Ingenieurbüro, das die Brücke über den Intracoastal Waterway sanierte. Julie hatte ihn kennen gelernt, als er in den Salon kam, um sich die Haare schneiden zu lassen. Bei ihrem Treffen hatte er ihr die Tür aufgehalten, an den richtigen Stellen im Gespräch gelächelt, und als er Julie später zu Hause absetzte, hatte er nicht einmal den Versuch unternommen, sie zu küssen. Zudem sah er auch noch gut aus, mit wie gemeißelten Wangenknochen, smaragdgrünen Augen, schwarzem Haar und Schnauzer.

Singer schien nicht ganz so beeindruckt. Als Julie Richard vor der Haustür eine gute Nacht wünschte, knurrte Singer, bis sie die Tür aufschloss.

„Hör doch auf!“, sagte sie. „Sei nicht so hart gegen ihn.“

Singer hatte zwar gehorcht, aber die restliche Nacht über geschmollt.

WENN mein Hund noch ein wenig wunderlicher wäre, dachte Julie nun, könnte ich mit ihm im Panoptikum auftreten, gleich nach dem Mann, der Glühbirnen verspeist. Aber schließlich ist mein Leben ja auch nicht unbedingt normal verlaufen.

Sie ging unter die Dusche, gegen den Sog der Erinnerung ankämpfend. Was hatte es für einen Sinn, schwere Zeiten Revue passieren zu lassen? Ihre Mutter hatte zwei fatale Schwächen gehabt: Alkohol und die falschen Männer. Sie hatte Liebhaber verbraucht wie Kleinkinder Papiertaschentücher, und bei manchen hatte sich Julie, als sie heranwuchs, äußerst unwohl gefühlt. Der letzte hatte sich sogar an ihr zu vergreifen versucht, und als Julie ihrer Mutter davon erzählte, hatte die ihr vorgeworfen, ihm Avancen gemacht zu haben. Schon bald darauf hatte Julie kein Zuhause mehr.

Das Leben auf der Straße – die sechs Monate bevor Jim auftauchte – war fürchterlich gewesen. Fast alle Leute, die sie kennen lernte, nahmen Drogen und schnorrten oder stahlen – oder taten Schlimmeres. Voller Furcht, so zu werden wie die gehetzten Ausreißer, die sie jeden Abend in den Hauseingängen sah, bemühte sich Julie wie verrückt um Aushilfsarbeit, um nicht hungern und herumstreunen zu müssen. In dem Lokal in Daytona, wo sie Jim zum ersten Mal begegnete, trank sie gerade eine Tasse Kaffee von ihrem letzten Kleingeld. Jim lud sie zum Frühstück ein und sagte auf dem Weg nach draußen, er werde sie auch am nächsten Tag einladen, wenn sie wiederkomme. Von Hunger getrieben, kam sie tatsächlich wieder, doch als sie ihn wegen seiner Beweggründe zur Rede stellte, bestritt Jim jegliche Hintergedanken. Und am Ende der Woche, kurz vor seiner Heimreise, machte er ihr einen Vorschlag: Wenn sie nach Swansboro, North Carolina, ziehe, werde er ihr helfen, eine richtige Arbeit und ein Dach über dem Kopf zu finden.

Sie erinnerte sich, ihn angestarrt zu haben, als kämen ihm Käfer aus den Ohren gekrochen. Einen Monat darauf aber, in Ermangelung sonstiger fester Pläne, trudelte sie in Swansboro ein. Doch schon als sie aus dem Bus stieg, schoss ihr durch den Kopf: Was habe ich in diesem Nest verloren? Dennoch suchte sie Jim auf, der sie seiner Tante Mabel vorstellte. Und am Ende fegte Julie in Mabels Friseursalon Böden, bekam einen ordentlichen Stundenlohn dafür und wohnte im Zimmer über dem Salon.

Zunächst war Julie erleichtert darüber, dass Jim offenbar nicht an ihr interessiert war. Dann war sie erstaunt. Dann verärgert. Endlich, nachdem sie Jim gegenüber mehrfach ziemlich unverhohlene Andeutungen gemacht hatte, verlor sie die Geduld und fragte Mabel, ob sie glaube, Jim finde sie unattraktiv. Erst da schien Jim ein Licht aufzugehen. Er und Julie gingen miteinander aus, einmal und dann noch einmal, und nach einem Monat waren sie heftig verliebt – woraus sich schon bald echte Liebe entwickelte. Jim machte Julie einen Heiratsantrag, sie traten in jener Kirche vor den Altar, in der Jim getauft worden war, und in den nächsten Jahren zeichnete Julie lachende Strichmännchen, wann immer sie mit Jim telefonierte. Was kann man mehr verlangen, fragte sie sich, wenn sie über ihr Leben nachdachte.

Viel, wie sie bald feststellte. Wenige Wochen nach ihrem vierten Hochzeitstag erlitt Jim einen Anfall und wurde mit Blaulicht ins Krankenhaus gebracht. Zwei Jahre später starb er an einem Hirntumor, und Julie musste mit 25 noch einmal ganz von vorn anfangen.

Mabel hatte Julie geholfen, eine Ausbildung abzuschließen, sodass sie nun als Friseurin ein Auskommen hatte. Henry und Emma, zwei gute Freunde von Jim, standen ihr treu zur Seite. Und dann war da noch Mike, Henrys jüngerer Bruder und Jims bester Jugendfreund …

Julie stand immer noch unter der Dusche. Sie lächelte. Mike war ein Kerl, der eines Tages eine Frau glücklich machen würde, wenn er auch bisweilen ein wenig konfus war.

Nachdem sie sich abgetrocknet hatte, schminkte sie sich und kleidete sich an. Da ihr Wagen in der Werkstatt war, musste sie zu Fuß zur Arbeit gehen – einen knappen Kilometer die Straße hinauf –, also zog sie ein Paar bequeme Schuhe an. Als sie von außen die Haustür abschloss, rief sie nach Singer und hätte beinahe etwas übersehen. Aus dem Augenwinkel erspähte sie die Karte, die aus dem Briefkasten ragte. Julie überflog sie, während Singer zu ihr auf die Veranda getrottet kam.

Liebe Julie,

es war ein wunderbarer Samstagabend. Du gehst mir nicht mehr aus dem Kopf.

Richard

Deswegen hatte Singer also letzte Nacht solch einen Zirkus veranstaltet. „Siehst du", sagte sie und hielt dem Hund die Karte vors Gesicht, „ich hab dir doch gesagt, er ist ein netter Kerl."

Singer wandte sich ab.

„Weißt du was? Ich glaube, du bist nur eifersüchtig."

Der Hund schmiegte sich an sie.

„Freu dich doch für mich! Und jetzt komm. Wir müssen zu Fuß gehen, weil Mike den Jeep noch nicht repariert hat."

Bei dem Namen Mike fing Singer an, mit dem Schwanz zu wedeln.

MIKE HARRIS' Songtexte ließen ziemlich zu wünschen übrig, und auch seine Stimme klang nicht so, dass Vertreter von Plattenfirmen ihm die Tür einrannten. Dafür übte er jeden Tag Gitarre, in der Hoffnung, dass sein Durchbruch nicht mehr lange auf sich warten ließe. In den letzten zehn Jahren hatte er in einem Dutzend verschiedener Bands gespielt.

Mike hatte einfach kein Talent. Dafür konnte er praktisch alles reparieren. Er und Henry waren Inhaber der lukrativsten Autowerkstatt der Stadt, wobei Henry sich um den Papierkram kümmerte und Mike die eigentlichen Arbeiten ausführte. Er konnte einen Motor abhorchen und so feststellen, was ihm fehlte, meist innerhalb weniger Minuten.

Mechanikern und Musikern eilt traditionell der Ruf voraus, Frauenhelden zu sein, aber Mike bildete eine Ausnahme. Er hatte bisher zwei feste Freundinnen gehabt, und da eine dieser Beziehungen in seine Highschoolzeit fiel und die andere mit Sarah vor drei Jahren zu Ende gegangen war, lag die Vermutung nahe, dass Mike nicht eben auf der Suche nach einer dauerhaften Bindung war. Dabei sah er mit seinen 34 Jahren gut aus. Er hatte hellbraunes Haar, blaue Augen, ein fröhliches Lächeln und eine gute Figur. Sein mangelndes Glück beruhte darauf, dass Frauen, die sich mit Mike trafen, rasch spürten, dass er im Grunde nicht wirklich auf eine Beziehung mit ihnen aus war.

Sein Bruder Henry wusste, woher dieser Eindruck rührte; Mikes Schwägerin Emma ebenfalls. Auch Mabel kannte den Grund, wie praktisch jeder, der Mike Harris kannte.

Mike, das wussten alle, war schon lange in jemand anders verliebt.

„He, Julie – warte mal!"

Julie, die soeben am Rand von Swansboros altmodischem Geschäftsviertel angekommen war, drehte sich um, als sie Mike rufen hörte. Singer sah zu ihr auf, und sie nickte. „Ab mit dir!"

Singer galoppierte los und kam Mike auf halbem Weg entgegen. Mike streichelte ihm im Gehen Kopf und Rücken, dann kraulte er ihn hinter den Ohren. Gleich darauf war er bei Julie angekommen.

„Hallo, Mike", sagte sie lächelnd. „Was gibt's denn?"

„Nichts Besonderes. Wollte dir nur sagen, dass dein Jeep fertig ist."

„Was war denn kaputt?"

„Die Lichtmaschine."

„Musstest du sie auswechseln?"

„Ja, deine war hinüber. Keine große Sache – der Händler hatte welche auf Lager. Übrigens, das mit dem Ölverlust hab ich auch behoben."

„Der Wagen hat Öl verloren?"

„Sind dir die Flecken in deiner Einfahrt nicht aufgefallen?"

„Eigentlich nicht, aber ich hab auch nicht drauf geachtet."

Mike lächelte. „Na ja, wie gesagt, es ist alles wieder in Ordnung. Soll ich dir die Schlüssel vorbeibringen?"

„Nein, ich hol sie nach der Arbeit ab. Ich bin den ganzen Tag ausgebucht. Du weißt ja, wie das montags immer ist. Wie viel kostet die Reparatur denn?"

Mike kratzte sich geistesabwesend am Kinn. „Zweimal Haare schneiden, das kommt ungefähr hin."

„Na komm, lass mich diesmal bezahlen! Wenigstens für die Ersatzteile. Ich hab das Geld dafür, bestimmt."

Im letzten Jahr war der Jeep dreimal in der Werkstatt gewesen.

„Du zahlst doch", protestierte Mike. „Mein Haar mag ja langsam dünner werden, aber hin und wieder muss ich es doch schneiden lassen."

„Also, zwei Haarschnitte, das kann irgendwie nicht hinkommen."

„So lange hat die Reparatur ja nicht gedauert. Und die Ersatzteile waren nicht teuer. Der Typ war mir noch was schuldig."

Julie hob leicht das Kinn. „Weiß Henry darüber Bescheid?"

Mike breitete unschuldsvoll die Arme aus. „Natürlich. Ich bin immerhin sein Partner. Und außerdem war es seine Idee."

Klar doch, dachte sie. „Tja, dann danke."

„Gern geschehen." Mike verstummte. Schließlich sagte er: „Und, wie ist es gelaufen mit … äh …" Er gab sich Mühe, beiläufig zu klingen.

„Richard?"

„Ja, Richard."

„Nett war es."

„Oh." Er nickte. „Und … äh … wo seid ihr hingegangen?"

„Ins ‚Slocum House'."

„Ganz schön schick für ein erstes Treffen", bemerkte er.

„Die Alternative war das ‚Pizza Hut'. Richard hat mir die Entscheidung überlassen."

Mike trat von einem Fuß auf den anderen. Mist, dachte er. Richard schien eindeutig ein anderes Kaliber zu sein als Bob, der romantische Zahlenjongleur. Oder Ross, der Sexbesessene. Oder Adam von der Kläranlage. Mit solchen Nebenbuhlern, fand Mike, konnte er es durchaus aufnehmen. Aber Richard? Das Slocum House?

„Du hast dich also amüsiert?", fragte er noch einmal nach.

„Ja, wir hatten Spaß."

Spaß? Wie viel Spaß? Das ist überhaupt nicht gut, dachte Mike.

„Freut mich", log er und heuchelte Begeisterung, so gut es ging.

Julie berührte ihn am Arm. „Keine Sorge, Mike. Du weißt doch, dass ich dich immer am meisten lieben werde, nicht wahr?"

„Aber auch nur, weil ich dein Auto repariere", sagte er.

„Stell dein Licht nicht unter den Scheffel", sagte sie. „Schließlich hast du auch mein Dach geflickt."

„Und deine Waschmaschine repariert."

Julie beugte sich vor und küsste ihn auf die Wange, dann drückte sie ihm leicht den Arm. „Was soll ich sagen, Mike? Du bist einfach ein lieber Kerl."

ALS JULIE zum Salon weiterging, spürte sie, dass Mike ihr nachsah, doch anders als bei manch anderen Männern störte es sie kein bisschen. Er ist ein guter Freund, dachte sie, verbesserte sich aber auf der Stelle. Nein, Mike war ihr bester Freund, ein Freund, der ihr das Leben in Swansboro leichter machte, weil er immer für sie da war. Freunde wie er waren selten, deshalb empfand sie auch Gewissensbisse, wenn sie – wie eben – nicht ganz offen zu ihm war.

Sie brachte es nicht übers Herz, Mike nähere Einzelheiten über ihre Verabredung zu erzählen, weil er … Nun, Mike machte nicht gerade ein Geheimnis daraus, was er für sie empfand, und sie wollte seine Gefühle nicht verletzen. Sie wusste, dass Mike gern etwas mit ihr angefangen hätte, aber ihre Gefühle für ihn waren kompliziert. Jim und Mike waren beste Freunde gewesen, Mike war bei ihrer Hochzeit Trauzeuge gewesen, und bei ihm hatte sie nach Jims Tod Trost gesucht. Er war mehr wie ein Bruder für sie, und sie konnte nicht auf Knopfdruck ihre Gefühle ändern.

Aber das war noch nicht alles. Weil Jim und Mike so enge Freunde gewesen waren, empfand Julie schon bei der Vorstellung, mit ihm auszugehen, ein seltsames Gefühl von Verrat. Und könnte sie je Mike anschauen, ohne dabei an Jim zu denken? Leichter wäre es also, wenn alles beim Alten bliebe zwischen ihnen.

Auch Mike, so mutmaßte sie, war sich über all dies im Klaren, was wahrscheinlich auch der Grund war, warum er sie noch nie um eine Verabredung gebeten hatte, obwohl er es sich so offensichtlich wünschte.

Manchmal aber hatte sie das Gefühl, er rang ernstlich mit sich, es zu tun, und wenn ihn diese Stimmungen anwandelten, wurde Mike etwas seltsam. Entgegen seiner sonst so unkomplizierten Art – stets lachte er als Erster über Witze – wurde er unvermittelt still, zwinkerte nur oder musterte seine Fingernägel, als argwöhnte er, sein ganzes Problem mit Julie sei darauf zurückzuführen, dass er nicht cool genug war. Doch am nächsten Tag war er dann wieder ganz der Alte.

Ihr gefiel Mike so ohnehin viel besser. Sie hatte etwas übrig für Männer, die lachen konnten, und Mike lachte viel. Und ganz besonders gefiel ihr, wie Mikes Lachen sich anhörte.

Während Julie noch darüber nachsann, stupste Singer sie an und riss sie so aus ihren Gedanken. Er sah zu ihr auf. „Ja – geh nur vor, du alter Schnorrer."

Singer trottete los, an der Bäckerei vorbei und durch die angelehnte Tür von Mabels Salon. Mabel hatte jeden Tag einen Keks für ihn.

„Und? Wie war ihr Rendezvous?" Henry lehnte am Türrahmen, einen Becher voll Kaffee in der Hand.

„Das hab ich sie nicht gefragt", anwortete Mike in einem Tonfall, als wäre allein der Gedanke lächerlich. Er stieg in seinen Overall und zog ihn über die Jeans hoch.

„Hm“, machte Henry. Er war 38, also vier Jahre älter als Mike, und in vieler Hinsicht das reifere Alter Ego seines Bruders. Henry war größer und kräftiger. Sein Bauchumfang nahm im gleichen Maß zu, wie sein Haar immer schütterer wurde. Er führte ein ruhiges Leben. Schließlich war er seit zwölf Jahren mit Emma verheiratet, hatte drei Töchter und ein großes Haus. Anders als Mike hatte er nie künstlerische Ambitionen gehabt. Henry hatte Betriebswirtschaft studiert. Und wie die meisten großen Brüder hatte er das Gefühl, auf den Jüngeren aufpassen zu müssen. Dass Spott und ab und zu ein Rüffel zu seiner Form von Bruderliebe gehörten, mochte manchem herzlos erscheinen, aber wie hätte er sich sonst verhalten sollen?

Mike hatte den ölverschmierten Overall inzwischen bis zur Taille hochgezerrt. „Ich wollte ihr bloß sagen, dass ihr Auto fertig ist.“

„Was hast du Julie denn diesmal für die Reparatur berechnet? Drei Bleistifte und ein Sandwich? Einen polierten Kiesel?“

„Das Übliche.“

Henry stieß einen Pfiff aus. „Nur gut, dass *ich* hier die Bücher führe.“

Mike warf ihm einen ungeduldigen Blick zu. „Du hättest ihr doch auch einen Sonderpreis gemacht.“

„Ja klar.“

„Warum reitest du dann drauf rum?“

„Weil ich wissen möchte, wie ihre Verabredung gelaufen ist.“

„Was hat der Preis der Autoreparatur damit zu tun?“

Henry lächelte. „Keine Ahnung, Brüderchen. Was meinst du?“

„Ich meine, du hast heute Morgen schon zu viel Kaffee intus.“

Henry trank seinen Becher leer. „Vermutlich hast du Recht. Julies Rendezvous interessiert dich eben einfach nicht.“

„Genau.“

Henry nahm die Kaffeekanne vom Tisch und schenkte sich noch einmal ein. „Dann interessiert dich wohl auch nicht, was Mabel denkt?“

Mike hob den Blick. „Mabel?“

„Ja, Mabel. Sie hat die beiden am Samstagabend gesehen.“

„Woher weißt du das?“

„Weil ich gestern nach der Kirche mit ihr gesprochen habe und sie mir davon erzählt hat.“ Henry kehrte Mike den Rücken zu und entfernte sich Richtung Büro, ein breites Grinsen im Gesicht. „Aber es interessiert dich ja nicht, also halt ich den Mund.“

2

Andrea Radley hatte vor einem Jahr ihr Diplom als Kosmetikerin gemacht und arbeitete seit neun Monaten für Mabel, aber sie war keine besonders zuverlässige Angestellte. Sie neigte nicht nur dazu, sich ohne Vorankündigung „freizunehmen", sondern kam auch nur selten pünktlich. Mit ihren Styling- und Haarschneidekünsten war es ebenfalls nicht sonderlich weit her. Allerdings war das nicht besonders schlimm. Andrea hatte fast ebenso viele Kunden wie Julie, jedoch, was wenig verwunderlich war, ausschließlich Männer.

Andrea war 23, eine langbeinige, stets braun gebrannte Blondine, die eher wirkte, als käme sie direkt von den Stränden Kaliforniens als aus dem kleinen Bergstädtchen Boone, North Carolina, wo sie aufgewachsen war. Wie kalt es auch sein mochte, im Salon trug sie Miniröcke. Sie nannte jeden Kunden „Schätzchen", klimperte mit den langen, dick getuschten Wimpern und kaute permanent Kaugummi.

Trotz ihres aufreizenden Äußeren war Andrea ein wenig naiv, was Männer betraf. In den vergangenen drei Monaten war sie mit sieben verschiedenen Männern ausgegangen, die insgesamt 31 Tätowierungen, sechs Harleys, zwei Verstöße gegen Bewährungsauflagen und keinen einzigen Job aufwiesen, und momentan bedauerte sie sich wieder einmal ein wenig. Am Samstag hatte sie fürs Essen und das Kino aufkommen müssen, weil ihr Begleiter kein Geld hatte. Aber hatte er heute Morgen angerufen? Nein, natürlich nicht. Würde ihm nie einfallen, sich heute mal bei ihr zu melden.

Richard dagegen hatte heute Morgen im Salon angerufen und nach Julie gefragt. Warum nur bekamen immer die anderen die guten Typen ab? Andrea und Julie waren beide im Salon gewesen, als Richard letzte Woche hereinkam, um sich die Haare schneiden zu lassen. Sie hatten beide gerade nichts zu tun, sahen gleichzeitig auf und grüßten. Aber Richard hatte sich an Julie gewandt, und das hatte irgendwie zu einer Verabredung geführt.

EINE Minute nachdem Singer hereingetapst war, sah Mabel auch Julie durch die Tür kommen. Noch bevor sie Hallo sagen konnte, ergriff Andrea das Wort.

„Richard hat angerufen", sagte sie, ohne ihren Unmut zu verbergen.

„Tatsächlich?", fragte Julie. „Was wollte er denn?"

„Hab ich nicht gefragt“, sagte Andrea spitz. „Ich bin schließlich nicht deine Sekretärin.“

Mabel schüttelte den Kopf, wie um Julie zu sagen, dass sie Andreas Worte nicht ernst nehmen sollte.

Mabel war 63 und eine von Julies engsten Freundinnen. Dass sie ein wenig exzentrisch war, störte Julie nicht. Sie tuckerte stets auf einem Moped zum Salon, bevorzugte gepunktete Kleidung und hielt ihre Sammlung von Elvis-Andenken für „Kunst“. Aber Julie liebte alles an ihr, sogar ihre ausgeprägte Neugier.

„Wie war es denn mit Richard?“, fragte Mabel.

„Tja, ehrlich gesagt, war ich die ganze Zeit ein wenig in Sorge um dich“, sagte Julie. „Ich dachte schon, wenn du deinen Hals noch weiter verdrehst, um zu lauschen, zerrst du dir einen Nackenmuskel.“

„Oh, keine Sorge“, sagte Mabel. „Ein warmer Wickel, und am nächsten Tag war ich so gut wie neu. Ist es gut gelaufen?“

„Sehr gut sogar – dafür, dass ich ihn gerade erst kennen gelernt habe.“

„Von meinem Platz aus sah es fast so aus, als würde er dich irgendwoher kennen.“

„Wie kommst du darauf?“

„Keine Ahnung. Wegen seines Gesichtsausdrucks, schätze ich, oder vielleicht auch, weil er dich den ganzen Abend so angestarrt hat.“

Julie streifte sich lachend ihren Kittel über. „Dann habe ich ihn wohl bezaubert.“

„Vermutlich.“

Bei Mabels Tonfall hob Julie den Blick. „Hat er dir nicht gefallen?“

„Das will ich nicht sagen. Schließlich kenne ich ihn ja gar nicht. Als er in den Salon kam, war ich nicht da, und Samstag hast du uns auch nicht miteinander bekannt gemacht. Musstest ja die ganze Zeit zurückstarren.“ Mabel zwinkerte.

In dem Moment schwang die Tür auf, und eine Frau trat ein – Julies erster Termin für diesen Tag. Mabels Kundin kam gleich hinterher.

„Und? Triffst du dich noch mal mit ihm?“, fragte Mabel.

„Keine Ahnung, ob er mich fragt. Aber ich wäre nicht abgeneigt.“

Mabels Augen funkelten. „Wie hat Mike es denn aufgenommen?“ Von ihrem Platz am Fenster aus hatte Mabel die beiden bei ihrem Gespräch beobachtet.

Julie zuckte mit den Schultern. „Ziemlich gelassen.“

„Er ist ein guter Junge.“

„Ja, stimmt."

Mabel vertiefte die Sache nicht weiter. Sie wusste, dass es nutzlos war. Insgeheim fand sie es jammerschade, dass sich zwischen den beiden noch nichts getan hatte. Mike und Julie hätten ihrer Ansicht nach ein gutes Paar abgegeben. Und Jim, da war sie sich sicher, hätte garantiert nichts dagegen gehabt. Sie als Tante konnte das schließlich beurteilen.

MIKES Schraubenschlüssel verklemmte sich an einem Bolzen in den Tiefen des Motors. Bei dem Versuch, ihn freizubekommen, zerrte Mike etwas zu ungestüm und schrammte sich den Handrücken auf.

Den ganzen Morgen über war ihm ein dummer Fehler nach dem anderen unterlaufen. Wie sollte er sich auch auf die Arbeit konzentrieren, wenn ihm ständig Julies Treffen mit Richard durch den Kopf spukte? Ihr *nettes* Treffen. Ihr *spaßiges* Treffen. Was war so nett daran gewesen?, fragte er sich grübelnd. Und was hatte sie mit *Spaß* gemeint?

Es gab nur einen Weg, es zu erfahren, das war ihm klar, obwohl ihm schon bei dem Gedanken grauste.

Mike schnappte sich einen Lappen und wischte sich auf dem Weg durch die Werkstatt die Hände daran ab. Er ging seinen Plan noch einmal durch und steckte dann den Kopf durch die Tür von Henrys Büro.

Henry saß hinter seinem überquellenden Schreibtisch und gab gerade telefonisch eine Bestellung durch. Direkt vor ihm stand eine Schachtel Kekse. Er winkte seinen Bruder herein, und als Mike auf dem Stuhl gegenüber Platz nahm, legte er auf.

„Also, was hast du auf dem Herzen, Brüderchen?"

„Na ja", sagte Mike, „ich hab mir überlegt, dass ich vielleicht wieder anfangen sollte, mit dir und der Familie in die Kirche zu gehen."

„Ach, wirklich?"

„Ja. Bin länger nicht mitgegangen, aber es würde mir gut tun."

„Schön. Wollen wir uns vor der Kirche treffen, oder sollen wir dich abholen?"

Mike rutschte auf dem Stuhl herum. „Na ja, ich wollte erst mal wissen, wie der neue Pfarrer so ist. Ich meine, wie kommen seine Predigten bei den Leuten an? Reden sie nach dem Gottesdienst darüber?"

„Klar. Aber du kannst dich ja am Sonntag selbst davon überzeugen. Wir gehen um neun."

„Um neun. Okay." Mike nickte. „Was haben die Leute denn zum Beispiel letzten Sonntag so gesagt?"

„Oh, lass mich mal überlegen …“ Henry tippte sich scheinbar grübelnd mit dem Finger ans Kinn. „Weiß ich nicht mehr. Ich hab mich mit Mabel unterhalten.“

Bingo, dachte Mike, innerlich frohlockend. Läuft wie am Schnürchen. Ich bin ein Meister der Täuschung.

„Mit Mabel?“, wiederholte er.

Henry klaubte einen Keks aus der Schachtel und lehnte sich im Stuhl zurück. „Wir haben uns über Julies Verabredung unterhalten. Aber das interessiert dich ja nicht. Sollen wir dich nun am Sonntag abholen?“

Als sein schöner Plan sich so jäh in Wohlgefallen auflöste, rang Mike hilflos um Fassung. „Äh … nun …“

Henry lachte. „Warum tust du hartnäckig so, als wolltest du nichts von Julie?“

Mike blinzelte. „Wir sind bloß Freunde.“

Henry ging nicht darauf ein. „Ist es wegen Jim?“

Als Mike stumm blieb, legte Henry den Keks aus der Hand. „Er ist jetzt schon lange tot. Du brauchst dich also nicht zu fühlen, als würdest du versuchen, ihm die Frau auszuspannen.“

Mike wusste nicht, was er darauf sagen sollte. „So einfach ist das alles nicht“, entgegnete er schließlich.

„Natürlich nicht. Meinst du, für mich war es damals einfach, Emma um die erste Verabredung zu bitten? Aber ich hab mir gesagt, das Schlimmste, was mir passieren kann, ist, eine Abfuhr zu erhalten.“

„Emma war davor nicht mit deinem besten Freund verheiratet.“

„Nein“, sagte Henry, „das stimmt. Andererseits waren wir auch nicht schon vorher befreundet, so wie du und Julie.“

„Das macht es ja gerade so schwierig. Was, wenn sich dann alles zwischen uns ändert?“

„Das tut es ja bereits, Brüderchen. Sonst hättest du mich doch nicht über die Sache mit Richard ausfragen müssen, oder? Julie hätte dir von sich aus davon erzählt. Von Bob hat sie dir auch erzählt, oder?“

Darauf wusste Mike keine Antwort, doch als er kurze Zeit später das Büro verließ, sah er ein, dass Henry Recht hatte.

ALS RICHARD den Salon betrat, hob Singer den Kopf von der Decke und knurrte, aber nur gedämpft.

„Hallo, Schätzchen! Schon wieder Haare schneiden?“, fragte Andrea lächelnd. Richard trug Jeans, und sein Hemd war oben aufgeknöpft, sodass die lockigen Härchen auf seiner Brust zu sehen waren. Und diese Augen … „Ich brauch hier nur noch ein paar Minuten."

„Nein, danke", sagte Richard. „Ist Julie da?"

Andreas Lächeln erlosch. Sie ließ ihre Kaugummiblase knallen und deutete mit dem Kopf zum hinteren Teil des Salons. „Ja, sie ist da", sagte sie schmollend.

Mabel hatte die Türglocke bimmeln hören und kam hinter der Trennwand hervor. „Oh … Richard, richtig? Wie geht es Ihnen?", fragte sie höflich.

Richard erinnerte sich daran, Mabel im Restaurant gesehen zu haben, und wusste, dass sie ihn genau taxierte. So war das in jeder Kleinstadt, damit kannte er sich aus.

„Gut, Ma'm, danke. Und Ihnen?"

„Auch gut. Julie kommt gleich. Sie setzt gerade eine Kundin unter die Trockenhaube, aber ich sag ihr, dass Sie hier sind."

Auch ohne sich umzudrehen, wusste Richard, dass Andrea ihn weiter anstarrte. Die meisten Leute hätten sie wohl als Wahnsinnsfrau bezeichnet, aber ihn ließ sie ziemlich kalt. Ihm gefielen Frauen mit natürlicher Ausstrahlung, so wie Julie.

„Hallo, Richard", sagte Julie kurz darauf. Singer erhob sich von der Decke und wollte ihr folgen, aber sie machte eine abwehrende Handbewegung. Da blieb er stehen und hörte auf zu knurren.

„Hallo", antwortete Richard. „Allmählich gewöhnt er sich wohl an mich, was?"

Julie warf einen Blick auf Singer. „Der? Oh, wir haben uns mal unterhalten. Ich glaube, jetzt ist alles geklärt. Er ist eifersüchtig."

Richard zog eine Augenbraue hoch, sagte aber nichts.

„Und, was führt dich her?", fragte sie.

„Ich dachte, ich schau mal, wie's dir so geht."

„Gut, aber im Moment hab ich recht viel zu tun. Geht schon den ganzen Morgen rund hier. Wieso bist du nicht bei der Arbeit?"

„Bin ich ja. Mehr oder weniger jedenfalls. Als beratender Ingenieur kann man sich seine Zeit ganz gut einteilen, und da dachte ich, ich komme auf einen Sprung in die Stadt."

„Nur um mich zu sehen?"

„Ich wüsste keinen besseren Grund."

Sie lächelte. „Mir hat unser Samstagabend gut gefallen", sagte sie.

„Mir auch." Richards Blick huschte zu Mabel und Andrea. Obwohl beide anderweitig beschäftigt waren, wusste er, dass sie die Ohren spitzten. „Meinst du, du könntest einen Augenblick mit nach draußen kommen, damit wir uns unterhalten können? Es wird nicht lange dauern – versprochen", setzte er hinzu. „Ich weiß ja, dass du arbeiten musst."

„Also gut", sagte sie und ging zur Tür. Richard folgte ihr hinaus, die Salontür schloss sich bimmelnd hinter ihnen.

„Ich hab deine Karte gefunden", sagte Julie, „vielen Dank! Das wäre doch nicht nötig gewesen."

„Weiß ich, aber ich hatte Lust dazu. Ich möchte wissen, ob du am Samstag noch mal mit mir ausgehen möchtest."

Am Samstag, fiel Julie siedend heiß ein, sollte sie zum Abendessen zu Emma und Henry kommen. Mike war auch eingeladen.

„Das würde ich sehr gern, aber ich kann nicht. Ich bin bei Freunden eingeladen. Können wir uns nicht am Freitag sehen? Oder vielleicht irgendwann unter der Woche?"

Richard schüttelte den Kopf. „Ich wünschte, das ginge, aber ich fahre heute Abend nach Cleveland und bin erst Samstag wieder zurück. Und am Wochenende darauf muss ich womöglich auch weg." Er schwieg. „Bist du sicher, dass es nicht geht?"

„Leider ja", sagte Julie. „Es sind gute Freunde. Da kann ich nicht einfach in letzter Minute absagen."

Kurz huschte ein rätselhafter Ausdruck über Richards Gesicht, doch er war im Nu wieder verschwunden. „Okay", sagte er.

„Tut mir Leid", murmelte Julie. Hoffentlich glaubte er ihr, dass sie es ernst meinte.

„Mach dir keine Gedanken. Aber ich darf dich doch in ein paar Wochen noch mal anrufen? Wenn ich wieder da bin, meine ich?"

In ein paar Wochen?

„Warte mal", sagte Julie. „Du könntest doch mit zu dem Abendessen kommen! Meine Freunde hätten bestimmt nichts dagegen."

Richard schüttelte den Kopf. „Nein. Es sind deine Freunde, und mit neuen Bekanntschaften tu ich mich schwer. Ich bin etwas schüchtern." Er lächelte und nickte dann in Richtung Salon. „Hör mal, ich hab versprochen, dich nicht lange aufzuhalten, und ich bin einer, der sein Wort hält. Außerdem muss ich auch zurück zur Arbeit." Er lächelte wieder. „Übrigens siehst du toll aus."

Als er sich zum Gehen wandte, konnte Julie nicht an sich halten und rief: „Warte!"

Richard blieb stehen. „Ja?"

„Hör zu, wenn du nächste Woche nicht hier bist … Vielleicht kann ich meine Pläne ja doch ändern. Ich werde mit Emma reden. Sie nimmt's mir bestimmt nicht übel."

„Ich möchte nicht, dass du eine Verabredung sausen lässt."

„So schlimm ist es auch wieder nicht … Wir sehen uns oft."

Richard blickte Julie in die Augen. „Das ist toll", sagte er, und ehe sie wusste, wie ihr geschah, neigte er sich vor und küsste sie. „Danke."

Bevor ihr eine Antwort einfiel, drehte er sich um und ging davon.

„HAB ICH das eben richtig gesehen?", fragte Mabel. „Hast du ihn etwa geküsst?"

„Eigentlich hat *er* mich geküsst."

„Besonders glücklich siehst du aber nicht aus."

„Ich weiß nicht, ob ‚glücklich' das richtige Wort ist, um mein Gefühl zu beschreiben."

„Wieso?"

„Keine Ahnung", sagte Julie. „Es kommt nur so …"

„… unerwartet?", schlug Mabel vor.

Warum kam es Julie vor, als hätte Richard eben eine Grenze überschritten, ohne sie um Erlaubnis zu bitten? Sie zuckte mit den Schultern. „Unerwartet ist wohl das richtige Wort."

Mabel musterte sie kurz. „Nun, dann hat er sich am Samstag wohl genauso gut unterhalten wie du", meinte sie.

Julie nickte bedächtig. „Er hat mir auch eine Karte in den Briefkasten gesteckt."

Mabel zog die Augenbrauen hoch.

„Findest du das übertrieben?", fragte Julie.

„Nicht unbedingt. Er ist eben ein Kerl, der weiß, was er will und wie er's kriegt. Du bist nämlich ein Fang, der sich lohnt."

Julie lächelte.

RICHARD hatte schon lange nicht mehr laut gelacht, und in seinem Wagen klang es besonders laut.

„Er ist eifersüchtig", hatte Julie über ihren Hund gesagt, als hielte sie ihn für einen Menschen. Süß!

Sie hatten einen wunderbaren Abend verlebt. Sicher, er hatte ihre Gesellschaft genossen, aber was ihm die meiste Bewunderung abnötigte, war ihre Unverwüstlichkeit. Sie hatte ein schweres Leben gehabt, die meisten

Menschen wären darüber verbittert geworden, aber davon hatte er bei ihr keine Spur bemerkt.

Außerdem war sie bezaubernd. Ihm war, als könnte er sie stundenlang betrachten, ohne sich je an ihr satt zu sehen.

„Mir hat unser Samstagabend gut gefallen“, hatte sie gesagt.

Das hatte er schon vermutet, aber um Gewissheit zu erlangen, hatte er sie unbedingt sehen müssen. Vielleicht hätte er sie nicht küssen sollen. Dabei hatte er das gar nicht vorgehabt, aber als sie ihm zuliebe ihre Pläne über den Haufen warf, hatte er sich so gefreut, dass es einfach geschah. Für sie beide überraschend. War es zu früh gewesen?

Ja, entschied er. Beim nächsten Wiedersehen wollte er es lieber langsamer angehen lassen.

3

Am Samstagabend, beim Essen, starrte Richard Julie über den Tisch hinweg an. Ein feines Lächeln spielte um seine Lippen. „Habe ich dir schon gesagt, wie zauberhaft du heute Abend aussiehst?“

„Ungefähr ein Dutzend Mal.“

„Soll ich damit aufhören?“

„Nein, bitte nicht. Es klingt vielleicht seltsam, aber an ein Leben wie auf einem Sockel könnte ich mich durchaus gewöhnen.“

Richard lachte. „Ich werd mir Mühe geben, dass du dableibst.“

Sie waren im „Pagini's“, einem gemütlichen Restaurant in Morehead City, in dem es nach frischen Gewürzen und Buttersoße duftete und das Menü mitunter direkt am Tisch zubereitet wurde. Neben dem Tisch stand in einem Eiskübel eine Flasche Chardonnay. Richard war in einem Leinenjackett an Julies Tür erschienen, einen Strauß Rosen im Arm und dezent nach Rasierwasser duftend.

„Erzähl mir von deiner Woche“, sagte er jetzt. „Was ist Aufregendes passiert, während ich fort war?“

„Mein Leben ist nicht besonders aufregend. Ich bin Friseurin in einer kleinen Stadt in den Südstaaten, schon vergessen?“ Julie schlug einen humorvollen Ton an, als wollte sie jedes Mitgefühl abwehren. „Dabei merke ich gerade, dass ich noch nicht viel von dir weiß.“

„Dass ich Ingenieur bin, habe ich doch schon erwähnt, oder?“

„Ja, aber Näheres hast du nicht erzählt.“

„Weil mein Job ziemlich langweilig ist. Denk dir einfach, dass ich derjenige bin, der hinter den Kulissen dafür sorgt, dass die Brücke nicht einstürzt."

„Ging es bei dem Meeting auch darum?"

„Welches Meeting?"

„Das in Cleveland."

„Oh … nein", sagte Richard und schüttelte den Kopf. „Die Firma will sich demnächst um ein weiteres Projekt in Florida bewerben."

Julie betrachtete ihn im Schummerlicht des Restaurants. Sein Gesicht wirkte markant und jungenhaft zugleich. „Was machst du in deiner Freizeit? Hast du Hobbys?"

„Nicht sehr viele. Neben der Arbeit und etwas Fitnesstraining bleibt mir kaum Zeit für anderes. Früher hab ich ein bisschen fotografiert. Ich absolvierte am College ein paar Kurse und überlegte sogar kurze Zeit, das professionell zu machen. Aber leben kann man davon kaum."

„Also bist du Ingenieur geworden."

Er nickte.

„Und du stammst aus Cleveland?", fragte sie dann.

„Nein. Ich wohne erst ungefähr ein Jahr in Cleveland. Aufgewachsen bin ich in Denver, da hab ich den größten Teil meines Lebens verbracht. Mein Dad arbeitete in einer Chemiefabrik, und Mom war einfach Hausfrau und Mutter. Anfangs jedenfalls. Aber als Dad starb, musste sie eine Stelle als Haushaltshilfe annehmen. Ehrlich gesagt, ich hab keine Ahnung, wie sie das geschafft hat."

„Klingt bemerkenswert."

„Das war sie auch."

„War?"

„Ist sie noch." Richard senkte den Kopf. „Vor ein paar Jahren hatte sie einen Schlaganfall, und … Nun, sie erkennt mich überhaupt nicht mehr. Sie erinnert sich kaum noch an etwas. Ich musste sie nach Salt Lake City in ein Pflegeheim bringen, das auf Fälle wie ihren spezialisiert ist."

Julie zuckte leicht zusammen.

Richard bemerkte ihren Gesichtsausdruck und schüttelte den Kopf. „Ich rede sonst nicht darüber. Es führt meist zu unbehaglichem Schweigen, zumal wenn die Leute auch noch hören, dass mein Vater tot ist. Es bringt sie ins Grübeln, wie es wohl ist, keine Familie zu haben. Aber das muss ich dir ja kaum erklären, nehme ich an."

Nein, dachte Julie, das musst du nicht. Das kenne ich gut.

„Bist du aus diesem Grund aus Denver weggegangen? Wegen deiner Mutter?“

„Das ist nicht der einzige Grund. Weißt du, ich war schon einmal verheiratet, mit einer Frau namens Jessica. Auch wegen ihr bin ich weg aus Denver.“

Julie sagte nichts, obwohl sie ein wenig verblüfft war, dass er das bislang noch nicht erwähnt hatte.

Richard zögerte weiterzureden, aber schließlich fuhr er mit tonloser Stimme fort: „Ich weiß nicht, was schief gelaufen ist.“

„Wie lange wart ihr verheiratet?“

„Vier Jahre. Letzten Endes hat es einfach nicht funktioniert.“ Er sah ihr über den Tisch hinweg in die Augen. „Willst du das wirklich hören?“

„Wenn du es mir nicht erzählen willst …“

„Danke“, sagte er und stieß erleichtert die Luft aus. „Du kannst dir nicht vorstellen, wie froh ich über deine Worte bin.“

Sie lächelte. „Und dann bist du nach Cleveland gegangen? Gefällt’s dir da?“

„Es ist okay, aber viel bin ich nicht dort. Meistens muss ich zu den Baustellen fahren, so wie jetzt.“

„Das ist bestimmt manchmal schwer.“

„Ja, besonders wenn ich in Hotels wohnen muss. Dieses Projekt ist angenehm, weil ich eine Weile hier sein werde und etwas zur Miete gefunden habe. Und weil ich das Glück hatte, dich kennen zu lernen!“

Während er redete, fiel Julie auf, wie viele Gemeinsamkeiten es in ihrem Leben zu geben schien, angefangen damit, dass sie als Einzelkinder von allein stehenden Müttern aufgezogen worden waren, bis hin zu dem Entschluss, an einem anderen Ort neu anzufangen. Und obwohl ihre Ehen unterschiedlich geendet hatten, ließ etwas in seinem Tonfall darauf schließen, dass er mit echten Verlustgefühlen zu kämpfen gehabt hatte. Julie empfand eine aufkeimende Seelenverwandtschaft mit ihm.

Der Abend verstrich, und am dunkler werdenden Himmel blinkten schon die Sterne. Julie und Richard ließen sich Zeit beim Essen.

Als sie aufbrachen, war es immer noch warm.

Überrascht stellte Julie fest, dass Richard ihr weder seine Hand noch den Arm anbot.

Als sie an der Kreuzung stehen blieben, sah sie Richard an. „Tanzt du gern?“, fragte sie.

„Ach, ich weiß nicht. Ich tanze nicht so gut.“

„Na los!“, sagte sie. „Ich kenne einen tollen Laden. Ich verspreche dir, nichts zu sagen, wenn du mir auf die Füße trittst.“

„Okay“, sagte er, „ich verlass mich auf dein Wort.“

Julie lachte und deutete mit dem Kopf auf sein Auto. „Los geht’s!“

DER „SAILING CLIPPER“ war eine Kneipe wie viele andere in den Küstenstädten: mit schummriger Beleuchtung, nach Moder, Zigaretten und schalem Bier miefend und beliebt bei einfachen Arbeitern, die sich an der Theke drängten. An der Rückwand gab es eine Bühne hinter einer unebenen Tanzfläche. Im Raum verteilt standen ein paar Dutzend Tischchen, in deren Tischplatten Initialen eingekerbt waren.

Die Band auf der Bühne hieß Ocracoke Inlet und gehörte mehr oder weniger zum Inventar des Clipper. Der Inhaber des Lokals, ein einbeiniger Mann namens Leaning Joe, mochte sie, denn ihre Musik brachte die Leute in Stimmung.

Mike, der nach dem Abendessen mit Henry und Emma ins Clipper gekommen war, duzte sich mit den meisten Mitgliedern der Band. Die Jungs spielten nichts, was nicht in jeder Jukebox zu finden war. Und genau aus dem Grund, dachte Mike, sind sie so beliebt. Wenn sie auftreten, kommen die Leute in Scharen – anders als bei den Bands, in denen ich bisher mitgespielt habe. Der Gedanke daran war deprimierend.

Aber schließlich war der ganze Abend deprimierend – Teufel, die ganze Woche war deprimierend gewesen! Seit Montag, als Julie ihre Schlüssel abgeholt und beiläufig (*beiläufig!*) erwähnt hatte, sie werde am Samstag mit Richard ausgehen, statt den Abend mit ihm zu verbringen, war Mike zutiefst niedergeschlagen.

Sicher, Henry und Emma waren nett, und er war gern mit ihnen zusammen. Trotzdem fühlte sich Mike wie das fünfte Rad am Wagen. So war der Abend nicht geplant gewesen. Julie hätte dabei sein, mit ihm tanzen, ihn bei einem Drink anlächeln, mit ihm lachen und flirten sollen. Und ohne Richard wäre es auch so gekommen.

Richard! Er hasste den Kerl. Schon bei dem Gedanken an ihn zog Mike ein finsteres Gesicht.

Emma war zur Toilette gegangen, und Henry betrachtete seinen Bruder aufmerksam. „Ich finde, du solltest nicht so viel von dem billigen Bier trinken“, bemerkte er. „Das tut dir nicht gut.“

Mike schaute auf. „Ich trinke das gleiche Bier wie du.“

„Stimmt“, sagte Henry, „aber manche vertragen es besser als andere.“

„Danke für die Belehrung."

„Mensch, bist du heute gut drauf", stichelte Henry.

„Ach, du ärgerst mich schon den ganzen Abend."

„So, wie du dich in letzter Zeit aufführst, hast du es nicht anders verdient. Es gab ein tolles Essen, ich hab dich den ganzen Abend mit meinem sprühenden Witz unterhalten, und Emma hat dafür gesorgt, dass du nicht ewig allein am Tisch hockst wie ein Idiot, den sein Mädchen versetzt hat."

Mike funkelte ihn an und wandte sich dann ab.

„Okay … tut mir Leid", sagte Henry. „Aber hör zu: Bloß, weil sie mit Richard ausgegangen ist, heißt das nicht, dass deine Chancen für immer dahin sind. Sieh es als Herausforderung an, statt Trübsal zu blasen, und bitte sie um ein Date."

„Das hatte ich ja vor. Heute Abend sollte es passieren."

Henry musterte ihn. „Gut", sagte er dann, „ich bin stolz auf dich."

Mike wartete, aber Henry schwieg.

„Na, keine Witze diesmal?"

„Kein Grund, Witze zu machen."

„Weil du mir nicht glaubst?"

„Ich glaube dir. Muss ich ja wohl."

„Warum?"

„Weil ich in den Genuss kommen werde, dir dabei zuzusehen."

„Wie?"

„Die Götter sind mit dir, Brüderchen."

„Was zum Teufel redest du da?"

Henry deutete mit dem Kinn Richtung Tür. „Rate mal, wer eben reingekommen ist!"

RICHARD stand neben Julie an der Tür. Sie verrenkte sich den Hals, um einen freien Platz ausfindig zu machen.

„Willst du wirklich hier bleiben?", schrie Richard über den Lärm hinweg. „Es ist so voll hier."

„Na komm – es wird bestimmt lustig. Wirst schon sehen."

Obwohl er kurz zustimmend lächelte, hatte Richard so seine Zweifel. „Besorgen wir uns erst was zu trinken", meinte er, „bevor wir uns irgendwo hinsetzen."

Julie nickte. „Gut. Geh du vor. Die Theke ist gleich da vorn."

Während sich Richard durch die Menge zu drängen begann, hielt er Julie hinter seinem Rücken die Hand hin. Sie griff ohne Zögern danach.

„Das ist er also, hm?“, fragte Emma.

Emma war 38, eine Blondine mit grünen Augen und sonnigem Gesicht. Sie war genauso spottlustig wie Henry, und wenn die beiden erst mal loslegten, konnten sie sich gegenseitig richtig hochschaukeln.

Henry nickte. „Das ist er.“

Emma starrte weiter in Richtung Theke. „Macht ganz schön was her, wie?“

„Mabel hat, glaube ich, das Wort sexy benutzt“, bemerkte Henry.

Emma nickte langsam. „Ja … sexy. Sehr sexy. So à la gut aussehender Fremder, oder?“

Mike verschränkte die Arme und sackte in sich zusammen.

„Sie sind ein schönes Paar“, fügte Henry hinzu.

„Heben sich ziemlich ab von der breiten Masse“, pflichtete Emma ihm bei.

Jetzt funkelte Mike die beiden aufgebracht an.

Henry beugte sich zu Emma hinüber. „Du solltest wissen, dass mein kleiner Bruder ganz schön an alldem zu knapsen hat. Und seiner Miene nach zu urteilen, sind wir ihm keine große Hilfe.“

„Ach, wirklich?“, fragte Emma unschuldig.

„Ich wäre froh, wenn ihr endlich aufhören würdet, auf mir rumzuhacken. Den ganzen Abend geht das schon so.“

„Mit deinem mürrischen Gesicht bist du wirklich keine Konkurrenz für ihn“, fuhr Emma fort. „Glaub einer Frau, die sich auskennt: Wenn du bei solch einem Typ nicht ins Hintertreffen geraten willst, solltest du lieber andere Saiten aufziehen, bevor es zu spät ist.“

Mike war verblüfft über so viel Offenheit. „Soll ich etwa so tun, als wäre es mir egal?“

„Nein, Mike. Zeig Julie, dass dir etwas an ihr liegt. Sei ihr Freund!“

„Ich bin ihr Freund.“

„Aber nicht jetzt im Moment. Wenn du ihr Freund wärst, würdest du dich für sie freuen.“

„Warum sollte ich mich freuen, wenn sie mit ihm zusammen ist?“

„Weil das heißt, sie ist so weit, sich nach dem Mann umzusehen, der für sie der Richtige ist. Ob das am Ende der Typ da drüben sein wird, wage ich ernstlich zu bezweifeln.“ Emma lächelte und berührte Mike an der Schulter. „Meinst du wirklich, wir würden dir so zusetzen, wenn wir nicht glaubten, dass es am Ende zwischen euch beiden klappen wird?“

ENDLICH bekamen Julie und Richard ihre Getränke – Bourbon für ihn, Cola light für sie. Julies Gesicht hellte sich auf, als sie Mike, Henry und Emma an einem Tisch in der Nähe der Tanzfläche entdeckte. Sie griff nach Richards Hand.

„Komm mit", sagte sie. „Ich glaube, ich weiß, wo wir uns hinsetzen können."

Sie bahnten sich einen Weg durch die Menge. „Hey, Leute! Hab gar nicht damit gerechnet, euch hier zu treffen", sagte Julie. „Wie geht's?"

„Gut", sagte Henry. „Wir sind nach dem Essen noch auf einen Sprung hergekommen."

Richard stand hinter ihr, und Julie zog leicht an seiner Hand. „Ich möchte euch jemanden vorstellen. Richard – das sind Henry und Emma. Und das ist mein bester Freund, Mike."

Henry streckte die Hand aus. „Hallo", sagte er.

Richard zögerte kurz, bevor er Henrys Hand ergriff. „Hallo", erwiderte er knapp.

Auch Mike und Emma begrüßten ihn. Als Julie Mike ansah, lächelte er munter. Dabei brachte die Situation ihn fast um.

„Möchten Sie sich setzen?", bot Henry an.

„Nein – wir wollen keine Umstände machen", sagte Richard.

„Das macht keine Umstände. Na los, setzt euch her!", warf Emma ein.

Julie lächelte, ging um den Tisch herum und setzte sich; Richard schloss sich ihr an. Gleich darauf beugte sich Emma über den Tisch.

„Na, Richard", sagte sie, „erzählen Sie mal ein bisschen über sich."

DIE UNTERHALTUNG verlief schleppend, da Richard einsilbig blieb und nur auf direkte Fragen antwortete.

Mike lehnte sich nach vorn, um das Gespräch mitzuverfolgen. Er wollte höflich sein, und außerdem interessierte es ihn, mit wem er es aufzunehmen hatte. Schon bald beschlich ihn das Gefühl, dass ihm schwere Zeiten bevorstanden. Sogar ihm leuchtete ein, warum Julie an Richard Gefallen fand. Er war intelligent, hatte im Gegensatz zu Mike studiert und war schon weit herumgekommen. Und seine Gefühle für Julie waren nicht zu übersehen. Wenn sie etwas sagte, behielt er sie unverwandt im Auge. Mike lächelte und nickte unablässig, dabei hasste er Richard aus tiefstem Herzen.

Als Richard sein Glas geleert hatte, fragte er Julie, ob sie Lust habe zu tanzen, und weg waren die beiden.

Nervös trommelte Mike mit den Fingern auf dem Tisch herum. Henry und Emma begrüßten gerade ein anderes Pärchen, und Mike nutzte die Zeit, sich zu überlegen, was genau ihm an Richard Franklin nicht gefiel.

Da die Band Pause machte, hatten Julie und Richard die Tanzfläche verlassen und sich an einen kleineren Tisch am hinteren Ende der Theke gesetzt. Sie steckten die Köpfe zusammen, flüsterten und lachten und hatten offenbar jede Menge Spaß.

Mike musste immer wieder in ihre Richtung schauen. Er war machtlos dagegen.

Julie saß mit dem Rücken zu ihm. Als sie in ihrer Handtasche kramte, begegneten Richards Augen Mikes Blick mit kühler, selbstgewisser Herablassung. *Ja, Mike, ich weiß, dass du hergaffst.*

Mike erstarrte. Zu gern hätte er sich abgewandt. Er schien aber nicht imstande dazu, bis er hinter sich eine Stimme hörte. Drew, der Sänger der Band, stand an seinem Tisch.

„Hallo, Mike", sagte er, „hast du kurz Zeit?"

WEIT nach Mitternacht – die Welt schimmerte silbern – stand Julie mit Richard auf der Veranda ihres Hauses. Frösche und Grillen lärmten, eine sachte Brise bewegte die Blätter.

„Danke für den schönen Abend", sagte Julie.

„Nichts zu danken. Für mich war es genauso schön."

„Auch im Clipper?"

Richard zuckte mit den Schultern. „Ehrlich gesagt, ein etwas intimeres Lokal wäre mir lieber gewesen. Wo wir unter uns gewesen wären, nur du und ich."

„Wir waren doch unter uns."

„Nicht die ganze Zeit."

Sie sah ihn fragend an.

Richards Blick schweifte zur Verandalampe und wieder zurück zu Julie. „Hör mal … ich war wohl ein bisschen still. Tut mir Leid. Ich weiß in solchen Situationen nie so recht, was ich sagen soll."

„Sie fanden dich bestimmt nett."

„Bei Mike bin ich mir da nicht so sicher. Er hat uns beobachtet."

Das hatte sie nicht bemerkt. „Mike und ich kennen uns schon seit Jahren", sagte sie. „Er kümmert sich um mich, mehr nicht."

Richard schien darüber nachzudenken. „Okay", sagte er. Dann trat er auf Julie zu.

Und obwohl sie diesmal damit rechnete und sich auch wünschte, dass er sie küsste – zumindest *glaubte* sie, es sich zu wünschen –, empfand sie eindeutig eine gewisse Erleichterung, als er sich kurz darauf zum Gehen wandte.

„DA IST er", sagte Henry, „pünktlich wie immer."

Es war Dienstag früh, ein paar Tage nach dem Abend im Clipper. Henry beobachtete Richard, der auf den Friseursalon zuging. Er hatte ein kleines Päckchen dabei.

Mike tauchte aus dem Motorraum eines Autos auf und wischte sich die Hände an einem Lappen ab. „Muss ja toll sein, so als Ingenieur", sagte er. „Hat der Typ eigentlich nie zu arbeiten?" Im selben Augenblick machte sich Bestürzung auf seinem Gesicht breit. „Hat er ein Geschenk für sie dabei?", fragte er.

„Ich glaub schon. Vielleicht will er Eindruck bei ihr schinden."

Mike wischte wieder an seinen Händen herum. „Tja, dann werde ich wohl später auch mal mit einem kleinen Geschenk vorbeigehen."

„So ist's recht", sagte Henry und schlug seinem Bruder auf den Rücken. „Genau das will ich von dir hören. Etwas weniger Gejammer, etwas mehr Initiative. Aber vergiss das Geschenk."

„Du hast doch gerade gesagt …"

„Glaub mir, das zeigt nur deine Verzweiflung."

„Ich *bin* verzweifelt."

„Mag sein", räumte Henry ein. „Aber das darf sie nicht merken."

„RICHARD …" Julie sah erstaunt in das offene Schmucketui in ihrer Hand. Ein verziertes herzförmiges Medaillon an einer Goldkette befand sich darin. „Es ist wunderschön."

Sie standen draußen vor dem Salon, ohne zu merken, dass Mike und Henry von der anderen Straßenseite aus zusahen und Mabel und Singer durch das Fenster hinter ihnen lugten.

„Aber … warum? Ich meine, aus welchem Anlass schenkst du mir das?"

„Nur so. Ich sah es und fand, du solltest es bekommen."

Julie blickte erneut auf das Medaillon. Es war offenbar wertvoll.

Als hätte er ihre Gedanken gelesen, hob Richard die Hände. „Bitte – ich möchte, dass du es annimmst. Wenn es sein muss, denk einfach, es sei ein Geburtstagsgeschenk."

Immer noch unsicher, gab Julie endlich nach und küsste ihn. „Vielen Dank“, murmelte sie.

Richard deutete auf das Medaillon. „Probier es mal an!“

Julie hakte den Verschluss der Kette auf und legte sie sich um den Hals. „Wie sieht es aus?“

Mit einem abwesenden Lächeln starrte er auf das Medaillon. „Perfekt. Genau wie ich es in Erinnerung hatte …“

„In Erinnerung?“

„Vom Juweliergeschäft“, sagte er. „Aber bei dir sieht es noch schöner aus.“

Julie stemmte eine Hand in die Hüfte. „Du verwöhnst mich so! Es kommt selten jemand auf die Idee, mir einfach etwas zu schenken.“

„Dann ist es doch gut, dass ich es gemacht habe.“ Er schwieg. „Hör mal, hast du Lust, am Freitag was mit mir zu unternehmen?“

„Ich dachte, du musst irgendwohin zu einem Meeting?“

„So war es auch geplant, aber das Meeting wurde abgesagt. Ich habe das ganze Wochenende frei.“

„Was schwebt dir denn vor?“, fragte Julie.

„Etwas ganz Besonderes. Soll aber eine Überraschung bleiben.“

Julie antwortete nicht gleich, und Richard griff nach ihrer Hand, als spürte er ihre Unentschlossenheit. „Es wird dir gefallen, Julie, glaub mir! Aber du wirst früher Schluss machen müssen. Ich müsste dich so gegen vier von zu Hause abholen.“

„Warum so früh?“

„Die Anfahrt dauert etwas länger. Kannst du es einrichten?“

Sie lächelte. „Dann muss ich zwar meinen Terminkalender umsortieren, aber ich glaube, das geht. Soll ich mich fein anziehen oder leger?“

„Ich werde Sakko und Krawatte tragen, falls das als Hinweis reicht. Du wirst sicher wunderschön sein, ganz egal, was du trägst.“ Richard gab ihr noch einen Kuss, und als er fort war, tastete Julie nach dem Medaillon. Es schnappte mit einem Klicken auf, und wie sie vermutet hatte, war innen Platz für zwei kleine Fotos. Zu ihrer Überraschung sah sie, dass Richard bereits ihre Initialen hatte eingravieren lassen, einen Buchstaben auf jeder Seite.

„HE, JULIE“, rief Mike, „warte mal!“

Julie, die gerade auf ihr Auto zuging, drehte sich um und sah Mike im Laufschritt auf sich zukommen. Singer trottete in seine Richtung los und kam als Erster bei ihm an. Er hob erst die eine, dann die andere Pfote, als hätte er sich Mike am liebsten geschnappt, um ihn ausgiebig und freundlich abzuschlabbern.

„Hab ich dir gefehlt, Großer? Ja, ja, du hast mir auch gefehlt."

Als Mike auf Julie zuging, trabte Singer neben ihm her und stupste ihn verspielt an – wobei Mike fast gegen den Briefkasten getaumelt wäre. „Ich glaube, du solltest mit deinem Hund öfter spazieren gehen", sagte er zu Julie. „Er leidet offenbar unter Bewegungsmangel."

„Er ist nur aufgeregt, weil wir dich getroffen haben. Man hat dich ja in letzter Zeit nicht gerade oft gesehen."

„Hab nur viel zu tun." Er zuckte mit den Schultern. „Weißt du, was ich neulich Abend im Clipper erfahren habe? Da spielte doch Ocracoke Inlet, und kurz bevor ich ging, hat Drew gefragt, ob ich für ihren Gitarristen einspringen würde. Er muss zu einer Hochzeit nach Chicago, wenn ihr nächster Gig im Clipper ansteht."

„*Wow* – das ist ja super! Wann spielt ihr denn?"

„In ein paar Wochen. Dürfte lustig werden. Die meisten Songs kenne ich, und so schlecht ist die Band auch wieder nicht."

„Du hast mir früher aber was anderes erzählt."

„Da haben sie mich ja auch nicht zum Mitspielen aufgefordert." Sie schwiegen kurz, und Mike trat von einem Fuß auf den anderen. „Und, was hast du so getrieben? Ich meine – ich weiß, dass du mit Richard unterwegs warst, aber in letzter Zeit haben wir kaum miteinander gesprochen. Irgendwelche aufregenden Neuigkeiten?"

„Nein, eigentlich nicht. Singer macht mich momentan wahnsinnig, aber das ist auch schon alles."

„Singer? Was tut er denn?"

Julie schilderte ihm Singers anhängliches Verhalten, und Mike lachte. „Hör zu – ich nehm ihn dir gern mal ab, jederzeit. Ich geh mit ihm zum Strand, dann ist er fix und fertig, wenn er wieder nach Hause kommt, und hat den restlichen Tag keine Kraft mehr zum Knurren oder Bellen oder um dir nachzulaufen."

„Kann sein, dass ich dich beim Wort nehme."

„Hoffentlich. Ich hab den Großen gern." Mike streckte die Hand nach Singer aus, der die Zuwendung mit freundlichem Bellen aufnahm.

Der Rest der Woche war eine einzige Qual für Mike. Dass Richard tagtäglich vorbeikam, blieb nicht sein einziger Kummer. Am Freitag sah er Julie bereits am frühen Nachmittag aus dem Salon kommen.

Sie trifft Richard, dachte er und bemühte sich, ruhig zu bleiben. Was ging es ihn an, was die beiden taten?

Am folgenden Morgen erfuhr Mike dann doch, was Julie und Richard unternommen hatten, aber natürlich nicht von ihr, sondern von Leuten, die er kaum kannte. Richard hatte Julie anscheinend in einer Limousine abgeholt, und sie waren zum Abendessen nach Raleigh gefahren. Danach hatten sie sich in der Stadthalle eine Aufführung des Musicals „Phantom der Oper" angesehen. Natürlich saßen sie in der ersten Reihe. Anschließend hatte er ihr noch Champagner geboten.

Und als reichte das nicht, verbrachten Richard und Julie auch den Samstag zusammen. Sie hatten eine Fahrt im Heißluftballon gebucht und wollten dann am Strand picknicken. Wie sollte Mike mit einem Kerl konkurrieren, der solch ein Programm abspulte?

WAS FÜR ein Wochenende!, dachte Julie.

Sonntagmorgen stand sie vor dem Spiegel und konnte es immer noch kaum fassen.

Das Musical war einfach hinreißend gewesen. Auf dem Heimweg in der Limousine dachte Julie, während sie noch das Kitzeln der Champagnerbläschen in der Nase spürte: Ich kann gut verstehen, dass man sich schnell an so ein Leben gewöhnt.

Auch der nächste Tag war eine Überraschung gewesen. Obwohl ihr die Ballonfahrt Spaß machte, gefiel ihr von allem, was sie unternahmen – vom Händchenhalten unterwegs bis zum spielerischen Posieren für die Fotos, die Richard von ihr machte –, das Picknick am besten. Nachdem sie gegessen hatten, bot Richard ihr eine Fußmassage an. Sie hatte zunächst gelacht und abgelehnt, aber als er sanft nach ihrem Fuß griff, die Sandale abstreifte und seine Massage begann, fügte sie sich und genoss es.

Sonderbarerweise kam ihr in dem Moment ihre Mutter in den Sinn. Ihr fiel eine Bemerkung ein, die ihre Mutter einmal gemacht hatte, als Julie fragte, warum sie ihrem jüngsten Liebhaber den Laufpass gegeben hatte. „Er war einfach nicht mein Fall."

Als sie nun Richard ansah, der ihren Fuß in den Händen hielt, fiel ihr die Bemerkung wieder ein. War Richard ihr Fall?

Eigentlich hätte das keine Frage sein dürfen, das wusste sie. Als Heiratskandidat war er geradezu ideal. Und doch: Nach vier Verabredungen und etlichen gemeinsam verbrachten Stunden ging Julie jäh auf, dass Richard *nicht* ihr Fall war. Die Chemie zwischen ihnen beiden stimmte nicht.

Sie fühlte einfach nicht dieses leise Kribbeln im Bauch wie damals, als Jim das erste Mal ihre Hand nahm. Vielleicht lag das Problem ja einfach darin, dass alles so plötzlich kam.

Versonnen bürstete sich Julie vor dem Spiegel das Haar. Dann legte sie die Bürste weg und dachte: Ja, das wird es sein. Wir müssen uns nur etwas besser kennen lernen. Jedes Mal wenn bisher die Vergangenheit zur Sprache gekommen war, war es ihr irgendwie gelungen, abzulenken. Manchmal war sie versucht, Richard davon zu erzählen, damit er erfuhr, wer sie wirklich war. Aber sie ließ es bleiben. Aus irgendeinem Grund war sie nicht dazu imstande. Und er erzählte ihr auch nicht viel von sich, fiel ihr auf.

Auch er hatte eine Art, Gesprächen über die Vergangenheit auszuweichen.

RICHARD trat durch die Salontür und hielt sie für Julies Kundin auf, die gerade hinauswollte.

„Oh, Richard“, sagte Julie. „Genau rechtzeitig. Ich bin gerade fertig.“

Obwohl sie ihre Gefühle immer noch nicht endgültig durchschaute, freute sie sich über sein Kommen – wenn auch nur, um zu prüfen, was sie bei seinem Anblick empfand.

„Wunderschön siehst du aus“, sagte er und beugte sich vor, um sie zu küssen. „Hast du ein paar Minuten Zeit für eine Tasse Kaffee?“

Mabel war zur Bank gegangen. Andrea blätterte in der Ecke in einer Zeitschrift, aber Julie wusste, dass sie lauschte.

„Ja“, sagte sie. „Meine nächste Kundin kommt erst in einer halben Stunde.“

Während sie sprach, senkte Richard den Blick auf ihr Dekolletee. „Wo ist denn das Medaillon?“, fragte er.

Unwillkürlich fuhr sich Julie mit der Hand an die Brust. „Oh – das habe ich heute nicht angelegt. Es hat sich beim Arbeiten dauernd in meiner Kleidung verhakt …“

„Warum hast du's nicht einfach in die Bluse gesteckt?“

„Hab ich versucht, aber es ist immer wieder rausgerutscht.“ Sie machte einen Schritt auf die Tür zu. „Komm“, sagte sie. „Ich war den ganzen Vormittag noch nicht draußen.“

„Soll ich dir eine kürzere Kette besorgen?“

„Ach, Unsinn. Es ist gut so, wie es ist.“

„Aber du trägst es nicht“, beharrte er.

Julie antwortete nicht, und während sie beide lange schwiegen, betrachtete sie ihn aufmerksam. Obwohl er lächelte, wirkte seine Miene irgendwie künstlich.

„Stört es dich sehr, dass ich es nicht trage?“, fragte sie.

„Ich dachte, es gefällt dir.“

„Tut es ja auch. Ich will es nur nicht bei der Arbeit tragen.“

Da löste sich der Bann, und Richards Lächeln wirkte wieder ganz natürlich. „Ich besorg dir noch eine kürzere Kette“, sagte er. „Dann hast du zwei und kannst das Medaillon zu jeder Gelegenheit tragen.“

„Das brauchst du nicht.“

„Ich weiß“, sagte er, senkte kurz den Blick und sah Julie dann wieder in die Augen. „Aber ich möchte es gern.“

MANIPULIERT, so fühlte sich Julie, nachdem Richard wieder zur Arbeit zurückgefahren war. Als hätte er ihr das Versprechen abtrotzen wollen, das Medaillon *ständig* zu tragen.

Das Gefühl behagte ihr nicht. Was war los mit Richard? Warum regte er sich so auf über etwas derart … Unwichtiges? Glaubte er, sie wolle damit unbewusst ihre Gefühle ihm gegenüber ausdrücken? Julie erstarrte einen Moment und fragte sich, ob es so sein könnte.

Nein, dachte sie kopfschüttelnd, das ist es nicht. Sie hatte genau gewusst, was sie tat. Das Medaillon war ihr bei der Arbeit lästig.

Außerdem war das nicht der Punkt. Es ging um Richard und seine Reaktion. Jim war nie so gewesen. Jim hatte nie versucht, sie zu manipulieren. Und er hatte nie versucht, seinen Zorn mit einem Lächeln zu kaschieren.

Was hat das alles zu bedeuten?, grübelte Julie.

4

Jake Blansen, der Vorarbeiter des Brückenbauprojekts, tauchte kurz nach vier Uhr auf, um einen reparierten Lkw abzuholen, und nachdem er im Büro die Rechnung beglichen hatte, kam er zu Mike in die Werkstatt.

„Der Schlüssel steckt“, sagte Mike. „Und noch etwas: Ich hab die Bremsen nachgestellt. Jetzt greifen sie wieder.“

„Ich geb’s weiter“, sagte Jake. „Obwohl ich, ehrlich gesagt, keine Ahnung habe, warum ich mich mit diesem ganzen Kram rumschlagen muss. Für die Fahrzeuge sollten eigentlich die Jungs vom Wartungstrupp zuständig sein."

Mike nickte. „Wie viele Leute seid ihr mittlerweile da draußen?"

„Weiß ich nicht genau. Ein paar hundert vielleicht. Wieso?"

„Ich hab einen der Ingenieure kennen gelernt, die mit den Arbeiten an der Brücke zu tun haben."

„Wen denn?"

„Richard Franklin. Kennen Sie ihn?"

Jake sah Mike in die Augen. „Ja, den kenn ich", sagte er. „Sind Sie mit dem befreundet?"

„Nein – ich bin ihm nur einmal begegnet."

„Lassen Sie es dabei. Den wollen Sie gar nicht näher kennen."

„Wieso?"

Nach einer ganzen Weile schüttelte Jake den Kopf, und obwohl Mike gern mehr erfahren hätte, ließ er sich nicht weiter darüber aus. Stattdessen lenkte er das Gespräch wieder auf den Lkw und rollte Minuten später aus der Werkstatt. Mikes Fragen blieben unbeantwortet, aber Jakes Schweigen schien ihm ziemlich vielsagend.

ALS IHRE letzte Kundin gegangen war, schaute sich Julie im Salon um. „Hast du Singer gesehen?", fragte sie Mabel.

„Ich hab ihn vorhin rausgelassen", sagte Mabel. „Er tänzelte so nervös an der Tür herum."

„Wie lange ist das her?"

„Eine Stunde ungefähr."

Julie sah auf ihre Uhr. So lange blieb Singer sonst nie weg.

„Ich glaube, ich hab ihn zu Mike rübergehen sehen", meinte Mabel.

SINGER lag zusammengerollt auf einer alten Decke und hielt schnarchend ein Nickerchen, während Mike den Keilriemen an einem Pontiac Sunbird einstellte.

„Hallo, Mike!", rief Julie von draußen. „Bist du noch da?"

Beim Klang ihrer Stimme zuckte Mike zusammen. „Hier hinten!", rief er. Singer hob den Kopf.

„Hast du Singer gesehen?"

„Ja, er ist hier." Mike ergriff einen Lappen, und während er sich die Hände abwischte, erhob sich Singer und ging auf Julie zu.

„Da bist du ja“, sagte sie und kraulte ihm den Rücken. „Ich hab mir schon Sorgen gemacht.“

Mike lächelte und dankte Singer im Stillen, dass er nicht zum Salon zurückgegangen war.

Julie schaute auf. „Alles in Ordnung bei dir?“

„Aber ja. Und wie geht’s dir?“

„Gut.“

„Bloß gut?“

„War ein stressiger Tag“, sagte sie. „Du kennst das ja. Und bei dir?“

„Och, das Übliche.“ Mike zögerte. Sollte er ihr von Jake Blansen und seinen rätselhaften Andeutungen über Richard erzählen?

Nein, er schüttelte den Kopf. Das war nicht der richtige Zeitpunkt.

Julie schaute zu Singer. „Ich hatte schon Angst, es könnte ihm was zugestoßen sein.“

„Singer? Dem würde doch kein Auto standhalten. Bei einem Zusammenstoß würde es platt gedrückt wie eine Wanze.“

„Aber unruhig war ich trotzdem.“

„Weil du eine Frau bist. Männer wie ich – wir haben keine Angst. Wir sind darauf gedrillt, nicht in Panik zu geraten.“

Julie lächelte. „Gut zu wissen. Wenn der nächste Hurrikan droht, rufe ich dich als Ersten an, damit du mir das Haus vernagelst.“

„Das tust du doch sowieso. Weißt du nicht mehr? Du hast mir doch sogar extra einen Hammer gekauft.“

Mike grinste, dann senkte sich einen Moment lang Schweigen herab. „Und, wie läuft es so mit Richard?“, fragte er möglichst beiläufig.

„Ganz gut“, sagte sie. „Das Wochenende war schön, aber …“

„Aber?“

„Ist nicht so wichtig.“

Mike musterte sie. „Ganz sicher?“

„Ja, ganz sicher.“ Sie lächelte gezwungen.

Mike spürte ihr Unbehagen und bohrte nicht weiter nach. „Tja, also, falls du doch mal über irgendwas reden willst … ich bin hier, okay?“

„Okay.“ Julie legte ihm freundschaftlich die Hand auf die Schulter. „Manchmal denke ich, du solltest mehr rausgehen. Dir die Welt ansehen, exotische Reisen unternehmen …“

„Was? Und auf meine herrlichen ‚Baywatch‘-Abende verzichten?“

„Genau“, sagte sie grinsend. Sie merkte, wie sehr ihr das Geflachse mit Mike in letzter Zeit gefehlt hatte. „Alles ist besser als Fernsehen. Aber du könntest natürlich auch was anderes machen. Vielleicht ein Musikinstrument lernen oder so."

Mike presste die Lippen zusammen. „Das war ein Schlag unter die Gürtellinie, meine Liebe."

Ihre Augen glänzten. „So gut wie von Henry?"

Mike dachte kurz nach. „Nein", sagte er. „Henry kann's besser. Dagegen bist du harmlos."

Sie lächelte und lehnte sich etwas zurück, um ihn genauer zu taxieren. „Mit dir macht so was Spaß, weißt du das?"

„Weil ich so leicht aufzuziehen bin?"

„Nein, weil du so gutmütig mitmachst."

Mike begann konzentriert, die Wagenschmiere unter seinen Fingernägeln zu entfernen. „Ist ja komisch", sagte er nebenbei. „Andrea hat kürzlich genau dasselbe zu mir gesagt."

„Andrea?", wiederholte Julie, die glaubte, sich verhört zu haben.

„Ja, letztes Wochenende, als wir zusammen aus waren. Da fällt mir ein – ich muss sie in ein paar Minuten abholen." Mike sah erst auf die Uhr, dann zu seinem Spind.

„Moment mal … Andrea?" Julie konnte ihre Verblüffung nicht verbergen.

„Ja – sie ist toll. Wir hatten viel Spaß. Aber hör mal, ich hab's eilig …"

Julie nahm ihn am Arm. „Du und *Andrea*?"

Mike sah sie einige Sekunden lang todernst an, dann zwinkerte er. „Hätte ich dich fast reingelegt, was? Jetzt sind wir quitt."

JULIE ließ die Salontür hinter sich zufallen, noch ganz beschwingt von ihrem Plausch mit Mike. Mabel schaute vom Schreibtisch auf.

„Wolltest du dich heute Abend mit Richard treffen?", fragte sie.

„Nein. Wieso?"

„Er war da und hat nach dir gefragt. Hast du ihn nicht gesehen? Er ist erst vor ein paar Minuten weg."

„Ich war drüben bei Mike in der Werkstatt", sagte Julie. „Hat Richard gesagt, was er wollte?"

„Nur, dass er dich suchte." Mabel schaltete den Anrufbeantworter ein und räumte weiter ihren Schreibtisch auf. „Ich weiß nicht, wie es dir geht", sagte sie, „aber ich bin erledigt. Heute hatte wirklich jede Kundin etwas zu meckern. Wenn es nicht um ihre Haare ging, dann um die Kinder oder die Männer."

Julie dachte noch über Richard nach. „Muss wohl Vollmond sein", murmelte sie. „Heute waren alle ein bisschen daneben."

„Mike auch?"

„Nein, Mike nicht." Julie winkte erleichtert ab.

Mabel zog die unterste Schublade des Schreibtischs auf und holte einen Flachmann heraus. „Tja, höchste Zeit, einen klaren Kopf zu kriegen", verkündete sie. „Auch einen?"

Mabel genehmigte sich regelmäßig einen Schluck, um einen „klaren Kopf" zu bekommen, und Julie kannte in der Tat kaum jemanden, der so klar im Kopf war wie sie.

„Ja, gern. Ich schließ nur schnell ab."

Mabel holte zwei Gläschen aus der Schublade und machte es sich auf dem Sofa gemütlich. Als Julie sich zu ihr gesellte, hatte sie schon ihre Schuhe abgestreift, die Füße auf den Tisch gelegt und sich ein Schlückchen genehmigt.

„Und? Wie geht's mit dir und Richard?", fragte Mabel.

„Ganz gut, glaube ich."

„Glaubst du?"

Julie trank einen Schluck und spürte das Brennen in ihrer Kehle.

„Erinnerst du dich an das Medaillon, das er mir geschenkt hat?", fragte sie.

„Mit deinen Initialen? Wie könnte ich das vergessen?"

„Na ja", sagte Julie, „das Problem ist, dass ich es heute nicht getragen habe."

„Und?"

„Ich fand das auch nicht so schlimm. Aber Richard war gekränkt."

Mabel schwenkte ihr Glas. „Vielleicht hatte er heute einen schlechten Tag", sagte sie. „Zerbrich dir nicht den Kopf darüber."

„Ich soll seine seltsame Reaktion also einfach vergessen?"

„Nicht unbedingt. Völlig ignorieren solltest du sie auch nicht. Hör auf eine Frau, die im Lauf der Jahre viele Männer kennen gelernt hat. Jeder Mensch präsentiert sich zu Beginn einer Beziehung von seiner Schokoladenseite, und manchmal wachsen sich kleine Macken später zu großen aus. Der Riesenvorteil, den wir Frauen haben, ist unsere Intuition."

„Eben hast du doch gesagt, ich soll mir nicht den Kopf zerbrechen."

„Genau. Aber hör auch auf deine Intuition. Schätzchen, es gibt keine Fibel, in der alle Antworten auf Beziehungsfragen stehen. Ich steuere bloß etwas gesunden Menschenverstand bei, mehr nicht."

RICHARD erwartete Julie schon, als sie nach Hause kam.

Mit verschränkten Armen, ein Bein vor das andere gestellt, lehnte er an seinem Wagen, der direkt vor ihrem Haus stand, und beobachtete, wie sie in die Einfahrt bog.

Als ihr Auto zum Stehen gekommen war, schaute Julie Singer an und löste ihren Gurt. „Bleib hier im Jeep, bis ich was sage, okay?“ Singer spitzte die Ohren. „Und benimm dich“, fügte sie beim Aussteigen hinzu.

„Hi, Richard“, sagte sie dann zurückhaltend. „Was machst du denn hier?“

„Ich hatte ein paar Minuten Zeit und dachte, ich schau auf einen Sprung vorbei. Ich war auch schon im Salon, aber da warst du wohl schon weg.“

„Ich habe Singer gesucht. Er war drüben in der Werkstatt.“

Richard nickte. „Ich wollte mich nur wegen heute Morgen entschuldigen. Ich habe mich wohl etwas seltsam benommen.“

„Also …“, fing Julie an, doch Richard unterbrach sie mit erhobener Hand.

„Ich weiß, ich weiß. Keine Erklärungen. Ich wollte nur sagen, es tut mir Leid.“

„Findest du es wirklich so schlimm, wenn ich das Medaillon zur Arbeit nicht trage?“

„Nein. Aber wir hatten ein so schönes Wochenende, und als ich dann feststellte, dass du den Anhänger nicht trägst, fürchtete ich, du hättest das anders empfunden. Ich hatte Angst, dich enttäuscht zu haben. Verstehst du, was ich sagen will?“

Julie überlegte kurz und nickte dann.

„Ich wusste, dass du es verstehen würdest“, sagte Richard und blickte sich um. „Tja, ich muss noch mal zur Arbeit.“

„Okay“, sagte Julie nur und lächelte gequält.

Einen Augenblick später war er fort.

IM DUNKELN ging Richard auf die Tür des viktorianischen Hauses zu, das er vorübergehend sein Heim nannte. Es befand sich draußen am Stadtrand, inmitten von Feldern, ungefähr hundert Meter abseits der Hauptstraße. Das Haus lag im bleichen Mondlicht und war von dunklen Kiefern umgeben. Obwohl das Gebäude ziemlich vernachlässigt war, besaß es einen altmodischen Charme. Er trat ein und schaltete das Licht an. Das Mobiliar, das er mitgemietet hatte, entsprach nicht seinem Geschmack, aber in einer Kleinstadt wie Swansboro konnte man nicht wählerisch sein.

An diesem Abend jedoch nahm er die Einrichtung gar nicht wahr. An diesem Abend beherrschte Julie seine Gedanken – sie und das Medaillon. Und wie sie ihn eben angesehen hatte. Allmählich entpuppte sie sich als Herausforderung, aber das gefiel ihm. Das respektierte er, denn nichts verachtete er so sehr wie Schwäche.

Warum um alles in der Welt lebte sie in solch einem Kaff?

Julie gehörte in die Großstadt. Sie war zu gescheit für ein Kaff wie dieses. Wenn Julie hier bliebe, das stand fest, würde sie schwach werden, ganz wie seine Mutter schwach geworden war. Und über kurz oder lang würde man jeden Respekt vor ihr verlieren.

Ganz wie bei seiner Mutter. Immer war sie das Opfer gewesen.

Richard schloss die Augen und kehrte in Gedanken in die Vergangenheit zurück, ins Jahr 1974. Das Bild war immer dasselbe: Mit zugeschwollenem Auge und lila verfärbter Wange lud seine Mutter einen Koffer ins Auto. Darin befand sich Kleidung für sie beide. In ihrem Portmonee hatte sie 37 Dollar. Es hatte fast ein Jahr gedauert, diesen Betrag zusammenzusparen. Vernon, Richards Vater, verwaltete das Geld und gab ihr gerade genug zum Einkaufen.

Diesmal gehe sie für immer, behauptete sie.

Richard konnte sich noch genau an den Tag erinnern. Wie seine Mutter ihn nicht zur Schule geschickt hatte, wie sie ihn angewiesen hatte, ins Haus zu laufen und das Brot und die Erdnussbutter zu holen, weil sie ein Picknick machen wollten.

Richard war sechs Jahre alt und tat, was seine Mutter ihm sagte, obwohl er wusste, dass sie log.

In der Nacht zuvor hatte er im Bett gelegen und seine Mutter schreien und weinen gehört. Den lauten Knall, als die Hand seines Vaters ihre Wange traf. Wie sie ihren Mann anflehte aufzuhören.

Er hasste seinen Vater. Hasste es, wie er abends nach Fusel stank. Hasste es, wie Vernon seine Mutter verdrosch. Hasste es, dass bei ihnen immer die Vorhänge zugezogen waren.

„Beeil dich", sagte seine Mutter mit einer ungeduldigen Handbewegung, „wir wollen doch im Park einen guten Tisch bekommen."

Richard rannte ins Haus. Eine Stunde später würde sein Vater zum Mittagessen nach Hause kommen. Sie hätten gleich aufbrechen sollen, sobald Vernon auf dem Weg zur Fabrik über den Hügel verschwunden war. Doch Richards Mutter hatte stattdessen stundenlang am Tisch gesessen und geraucht. Nun wurde die Zeit knapp.

Er kam aus dem Haus gestürmt, mit dem Brot und der Erdnussbutter und seiner Jacke, und rannte zum Auto. Er knallte die Tür des Pontiac hinter sich zu. Sie versuchte zu lächeln, legte den Rückwärtsgang ein und fuhr aus der Garage. Auf der Straße hielt sie noch einmal kurz an und schaute aufs Armaturenbrett. Und dann stockte ihr der Atem – die Benzinuhr zeigte an, dass der Tank fast leer war.

Also blieben sie. Wieder mal.

In der Nacht hörte er abermals seine Eltern im Schlafzimmer, aber diesmal stritten sie sich nicht. Stattdessen hörte er sie lachen und rumalbern.

Richard schlug die Augen auf. Nein, dachte er, Julie darf nicht hier bleiben. Sie soll das Leben führen, für das sie bestimmt ist, das sie verdient hat. Ich werde sie hier rausholen.

Wie töricht von ihm, wegen des Medaillons so ein Theater zu machen. Wirklich töricht. Das würde ihm nicht noch einmal passieren.

Ganz in Gedanken versunken, nahm er kaum wahr, dass das Telefon läutete, aber er stand noch rechtzeitig auf und ging dran, bevor der Anrufbeantworter ansprang.

Auf dem Display erkannte er die Vorwahl von Daytona. Er atmete tief durch und meldete sich dann.

5

In ihrem dunklen Schlafzimmer warf Julie, von Kopfschmerzen geplagt, ein Kissen nach Singer.

„Könntest du bitte still sein?“, jammerte sie.

Singer ignorierte das Kissen. Unbeirrt blieb er in der Schlafzimmertür stehen, hechelte und knurrte, weil er offenbar wollte, dass Julie aufstand und ihn hinausließ. Die ganze letzte Stunde über war er unruhig durchs Haus gestreift.

Jetzt zog sie sich das Kissen über den Kopf, konnte ihn aber immer noch hören, und der Druck verstärkte ihre Schmerzen.

„Da draußen ist nichts“, murmelte sie. „Es ist mitten in der Nacht, und mein Kopf tut weh. Ich stehe nicht auf.“

Singer knurrte weiter.

Julie bewarf ihn mit dem letzten Kissen, worauf Singer lautlos durchs Zimmer kam und ihr die Nase ins Ohr stieß.

Sie fuhr hoch. „Das reicht! Schluss!“

Singer wedelte mit dem Schwanz, sichtlich zufrieden. *Na also, es geht doch. Jetzt komm!* Er trottete zum Zimmer hinaus.

„Soll ich dir beweisen, dass da draußen nichts ist?“

Julie erhob sich und wankte ins Wohnzimmer. Singer stand schon am vorderen Fenster. Er hatte mit der Nase die Vorhänge beiseite geschoben und schaute von links nach rechts.

Julie spähte auch hinaus, sah aber nichts. „Siehst du? Nichts. Wie ich dir gesagt habe.“

Doch Singer gab keine Ruhe. Er lief zur Tür hinüber.

„Wenn du rauswillst, rechne nicht damit, dass ich wegen dir aufbleibe. Dann bleibst du draußen. Ich geh wieder ins Bett.“

Sie öffnete die Tür. Anders als erwartet, stürmte Singer nicht gleich auf das Wäldchen zu. Stattdessen trat er auf die Veranda, bellte zweimal und senkte dann die Nase, um zu schnüffeln.

Zufrieden machte er kehrt und kam wieder ins Haus.

„Das war's? Dafür hast du mich hochgescheucht?“

Singer sah zu ihr auf. *Die Luft ist rein*, schien er zu sagen.

Julie funkelte ihn böse an und machte sich auf den Weg zurück ins Schlafzimmer. Singer kam nicht mit. Als sie sich noch einmal blinzelnd umschaute, sah sie ihn wieder am Fenster sitzen.

„Mach, was du willst“, murmelte sie.

AM NÄCHSTEN Morgen strahlte die Sonne grell von einem Himmel, der so blau war, dass es fast künstlich wirkte. Julie, die in der Einfahrt stand, trug eine Sonnenbrille, aber glücklicherweise waren ihre Kopfschmerzen längst nicht mehr so heftig wie in der Nacht. Singer wartete neben ihr, während sie die Notiz überflog, die unter dem Scheibenwischer ihres Jeeps geklemmt hatte.

> Hallo, Julie,
>
> ich musste wegen eines Notfalls die Stadt verlassen, kann dich also ein paar Tage nicht sehen. Ich melde mich, sobald es geht. Ich werde ständig an dich denken.
>
> Richard

Julie sah Singer an. „Hast du deshalb so einen Radau gemacht? Wegen Richard? Tu doch nicht immer noch so, als wäre er fremd für dich!“

Singer schnaubte und sprang in den Jeep. Im Rückspiegel sah sie, wie er sich einmal im Kreis drehte und dann mit dem Rücken zu ihr Platz nahm.

„Ja, schmoll nur! Ich bin dir auch böse."

Auf der Fahrt zur Arbeit spähte sie noch einmal in den Spiegel. Singer hatte sich immer noch nicht herumgedreht. Sobald sie den Wagen geparkt und die Heckklappe geöffnet hatte, sprang er heraus. Sie rief nach ihm, aber er setzte unbeirrt seinen Weg fort, überquerte die Straße und trabte auf die Werkstatt zu.

Hunde! Manchmal sind sie so kindisch wie Männer, dachte Julie.

Beim Bimmeln der Türglocke drehte sich Mabel um und entdeckte Julie. „Wo ist Singer?", fragte sie.

Julie stellte ihre Tasche ins Regal neben ihrem Arbeitsplatz. „Der besucht wohl Mike. Wir hatten Krach."

„Ihr hattet Krach?", fragte Mabel. „Was ist denn passiert?"

Julie schilderte Mabel, was nachts vorgefallen war.

„Richard hat dir also einen Zettel geschrieben, um sich zu entschuldigen?", fragte Mabel.

„Nein, das hat er gestern schon getan, als ich nach Hause kam. Heute wollte er mir bloß mitteilen, dass er für ein paar Tage weg ist."

Mabel schaute zu Singers Decke in der Ecke. „Sieht hier irgendwie leer aus ohne ihn."

„Oh, der kommt sicher bald wieder. Du weißt doch, wie er ist."

Acht Stunden später war Singer immer noch nicht aufgetaucht.

„Ich hab mehrmals versucht, ihn zurückzubringen", sagte Mike ratlos, „aber er wollte absolut nicht mitkommen. Hab sogar versucht, ihn mit einem Würstchen zu bestechen – ohne Erfolg."

Julie schaute Singer an, der neben Mike saß.

„Bist du immer noch sauer auf mich, Singer?", fragte sie.

„Warum sollte er sauer sein?"

„Wir hatten Krach."

„Oh", sagte Mike.

„Kommst du jetzt mit?", fragte sie.

Singer leckte sich über die Lefzen, rührte sich aber nicht.

Julie schien nun ernstlich böse zu werden, also machte Mike eine auffordernde Handbewegung. „Na los, Singer! Bevor du richtig Ärger kriegst."

Auf Mikes Geheiß hin erhob sich Singer und trottete widerwillig zu

Julie hinüber. Sie stemmte die Hände in die Hüften. „Ich weiß nicht, was in letzter Zeit in ihn gefahren ist.“

Singer saß neben ihr und sah auf.

„Was hat er denn den ganzen Tag gemacht?“

„Geschnarcht, mein Putensandwich stibitzt, sich nach draußen verdrückt, um sein Geschäft zu erledigen. Es kam mir so vor, als wäre er für heute hier eingezogen.“

„Wirkte er seltsam auf dich?“

„Nein, überhaupt nicht.“

„Er war nicht wütend?“

Mike kratzte sich am Kopf. „Gesagt hat er nichts. Soll ich mal Henry fragen? Vielleicht haben sie sich ja unterhalten, als ich draußen war.“

„Machst du dich über mich lustig?“

„Würde mir nie einfallen, das weißt du doch.“

„Hör zu: Da ich meinen Hund offenbar an jemand anders verloren habe, bin ich nicht unbedingt zum Scherzen aufgelegt.“

„Du hast ihn nicht verloren. Er war doch bei mir.“

„Genau. Anscheinend mag er dich lieber.“

„Vielleicht vermisst er mich bloß. Ich kann ziemlich süchtig machen, weißt du.“

Julie lächelte. „Tatsächlich?“

„Was soll ich sagen? Es ist wie ein Fluch.“

Julie lachte. „Das muss hart sein.“

„Allerdings.“ Mike schüttelte den Kopf und dachte wieder einmal, wie wunderschön Julie aussah.

EINE halbe Stunde später stand Julie in ihrer Küche an der Spüle und versuchte mit mehreren Handtüchern, den Wasserstrahl einzudämmen, der aus der defekten Mischbatterie spritzte.

„Würdest du mir mal das Telefon holen?“, schrie sie.

Singer trottete ins Wohnzimmer. Gleich darauf nahm Julie ihm mit der freien Hand den schnurlosen Apparat aus dem Maul. Sie drückte die erste als Kurzwahl gespeicherte Nummer.

MIKE saß dösend und Kartoffelchips mümmelnd auf dem Sofa, die Finger voller orangefarbener Krümel, eine Dose Bier zwischen die Beine geklemmt. Das Ganze war sein Abendessen, zusammen mit einem Big Mac, den er auf dem Heimweg besorgt hatte.

Als plötzlich das Telefon auf dem Tisch neben ihm losschrillte, erschrak er heftig. Seine Hand zuckte hoch, die Chips flogen in alle Richtungen, und das Bier ergoss sich in seinen Schoß.

„Mist!“ Er legte Dose und Tüte weg. Das Telefon klingelte noch einmal, ehe er abhob. „Hallo?“

„Hallo, Mike.“ Julie klang gestresst. „Bist du sehr beschäftigt?“

Das Bier rann bis zu seinem Hosenboden. „Eigentlich nicht. Hatte gerade ein kleines Missgeschick mit meinem Abendessen.“

„Wie bitte?“

„Nichts Ernstes“, sagte er. „Ich komm schon klar. Also, wo brennt's denn?“

„Ich brauche dich.“

„Echt?“ Mikes Ego erhielt einen Riesenauftrieb.

„Meine Mischbatterie in der Küche ist kaputt.“

„Oh“, sagte er. „Wie ist das denn passiert?“

„Woher soll ich das wissen? Kannst du kommen und mir helfen?“

Die Entscheidung fiel blitzschnell. „Klar. Ich muss nur erst die Hose wechseln.“

„Wie bitte?“

„Egal. Bin in ein paar Minuten da – ich fahre schnell beim Eisenwarenladen vorbei, um eine neue Mischbatterie zu besorgen.“

„Du kommst aber bald, ja? Ich presse hier die ganze Zeit Lappen gegen das Loch, und ich muss dringend mal zur Toilette.“

„Bin schon unterwegs.“

„JULIE!“, rief Mike beim Betreten des Hauses.

„Ich bin in der Küche! Der Wasserdruck lässt schon nach!“

„Weil ich gerade den Haupthahn zugedreht habe.“

Mike steckte den Kopf durch die Tür. Julie war so nass, dass er deutlich den Umriss ihrer Brüste erkennen konnte.

„Du kannst dir nicht vorstellen, wie dankbar ich bin, dass du vorbeigekommen bist“, sagte sie und trocknete sich die Hände ab.

Mike hörte kaum hin. Nicht ihren Busen anstarren, ermahnte er sich, nein, nicht auf ihren Busen starren. Ein Gentleman tut das nicht, ein Freund ebenso wenig. Er kauerte sich hin und klappte seine Werkzeugkiste auf. Singer setzte sich neben ihn und beschnüffelte die Kiste, als wäre er auf Leckerbissen aus.

„Gern geschehen“, murmelte Mike.

„Im Ernst. Hoffentlich hab ich dich nicht bei was Wichtigem gestört."

„Nicht der Rede wert."

Julie zupfte sich das nasse T-Shirt von der Haut und sah ihn an. „Ist irgendwas?", fragte sie.

Mike kramte nach der Rohrzange. „Alles bestens. Wieso?"

„Du wirkst irgendwie durcheinander."

„Ich bin aber nicht durcheinander."

„Du schaust mich ja nicht mal an!"

„Ich starre dich nicht an."

„Genau das habe ich eben gemeint."

„Da ist die Zange ja!", sagte er unvermittelt und dankte dem Himmel für die Gelegenheit, das Thema zu wechseln. „Hatte gehofft, dass ich sie dabeihabe."

Julie starrte ihn verdutzt an. „Ich geh mich rasch umziehen", sagte sie endlich.

„Gute Idee", brummte Mike.

Er breitete ein paar Handtücher auf dem Boden aus, um das Wasser aufzusaugen, dann räumte er den Schrank unter der Spüle aus. Als Julie zurückkam, lag er schon halb im Schrank. Nur noch seine Beine ragten hervor. Singer, der neben ihm lag, war ebenfalls kaum noch zu sehen.

Julie hatte Jeans und ein leichtes Sweatshirt angezogen.

„Kommst du zurecht?", fragte sie.

„Ja, ich bin bald fertig."

„So schnell geht das?"

„Ich muss bloß ein paar Muttern lösen, und die Mischbatterie lässt sich rausnehmen. Ich hab dir eine neue mitgebracht, ich hoffe, sie gefällt dir."

Julie begutachtete die Batterie. „Die ist in Ordnung."

Sie beobachtete Mike bei der Arbeit und ertappte sich dabei, dass sie seine muskulösen Unterarme beäugte. Gleich darauf robbte er unter der Spüle hervor, löste die alte Mischbatterie und reichte sie Julie.

„Ganze Arbeit, das Teil ist hin", sagte er und zeigte auf das Loch. „Was hast du benutzt, um das Ventil aufzudrehen – einen Hammer?"

„Nein, Dynamit."

„Nächstes Mal solltest du mit Samthandschuhen arbeiten."

Julie lächelte. „Wie kann so etwas passieren?"

„Das Teil war wohl einfach alt. So, ich bin gleich fertig." Mike setzte die neue Batterie ein, kroch wieder unter die Spüle und schloss sie an. Dann verließ er die Küche, dicht gefolgt von Singer. Nachdem er den Haupthahn wieder aufgedreht hatte, kam er zurück und testete, ob die Verschraubungen dicht waren. „Sieht aus, als wäre alles okay." Er ging in die Hocke, um den Schrank wieder einzuräumen.

„Oh, nein – lass mich das machen", sagte Julie und kniete sich neben ihn. „Etwas will ich schließlich auch tun."

Während sie die Sachen einräumten, streifte sein Arm mehr als einmal den ihren. Julie wunderte sich, dass es ihr überhaupt auffiel. Kurz darauf hoben sie die triefnassen Handtücher auf. Julie brachte sie in die Waschküche, während Mike sein Werkzeug einräumte.

Als sie zurückkam, ging sie direkt zum Kühlschrank. „Keine Ahnung, wie es dir geht, aber ich brauche nach all dieser Aufregung ein Bier. Willst du auch eins?"

„Sehr gern."

Julie holte zwei Flaschen heraus, öffnete sie, reichte eine davon Mike und stieß mit ihm an. „Komm", sagte sie, „setzen wir uns raus auf die Veranda." Auf halbem Weg zur Tür blieb sie abrupt stehen. „Hör mal – hast du vorhin gesagt, du hättest schon zu Abend gegessen?"

„Wieso?"

„Weil ich umkomme vor Hunger. Teilst du dir eine Pizza mit mir?"

Mike lächelte. „Gern."

Julie lief zum Telefon, und Mike fragte sich, ob er mit gebrochenem Herzen dastehen würde, wenn der Abend zu Ende ging.

Julies Haus war auf drei Seiten von bewaldetem Brachland umgeben. Sie saßen in Schaukelstühlen auf der kühlen Veranda, Zikaden summten, und Moskitos schwirrten direkt vor dem Fliegengitter. Die Sonne war endlich untergegangen. Singer döste nahe der Treppe.

„Das erinnert mich an unser erstes Zusammentreffen", sagte Mike lächelnd. „Weißt du noch? Als Mabel uns alle zu sich einlud, damit wir dich kennen lernen konnten?"

„Wie könnte ich das vergessen? Es war einer der fürchterlichsten Momente in meinem Leben. Damals wart ihr für mich lauter Fremde. Ich wusste überhaupt nicht, was mich erwartete."

„Auch in Bezug auf Jim?"

„Besonders in Bezug auf Jim. Hat ziemlich lange gedauert, bis ich begriff, warum er so viel für mich tat. Jemand wie er war mir noch nie begegnet, und es fiel mir schwer zu glauben, dass es auch Leute gibt, die einfach … gut sind." Julie blieb lange still. „Manchmal kann ich es immer noch nicht glauben, dass ich hier bin."

„Wieso?“

„Weil sich alles so zufällig ergeben hat. Bevor Jim es erwähnte, hatte ich nie von Swansboro gehört, und jetzt, zwölf Jahre später, lebe ich immer noch hier.“

Mike sah sie an. „Klingt ja fast, als würdest du es bedauern.“

Julie schlug ein Bein über das andere. „Nein, überhaupt nicht. Mir gefällt es hier. Nach Jims Tod hab ich für ein Weilchen mit dem Gedanken gespielt, irgendwo anders neu anzufangen, aber wo sollte ich hin? Ich bin zum Beispiel nicht gerade wild darauf, wieder bei meiner Mutter zu leben.“

„Hast du in letzter Zeit mal mit ihr gesprochen?“

„Schon seit ein paar Monaten nicht mehr. Sie hat zu Weihnachten angerufen und gesagt, sie würde mich gern mal besuchen kommen, aber seither hab ich nichts mehr von ihr gehört. Es würde nur alte Wunden aufreißen.“

„Das alles muss ganz schön hart für dich sein.“

„Früher schon. Aber heute denke ich nicht mehr viel darüber nach. Sie kam nicht zur Hochzeit, sie kam nicht zu Jims Beerdigung. Seither habe ich es mehr oder weniger aufgegeben.“

Mike sah zu den dunklen Umrissen der Bäume hinüber. „Ich weiß nicht, ob ich allein zurechtkommen würde, so wie du.“

Julie sah ihn an. „Klar würdest du's schaffen. Außerdem bin ich gar nicht ganz allein. Ich habe Singer, und ich habe meine Freunde. Das ist doch schon viel.“

Mike hätte gern gefragt, welche Rolle Richard dabei zukam, doch er hielt den Mund. Er wollte die Stimmung nicht verderben.

„Darf ich dich was fragen?“, sagte Julie.

„Klar.“

„Warum ist eigentlich deine Beziehung mit Sarah in die Brüche gegangen? Ich dachte, ihr zwei hattet was ganz Besonderes laufen, und dann wart ihr plötzlich auseinander. Du hast mir nie erzählt, weshalb.“

Mike rutschte verlegen auf dem Stuhl hin und her. „Da gibt's nicht viel zu erzählen.“

„Das sagst du immer. Also, was ist damals passiert?“

Er schwieg eine ganze Weile und schüttelte dann den Kopf. „Mach dir keine Gedanken darüber.“

„Was hat sie getan? Hat sie dich betrogen?“

Als er nicht darauf antwortete, wusste Julie, dass sie ins Schwarze getroffen hatte. „Oh, Mike, das tut mir Leid.“

„Ja, mir auch. Jedenfalls hat's mir damals Leid getan. Sarah kannte den Kerl von der Arbeit. Als ich eines Morgens bei ihr vorbeiging, stand sein Auto vor ihrem Haus."

„Wie hast du reagiert?"

„Ich war natürlich wütend. Aber ehrlich gesagt – die Schuld lag nicht nur bei ihr. Ich war nicht gerade der aufmerksamste Freund." Er seufzte und rieb sich übers Gesicht. „Irgendwie habe ich wohl geahnt, dass die Beziehung nicht halten würde."

Einen Moment lang blieb es still. Dann deutete Julie auf Mikes Bierflasche, die fast leer war. „Möchtest du noch eins?"

„Kann sein", sagte er.

Sie erhob sich und ging ins Haus.

Mike schaute ihr nach. Er konnte den Blick nicht von ihr abwenden. Sie sah toll aus in ihren Jeans!

Julie kam zurück, drückte ihm eine Flasche in die Hand und setzte sich zu ihm. „Jim hat das auch immer gesagt, weißt du."

„Was?"

„‚Kann sein.' Wenn ich ihn fragte, ob er noch ein Bier wolle. Hat er das von dir?"

„Kann sein."

Julie lachte. „Denkst du auch noch oft an ihn?"

Mike nickte. „Sehr oft. Er war ein prima Kerl. Besser hättest du es nicht treffen können. Und zu mir hat er immer gesagt, er hätte es auch nicht besser treffen können."

Julie wippte sacht in ihrem Schaukelstuhl hin und her. „Du bist auch in Ordnung."

„Stimmt – ich und ungefähr eine Million andere. Ich bin nicht wie Jim."

„Aber sicher. Bei euch hatte man viel eher das Gefühl, dass ihr Brüder seid, als bei dir und Henry. Abgesehen davon natürlich, dass Jim nie eine neue Mischbatterie hätte anschließen können. Er konnte überhaupt nichts reparieren."

„Tja, Henry hätte das auch nicht hinbekommen. Er macht sich ungern die Hände schmutzig."

„Schon komisch, wo ihr beide doch die Werkstatt habt."

„Da hast du Recht. Aber es stört mich nicht. Ehrlich gesagt, meine Arbeit gefällt mir wesentlich besser als seine. Hab nicht viel übrig für Büroarbeit."

„Ein Job bei einem Kreditinstitut wäre also nichts für dich, was?"

„Wie Jim? Niemals. Bei mir bekäme jeder ein Darlehen, der eins braucht. Ich kann ganz schlecht Nein sagen."

Julie berührte ihn am Arm. „Och, wirklich?"

Mike lächelte sprachlos.

Wenige Minuten später wurde die Pizza gebracht, und die beiden aßen unter einvernehmlichem Geplauder wie schon so oft. Der Abend verstrich, und Julie merkte, dass ihre Blicke länger an Mike hängen blieben als sonst.

Süß sah er aus, in Turnschuhen und Jeans, die Beine aufs Geländer gelegt, das Haar zerzaust, wie der Junge von nebenan.

Mit Mike zusammen zu sein war so ganz anders als das, was sie in letzter Zeit mit Richard erlebt hatte. Er versuchte nicht, bei Julie Eindruck zu schinden.

Erst jetzt fiel ihr auf, dass sie in den turbulenten letzten Wochen fast vergessen hatte, wie gut ihr der entspannte Umgang mit Mike tat.

Schon während ihrer Ehe mit Jim hatte sie die friedlichen Alltagssituationen am meisten genossen: die faulen Morgenstunden, die sie Zeitung lesend und Kaffee trinkend im Bett verbracht hatten, oder die kalten Herbstvormittage, wenn sie im Garten Blumenzwiebeln setzten.

Während ihr diese Erinnerungen durch den Kopf gingen, beobachtete Julie Mike beim Essen. Dass er sich selbst nicht ernst nahm und auch ihre Foppereien gutmütig ertrug, weckte in ihr eine warme Zuneigung zu ihm, so wie sie es sich bei einem alten Ehepaar vorstellte, das Händchen haltend auf einer Parkbank saß. Das Bild ging ihr abermals durch den Kopf, als sie ihm wenig später in die Küche folgte und zusah, wie er, ohne fragen zu müssen, die Frischhaltefolie aus der Schublade beim Herd nahm. Als er die Pizza einpackte und in den Kühlschrank räumte, stellte sich Julie kurz vor, die Szene würde sich nicht jetzt, sondern irgendwann in der Zukunft abspielen, an einem ganz normalen Abend in einer langen Reihe gemeinsam verbrachter Abende.

„Das wär's dann wohl", sagte Mike und sah sich in der Küche um.

Der Klang seiner Stimme schreckte Julie auf, und sie spürte, wie sie leicht errötete. „Sieht so aus", stimmte sie zu. „Danke, dass du noch beim Aufräumen geholfen hast."

Ein längeres Schweigen folgte. Da war es wieder, das alte Lied. Eine Beziehung mit Mike?, dachte Julie. Kommt gar nicht infrage, überhaupt nicht.

Dann klatschte Mike in die Hände und unterbrach ihre Gedanken. „Ich gehe wohl jetzt besser. Muss morgen früh raus."

Julie nickte. „Dachte ich mir schon. Ich will auch bald ins Bett. Singer hat mich gestern noch stundenlang wach gehalten."

„Was war denn los?"

„Ach, Richard ist gestern Nacht vorbeigekommen. Und du weißt doch, wie Singer sich bei fremden Leuten aufführt."

„Richard war letzte Nacht hier?"

„Nein – nicht so, wie du denkst. Er hat mir nur eine Notiz ans Auto geklemmt, dass er ein paar Tage wegmuss."

„Oh." Mike presste die Lippen zusammen und dachte: Und warum hat Singer dann so lange Zeit geknurrt? „Um wie viel Uhr war das?"

„Gegen zwei ungefähr. Warum?"

„Ich wundere mich, dass Richard die Nachricht nicht morgens vorbeigebracht hat, bevor er wegfuhr."

Julie zuckte mit den Schultern. „Vielleicht hatte er morgens keine Zeit."

Mike nickte und griff nach seiner Werkzeugkiste. „Danke, dass du mich angerufen hast. Es war ein schöner Abend."

Ihre Blicke trafen sich und verharrten ineinander, bis Mike schließlich fortschaute. Nachdem sie sich verabschiedet hatten, blieb Julie in der Tür stehen und sah zu, wie Mike zu seinem Wagen ging. Minutenlang stand sie anschließend noch auf der Veranda und versuchte, aus ihren Gefühlen schlau zu werden.

Mike, dachte sie immer wieder. *Mike?* Das ist doch lächerlich. Blanker Unfug!

Es *war* doch Unfug, oder?

HENRY stellte den Kaffeebecher auf seinem Schreibtisch ab. „Und das war's?", fragte er. „Du bist dann einfach weggefahren?"

Mike kratzte sich am Hinterkopf. „Ja, das war's."

„Also, noch mal von vorn: Dieser Jake Blansen macht dir gegenüber dunkle Andeutungen über Richard. Dann erfährst du, dass Richard mitten in der Nacht bei Julie aufkreuzt und Gott weiß wie lange da rumlungert. Und du sagst ihr nicht, dass eventuell Grund zur Sorge besteht?"

„Sie hätte garantiert gedacht, dass ich das nur aus Eifersucht sage."

„Nein, Mike", sagte Henry, „du bist ihr Freund und wirst es auch immer bleiben. Für mich gilt dasselbe, okay? Und mir gefällt die Vorstellung nicht, dass dieser Typ mitten in der Nacht bei ihr rumlungert. Hast du nicht gesagt, Singer hätte Julie *stundenlang* wach gehalten? Könnte das nicht bedeuten, dass er sich die ganze Zeit da rumgedrückt hat?"

„Natürlich. Mir hat das auch nicht gefallen."

„Dann hättest du mit ihr darüber reden sollen."

„NUN, DAS hört sich an, als hättet ihr zwei einen lustigen Abend gehabt", sagte Mabel.

„Allerdings", erwiderte Julie. „Du kennst Mike ja. Mit ihm ist es immer lustig."

Mabel saß in einem der Frisiersessel. Die nächste Kundin sollte erst in ein paar Minuten kommen, und sie waren allein im Salon. „Und dein Wasserhahn funktioniert wieder?"

Julie nickte. „Mike hat eine neue Mischbatterie mitgebracht."

„Er ist schon ein Prachtkerl, was?"

Julie sah aus dem Augenwinkel Singer neben der Tür sitzen, den Blick aus dem Fenster gerichtet, als wolle er gern hinaus.

Sie hatte seit gestern ständig über den Abend mit Mike nachgedacht. So fiel ihr, als sie zur Tür ging, um Singer hinauszulassen, die Antwort leicht. „Ja", sagte sie, „er ist ein Prachtkerl."

„MIKE!", rief Henry. „Besuch für dich!"

Mike steckte den Kopf aus dem Lagerraum. „Wer denn?"

„Rat mal!"

Noch ehe Mike etwas sagen konnte, tauchte Singer neben ihm auf.

Es wurde später Nachmittag, bis auch Julie zur Werkstatt hinübermarschierte. Sie stemmte die Hände in die Hüften und funkelte Singer an. „Wenn ich's nicht besser wüsste, würde ich das Ganze für eine Art Plan halten, damit ich nur ja hierher komme."

„Vielleicht versucht er dir mitzuteilen, dass er in letzter Zeit nicht genügend Aufmerksamkeit erhält."

„Oh, davon bekommt er mehr als genug. Er ist sehr verwöhnt."

Mike, der seine Arbeit beendet hatte, öffnete die Schnallen an seinem Overall. „Entschuldige bitte, aber das Teil macht mich wahnsinnig. Ich hab aus Versehen Getriebeöl darauf gekippt und muss schon den ganzen Tag die Dämpfe einatmen."

Julie sah zu, wie er sich aus dem Overall pellte. In Jeans und rotem T-Shirt sah er jünger aus, als er war, fand sie.

„Und, was liegt heute Abend bei dir an?", fragte sie.

„Das Übliche halt – die Umwelt retten, den Weltfrieden fördern …“

„Schon erstaunlich, was man alles an einem Abend erledigen kann.“

„Wohl wahr.“ Er grinste jungenhaft. Dann fiel sein Blick auf Henry, der, in einen Stapel Papiere vertieft, am Türpfosten lehnte, als bemerke er Mike und Julie gar nicht. Dabei wusste Mike, dass er nur dort stand, damit sein Bruder nicht vergaß, was er vorhin gesagt hatte.

Mike schob die Hände in die Taschen. „Hast du noch ein paar Minuten Zeit?“, fragte er. „Es gibt etwas, was ich dir gern erzählen würde.“

„Klar. Worum geht's?“

„Können wir woanders hingehen? Ich glaube, ich brauche erst mal ein Bier.“

Julie war zwar verblüfft, weil Mike plötzlich so ernst war, aber insgeheim auch erfreut über seinen Vorschlag.

„Ein Bier wäre nicht schlecht“, stimmte sie zu.

„Tizzy's“ lag nur ein paar Schritte die Straße hinauf, zwischen einer Tierhandlung und einer chemischen Reinigung. In einer Ecke der Kneipe plärrte ein Fernseher, die Fenster starrten vor Schmutz. Tizzy Welborn, der Besitzer, führte die Beliebtheit seines Ladens darauf zurück, dass das Lokal „Charakter“ habe.

Als Mike und Julie es sich auf zwei Barhockern am hinteren Ende der Theke gemütlich machten, drehte sich Singer einmal um die eigene Achse und legte sich dann neben sie. Tizzy nahm ihre Bestellung auf und stellte ihnen zwei Flaschen Bier hin.

Julie sah sich um. „Also, was ist so wichtig, dass du mich unbedingt hierher schleifen musstest?“

„Nun, eigentlich hat Henry mir dazu geraten … Er fand, ich hätte dir gestern etwas sagen sollen. Wegen Richard … Henry kam das irgendwie komisch vor – dass er mitten in der Nacht zu dir gefahren ist, weißt du.“

Julie sah Mike zweifelnd an. „Deswegen hat Henry sich Sorgen gemacht? Das war doch nicht nötig. Schließlich hat Richard ja nicht ins Haus gespäht. Da wäre Singer nämlich durch die Scheibe gesprungen.“

„Na ja … da ist noch was.“ Mike erzählte, was Jake Blansen gesagt hatte.

Als er fertig war, legte Julie Mike die Hand auf die Schulter und lächelte. „Das ist wirklich lieb von Henry, sich solche Gedanken um mich zu machen.“

Mike brauchte eine Weile, um ihre Antwort zu verdauen. „Moment mal – du bist nicht böse?“

„Natürlich nicht! Es tut gut zu wissen, dass ich Freunde habe, die auf mich aufpassen.“

„Aber …“

Julie lachte und pufffte Mike leicht in die Schulter. „Na los, gib’s zu – du warst auch besorgt. Es war nicht nur Henry, stimmt’s?“

Mike schluckte.

„Warum hast du das denn nicht gleich gesagt? Wieso schiebst du alles auf Henry?“

„Ich wollte nicht, dass du denkst … Nun, ich war mir nicht sicher, ob du …“

„Ich sollte nicht denken, dass du das nur sagst, damit ich mich nicht mehr mit Richard treffe?“, fragte Julie.

„Genau.“

Julie musterte Mike. „Hast du wirklich so wenig Vertrauen in unsere Freundschaft? Ich würde dir nie unterstellen, dass du etwas sagst, um mir wehzutun. Ich weiß, dass du zu so etwas gar nicht fähig bist. Warum bin ich wohl so gern mit dir zusammen? Weil du ein netter Kerl bist.“

Mike wandte sich ab. „Nette Kerle kriegen als Letzte eine Frau ab, scheint mir.“

Julie drehte sein Gesicht mit dem Finger zu sich und sah ihm in die Augen. „Mag sein. Aber ich bin mir da nicht so sicher.“

„Und was ist mit Richard? Du warst in letzter Zeit viel mit ihm zusammen.“

Julie lehnte sich auf dem Barhocker zurück. „Also, würde ich dich nicht besser kennen, hätte ich das Gefühl, du klingst ein wenig eifersüchtig“, flachste sie.

Mike trank einen Schluck Bier und ging nicht darauf ein.

„Kein Grund zur Eifersucht. Wir haben uns ein paarmal getroffen. Na und? Ich habe ja nicht vor, ihn gleich zu heiraten.“

„Wirklich nicht?“

„Machst du Witze?“

Sie schwiegen eine Weile.

„Also war es kein Witz“, sagte Julie schließlich. „Ich weiß nicht einmal genau, ob ich mich noch mal mit ihm treffen würde. Und zwar nicht wegen der Dinge, die du mir eben erzählt hast. Das letzte Wochenende war toll, es war lustig, aber es hat einfach nicht gefunkt, verstehst du? Und am Montag war Richard dann so komisch, und da wurde mir plötzlich klar, dass er mich ziemlich kalt lässt.“

„Wirklich?“

Sie lächelte. „Wirklich.“

Mikes Hals war auf einmal wie ausgedörrt. Er trank noch einen Schluck. „Na ja, vielleicht kommt ja bald ein anderer des Weges.“

„Vielleicht.“ Julie stützte das Kinn in die Hand und sah Mike in die Augen.

„Es gibt bestimmt ein Dutzend Männer, die nur darauf lauern, dich um eine Verabredung zu bitten.“

„Ich brauche nur einen.“ Sie lächelte fröhlich.

„Den gibt es bestimmt“, erklärte Mike. „Darüber würde ich mir keine Sorgen machen.“

„Tu ich auch nicht. Ich weiß inzwischen ganz gut, worauf es mir bei einem Mann ankommt. Ich möchte einen guten Mann finden. Einfach einen netten Kerl.“

„Also, verdient hast du so einen, so viel steht fest.“

Mike war wirklich sehr begriffsstutzig.

Julie versuchte es anders. „Wie sieht's denn bei dir aus? Wirst du wieder jemanden finden?“

„Wer weiß …“

„Aber bestimmt! Du musst dich nur umsehen. Manchmal sitzt die Richtige direkt vor der Nase.“

„Hoffentlich hast du Recht“, seufzte er.

Julie stieß die Luft aus.

Ich muss wohl den ersten Schritt machen, dachte sie. Wenn ich warte, bis dieser Casanova die Situation durchschaut, werde ich darüber so alt, dass ich eine Gehhilfe brauche.

„Also, was machst du morgen Abend?“, fragte sie.

„Hab noch nicht darüber nachgedacht.“

„Sollen wir zusammen ausgehen? Auf der Insel gibt's ein Lokal, das echt nett ist. Liegt direkt am Strand, und das Essen soll ganz gut sein.“

„Du und ich?“ Mike spürte, wie ihm plötzlich das Herz in der Brust hämmerte.

„Klar, wieso nicht? Es sei denn, du hast keine Lust.“

„Doch, sehr gern“, sagte er etwas zu rasch. Er holte tief Luft und zwang sich, ruhiger zu werden. Dann warf er Julie einen James-Dean-Blick zu. „Das heißt, ich glaube, ich kann es einrichten.“

Julie verkniff sich ein Lachen. „Mensch“, sagte sie, „das freut mich aber!“

JULIE schloss die Haustür auf, eine volle Einkaufstüte und die Post im Arm, und wankte Richtung Küche. Singer war nicht mit ins Haus gekommen. Er war aus dem Jeep gesprungen, sobald sie angehalten hatte, und im Wald verschwunden. Er würde ein Weilchen fortbleiben.

Julie stellte die Lasagne in die Mikrowelle, zog sich im Schlafzimmer rasch Shorts und T-Shirt über und ging dann in die Küche zurück. Sie sah die Post durch, dann fiel ihr Blick auf das blinkende Licht des Anrufbeantworters. Sie drückte auf PLAY, und Emmas Stimme erklang. Sie fragte, ob Julie Lust hätte, Freitagmittag mit ihr essen zu gehen.

Hört sich gut an, dachte Julie.

Gleich darauf piepste es, und sie vernahm Richards Stimme. Er klang müde. „Hallo, Julie. Wollte mich nur mal melden, aber du bist wohl nicht da. Den Abend über werde ich unterwegs sein, aber morgen bin ich wieder zurück." Er hielt inne, und Julie konnte hören, wie er tief Luft holte. „Du glaubst gar nicht, wie sehr du mir fehlst."

Danach hatte er aufgelegt.

Oh Mann, dachte sie, ich habe das Gefühl, er wird meinen Entschluss nicht gerade begeistert aufnehmen.

6

Am nächsten Abend fuhr Mike um kurz vor sieben bei Julie vor, in Dockers und weißem Leinenhemd. Er stellte den Motor ab, schnappte sich die Pralinenschachtel und ging auf die Haustür zu, wobei er sich noch einmal stumm in Erinnerung rief, was er sagen wollte. Nach stundenlangem Grübeln hatte er sich für Folgendes entschieden: „Was für eine tolle Idee, zum Strand zu fahren! Der Abend ist wunderschön."

Julie kam heraus, als Mike schon fast an der Tür war, und sagte etwas Freundliches, vermutlich irgendeine Begrüßung, aber ihre Stimme, zusammen mit der umwerfenden Erkenntnis, dass die Verabredung nun tatsächlich stattfand, verwirrte seinen Gedankenfluss, und er vergaß komplett, was er hatte sagen wollen.

Hübsche Frauen gab es überall, aber Julie war etwas Besonderes. Als Mike sie die Treppe herabkommen sah, das Sommerkleid leicht gebauscht in der Frühlingsbrise, kam es ihm vor, als hätte er niemals eine schönere Frau gesehen.

„Mike?“, sagte Julie.

Okay, dachte er, das ist deine Chance. Vermassle sie nicht!

„Fehlt dir was?“, fragte sie. „Du siehst so blass aus.“

Mike öffnete den Mund und schloss ihn gleich wieder, als er merkte, dass ihm sein Text wirklich nicht mehr einfiel. Keine Panik, dachte er, während ihn langsam Panik ergriff. Er atmete tief durch. „Ich hab Pralinen für dich besorgt“, sagte er und hielt ihr die Schachtel hin.

Julie sah ihn an. „Das sehe ich. Danke schön.“

Der erste Satz … der erste Satz … „Du bist heute Abend am Strand wunderschön“, stieß er schließlich hervor.

Julie lächelte. „Danke. Aber wir sind ja noch gar nicht da.“

Mike schob die Hände in die Hosentaschen. „Tut mir Leid“, sagte er.

„Was denn?“

„Dass ich nicht weiß, was ich sagen soll.“

„Wovon redest du?“

Ihr Gesichtsausdruck war eine eigentümliche Mischung aus Verwirrung und Geduld, und vor allem deshalb war Mike endlich imstande, die richtigen Worte zu finden. „Ich glaube, ich freue mich einfach darauf, mit dir zusammen zu sein.“

Julie spürte, wie aufrichtig diese Worte waren. „Ich auch“, sagte sie.

„Also, bist du so weit?“

„Natürlich.“

Als Mike sich eben zum Gehen wandte, hörte er, wie Singer im Haus losbellte. Er sah sich um. „Kommt Singer nicht mit?“

„Ich wusste nicht, ob es dir recht wäre.“

Mike blieb stehen. „Wenn du möchtest, nimm ihn doch mit! Am Strand findet er es sicher toll.“

Sie lächelte. Ein paar Minuten später – sie fuhren gerade über die Brücke, die nach Bogue Banks führte – bellte Singer wieder. Er saß auf der Ladefläche des Pick-up, hielt Zunge und Ohren in den Wind und machte einen rundum zufriedenen Eindruck.

SINGER rollte sich vor dem Restaurant im warmen Sand zusammen, während Julie und Mike an einem Tisch auf der Terrasse Platz nahmen. Am langsam dunkler werdenden Himmel bildeten sich Zirruswolken. Die Seebrise zerrte rhythmisch an den Volants des Sonnenschirms am Tisch.

Im Restaurant herrschte eine angenehm zwanglose Atmosphäre. Als der Kellner kam, bestellte Julie ein Glas Wein. Mike entschied sich für ein Bier.

Während der ersten Minuten fiel es Mike schwer, sich zu konzentrieren. Immerhin hatte er sich seit Jahren fast täglich einen solchen Moment vorgestellt. Es gelang ihm endlich, zwanglos zu plaudern und Julie sogar ein paarmal zum Lachen zu bringen, doch bis das Essen kam, war er derart nervös und unsicher, dass er kaum mehr wusste, worum es in ihrem Gespräch eigentlich gegangen war.

Jetzt reiß dich zusammen!, dachte er.

Julie wusste, dass es ein wenig dauern würde, bis er sich entspannt hatte. Ganz unbefangen war sie auch nicht. Beim Essen dachte sie mehrmals an Jim.

Der Mond war bereits aufgegangen, als sie ihr Mahl beendeten, und warf einen Fächer weißen Lichts auf das dunkle Wasser.

„Wie wär's mit einem Spaziergang?“, schlug Mike vor.

„Hört sich gut an“, sagte Julie.

Sie spazierten direkt am Wasser entlang, hatten die Schuhe ausgezogen, und Mike hatte sich die Hose hochgekrempelt. Singer trabte voraus, die Nase dicht am Boden.

„Du warst beim Essen plötzlich so still“, sagte Mike.

„Hab nur nachgedacht“, murmelte Julie.

„Hatte es mit Jim zu tun?“

Sie sah Mike an. „Woher weißt du das?“

„Den Gesichtsausdruck hab ich oft genug bei dir gesehen. Mir entgeht nichts. Worüber hast du denn nachgedacht?“

„Unwichtig. Besser, du fragst nicht danach.“

„Warum? Ist es schlimm?“

„Nein.“

„Dann verrat's mir!“

„Na schön. Ich hab über seine Hände nachgedacht.“

„Seine Hände?“

„Ja. Du hast Öl an den Fingern. Mir ging durch den Sinn, dass ich während meiner gesamten Ehe mit Jim nie gesehen habe, dass seine Finger so aussahen wie deine.“

Mike versteckte verlegen die Hände hinter dem Rücken.

„Oh, das war nicht böse gemeint“, beteuerte sie. „Irgendwie gefällt es mir.“

„Wirklich?“

„Es bleibt mir ja kaum etwas anderes übrig. Das gehört schließlich mit zum Gesamtpaket.“

Mikes Herz schlug schneller. „Hast du wohl Lust, morgen Abend noch einmal auszugehen? Wir könnten nach Beaufort fahren."

„Klingt nicht schlecht."

„Hast du einen besonderen Wunsch, wo's hingehen soll?"

„Diesmal musst du etwas aussuchen. Ich habe heute meine Pflicht erfüllt."

„Und du hast die richtige Wahl getroffen." Mike griff nach ihrer Hand. „Was für eine tolle Idee, zum Strand zu fahren! Der Abend ist wunderschön."

Julie verschränkte lächelnd ihre Finger mit seinen. „Ja, das stimmt."

Ein paar Minuten später kehrten sie um, weil Julie langsam kalt wurde. Die Heimfahrt verlief schweigsam, und als Mike Julie bis an die Tür brachte, musste er feststellen, dass er keine Ahnung hatte, was ihr durch den Kopf ging. Er wusste allerdings genau, was *ihm* durch den Kopf ging … Diesmal wollte er nichts falsch machen.

„Es war ein schöner Abend", sagte er.

„Das finde ich auch."

Mike nickte. Er kam sich vor wie ein Teenager. Da ist er nun, dachte er, der große Moment. Jetzt gilt es. „Also …", begann er.

Julie lächelte, als sie seine Gedanken erriet. Sie nahm seine Hand, drückte sie kurz und ließ sie wieder los. „Gute Nacht, Mike. Bis morgen dann."

Mit dieser Abfuhr hatte er nicht gerechnet. Verlegen trat er von einem Fuß auf den anderen. „M-M-Morgen?", stotterte er hilflos.

„Ja, wir sind verabredet. Schon vergessen?"

Sie steckte den Schlüssel ins Schloss, dann sah sie noch einmal zu Mike auf. Singer war inzwischen bei ihnen angekommen. Julie schloss die Tür auf und ließ ihn hinein. „Und danke noch mal für den netten Abend."

JULIE wusste, dass sie so bald ohnehin kein Auge zubekommen würde, also setzte sie sich aufs Sofa und ließ den Abend Revue passieren. Sie war froh, Mike auf der Veranda nicht geküsst zu haben, auch wenn sie nicht genau wusste, warum.

Sie griff zur Fernbedienung und stellte den Fernseher an. Es war noch früh – nicht einmal zehn Uhr –, und sie entschied sich für einen Film auf CBS. Zwanzig Minuten später hörte sie ein Klopfen an der Tür.

Singer war blitzschnell auf den Beinen, lief durchs Wohnzimmer und schob den Kopf durch die Gardinen. Dann begann er zu knurren.

„Hallo, Richard", sagte Julie.

„Hallo, Julie." Er hielt ihr einen Strauß Rosen hin. „Die hab ich auf dem Heimweg am Flughafen besorgt."

Singer stand neben Julie in der Tür. Er hatte zu knurren aufgehört, als sie die Tür öffnete.

Erst nach kurzem Zögern nahm sie die Blumen in Empfang. „Danke."

„Entschuldige, dass ich so spät noch hier auftauche, aber ich wollte kurz Hallo sagen, bevor ich zu mir fahre."

„Ist schon in Ordnung", sagte sie.

„Ich hab vorhin angerufen, um dir Bescheid zu geben, aber du warst wohl nicht da. Ich hatte keine Zeit, eine Nachricht zu hinterlassen. Es kam gerade der letzte Aufruf für meinen Flug. Aber gestern habe ich dir eine Nachricht hinterlassen."

„Ja", sie nickte, „die habe ich bekommen."

Richard verschränkte die Hände vor dem Bauch. „Und, wo warst du vorhin?"

Julie merkte, wie ihre Schultern nach unten sackten. Auf dieses Gespräch hatte sie jetzt gar keine Lust.

„Ich war mit einem Freund aus", antwortete sie. „Erinnerst du dich an Mike?"

„Ach ja. Der Typ, der in der Werkstatt arbeitet?"

„Genau der."

„Gut." Er ließ seinen Blick in die Ferne schweifen, dann wieder zu Julie. „Darf ich reinkommen? Ich hatte gehofft, wir könnten uns noch ein bisschen unterhalten."

„Ich weiß nicht …", sagte sie zögernd. „Es ist schon spät."

„Oh", sagte er, „in Ordnung. Verstehe. Kann ich dich dann morgen sehen? Vielleicht können wir zusammen zu Abend essen."

Julie zwinkerte und hielt die Augen einen Moment lang geschlossen. „Tut mir Leid", sagte sie, „aber da kann ich nicht. Ich habe schon etwas anderes vor."

„Wieder mit Mike?"

Sie nickte.

„Das war's dann also – mit uns, meine ich?"

Julies Miene genügte als Antwort.

„Habe ich etwas falsch gemacht?", fragte er.

„Nein", protestierte sie, „daran liegt es nicht."

„Woran … liegt es dann? Hast du dich in meiner Gegenwart nicht wohl gefühlt?"

Julie zögerte. „Es hat eigentlich gar nichts mit dir zu tun. Es ist wegen Mike und mir. Wir scheinen einfach ... Ach, ich weiß nicht, wie ich es ausdrücken soll ...“

Während sie nach Worten suchte, presste Richard die Zähne aufeinander. „Müssen ja ein paar aufregende Tage gewesen sein, während ich nicht da war!“, zischte er schließlich.

„Hör mal, es tut mir Leid ...“

„Was denn? Dass du mich hintergangen hast, kaum, dass ich weg war? Dass du mich nur benutzt hast, um Mike eifersüchtig zu machen?“

„Ich habe dich nicht benutzt ...“

Richards Tonfall wurde schärfer. „Nein? Warum machst du dann Schluss, wo wir doch gerade erst am Anfang stehen? Und wieso ist Mike plötzlich so interessant? Da bin ich mal ein paar Tage nicht in der Stadt, und ehe ich mich versehe, ist alles aus zwischen uns, und Mike ist an meine Stelle getreten.“ Er starrte Julie an. „Kommt mir verdammt so vor, als hättest du das von langer Hand geplant!“

Sein Ausbruch kam so unerwartet, dass ihr die Worte spontan herausrutschten. „Du spinnst doch!“

Der Zorn in Richards Gesicht wich plötzlich einem Ausdruck von Schmerz. „Das ist nicht fair“, sagte er leise. „Bitte, ich möchte nur kurz mit dir reden, okay?“

Julie stellte verblüfft fest, dass er Tränen in den Augen hatte. Der Mann hat ein Gefühlsleben wie eine Achterbahnfahrt, dachte Julie; rauf, runter, rauf, runter. „Entschuldige, Richard, ich wollte dir nicht wehtun. Aber es ist schon spät, und wir sind beide müde. Ich gehe jetzt lieber rein, bevor wir noch mehr Falsches sagen, okay?“

Als er nicht antwortete, trat sie einen Schritt zurück und wollte die Tür schließen.

Unvermittelt hob Richard die Hand, um sie aufzuhalten.

„Julie! Warte!“, sagte er. „Bitte ... ich muss wirklich mit dir reden.“

Noch bevor sie überhaupt mitbekam, dass Richard die Hand an die Tür gelegt hatte, war Singer darauf zugestürzt, als wolle er eine Frisbeescheibe im Flug fangen. Er schlug seine Zähne in die Hand, und Richard brüllte vor Schmerz. Er taumelte über die Schwelle.

„Singer!“, schrie Julie.

Richard stürzte auf die Knie, den Arm ausgestreckt, während Singer wild knurrend den Kopf hin und her warf.

„Tu doch was!“, schrie Richard. „Er soll loslassen!“

Julie packte Singer am Halsband und zerrte heftig daran. „Lass los!“, herrschte sie den Hund an. „Loslassen, auf der Stelle!“

Trotz seiner Erregung folgte Singer aufs Wort. Richard zog instinktiv die Hand an die Brust und stöhnte.

Singer stand neben Julie, die Zähne gefletscht.

„Singer, *nein*!“, rief sie. „Was ist mit deiner Hand?“

Richard bewegte die Finger und verzog das Gesicht. „Gebrochen ist nichts, glaube ich. Ich hab ihn gar nicht gesehen“, fuhr er fort. „Erinnere mich daran, nie wieder deine Tür anzurühren, wenn dein Hund in der Nähe ist.“

Er sagte es so, als wäre der Vorfall komisch gewesen, aber Julie erwiderte nichts. Singer hatte instinktiv reagiert, um sie zu beschützen, und dafür konnte sie ihn wohl kaum bestrafen.

Richard rappelte sich hoch. „Tut mir Leid“, sagte er. „Ich hätte nicht versuchen sollen, dich aufzuhalten. Das war falsch von mir.“

Da hast du allerdings Recht, dachte Julie.

„Und ich hätte dich nicht so anfahren sollen. Ich hatte nur einfach eine harte Woche. Deshalb bin ich auch vorbeigekommen. Ich weiß, das ist keine Entschuldigung …“

Er klang zerknirscht, aber Julie hob die Hände, um ihn zum Schweigen zu bringen. „Richard!“, sagte sie. Ihr Tonfall ließ keinen Zweifel daran, dass sie das Gespräch als beendet ansah.

Richard wandte den Blick ab. Er schien ins Leere zu stieren. Wieder schimmerten Tränen in seinen Augen. „Meine Mutter ist diese Woche gestorben“, flüsterte er. „Ich komme gerade von ihrer Beerdigung.“

„DESHALB musste ich dir neulich Nacht auch die Notiz an den Jeep klemmen“, erklärte Richard wenig später. „Ich musste mitten in der Nacht los.“

Ein paar Minuten waren vergangen. Richard saß auf Julies Sofa, den Blick zu Boden gesenkt. Spontanes Mitgefühl überkam Julie. Sie hatte ihn hereingelassen, nachdem sie Singer ins Schlafzimmer gesperrt hatte. Jetzt saß sie ihm gegenüber und hörte ihm zu.

Richard räusperte sich. „Es kam so plötzlich, verstehst du? Ich musste einfach mit jemandem reden.“

Julie rang sich ein dünnes Lächeln ab. „Du kannst mir gern alles erzählen“, sagte sie. „Wir sind schließlich immer noch Freunde, oder nicht?“

Richard redete stundenlang drauflos, immer wieder das Thema wechselnd: Erinnerungen an seine Mutter, was ihm durch den Kopf ging, als er das Krankenhauszimmer betrat, wie er sich am folgenden Morgen fühlte, als er wusste, dass er zum letzten Mal ihre Hand hielt.

Gegen zwei Uhr früh zeigten das Bier und die emotionale Erschöpfung allmählich Wirkung. Julie ging in die Küche, um sich ein Glas Wasser zu holen, und als sie zurückkam, bemerkte sie, dass Richard die Augen zugefallen waren. Den Kopf nach hinten auf ein Kissen gelegt, schlief er mit offenem Mund.

Julie verharrte in der Tür und dachte: Na, toll! Was mache ich jetzt?

Ihr war nicht ganz wohl dabei, Richard im Haus zu wissen, aber wenn sie ihn weckte, wollte er womöglich weiterreden.

Was soll's, entschied sie schließlich, er ist einfach fertig.

Sie schaltete die Lampen aus und huschte ins Schlafzimmer, wo sie die Tür hinter sich abschloss.

Julie erwachte bei Tagesanbruch und spähte auf den Wecker.

Mühsam quälte sie sich hoch und warf einen Blick durch den Türspalt. Richard schlief offenbar noch. Julie huschte unter die Dusche und zog sich an. Als sie, von Singer wachsam eskortiert, ins Wohnzimmer trat, saß Richard aufrecht auf dem Sofa und rieb sich die Augen.

„Oh, hallo", sagte er leicht verlegen. „Ich bin wohl eingeschlafen, was? Tut mir Leid."

„Es war ein langer Tag", sagte sie. „Kommst du jetzt zurecht?"

„Muss ich ja wohl. Das Leben geht weiter, stimmt's?" Sein Hemd war zerknittert, und er versuchte vergeblich, es glatt zu streichen. „Ich bitte nochmals um Entschuldigung für mein Benehmen gestern Abend. Keine Ahnung, was in mich gefahren ist."

„Schon gut", sagte sie. „Ich weiß, es muss dich wie aus heiterem Himmel getroffen haben, aber …"

Richard schüttelte den Kopf. „Nein, schon gut. Du musst es nicht noch einmal erklären – ich verstehe es. Mike scheint ein netter Kerl zu sein."

Julie zögerte. „Das ist er", bestätigte sie endlich, „aber trotzdem danke."

„Ich möchte, dass du glücklich bist. Mehr habe ich mir nie gewünscht." Richard ging zur Tür. Im Hinausgehen sah er sich noch einmal um. „Auf Wiedersehen, Julie."

Als er endlich ins Auto stieg, atmete Julie auf. Jetzt war es wenigstens ausgestanden.

Zu Hause stieg Richard die Treppe hinauf ins Erkerzimmer. Er hatte die Wände schwarz gestrichen und die Fenster mit Isolierband und Planen abgeklebt. An der hinteren Wand stand ein Tisch, über dem eine Rotlichtlampe baumelte. Richards Fotoausrüstung war in der Ecke aufgebaut: vier verschiedene Kameras, ein Dutzend Objektive, Schachteln mit Filmen. Er schaltete die Lampe an. Neben den flachen Wannen voller Chemikalien, in denen er die Filme entwickelte, lag ein Stapel Fotos, die er bei dem Ausflug mit Julie aufgenommen hatte.

Er blätterte die Bilder durch. Glücklich hat sie an jenem Wochenende gewirkt, dachte er, als hätte sie gewusst, dass ihr Leben plötzlich eine Wende zum Besseren genommen hat. So eingehend er ihr Mienenspiel auch musterte, er konnte nichts entdecken, was ihr Verhalten vom Vorabend erklärt hätte.

Er schüttelte den Kopf. Nein, er würde ihr diesen Fehler nicht nachtragen. Inzwischen wusste er einiges über Julie Barenson. Ihre Mutter war Trinkerin und hauste in einem schäbigen Wohnwagen am Stadtrand von Daytona. Ihr Vater hatte Frau und Tochter verlassen, als Julie drei Jahre alt war. Fast jedes Jahr war Julie auf eine neue Schule gegangen, bis sie auf die Highschool kam. Doch dann hatte sie die Schule vor dem Abschluss abgebrochen. Wie Jim es geschafft hatte, sie in ein solches Nest zu locken, war Richard schleierhaft. Swansboro. Glückliche Ehe, langweiliger Ehemann. Nett, aber langweilig.

Nach der Begegnung im Clipper hatte Richard von einem Einheimischen auch mehr über Mike erfahren. Erstaunlich, wie leicht ein paar spendierte Drinks die Zunge lösten …

Mike war in Julie verliebt, aber das wusste Richard ja schon. Wie Mikes letzte Beziehung zu Ende gegangen war, war Richard allerdings neu gewesen, und Sarahs Untreue hatte sein Interesse geweckt. Da taten sich Perspektiven auf.

Außerdem erfuhr er, dass Mike bei Julies Hochzeit Trauzeuge gewesen war. Der Kontakt zu Mike verhieß Trost, er war Julies Bindeglied zu ihrer Vergangenheit, zu Jim. Richard verstand ihren Wunsch, sich daran festzuklammern. Aber dieser Wunsch war aus Angst geboren – Angst, so zu enden wie ihre Mutter, Angst vor dem Unbekannten.

Sie ist so vorsichtig, dachte er. Aber es gab jetzt keinen Grund mehr, so zu leben. Sie konnte loslassen, genau wie er.

Letztlich hatten sie vermutlich ganz ähnliche Kindheitserfahrungen: der Alkohol, die Schläge, die vor Kakerlaken wimmelnde Küche.

Richard erinnerte sich noch lebhaft an den Tag, als sein Vater gestorben war. Der Küchentisch im grellen Schein der Morgensonne, der leere Gesichtsausdruck seiner Mutter. Polizisten gingen ein und aus, sie unterhielten sich mit gedämpfter Stimme. Der Leichenbeschauer untersuchte den Toten und ließ ihn abtransportieren.

Und dann das Geheule seiner Mutter, als sie endlich allein waren. „Was sollen wir ohne ihn nur tun?“, schluchzte sie und schüttelte Richard an den Schultern. „Wie konnte das geschehen?“

Sein Vater war in einer schäbigen Kneipe gewesen, gleich um die Ecke. Zwei Monate zuvor war er von seiner Firma an die Luft gesetzt worden, und seitdem prügelte er Frau und Sohn regelmäßig. Am Vorabend war es besonders brutal gewesen.

Kurz nach zehn hatte er die Kneipe verlassen und war dann nach Hause gefahren. Ein Nachbar hatte gesehen, wie er zurückkam. Die Garage war noch offen, und Vernon fuhr mit dem Wagen direkt hinein. An beiden Wänden waren Kartons aufgestapelt.

Dann hatte er das Garagentor geschlossen. Aber warum, fragte sich der Leichenbeschauer, hatte er nicht erst den Motor abgestellt? Und wieso stieg er nach dem Schließen des Garagentors wieder ins Auto? Alles deutete auf Selbstmord hin, obwohl Vernons Kumpel steif und fest behaupteten, so etwas hätte er nie getan.

Zwei Tage später kamen die Polizeibeamten abermals ins Haus, stellten viele Fragen und suchten nach Antworten. Die Mutter jammerte zusammenhangloses Zeug, der Zehnjährige starrte sie stumm an.

Schließlich wurde der Todesfall als Unfall unter Alkoholeinwirkung deklariert.

Ein Dutzend Leute wohnten der Beerdigung bei. Richards Mutter trug Schwarz und weinte in ein weißes Taschentuch, während er hilflos neben ihr stand. Der Sohn spielte seine Rolle gut. Er hielt den Blick gesenkt. Ab und zu fuhr er sich mit dem Finger über die Wange, als müsste er eine Träne abwischen.

Am nächsten Tag aber war er allein zu dem frischen Grab zurückgekehrt. Und hatte mitten darauf gespuckt.

In der Dunkelkammer heftete Richard eins der Fotos an die Wand. Die Vergangenheit wirft lange Schatten, dachte er. Er wusste, dass Julie nichts dafür konnte. Er hatte Verständnis. Er verzieh ihr, was sie getan hatte.

Richard starrte auf das Bild. Wie könnte er ihr nicht verzeihen?

WEIL sie sich wegen Richard schon so früh fertig gemacht hatte, blieb Julie genug Zeit, um vor der Arbeit noch in der Werkstatt vorbeizuschauen.

Dass Richard bei ihr übernachtet hatte, gedachte sie Mike allerdings nicht zu erzählen. Sosehr sie sich auch den Kopf zerbrach, sie wusste nicht, wie sie das hätte erklären sollen. Vor allem nach dem, was er mit Sarah erlebt hatte. Mike würde gewiss ständig darüber nachgrübeln, und Julie hatte Angst, dass diese Geschichte nachhaltig Zweifel und Misstrauen säen würde. Außerdem war es unwichtig. Die Sache mit Richard war vorbei, und nur darauf kam es an. Sie überquerte die Straße. Als sie an den Autos vorbeiging, die heute repariert werden sollten, kam Mike ihr schon entgegen.

„Hallo, Julie!“, sagte er. „Was für eine nette Überraschung.“

Trotz des Streifens Schmiere auf seiner Wange, sah er in Julies Augen richtig gut aus.

„Ich freue mich natürlich auch, dich zu sehen, Großer“, setzte Mike hinzu und tätschelte Singer den Kopf. Julie fielen die Heftpflaster an seinen Händen auf.

„He, was ist denn mit deinen Fingern passiert?“

„Ach, nichts. Sind heute Morgen nur ein bisschen wund.“

„Warum denn das?“

„Ich glaube, ich hab sie gestern Abend zu heftig geschrubbt.“

Julie zog die Stirn kraus. „Wegen dem, was ich am Strand zu dir gesagt habe?“

„Nein“, sagte er rasch. Aber dann räumte er achselzuckend ein: „Na ja, vielleicht doch.“

„Was hast du denn benutzt? Scheuerpulver?“

„Scheuerpulver, Verdünnung … Ich hab alles ausprobiert.“

Sie stemmte die Hände in die Hüften und musterte ihn. „Weißt du, manchmal frage ich mich schon, wie du wohl sein wirst, wenn du erwachsen bist.“

„Die Chancen, dass diese Zeit einmal kommt, stehen nicht allzu gut, ehrlich gesagt.“

Julie lachte. „Ich wollte dir nur schnell sagen, wie schön ich den gestrigen Abend fand.“

„Ich auch“, sagte er. „Und ich freue mich schon auf heute Abend.“

Ihre Blicke trafen sich kurz, dann sah Julie auf die Uhr. „Ich muss los. Ich bin den ganzen Vormittag ausgebucht, und mittags bin ich mit Emma zum Essen verabredet.“ Sie verabschiedeten sich, und kurz darauf überquerte Julie leichten Schrittes die Straße.

„UND, WAS ist mit Richard?“, fragte Emma beim Essen. „Neulich im Clipper hatte man den Eindruck, ihr würdet euch glänzend verstehen.“

„Ach, er ist nett, aber ich empfinde einfach nichts für ihn.“

„Da hilft auch kein gutes Aussehen, was?“

„Zugegeben, in der Hinsicht ist er nicht übel“, sagte Julie, und Emma lachte.

Sie aßen ihren Salat, Emma trank einen Schluck Tee. „Sag mal, was höre ich denn da über Mike?“

Damit hatte Julie schon gerechnet. „Was genau meinst du?“

„Dass er dich um eine Verabredung gebeten hat und dass ihr zusammen essen wart.“

„Nun – eigentlich war ich diejenige, die ihn gefragt hat.“

„Er hat es also nicht über sich gebracht?“

Julie warf Emma einen schelmischen Blick zu. „Was glaubst du?“

„Hm … ich glaube, er ist bei deiner Frage wahrscheinlich vor Schreck zur Salzsäule erstarrt.“

Julie lachte. „So ungefähr.“

„Und, wie war es? Was habt ihr gemacht?“

Als Julie ihren Bericht beendet hatte, lehnte sich Emma zurück. „Klingt doch ganz gut.“

„Allerdings.“

Emma musterte Julie einen Moment lang. „Und was ist mit … du weißt schon … Musstest du an …“ Ihre Stimme verlor sich, und Julie vervollständigte den Satz für sie.

„Ob ich an Jim denken musste?“

Emma nickte, und Julie überlegte kurz. „Nicht so viel, wie ich gedacht hatte“, sagte sie. „Und am Ende hat es mich gar nicht mehr gestört. Mike und ich … In seiner Gegenwart fühle ich mich rundum wohl.“

„Das freut mich. Ich war mir schon immer sicher, dass ihr zusammenkommt. Ich dachte, wenn du erst so weit bist, wirst du Mikes Vorzüge genauso klar erkennen wie ich.“

„Zum Beispiel?“

„Dass er dich nie enttäuschen wird. Der Junge hat ein Herz, so groß wie Kentucky, und er liebt dich. Darauf kommt es an. Henry würde jederzeit sein Leben für mich aufs Spiel setzen.“

„Und du meinst, Mike ist auch so?“

„Schätzchen, darauf kannst du deinen letzten Dollar wetten.“

ALS JULIE nach Feierabend aus dem Salon kam, gingen ihr immer noch Emmas Worte durch den Kopf.

Und nicht nur die. Vor allem musste sie auch an Jim denken. An diesem Nachmittag hatte Jim ihr gefehlt wie schon lange nicht mehr. Was würde geschehen, fragte sie sich, wenn sie sich doch noch in Mike verliebte? Was würde dann aus ihren Gefühlen für Jim? Aus ihren Erinnerungen an ihn?

Julie hatte ihren Jeep erreicht und stieg ein. Singer sprang hinten hinein, und Julie startete den Motor. Kurz entschlossen folgte sie der Hauptstraße Richtung Stadtrand. Wenige Minuten später erreichte sie den Brookview-Friedhof.

Jims Grab lag gleich hinter der Anhöhe abseits des Hauptwegs, im Schatten eines Hickorybaums. Sie blieb vor dem Grab stehen, atmete tief durch und wartete, doch die Tränen blieben heute aus. Sie rief sich Jims Bild vor Augen, entsann sich der glücklichen Zeiten, und obwohl mit der Erinnerung wie immer ein Gefühl von Trauer und Verlust aufkeimte, glich es diesmal mehr dem Geläut ferner Kirchenglocken, das sanft nachhallte und schließlich verklang.

Auf einmal fiel ihr wieder der Brief ein, der damals in dem Paket mit Singer gelegen hatte.

> Die Vorstellung, dass du nie wieder glücklich wirst, bricht mir fast das Herz … Finde jemanden, der dich glücklich macht! Die Welt ist so viel schöner, wenn du lächelst …

Dort, an Jims Grab, wurde Julie plötzlich klar, dass Jim sich für sie freuen würde.

Nein, dachte sie, ich werde dich nicht vergessen. Nie. Und Mike wird dich auch nicht vergessen.

Ein Windhauch ließ die Blätter über ihr rascheln. Dann war es abrupt wieder ruhig, als hätte jemand das Geräusch abgestellt. Als Nächstes hörte sie von der Straße her ein Auto, das Motorengeräusch schwoll an und verebbte. Von den Häusern weiter weg drang eine Kinderstimme herüber. Aus den Zweigen erhob sich ein Kardinal, und als Julie sich umblickte, sah sie, dass Singer plötzlich den Kopf wandte, die Ohren gespitzt. Allerdings rührte er sich nicht vom Fleck.

Julie wandte sich vom Grab ab und trat mit gesenktem Kopf den Rückweg zum Auto an, die Härchen an den Armen von einer Gänsehaut gesträubt.

7

Mike war pünktlich, und Julie schloss die Tür hinter sich, bevor Singer herauskonnte. Lächelnd nahm sie zur Kenntnis, dass Mike ein Sakko trug.

„*Wow*", sagte sie, „daran muss ich mich erst gewöhnen."

Julie hatte sich ebenfalls schön gemacht. Wie am Vorabend trug sie ein Sommerkleid, das ihre Figur zur Geltung brachte. An ihren Ohrläppchen baumelten kleine Goldkreolen, und Mike nahm einen Hauch Parfüm wahr.

Sie aßen im „Landing" zu Abend, einem Hafenrestaurant in der Altstadt von Beaufort. Wie am Vorabend entschieden sie sich für einen Tisch auf der Terrasse, von wo aus sie die Boote beobachten konnten.

Julie legte sich die Serviette über den Schoß und beugte sich vor. „Gute Wahl, Mike", lobte sie. „Es gefällt mir sehr hier."

„Freut mich", sagte er erleichtert. „Mir gefällt's auch."

Julie schien ganz entspannt zu sein, sie strahlte und fühlte sich anscheinend pudelwohl.

Sie hatten einen vergnüglichen Abend, aßen, tranken, plauderten und lachten und nahmen kaum wahr, dass der Kellner ihre Teller abräumte. Als sie aufbrachen, funkelten bereits die Sterne am Himmel.

Auf der Promenade herrschte immer noch Betrieb, aber das Publikum war jetzt jünger als am frühen Abend. Als Mike und Julie aus dem Restaurant traten, ergriff er ihre Hand.

Sie blieben noch eine Stunde in Beaufort. Träge schwappten die Wellen im Mondschein gegen die Kaimauer. Sie machten ein letztes Mal Halt, um sich in einem Lokal an einen verwitterten Tisch zu setzen, der unter den Flügeln eines quietschenden Deckenventilators stand. Der Sänger nickte Mike zu – offenbar kannten sich die beiden. Mike bestellte noch ein Bier und Julie wie immer eine Cola light.

Während sie der Musik zuhörten, spürte Julie Mikes Blick auf sich ruhen. Sie vergegenwärtigte sich erstaunt, wie viel sich in den letzten Tagen geändert hatte.

„Jim und ich waren früher oft hier", sagte er, „bevor er dich kennen lernte. Wusstest du das?"

„Oh ja. Er meinte, ihr zwei wärt immer hier herausgefahren, um Frauen kennen zu lernen."

„Wusstest du, dass er mir hier das erste Mal von dir erzählt hat? Er sagte, er habe dir versprochen, dir einen Job und eine Bleibe zu suchen, wenn du herkämst."

„Hast du ihn für verrückt gehalten?"

„Natürlich."

„Und was hast du gedacht, als ich ihn beim Wort nahm?"

„Ich hab dich auch für verrückt gehalten. Aber schon bald fand ich dich eher mutig. Sein Leben so radikal umzukrempeln wie du, das erfordert Mut."

„Mir blieb ja keine Wahl."

„Man hat immer eine Wahl. Nur treffen manche Leute die falsche."

In dem Moment verstummte die Musik, und ihr Gespräch wurde unterbrochen, weil der Sänger seine Gitarre abstellte und an ihren Tisch kam. „Entschuldigt, ich will euch nicht stören. Aber ich mache jetzt Pause und wollte wissen, ob Mike Lust hat, für einen oder zwei Songs einzuspringen", sagte er.

Mike drehte sich zur Bühne um, dachte kurz nach und schüttelte schließlich den Kopf. „Sonst gern, aber ich bin ja nicht allein", sagte er.

„Ach, mach es ruhig", ermunterte Julie ihn.

Mike grinste. Eine Minute später hatte er sich die Gitarre umgehängt und zupfte an den Saiten, um sie zu stimmen. Er sah zu Julie hinüber, zwinkerte ihr zu und schlug dann die ersten Akkorde an. Es dauerte nicht lange, bis alle Gäste das Lied erkannt hatten. Mike hatte sich für den Evergreen „American Pie" entschieden.

Seine Stimme klang so schief wie immer, aber das spielte an diesem Abend, vor diesen Gästen keine Rolle. Sie sangen und wippten im Takt mit, genau wie Julie.

Als Mike geendet hatte, stellte er die Gitarre unter freundlichem Applaus ab und kam zu ihrem Tisch zurück. Julie beobachtete ihn mit einer Mischung aus Bewunderung und Vergnügen. Mike hatte gerade einem wirklich schönen Abend das i-Tüpfelchen aufgesetzt, fand sie.

MIKE begleitete sie noch bis zur Tür, und als sich Julie zu ihm umdrehte, sah sie ihm an, dass er überlegte, ob er sie küssen durfte. Mit einem auffordernden Blick signalisierte sie ihm ihre Zustimmung, doch Mike übersah das Zeichen und rührte sich nicht.

Also ergriff sie Mikes Hand und zog ihn an sich. Dann sah sie zu ihm auf. Mike neigte den Kopf und schloss die Augen, während ihre Gesichter sich einander näherten.

Motten tanzten um die Verandalampe. Aus den Bäumen in der Nähe rief eine Eule. Mike aber bekam nichts davon mit. Versunken in die hauchzarte Berührung, wusste er nur eines mit Sicherheit: In dem Augenblick, als sich ihre Lippen trafen, knisterte so etwas wie Elektrizität. Es war ein Gefühl, das, wie er glaubte, niemals enden würde.

DAS WAR schön, dachte Julie, als sie die Haustür schloss. Und kein bisschen so, als würde sie einen Bruder küssen. Sie lauschte darauf, wie Mike startete und davonfuhr, lächelte und wollte gerade die Lampe ausmachen, als ihr Blick auf Singer fiel. Er starrte sie an, den Kopf schräg gelegt, die Ohren aufgestellt.

„Na und?“, fragte sie. „Wir haben uns geküsst.“

Singer wandte den Blick nicht ab.

„Könntest du aufhören, mich so anzustarren?“

Sie stieg ins Schlafzimmer hinauf. Dabei gingen ihr abermals einzelne Szenen des Abends durch den Kopf. Sie war so in Gedanken, dass sie das Licht der Scheinwerfer nicht wahrnahm, mit dem ein Auto ihre menschenleere Straße entlangrollte. Es wurde etwas langsamer, als es an ihrem Haus vorüberkam.

AM FOLGENDEN Dienstag schob Julie nach der Arbeit ihren Einkaufswagen durch den Gang im Supermarkt und suchte die Zutaten fürs Abendessen zusammen. Mike hatte versprochen, für sie zu kochen, und obwohl die Liste, die er ihr gegeben hatte, nicht viel Gutes verhieß, war sie bereit, es zu probieren. Allerdings konnte sie sich nicht vorstellen, wie aus Zutaten wie Kartoffelchips und süßsauer eingelegtem Gemüse ein gutes Menü entstehen sollte.

Sie hatte gerade alles beisammen, als ihr Wagen gegen ein menschliches Hindernis stieß. „Oh, Entschuldigung“, sagte sie automatisch.

„Schon gut, nichts passiert“, sagte der Mann.

Er drehte sich um, und Julie riss die Augen auf. „Richard!“

„Oh, hallo, Julie“, antwortete er mit sanfter Stimme. „Wie geht's dir?“

„Gut“, sagte sie. „Und dir?“ Julie hatte ihn seit jenem Morgen nicht mehr gesehen. Er machte einen etwas mitgenommenen Eindruck.

„Geht so“, sagte er. „Es ist alles nicht leicht momentan. Ich muss mich um so vieles kümmern. Aber du weißt ja, wie das ist.“

„Ja, klar“, sagte sie. „Wie geht's deiner Hand?“

„Besser. Sie ist noch etwas blau, aber das ist nicht weiter schlimm.“ Er senkte den Blick. „Hör mal, ich wollte mich noch einmal wegen letzter Woche entschuldigen und dir nochmals dafür danken, dass du mir zugehört hast. Das hätten nicht viele getan."

„Ist doch nicht der Rede wert."

„Oh doch", beharrte er. „Keine Ahnung, was ich ohne dich angestellt hätte. An dem Abend ging's mir ziemlich dreckig."

Julie zuckte mit den Schultern.

„Also", sagte er ein wenig unschlüssig und rückte den Einkaufskorb an seinem Arm zurecht, „ich habe das Gefühl, dir noch was schuldig zu sein. Darf ich dich mal zum Abendessen einladen?"

Julie schaute zur Seite, dann sah sie ihn wieder an. „Ich glaube, das geht nicht", sagte sie. „Tut mir Leid."

„Schon okay", sagte er. „War ja nur ein Vorschlag." Er lächelte. „Also dann, nichts für ungut wegen neulich Abend?"

„Ist schon in Ordnung", sagte sie.

Im abgedunkelten Schlafzimmer seines Hauses saß Richard ans Kopfende gelehnt auf dem Bett. Das einzige Licht kam von einer kleinen Kerze auf dem Nachttischschränkchen, und während er ein Wachskügelchen zwischen den Fingern rollte, dachte er über Julie nach.

Im Supermarkt war sie ganz nett gewesen, aber er wusste, wie unwohl ihr bei dieser Begegnung gewesen war. Kopfschüttelnd fragte er sich, warum sie das zu verbergen versucht hatte. In mancher Hinsicht kannte er sie besser als sie sich selbst. Er wusste auch, dass sie an diesem Abend mit Mike zusammen war. Sah sie denn nicht, dass Mike sie hinabziehen würde, wenn sie hier bliebe?

Richard atmete langsamer und konzentrierte sich auf Julies Bild. Sie war etwas Besonderes, etwas Besseres, so wie er.

Dieses heimliche Wissen um seine Einzigartigkeit hatte ihn während der Odyssee von einer Pflegefamilie zur nächsten aufrecht gehalten. Von ein paar Kleidungsstücken abgesehen, bestand seine einzige Habe aus dem Fotoapparat, den er gestohlen hatte, und dem Karton mit seinen Fotos. Seine ersten Pflegeeltern schienen ganz nett zu sein, aber er hatte sich nicht weiter auf sie eingelassen. Wie in vielen Pflegefamilien war er nicht das einzige Kind gewesen – er teilte sich das Zimmer mit zwei älteren Jungen. Die beiden stahlen ihm zwei Monate nach seinem Einzug den Fotoapparat und brachten ihn in ein Pfandhaus, um sich von dem Geld Zigaretten kaufen zu können.

Richard fand die beiden auf dem Grundstück neben dem Haus. Er hob einen Baseballschläger auf, der zufällig am Boden lag. Erst lachten sie, schließlich waren sie beide größer und stärker als er. Am Ende aber wurden sie mit Blaulicht ins Krankenhaus gebracht, so übel hatte er ihre Gesichter zugerichtet. Die Frau von der Fürsorge wollte Richard in eine Jugendstrafanstalt stecken. Sie war noch am selben Tag zusammen mit der Polizei ins Haus gekommen, nachdem seine Pflegeeltern ihn angezeigt hatten. Richard wurde in Handschellen aufs Revier gebracht.

Aber Richard hatte keine Angst, ebenso wenig wie damals, als nach dem Tod seines Vaters die Polizei gekommen war, um ihn und seine Mutter auszufragen. Er hielt den Blick gesenkt und brach dann in Tränen aus. „Ich wollte es nicht tun", sagte er leise. „Aber die haben meinen Fotoapparat geklaut, und da hab ich gesagt, das würde ich der Fürsorge melden. Ich hatte Angst. Einer von ihnen hat mich angegriffen – mit einem Messer."

Worauf Richard seine Jacke öffnete und der Polizist das Blut sah.

Richard hatte eine Schnittwunde im Bauch. Die Polizei fand das Messer auf dem Dach des Lagerhauses, genau dort, wohin es einer der Jungen nach Richards Aussage geworfen hatte. Am Schluss landeten die beiden Jungen und nicht Richard in der Jugendstrafanstalt.

Richard lächelte, als er sich verächtlich an die Schnittwunde erinnerte, die er sich so leicht selbst zugefügt hatte. Er öffnete die Augen. Ja, aus Erfahrung wusste er, dass alle Hindernisse bezwungen werden konnten. Julie brauchte nur den richtigen Menschen, der ihr half.

JULIES Tage folgten einem neuen Rhythmus. Mike wurde immer mehr zu einem aufregenden und wichtigen Bestandteil ihres Lebens.

Die beiden arbeiteten weiter mit größter Behutsamkeit an ihrer Beziehung. Mike hatte noch nicht bei Julie übernachtet, Julie hatte noch nicht bei Mike übernachtet, und obwohl die Gelegenheit an manchen Abenden günstig gewesen wäre, waren beide offenbar noch nicht so weit. Doch eines Tages, als sie nach der Arbeit Singer spazieren führte, gestand sich Julie ein, dass es nur noch eine Frage der Zeit sein konnte.

Es war Donnerstag, zwei Wochen nachdem sie zum ersten Mal miteinander ausgegangen waren. Ein Stück vor ihr bog Singer in das vertraute Wäldchen ein. Vor einem Monat waren hier plötzlich überall Schilder aufgestellt worden, auf denen über die geplante Bebauung des Geländes informiert wurde und Grundstücke zum Kauf angeboten wurden. In ein paar

Jahren würde ihre Siedlung um ein Vielfaches gewachsen sein, was Julie – trotz der steigenden Immobilienpreise – bedauerte.

Nach einem viertelstündigen Spaziergang erreichte sie das Wasser, wo sie sich für ein Weilchen auf einen Baumstumpf niederließ und die vorüberziehenden Schiffe betrachtete. Singer konnte sie nirgends entdecken, sie wusste aber, dass er in der Nähe war.

Als sie eine Stunde später auf ihr Haus zukam, hörte sie das Telefon klingeln. Wahrscheinlich Emma, dachte sie und lief eilig hinein.

Julie hielt sich den Hörer ans Ohr. „Hallo?"

Es kam keine Antwort.

„Hallo?", wiederholte sie. Nichts. Julie legte den Hörer auf und ging wieder an die Tür, um Singer hereinzulassen. Doch da läutete das Telefon erneut, und sie hastete zurück. Abermals Schweigen am anderen Ende der Leitung. Nur glaubte sie diesmal ein schwaches Klicken zu hören, als der Anrufer auflegte.

„ICH MUSS schon sagen, in letzter Zeit strahlst du geradezu", bemerkte Mabel.

„Ach was, ich war nur ziemlich oft an der Sonne", antwortete Julie.

Im Salon war es gerade etwas ruhiger. Andrea schnitt einem Kunden die Haare.

„Ich rede nicht von deiner Gesichtsbräune, und das weißt du auch."

Andreas Kunde ging und hinterließ ein großzügiges Trinkgeld. Mabel und Julie tuschelten miteinander, als planten sie, eine Bank auszurauben, aber sogar Andrea begriff, dass es um Julies Beziehung zu Mike ging.

Andrea fand die Sache mit Mike absolut lächerlich. Mike war ein netter Bursche, aber er war nicht wie Richard. Richard hatte alles, was eine Frau sich nur wünschen konnte. Doch wenn es um Männer ging, war Julie blind wie ein Maulwurf. Julie sollte sich mal mit mir unterhalten, dachte Andrea. Ich hätte ein paar wertvolle Tipps für sie, wie sie die Sache mit Richard wieder hinbiegen könnte.

In dem Moment bimmelte die Türglocke, Andrea sah sich um und dachte: Wenn man vom Teufel spricht …

Eine ganze Weile blieb es still im Salon. Mabel war für ein paar Minuten rausgegangen, und Julies Kundin war ebenfalls gerade auf dem Weg nach draußen.

Richard hielt ihr die Tür auf. Er trug eine Sonnenbrille, und als er sich umdrehte, machte sich ein seltsam flaues Gefühl in Julies Magen breit.

Singer, der auf seiner Decke lag, richtete sich auf. „Guten Tag, Richard", sagte Julie. Es klang zögerlich.

„Hallo, Julie. Wie geht's?"

Richard nahm die Sonnenbrille ab und lächelte. „Ich hatte gehofft, dass du Zeit hast, mir die Haare zu schneiden. Ist mal wieder fällig."

Julie sah in ihrem Terminkalender nach und schüttelte den Kopf. „Tut mir Leid. Ich glaube, das geht nicht – ich bin heute ziemlich ausgebucht."

„Ich hätte wohl besser einen Termin ausgemacht, was? Wie ist es mit Montag?"

Julie blätterte die entsprechende Seite im Kalender auf und wusste schon, was sie sagen würde. „Da bin ich auch ausgebucht. Montags ist immer viel los."

„Und Dienstag?"

„Am Dienstag arbeite ich nur den halben Tag."

Andrea spürte die Spannung zwischen den beiden und trat näher. „Ich bin frei, Schätzchen", sagte sie. „Ich könnte es machen."

Richard zögerte kurz und machte dann einen Schritt auf Andrea zu, ohne den Blick von Julie zu wenden. „Schön", sagte er, „das wäre prima."

„WAS HAT er denn gewollt?", fragte Mike, der in jeder freien Minute zum Salon hinüberschaute. Als er Richard aus dem Salon hatte kommen sehen, war er über die Straße geeilt und hatte Julie kurz zu sich herausgebeten.

„Er wollte sich die Haare schneiden lassen."

„Wieso?"

„Nun, aus demselben Grund wie alle anderen, die zu uns in den Salon kommen."

Mike sah sie ungeduldig an, worauf sie fortfuhr: „Also, nun bausch das Ganze bitte nicht auf! Ich habe kaum ein Wort mit ihm gewechselt. Andrea hat ihm die Haare geschnitten, nicht ich."

„Aber er wollte von dir bedient werden, richtig? Obwohl du mit ihm Schluss gemacht hast?"

„Das kann ich nicht bestreiten. Aber ich glaube, er hat begriffen, dass ich ihn lieber nicht mehr sehen würde, auch nicht bei der Arbeit."

„Na gut. Er weiß doch Bescheid, dass du … na ja, mit mir zusammen bist, oder?"

Statt einer Antwort ergriff Julie seine Hand. „Weißt du, du bist ziemlich süß, wenn du eifersüchtig bist."

„Ich bin nicht eifersüchtig!"

„Und ob. Aber keine Bange, ich finde dich auch süß, wenn du nicht eifersüchtig bist. Bis heute Abend?“

Erstmals seit Richards Auftauchen merkte Mike, dass er wieder ruhiger wurde. „Ja, bis heute Abend“, sagte er.

Als Julie wenig später in den Salon zurückkam, war Andrea schon wieder mit einem neuen Kunden beschäftigt. Doch ihr Gesicht glühte noch von der Begegnung mit Richard. Es war das erste Mal, fiel Julie auf, dass sie Andrea im Umgang mit einem Mann nervös erlebt hatte.

Kurz nach fünf war Julie mit ihrer Arbeit fertig und machte sich ans Aufräumen. Andrea war schon gegangen, und Mabel hatte im hinteren Teil des Salons zu tun. Während Julie den Tresen abwischte, fiel ihr die Sonnenbrille ins Auge. Sie lag gleich neben der Topfpflanze.

Julie sah sofort, dass es Richards Brille war.

JULIE fuhr noch beim Supermarkt vorbei, um fürs Abendessen einzukaufen. Als sie durch ihre Haustür trat, hörte sie das Telefon klingeln. Sie stellte die Einkaufstüte auf den Tisch und nahm den Hörer ab.

„Hallo, Julie“, sagte Richard. „Ich bin froh, dich zu erwischen. Schade, dass ich heute nicht mit dir plaudern konnte.“

Julie schloss die Augen. „*Hi*, Richard“, sagte sie kühl.

„Du fragst dich wahrscheinlich, warum ich anrufe.“

„Sehr richtig“, sagte sie.

„Nun, ich wollte nur fragen, ob du zufällig meine Sonnenbrille gefunden hast. Ich glaube, ich habe sie bei euch im Laden vergessen.“

„Ja, sie ist da. Ich habe sie hinter den Tresen gelegt. Du kannst sie am Montag abholen.“

„Ach, samstags habt ihr ja nicht geöffnet …“ Er schwieg kurz. „Weißt du, ich fahre nämlich weg. Könnte ich sie nicht noch heute Abend im Salon abholen?“

Julie stand mit dem Hörer am Ohr da. Das soll wohl ein Scherz sein, dachte sie. Die hast du doch mit Absicht liegen lassen.

„Ich finde, es reicht jetzt, okay?“, sagte sie. „Allmählich wird mir klar, was du im Schilde führst. Hör auf damit!“

„Wovon redest du? Ich möchte nur meine Brille wiederhaben!“

„Richard, es ist mein Ernst. Ich bin jetzt mit jemand anders zusammen. Zwischen uns ist es aus. Du kannst die Brille am Montag abholen.“

„Julie … warte …“

Julie drückte auf den Knopf, um den Anruf zu beenden.

Eine Stunde später streckte Mike den Kopf durch Julies Haustür. „Hallo, ich bin da!“, rief er.

Julie föhnte sich gerade im Bad die Haare, und Singer kam, als er Mikes Stimme vernahm, angetrottet, um ihn zu begrüßen.

„Heute Abend gibt's Steaks“, sagte Julie, als sie aus dem Schlafzimmer kam. Barfuß und in verwaschenen Jeans wirkte sie besonders anmutig. „Ist das in Ordnung?“

„Klingt wunderbar!“, sagte Mike und fügte hinzu: „Du siehst klasse aus – wie immer.“

Julie holte sich ein Weinglas aus dem Schrank, hielt ihm das Glas entgegen, und Mike schenkte ihr Wein ein. Dann nahm er sich selbst ein Bier.

Sie traten auf die Veranda, und Julie hielt Singer die Fliegengittertür auf, um ihn in den Garten zu lassen. Sie trug eine ärmellose Bluse. Mike bemerkte die zarten Muskeln ihres Oberarms und die Rundungen ihrer Brust.

Wie immer plauderten sie entspannt miteinander, während sie den Abendwind genossen.

Mike machte eine Stunde später den Grill an und briet die Steaks, während Julie ins Haus ging, um den Salat zuzubereiten. Sie schnitt eine Gurke und Tomaten klein und gab sie in die Schüssel. Dann deckte sie den Tisch mit ihrem guten Porzellan, suchte zwei Kerzen heraus, stellte sie in die Mitte und zündete sie an. Zuletzt schaltete sie die Deckenlampe aus und nickte zufrieden.

Sie legte gerade eine CD von Ella Fitzgerald ein, als Mike mit den Steaks hereinkam. Bei dem Anblick, der sich ihm bot, blieb er in der Tür stehen.

„Gefällt's dir?“, fragte sie.

„Alles sieht … wundervoll aus“, sagte Mike.

Julie merkte, dass er dabei sie anschaute, und errötete leicht. Schließlich wandte Mike den Blick ab und stellte die Steaks auf den Tisch. Doch statt sich zu setzen, trat er auf Julie zu. Julie bekam ein flaues Gefühl im Bauch. Lieber Gott, dachte sie, bin ich wirklich dafür bereit?

Mike hob eine Hand an ihr Gesicht, behutsam, wie um Erlaubnis bittend. Im Hintergrund spielte leise die Musik, und der Raum duftete nach dem Fleisch. Und genau in dem Augenblick erkannte Julie, dass sie sich in Mike verliebt hatte.

Er schaute sie an, als könnte er ihre Gedanken lesen. Julie schmiegte ihr Gesicht in seine Hand, schloss die Augen und ließ seine Berührung zu einem Teil ihrer selbst werden. Mike umfing sie mit kraftvollen Armen. Dann küsste er sie.

Als sie sich voneinander lösten, nahm Mike Julies Hand und führte sie ins Schlafzimmer. Dort küssten sie sich wieder, und Mike knöpfte langsam ihre Bluse auf.

„Ich liebe dich", flüsterte Mike.

Das Zimmer schien nur noch aus Schatten und dem Nachhall seiner Worte zu bestehen. Julie seufzte.

„Oh, Mike", sagte sie. „Ich liebe dich auch."

ES WAR schon nach Mitternacht, und sie lagen noch immer im Bett. Julie sah zu, wie Mike mit dem Finger kleine Kreise auf ihrem Bauch beschrieb. Als sie es nicht mehr aushielt, begann sie zu lachen, zappelte und hielt seine Hand fest. „Das kitzelt!", protestierte sie. Dann wandte sie sich zur Seite und fuhr ihm mit einem Finger über die Wange. „Ich liebe dich wirklich, weißt du das?"

„Das ist doch selbstverständlich."

Sie stieß ihn weg. „Nun sei doch mal ernst", sagte sie. „Du könntest wenigstens sagen, dass du mich auch liebst."

„Noch mal? Wie oft soll ich es dir noch sagen?"

„Wie oft willst du es denn noch sagen?"

Mike sah sie an, nahm ihre Hand und küsste eine Fingerspitze nach der anderen. „Wenn's nach mir ginge", sagte er, „jeden Tag für den Rest meines Lebens."

Julie lächelte. „Tja, wenn das so ist: Könntest du uns nicht etwas zu essen holen? Ich komme um vor Hunger."

„Klar!"

Während Mike nach seiner Hose angelte, begann das Telefon auf dem Nachttisch neben ihm zu läuten. Beim dritten Läuten nahm er es ab.

„Hallo?", sagte er – und nach kurzem Schweigen noch mal: „Hallo?"

Julie schloss die Augen.

„Hallo?" Mike legte auf. „War keiner dran", sagte er. „Bestimmt verwählt oder so." Er sah sie an. „Alles in Ordnung?"

Sie lächelte gezwungen. „Ja", sagte sie, „alles bestens."

Das Telefon läutete wieder. Diesmal warf Mike Julie einen verwunderten Blick zu und hob dann ab.

Dasselbe Spielchen wie zuvor.

Julie verschränkte die Arme. Jemand beobachtet mich, dachte sie.

8

Die Veränderungen in Julies Leben begannen in jener Nacht. Größtenteils waren sie wundervoll. Mike verbrachte das ganze Wochenende mit ihr. Überrascht und dankbar stellte Julie fest, dass sich an ihrer Freundschaft durch den Sex nichts geändert hatte. Mike riss Witze wie immer und hielt liebevoll ihre Hand, während sie auf dem Sofa saßen und fernsahen.

Doch sosehr sie es auch zu verdrängen versuchte: Was ihr von jener Woche am deutlichsten im Gedächtnis blieb, waren die Anrufe. Zuerst die beiden Anrufe Freitagnacht. Am Samstag folgten zwei weitere. Am Sonntag schrillte das Telefon viermal, am Montag fünfmal. Am Dienstag, als sie schon im Bett lag, kamen vier Anrufe, dann stöpselte sie das Telefon aus. Und am Mittwoch, als sie von der Arbeit nach Hause kam, sah sie, dass ihr Anrufbeantworter voll war.

Sie drückte den Knopf, um die erste Nachricht abzuspielen, dann gleich die nächste, dann die dritte. Insgesamt waren an dem Tag zwanzig Anrufe erfolgt, und jeder dauerte zwei Minuten. Kein einziges Mal hatte der Anrufer etwas gesagt.

Donnerstag und Freitag kam kein Anruf.

„HÖRT sich an, als liefe alles prima“, sagte Emma am Samstag.

Morgens hatten sich Mike und Julie mit Henry und Emma am Bootsanlegeplatz auf Harker’s Island getroffen und die Ladung an Bord geschafft – Kühltaschen mit Lebensmitteln und Getränken, Sonnencreme, Badelaken und Hüte, Eimer voller Eis und eine Angelausrüstung, mit der man wirklich alles an den Haken nehmen konnte, was einem über den Weg schwimmen mochte. Vormittags dümpelten sie im Sund bei Cape Lookout. Mike und Henry angelten Seite an Seite. Eine Wanne war schon voll mit Makrelen und Flundern.

Julie und Emma saßen in den kleinen Liegestühlen bei der Kajüte.

„Es läuft tatsächlich alles prima“, bestätigte Julie. „Ich frage mich, wovor ich die ganze Zeit solche Angst hatte.“

Ihr Tonfall machte Emma argwöhnisch. „Aber?“

„Was, aber?“

„Irgendetwas bedrückt dich doch.“

„Ist das so … offensichtlich?“

„Nein, aber ich kenne dich lange genug. Also, was hast du?"

„Ich bekomme in letzter Zeit so seltsame Anrufe. Ich glaube, es ist Richard."

Emma schaute sie an. „Was hält Mike davon?"

„Keine Ahnung. Ich hab's ihm noch nicht erzählt."

„Warum denn nicht?"

Julie zuckte mit den Schultern. „Was könnte er dagegen machen? Dem Typen auf die Pelle rücken? Ich weiß ja nicht einmal mit Sicherheit, ob Richard der Anrufer ist."

„Wie oft ist das schon vorgekommen?"

„Am Mittwoch waren zwanzig Anrufe auf meinem AB."

Emma setzte sich kerzengerade hin. „Du lieber Himmel! Hast du das der Polizei gemeldet?"

„Nein", sagte Julie. „Ich habe gehofft, es hört von allein wieder auf. Und vielleicht hat es ja auch aufgehört. In den letzten zwei Tagen ist nichts mehr passiert."

Emma nahm Julies Hand. „Solche Typen hören nicht auf! So was liest man doch ständig in der Zeitung: Exfreund verfolgt Exfreundin, um alte Rechnungen zu begleichen. Hast du noch nie davon gehört?"

„Natürlich. Aber sag mir doch, was ich der Polizei erzählen soll. Ich kann nicht beweisen, dass Richard der Anrufer ist. Er hat mich nicht bedroht. Wenn wir uns über den Weg gelaufen sind, war er ausgesprochen höflich, und außerdem waren auch immer Leute in der Nähe."

Emma runzelte die Stirn. „Also, was willst du unternehmen?"

Julie schüttelte den Kopf. „Ich habe keine Ahnung."

Eine Stunde später stand Julie am Bug. Plötzlich spürte sie, dass Mike die Arme um sie legte und ihren Nacken liebkoste. Sie schmiegte sich an ihn und fühlte sich gleich getröstet.

„Hallo", sagte sie.

„Du bist so still heute", sagte Mike und drückte sie an sich.

„Ich denke nur nach."

„Über etwas, was Emma dir gesagt hat?"

„Nein, ganz im Gegenteil: Über etwas, was ich ihr erzählt habe."

Ihre Haare wehten Mike übers Gesicht. „Möchtest du darüber reden?"

Julie atmete tief durch und wiederholte dann, was sie Emma erzählt hatte.

Als sie geendet hatte, nahm er ihre Hand und drehte sie zu sich herum. „Warum hast du mir das nicht früher erzählt?"

„Da gab's noch gar nichts zu erzählen. Jedenfalls nicht bis vor ein paar Tagen."

Mike ließ seinen Blick über das Wasser schweifen, verzog das Gesicht und sah dann wieder zu Julie. „Also, wenn es noch einmal vorkommt, werde ich dem ein Ende setzen." Er legte die Arme wieder um sie. „Keine Sorge", sagte er. „Ich lasse nicht zu, dass dir irgendwas passiert."

Ihr Mittagessen war schlicht – Sandwiches und Chips und eine Riesenportion Kartoffelsalat. Seit sie Emma und Mike ihr beunruhigendes Geheimnis erzählt hatte, ging es Julie besser. Es tröstete sie, dass beide die Angelegenheit ebenso ernst nahmen wie sie selbst.

Ihre Anspannung löste sich, und sie ließ sich von der fröhlichen Laune der anderen anstecken. Mike war zwar zunächst ruhiger als sonst, aber er schaffte es nie, längere Zeit ernst zu bleiben, zumal wenn er mit Henry zusammen war. Henry bot Mike eine Bierdose an, die er zuvor mit Meerwasser gefüllt hatte. Mike setzte sie arglos an, musste aber sofort würgen und prustete alles über Bord. Henry lachte dröhnend, Emma kicherte, und Mike stimmte mit ein, sobald er sich das Kinn abgewischt hatte. Aber er sann auf Rache. Heimlich schnappte er sich eine Flunder und verlieh einem von Henrys Sandwiches eine besondere Würze, indem er den Fisch über das Brot zog.

Henry lief grün an, würgte und warf das Sandwich dann Richtung Mike. Mike revanchierte sich mit einer Ladung Kartoffelsalat.

Emma beugte sich zu Julie. „Schwachköpfe", flüsterte sie ihr ins Ohr. „Vergiss das nie: Männer sind Schwachköpfe."

Um über ihre Unruhe hinwegzukommen, trank Julie etwas mehr Bier als sonst. Bald fühlte sie sich leicht benebelt, und ihre Ängste zerstreuten sich. Vielleicht waren die Anrufe Richards Art, sie zu bestrafen. Vielleicht war er sauer wegen ihrer Reaktion auf die Geschichte mit der Sonnenbrille. Sie war ja wirklich ziemlich barsch zu ihm gewesen. Aber da er nicht wieder im Salon aufgetaucht war, um die Brille abzuholen, sah sich Julie in ihrer Vermutung bestätigt, dass das Ganze nur eine List gewesen war, um sie noch einmal allein zu sehen.

Im Übrigen konnte es sein, dass diese Anrufe für immer vorbei waren, versuchte sie sich zu beruhigen. Dennoch, seit sie als Teenager auf der Straße gelebt hatte, verfügte sie über ein gesundes Misstrauen. Bevor sie nicht sicher war, dass die Anrufe endgültig aufgehört hatten, würde sie sich vorsehen: keine abendlichen Spaziergänge ohne Begleitung machen, immer alle Türen abschließen, Singer bei sich im Zimmer schlafen lassen, wenn Mike nicht bei ihr übernachtete. Ja, sie würde vorsichtig sein.

Julie verschränkte die Arme und lauschte auf das Wasser, das unter dem Bug rauschte.

NACHMITTAGS hatten sie den Anker gelichtet und schipperten auf dem Rückweg nach Harker's Island an Cape Lookout vorbei. Das Boot wiegte sich im Rhythmus der sachten Dünung. Henry stand am Steuer.

Mike räumte am Heck auf, verstaute das Angelzubehör in der Kiste und sicherte sorgfältig die Winden. Julie stand wieder am Bug und ließ sich den Wind durch die Haare wehen.

Mike musste bis acht im Clipper sein, um der Band beim Aufbauen zu helfen. Julie wollte erst gegen zehn hingehen, um ihn spielen zu hören, vorher wollte sie sich ein wenig hinlegen. Das Bier und die Sonne hatten sie müde gemacht.

Sie warf sich ein Hemd über. Als sie Richtung Strand sah, hatte sie das Gefühl, dass irgendetwas nicht ins Bild passte. Die Hand über die Augen gelegt, ließ Julie den Blick über die Boote schweifen, dann am Wasser entlang, dann über die Leute am Strand.

Jemand in Jeans und dunkelblauem Hemd stand in den Dünen, mit einem Fernglas in der Hand. Als der Mann zu winken begann, wurde Julie plötzlich flau im Magen. *Ich bin hier*, schien das zu besagen. *Ich bin immer hier.*

Richard.

Julie spürte, wie ihr das Blut aus dem Gesicht wich, sie schnappte nach Luft und blinzelte.

Als sie die Augen wieder öffnete, war Richard verschwunden. Sie starrte hinüber. Nichts. Als wäre er nie da gewesen.

MIKE brachte Julie heim. Sie ging schon ins Haus, während er in der Einfahrt noch ihre Sachen auslud. Singer kam ihr entgegen, und als sie ihre Tasche auf die Anrichte in der Küche gelegt hatte, stellte er sich auf die Hinterbeine, um sie zu begrüßen. Sie versuchte seine schlabbernde Zunge abzuwehren, als sie das Blinken ihres Anrufbeantworters entdeckte. Eine Nachricht. Sie stieß Singer fort. Einen Moment lang schien der Boden unter ihren Füßen zu schwanken. Ihr Magen verkrampfte sich. Endlich hob sie die Hand – und zögerte immer noch, den Finger auf die Abspieltaste zu legen.

Bitte, lass mich eine Stimme hören, dachte sie. Irgendeine Stimme – außer seiner.

Mit zitternder Hand drückte sie den Knopf.

Zunächst blieb es still. Dann war ein leises Flüstern zu vernehmen. Sie beugte sich dicht über den Lautsprecher, lauschte angestrengt und wollte gerade auf die Löschtaste drücken, als sie den Refrain eines Liedes erkannte. Mit schreckgeweiteten Augen vernahm sie: *Bye, bye, Miss American Pie …*

ALS MIKE Julie schreien hörte, rannte er ins Haus. Sie stand leichenblass am Anrufbeantworter und drückte immer wieder auf die Löschtaste.

„Was ist passiert?“, fragte Mike erschrocken. „Fehlt dir was?“

Julie zitterte. Bilder schossen ihr durch den Kopf. Richard *war* also heute am Strand gewesen – das wusste sie nun. Richard war der mysteriöse Anrufer – das stand völlig außer Zweifel. Und noch viel mehr: Richard hatte sie auch bei ihrem Abendessen in Beaufort beobachtet, bei ihrem Spaziergang im Park und sogar in jenem letzten Lokal, denn er wusste, welches Lied Mike für sie gesungen hatte. Er hatte in der Nacht angerufen, als Mike da war. Und er hatte sie auf dem Friedhof beobachtet. Überall war er dabei gewesen.

Das kann nicht wahr sein, dachte sie, während sich ihr die Kehle zuschnürte. Auf einmal fühlte sie sich fürchterlich schutzlos.

„Solche Typen hören nicht auf“, hatte Emma gesagt.

Julie suchte Halt bei Mike und barg das Gesicht an seiner Brust. Tränen flossen über ihre Wangen.

„Julie? Bitte … sag mir, was passiert ist“, flehte Mike. „Was ist los?“

Endlich antwortete sie, mit rauer, leiser Stimme. „Ich habe Angst.“

JULIE zitterte immer noch, als sie wenige Minuten später mit Mike ins Auto stieg. Allein im Haus zu bleiben, während Mike zum Clipper fuhr, kam nicht infrage.

Als Mike vor seinem Haus parkte, sah sich Julie unwillkürlich um und lauschte auf verdächtige Geräusche.

Ihre Nerven lagen blank. Was würde Richard als Nächstes tun?

Hätte sie doch bloß die Nachricht nicht gelöscht! Sie hätte überhaupt keine der Nachrichten löschen dürfen, denn das waren ihre einzigen Beweise für Richards Schikanen. Die Polizei hätte vielleicht etwas damit anfangen können.

Im Clipper setzte sich Julie an die Theke. Es wurde acht Uhr. Nachdem die Bandmitglieder die Verstärker getestet und die Instrumente gestimmt hatten, zogen sie sich noch einmal kurz hinter die Bühne zurück. Mike setzte sich zu Julie. Sie vermieden es, über Richard zu reden, aber Julie entging der zornige Ausdruck in Mikes Augen nicht. Schließlich musste er auf die Bühne. „Ich behalte dich im Blick“, versprach er.

Um halb zehn, als die Band zu spielen begann, war die Kneipe gut gefüllt, und stetig strömten neue Gäste zur Tür herein.

Dutzende von Leuten kamen, aber nicht Richard.

Die Stunden verstrichen – es wurde zehn, elf, dann Mitternacht –, und erstmals seit dem Nachmittag hatte sich Julie wieder im Griff und wurde prompt richtig wütend, wie Mike. Am liebsten hätte sie Richard öffentlich zur Rede gestellt.

Während sie sich die Szene ausmalte, zwängten sich ein paar junge Männer neben sie, um Getränke zu bestellen. Als sie fort waren, ließ Julie den Blick zur Seite wandern. Ein Stück weiter weg sah sie eine vertraute Gestalt, die sich über die Theke zum Barkeeper beugte. Richard.

Er war ihr gefolgt.

Schon wieder.

MIKE hatte Richard schon eine Minute zuvor hereinkommen sehen und wäre am liebsten von der Bühne gesprungen, um ihn aufzuhalten. Er zwang sich jedoch weiterzuspielen. Richard hatte Mike auch gesehen. Grinsend nickte er ihm zu und steuerte dann auf die Mitte der Theke zu.

Er tat nichts. Weder blickte er in Julies Richtung, noch kam er auf sie zu. Er stand mit dem Rücken zur Theke da, sah zur Bühne und unterschied sich in nichts von den anderen anwesenden Männern.

Die Band begann ein neues Stück, Julie sah zu Mike hinüber. Lautlos formte er die Worte: „Bin fast fertig“, und Julie nickte.

Durch das Schummerlicht lag Richards Profil im Schatten. Er schlug ein Bein übers andere, und Julie glaubte kurz, ein belustigtes Lächeln über seine Lippen huschen zu sehen. Als wüsste er, dass sie ihn beobachtete.

Das musste aufhören. Julie wusste nicht, woher sie den Mut nahm, aber sie stand auf und ging auf ihn zu.

Als sie fast bei ihm angekommen war, drehte sich Richard um. „Julie“, sagte er, „ich wusste ja gar nicht, dass du hier bist. Wie geht’s?“

„Was machst du hier, Richard?“

Er zuckte mit den Schultern. „Wollte nur was trinken.“

„Du bist mir hierher gefolgt!"

„Was?"

„Du weißt genau, wovon ich rede!"

Mittlerweile hatten sich die Gäste zu ihnen umgewandt. Von der Bühne starrte Mike mit wildem Blick herüber, und sobald der Song zu Ende war, stellte er die Gitarre beiseite und kam schnurstracks auf sie zu.

„Glaubst du, ich lasse mir das einfach so bieten?" Julies Stimme überschlug sich fast.

Richard erhob abwehrend die Hände. „Julie … Halt! Moment! Ich weiß nicht, wovon du redest."

„Du hast dir die Falsche ausgesucht! Mir kannst du keine Angst einjagen, und falls du damit nicht aufhörst, ruf ich die Polizei und lass dich einsperren! Meinst du, du kannst ständig bei mir anrufen und Nachrichten hinterlassen …"

„Ich habe dir keine Nachrichten hinterlassen."

„Ich lass mir das nicht gefallen!" Julie schrie inzwischen, und die Umstehenden sahen von ihr zu Richard und wieder zurück zu ihr.

„Was denn?"

„*Hör auf damit!* Ich will, dass du *aufhörst*!"

In dem Moment kam Mike bei ihnen an. Richard warf ihm einen raschen Blick zu, und wie zuvor beim Reinkommen huschte ein Grinsen über sein Gesicht – höhnisch, herausfordernd, provozierend.

Das genügte.

Mike stürzte auf Richard los, rammte ihm den Kopf in die Brust. Die Wucht des Aufpralls hob Richard kurz hoch, sein Oberkörper krachte gegen die Theke. Flaschen und Gläser zerschellten auf dem Boden.

Mike packte Richard am Kragen und holte aus. Sein erster Fausthieb erwischte seinen Gegner an der Wange. Als Richard langsam den Kopf hob, schlug Mike noch einmal zu. Richards Kopf flog zur Seite. Fast wie in Zeitlupe prallte er gegen einen Barhocker, strauchelte kurz und ging dann zu Boden. Blut strömte aus seinem Mund.

Mike wollte schon wieder zuschlagen, aber da griffen ein paar Männer ein und hielten ihn zurück.

Sobald sie ihn losließen, ergriff Julie seine Hand und zog ihn zur Tür hinaus.

Draußen lehnte sich Mike ans Absperrgitter und versuchte sich zu beruhigen. „Wart bitte einen Moment", sagte er.

„Alles in Ordnung?", fragte Julie.

Mike legte die Hände auf seine Wangen und stieß die Luft aus. „Alles bestens. Muss nur kurz durchatmen", sagte er.

Julie zupfte ihn am Hemd. „Diese Seite kenne ich ja noch gar nicht an dir! Bloß damit du Bescheid weißt: Ich komme auch allein ganz gut zurecht."

„Hab ich gesehen. Aber nach dem Blick, den er mir zugeworfen hat, ist bei mir die Sicherung durchgebrannt."

„Welcher Blick?"

Mike beschrieb die Situation, und Julie fröstelte. „Hab ich gar nicht mitbekommen", sagte sie.

„Solltest du wohl auch nicht. Aber ich nehme an, jetzt ist es endlich vorbei."

„Ich hoffe es", sagte Julie. „Er hat behauptet, er habe nicht bei mir angerufen."

Mike nahm ihre Hand. „Er war es. Ich hab's ihm angesehen. Und falls er noch einmal etwas macht, gehen wir zur Polizei und erwirken eine Unterlassungsverfügung."

In der Kneipe gelang es Richard endlich, wieder auf die Beine zu kommen. Andrea war als Erste bei ihm. Sie hatte gesehen, wie Mike von der Bühne gehechtet war. Obwohl sie von der Schlägerei selbst nichts mitbekommen hatte, sah sie, wie Julie Mike kurz darauf wegführte, während Richard sich am Barhocker hochzog. Auch andere waren ihm behilflich, und aus den Worten der Umstehenden konnte sich Andrea zusammenreimen, was vorgefallen war.

„Der stand da, ganz harmlos, als die Frau ihn auf einmal anschrie, und dann kam auch schon der andere angestürmt …"

Andrea sah die Platzwunde an Richards Wange, das Blut im Mundwinkel und hörte abrupt auf, ihren Kaugummi zu kauen. Sie war fassungslos. Noch nie hatte sie erlebt, dass Mike laut wurde, geschweige denn, dass er jemanden angriff. Sie stieß den Mann, mit dem sie getanzt hatte, weg und stürzte sich förmlich auf Richard.

„Oh Gott … sind Sie okay?"

Richard sah sie wortlos an, und da er leicht wankte, legte Andrea sogleich den Arm um seine Hüfte. Kein Gramm Fett am Leib, fiel ihr auf.

„Was ist passiert?", fragte sie und merkte, wie ihr heiß wurde.

„Er hat mich geschlagen", sagte Richard.

„Aber warum?"

„Keine Ahnung."

Er wankte wieder, stützte sich auf Andrea und legte seinen Arm um ihre Schultern. Ebenfalls muskulös, vermerkte sie.

„Sie müssen sich hinsetzen. Kommen Sie – ich helfe Ihnen."

Sie machten einen zögerlichen Schritt, und die Menge vor ihnen teilte sich, als plötzlich Leaning Joe mit seiner Prothese angehumpelt kam, um Richard ebenfalls zu helfen.

„Kommen Sie!", bellte er. „Ich bin der Besitzer hier. Wir müssen uns unterhalten."

Er lotste Richard fort, und da er plötzlich die Richtung änderte, wurde Andrea abgedrängt und musste Richard loslassen.

Wenig später waren die beiden Männer an einem Tisch ins Gespräch vertieft. Andrea, ärgerlich über die verpatzte Gelegenheit, behielt sie von weitem im Auge. Als ihr Tanzpartner wieder zu ihr trat, hatte sie längst entschieden, was sie tun musste.

SO EINEN Tag wollte Julie nie wieder erleben.

In der Küche löffelte Mike koffeinfreies Kaffeepulver in den Filter. Auf der Fahrt war er schweigsam gewesen, und er sagte auch jetzt kaum etwas. Julie saß am Tisch, Singer lehnte sich an sie.

Das Ganze war bestimmt geplant gewesen. Richard hatte ihre Reaktion mit einkalkuliert. Keine Frage. Seine Antworten, seine Lügen kamen ihm so rasch, so *glatt* über die Lippen – es konnte gar nicht anders sein. Und Richard hatte sich überhaupt nicht gewehrt.

All dies beschäftigte sie, besonders der letzte Aspekt.

„IST IHNEN wirklich nicht schwindelig? Üble Beule, die Sie da haben", sagte Leaning Joe.

Er stand mit Richard an der Tür des Clipper. Richard schüttelte den Kopf. „Ich will nur nach Hause."

„Ich rufe Ihnen gern einen Krankenwagen", bot Leaning Joe an.

„Schon gut", sagte Richard. Er stieß die Tür auf, trat hinaus ins Dunkel und warf einen raschen Blick auf den Parkplatz. Keine Polizei mehr da. Im Näherkommen sah er, dass jemand an seinem Wagen lehnte.

„Hi, Richard", sagte Andrea.

Er zögerte kurz. „Hallo, Andrea."

„Geht es Ihnen besser?"

Richard zuckte nur mit den Schultern.

Andrea räusperte sich. „Ich weiß, es klingt seltsam nach allem, was eben vorgefallen ist, aber könnten Sie mich wohl nach Hause fahren?“

Richard ließ seinen Blick schweifen. Niemand da.

Andrea trat einen Schritt auf ihn zu. Als sie vor ihm stand, hob sie langsam die Hand und berührte die Wunde an seiner Wange, ohne den Blick von ihm abzuwenden.

„Bitte“, flüsterte sie.

„Wie wär’s, wenn wir stattdessen noch woandershin gingen?“

Sie legte den Kopf schräg, als überlegte sie, was er meinte.

Richard lächelte. „Vertrau mir.“

DIE KAFFEEMASCHINE in Julies Küche gluckerte vor sich hin. Mike setzte sich an den Tisch. „Woran denkst du?“, fragte er.

Daran, dass an allem, was sich heute Abend abgespielt hat, irgendetwas faul ist, dachte Julie. „Die Sache spukt mir einfach ständig durch den Kopf, weißt du?“

„Ja, mir auch.“

Die Kaffeemaschine piepste. Mike stand auf und goss zwei Tassen ein, als Singer die Ohren spitzte und ins Wohnzimmer trottete. Julie sah ihm nach. Bei ihrem überstürzten Aufbruch einige Stunden zuvor hatte sie die Vorhänge nicht zugezogen.

Jetzt sah sie, dass ein Auto die Straße entlangkam. Der Wagen wurde immer langsamer.

Singer lief zum Fenster, bellte einmal und knurrte dann.

Das Auto stand offenbar vor ihrem Haus.

Julie setzte sich kerzengerade hin. Das Scheinwerferlicht draußen erlosch unvermittelt. Eine Autotür wurde zugeknallt.

Er ist hier, dachte Julie. Richard ist gekommen.

Singer knurrte immer lauter. Mike legte Julie beruhigend die Hand auf die Schulter und machte dann einen Schritt in Richtung Tür. Singer geriet völlig außer Rand und Band.

Jemand klopfte an die Tür. Mike lugte aus dem Fenster, und Julie sah, wie er die Schultern sinken ließ. Doch als er zu ihr herschaute, wirkte er erleichtert. Er tätschelte Singer den Rücken, sagte: „Schsch, alles in Ordnung“, und der Hund hörte auf zu knurren.

Mike öffnete die Tür, und Julie sah zwei Polizisten – Pete Gandy und Jennifer Romanello – auf der Veranda stehen.

9

Sie haben ihn ins Gefängnis gebracht?", fragte Mabel ungläubig. Es war Montagmorgen. Julie hatte Mabel in den letzten zehn Minuten auf den neuesten Stand gebracht. Andrea schnitt bereits einem Kunden die Haare und spitzte dabei angestrengt die Ohren. Seit Julie ihren Bericht begonnen hatte, war Andreas Lächeln erloschen, und je länger sie zuhörte, desto lieber hätte sie Julie die Meinung gesagt – dass sie nämlich keine Ahnung hatte.

Richard war nicht gefährlich! Mike hatte *ihn* angegriffen! Außerdem hatte Richard gar kein Interesse mehr an Julie, sondern sich endlich für die Richtige entschieden. Er war mit ihr zum Strand gefahren, und sie hatten stundenlang geplaudert. Und er war nicht mal zudringlich geworden! Kein Mann hatte sie je mit so viel Achtung behandelt. Und wie süß er war! Er bat sie, Julie nichts zu erzählen, weil er ihre Gefühle nicht verletzen wollte.

Sah das einem Spinner ähnlich, der anderen Leuten nachstellte?

„Pete Gandy hat Mike eine Stunde lang vernommen, und später hat Henry ihn dann gegen Kaution ausgelöst."

Mabel war verblüfft. „Pete Gandy? Hat er Mike nicht zugehört?"

„Kam mir nicht so vor. Er hat laufend versucht, das Ganze als eine Art Eifersuchtsdrama hinzustellen."

„Wird Mike angeklagt?"

„Keine Ahnung. Wir werden es heute erfahren, schätze ich. Er hat nachher einen Termin mit Steven Sides."

Steven Sides war ein ortsansässiger Anwalt.

„Und was machst du jetzt? Wegen Richard?"

„Ich lasse heute meine Telefonnummer ändern."

„Das ist alles?"

„Ich weiß nicht, was ich sonst noch tun soll. Pete hat mir gar nicht zugehört. Er meinte bloß, ich solle es melden, falls noch einmal etwas ‚Seltsames' passiert."

„Hat Richard denn gestern wieder angerufen?"

„Nein, zum Glück nicht."

Andrea runzelte die Stirn und dachte: Natürlich nicht, weil er jetzt an mich denkt. Nun hört auf, über ihn herzuziehen.

„Du glaubst also, er hat das Ganze arrangiert, ja?", fragte Mabel.

„Ich glaube, er hatte *alles* geplant, selbst die Auseinandersetzung am Samstagabend. Ich glaube, für ihn ist das alles ein Spiel."

Mabel schaute ihr in die Augen. „Es ist kein Spiel, Julie", sagte sie.

Julie zögerte kurz mit der Antwort. „Ich weiß", sagte sie dann.

„ALSO, wie hat er sich aufgeführt?", wollte Henry wissen. „Bei der Vernehmung, meine ich."

Sie saßen bei geschlossener Tür in Henrys Büro. Mike stieß entnervt die Luft aus.

„Schwer zu sagen."

„Wie meinst du das?"

„Es war, als hätte er bereits eine genaue Vorstellung davon, wie das Ganze abgelaufen ist, und als könnte ich ihn mit nichts umstimmen."

„Die Telefonanrufe fand er nicht wichtig? Oder den Umstand, dass der Kerl euch vorher beobachtet hatte?"

„Nein. Es kam ihm wohl vor, als bausche Julie die Sache unverhältnismäßig auf. Alle Menschen gehen einkaufen, meinte er, und sie lassen sich auch die Haare schneiden. Nichts dabei."

„Und wie war seine Kollegin?"

„Keine Ahnung. Pete hat sie gar nicht zu Wort kommen lassen."

Henry trank einen Schluck Kaffee. „Tja, ich fürchte, du steckst wirklich in der Tinte", sagte er. „Nicht, dass ich dir einen Vorwurf daraus mache. An deiner Stelle hätte ich dasselbe getan."

„Was meinst du, wie es weitergeht?"

„Nun, dass du im Knast landest, glaube ich nicht, falls du das wissen willst."

„Das meine ich nicht."

Henry sah ihn an. „Du meinst, mit Richard?"

Mike nickte.

Henry stellte seinen Becher auf den Tisch. „Das wüsste ich auch gern, Brüderchen", sagte er.

OFFICER JENNIFER ROMANELLO war neu in der Stadt und neu in dem Job. Sie freute sich schon auf den Tag, an dem sie ihren eigenen Streifenwagen fahren durfte, und sei es nur, um dem Typen zu entrinnen, mit dem sie zusammenarbeitete. Nachdem sie den Großteil ihrer Polizeiausbildung in Jacksonville absolviert hatte, war sie vor nicht ganz einem Monat nach Swansboro gekommen. Seit zwei Wochen fuhr sie nun mit Pete Gandy

Streife und hatte noch vier Wochen vor sich – als Anfänger im Polizeidienst musste man die ersten sechs Wochen mit einem erfahrenen Kollegen zusammenarbeiten. Doch wenn sie Pete noch länger beim Sprücheklopfen zuhören müsste, würde sie ihn vermutlich erwürgen.

An diesem Morgen war Jennifer schon wieder mit den Nerven fertig, dabei hatte ihr Dienst mit Officer Pete erst eine Stunde zuvor begonnen. In den zwei Wochen ihrer Zusammenarbeit hatte Jennifer so gut wie nichts über den Job gelernt. Doch eines wusste sie bereits mit Sicherheit: Pete war absolut unfähig, eine Vernehmung durchzuführen.

Die Sache mit diesem Mike war ein glänzendes Beispiel dafür. Jennifer war kein Genie, aber sie hatte auch so gemerkt, dass Mike und Julie vor Richard Franklin Angst hatten. Und sollten ihre Schilderungen wahrheitsgemäß sein, ängstigten sie sich zu Recht, fand Jennifer.

„Und, was halten Sie von Mike Harris' Aussage?", fragte sie jetzt.

„Oh, na ja, äh … er hat sich rausgeredet", erwiderte Pete. „Bei solchen Kerlen hat immer der andere Schuld."

„Aber haben Sie nicht gesagt, dass Sie ihn kennen und dass er eigentlich immer ein eher ruhiger Typ war?"

„Spielt keine Rolle. Gesetz ist Gesetz, das gilt für alle."

Als sie selbst bei Mike Harris' Vernehmung eine Frage stellen wollte, hatte Pete sie mit einer Handbewegung zum Schweigen verdonnert und bemerkt: „Die junge Dame hier muss den Dreh bei Vernehmungen erst noch rauskriegen. Beachten Sie sie einfach nicht!"

Wären sie nicht im Revier gewesen, hätte Jennifer ihn dafür zurechtgestutzt. Auch so wäre ihr um ein Haar eine bissige Bemerkung herausgerutscht. Junge Dame?

Sie hatte nach ihrer Schicht nicht gut geschlafen. Was Mike und Julie gesagt hatten und Richards aalglatte Reaktion, als sie mit ihm gesprochen hatten, machten ihr Sorgen. Sie hatte das Gefühl, dass Richard in Wahrheit nicht das unschuldige Opfer war. Weder Julie noch Mike wirkten auf sie wie Lügner.

„Was ist, wenn die beiden die Wahrheit gesagt haben?"

Pete stieß einen gelangweilten Seufzer aus. „Dann hätten sie aufs Revier kommen und Anzeige erstatten sollen. Haben sie aber nicht getan. Julie Barenson wusste ja nicht mal mit Sicherheit, ob Franklin der Anrufer war. Was also folgern Sie daraus?"

Jennifer versuchte es noch einmal. „Aber Julie Barenson wirkte verängstigt, finden Sie nicht?"

„Klar doch. Ihr Schatz saß gerade hinter Schloss und Riegel. Da hätten Sie vermutlich auch Angst. Ginge doch jedem so."

Jennifer schüttelte den Kopf. Vollidiot! Ihre Gedanken kehrten erneut zu Mike und Julie zurück, und sie fragte sich, ob sie wohl noch einmal mit ihnen reden sollte, am besten, wenn Pete nicht dabei war.

HENRY stand im Büro neben Mike und hörte zu, wie sein Bruder mit dem Anwalt telefonierte. „Sie wollen mich wohl auf den Arm nehmen!", sagte Mike, und dann: „Das ist nicht Ihr Ernst!" Er tigerte in dem kleinen Raum auf und ab und riss immer wieder ungläubig die Augen auf. Schließlich biss er die Zähne zusammen und legte dann endlich auf.

„Was war denn da los?", fragte Henry.

„Er sagt, er habe soeben von Richard Franklins Anwalt gehört, dass sie vorhätten, eine einstweilige Unterlassungsanordnung gegen mich zu erwirken, bis der Fall geklärt ist. Richard fühle sich von mir bedroht. Außerdem wollen sie mir eine Zivilklage anhängen."

„Das ist wohl ein Witz!"

„Hab ich auch gesagt. Aber nach Aussage des anderen Anwalts ist Richard immer noch benommen von dem Schlag. Ich hätte ihm eine Gehirnerschütterung zugefügt, behauptet sein Anwalt."

Henry machte eine ungeduldige Handbewegung. „Hast du ihm gesagt, dass Richard lügt? Ich meine, das war bestimmt ein guter Schlag, aber schlimm genug für eine Gehirnerschütterung?"

Mike zuckte mit den Schultern. „Ich muss mit Julie reden", verkündete er und stürmte Türen knallend hinaus.

Julie hatte Mike noch nie so wütend erlebt. „Ist doch lächerlich!", sagte er. „Wozu gibt es die Polizei, wenn die gegen diesen Typen nichts unternehmen? Verdammt, das Problem bin doch nicht *ich*, sondern er."

„Ich weiß", besänftigte Julie ihn. „Es tut mir sehr Leid."

„Mir auch", sagte Mike. „Meinetwegen glaubt die Polizei deine Geschichte nicht."

Julie wollte nicht weiter darüber nachdenken. Die Sache war ganz nach Richards Wunsch verlaufen. Julie war sicherer denn je, dass er das alles so geplant hatte.

AM ANDEREN Ende der Stadt neigte sich Richard in seiner Dunkelkammer über die Entwicklerwanne und verfolgte mit vor Eifer gerötetem Gesicht, wie die Figur auf dem Fotopapier allmählich Gestalt annahm und zu Julie wurde. Die Erinnerung an den Samstagabend amüsierte ihn immer noch. Julies Fantasie spielte gewiss inzwischen verrückt. Genau jetzt fragte sie sich wahrscheinlich, wo er war, was er dachte, was er als Nächstes tun würde …

Und Mike, der durch die Kneipe gestürmt war wie ein Kavallerist! Absolut vorhersagbar. Dieser Kerl stellte keine Herausforderung dar.

Julie dagegen … So gefühlvoll. So tapfer.

So *lebendig*.

Bei eingehender Betrachtung des Fotos fielen ihm erneut die Ähnlichkeiten zwischen Julie und Jessica auf. Die gleichen Augen. Das gleiche Haar. Die gleiche unschuldige Ausstrahlung. Als er das erste Mal den Salon betreten hatte, war ihm sofort durch den Kopf gegangen, dass sie Schwestern sein könnten.

Richard schüttelte den Kopf, spürte den Sog der Erinnerung an Jessica. Für ihre Flitterwochen hatten sie ein Haus auf einer der Bermudainseln gemietet. Es war ruhig und romantisch. Am Privatstrand konnten sie stundenlang allein die Sonne genießen, nur sie beide. Oh, wie hatte er sich darauf gefreut! In den ersten paar Tagen machte er Dutzende Aufnahmen von Jessica.

Ihre Haut hatte es ihm besonders angetan – weich und glatt. Nach drei Tagen hatte sie einen Bronzeton angenommen, und Jessica sah in ihrem weißen Baumwollkleid hinreißend aus. An jenem Abend hatte er keinen sehnlicheren Wunsch gehabt, als sie in die Arme zu nehmen und sie unter den Sternen zu lieben. Aber sie hatte in dem Ferienort tanzen gehen wollen, also fuhren sie hin.

Es war laut und wimmelte von Betrunkenen, und Jessica war auch laut und trank in einem fort. Sie lallte zunehmend, und später machte sie sich wankend auf den Weg zur Toilette. Sie taumelte gegen einen jungen Mann, der sie am Arm berührte und lachte. Jessica stimmte ein.

Richard schäumte, als er es sah. Er fühlte sich bloßgestellt. Dennoch wollte er ihr verzeihen. Jessica war jung und unreif. Aber sie würde ihm versprechen müssen, so etwas nie wieder zu tun.

Doch später, als sie wieder in ihrem Haus waren und er mit ihr zu reden versuchte, wollte sie nicht zuhören.

„Ich hab mich bloß amüsiert“, hatte sie gesagt. „Du hättest ja auch versuchen können, dich zu amüsieren.“

„Wie denn, wenn meine Frau mit Fremden flirtet?“

„Ich hab nicht geflirtet.“

„Ich habe es doch gesehen."

„Hör auf, du bist ja verrückt!"

„Was hast du zu mir gesagt? Was hast du gesagt?"

„Au … Lass mich los … Du tust mir weh …"

Letzten Endes hatte sie ihn enttäuscht. Und Julie war eine ebensolche Enttäuschung.

Richard verließ die Dunkelkammer und begab sich ins Schlafzimmer. Auf dem Bett, das mit Kameras und Objektiven übersät war, lag auch das Mobiltelefon. Er *musste* heute Abend ihre Stimme hören, und sei es nur vom Band. Doch als er die Nummer wählte, vernahm er statt Julies vertrauter Stimme eine automatische Ansage der Telefongesellschaft.

Richard starrte auf das Handy. Oh, Julie, warum? *Warum?*

NACH dem Aufruhr der vergangenen Tage verlief Julies Leben in der nächsten Woche und am folgenden Wochenende verdächtig ruhig. Sie sah Richard nirgends. Der Montag verging ebenfalls ereignislos, und sie hoffte inständig, dass die Ruhe anhalten würde.

Ihr Telefon blieb still. Nur vier Menschen – Mabel, Mike, Henry und Emma – kannten die neue Nummer, und da sie mit Mabel den ganzen Tag und mit Mike die ganze Nacht zusammen war, hatten beide keinen Grund anzurufen. Henry hatte in all den Jahren, die sie ihn kannte, noch nie mit ihr telefoniert. Blieb also nur Emma, die allerdings wusste, wie sehr die Anrufe Julie aus der Fassung gebracht hatten, und ihr offenbar eine Auszeit gönnte.

Es hatte Gespräche mit der Polizei und dem Anwalt gegeben. Officer Jennifer Romanello war vorbeigekommen. Sie hatte sich alles schildern lassen und Julie aufgefordert, unverzüglich anzurufen, falls sich wieder etwas Außergewöhnliches tat. Was Mike betraf, hatte der Bezirksstaatsanwalt von der Eröffnung eines Verfahrens abgesehen, weil Richard nicht erschienen war, um offiziell auszusagen. Man hatte ihn auch nirgends erreichen können.

Seltsam, dachte Julie, als sie davon erfuhr.

Doch nachdem acht Tage lang absolut nichts geschehen war, wurde sie mutiger. Als Mike erwähnte, sein Anwalt habe ihm ausrichten lassen, er solle nach der Arbeit kurz in der Kanzlei vorbeikommen, erwiderte Julie, sie sei müde und werde schon mal allein nach Hause fahren.

„Komm einfach zu mir, wenn du fertig bist", sagte sie. „Und ruf mich an, falls es später wird, okay?"

Singer sprang aus dem Jeep, sobald sie Halt machte, und lief los, quer durch den Garten. Als sie ihn rief, hob er den Kopf und sah sie an.

Ach, nun komm, schien er zu sagen. *Du warst schon so lange nicht mehr mit mir spazieren.*

Julie stieg aus dem Auto. „Nein, auf keinen Fall", sagte sie. „Vielleicht später, wenn Mike hier ist." Singer rührte sich nicht vom Fleck. Julie blickte sich mit verschränkten Armen um. Richards Auto war nirgends zu sehen, auch auf der Fahrt war ihr nichts aufgefallen. Das einzige Auto, das in ihrer Straße parkte, trug den Schriftzug der Immobilienfirma, die mit dem Verkauf der Grundstücke beauftragt war, sowie den Namen der Inhaberin: EDNA FARLEY. Edna war Stammkundin in Mabels Salon.

Singer wedelte hoffnungsvoll mit dem Schwanz. Julie wollte eigentlich nicht mit ihm losziehen, aber der Hund brauchte Bewegung. Außerdem würde er beim kleinsten Mucks von ihr angerast kommen wie ein Samurai, der rotsieht. „Okay", sagte sie. „Lange können wir sowieso nicht bleiben. Es sieht nach einem Gewitter aus."

Singer hatte sich längst umgedreht und war in den Wald gerannt, wo er zwischen den Bäumen verschwand.

Julie rannte beinahe über den Pfad, immer wieder Äste aus dem Weg schlagend. Da die Sonne schon tief stand und der Himmel bleigrau bewölkt war, wirkte der Wald ungewöhnlich düster. Julie blieb stehen und lauschte, doch bis auf das ferne Keckern einer Elster hörte sie nichts. Sie drehte sich um, spähte den Pfad entlang, sah nichts Ungewöhnliches. „Nichts wird passieren", flüsterte sie. „Hier draußen bin ich sicher."

Von fern hörte sie Singer bellen, und prompt fing ihr Herz zu rasen an. „Singer! Komm her!", rief sie. „Wir kehren um! Es wird Zeit!"

Sie wartete, aber Singer kam nicht. Vielmehr bellte er noch einmal, und Julie vernahm eine Stimme. Jemand redete mit Singer! Julie atmete auf, als sie die Stimme erkannte. Edna Farley … Julie marschierte los, den gewundenen Pfad entlang, bis sie das Wasser sehen konnte. Hier lichtete sich der Wald, und Julie erblickte Edna, die dem hechelnden Singer den Kopf tätschelte.

„Julie!", rief Edna. „Wie geht's Ihnen?"

Julie trat auf sie zu. „Hallo, Edna! Danke, prima. Wir gehen gerade ein bisschen spazieren."

„Ist ja auch herrliches Wetter. Oder war es zumindest noch, als wir herkamen. Aber jetzt sieht es ganz so aus, als würde es bald regnen."

„Wir?", fragte Julie.

„Ja, mein Kunde besichtigt gerade ein paar der abgelegeneren Grundstücke. Er scheint ziemlich interessiert zu sein, also drücken Sie mir die Daumen!“

Während sie sprach, erhob sich Singer unvermittelt, stellte sich mit gesträubtem Nackenfell neben Julie und fing an zu knurren.

„Ach, da ist er ja“, sagte Edna.

Bevor Julie sich versah, stand Richard neben Edna.

„Sie hatten Recht“, meinte er, „die Grundstücke sind ebenfalls schön. Aber ich glaube, die auf dieser Seite gefallen mir besser.“

„Ja, natürlich“, sagte Edna. „Und von dieser Seite aus hat man eine unbezahlbare Aussicht aufs Wasser. Das ist eine erstklassige Investition.“ Sie lachte. „Oh, wo habe ich denn meine Manieren gelassen? Ich möchte Ihnen gern eine Freundin vorstellen …“

„Hallo, Julie“, sagte Richard. „Was für eine nette Überraschung.“

Julie sagte nichts. Singer knurrte weiter.

„Ach, Sie beide kennen sich schon?“, erkundigte sich Edna.

„Könnte man so sagen“, erwiderte Richard. „Nicht wahr, Julie?“

Julie rang um Fassung. Bevor sie antworten konnte, schaute Richard Edna an.

„Haben Sie denn alle Unterlagen über Größe, Preis und Lage der Grundstücke mitgebracht?“

Ednas Augen begannen zu leuchten. „Selbstverständlich. Liegt alles im Auto“, sagte sie. „Ich hol die Sachen eben. Bin gleich wieder da!“

„Lassen Sie sich ruhig Zeit“, sagte Richard lächelnd. „Ich hab’s nicht eilig.“

Als sie fort war, sah er Julie an, immer noch lächelnd. „Wundervoll siehst du aus“, sagte er. „Hast mir gefehlt. Wie geht es dir?“

Julie trat einen Schritt zurück. „Was machst du hier, Richard?“

Er zuckte mit den Schultern. „Ich glaube, dass ich hier gern Wurzeln schlagen würde. Der Mensch braucht ein Zuhause, und auf diese Weise könnten wir Nachbarn sein.“

Julie wurde blass.

„Würde dir das gefallen, Julie? Wenn ich gleich nebenan wohnen würde … Nein? Vielleicht will ich ja nur mal mit dir reden. Du hast deine Telefonnummer geändert, gehst nirgendwo allein hin. Was blieb mir anderes übrig?“

Julie wich noch einen Schritt zurück. „Ich will nicht mit dir reden“, sagte sie. „Warum begreifst du das nicht endlich?“

„Erinnerst du dich gar nicht mehr an unsere Treffen?", fragte Richard. „Unsere Zeit zusammen war etwas Besonderes. Warum willst du das nicht zugeben?"

„Es gibt nichts zuzugeben." Sie wich noch einen Schritt zurück.

„Warum benimmst du dich so abweisend?" Er klang verwundert, ratlos.

Julies Blick huschte seitwärts zum Pfad. Es war höchste Zeit abzuhauen. „Wenn du nur einen Schritt auf mich zukommst, schreie ich – und diesmal halte ich Singer nicht zurück!"

Richard lächelte freundlich. „Kein Grund zur Angst. Du weißt, dass ich dir nie wehtun würde. Ich liebe dich."

„Was zum Teufel redest du da?"

„Ich liebe dich", wiederholte er. „Und wir könnten neu anfangen. Die Liebelei mit Mike streichen wir einfach aus unserem Gedächtnis, das war ein Fehler, okay?"

Während er sprach, wich Julie immer weiter zurück.

„Jede Wette, du hast ihm nicht erzählt, dass ich bei dir übernachtet habe. Was meinst du, wie er das wohl aufnehmen würde?"

Die Worte trafen sie mit fast körperlicher Wucht. Richard, der sich durch ihre Reaktion bestätigt sah, streckte ihr die Hand entgegen. „Jetzt komm, wir fahren irgendwohin, wo es lauschig ist, und essen zu Abend."

„Mit dir fahre ich nirgendwohin!", zischte sie.

„Sei doch nicht so. Bitte! Ich werde dich glücklich machen, Jessica."

Julie fragte sich, ob sie richtig gehört hatte. „Du … bist … geisteskrank!", platzte es aus ihr heraus.

Die Wirkung ließ nicht auf sich warten.

„Pass auf, was du sagst!", stieß Richard mit drohendem Unterton hervor. „Du solltest nicht so unbedacht daherreden."

Aus dem Augenwinkel bemerkte Julie, dass Edna wieder auf die Lichtung trat.

„Ich komme", trällerte sie. „Ich komme …"

Richard starrte Julie unverwandt an. Edna blickte von einem zum anderen. „Stimmt etwas nicht?", fragte sie.

Richard wandte endlich den Blick von Julie. „Nein", sagte er, „alles bestens. Wir haben nur gerade überlegt, wie viele Häuser hier noch gebaut werden. Ich glaube, Julie schätzt ihre Zurückgezogenheit."

Julie hörte kaum, was er sagte. „Ich muss los", meinte sie unvermittelt.

Richard lächelte. „Ciao, Julie! Bis dann."

Julie machte kehrt und verließ hastig die Lichtung. Singer lief ihr nach.

Sie streifte Zweige am Wegesrand, ihr Atem ging heftig. Einmal fiel sie hin und rappelte sich hastig hoch, ohne auf den Schmerz in ihrem Knie zu achten. Bin gleich zu Hause, dachte sie, bin gleich da …

Als Mike kam, weinte sie sich in seinen Armen aus. Nachdem sie ihm alles erzählt hatte, hatte sie sich wieder so weit in der Gewalt, dass sie ihn fragen konnte, warum er schon zurück war.

Mike war kreidebleich. Er brachte nur ein Flüstern zustande. „Die Mitteilung stammte gar nicht von meinem Anwalt."

EINE halbe Stunde später saß Officer Jennifer Romanello bei ihnen am Küchentisch und behielt Julie genau im Auge, während diese ihre Geschichte erzählte.

„Das gefällt mir gar nicht", sagte sie, als Julie schließlich verstummte.

„Was machen wir jetzt?", fragte Mike.

„Das weiß ich noch nicht genau", antwortete Jennifer. „Aber darf ich noch ein paar Fragen stellen, um sicher zu sein, dass ich alles korrekt aufgenommen habe?"

Julie kaute geistesabwesend an ihren Nägeln und dachte an das eine Detail, das sie verschwiegen hatte. *Jede Wette, du hast ihm nicht erzählt, dass ich bei dir übernachtet habe. Was meinst du, wie er das wohl aufnehmen würde?*

„Können Sie sich erklären, woher er wusste, dass Sie dort unterwegs waren?", wiederholte Jennifer.

„Nein", sagte sie.

Jennifer wandte sich an Mike. „Und Sie dachten, Sie hätten einen Termin bei Ihrem Anwalt?"

„In der Werkstatt lag eine Nachricht, dass ich mich um fünf bei ihm einfinden sollte. Aber als ich in die Kanzlei kam, wusste der Anwalt nichts von einem Treffen, also bin ich direkt zu Julie gefahren."

Die nächste Frage galt wieder Julie. „Darf ich wissen, warum Sie überhaupt dort spazieren gegangen sind?"

„Ich hatte seit einer Woche nichts mehr von Richard gesehen oder gehört, also nahm ich an, es sei vorbei."

„Und was wissen Sie über Jessica?"

„Eigentlich nichts. Er hat mal erzählt, er sei ein paar Jahre mit ihr verheiratet gewesen, es habe aber nicht geklappt. Wir haben nie mehr über sie gesprochen."

„Und er ist aus Denver?"

„Das hat er mir jedenfalls erzählt."

„Aber konkret bedroht hat er Sie nicht?"

„Nein, das brauchte er auch nicht. Er ist verrückt."

„Und er hat keine Andeutungen gemacht, was er als Nächstes plant?"

Julie schüttelte den Kopf. „Ich will nur, dass es aufhört", flüsterte sie.

„Werden Sie ihn festnehmen?", fragte Mike. „Oder ihn zur Vernehmung einbestellen?"

Jennifer zögerte kurz. „Ich werde tun, was ich kann", sagte sie dann.

„Und was wird nun aus uns?", fragte Julie.

„Hören Sie, ich kann mir denken, dass Sie beunruhigt sind und Angst haben." Jennifer griff über den Tisch und drückte Julie die Hand. „Ich gebe Ihnen mein Wort: Wir kümmern uns darum. Wir werden alles Erdenkliche tun, um Ihnen zu helfen. Vertrauen Sie mir!"

EINE Stunde nach Jennifer Romanellos Aufbruch saßen Julie und Mike immer noch am Küchentisch.

„Also, was sollen wir jetzt tun?"

„Kannst du mich einfach in den Arm nehmen?", fragte sie, stand auf und ging zu ihm hinüber. Mike erhob sich und legte die Arme um sie. Er zog sie ganz eng an sich. „Ich bin so froh, dass du hier bist", flüsterte sie. „Ich weiß nicht, was ich ohne dich täte."

Bevor Mike etwas sagen konnte, klingelte das Telefon. Beide erstarrten. Dann ließ Mike Julie los.

„Nicht!", schrie Julie mit ängstlichem Blick.

Mike beachtete sie nicht. Er ging ins Wohnzimmer und hob den Hörer ab. „Hallo?", sagte er. „Oh, hallo, Emma! Wie geht's?"

„Gut, danke", sagte Emma. „Hör zu, ich bin gerade in Morehead City, und du wirst nicht glauben, wen ich hier gesehen habe."

„Wen denn?"

„Andrea – mit Richard! Und ich habe eben beobachtet, wie er sie geküsst hat."

„KEINE Ahnung, was das zu bedeuten hat", sagte Julie. „Das ergibt doch überhaupt keinen Sinn."

Mike hatte aufgelegt, und sie saßen auf dem Sofa. Singer schlief neben der Haustür.

„Hat sie im Lauf der Woche mal was gesagt?"

Julie schüttelte den Kopf. „Nein, nicht ein Wort."

„Hat sie nicht mitbekommen, was du über ihn erzählt hast?"
„Bestimmt."
„Offenbar war es ihr egal."
„Entweder das, oder sie hat es nicht geglaubt."
„Warum sollte sie dir nicht glauben?"
„Wer weiß? Ich werde morgen mal mit ihr reden."

JENNIFERS Schicht begann erst um acht, aber Mittwoch früh saß sie bereits um sechs am Computer, eine Kopie des Protokolls über Mike Harris' Verhaftung neben sich. Ganz oben standen die üblichen Angaben: Richard Franklins Name, Anschrift, Telefonnummer, wo er arbeitete und so weiter.

Jennifer wusste immer noch nicht genau, wo sie anfangen sollte, denn über Richard Franklin lagen nur spärliche Informationen vor. Am Vorabend hatte sie Richards Vermieter angerufen, der hatte sie an die örtliche Immobilienagentur weitergereicht, die für die Verwaltung des Hauses zuständig war.

Daraufhin hatte sie den Hausverwalter angerufen, und nach einer Weile ließ er sich überreden, ihr den Mietvertrag zuzufaxen. Als Referenzen waren Richards hiesiger Arbeitgeber und der Personalchef angegeben, niemand aus Ohio oder Colorado. Immerhin brachte sie seine Sozialversicherungs- sowie Führerscheinnummer in Erfahrung, und die gab sie nun, an Pete Gandys Schreibtisch, in den Computer ein.

Während der nächsten Stunde sammelte sie Informationen, beginnend in North Carolina. Richard Franklin war in dem Staat offenbar nicht vorbestraft und auch nie verhaftet worden. Sein Führerschein war in Ohio ausgestellt worden, aber für einen Anruf bei der dortigen Kraftfahrzeugbehörde war es noch zu früh. Dasselbe galt für Colorado.

Stammte er wirklich ursprünglich aus Denver? Julie gegenüber hatte er das behauptet, aber wer wusste das schon?

Obwohl es illegal war, beschloss Jennifer, Richards Kreditwürdigkeit unter die Lupe zu nehmen. Mit dem Mietantrag als Vorlage gab sie die erforderlichen Daten ein. Die Hausverwaltung hatte sich dieser Daten gewiss ebenfalls bedient, als es um die Vermietung ging. Name, Sozialversicherungsnummer, derzeitige Anschrift, alte Anschrift, Kontonummer – Volltreffer. Richard Franklins Bankgeschäfte wurden detailliert über eine Reihe von Seiten aufgeführt.

Eine rasche Durchsicht ergab, dass sämtliche dokumentierte Konten geschlossen waren. Bei genauerem Hinsehen entdeckte Jennifer jedoch einen größeren Verzug, vor vier Jahren von einer Bank in Denver angemahnt. In dieselbe Zeit fiel eine Reihe weiterer verspäteter Zahlungen. Alle waren für ein Jahr als überfällig aufgeführt, am Ende aber beglichen worden.

Jennifer lehnte sich zurück und dachte nach. Okay, sie wusste jetzt, dass er mal in Denver gewohnt hatte und vor vier Jahren offenbar in irgendwelche Finanznöte geraten war. Richard hatte Julie erzählt, er sei geschieden. Vielleicht hatte es damit zu tun.

Auf jeden Fall musste sie mehr über diese Jessica herausfinden. Dafür fehlte ihr allerdings jeder Ansatzpunkt.

Jennifer überlegte, wie sie weiter vorgehen sollte. Am besten wartete sie, bis die Personalabteilung von Richards Firma besetzt war und sie dort Rücksprache halten konnte.

Ratlos überflog sie noch einmal das Protokoll und blieb dann bei seiner Anschrift hängen. Warum sollte sie nicht einfach hinfahren? Sie wusste nicht genau, worauf sie eigentlich aus war, wollte sich bloß mal ansehen, wo er wohnte. Jennifer klemmte sich den Laptop unter den Arm, kippte rasch den letzten Schluck Kaffee hinunter und stieg dann in ihr Auto.

Ein paar Minuten später bog sie in die mit Schotter befestigte Straße ein, in der Richard Franklin wohnte. Wie weit voneinander entfernt diese Häuser lagen! Die meisten standen auf riesigen Grundstücken. Jennifer fragte sich unwillkürlich, warum sich ein Ingenieur aus der Großstadt für ein so abgelegenes Haus entschied.

Sie fuhr langsamer. Richards Haus stand ein Stück von der Straße entfernt, war zweistöckig und von einem sehr verwilderten Garten umgeben. Hier draußen wohnten vermutlich nur Leute, denen die Häuser gehörten oder denen keine andere Wahl blieb. Warum hatte sich Richard für diese Einöde entschieden?

Weil er sich verstecken wollte? Oder etwas versteckte?

Jennifer hielt nicht an, sondern fuhr vorbei und wendete einen knappen Kilometer weiter. Während sie erneut an dem Haus vorbeifuhr, gingen ihr hartnäckig dieselben Fragen durch den Kopf.

RICHARD FRANKLIN trat stirnrunzelnd vom Vorhang zurück. Der Wagen, ein Honda, war ihm unbekannt. Mike oder Julie waren es nicht gewesen, auch keiner von den Anwohnern.

Irgendjemand hatte sich angesehen, wo er wohnte.

„Guten Morgen“, sagte er. „Gut geschlafen?“

Im Morgenlicht und nur mit Jeans bekleidet, wirkte Richard exotisch sinnlich. Und wenn er in der Nacht ein wenig grob gewesen war, na und?

Andrea strich sich eine Haarsträhne aus dem Gesicht. „Nachdem wir endlich zum Schlafen gekommen waren, schon."

„Hast du Hunger?"

„Ein wenig. Aber zuerst muss ich ins Bad. Wo ist es noch mal? Ich war gestern Abend nicht mehr ganz nüchtern."

„Die letzte Tür rechts."

Andrea erhob sich vom Bett und raffte dabei das Laken um sich. Auf zittrigen Beinen wankte sie aus dem Zimmer. Richard blickte ihr nach und wünschte sich, sie wäre noch in der Nacht wieder verschwunden. Dann trat er erneut ans Fenster. Er rieb sich die Stirn. Wer war das gewesen? Die Polizei? Gut vorstellbar, dass Julie dort angerufen hatte.

Richard wurde durch einen lauten Schrei aus seinen Gedanken gerissen. Als er in den Flur trat, sah er Andrea wie versteinert dastehen, mit aufgerissenen Augen, die Hand vor den Mund gepresst.

Sie hatte nicht die rechte Tür geöffnet, die ins Bad führte. Sie starrte in das Zimmer auf der linken Seite – in die Dunkelkammer!

Andrea betrachtete Richard mit einem Blick, als sähe sie ihn zum ersten Mal. „Oh mein Gott", hauchte sie.

Richard legte den Finger an die Lippen, ohne sie aus den Augen zu lassen. „Sch …" Vor seinem Gesichtsausdruck wich Andrea einen Schritt zurück. „Diese Tür hättest du nicht aufmachen sollen", sagte er. „Ich hab dir doch gesagt, wo das Bad ist, aber du hast nicht richtig zugehört."

„Richard? Die Bilder …"

Er machte einen Schritt auf sie zu. „Das ist so … enttäuschend."

JENNIFER blieben nach der Rückkehr ins Revier nur einige Minuten. Pete Gandy war zum Glück noch nicht da. Sie eilte an seinen Schreibtisch, notierte sich die Nummer des Büros, von dem aus das Brückenprojekt geleitet wurde, und bat darum, mit Jake Blansen verbunden zu werden, dem Mann, den Mike im Gespräch erwähnt hatte. Als Blansen sich meldete, stellte sich Jennifer als Polizistin aus Swansboro vor und leitete dann zu einer knappen Schilderung des Vorfalls über.

„Ich weiß nicht, ob ich Ihnen weiterhelfen kann", sagte Blansen. „Ich bin bloß der Vorarbeiter. Da müssen Sie vermutlich in der Firma anrufen. Die sitzen in Ohio – unsere Sekretärin kann Ihnen vielleicht die Nummer geben."

„Oh, verstehe. Nun, vielleicht können Sie mir trotzdem helfen."

„Wüsste nicht, wie."

„Sie haben mit Richard Franklin gearbeitet, oder? Wie ist er denn so?"

Jake Blansen holte tief Luft. „Er ist gefährlich", raunte er gedämpft. „Die Firma hat ihn angeheuert, weil er die Kosten niedrig hält, aber das bewerkstelligt er, indem er bei den Sicherheitsmaßnahmen knausert. Seinetwegen sind hier draußen schon Leute verletzt worden."

„Wie konnte das geschehen?"

„Er lässt Wartungsarbeiten nicht regelmäßig durchführen, und dann gehen die Maschinen kaputt, und die Arbeiter verletzen sich. Wäre ein gefundenes Fressen für die Behörde für Arbeitssicherheit. Ich hab's auch schon der Firma gemeldet, und die haben versprochen, das mal zu prüfen. Aber Franklin hat wohl Wind davon bekommen und ist mir auf den Pelz gerückt."

„Hat er Sie angegriffen?"

„Nein … aber gedroht hat er mir. Er hat gesagt, wie enttäuscht er sei, dass ich ihm nicht vertraue. Als wäre das Ganze meine Schuld, und er täte mir einen Riesengefallen, indem er mich zu schützen versuchte! Und dann legte er mir den Arm um die Schulter und murmelte was davon, was für ein Jammer es wäre, wenn es noch mehr Unfälle gäbe … Bei seinem Tonfall habe ich das Gefühl bekommen, er meinte speziell mich. Hat mir einen Riesenschrecken eingejagt, und ehrlich gesagt war ich froh, als er dann weg war. Wie alle anderen auf der Baustelle auch."

„Moment … Er hat gekündigt?"

„Ja, einfach so. Erst musste er plötzlich wegen eines Notfalls in der Familie verreisen, und als er wieder da war, hat er uns erklärt, aus privaten Gründen könne er eine Zeit lang nicht arbeiten. Seither hab ich ihn nicht mehr gesehen."

MIKE parkte seinen Pick-up vor der Werkstatt. Julie hatte während der ganzen Fahrt vor sich hin gestarrt. Beide hatten nicht gut geschlafen. Mike war in der Nacht viermal aufgestanden, um etwas zu trinken.

Nachdem sie ausgestiegen waren, umarmte Mike Julie und bot ihr an, sie über die Straße zum Salon zu bringen. Doch Julie lehnte ab. Singer lief schon voraus, um sich seinen Keks abzuholen.

„Dann komm ich nachher mal rüber und schaue nach dir, okay?"

Mike verschwand in der Werkstatt. Julie atmete tief durch und ging über die Straße. Im Viertel war noch nichts los.

Es war früh – der Salon würde erst in gut einer Stunde öffnen –, aber Julie war sicher, dass Mabel schon da war. Mittwochs gab sie immer Bestellungen auf.

Als Julie die Tür aufstieß, war Mabel gerade dabei, die Anzahl der Shampoo- und Festigerflaschen in den Regalen zu prüfen. Als sie Julie ansah, trat ein besorgter Ausdruck in ihr Gesicht. Sie legte den Bestellzettel beiseite.

„Was ist passiert?"

„Sehe ich so schlimm aus?"

„Hat Richard sich wieder gemeldet?"

Statt einer Antwort biss Julie sich auf die Lippe. Mabel eilte zu ihr, legte die Arme um sie und drückte sie fest an sich. „Na, na", murmelte sie. „Ist ja gut …"

Als Mabel sie endlich losließ, griff Julie schniefend nach einem Taschentuch. Sie erzählte Mabel, dass Richard ihr unweit von ihrem Haus aufgelauert hatte. Sie erzählte ihr alles: was er gesagt und wie er ausgesehen hatte. Sie berichtete auch von ihrem Anruf bei Officer Romanello und dem Gespräch in der Küche. Mabels Gesicht drückte tiefe Sorge und Mitgefühl aus, aber sie sagte nichts.

Als Julie ihr Emmas Neuigkeit erzählte, überlief Mabel ein Schauer. „Ich werde mal bei Andrea anrufen", sagte sie beunruhigt. Sie ging zum Telefon, hob den Hörer ab und wählte, doch Andrea ging nicht dran.

„Sie ist bestimmt schon unterwegs", sagte Mabel betont munter. Julie kam es so vor, als wollte sie vor allem sich selbst beruhigen. „Wahrscheinlich ist sie gleich hier. Oder sie nimmt sich mal wieder frei. Mittwochs ist ja sowieso meist wenig los."

Doch Julies Unruhe wuchs, denn die Stunden verstrichen, Andreas erste Kundin kam, und von ihr selbst war nach wie vor nichts zu sehen.

PETE GANDY besuchte in der Mittagspause das Fitnessstudio und entdeckte Richard Franklin beim Hantelstemmen in Rückenlage.

Richard stemmte die Hantel sechsmal hoch und legte sie dann zurück auf den Halter.

„Hallo, Officer, wie geht's? Erinnern Sie sich? Richard Franklin."

Pete Gandy trat auf ihn zu. „Gut. Und wie geht's Ihnen?"

„Langsam wieder besser." Richard lächelte. „Wusste gar nicht, dass Sie hier trainieren."

„Ich bin hier schon seit Jahren Mitglied."

„Ich hab mir überlegt, ob ich mich auch anmelde. Heute mache ich nur ein Probetraining."

Es sah ganz wie eine Zufallsbegegnung aus, begleitet von unverbindlichem Geplauder.

Einige Minuten später meinte Richard: „Übrigens, Officer Gandy …"

„Sagen Sie ruhig Pete zu mir."

„Also gut, Pete", fuhr Richard fort. „Mir ist gerade eingefallen, dass ich neulich Abend etwas zu erwähnen vergaß. Für alle Fälle …"

MIKE, der den Abend bei Julie verbrachte, stand in der Tür und wartete, dass Singer hereinkäme. Julie ging an ihm vorbei in die Küche. Sie nahm einen Joghurt und ein paar Schokoladenkekse aus dem Kühlschrank und griff auf dem Rückweg noch nach einem Apfel.

Als sie durchs Wohnzimmer ging, fiel ihr Blick auf das Medaillon, und sie erschrak. Es lag auf dem Schreibtisch, halb verdeckt von einem Stapel Kataloge. Etwas irritierte sie. Sie hatte das Schmuckstück im Trubel der letzten Tage völlig vergessen. Und nun lag es auf dem Schreibtisch, und sie hatte es gleich entdeckt, ohne danach gesucht zu haben. Warum war es ihr nicht schon früher ins Auge gefallen?

Julie hörte plötzlich überdeutlich das Ticken der Uhr. Aus dem Augenwinkel sah sie Mike, der immer noch an der Haustür lehnte. Das Medaillon funkelte im Lichtschein der Lampe auf dem Couchtisch, es wirkte irgendwie unheilvoll. Julie merkte, dass ihre Hände zitterten.

Sie zwang sich, die Hand auszustrecken, und zog die Kette mit dem Anhänger unter den Katalogen hervor. Es ist nur ein Medaillon, sagte sie sich. Erst erwog sie, es in den Müll zu werfen, beschloss dann aber, es in der Kommode zu verwahren und es irgendwann, wenn die ganze Geschichte ausgestanden war, zu verkaufen.

Julie ging mit dem Medaillon ins Schlafzimmer und musterte es noch einmal, während sie die Schublade aufzog. Es war dasselbe Schmuckstück, aber irgendetwas war anders. Etwas … Ihr stockte der Atem. Nein, dachte sie. Bitte … nein …

Sie hakte mit zitternden Fingern den Verschluss der Kette auf. Nur so konnte sie Gewissheit erlangen. Dann trat sie vor den Spiegel im Bad, legte sich die Kette um den Hals und hielt sie hinten am Verschluss zusammen. Das Medaillon ruhte fünf Zentimeter höher als ursprünglich.

„Ich besorg dir noch eine kürzere Kette", hatte Richard gesagt. „Dann kannst du es zu jeder Gelegenheit tragen."

Julie wurde plötzlich schwindelig. Sie wich vom Spiegel zurück und ließ die Kette so abrupt los, als wäre sie glühend heiß. Das Medaillon rutschte durch ihr T-Shirt und landete schließlich klirrend auf den Bodenfliesen.

Der Schrei kam erst Sekunden später – als Julie auf das Medaillon hinabschaute.

Beim Aufprall war es aufgesprungen.

Von beiden Seiten lächelte ihr Richard entgegen.

DIESMAL war Jennifer Romanello nicht allein zu Julie gefahren. Auch Officer Pete Gandy saß am Küchentisch und sah sie gerade zweifelnd an. Das Medaillon lag auf dem Tisch, und Pete nahm es in die Hand.

„Also noch einmal von vorn", sagte er. „Sie, Mike, schlagen den Kerl zusammen, und daraufhin schenkt er Julie ein paar Bilder von sich. Das kapiere ich nicht."

Mike ballte unter dem Tisch die Hände, um nicht in die Luft zu gehen. „Ich hab's Ihnen doch erklärt! Er stellt ihr schon seit längerem nach."

Pete nickte, betrachtete jedoch weiter die Bilder. „Ja, das sagen Sie ständig. Aber ich versuche herauszufinden, ob noch andere Erklärungen möglich sind."

„Andere Erklärungen?", fragte Mike. „Sehen Sie denn nicht, dass das der beste Beweis ist? Dass er hier im Haus war? Das ist Einbruch!"

„Aber nichts deutet auf einen Einbruch hin. Bei Ihrer Heimkehr waren alle Türen und Fenster geschlossen. Das haben Sie selbst gesagt."

„Aber er war hier im Haus, auch wenn ich nicht die geringste Ahnung habe, wie er das bewerkstelligt hat. Sie müssen sich doch die Geschichte mit dem Medaillon vor Augen führen!"

Pete hob beruhigend die Hände. „Ich will der ganzen Sache nur auf den Grund gehen." Er beugte sich vor und legte das Medaillon auf den Tisch zurück. „Und wenn Julie die Wahrheit sagt, hat Richard Franklin offenbar ein kleines Problem, das einen Besuch von mir erforderlich macht."

Mikes Gesichtsmuskeln verkrampften sich. „Sie sagt die Wahrheit."

Pete ging nicht darauf ein, sondern schaute Julie über den Tisch hinweg an. „Sind Sie ganz sicher, dass Richard diese Bilder nur in das Medaillon stecken konnte, indem er in Ihr Haus einbrach?"

Sie nickte.

„Und Sie sagen, Sie hätten die Kette in den letzten Wochen nicht angerührt?"

„Nein“, erwiderte Julie. „Sie lag auf dem Schreibtisch unter ein paar Katalogen.“

„Also bitte, Pete“, warf Mike ein. „Was tut denn das zur Sache?“

„Er kann die Bilder bei keiner anderen Gelegenheit hinterlassen haben?“, bohrte Officer Gandy weiter. „Wirklich nicht?“

Daraufhin wurde es sonderbar still in der Küche, denn Julie begriff, worauf er anspielte.

„Wann hat er es Ihnen erzählt?“

„Was meinst du?“, wollte Mike sofort wissen.

„Hat er Sie angerufen und gesagt, er hätte noch etwas zu erwähnen vergessen?“, fragte sie. „Oder ist er Ihnen über den Weg gelaufen, ganz zufällig natürlich, und hat es dabei zur Sprache gebracht?“

Pete erwiderte nichts.

Mike sah zwischen Pete und Julie hin und her und versuchte zu begreifen, wovon sie sprach.

„Könnten Sie bitte einfach meine Frage beantworten?“, beharrte Pete.

Julie schwieg zunächst und schaute ihm in die Augen. „Doch“, sagte sie dann tonlos. „Es gab eine Gelegenheit, wo er es hätte tun können.“

Pete lehnte sich zurück und verschränkte mit hochgezogenen Augenbrauen die Arme. „Als er hier übernachtet hat, meinen Sie.“

„Was?“, rief Jennifer und riss den Mund auf.

„Was?“, echote Mike.

Julie wandte sich zu ihm um. „Es ist nichts zwischen uns passiert, Mike“, sagte sie ruhig. „Seine Mutter war gestorben, er war durcheinander, und er wollte unbedingt mit jemandem darüber reden. Irgendwann ist er auf dem Sofa eingeschlafen.“

Mit einem Blick in Petes Gesicht erkannte sie, dass Richard ihm gegenüber etwas anderes angedeutet hatte.

Und Mike sah es auch.

RICHARD ließ die Kamera sinken, die ihm, mit einem Teleobjektiv versehen, als Fernglasersatz diente. Er hatte Mike und Julie seit ihrer Rückkehr am Abend beobachtet oder vielmehr das, was er durch die Vorhänge hindurch erkennen konnte.

Heute Abend würde sie es finden.

Nach seinem Plausch mit Pete Gandy hatte er das Medaillon natürlich etwas sichtbarer platzieren müssen, und deshalb würde sie es heute auf jeden Fall auf dem Schreibtisch entdecken.

Sein Vorgehen würde zu unschönen Szenen führen, aber anders ging es nicht. Es war höchste Zeit, Julies kleine Affäre mit Mike ein für alle Mal zu beenden.

NACHDEM Mike die Tür hinter den Polizisten geschlossen hatte, lehnte er sich bäuchlings dagegen, beide Hände aufgestützt, als sollte er gefilzt werden. Er hielt den Kopf gesenkt.

„Warum hast du es mir nicht vorher gesagt?"

Julie wandte den Blick ab. „Weil ich fürchtete, dass du ausflippen würdest … Aber mehr noch, ich wusste, es würde deine Gefühle verletzen, und dazu bestand kein Anlass. Ich schwöre – es ist nichts passiert. Er hat bloß unablässig geredet."

Mike richtete sich auf und drehte sich endlich um. Sein Gesichtsausdruck war wütend, hart. „Das war die Nacht nach unserer ersten Verabredung, oder?"

Julie nickte. „Ich wusste nicht, dass er kommen würde. Ich wollte gerade ins Bett gehen, als er vor der Tür stand. Wir haben uns gestritten, weil ich ihm sagte, dass es aus sei zwischen uns. Es ging ziemlich laut her, und dann hat Singer …"

Sie verstummte. Sie wollte das alles gar nicht ausführlich erzählen.

„Singer hat *was*?"

„Er hat ihn gebissen. Als ich die Tür schließen wollte, hat Richard versucht, mich daran zu hindern, und Singer ist auf ihn losgegangen."

Mike starrte sie an. „Also, noch einmal von vorn", sagte er. „Er taucht bei dir auf, ihr habt Streit, Singer geht auf ihn los, und dann lässt du ihn bei dir übernachten? Deine Geschichte ergibt irgendwie wenig Sinn."

„Bitte sei doch nicht so, Mike! Bitte … Denkst du etwa, ich sei mit ihm ins Bett gegangen?"

„Ich weiß nicht, was ich glauben soll."

Plötzlich wusste Julie, dass auch dies zu Richards Plan gehörte. Sie holte tief Luft und gab sich Mühe, ruhig und ohne Zorn zu reden. „Nach all den Jahren, die du mich kennst, glaubst du wirklich, ich würde so etwas tun?"

Mike starrte Julie an. „Ich weiß es nicht."

Seine Worte waren wie ein Schock, und ihr kamen die Tränen. „Ich war nicht mit ihm im Bett!"

„Vielleicht nicht", murmelte Mike. „Aber der Gedanke, dass du mir nicht vertraut hast, tut trotzdem weh."

„Aber ich vertraue dir doch! Ich wollte dir nur nicht wehtun."

„Du hast mir aber wehgetan, Julie", sagte er. Damit ergriff er den Türknauf und öffnete die Tür.

„Warte – wo willst du hin?"

Mike hob die Hände. „Ich brauche etwas Zeit für mich, okay?"

„Bitte, geh nicht!", flehte sie. „Ich will heute Nacht nicht allein sein."

Mike schien zu zögern. Doch dann schüttelte er den Kopf und war verschwunden.

RICHARD beobachtete, wie Mike die Einfahrt herabkam, in seinen Pick-up stieg und die Wagentür zuknallte.

Er lächelte.

Nun musste Julie endlich die Wahrheit erkennen: dass Mike ihrer nicht würdig war. Dass sie jemanden brauchte, der stärker war, intelligenter, und ihre Liebe verdiente.

Richard konnte es kaum erwarten, sie aus diesem Haus zu führen, aus dieser Stadt, diesem Leben, in das sie sich verstrickt hatte. Er hob die Kamera wieder an die Augen und beobachtete Julies Schatten durch die Vorhänge.

Selbst ihr Schatten war wunderschön.

10

Was sagst du da?", fragte Henry ungläubig.

„Du hast mich schon richtig verstanden", anwortete Mike. „Sie hat ihn bei sich übernachten lassen."

Während der viertelstündigen Fahrt zu Henry war Mike nur noch wütender geworden. Jetzt standen sie bei seinem Bruder im Vorgarten.

„Das hat sie dir erzählt?", fragte Henry.

„Ja, als die Polizei da war …"

„Moment mal", sagte Henry. „Die Polizei war da? Warum denn?"

„Wegen des Medaillons. Richard hat Fotos von sich hineingesteckt. Was zum Henker soll ich jetzt tun?"

Henry bemühte sich, Mikes Worten zu folgen, begriff aber immer weniger.

Schließlich legte er dem Bruder die Hand auf den Arm. „Vielleicht erzählst du jetzt mal alles der Reihe nach."

„Wie lange wollen Sie denn noch die Beleidigte spielen?“, fragte Pete Gandy.

Sie rollten gemächlich im Streifenwagen durch das Geschäftsviertel. Jennifer Romanello hatte kein Wort gesprochen, seit sie Julies Haus verlassen hatten. Sie warf ihm einen angewiderten Blick zu. „Warum haben Sie dieses Thema in Mikes Beisein angesprochen? Dazu bestand keinerlei Grund.“

„Dass Richard bei ihr übernachtet hat, meinen Sie? Es stimmte doch, oder?“

„Ja, aber das mussten Sie nicht vor Mike zur Sprache bringen. Sie hätten Julie beiseite nehmen und sie dazu befragen können! Dann hätte sie es Mike später in Ruhe erklären können.“

„Und wo ist das Problem?“

Jennifer schloss die Augen. „Das Problem ist, dass Julie Todesängste aussteht, weil Richard ihr nachstellt. Wieso können Sie das nicht verstehen?“

Pete schüttelte unwillig den Kopf. „Hören Sie, Richard hat mir von dem Medaillon erzählt, okay? Und auch, dass er die Bilder hineingesteckt hat, als er bei ihr übernachtete. Und schließlich hat sogar Julie zugegeben, das Schmuckstück seither nicht mehr angeschaut zu haben. Wer will also behaupten, dass er lügt?“

Da ertönte ein Knarzen aus dem Funkgerät. Jennifer warf Pete einen bösen Blick zu und ergriff das Mikrofon.

Eine Stimme sagte: „Wir haben eben einen Anruf von einem Lkw-Fahrer bekommen, der auf dem Highway 24 unterwegs ist. Er meinte, er habe in einem Graben etwas Merkwürdiges gesehen und wir sollten mal einen Wagen hinschicken. Die Stelle befindet sich etwa einen halben Kilometer hinter der Amoco-Tankstelle auf der Nordseite der Straße.“

„Wir überprüfen das“, erwiderte Jennifer.

Mike war seit einer halben Stunde fort, und im Haus war es unheimlich still. Julie überzeugte sich, dass alle Fenster und Türen geschlossen waren, und lief dann unruhig im Wohnzimmer auf und ab. Singer folgte ihr unablässig.

Richard hatte die Bilder nicht an jenem Abend in das Medaillon gesteckt, da war sie sicher. Nein, er war hier gewesen. In ihrem Haus. Hatte sich umgesehen, Schubladen geöffnet, ihre Sachen durchwühlt … Mit anderen Worten: Er wusste, wie er ins Haus gelangen konnte. Und er konnte jederzeit wiederkommen. Der Gedanke schnürte Julie die Kehle zu. Sie hastete in die Küche, schnappte sich einen Stuhl und klemmte ihn unter den Knauf der Haustür. Wie konnte Mike sie nur allein lassen? Wo Andrea verschwunden war und sie, Julie, von Richard verfolgt wurde? Wie um alles in der Welt konnte er sie *an diesem Abend* allein lassen?

Julie ließ sich aufs Sofa sinken und brach in Tränen aus.

„GLAUBST du ihr?", fragte Henry.

Mike senkte den Blick. „Ich weiß es nicht."

Henry starrte ihn an. „Aber du musst ihr glauben!"

„Und warum?", blaffte Mike.

„Weil du Julie kennst", beharrte Henry. „Du kennst sie besser als jeder andere."

Nach einer Weile löste sich die Spannung in Mikes Schultern ein wenig. „Du hast Recht", sagte er endlich. „Ich glaube nicht, dass sie mit ihm im Bett war."

„Also, was hast du jetzt vor?"

Mike zögerte lange mit der Antwort. „Ich weiß es nicht."

RICHARD sah Julies Schatten auf dem Sofa. Er wusste genau, dass sie weinte, und hätte sie gern in den Arm genommen.

Zum ersten Mal rührten ihn fremde Tränen.

Nicht einmal als er seine Mutter in den Monaten nach der Beerdigung seines Vaters weinen sah, hatte er so empfunden. Aber er hatte sie schließlich auch hassen gelernt.

Nach der Beerdigung seines Vaters hatte er gehofft, sie würde eine starke Frau werden. Doch stattdessen hatte sie selbst zu trinken begonnen, und irgendwann war auch sie gewalttätig geworden.

Als es das erste Mal geschehen war, lag Richard schlafend im Bett. Er wurde von einem brennenden Schmerz geweckt.

Seine Mutter stand mit wildem Blick vor ihm, und der Gürtel seines Vaters baumelte von ihrer Hand. Sie hatte ihren Sohn mit der Gürtelschnalle geschlagen. „Du bist schuld!", kreischte sie. „Du hast ihn immer wütend gemacht!"

Wieder und wieder schlug sie zu. Richard duckte sich bei jedem Hieb. Er flehte sie an aufzuhören und versuchte sich zu schützen, aber sie schwang den Gürtel so lange, bis sie keine Kraft mehr in den Armen hatte.

In der folgenden Nacht geschah es wieder.

Neun Monate darauf – Richards Beine und sein Rücken waren inzwischen völlig vernarbt – zerstieß er die Schlaftabletten seiner Mutter zu Pulver und kippte es in ihren Wodka. Sie schlief ein und wachte nie wieder auf.

Morgens, als er vor ihrem Bett stand und auf sie hinabstarrte, ging ihm durch den Kopf, wie beschränkt sie gewesen war. Obwohl sie ihn in Verdacht hatte, etwas mit dem Tod seines Vaters zu tun zu haben, wäre ihr nie in den Sinn gekommen, dass ihr dasselbe blühen könnte. Sie hätte wissen müssen, dass er stark genug war, um sich aus ihren Fängen zu befreien.

Auch Julie war stark genug gewesen, ihr Leben zu ändern. Julie war eine Kämpfernatur. Das liebte er an ihr. Nun, da das Intermezzo mit Mike vorüber war, hatte es keinen Sinn mehr, das Unvermeidliche aufzuschieben.

Langsam kam Richard zwischen den Bäumen hervor.

JENNIFER ROMANELLO und Pete Gandy fuhren an der Amoco-Tankstelle vorbei und hielten dann auf dem Standstreifen an. Sie holten ihre Taschenlampen hervor und stiegen aus.

Autos rasten auf dem Highway an ihnen vorüber. Der Straßenrand war in wirbelndes blaues und rotes Licht getaucht, damit die Fahrer vorsichtig an Jennifer und Pete vorbeifuhren.

„Sie gehen in die Richtung", ordnete Pete an und deutete zur Tankstelle, „ich gehe in die andere."

Jennifer knipste ihre Taschenlampe an und begann mit der Suche.

JULIE saß immer noch weinend auf dem Sofa, als sie vor ihrer Tür Geräusche hörte. Singer stellte die Ohren auf, jagte ans Fenster und knurrte. Julies Herz begann zu hämmern. Unwillkürlich sah sie sich nach einer Waffe um.

Als Singer bellte, fuhr sie mit schreckgeweiteten Augen vom Sofa hoch und bemerkte erst dann erleichtert, dass er mit dem Schwanz wedelte.

„Julie!", hörte sie Mike durch die Tür rufen. „Ich bin's – Mike!"

Sie lief zur Tür und entfernte rasch den Stuhl. Wellen der Erleichterung durchströmten sie. Als sie öffnete, sah Mike sie kurz an und senkte dann den Blick zu Boden.

„Ich glaube dir, dass du nicht mit ihm im Bett warst", sagte er.

Julie nickte. „Ich wollte dir nicht wehtun. Ich hätte es dir gleich sagen sollen. Ach, es tut mir so Leid ..."

„Mir tut's auch Leid. Vor allem das, was ich zu dir gesagt habe."

Julie trat zaghaft einen Schritt vor, und als Mike nicht zurückwich, trat sie noch näher und schmiegte sich an ihn. Sie spürte, wie er die Arme um sie schlang.

SOBALD Richard Mike hatte vorfahren sehen, trat er den Rückzug zwischen die Bäume an. Nun beobachtete er die beiden. Auf seinem Gesicht lag ein harter Zug.

Es kam ihm wie ein Albtraum vor, dass er mit ansehen musste, wie Julie in Mikes Arme sank. Wie sie sich an ihn drückte. Warum wiederholte sie so hartnäckig dieselben Fehler?

Er hatte sich bemüht, nett zu sein. Er hatte sich bemüht, fair zu sein. Seine Augen verengten sich. Ahnte sie denn nicht, wozu sie ihn mit ihrem Verhalten zwang?

JENNIFER ging langsam vorwärts, aufmerksam die Böschung absuchend. Der Mond hing tief, schon unterhalb der Baumwipfel. Das dichte Unterholz aus Büschen und hohem Gras vermochte der Schein der Taschenlampe nicht zu durchdringen.

Die vorbeirasenden Autos nahm Jennifer kaum wahr. Gerade als sie in Erwägung zog, umzukehren und Pete in der anderen Richtung beim Suchen zu helfen, erfasste der Lichtkegel ihrer Lampe etwas, das ihr Bewusstsein zuerst nicht identifizieren wollte.

Als sie es dann erkannte, schrie sie los.

Pete Gandy hörte den Schrei. Er drehte sich um und rannte auf Jennifer zu. Nach weniger als einer Minute kam er bei ihr an. Jennifer kauerte neben einem Körper am Boden. Das Gesicht der jungen Frau war blutverschmiert und entstellt. Um ihren Hals zog sich ein violetter Streifen. Jennifer hielt die Frau für tot, bis sie einen schwachen Puls fühlte.

ALS JULIE am Donnerstagmorgen in den Salon kam, erwarteten Officer Gandy und Officer Romanello sie bereits. Ein Blick in ihre Gesichter genügte, und Julie wusste, warum sie da waren.

„Andrea ist etwas passiert, nicht wahr?"

Mabel stand mit rot verquollenen Augen hinter ihnen. „Oh, Schätzchen", sagte sie und trat auf Julie zu. „Mike und Henry kommen gleich herüber …"

„Was ist passiert?"

„Er hat sie verprügelt", berichtete Mabel. „Er hätte sie fast umgebracht … Sie liegt im Koma … Sie musste gestern Nacht noch nach Wilmington geflogen werden …"

Julie bekam weiche Knie.

Im nächsten Augenblick kamen Mike und Henry durch die Tür gestürmt. Mike warf Julie und Mabel nur einen kurzen Blick zu und baute sich dann vor den Polizisten auf.

„Was hat er mit Andrea gemacht?", fragte er hitzig.

„Sie sah schrecklich aus", sagte Pete endlich. „So etwas habe ich noch nie gesehen."

Jennifer wandte sich an Julie. „Mabel erzählte, Mikes Schwägerin Emma habe Richard und Andrea zusammen in Morehead City gesehen, richtig?"

„Ja", antwortete Julie, „vor ein paar Tagen. Genauer gesagt an dem Tag, als ich ihm im Wald hinter meinem Haus begegnet bin."

„Und gestern ist sie nicht zur Arbeit gekommen? Kam Ihnen das nicht seltsam vor?"

„Natürlich waren wir beunruhigt", erklärte Mabel. „Aber es war nicht das erste Mal, dass Andrea nicht zur Arbeit erschienen ist, ohne Bescheid zu sagen. So ist sie eben."

Jennifer wandte sich wieder Julie zu. „Hören Sie", sagte sie, „falls Richard wirklich der Täter ist, ist er zu allem fähig. Treffen Sie Vorkehrungen, um sich zu schützen." Sie warf Mike einen bedeutungsvollen Blick zu. „Alle beide."

ALS PETE und Jennifer den Salon verlassen hatten, sah Henry Julie an. „Die Polizei hat Recht: Ihr müsst euch in Sicherheit bringen", meinte er. „Hier könnt ihr nicht bleiben. Ihr seid hier beide in Gefahr."

„Aber wo sollen wir denn hin?"

„Egal, wohin. Taucht ab, bis sie den Kerl geschnappt haben." Er hielt inne. „Ihr könnt ins Strandhaus ziehen, wenn ihr wollt. Da findet er euch bestimmt nicht."

„Und wenn er uns folgt?"

„Nehmt mein Auto", sagte Henry. „Und fahrt sofort los! Fahrt direkt zum Highway und bleibt darauf. Die Straße ist schnurgerade, da merkt ihr sofort, wenn euch jemand folgt. Ihr müsst in eurem Versteck verschwunden sein, bevor Richard überhaupt mitbekommt, dass ihr nicht mehr hier seid."

JENNIFER brauchte knapp zehn Minuten, um ihre Erkenntnisse darzulegen: die sonderbare Finanzgeschichte, Richards offenkundiges Bemühen um Unauffälligkeit, Jake Blansens Aussage, dass Richard gefährlich sei, und der Umstand, dass er nicht mehr bei J. D. Blanchard arbeitete. Pete tippte die ganze Zeit nervös aufs Lenkrad und nickte schließlich, als erschienen ihm ihre Ausführungen völlig logisch.

„Ich wusste, dass bei dem Kerl was faul ist“, murmelte er. „Selbst im Fitnessstudio hat er einen seltsamen Eindruck auf mich gemacht …“

Jennifer war sprachlos.

Eine Viertelstunde später bogen sie und Pete in die Einfahrt des viktorianischen Gebäudes ein. Sie stiegen aus und knöpften ihre Pistolenhalfter auf, während sie die Gegend in Augenschein nahmen.

Aus der Nähe wirkte das Haus schäbiger als von der Straße aus, fand Jennifer. Die Jalousien an den Fenstern waren herabgelassen. Ein Auto war nirgends zu sehen.

„Sieht aus, als wäre unser Verdächtiger ausgeflogen“, flüsterte Pete.

Er und Jennifer näherten sich vorsichtig der Haustür. Der Verandaboden knarrte unter ihren Schritten. Während Pete klopfte, stand Jennifer etwas abseits, die Hand am Halfter. Ihr Blick wanderte langsam zum Fenster. Instinktiv zog sie ihre Pistole.

RICHARD beobachtete die beiden aus dem Schutz der Bäume heraus. Er hatte hinten im Garten gerade das Wageninnere gesäubert – das Haus war bereits geschrubbt worden, um die Spuren dessen zu beseitigen, was sich letzte Nacht dort abgespielt hatte. Natürlich hatte er mit den Polizisten gerechnet, aber noch nicht so bald.

Jetzt atmete er einmal tief durch und wich dann lautlos weiter zwischen die Bäume zurück. Er wunderte sich, dass man die Sache mit Andrea gleich mit ihm in Verbindung gebracht hatte.

Wie auch immer – er hatte bereits geahnt, dass seine Zeit als Richard Franklin bald vorbei sein würde. Allerdings hatte er gehofft, wenigstens ausreichend Zeit zum Packen zu haben. Seine Kameras und Objektive befanden sich noch im Haus, und es fiel ihm schwer, sich von ihnen zu trennen. Noch schlimmer war es, sich von den Fotos zu trennen, vor allem von denen in seinem Aktenkoffer, den Fotos von Jessica. Die Bilder von Julie würden ihm auch fehlen, aber das war weniger schlimm. Sie würden den Rest ihres Lebens Gelegenheit haben, neue zu machen.

Er fragte sich, ob Julie schon darüber Bescheid wusste, was Andrea passiert war. Vermutlich ja. Höchstwahrscheinlich waren die beiden Polizisten gerade bei ihr gewesen. Was Julie jetzt wohl tat?

Sie wird fliehen, dachte Richard. Sie wird sich zu verstecken versuchen, und der Dummkopf wird ihr nicht von der Seite weichen. Vermutlich ist sie sogar schon weg.

Ein weiterer Grund, hier zu verschwinden.

Lautlos schlich er auf den Streifenwagen zu.

„VERSUCHEN wir's mal hinten herum", flüsterte Jennifer. „Ich habe das Gefühl, dass er noch hier ist."

Pete nickte, und sie verließen die Veranda.

Kurz vor der Hausecke machten sie Halt. Jennifer presste sich an die Hauswand und spähte um die Ecke. Dort stand Richards Auto, mit geöffneter Beifahrertür. Sie drückte die Pistole mit erhobenem Lauf an ihre Brust und nickte in Richtung des Wagens. Auch Pete zog langsam seine Pistole.

Jennifer ließ ihre Blicke aufmerksam durch den Garten schweifen, dann gab sie Pete ein Zeichen, ihr zu folgen. Sie schlichen um das Haus herum, so leise es ging. Die Hintertür des Hauses stand offen.

Jennifer hielt inne und spähte abermals in alle Richtungen. Er ist hier draußen, dachte sie. Und er beobachtet uns. Sie warf einen Blick über die Schulter und bemerkte, dass sich Pete über die rückwärtige Veranda der offenen Tür näherte.

In dem Moment hörte sie den Schrei. Es war ein gellender Schrei, schrill und voller Qual, von der Vorderseite des Hauses.

Pete hastete die Veranda hinunter und rannte über den Weg zurück, den sie gekommen waren. Jennifer schloss sich ihm an. Vor dem Haus sah sie nichts. Sie beschlossen, sich zu trennen. Pete näherte sich der anderen Hausseite, Jennifer trat wieder in den Garten.

Ihr Mund war trocken, und sie atmete heftig. Unweit vor ihr befand sich eine kleine Gruppe niedriger Bäume und Büsche, die sich als Versteck geradezu anboten. Dort ist er, dachte Jennifer. Er will, dass ich ihn dort aufstöbere. Hinter sich hörte sie Pete über den Kies laufen.

Plötzlich war von der Rückseite des Hauses das Geräusch eines anspringenden Motors zu vernehmen. Der Motor heulte auf, als das Gaspedal durchgetreten wurde, und kurz darauf kam das Auto von der anderen Hausseite aus auf sie zugerast.

Pete verharrte wie angewurzelt mitten in der Einfahrt. Er sah den Wagen etwas eher als Jennifer. Das Fahrzeug wurde nicht langsamer. Einen Moment lang war Pete wie gelähmt. Erst in allerletzter Sekunde sprang er beiseite.

Jennifer hätte im Bruchteil einer Sekunde schießen müssen, doch wegen Petes Hechtsprung entschied sie sich dagegen.

Das Auto donnerte die Einfahrt hinab, schlingerte um die Kurve und verschwand außer Sichtweite.

Jennifer rannte auf Pete zu, der sich bereits wieder hochrappelte. Es dauerte einige Sekunden, bis sie seine Waffe fanden, dann stürmten sie wortlos zum Streifenwagen und knallten gleichzeitig die Türen zu.

Pete griff zum Zündschlüssel – er war fort und die Kabel des Funkgeräts waren aus dem Armaturenbrett gerissen.

„Scheiße!“, schrie Pete und schlug mit der Faust auf das Lenkrad.

Jennifer rief von ihrem Handy aus im Revier an und informierte die Kollegen. Sie hatten kaum Hoffnung, dass sie Richard schon bald fassen könnten. Als sie das Gespräch beendet hatte, schaute Pete sie an. „Was machen wir jetzt?“

„Ich gehe mal rein.“

„Ohne Durchsuchungsbefehl?“

Jennifer öffnete die Wagentür und stieg aus. „Er hat Sie fast überfahren und ist vermutlich willens, noch weiteren Personen Schaden zuzufügen. Scheint mir ein ausreichender Grund, sich Zutritt zu verschaffen. Ihnen nicht?“

DIE KÜCHE war absolut sauber, die Spüle blinkte im Sonnenlicht. Jennifer drang weiter vor und kam durch das ehemalige Esszimmer ins Wohnzimmer.

Keinerlei persönliche Dinge, dachte sie. Keine Bilder, keine Zeitschriften, keine Pflanzen. Nur die Möbel.

Sie spähte die Treppe hinauf. Hinter ihr betrat Pete das Haus, mit gezogener Pistole. „Ziemlich leer, was?“, bemerkte er.

„Ich wollte gerade nach oben gehen“, sagte sie.

Pete folgte ihr. In der ersten Etage spähten sie den Flur entlang, wandten sich dann nach rechts und öffneten eine Tür. Jennifer betätigte den Lichtschalter. Sie standen in der Dunkelkammer. Im rötlichen Schein der Lampe wurde Jennifer unvermittelt klar, womit Richard seine Zeit verbracht hatte.

„Der Herr steh uns bei“ war alles, was ihr über die Lippen kam.

UM KEIN Aufsehen zu erregen, drosselte Richard die Geschwindigkeit, sobald er die Hauptstraße erreicht hatte. Er musste das Auto loswerden, aber zunächst wollte er Swansboro so weit wie möglich hinter sich lassen. Er bog auf den Highway Richtung Jacksonville ein. Dort würde er den Wagen gut versteckt abstellen und sich dann auf die Suche nach Julie begeben.

Jessica, so erinnerte er sich, hatte auch einmal zu fliehen versucht und gedacht, er werde sie nie finden. Sie war dafür mit dem Bus quer durchs halbe Land gefahren. Aber er hatte sie aufgespürt, und als er die Tür des Motelzimmers öffnete, in dem sie hauste, musste er feststellen, dass sie gar nicht überrascht war, ihn zu sehen. Sie hatte ihn wohl schon erwartet, und dieses Warten hatte sie schließlich zermürbt. Nicht einmal zum Weinen hatte sie noch Kraft gehabt. Als er ihr das Medaillon reichte, legte sie es sich um den Hals, als wüsste sie, dass ihr keine andere Wahl blieb.

Er hatte ihr vom Bett aufgeholfen. „Du hast doch nicht geglaubt, ich würde dich einfach so gehen lassen, oder?“, raunte er.

„Bitte“, flüsterte sie. „Tu mir nicht weh! Bitte, nicht schon wieder …“

„Aber du hast versucht, vor mir zu fliehen“, sagte er. „Du hast *mir* wehgetan, Jessica.“

„Oh, bitte … nein …“

PETE GANDY stand blinzelnd in der Tür zur Dunkelkammer und versuchte sich einen Überblick zu verschaffen. Hunderte Fotografien von Julie waren an die Wände geheftet. Julie, wie sie aus dem Salon kam und in ihr Auto stieg, Julie beim Waldspaziergang mit Singer, Julie beim Abendessen. Julie überall, wo sie in den letzten Monaten gewesen war.

Jennifers Knie wurden weich. Pete stand immer noch wie angewurzelt da. „Unglaublich, dieser Typ“, flüsterte er.

Jennifer drängte sich an ihm vorbei. Im nächsten Zimmer fand sie Richards Fitnessgeräte. Er hatte dort einen Spiegel aufgehängt, der von weiteren Bildern eingerahmt wurde. Jennifer ging weiter bis zur letzten Tür, hinter der wie vermutet das Schlafzimmer lag. Ihre Aufmerksamkeit wurde von einem gerahmten Foto auf dem Nachtschränkchen gefesselt. Zuerst dachte sie, es wäre ein Bild von Julie. Die gleichen Haare, die gleichen blaugrünen Augen. Aber es war nicht Julie, sondern jemand, der ihr stark ähnelte.

Als Jennifer das Foto von nahem betrachtete, fiel ihr das Medaillon am Hals der Frau auf. Es schien dasselbe Medaillon zu sein, das Julie ihnen in der Küche gezeigt hatte.

Jennifers Fuß stieß an einen Gegenstand. Sie schaute zu Boden und sah die Ecke eines Aktenkoffers unter dem Bett hervorragen. Sie zog ihn hoch und legte ihn aufs Bett. In dem Koffer befanden sich Dutzende Bilder von der Frau in dem Rahmen.

Pete kam hinter ihr herein. „Was hast du da?“, fragte er.

„Noch mehr Fotos“, sagte sie.

„Von Julie?“

„Nein“, erwiderte Jennifer. „Ich bin mir nicht sicher, aber das könnte Richards Frau Jessica sein.“

Sie hätte sich gern genauer umgesehen, aber es war wichtiger, das Haus nach Spuren von Andrea absuchen zu lassen.

INNERHALB von vierzig Minuten wimmelte es in Richard Franklins Haus von Polizisten aus Swansboro und Sheriffs aus Onslow County. Das Team von der Spurensicherung aus Jacksonville sammelte Fingerabdrücke und suchte nach Indizien.

Jennifer und Pete standen mit ihrem Vorgesetzten draußen. Captain Russell Morrison war ein bärbeißiger, bulliger Mann mit schütterem grauem Haar und eng zusammenstehenden Augen.

„Er hat versucht, einen Polizisten umzubringen.“ Morrison sah Pete an. „Sie leiten die Ermittlungen, aber ich werde auch alle anderen verfügbaren Beamten einsetzen.“

Pete nickte.

In dem Moment ertönte ein Schrei von einem der im Haus beschäftigten Kollegen. Kurz darauf kam er auf sie zugehastet. „Ich glaube, wir haben etwas gefunden.“

„Was denn?“

„Blut.“

HENRYS Strandhaus lag ungefähr vierzig Minuten von Swansboro entfernt, auf Topsail Island, einer Landzunge, die einen knappen Kilometer ins Meer hineinragte. Im Hochsommer war die Halbinsel mit den weißen Sanddünen, auf denen Riedgras wuchs, ein beliebtes Erholungsziel für Familien, doch nur wenige Menschen lebten das ganze Jahr über dort. Zurzeit war es noch sehr ruhig auf Topsail Island.

Wie bei allen Häusern ringsum war das Hauptgeschoss des Strandhauses über der Garage und den Abstellräumen angelegt und somit vor Sturmfluten geschützt. Von der hinteren Veranda führte eine Treppe zum Strand hinab, und von der Fensterfront aus bot sich ein ungehinderter Blick auf die heranrollenden Wellen.

Julie stand am Fenster und starrte auf das Wasser. An sämtlichen anderen Fenstern waren die Vorhänge zugezogen. Sie und Mike hatten sich unterwegs im Supermarkt mit ausreichend Proviant für eine Woche versorgt, ehe Mike Henrys Wagen in die Garage gestellt hatte. Niemand war ihnen gefolgt, das stand fest. Trotzdem wurde Julie das Gefühl nicht los, dass Richard sie irgendwie ausfindig machen würde.

„Vielleicht haben sie ihn ja schon", murmelte Mike.

Julie blieb stumm. Als Singer neben ihr auftauchte und an ihr schnupperte, tätschelte sie ihm zerstreut den Kopf.

„Hier sind wir in Sicherheit", sagte Mike. „Das weißt du doch, oder?"

„Ja, das weiß ich."

Aber ganz sicher war sich Julie nicht, und ihre Angst wurde plötzlich so stark, dass sie unwillkürlich vom Fenster zurückwich.

WIE JULIE und Mike machte auch Richard in einem Supermarkt Station. Dann stellte er sein Auto auf dem Parkplatz hinter dem Krankenhaus ab, wo es nicht auffallen würde, wenn es ein paar Tage am selben Fleck stand. Mit den Supermarkttüten in der Hand ging er zu Fuß die Straße hinab bis zu einer Tankstelle, wo er den Waschraum betrat und die Tür hinter sich verriegelte. In den Tüten befand sich alles, was er für seine Verwandlung benötigte: Haarfärbemittel, Bräunungscreme und eine billige Brille. Nicht viel, aber genug, um nicht sofort erkannt zu werden.

Es würde ihm genügend Zeit verschaffen, um *sie* zu finden.

Blieb nur noch das Problem, wohin Julie verschwunden war. Nun, das würde er bald herausfinden. Henry oder Emma oder Mabel wussten wahrscheinlich Bescheid. Und die Polizei ebenfalls.

Leise vor sich hin pfeifend, machte er sich daran, sein Äußeres zu verändern. Eine halbe Stunde später trat er wieder hinaus ins Sonnenlicht – blonder, gebräunter, mit Brille und ohne Schnauzer. Ein neuer Mensch. Nun brauche ich nur noch ein anderes Auto, dachte er und marschierte zum Einkaufszentrum.

IM REVIER rief Jennifer zuerst die Polizeidienststelle in Denver an, wo sie mehrere Male weiterverbunden wurde, bis sie endlich bei Detective Larry Cohen landete.

„Ich rufe Sie in ein paar Minuten zurück", versprach er.

„Wir haben Informationen zu mehreren Richard Franklins“, sagte er kurze Zeit später. „Bitte beschreiben Sie mir den, den Sie suchen.“

Jennifer gab eine kurze Personenbeschreibung durch – Größe, Gewicht, Augen- und Haarfarbe, geschätztes Alter.

„Okay, einen kleinen Moment.“ Sie hörte, wie er Daten in den Computer eintippte.

„Hm“, sagte er zögernd. „Ich fürchte, wir haben nichts für Sie. Wir haben Aufzeichnungen über sieben Männer namens Richard Franklin. Vier davon sind Afroamerikaner, einer ist verstorben, einer schon über sechzig.“

„Und Nummer sieben?“

„Ein Junkie. Ungefähr im Alter des Gesuchten, aber sonst stimmt nichts überein. Das kann er nicht sein.“

Jennifer schaute sich die Fotos von Jessica aus Richards Aktentasche an. Nach kurzem Zögern fragte sie: „Könnten Sie mal überprüfen, ob es ein Mordopfer namens Jessica Franklin gegeben hat?“

„Kein Problem“, sagte er.

Sie wartete, während er seine Unterlagen durchging.

„Nein“, sagte er schließlich. „Kein Mordopfer dieses Namens und auch keine Vermisstenanzeige.“

Kurz darauf kam Pete an ihren Schreibtisch gestürzt.

„Daytona!“, sagte er. „Der Hurensohn war in Daytona, als er angeblich zur Beerdigung seiner Mutter …“

„Daytona? Kommt da nicht Julie her?“ Plötzlich wurde sie blass. „Er war nicht in Daytona, um seine Mutter zu Grabe zu tragen. Er ist hingeflogen, um mehr über Julie zu erfahren. Darauf könnte ich wetten.“

JULIE saß auf der Couch, Singer lag neben ihr. Mike stellte den Fernseher an, zappte durch die Kanäle und schaltete ihn wieder aus. Dann prüfte er, ob die Haustür abgeschlossen war, und schaute aus dem Fenster. Alles war ruhig, vollkommen ruhig.

„Ich glaube, ich rufe mal Henry an“, meinte er schließlich. „Um Bescheid zu sagen, dass wir angekommen sind.“

Julie nickte.

GEISTESABWESEND strich sich Jennifer mit beiden Händen das Haar aus dem Gesicht, während sie ihr Gespräch mit Henry beendete. „Danke für die Information“, sagte sie. „Das ist sehr freundlich von Ihnen.“

Mike und Julie hatten also die Stadt verlassen. Einerseits hätte sie selbst an ihrer Stelle das Gleiche getan. Andererseits waren die beiden jetzt weit weg, wenn sie Hilfe brauchten. Zwar war Topsail Island nicht aus der Welt – es befand sich noch im Bezirk, wenn auch am südlichen Ende –, aber doch mindestens vierzig Minuten von Swansboro entfernt.

Jennifer wandte sich noch einmal den Fotos zu. Richard konnte gut fotografieren, er betrieb Fotografie offenbar als Kunst. Darauf deutete ja auch die im Haus gefundene Ausrüstung hin. Jennifer fragte sich, ob diese Erkenntnis für sie von Nutzen sein konnte. Je länger sie die Fotos betrachtete, desto überzeugter war sie, mit ihren Überlegungen auf der richtigen Fährte zu sein.

11

Polizeidienststelle Swansboro“, sagte Jennifer.

„Hier spricht Detective Cohen aus Denver.“

Jennifer richtete sich auf. „Oh … hallo! Haben Sie doch noch etwas gefunden?“

„Mehr oder weniger. Nach Ihrem Anruf ging mir der Name Richard Franklin ständig durch den Kopf, also habe ich mich hier in der Dienststelle umgehört und nachgedacht, bis mir endlich einfiel, wo ich ihn schon mal gehört habe.“ Er hielt inne. „Es ging um einen Fall vor vier Jahren, eine Vermisstenmeldung.“

Jennifer nahm einen Stift zur Hand. „Jessica Franklin?“

„Nein, Richard Franklin. Er war die vermisste Person.“

„Er ist hier!“

„Schon verstanden. Aber vor vier Jahren ist er plötzlich verschwunden. Eines Tages erschien er einfach nicht mehr zur Arbeit, und nach ungefähr einer Woche hat uns seine Sekretärin verständigt. Ich habe mit dem Detective gesprochen, der damals die Untersuchung leitete. Er sagte, alle Anzeichen deuteten darauf hin, dass der Bursche überstürzt das Weite gesucht habe. Kleidung lag in seinem Schlafzimmer auf dem Bett verstreut, die Schubladen wirkten durchwühlt. Zwei Koffer fehlten, und sein Auto war auch weg. Am letzten Tag, an dem er gesehen wurde, zog er Geld aus einem Bankautomaten.“

„Er ist also auf und davon?“

„Offenbar. Keiner von Franklins Bekannten, die man befragte, konnte sich einen Reim darauf machen. Alle stimmten überein, dass er nicht der Typ war, der alles liegen und stehen lässt und einfach abhaut."

„Und er war nicht mit dem Gesetz in Konflikt gekommen?"

„Nein. Es ist, als hätte er damals spontan beschlossen, irgendwo ganz neu anzufangen."

„Warum hat seine Familie ihn nicht als vermisst gemeldet?"

„Tja, es gab so gut wie keine Familie. Sein Vater war verstorben, er hatte keine Geschwister, und seine Mutter befand sich wegen geistiger Umnachtung in einem Pflegeheim."

„Könnten Sie mir die Unterlagen zu Ihren damaligen Ermittlungen schicken?"

„Die Akte ist ziemlich umfangreich", sagte Cohen. „Geben Sie mir noch mal Ihre Faxnummer."

JENSEITS des Küchenfensters in Henrys Strandhaus glühte der Ozean orange, als wäre unter der Oberfläche ein Feuer entzündet worden. Das Tageslicht schwand, und in der Küche wurde es langsam dunkler. Die Neonlampe an der Decke summte leise.

Mike trat neben Julie, die Singer am Strand beobachtete. Der Hund lag im Sand, hatte die Ohren aufgestellt und wandte gelegentlich den Kopf hin und her.

„Hast du Lust, etwas zu essen?", fragte Mike.

„Danke, ich habe keinen Hunger."

Mike seufzte. „Da draußen ist niemand", sagte er dann. „Sonst hätte sich Singer schon gemeldet."

Julie nickte und lehnte sich an ihn.

RUSSELL MORRISON kam aus seinem Büro und trat auf Jennifer und Pete zu. „Es ist tatsächlich Andrea Radleys Blut. Hab gerade mit dem Labor telefoniert, die haben es bestätigt."

Jennifer hörte ihn kaum. Sie starrte auf die erste Seite des Fax aus Denver.

„Und wir haben einen Zeugen gefunden", fuhr Morrison fort. „Einer der Barkeeper im ‚Mosquito Grove' konnte sich an Andrea erinnern. Der Mann hat eine genaue Beschreibung von Franklin abgegeben."

„Er ist nicht Richard Franklin", sagte Jennifer leise.

„Was reden Sie da?", fragte Morrison.

„Der Verdächtige, er …", fuhr sie zögernd fort. „Sein Name ist nicht

Richard Franklin. Der echte Richard Franklin gilt seit vier Jahren als vermisst. Hier …" Sie reichte das Blatt Papier weiter, auf dem ein Mann mit schütterem Haar und groben Gesichtszügen zu sehen war. „Das ist der echte Richard Franklin."

Morrison blickte Jennifer an. „Soll das heißen, der Kerl, hinter dem wir her sind, hat die Identität dieses Mannes angenommen?"

Jennifer nickte.

„Und wen suchen wir dann?", fragte Morrison.

Jennifer schaute ratlos vor sich hin. „Keine Ahnung."

Es dauerte länger, als er gedacht hatte, aber schließlich verließ Richard den Parkplatz des Einkaufszentrums in einem grünen 1994er-Pontiac. Zwei Stunden lang fuhr er nach Nordosten und stieg dann in einem Motel am Highway ab. Dort lag er auf dem Bett und starrte zur Decke.

Sollen sie mich ruhig suchen, dachte er. Finden werden sie mich nicht.

Er fragte sich, ob die Polizei wohl schon wusste, dass er gar nicht Richard Franklin war. Es spielte im Grunde keine Rolle, denn es schien unmöglich, ihn mit Franklins Verschwinden in Zusammenhang zu bringen oder seine frühere Identität herauszufinden. Es war damals nicht leicht gewesen, genau den richtigen Mann zu finden, einen Mann ohne Familie. Es musste jemand sein, bei dem selbst gründliche Internetrecherchen nicht auf irgendwelche entfernten Verwandten hinwiesen. So mühsam und Zeit raubend es auch war, im Internet die Listen der Berufsgenossenschaften zu durchforsten, er hatte seine Suche hartnäckig fortgesetzt.

Schließlich war er nach Denver gefahren und hatte sich drei Wochen lang mit dem Lebenswandel des Mannes vertraut gemacht. Hatte den richtigen Richard Franklin beobachtet, so wie er nun Julie beobachtete.

Es kam vor, dass Franklin bis in die Nacht im Büro arbeitete. An einem Abend beobachtete Richard, wie der echte Franklin über den dunklen Parkplatz auf sein Auto zuging und mit gesenktem Kopf nach dem Schlüssel kramte. Franklin hörte ihn nicht näher kommen. Richard drückte ihm eine Pistole an den Kopf.

„Tun Sie genau, was ich sage!", zischte er. „Dann werde ich Sie am Leben lassen."

Was natürlich gelogen war, aber Franklin hatte alles getan, was Richard von ihm verlangt hatte, und alle Fragen beantwortet. Franklin war zum Bankautomaten gegangen, und er hatte einen Koffer gepackt. Er hatte sich sogar fesseln und die Augen verbinden lassen.

Richard war mit Franklin in die Berge gefahren und hatte ihm irgendwo an einer abgeschiedenen Stelle befohlen, sich an den Straßenrand zu legen. Fast hatte er über die Schwäche dieses Kerls lachen müssen, darüber, wie verschieden sie waren. Drei Stunden später war der echte Richard Franklin in einem Grab verscharrt, das nie gefunden werden würde. Solange er nur als vermisst galt und nicht als tot, war es kein Problem, seine Identität anzunehmen. Seine Akte schimmelte auf einem Aktenstapel mit anderen Vermisstenmeldungen vor sich hin.

Er war mit Richard Franklin fertig geworden, so wie er mit seinem Vater, seiner Mutter und den Jungen im Heim fertig geworden war. Und mit Jessica.

Nun war es an der Zeit, sich um Mike zu kümmern.

DEN GANZEN Abend herrschte im Polizeirevier Swansboro hektische Betriebsamkeit. Die Beamten hatten in den umliegenden Motels zwölf Verdächtige ermittelt. Mithilfe der Polizeibehörde von Onslow County verfolgten sie jede einzelne Spur, leider ohne Erfolg.

J. D. Blanchard hatte ein gutes Foto des Verdächtigen zur Verfügung gestellt, die Polizei ließ es vervielfältigen und den Fernsehsendern zukommen. Die Meldung wurde gleich zu Beginn der Nachrichten gesendet. Wie von Morrison prophezeit, klingelten die Telefone direkt im Anschluss an die Sendungen.

Bis zwei Uhr früh hatte man im Revier mit mehr als zweihundert Anrufern gesprochen, aber keiner hatte den Verdächtigen an diesem Tag gesehen.

AM NÄCHSTEN Morgen hing über dem Intracoastal Waterway leichter Nebel, der langsam verdunstete, als die Sonne über die Baumwipfel stieg. Durch das Fenster im Polizeirevier fiel ein regenbogenbunter Lichtstrahl genau auf Jennifers Kaffeetasse. Es war ihr dritter Kaffee an diesem Morgen.

Wir suchen nach einem Gespenst, dachte sie.

Die Fingerabdrücke hatten ihnen bisher nichts genützt. Morrison hatte inzwischen entschieden, auch die Datenbank des FBI zu nutzen, aber die Auswertung der dort zur Verfügung stehenden Daten würde mindestens eine Woche dauern.

Ihr derzeitiger Ansatzpunkt waren die Fotos aus dem Aktenkoffer, und warum diese sie so fesselten, war Jennifer immer noch nicht ganz klar. Sie hatte sie schon Dutzende Male angesehen, doch kaum hatte sie den Stapel beiseite gelegt, griff sie bereits wieder danach.

Wieder sah sie dieselben Bilder: Jessica im Garten, Jessica auf einer Terrasse, Jessica sitzend, Jessica stehend …

RICHARD duschte nach dem Aufwachen und stieg in den gestohlenen Pontiac. Zwei Stunden später, nachdem er unterwegs einen Becher Kaffee und ein paar Zeitschriften gekauft hatte, war er wieder in Swansboro. Es fühlte sich an wie eine Heimkehr. Er trug Dockers und Polohemd. Mit seinen helleren Haaren und der Brille erkannte er sich selbst kaum wieder. Er sah aus wie ein x-beliebiger Bürger, der übers Wochenende zum Strand hinausfuhr. Er begab sich in einen ganz bestimmten kleinen Park, wo er sich auf einer Bank beim Spielplatz niederließ und die Zeitung aufschlug.

Er überflog die Überschriften, um zu sehen, ob etwas von dem gestohlenen Wagen darin stand. Nichts. Falls nötig, würde er den ganzen Tag warten. Er wusste, auf wen er es abgesehen hatte, wer ihn zu Julie und Mike führen würde.

ALS PETE GANDY auf Jennifers Schreibtisch zukam, sah er ungefähr so müde aus, wie sie sich fühlte. „Irgendwas Neues?“, fragte sie.

Er schüttelte den Kopf und unterdrückte ein Gähnen.

Das Problem bestand darin, dass der Kerl, den sie suchten, zu Richard Franklin geworden war. In seinem Haus befanden sich kaum persönliche Habseligkeiten, abgesehen von seiner Kleidung, seinen Kameras und den Fotos. Die Fotos verrieten nichts über ihn. Sie konnten überall und zu jeder Zeit entstanden sein, und weil Richard sie selbst entwickelt hatte, führten sie auch nicht zu einem bestimmten Fotolabor …

Jennifers Überlegungen stockten jäh. Teure Kameraausrüstung? Eigene Dunkelkammer? Sie starrte auf den Stapel Fotos auf ihrem Tisch. Der Mann fotografierte seit langem. Seit Jahren vermutlich. Und das bedeutete, dass er die Kameras vielleicht schon benutzt hatte, bevor er zu Richard Franklin geworden war.

„Pete!“, rief Jennifer. „Sind seine Kameras bereits in der Asservatenkammer oder noch bei der Spurensicherung?“

„Die von Franklin? Die haben wir gestern in die Asservatenkammer gebracht …“

Jennifer sprang von ihrem Stuhl auf und machte sich auf den Weg. „Ich glaube, ich weiß, wie wir herausfinden können, wer der Kerl ist!“

Pete überlegte nicht lange, doch er hatte Mühe, mit ihr Schritt zu halten, während sie durchs Revier eilte. „Worum geht's?“, keuchte er.

Jennifer quittierte den Erhalt der Fotoausrüstung mit ihrer Unterschrift, beäugt von dem Beamten, der für die Asservatenkammer zuständig war.

„Die Kameras und die Objektive.“

„Was wollen Sie damit?“

Inzwischen hatte der Beamte einen Karton auf den Tresen gestellt, den Jennifer an sich nahm und zu ihrem Schreibtisch trug. Pete Gandy sah verwirrt und ratlos zu.

Eine Viertelstunde später hatte Jennifer alle Seriennummern der Ausrüstungsteile aufgelistet. Sie brachte bei der Auskunft die Telefonnummern der Hersteller in Erfahrung und versuchte es dann beim ersten. Nachdem sie erklärt hatte, dass sie Name und Anschrift des Besitzers der Kamera überprüfen wolle, gab die Person am Telefon die Nummer in einen PC ein.

„Sie gehört einem Richard P. Franklin …“

Jennifer legte auf und wählte die nächste Nummer, dann eine weitere. Beim vierten Anruf jedoch wurde ihr ein anderer Name mitgeteilt.

„Die Kamera ist auf Robert Bonham aus Boston, Massachusetts, registriert. Brauchen Sie die Anschrift?“

Mit zittrigen Händen notierte sich Jennifer die Angaben.

Gleich der erste Beamte, den sie in Boston erreichte, konnte ihr die benötigten Auskünfte liefern: „Robert Bonham wird im Zusammenhang mit dem Verschwinden seiner Ehefrau Jessica Bonham seit vier Jahren gesucht.“

NACHDEM Jennifer die Angaben zu Robert Bonham sortiert und noch ein paar Anrufe erledigt hatte, ging sie mit Pete zu Morrison ins Büro. Als ihr Vorgesetzter Jennifers Bericht überflog, wurde ihm sofort der Ernst der Situation klar. „Was schlagen Sie vor?“

Jennifer räusperte sich. „Bis wir ihn haben, ist es wohl am besten, wenn Pete zu Mike und Julie ins Strandhaus fährt. Falls das, was wir erfahren haben, stimmt, gibt es keinen Zweifel, wozu Richard fähig ist.“

Morrison fixierte sie mit ruhigem Blick. „Meinen Sie, die beiden sind damit einverstanden?“

„Ja“, sagte Jennifer fest, „ganz bestimmt. Wenn sie erfahren, mit wem sie es zu tun haben …“

„Wollen Sie sie anrufen?“

„Nein, wir reden besser persönlich mit Julie."

Morrison nickte.

Wenige Minuten später stiegen Jennifer und Pete in den Streifenwagen. Sie bemerkten den gestohlenen Pontiac Trans Am nicht, der sich hinter ihnen in den Verkehr einfädelte.

„SEIN Name ist Robert Bonham", erklärte Jennifer. „Der echte Richard Franklin wird seit Jahren vermisst."

„Verstehe ich nicht", murmelte Julie.

Sie befanden sich in der Küche von Henrys Strandhaus. Mike und Julie saßen mit Jennifer am Tisch, Pete lehnte an der Anrichte.

Jennifer berichtete den beiden ausführlich von ihren jüngsten Erkenntnissen. Als sie geendet hatte, starrte Mike sie entgeistert an.

„Sie glauben also, dieser Bonham hat den echten Richard Franklin umgebracht?"

Jennifer zögerte. „In Anbetracht aller Erkenntnisse ist das nicht auszuschließen."

„Und wer ist Robert Bonham?", fragte Julie.

Jennifer schaute auf ihre Notizen. „Er wuchs als Einzelkind in einem Vorort von Boston auf. Gegen den Vater wurde mehr als einmal der Verdacht erhoben, gewalttätig zu sein und Frau und Kind zu schlagen. Über die Jahre hat die Polizei ein halbes Dutzend Vorfälle untersucht – bis zu seinem Tod." Nachdem Jennifer die Umstände beim Tod des Vaters dargelegt hatte, klopfte sie auf ihre Akte. „Ich habe mit einem der Beamten gesprochen, die damals mit dem Fall befasst waren. Er ist zwar schon pensioniert, aber er konnte sich noch gut erinnern. Er meinte, keiner habe geglaubt, dass Vernon Bonham sich umgebracht habe. Aber es bestand wohl der Verdacht, dass der Junge das Garagentor geschlossen und den Motor wieder angelassen hatte, nachdem Vernon das Bewusstsein verloren hatte."

Julie hörte Jennifer fassungslos zu. „Und die Mutter?", flüsterte sie.

„Starb ein Jahr später an einer Überdosis Schlaftabletten. Ebenfalls Selbstmord …"

Jennifer ließ ihren unausgesprochenen Zweifel im Raum stehen und sprach dann weiter: „Die nächsten Jahre war Robert ein Fürsorgekind, das von einer Pflegefamilie zur nächsten wanderte. Seine Akte beim Jugendamt konnte nicht eingesehen werden, wir wissen also nicht, was er als Teenager womöglich noch angestellt hat. Aber im College stand er im Verdacht, seinen früheren Zimmergenossen tätlich angegriffen und schwer verletzt zu haben. Der Betreffende hatte Robert beschuldigt, ihm Geld gestohlen zu haben, was Robert bestritt. Ein Jahr später machte er sein Diplom als Ingenieur. Unsere nächste Information datiert von 1994, als er Jessica geheiratet hat."

„Was ist denn aus ihr geworden?", fragte Mike zögernd.

„Jessica wird seit 1998 vermisst", sagte Jennifer. „Da wohnte sie wieder bei ihren Eltern. Zum letzten Mal hat man sie beim Einkaufen gesehen. Ein Zeuge erinnerte sich, Robert Bonhams Auto an jenem Abend auf dem Parkplatz des Supermarktes bemerkt zu haben, aber was mit Jessica geschah, hat niemand beobachtet. Bonham ist in der gleichen Nacht verschwunden wie sie."

Mike und Julie saßen verkrampft und schreckensbleich auf ihren Stühlen.

Langsam fuhr Jennifer fort: „Ich weiß nicht, ob Ihnen das bekannt ist, aber Robert Bonham – Richard – hat vor einem Monat seinen Job aufgegeben. In seinem Haus haben wir hunderte Fotos von Ihnen gefunden, Julie. So wie es aussieht, hat er Sie praktisch rund um die Uhr beobachtet, seit Ihrer ersten Verabredung. Und er hat in Ihrer Vergangenheit herumgeschnüffelt."

„Was soll das heißen?", fragte Julie.

„In der Woche, in der er angeblich zu seiner sterbenden Mutter gereist ist, war er in Daytona, um dort mehr über Sie in Erfahrung zu bringen. Ein Privatdetektiv hat Ihr Vorleben für Bonham recherchiert. Es scheint ziemlich klar zu sein, dass er Ihnen von Anfang an krankhaft nachgestellt hat."

„Warum ich?", fragte sie endlich. Ihre Stimme klang kläglich.

„Ich weiß es nicht mit Bestimmtheit", sagte Jennifer, „doch sehen Sie, was wir noch gefunden haben." Sie zog ein Foto aus der Akte und schob es über den Tisch. „Das ist Jessica. Hier – darauf wollte ich Sie aufmerksam machen."

Julie starrte auf das Foto und sah, worauf Jennifer mit dem Finger deutete: Um den Hals trug die junge Frau das Medaillon, das Richard … Robert … ihr geschenkt hatte. „Jessica Bonham – J. B."

„Wir möchten, dass Officer Gandy die nächsten Tage bei Ihnen bleibt, wenn es Ihnen recht ist."

Mike schaute mit glasigen Augen zu Pete. „Ja", sagte er, „das ist eine gute Idee."

WÄHREND Pete seinen Koffer aus dem Wagen holte, stand Jennifer neben ihm und musterte die Häuser längs der Strandstraße. Nicht einmal ein Viertel der Gebäude war bewohnt. Nur vor wenigen Grundstücken standen Autos – die üblichen Geländewagen und ein Pontiac Trans Am, der bestimmt einem Teenager gehörte. So ein Auto hatte sich Jennifer auch gewünscht, als sie noch zur Highschool ging.

„Hoffentlich schaffen Sie es, die ganze Nacht über wach zu bleiben", sagte sie zu Pete.

„Bestimmt", erwiderte er und schlug den Kofferraumdeckel zu. „Ich werde morgen früh ein paar Stündchen schlafen. Glauben Sie, dass er sich noch hier in der Gegend aufhält?"

„Ich bin davon überzeugt."

IN DER Nacht fand Julie keinen Schlaf. Sie hörte das stetige Rauschen der Wellen, die an den Strand schwappten. Mike, der neben ihr im Bett lag, hatte das Fenster schräg gestellt, doch sobald er schlief, war Julie aufgestanden und hatte es geschlossen.

Durch den Schlitz unter der Schlafzimmertür fiel Licht. Pete hielt dort draußen Wache, und Julie war froh darüber.

12

Am folgenden Abend ging eine leichte Brise. Als Singer nach dem Essen schwanzwedelnd an der Hintertür stand, machte Julie ihm die Tür auf und sah zu, wie er die Treppe hinabtapste, um gleich darauf im Dunkeln zu verschwinden. Sie ließ Singer nur ungern nach draußen. Trotz Mikes und Petes Gegenwart fühlte sie sich sicherer, wenn der Hund bei ihr war.

Die Zeit verging quälend langsam. Zwar riefen Emma und Mabel an und später auch Henry, der mit Mike sprechen wollte. Aber die Anrufe dauerten jeweils nur ein paar Minuten. Keiner wusste etwas zu erzählen, außer Mabel, die von einem Gespräch mit Andreas Eltern berichtete. In der letzten Nacht war Andrea aus dem Koma erwacht, und es schien, als ob sie wieder ganz gesund werden würde.

Julie begab sich in die Küche, wo Mike gerade das Geschirr abspülte. Pete saß am Tisch und legte eine Patience.

Julie schlang die Arme um Mike, woraufhin er den Kopf umwandte.

„Bin fast fertig“, sagte er. „Nur noch ein paar Teile. Denkst du darüber nach, was Jennifer uns erzählt hat?“

„Ja. Und darüber, was er früher schon verbrochen hat. Und was er Andrea getan hat. Ich frage mich, wo er jetzt wohl ist.“

VON SEINEM Posten an der Düne aus hatte Richard beobachtet, wie Julie Singer hinausließ. Mit dem Lichtschein im Hintergrund wirkte sie wie ein Engel … Bei dem Gedanken, dass sie bald bei ihm sein würde, geriet Richard in Aufregung.

Am Tag zuvor hatte er sein Auto in der Auffahrt eines Hauses geparkt, das mit Schildern einer Immobilienfirma beklebt war. Mit geübtem Blick entdeckte Richard zwar eine Alarmanlage am Haus, aber nicht an der Garage. Also knackte er das Schloss des Garagentors mit einem Schraubenzieher, den er im Handschuhfach des Pontiac gefunden hatte. Er verbrachte die Nacht auf einer staubigen Luftmatratze und kaufte am Nachmittag alles ein, was er brauchte. Jetzt musste er nur noch warten, bis Singer von seinem Ausflug zurückkehrte.

Neben Richard lagen vier Hamburger, die er gleich neben dem Eisenwarenladen gekauft hatte, in dem er am Nachmittag gewesen war. Er hatte die Hamburger in kleine Stückchen zerbröckelt und in Folie gewickelt. Nun nahm er das Päckchen in die Hand und schlich durch das Riedgras auf die Treppe hinten am Haus zu.

Richard entfernte die Folie und verteilte die Hackfleischbröckchen auf den Stufen, die von der Düne zum Haus hinaufführten. Er wusste nicht genau, wie viel Singer wog, deshalb konnte er nur hoffen, dass er genug von dem bitteren Pulver darunter gemengt hatte. Andererseits durfte es auch nicht zu viel sein, schließlich wollte er den Geschmack nicht zu sehr verändern. Auf keinen Fall sollte Singer wittern, dass etwas nicht stimmte, und das Fleisch dann liegen lassen. Richard wollte es nicht noch einmal mit den Hundezähnen zu tun bekommen.

Er schlich zurück zu seinem Versteck und legte sich wieder auf die Lauer. Erst nach etlichen Minuten sah er, wie sich in den Schatten zwischen den Dünen etwas bewegte. Dann trat Singer ins Mondlicht und wiegte den Kopf hin und her. Richard verfolgte gebannt, wie der Hund sich umdrehte, auf die Treppe zutrabte, seinen Schritt verlangsamte und dann stehen blieb. Seine Nase hob sich leicht, wahrscheinlich witterte er das Fleisch auf den Stufen.

Na los, dachte Richard, worauf wartest du? Nun friss schon!

Endlich setzte sich Singer in Bewegung. Er reckte den Kopf vor, als hätte er erst jetzt Witterung aufgenommen, machte einen Schritt, dann noch einen, bis er bei dem ersten Bröckchen angelangt war. Er senkte die Nase zu Boden, beschnüffelte es – und begann zu fressen.

Die meisten Vorhänge im Haus waren zugezogen, aber nicht die am Esszimmerfenster, und Richard hielt dort Ausschau nach Schatten, die sich hin und her bewegten. Bis auf das Rauschen der Wellen war nichts zu hören.

Julie würde bald zur Hintertür kommen. Für gewöhnlich ließ sie Singer nicht länger als zwanzig Minuten draußen. Richard wollte ihr Gesicht sehen, wenn sie nach ihm rief.

Während er das Haus beobachtete, gab er sich der Hoffnung hin, dass sie ihm eines Tages verzeihen würde.

IN SWANSBORO nutzte Jennifer Romanello den Abend dazu, so viel wie möglich über den mysteriösen Robert Bonham in Erfahrung zu bringen. Als sie hörte, wie ein Kollege, der gerade telefonierte, auf einmal lebhafter wurde, schaute sie zu ihm hinüber. Er nickte heftig, notierte etwas und legte schließlich auf.

Dann nahm er den Zettel und kam auf sie zu. „Wir haben eben einen wichtigen Anruf erhalten", sagte er. „Sein Auto ist auf dem Parkplatz des Onslow Hospital in Jacksonville gefunden worden."

„Aber gesehen hat ihn niemand?"

„Darüber liegen uns keine Informationen vor."

Dass er sich seines Wagens entledigte, war natürlich zu erwarten gewesen, aber irgendwie musste er sich anschließend fortbewegen. Jennifer biss sich nachdenklich auf die Lippe. In dem Moment kam Captain Morrison an ihrem Büro vorbei.

„Captain? Könnte er ein Auto gestohlen haben?"

Morrison zog die Brauen hoch. „Werde ich prüfen. Lassen Sie mich kurz telefonieren."

Jennifer nickte. Ihr gingen bereits diverse Szenarien durch den Kopf, während sie die Schlüssel des Streifenwagens ergriff.

„Wo wollen Sie hin?", rief Morrison.

„Ich werde zu diesem Krankenhaus fahren und nachfragen, ob die anderen irgendetwas Nützliches herausgefunden haben. Falls Sie von einem Autodiebstahl hören, geben Sie mir bitte sofort Bescheid, okay?"

„In Ordnung."

JULIE ging zum Fenster, legte das Gesicht an die Scheibe und ließ den Blick über den Strand wandern.

„Hast du Singer schon bellen gehört?“, fragte sie.

Mike trat neben sie. „Nein, noch nicht.“

„Vielleicht sollte ich rausgehen und ihn rufen.“

„Soll ich das nicht besser tun?“

„Nein, ist schon okay. Ich brauche sowieso mal frische Luft.“

Julie rief mehrere Minuten lang, versuchte es an beiden Enden der Veranda, bis auch Mike herauskam. „Ist er noch nicht zurück?“, fragte er.

Julie schüttelte den Kopf. „Nein. Ich sehe ihn auch nicht.“

Mike hielt ebenfalls in beide Richtungen Ausschau. „Soll ich ihn suchen gehen? Vielleicht ist er heute ein Stück weiter gelaufen als sonst.“

Julie lächelte. „Danke.“

Mike lief bereits die Treppe hinab. „Bin gleich wieder da!“

JENNIFER blinzelte ins Scheinwerferlicht des Gegenverkehrs. Der Schlafmangel der letzten Tage machte sich bemerkbar, und ihre Augen taten weh. Sie überlegte gerade, ob sie anhalten und eine Tasse Kaffee trinken sollte, als das Funkgerät knarzend zum Leben erwachte.

„Sieht aus, als hätten wir etwas“, sagte Captain Morrison. „Hab eben mit den Kollegen in Jacksonville gesprochen. Dort wurde ein Autodiebstahl vom Parkplatz des Einkaufszentrums gemeldet, am Tag von Richards Verschwinden. Der Wagen ist auf einen Shance Clinton zugelassen, wohnhaft in Jacksonville, Melody Lane 412. Das ist ganz in der Nähe des Krankenhauses.“

„Um was für ein Modell handelt es sich?“

„Um einen grünen Pontiac Trans Am, Baujahr 94.“ Er nannte ihr das Kennzeichen und fügte hinzu: „Wir haben eine Großfahndung ausgelöst.“

Jennifer prägte sich das Kennzeichen ein. „Hat schon jemand mit dem Halter gesprochen?“

„Nein, noch nicht.“

Jennifer beschloss, gleich mal zu der angegebenen Adresse zu fahren.

MIKES Füße versanken im Sand. Wenn er sich umschaute, sah er Julie auf der Veranda stehen, doch mit jedem Schritt, den er machte, wurde ihr Bild kleiner.

„Singer!“, brüllte er.

Nach und nach gewöhnten sich seine Augen an die Dunkelheit, und er ließ suchend den Blick über die Dünen schweifen. Er legte gerade die Hände als Trichter an den Mund, um noch einmal zu rufen, da fiel ihm ein Schatten zu seiner Linken auf.

Stirnrunzelnd ging er darauf zu, erkannte die Gestalt im Sand, drehte sich um und rief in Julies Richtung: „Hab ihn gefunden!" Dann trat er noch ein paar Schritte näher.

„Was machst du denn hier? Na komm, gehen wir wieder rein."

Singers Schwanz bewegte sich schwach, und Mike vernahm ein leises Winseln. Der Hund hechelte heftig, und sein Brustkorb hob und senkte sich viel schneller als normal.

Mike kauerte sich hin und legte dem Hund eine Hand an die Brust. Er fühlte, wie das Herz raste. Singer reagierte nicht auf die Berührung, und in dem Moment fiel Mike das Zittern in einem seiner Hinterläufe auf.

PETE GANDY trat zu Julie auf die Veranda hinaus. „Was ist los?"

Julie schaute ihn an. „Ich warte auf Mike und Singer."

Pete nickte. Sie verharrten schweigend nebeneinander, die Augen auf den Strand gerichtet.

Plötzlich hörten sie, dass Mike Julies Namen rief. Kurze Zeit später tauchte er unter der Veranda auf.

„Ich hab Singer gefunden!", schrie Mike. „Irgendwas stimmt mit ihm nicht. Komm schnell!"

Mit einem jähen Gefühl der Beklemmung hastete Julie zur Treppe.

„Halt!", rief Pete und versuchte noch, sie am Arm zu erwischen, aber sie war schon vorbei. Während sie die Treppe hinabstürmte, überlegte er, ob er hinterherlaufen sollte oder nicht.

„Scheiße", brummte er und setzte sich dann ebenfalls in Bewegung.

RICHARD beobachtete, wie die drei den Strand entlangliefen. Je weiter sie sich entfernten, desto mehr Adrenalin durchströmte ihn. Es hatte begonnen!

Als sie endlich außer Sichtweite waren, schlich er über die Düne. Geduckt näherte er sich dem Haus, den Wagenheber in der Hand.

WÄHREND Julie keuchend mit Mike Schritt zu halten versuchte, wurde ihre Panik immer größer. Sie hörte, wie Pete hinter ihr ihren Namen rief und sie beschwor, zum Haus zurückzukommen.

Gleich darauf entdeckte sie Singer. Je näher sie ihm kam, desto mehr begann sie zu zittern. Als Pete sie einholte, beugten sich Julie und Mike bereits über den Hund.

„Was ist los?“, keuchte Pete.

„Singer? Was hast du, Süßer?“, fragte Julie sanft. Keine Reaktion.

Mike hob sachte Singers Kopf an. „Na los, alter Junge, steh auf …“ Singers Hals war starr, und sein Hecheln verstärkte sich.

„Wir müssen etwas tun!“, schrie Julie.

Die Qual in ihrer Stimme brachte Mike endlich zur Besinnung. „Pete, laufen Sie ins Haus zurück, und versuchen Sie, möglichst rasch einen Tierarzt aufzutreiben!“

„Ich habe Order, Sie nicht allein zu lassen …“

„Gehen Sie schon!“, schrie Mike. „Beeilen Sie sich!“

„Okay, okay“, sagte Pete. Er rannte los und ließ Mike und Julie bei Singer zurück.

ALS JENNIFER das Stadtgebiet von Jacksonville erreichte, wurde sie von einer Unruhe erfasst, deren Ursache sie nicht genau zu benennen vermochte. Angestrengt versuchte sie, dahinter zu kommen.

Ganz ruhig, dachte sie, denk noch einmal gründlich nach.

Richards Auto war verlassen aufgefunden worden. Das andere Auto wurde ungefähr zu der Tageszeit gestohlen, als Richard in Jacksonville eingetroffen sein dürfte. Diese beiden Befunde ergaben zusammen den Verdacht – nein, die *Gewissheit*, dass Richard der Autodieb sein musste.

Welche Details hatte Captain Morrison genannt? Ein grüner Pontiac Trans Am? Stirnrunzelnd überlegte Jennifer, was ihr daran so vertraut vorkam.

VON DER Veranda aus hörte Richard Julie jammern. Einen Moment lang hielt er inne und lauschte ihrem Wehklagen. Eigentlich hatte er Julie nicht betrüben wollen. Eine andere Lösung des Problems wäre ihm lieber gewesen. Vielleicht würde er ihr einen neuen Hund kaufen, wenn dies alles erst hinter ihnen lag. Ja, dachte er, genau. Einen neuen Hund. Einen *besseren* Hund. Das würde er für sie tun. Es würde sie glücklich machen, und genau das wünschte er ihr schließlich: Glück.

Unten am Strand war plötzlich eine Bewegung wahrzunehmen. Richard, der wusste, was das zu bedeuten hatte, wich in eine dunkle Ecke der Veranda zurück.

Pete Gandy hastete die Treppe hinauf, über die Veranda, durch die Hintertür und dann in die Küche. Er schnaufte, während er schnell die Seiten des Telefonbuchs durchblätterte, um einen Tierarzt zu finden. Schließlich nahm er den Hörer ab und wählte die Privatnummer einer Ärztin, deren Praxis in der Nähe lag.

„Ich kann in zehn Minuten in der Praxis sein", sagte sie. „Können Sie den Hund irgendwie ins Auto schaffen und herbringen?"

„Wir werden es versuchen."

Pete legte auf, stürzte wieder auf die Veranda hinaus und knallte die Tür hinter sich zu. Er wusste nicht, was ihn veranlasste, sich umzudrehen. Aber noch bevor er Richard sah, ahnte er, dass sich jemand auf ihn zubewegte. Pete duckte sich instinktiv, doch gleich darauf traf etwas Hartes seinen Schädel.

Julie streichelte Singer mit zitternden Händen. „Warum braucht Pete nur so lange?", klagte sie. „Was macht er denn?"

Mike versuchte sie zu beruhigen. „Singer wird bestimmt wieder gesund", flüsterte er.

Der Hund atmete jetzt sehr schwer, seine Augen waren aufgerissen.

„Halt durch, mein Schatz!", flehte Julie. „Bitte … bitte."

„Vielleicht sollte ich mal nach Pete sehen", bot Mike an.

Julie hörte ihn kaum, aber sie nickte, die Lippen fest aufeinander gepresst.

Mike drehte sich um und lief los, Richtung Haus.

Richard starrte auf Pete Gandys hingesunkene Gestalt. Sicher, auch das war wieder eine scheußliche Angelegenheit, aber notwendig und nicht zu vermeiden. Immerhin war Pete bewaffnet.

Das vereinfacht die Situation andererseits sehr, dachte Richard, während er Petes Pistole aus dem Halfter zog. Er drehte sich um und wollte zur Treppe gehen, als er Mike über den Strand aufs Haus zurennen sah.

Ein rascher Blick auf Gandy sagte ihm, dass Mike den Polizisten sofort entdecken würde. Also kauerte er sich hin und erwartete Mikes Schritte auf der Treppe.

Jennifer hielt an einer roten Ampel in der Stadtmitte von Jacksonville. Sie war unterwegs zur Melody Lane, um mit Shane Clinton zu sprechen. Dabei ging ihr die Sache mit dem Pontiac nicht aus dem Kopf. Genau die Art

Wagen, wie sie ihn früher selbst gern besessen hätte – den Gedanken hatte sie doch neulich schon einmal gehabt. Aber wann?

Die Ampel schaltete auf Grün, und Jennifer schüttelte den Kopf, während sie Gas gab. Wo bin ich denn da gewesen?

Bei Julie und Mike, als ich Pete dort ablieferte!, fuhr es ihr durch den Kopf, und ihre Hände krampften sich um das Lenkrad. Das durfte doch nicht wahr sein!

Sie tastete nach ihrem Handy und trat gleichzeitig das Gaspedal bis zum Anschlag durch. Sie wusste, dass sie zwanzig Minuten brauchte, um nach Topsail Island zu kommen. Dort hatte sie den grünen Pontiac gesehen, am Straßenrand abgestellt.

MIKE schaute auf, und genau in dem Moment hechtete eine dunkle Gestalt auf ihn zu. Durch die Wucht des Aufpralls strauchelte Mike und fiel rücklings die Stufen hinab. Sein Kopf schlug gegen das Treppengeländer, und ein harter Gegenstand prallte mit solcher Wucht gegen seine Brust, dass er sich einmal um sich selbst drehte und schließlich mit dem Rücken auf die Treppenkante stürzte.

Der Schmerz war ungeheuer. Mike spürte, wie er auf dem Rücken die letzten Stufen hinabrutschte, den Kopf voraus, bis der Sand seinen Sturz abrupt abbremste und er mit abgeknicktem Hals liegen blieb. Er spürte, wie jemand ihm die Hände um den Hals legte und zudrückte. Etwas, was schwer war wie ein Sack voll Blei, legte sich auf seine Brust.

Die Hände drückten fester zu.

Es fiel ihm schwer, auch nur ein Auge zu öffnen. Als es ihm endlich gelang, blickte er in Richard Franklins Gesicht. Da durchschaute er plötzlich die ganze Situation.

Julie!, wollte er schreien. *Lauf weg!* Aber es kam kein einziger Laut aus seinem Mund. Vor Sauerstoffmangel wurde ihm langsam schwindelig. Um Atem ringend, packte er instinktiv Richards Hände und versuchte sie wegzuschieben. Doch Richard ließ nicht locker. Wild strampelnd versuchte Mike seinen Gegner abzuschütteln, aber dieser hockte inzwischen auf ihm wie ein Stein.

Luft! Das war Mikes einziger Gedanke.

Panisch griff er wieder nach Richards Händen, zog und zerrte an ihnen, erwischte diesmal einen Daumen und riss mit letzter Kraft daran.

Er spürte, wie etwas nachgab und Richards Griff sich lockerte. Das genügte Mike. Zappelnd und zuckend japste er nach Luft. Dann griff er mit der freien Hand in Richards Haare und rammte ihm die Knie in den Rücken. Richard flog über Mike weg und landete hinter ihm im Sand.

Mühsam versuchte Mike sich aufzurichten, doch Richard war als Erster wieder auf den Beinen und versetzte ihm einen brutalen Tritt in die Rippen. Mike fiel auf den Rücken.

Erneut rappelte er sich auf und warf sich Richard entgegen. Er spürte Richards Tritte, kämpfte sich trotzdem weiter vor. Streckte die Hände nach Richards Hals aus. Fühlte plötzlich, wie sich etwas Spitzes gegen seinen Bauch drückte. Dann knallte es dumpf, und in seinem Bauch schien ein Feuer zu entflammen. Schmerz schoss in alle Richtungen, stieg an seinem Rückgrat hoch. Die Beine versagten ihm den Dienst, sein Körper erschlaffte, und Richard stieß ihn von sich.

Mike griff sich an den Bauch, der glitschig war von heraussickerndem Blut. Er begriff nicht, woher das Blut kam, doch als Richard aufstand, sah er die Pistole.

Muss aufstehen … muss Julie warnen … Mike wusste, dass Richard hinter ihr her war. Er musste Julie retten.

Wieder ein Tritt gegen seinen Kopf. Dann nichts mehr.

OHNE den Schmerz in seinem Daumen zu beachten, machte Richard kehrt und lief den Strand entlang. Was für eine wunderschöne Nacht, dachte er. Schon konnte er Julies Gestalt erkennen, über ihren Hund gekauert. Er lief schneller.

Julie würde gewiss Angst haben, wenn sie ihn erblickte. Wahrscheinlich würde sie reagieren wie damals Jessica, als er sie an jenem Abend vor dem Supermarkt in ihrem Wagen überraschte. Er hatte versucht, ihr alles zu erklären, aber sie hatte sich gewehrt, und er hatte ihr die Hände um den Hals legen müssen, bis das Weiße ihrer Augen zu sehen war. Voller Kummer hatte er das tun müssen.

Julie jedoch würde er so geduldig behandeln, wie sie es verdiente. Er würde behutsam mit ihr reden, und sobald sie erst mal das Ausmaß seiner Liebe zu ihr begriffen hätte, würde sie sich fügen. Sie würde traurig sein wegen Singer, aber schließlich würde sie begreifen, dass er keine andere Wahl gehabt hatte.

„ER KOMMT wieder, mein Schatz“, flüsterte Julie. „Er wird bald zurück sein, und dann fahren wir dich zum Arzt, okay?“

Durch den Schleier ihrer Tränen sah sie Singer nur verschwommen. Er hatte die Augen geschlossen. Das Zittern hatte von den Läufen inzwischen auf den ganzen Leib übergegriffen. Julie ahnte, dass Singer nicht viel länger gegen den Tod ankämpfen konnte.

„Du darfst mich nicht verlassen. Bitte …“

Sie wollte abermals nach Pete und Mike rufen – als ihr die Worte im Hals stecken blieben. Zuerst mochte sie ihren Augen nicht trauen, versuchte, das Bild wegzublinzeln. Aber es war keine Täuschung. Seine Haarfarbe war anders, er trug eine Brille und hatte den Schnauzer abrasiert, aber sie erkannte ihn auf Anhieb.

„Hallo, Julie“, sagte Richard.

Er hatte Singer das angetan. Er hatte Pete und Mike etwas angetan. *Und jetzt war sie an der Reihe.*

Langsam kam er auf sie zu.

„Du …“ Mehr brachte sie nicht heraus.

Richard blieb ein Stück von ihr entfernt stehen, sah sie für einen Moment an und richtete dann den Blick auf Singer. „Die Sache mit deinem Hund tut mir Leid. Ich weiß, wie viel er dir bedeutet hat.“

Julie wurde es plötzlich speiübel. „Wo ist Mike?“

Richards Blick wanderte von Singer wieder zu ihr. „Das ist jetzt vorbei“, stellte er sachlich fest und trat einen Schritt näher. „Ich hatte keine andere Wahl, Julie, das weißt du. Er hat dich beherrscht, und das durfte ich nicht zulassen. Aber jetzt bist du sicher. Ich werde mich um dich kümmern.“

Er wird mich umbringen, dachte sie. Er hat Mike und Singer und Pete umgebracht, und jetzt bringt er mich um. Mit jedem seiner Schritte wuchs das Grauen in ihr. Eine innere Stimme schrie: *Lauf!*, und Julie reagierte instinktiv. Sie sprang auf und stürmte davon, ohne sich noch einmal umzusehen.

Richard versuchte nicht, sie aufzuhalten. Wo sollte sie schon hin? Er schob die Pistole in seinen Gürtel und setzte sich in Bewegung.

MIKE schwankte zwischen Bewusstlosigkeit und Wachsein. Dabei war ihm jedoch klar, dass er heftig blutete. Und dass Julie ihn brauchte.

Zitternd kämpfte er sich auf die Beine.

JULIE rannte, so schnell sie konnte, auf die Lichter eines Strandhauses zu, das bewohnt zu sein schien. Ihre Beine ermüdeten allmählich, und sie hatte das Gefühl, kaum noch vom Fleck zu kommen.

Allein das Grauen trieb sie weiter. Hin und wieder drehte sie sich panisch um und sah trotz der Finsternis, dass Richard stetig näher kam.

Ich schaffe es nicht, erkannte sie plötzlich. Sie taumelte und hielt sich nur mit Mühe aufrecht. In der Hoffnung, irgendwo ein Versteck zu finden, stolperte sie auf die Dünen zu.

Es war unendlich schwer, durch den Sand hinaufzusteigen. Sie rutschte ständig ab und musste mit den Händen Halt suchen, und als sie endlich oben ankam, zitterten ihre Beine schlimmer als zuvor. Sie verlor das Gleichgewicht und stürzte.

Richard ergriff ihren Arm und half ihr auf die Beine.

Julie versuchte sich loszuwinden, merkte jedoch, wie sich seine Finger in ihren Arm gruben. Sie wehrte sich noch heftiger.

„Nun hör doch auf, Julie", sagte er. „Erkennst du denn nicht, dass es einfach so hat kommen müssen?"

Julie riss ihren Arm zurück. „Lass mich los!", schrie sie.

Aber Richard packte sie noch fester, und sie zuckte zusammen. „Wir machen uns jetzt besser auf den Weg", sagte er ruhig.

„Mit dir gehe ich nirgendwohin!" Endlich gelang es ihr, sich von ihm loszureißen, aber als sie fortlaufen wollte, packte Richard sie an den Haaren und zog daran.

„Warum machst du es mir so schwer?", fragte er.

AM STRAND versuchte Mike, sich aufzurappeln. Er streckte die Hand nach der Treppe aus und kämpfte gegen die Übelkeit an, während ihm wirre Gedanken durch den Kopf schossen.

Die Polizei rufen … Julie helfen … aber der Schmerz … wo bin ich … Julie … muss ihr helfen …

Er machte einen Schritt. Dann noch einen.

JULIE schlug wild um sich und traf Richard an der Brust und im Gesicht. Wieder zerrte er an ihren Haaren, und sie schrie auf.

„Warum wehrst du dich gegen mich?", fragte Richard.

„Lass mich los!", schrie sie. „Bleib mir vom Leib!"

„Stell dir mal vor, was wir alles zusammen tun können", sagte er.

„Wir tun gar nichts zusammen!", schrie sie. „Ich hasse dich!"

Brutal riss er an ihrem Haar, und sie stürzte mit einem Schmerzensschrei auf die Knie. „Sag das nicht! Ich weiß, dass du durcheinander bist, und ich will dir eigentlich nicht wehtun, Jessica."

„Ich bin nicht Jessica!“, schrie Julie.

Richard starrte Julie verdutzt an. „Was hast du gesagt?“

„Ich bin nicht Jessica!“, schrie sie abermals.

Richard griff mit der freien Hand hinter sich, und gleich darauf sah sie die Pistole.

AUF HALBER Höhe der Treppe stürzte Mike auf die Knie, schleppte sich kurz darauf aber weiter. Die eine Hand an den Bauch gepresst, griff er mit der anderen nach dem Geländer und zog sich daran hoch. Auf der Veranda entdeckte er Pete, der mit dem Gesicht nach unten dalag, eine Blutlache um den Kopf.

Mike wankte auf die Tür zu und legte die Hand an den Türknauf. In dem Moment hörte er, wie etwas durch die Haustür krachte. Er hob den Blick, und jähe Erleichterung durchfuhr ihn.

„Julie braucht Hilfe!“, krächzte er. „Unten am Strand ...“

Jennifer sah Mike erschrocken an, hastete sofort zu ihm und half ihm zum Sessel. Dann schnappte sie sich das Telefon und wählte den Notruf. Als der Rufton erklang, reichte sie Mike den Hörer. „Fordern Sie einen Krankenwagen an!“, sagte sie. „Schaffen Sie das?“

Mike nickte. „Pete ... draußen ...“

Jennifer stürmte auf die Veranda und dachte im ersten Moment, Pete sei tot. Blut sickerte aus seinem Kopf, aber als sie sich zu ihm hinabbeugte, bewegte er den Arm und stöhnte laut.

„Bleiben Sie ruhig liegen“, sagte sie. „Der Krankenwagen kommt gleich.“ Dann rannte sie die Treppe hinab.

RICHARD hielt Julie die Pistole an die Schläfe. „Ich liebe dich“, raunte er. „Aber du gibst mir keine Chance, es dir zu beweisen.“ Er zog sie näher zu sich heran. „Sag, dass du mich liebst!“

Julie erwiderte nichts.

„Sag es!“, brüllte er. „Ich habe dir eine Chance gegeben, ich habe dir sogar *verziehen*, was du mir angetan hast! Wozu du mich gezwungen hast. Also *sag* es!“

Die Furcht war nun übermächtig. „Ich liebe dich“, wimmerte sie.

„Sag es so laut, dass ich es hören kann! Und mit Überzeugung!“

Sie brach in Tränen aus. „Ich liebe dich.“

„Sag, dass du mit mir gehen wirst.“

„Ich werde mit dir gehen.“

In diesem schrecklichen Moment sah Julie wie in einem Traum eine Vision am Dünenkamm auftauchen – ihren Schutzengel, der durch die Dunkelheit näher kam.

Die Vision nahm Gestalt an, und schon stürzte sich Singer wild knurrend auf Richard und schlug ihm die Kiefer in den Arm, der die Pistole hielt. Singer ließ nicht locker, und Julie und Richard fielen beide zu Boden. Verzweifelt versuchte Richard, seinen Arm zu befreien. Doch Singer zerrte daran und warf den Kopf hin und her. Plötzlich brüllte Richard auf und ließ die Pistole los. Auf dem Rücken liegend, versuchte er Singer von seiner Kehle fern zu halten.

Mit verzerrtem Gesicht und keuchend vor Anstrengung hielt Richard den Hund mit einer Hand auf Distanz und tastete mit der anderen nach der Waffe. Julie stand, so schnell es ging, auf.

Richards Finger schlossen sich um den Pistolengriff. Als Julie hörte, wie die Waffe abgefeuert wurde, erstarrte sie. Singer ließ ein lang gezogenes Jaulen vernehmen.

„Singer!“, schrie Julie. „Oh Gott … nein!“

Noch ein Schuss, gefolgt von schon viel schwächerem Jaulen.

Richard stieß Singers Kopf von sich und stand auf. Julie begann unkontrolliert zu zittern.

Singer lag auf der Seite und versuchte vergeblich, sich aufzurichten.

Aus der Ferne war Sirenengeheul zu vernehmen.

„Wir müssen jetzt los“, sagte Richard. „Wir haben keine Zeit mehr.“

Julie starrte reglos auf Singer.

„Komm schon!“, brüllte Richard, packte sie wieder am Haar und zerrte. Julie wehrte sich, trat nach ihm und schrie.

Da ertönte von der Düne herab ein Ruf: „Keine Bewegung!“, und im gleichen Augenblick entdeckten Richard und Julie Officer Jennifer Romanello.

Richard richtete die Pistole auf sie und feuerte wild drauflos. Im nächsten Moment brannte ein scharfer Schmerz in seiner Brust, in seinen Ohren dröhnte es laut. Er feuerte noch einmal, verfehlte sein Ziel und spürte ein neues Brennen im Hals, bei dessen Heftigkeit er rückwärts taumelte. Die Pistole glitt ihm aus der Hand, er ging in die Knie, sein Geist erlahmte. Er wandte sich zu Julie um und versuchte zu sprechen, aber sein Mund vermochte die Wörter nicht zu formen. Schließlich kippte er vornüber in den Sand.

Julie starrte ihn nur kurz an und drehte sich dann zu Singer um. Er lag immer noch auf der Seite, das Maul schlaff geöffnet, und hechelte wild. Julie kniete sich neben ihn und sah ihn mit tränenblinden Augen an.

Als sie ihm die Hand hinhielt, wimmerte er und fuhr mit der Zunge darüber. „Oh, mein Liebling", schluchzte sie.

Aus zwei tiefen Wunden sickerte das Blut in den Sand. Singers Augen standen weit offen. Beim Versuch, den Kopf zu heben, jaulte er auf. Julie wäre fast das Herz gebrochen bei diesem Laut.

Sie spürte seinen Atem auf ihrer Haut, rasch und flach. Er leckte sie noch einmal, und sie küsste ihn. „Du warst so tapfer ..."

Sein Blick ruhte auf ihr. Als er abermals herzzerreißend wimmerte, musste Julie einen Aufschrei unterdrücken.

„Ich liebe dich, Singer", murmelte sie, während seine Muskeln langsam erschlafften. „Es ist alles gut, mein Herz. Du musst nicht mehr kämpfen. Ich bin jetzt in Sicherheit, schlafe nur ..."

EPILOG

Julie kam erst im Krankenhaus wieder zu sich und erfuhr, dass Pete und Mike auch dort waren. Pete kam schon nach wenigen Tagen wieder auf die Beine, aber Mike lag auf der Intensivstation. Sein Zustand blieb eine Woche lang kritisch. Als er sich endlich stabilisiert hatte, wurde er auf eine normale Station verlegt, wo er weitere drei Wochen liegen musste. Julie verbrachte diese Zeit in einem Sessel neben seinem Bett und hielt seine Hand.

Die Polizei fand noch weitere Details über Richards Vergangenheit heraus, aber all das bedeutete Julie nichts. Richard Franklin – für sie würde er nie Robert Bonham sein – war tot, und nur darauf kam es an.

Aber auch Singer war tot. Die Tierärztin teilte Julie später mit, er habe Rattengift verabreicht bekommen, eine Dosis, die ausgereicht hätte, um sechs Hunde zu töten. „Es ist mir unverständlich", meinte die Ärztin, „wie er sich wieder hochrappeln und auch noch mit einem starken Mann kämpfen konnte." Aber er hat gekämpft, dachte Julie. Und er hat mich gerettet.

AN DEM Tag, als Singer in Julies Garten bestattet wurde, fiel ein leichter, warmer Regen auf die kleine Gruppe von Menschen, die sich versammelt hatten, um ihm Lebewohl zu sagen, diesem Hund, der ihr sein Leben lang ein guter Gefährte und zum Schluss ihr Schutzengel gewesen war.

Die ersten Wochen nach Mikes Entlassung aus dem Krankenhaus vergingen wie im Flug. Mike wohnte nun mehr oder weniger bei Julie, und sie war dankbar dafür. Trotzdem vermisste sie Singer schmerzlich. Das Haus schien ihr leer ohne ihn, der nie mehr kommen würde, um sich an ihre Füße zu kuscheln.

Eines Nachts träumte sie von Jim und Singer. Die beiden gingen zusammen über ein offenes Feld, und sie selbst rannte ihnen nach, um sie einzuholen. Sie rief nach ihnen, worauf die beiden stehen blieben und sich umdrehten. Jim lächelte, und Singer bellte. Julie wäre gern auf sie zugegangen, konnte sich jedoch plötzlich nicht mehr bewegen. Jim und Singer sahen sie an, beide mit schräg gelegtem Kopf, mit demselben Blick. Jim legte dem Hund die Hand auf den Rücken, und Singer bellte fröhlich, als wollte er Julie wissen lassen, dass alles seine Ordnung hatte. Doch statt auf sie zuzukommen, machten die beiden wieder kehrt, und Julie blieb nichts anderes übrig, als ihnen nachzusehen. Sie gingen davon, und ihre Umrisse verschmolzen allmählich zu einem.

Beim Aufwachen nahm sie Singers Bild vom Nachttisch und spürte wieder einmal, wie sehr er ihr fehlte. Hinten in den Rahmen hatte sie den Brief von Jim geklemmt, und den zog sie nun hervor.

Während warm die Morgensonne durch das Fenster schien, las sie ihn noch einmal. Lange verweilte ihr Blick beim letzten Abschnitt.

> Und mach dir keine Sorgen. Wo ich auch sein mag, ich werde auf dich aufpassen. Ich werde dein Schutzengel sein, Liebes. Verlass dich darauf, ich beschütze dich.

Julie hob den Blick. Ihre Augen waren feucht.

Danke, Jim, dachte sie. Das hast du wirklich getan.

NICHOLAS SPARKS

Foto: Alice M. Arthur

Eine prickelnde Mischung aus Liebe und Gefahr

Nach sechs weltweit erfolgreichen Liebesromanen betrat der 39-jährige Bestsellerautor Nicholas Sparks mit seinem jüngsten Buch schriftstellerisches Neuland: *Du bist nie allein* ist sein erster Spannungsroman.

„Ich wollte eine Geschichte schreiben, in der sich zwei glaubwürdige Personen ineinander verlieben, und wollte dieser Handlung Elemente von Spannung und Gefahr hinzufügen, durch die die Liebenden in eine bedrohliche Situation geraten", erzählt Nicholas Sparks. „Ich erinnere mich noch genau daran, dass ich mir ausmalte, wie viel Spaß es machen müsste, mal eine andere Art von Roman zu schreiben."

Als der Autor mit der konkreten Arbeit am Manuskript begann, musste er jedoch feststellen, dass sein Vorhaben mit großer Mühe verbunden war. „Die Herausforderung bei *Du bist nie allein* bestand darin, die richtige Balance zwischen den Spannungselementen und der Liebesgeschichte zu finden und das entsprechende Erzähltempo zu treffen, damit der Leser nie das eigentliche Thema aus den Augen verliert – die Liebesbeziehung zwischen zwei ganz normalen Menschen, die feststellen, dass sie einer gefährlichen Person begegnet sind. Das hört sich zwar leicht an, aber insgesamt musste ich das Manuskript achtmal umfassend überarbeiten. Das hat mir so manche schlaflose Nacht beschert."

Die schlaflosen Nächte haben sich gelohnt! *Du bist nie allein* bietet dem Leser alles, was er vom „Großmeister der Gefühle" Nicholas Sparks erwartet, und enthüllt dazu noch eine ganz neue Stärke des Autors: die Fähigkeit, atemberaubend spannende Geschichten zu erzählen.

DIE PHILOSOPHIN

Peter Prange

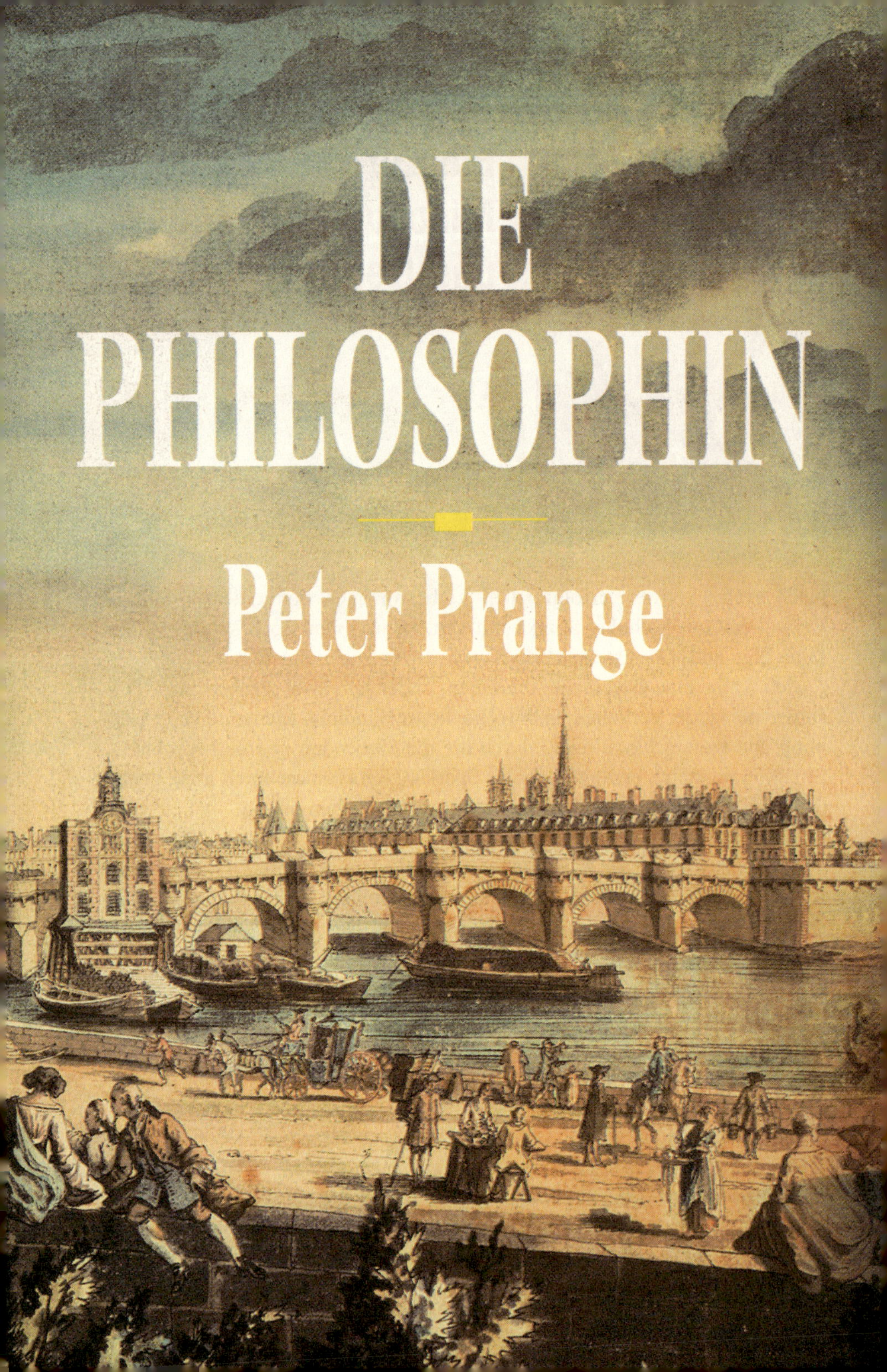

„Lassen Sie uns eine Gesellschaft von Gelehrten und Philosophen gründen. Gemeinsam werden sie ein Buch schreiben, das aufräumt mit Aberglauben und Vorurteilen, die so viel Unglück über die Menschheit gebracht haben."

Der Scheiterhaufen
1740

„*Credo in unum Deum. Patrem omnipotentem, factorem coeli et terrae …*“

Sophie schloss die Augen, während sie mit bloßen Füßen auf dem gestampften Lehmboden ihrer Schlafkammer kniete, um mit der ganzen Inbrunst ihres elfjährigen Herzens zu beten. Das lateinische Glaubensbekenntnis gehörte zu den Aufgaben, die der Pfarrer die Kommunionkinder des Dorfes heute abfragen würde, bevor sie zum ersten Mal in ihrem Leben an den Tisch des Herrn treten durften. *„… visibilium omnium et invisibilium. Et in unum Dominum Jesum Christum …“* Sophie verstand zwar kein einziges Wort des Gebets, doch war sie gewiss, dass der Herrgott im Himmel sie liebte.

„Meinst du nicht, du hast genug geübt? Höchste Zeit, dich anzuziehen!“

Sophie schlug die Augen auf. Vor ihr stand ihre Mutter Madeleine. Über dem Arm trug sie eine weiße, bauschige Wolke – Sophies Kommunionkleid.

„Ich hab solche Angst“, sagte Sophie, während sie ihr grobleinenes Nachthemd auszog. „Mir ist richtig schlecht.“

„Das kommt nur, weil du nichts im Magen hast“, erwiderte Madeleine und streifte ihr das Kleid über. Sie hatte es aus einem Gardinenrest genäht, den ihr Baron de Laterre für Sophie geschenkt hatte. „Du hast seit der Beichte gestern nichts mehr gegessen.“

„Was ist, wenn ich irgendeine Sünde vergessen habe? Darf ich dann den Heiland überhaupt in meine Seele lassen? Die muss doch ganz sauber sein.“

„Was für Sünden hast du denn begangen?“ Ihre Mutter lachte. „Nein, ich glaube, deine Seele ist so blitzblank wie der Himmel draußen.“

„Die Leute sagen, ich bin in sündiger Liebe gezeugt. Hätte ich das nicht auch beichten müssen?“

„Wer hat das behauptet?“, fragte Madeleine.

„Der Pfarrer, Abbé Morel. Er sagt auch, dass Papa in der Hölle ist. Weil er nicht mit dir verheiratet war."

„Unsinn", entschied Madeleine und schloss den letzten Knopf an Sophies Kleid. „Das Einzige, worauf es ankommt, ist, dass die Eltern sich lieb haben, so wie dein Papa und ich. Wie hübsch du bist. Da, schau selbst!"

Sophie trat vor die Spiegelscherbe, die neben dem kleinen Marienaltar an der weiß gekalkten Wand hing. Aus der Scherbe blickte ihr ein Mädchen mit roten Haaren entgegen, die in großen Locken auf ein wunderschönes Kleid herabfielen.

„Wenn dein Papa im Himmel dich jetzt sieht", sagte ihre Mutter, „kann er dich von den Engeln dort oben gar nicht unterscheiden."

Ob er sie wirklich sah? Sophie wünschte es sich so sehr. Obwohl ihr Vater vor drei Jahren in der Fremde an einem hitzigen Fieber gestorben war, erinnerte sie sich genau an ihn: einen großen, bärtigen Mann mit einem Schlapphut auf dem Kopf und einer Kiepe auf dem Rücken. Dorval war sein Name, und die Leute nannten ihn einen Hausierer, doch für Sophie war er ein Bote aus einer Welt voller Geheimnisse und Wunder gewesen.

Jedes Jahr war er zur Kirchweih in ihr Dorf gekommen, beladen mit Messern und Scheren, Töpfen und Tiegeln, Kurzwaren und Bürsten – vor allem aber mit Büchern. Drei Wochen, von Christi Himmelfahrt bis Fronleichnam, lebten sie dann in ihrem kleinen strohgedeckten Haus am Dorfrand wie eine richtige Familie zusammen, bis Dorval mit seinen Schätzen weiterzog, und diese drei Wochen waren für Sophie stets die schönste Zeit im Jahr gewesen.

Sie lauschte seinen Geschichten von fernen Orten und gefahrvollen Abenteuern, von der schönen Melusine oder Oger dem Riesen, blätterte mit ihm in den dicken, prachtvoll ausgemalten Büchern, von denen aus seiner Kiepe immer wieder neue zum Vorschein kamen. Fibeln, Herbarien, Traktate, die auf alle Fragen des Lebens eine Antwort wussten: wie man Warzen oder den Schluckauf kurierte, die Schrecken des Jüngsten Gerichts bannte oder die bösen Mächte des Traumes überwand. Von Dorval hatte Sophie die roten Haare und die Sommersprossen geerbt, die ihre Stupsnase und ihre Wangen zu tausenden übersäten, sodass ihre grünen Augen noch heller zu leuchten schienen als die ihrer Mutter. Vor allem aber hatte sie von Dorval etwas bekommen, was sie allen anderen Kindern im Dorf voraushatte, eine Fähigkeit, die, wie ihre Mutter sagte, wertvoller war als sämtliche Schätze der Welt: die Fähigkeit, zu lesen und zu schreiben.

Plötzlich fiel Sophie etwas ein. „Der Mann gestern Abend", sagte sie leise. „Der Mann mit dem Federhut. Ich habe gehört, was er zu dir gesagt hat. Wird er – mein neuer Papa?“

„Aber nein, mein Herz.“

„Aber er hat versucht, dich zu küssen!“

„Mach dir keine Sorgen! Männer sind manchmal so. Ich hab ihn zum Teufel geschickt – aber du bist ja völlig durcheinander! Ich glaube, es ist besser, wenn ich dir etwas gebe, sonst wird dir in der Kirche noch schlecht.“ Madeleine nahm eines der vielen Fläschchen vom Regal, die neben dem dicken Kräuterbuch standen, und tröpfelte daraus einen schwarzen Trank auf einen Holzlöffel.

„Da, nimm das!“, sagte sie und reichte Sophie den Löffel. „Damit du dich wieder beruhigst.“

Sophie zögerte. „Ist das keine Sünde? Vor der Kommunion?“

„Nein, das ist keine Sünde“, sagte Madeleine, während sie ihr vorsichtig den Trank einflößte, damit nichts auf ihr weißes Kleid tropfte. „Das ist Medizin, und die ist vor der Kommunion erlaubt.“

Die Glocken läuteten, als Madeleine und Sophie Hand in Hand den Feldweg nach Beaulieu entlanggingen, einem Dorf von dreihundert Seelen. Ein blauer Himmel spannte sich über die Weinberge und Wiesen. Glitzernd im Sonnenschein, wälzten sich die Fluten der Loire durchs Tal, Ginster und Flieder säumten die Ufer des Flusses, und das Schloss des Barons de Laterre, auf dem Sophies Mutter als Näherin arbeitete, erhob sich mit seinen zinnenbewehrten Türmen machtvoll über das Land.

„Ist das nicht ein Tag, um glücklich zu sein?“, fragte Madeleine und drückte Sophies Hand.

Sophie spürte immer noch ein leises Grummeln im Magen, trotz der Medizin. Außerdem lag ihr noch eine Frage auf der Seele, die sie ihrer Mutter unbedingt stellen musste, bevor sie die Kirche erreichten. Doch sie erwiderte nur: „Monsieur l’Abbé hat gesagt, die Menschen sind nicht auf der Welt, um glücklich zu sein.“

„Wer soll das dem Abbé glauben?“ Madeleine lachte. „An einem solchen Tag?“

Sophie schaute ihre Mutter an. Obwohl Madeleine das hässliche Schandlinnen angezogen hatte, das sie immer in der Kirche tragen musste, strahlten ihre grünen Augen, und an ihrem Hals flatterte das bunte Seidentuch, das Dorval ihr geschenkt hatte. Also fasste sich Sophie ein Herz.

„Mama …“, sagte sie zögernd. „Führst du mich heute zur Kommunion, wenn ich die Prüfung bestehe? So wie die anderen Eltern ihre Kinder auch?“

„Du weißt doch, dass das nicht geht. Abbé Morel hat mich von den Sakramenten ausgeschlossen."

„Bitte! Ich möchte nicht als Einzige allein zur Kommunionbank gehen. Père Jaubert darf auch nicht zur Kommunion, und Abbé Morel hat ihm an Ostern trotzdem die Hostie gegeben."

„Père Jaubert ist der Küster, da drückt der Pfarrer ein Auge zu."

„Père Jaubert hat auf den Friedhof gepinkelt, und das ist viel schlimmer, als nicht verheiratet zu sein. Bitte, Mama! Wenn du nicht mitkommst, dann will ich auch nicht zur Kommunion."

„Na gut. Nehmen wir uns also an Père Jaubert ein Beispiel."

Die Kirche war bereits zum Bersten voll. Überall zappelten aufgeregte Kinder an den Händen ihrer Eltern. Mit einem Anflug von Stolz stellte Sophie fest, dass sie als einziges Mädchen ein weißes Kleid trug. Sie tauchte die Fingerspitzen ins Weihwasserbecken und schlug das Kreuzzeichen. Doch als sie mit ihrer Mutter durch das Kirchenschiff nach vorne ging, erhob sich ein Gezischel.

„Dass die sich traut, sich hier blicken zu lassen!"

„Schau nur, das bunte Tuch! So eine eitle Person!"

In der dritten Bank war noch Platz. Als Madeleine und Sophie sich mit einem Knicks vor dem Altar verneigten, rückten ihre Nachbarn zur Seite.

Zum Glück fing in diesem Augenblick das Hochamt an. Die Gemeinde erhob sich, und gefolgt von vier Messdienern, nahm Abbé Morel am Altar seinen Platz ein.

Die Prüfung der Kommunionkinder begann. Ein rotwangiges Mädchen sagte stockend das Vaterunser auf. Im Chorgestühl entdeckte Sophie Baron de Laterre. Er nickte ihr freundlich zu. Sie erwiderte seinen Gruß – da tauchte für einen Moment hinter dem Baron eine rote, bauschige Feder auf. War dort der junge Mann, der gestern Abend bei ihrer Mutter gewesen war? Sophie reckte sich, um sein Gesicht zu erkennen.

„Sophie Volland, ich habe dich etwas gefragt!"

Sophie zuckte zusammen. Abbé Morel blickte sie mit seinen kleinen grauen Augen böse an. Sein Gesicht war so faltig und fleckig wie das eines Salamanders.

„Credo in unum Deum …" Sie rasselte das Glaubensbekenntnis herunter.

Abbé Morel fuhr mit der Prüfung eines anderen Kindes fort. Sophie atmete auf. Doch noch lag eine zweite Prüfung vor ihr, eine, die schwerer war als die erste. Bei der heiligen Wandlung war sie darum so aufgeregt, dass es ihr fast den Magen umdrehte, als die Messdiener die Weihrauchfässchen schwenkten und der süße Duft ihr in die Nase stieg.

Der Augenblick war da! Abbé Morel verkündete einzeln die Namen der Kinder, die an diesem Tag zum ersten Mal den Leib Christi empfangen sollten, und forderte ihre Eltern auf, sie an den Tisch des Herrn zu führen. Sophie griff nach der Hand ihrer Mutter. Sie musste die Zähne zusammenpressen, damit sie nicht aufeinander schlugen, als sie mit ihrer Mutter aus der Bank trat, und ihr Herz klopfte so heftig, dass das Blut in ihren Ohren rauschte. Seite an Seite gingen Mutter und Tochter zum Altar. Abbé Morel nahm eine Hostie aus dem Kelch, und Madeleine kniete nieder.

„Was? Die Hure wagt es?"

Ein Raunen erhob sich in der Kirche. Irritiert blickte der Pfarrer auf, und erst jetzt wurde er gewahr, wer da vor ihm um das Brot des Herrn bat. Er machte einen Schritt zurück.

Es war, als hielte die ganze Kirche den Atem an. Plötzlich ein Hüsteln in die Stille hinein, aus dem Chorgestühl. Der Baron war aufgestanden, mit ernster Miene nickte er dem Pfarrer zu. Der erwiderte fragend den Blick.

„Zum Teufel, worauf warten Sie noch!"

Endlich begriff der Pfarrer, drehte sich zu Madeleine um, und während er die Hostie in die Höhe hielt, knurrte er: „Der Leib Christi!"

Als Sophie sah, wie ihre Mutter die Hostie empfing, schossen ihr die Tränen in die Augen. Überglücklich sank sie auf die Knie, den Leib des Herrn zu empfangen.

Da aber passierte das Unfassbare.

Kaum berührte die Hostie ihre Zunge, krampfte sich Sophies Magen zusammen, ein heftiger Reiz würgte in ihrem Schlund. Bevor sie die Hände zum Mund führen konnte, entleerte sich ihr Magen in einem fürchterlichen Schwall. Ein Aufschrei ging durch das Gotteshaus. Sophie sah an ihrem weißen Kleid hinab. Der riesige Fleck, der ihren Schoß bedeckte, war schwarz wie Galle.

„DIE NÄHERIN MADELEINE VOLLAND, gebürtig und wohnhaft im Kirchspiel Beaulieu, wird beschuldigt, gegen den Glauben und den gemeinen Nutzen des Staatswesens gehandelt zu haben, indem sie die schwarze Kunst an ihrer Tochter Sophie ausgeübt und diese durch Verabreichung eines magischen Tranks veranlasst hat, am Tage ihrer ersten heiligen Kommunion den Leib des Herrn zu erbrechen, in Gegenwart des amtierenden Pfarrers sowie der versammelten Gemeinde."

Der Saal war bis auf den letzten Platz gefüllt, als der königliche Landrichter die Anklage verlas. Alle Augen waren auf die Beschuldigte gerichtet, die erhobenen Hauptes, doch mit gefesselten Händen vor ihm stand, flankiert von zwei Bütteln.

Im Publikum saß ein junger Mann, der sich durch sein vornehmes Gewand auffallend von den übrigen Zuschauern im Saal unterschied, ein Gentilhomme von 18 Jahren, Spross einer der glänzendsten Familien Frankreichs und Mitglied mehrerer Akademien. Mit bitterer Genugtuung lauschte er der Rede des Richters. Aufmerksam suchte er nach einer Regung im Gesicht der Angeklagten, doch vergebens: Sie gab nicht das geringste Zeichen von Reue zu erkennen. Er war so angespannt, dass er fortwährend seinen Hut auf den Knien drehte, einen schwarzen, breitkrempigen Hut, der mit einem roten Federbusch verziert war.

Er selbst hatte Madeleine Volland beim Gericht von Roanne angezeigt, noch am selben Tag, da sich der unerhörte Vorfall in der Dorfkirche von Beaulieu ereignet hatte, um ihr das Unrecht zu vergelten, das er durch sie erlitten hatte. Dafür hatte er sogar mit seinem Gastgeber gebrochen, dem Baron de Laterre, der ihn beschworen hatte, auf die Klage zu verzichten. Doch als Jurist wusste der junge Mann das Recht auf seiner Seite. Im Jahre 1682 hatte ein königliches Edikt „alle Taten von Magie oder Aberglauben" unter Strafe gestellt und die Todesstrafe für Gotteslästerungen erlassen, die im Zusammenhang mit „eingebildeten magischen Wirkungen oder Täuschungen ähnlicher Art" begangen wurden. Diese Gesetze waren nach wie vor in Kraft.

Der Richter wandte sich an die Angeklagte. „Madeleine Volland, bekennst du dich schuldig, die vorgetragenen Verbrechen begangen zu haben?"

„Ich bekenne mich schuldig zu leben. Sonst habe ich nichts verbrochen. Wo ist meine Tochter?" Madeleine drehte sich um und schaute ins Publikum. Ruhig fasste sie die Zuschauer ins Auge. Der junge Mann spürte, wie ihm der Mund austrocknete.

Plötzlich trafen sich ihre Blicke. Madeleines Augen verengten sich zu zwei Schlitzen, und aus ihnen blitzte ihm Hass entgegen.

Leise stöhnte er auf. Wie hatte er sich danach gesehnt, dass Madeleine ihn mit ihren grünen Augen anschaute, und was für eine Qual war es nun, da sie es tat! Er hatte diese Hexe geliebt, seit er sie das erste Mal gesehen hatte, im Schloss des Barons de Laterre. Er war bereit gewesen, alles für sie hinzugeben, sein Vermögen, seinen Titel, seine Ehre. Doch sie hatte ihn verschmäht, seine Liebe zurückgewiesen, und als er sie bestürmte, ihn zu erhören, hatte sie ihn zum Teufel gewünscht. Noch in derselben Nacht, da sie den Fluch aussprach, hatte er in den Armen einer Dirne von Roanne voller Entsetzen erkannt, dass dies keine leeren Worte waren: Sie hatte ihn verhext, ihn vergiftet, genauso wie ihre Tochter Sophie.

Obwohl es ihn übermenschliche Anstrengung kostete, hielt er ihrem Blick stand. Die Stunde war gekommen, da sie für ihr Verbrechen büßen würde. Bei der Klageerhebung hatte er dem Gericht angeboten, persönlich ihre Schuld zu beweisen. Er war sich seiner Sache sicher. Er hatte in Madeleines Haus ein Buch gefunden, das keinen Zweifel an ihrer Schuld erlaubte, ein dickleibiges, in Schweinsleder gebundenes Herbarium, das neben der Beschreibung von Kräutern und anderen Pflanzen hunderte von Rezepturen enthielt: gegen Harnzwang und Geistersehen, gegen Würmerfraß und den bösen Blick. Dieses Buch würde nun, da es neben der Bibel auf dem Richtertisch lag, ihr Schicksal besiegeln.

„Ich rufe den Kläger in den Zeugenstand!“

Der junge Gentilhomme erhob sich und trat vor den Richter.

„Aus persönlichen Gründen hat der Zeuge gebeten, Stillschweigen über seinen Namen zu bewahren. Da er dem Gericht als Mann von Stand und Geblüt bekannt ist, wird dem Wunsch entsprochen.“

Der Gerichtsdiener holte die Bibel, der Kläger hob die Hand zum Schwur und sprach die Eidesformel.

Dann nahm die Gerechtigkeit ihren Lauf.

DICKE Regentropfen klatschten gegen die Fensterscheiben und rannen wie Tränen vor Sophies Gesicht herab. Die ganze Welt schien hinter einem grauen Schleier aus Wasser verborgen.

Noch war im Schloss alles still. Seit Sophie aufgewacht war, saß sie am Fenster der kleinen Kammer, die man ihr am Ende des Gesindeflurs angewiesen hatte, und schaute zu, wie der neue Tag anbrach. Triefend von Feuchtigkeit, traten nach und nach die Bäume und Büsche des Parks aus den nächtlichen Schatten hervor.

Wo war ihre Mutter? Baron de Laterre, der Sophie zu sich genommen hatte, war ihren Fragen ausgewichen, genauso wie Louise, die älteste Zofe auf dem Schloss, in deren Obhut der Baron Sophie zurückgelassen hatte, als er in aller Eile mit der Auskunft nach Paris aufgebrochen war, er wolle in der Hauptstadt dafür sorgen, dass Madeleine bald wieder frei sei.

Wie viele Tage waren seitdem vergangen? Ohne Gefühl für die Zeit saß Sophie am Fenster und schaute hinaus in den Park. Auf dem Schloss ging es ihr besser als je zuvor in ihrem Leben, sie hatte ein eigenes Federbett, und dreimal am Tag konnte sie essen, so viel sie wollte, und doch hatte sie noch nie zuvor so gelitten. Soweit sie zurückdenken konnte, war sie nie länger als einige Stunden von ihrer Mutter getrennt gewesen. Nun hatten die Büttel aus Roanne Madeleine verhaftet. Was hatte ihre Mutter Schlimmes getan? Die Unwissenheit lastete auf Sophies Seele. Anfangs war sie wütend gewesen, hatte laut protestiert, jeden im Schloss gefragt, wohin man ihre Mutter verschleppt habe. Doch wie der Baron und Louise verschwiegen ihr auch die Diener und Lakaien, was mit Madeleine geschah. Je länger das Schweigen anhielt, mit dem man Sophie vor der Wahrheit abschirmte, desto mehr wich ihre Wut einer unbestimmten Angst, und sie begann, für ihre Mutter zu beten.

„Komm, zieh deine Pantinen an!" Louise stand in der Tür. „Abbé Morel kommt gleich, um dich abzuholen. Er geht mit dir ins Dorf."

„Gehen wir zu meiner Mutter?"

Louise nickte. Zugleich aber schlug sie die Augen nieder.

Ein böiger Regenschauer ging auf die Weinberge und Wiesen nieder, als sich Abbé Morel nach der Frühmesse auf den Weg machte. Seine Galoschen quietschten im Morast.

Hatte Madeleine Volland eine solche Strafe verdient? Der alte Pfarrer wusste es nicht. Wie oft hatte er diese Frau ermahnt, nicht länger in der Sünde zu verharren. Dabei hätte sie den Hausierer Dorval nur zu heiraten oder auf den fleischlichen Umgang mit ihm zu verzichten brauchen, um Vergebung zu erlangen, doch sie hatte sich immer geweigert. Nicht mal nach dem Tod des Mannes, der sie außerhalb der Ehe geschwängert hatte, war sie zur Reue bereit gewesen.

Das Gericht hatte angeordnet, dass Sophie der Vollstreckung des Urteils beiwohnen musste als Exemplum für ihre gefährdete Seele. Morels Auftrag war es, sie zu begleiten. Wann sollte er dem Kind sagen, wohin ihr Weg sie führte? War es besser, es bis zum letzten Augenblick in der Gnade der Unwissenheit zu belassen?

Abbé Morel klopfte an die Pforte des Schlosses. Baron de Laterre war noch am selben Tag, da sein Gast, der junge Gentilhomme, nach Roanne geeilt war, um Anzeige zu erheben, nach Paris aufgebrochen. Er wollte sich beim dortigen Parlament, in dessen Zuständigkeit der Prozess gegen Madeleine Volland fiel, zugunsten der Angeklagten verwenden. Ein Funke Hoffnung glomm also noch im Herzen des alten Abbés.

Eine Menschenmenge, wie Sophie noch keine gesehen hatte, drängte sich auf dem Dorfplatz, als sie mit Abbé Morel in Beaulieu eintraf. Inzwischen hatte es fast aufgehört zu regnen.

„Was wollen die vielen Leute hier? Warum arbeiten sie nicht?“

Abbé Morel räusperte sich. „Vielleicht geschieht ein Wunder, und der Baron kehrt rechtzeitig aus Paris zurück, bevor es zu spät ist.“

Sophie wusste nicht, wovon der Pfarrer sprach. Bei ihrem Anblick verstummten die Leute und traten beiseite, um ihr Platz zu machen.

Plötzlich sah Sophie ihre Mutter, am Ende der Menschengasse, nur einen Steinwurf entfernt. In der Mitte des Platzes, umringt von hunderten Menschen, war ein Gerüst errichtet. Darauf stand Madeleine, an Händen und Füßen gefesselt wie eine Verbrecherin, angetan mit ihrem Schandlinnen. Sie hielt den kahl geschorenen Kopf gesenkt. Hinter dem Gerüst loderte ein riesiges Feuer in den grauen Regenhimmel auf.

„Mama!“

Der Schrei, der sich Sophies Kehle entwand, übertönte allen Lärm auf dem Platz. Madeleine hob den Kopf, ein schwaches Leuchten ging über ihr Gesicht.

„Sophie!“

Sie wollte zu ihrer Mutter, doch die Hand des Pfarrers hielt sie zurück. Das bunte Tuch an Madeleines Hals, Dorvals Geschenk, flatterte im Wind. Auf einmal verspürte Sophie nur noch blanke, entsetzliche Angst.

„Lassen Sie mich los!“, schrie sie. „Ich will zu meiner Mutter!“

Sie zog mit all ihren Kräften, um sich von Abbé Morel frei zu machen, doch der alte Pfarrer hielt ihren Arm so fest umschlossen wie ein Schraubstock, während der Landrichter in schwarzer Robe und grauer Perücke das nasse Holzgerüst bestieg.

Plötzlich war es so still, dass man die wenigen Regentropfen auf die Bohlen fallen hörte. Der Richter entrollte ein Pergament und erhob seine Stimme, um das Urteil zu verlesen. „„… hat die Näherin Volland in gemeiner und böser Absicht danach getrachtet, ihr eigen Kind elend zu machen, indem sie ihm einen verderblichen Trank beibrachte … weshalb das Gericht zu dem Urteil gelangte, dass die Übeltäterin zur Strafe für ihre schwere Schuld und Gottlosigkeit den Tod erleiden soll …“

Wovon sprach dieser Mann? Sophie sah, wie der Richter die Pergamentrolle in den Tiefen seiner Robe verschwinden ließ und einem riesengroßen Mann zunickte, der mit nacktem Oberkörper etwas abseits auf dem Gerüst stand. Erst jetzt erkannte sie den Galgen, der über ihrer Mutter emporragte.

„Sie wird sterben, bevor die Flammen sie erreichen“, sagte Abbé Morel. „Sie muss nicht mehr leiden als nötig.“

Sophie wollte die Augen abwenden, doch sie konnte es nicht. Ohnmächtig sah sie mit an, wie der Riese zu ihrer Mutter trat und ihr die Schlinge um den Hals legte. Als er die Schlinge festzog, traf sie noch einmal ihr Blick, Madeleines Lippen bewegten sich, und noch einmal rief sie ihrer Tochter etwas zu. Sophie verstand nur ein einziges Wort: „… Glück …“

Im selben Augenblick verlor Madeleine den Boden unter den Füßen, ein Aufschrei ging über den Platz, und gleich darauf wurde sie von dem Seil in die Höhe gerissen. Für eine Sekunde baumelte sie in der Luft, dann plötzlich ein Ruck, und der Balken, von dem ihr Körper herabhing, schwenkte über das Feuer. Die Flammen erfassten die Kleider der Gehängten. Sophie schrie auf, schrie und schrie. Gierig fraß das Feuer sich weiter, stetig und unbeirrbar, von den Gliedmaßen auf die Mitte des Körpers zu, überzog bald den ganzen Leib ihrer Mutter, aus dem schon alles Leben gewichen war.

„Komm“, sagte Abbé Morel, „gehen wir nach Hause.“

Doch Sophie rührte sich nicht von der Stelle. Sie musste bleiben, bis zum bitteren Ende, mit eigenen Augen sehen, wie die Überreste ihrer Mutter in den Flammen verbrannten, damit sie für immer das Unbegreifliche begriff, das sich hier ereignete.

„Gott sei ihrer armen Seele gnädig!“, flüsterte Abbé Morel.

Während der Pfarrer dies sagte, riss irgendwo der Himmel auf, und durch eine Öffnung im Wolkendach flutete ein langer schräger Sonnenstrahl auf den Richtplatz herab, und während die Menschenmenge auf dem Platz sich zerstreute, spannte sich ein Regenbogen über das Land. Das Schauspiel war vorbei, der Frevel der Näherin Volland gesühnt, und ihre Tochter Sophie durfte endlich die Stätte verlassen.

Als sich am Abend die Dämmerung über das Dorf legte, traf ein eiliger Reiter auf dem Richtplatz ein. Es war Baron de Laterre, er kam direkt aus Paris. In der Hand schwenkte er eine vom Parlamentspräsidenten unterzeichnete Verfügung, wonach das Urteil des Landgerichts Roanne, wie immer es ausfallen mochte, nicht zu vollstrecken sei.

Doch zu dieser späten Stunde lag der Dorfplatz von Beaulieu so verlassen da wie die Welt am Abend des Jüngsten Gerichts.

„Rotes Haar und Sommersprossen sind des Teufels Volksgenossen!“

„Komm, hör nicht auf sie!“

Abbé Morel nahm Sophies Hand und zog sie fort. Wie dankbar war sie, dass er sie vor den anderen Kindern schützte, die am Dorfrand hinter ihr herriefen. Dieser strenge Mann war der einzige Mensch, der außer Baron de Laterre noch zu ihr hielt. So fest sie konnte, drückte sie seine große schwere Hand und sah zu ihm auf. Sein Salamandergesicht bekam noch ein paar Runzeln mehr, als er ihr Lächeln erwiderte.

Ohne sich umzudrehen, ließen sie Beaulieu hinter sich, das Dorf, in dem Sophie geboren und aufgewachsen war. Auf dem Schloss konnte sie nicht länger wohnen; als sie vor zwei Tagen mit Blut zwischen den Schenkeln aufgewacht war, hatte die Zofe Louise zu ihr gesagt, nun sei sie eine Frau und man müsse eine andere Unterkunft für sie finden. Noch am selben Morgen hatten der Baron und der Pfarrer beschlossen, sie ins Kloster zu bringen. Dort sollte sie bleiben, bis sie selbst für sich sorgen konnte.

„Wer war der Mann mit dem Federhut?", fragte Sophie.

„Es ist besser, wenn du den Namen nicht weißt."

„Der Mann war Gast auf dem Schloss – wo ist er jetzt? Warum wollen Sie es mir nicht sagen? Die Leute behaupten, ohne ihn würde meine Mutter noch leben. Stimmt das?"

Der Pfarrer strich ihr über das Haar. „Du sollst nicht so viel fragen", sagte er sanft. „Lieber solltest du weinen und für die Seele deiner Mutter beten."

„Es ist alles meine Schuld", sagte Sophie. „Sie selber wollte mich ja gar nicht zum Altar führen."

„Nein, Sophie", erwiderte Abbé Morel streng. „Deine Mutter hat Gott versucht und sich mit den Mächten des Bösen eingelassen. Darum musste sie sterben."

Sophie verstummte. Obwohl sich alles in ihr gegen die Worte des Pfarrers sträubte, wusste sie nicht, was sie erwidern sollte. „Der Baron", sagte sie schließlich, „hätte nur ein paar Stunden früher zurück sein müssen, und meine Mutter würde noch leben."

„Ebendas ist der Beweis, Sophie. Hätte die Vorsehung ein anderes Urteil gewollt als das Gericht, wäre der Baron früher zurückgekehrt. Gottes Wille ist stärker als jede irdische Macht." Abbé Morel ließ ihre Hand los und sah sie an. „Darum hüte dich, in die Fußstapfen deiner Mutter zu treten! Halte dich von allem fern, was sie dich lehrte! Aber schau nur, gleich sind wir da!"

Sie hatten die Anhöhe erreicht, und in der Ferne waren die dicken Mauern des Klosters zu sehen.

„Bitte lassen Sie mich nicht allein!", sagte Sophie.

„Hab keine Angst, im Kloster wirst du es gut haben. Ich schließe dich in meine Gebete ein. Dann bin ich bei dir, auch wenn du mich nicht siehst."

Sophie schluckte. „Versprechen Sie mir das?"

„Natürlich. Aber nur, wenn du mir auch etwas versprichst."

„Was, Monsieur l'Abbé?"

„Dass du nicht so wirst wie deine Mutter, weder in deinen Worten noch in deinen Werken. Bist du dazu bereit?"

„Ja", flüsterte Sophie.

Der Stachel im Fleische
1747

Wer Paris vom Glockenturm der Hauptkirche Notre-Dame aus erblickte, dem mochte die Stadt wie ein ruhiges graues Häusermeer erscheinen, aus dem sich die Kirchen und Staatsgebäude wie majestätische Mahnmale erhoben, unverrückbare Felsen in der Brandung der Zeit.

Doch dieser Schein trog. In Wahrheit war Paris ein riesiger Krake, der sich mit seinen Armen über das ganze französische Königreich ausbreitete. Tag für Tag wuchs dieser Krake an und verschlang, was im Umkreis hunderter Meilen geerntet und gekeltert wurde, zehrte Dörfer und Städte aus, verleibte seinem unersättlichen Organismus alle Güter, allen Reichtum und Überfluss des Landes ein, um die unermessliche Anzahl von Menschen zu ernähren, die im Gedärm der Pariser Straßen und Gassen geboren wurden, sich vermehrten und starben im ewigen Kreislauf des Lebens: ein Schlund, in dem ganz Frankreich verschmolz, ein Labyrinth der Leidenschaften und Begierden.

Schon um ein Uhr in der Frühe erwachte die Stadt. Übernächtigten Heerscharen gleich kamen die Bauern auf ihren Karren aus den Vororten gezogen, um mit Unmengen von Fleisch, Gemüse und Obst, Eiern, Butter und Käse den Bauch des gefräßigen Kraken zu stopfen. Doch erst wenn im Morgengrauen die Bäcker ihre Geschäfte öffneten, füllten sich allmählich die Straßen. Handwerker und Arbeiter, Hausfrauen und Dienstmädchen, Büroschreiber und Handelsgehilfen bahnten sich eilig ihren Weg durch den immer dichteren Verkehr der in alle Himmelsrichtungen rollenden Fuhrwerke und Droschken. Wenn sich nach der Frühmesse dann die Kirchen leerten, begegneten die Pfarrer und Betschwestern schon den Professoren und Studenten der Sorbonne, die mit wehenden Talaren und Büchern unter dem Arm zur Vorlesung hasteten. Brachen gegen neun Uhr die Barbiere und Perückenmacher, die Kräuselschere in der Hand, zu ihren Hausbesuchen auf, quollen die Gassen und Plätze bereits von den Massen über, und die Stadt drohte an ihrer eigenen Geschäftigkeit zu ersticken, wenn eine Stunde später die Staatsdiener, Richter und Notare in schwarzen Schwärmen zum Châtelet und zum Justizpalast eilten, bevor schließlich die Bankiers, Makler und Spekulanten zur Börse strömten und die Müßiggänger zum Palais Royal.

Stand dann die Sonne im Zenit, schwebte über der ganzen Stadt, zusammen mit dem ewigen Rauch, der in gelblichen Wolken aus den Schornsteinen quoll, ein gewaltiges babylonisches Stimmengewirr aus Worten und Widerworten, Flüchen und Schreien, Rufen und Lachen, mit denen sich die sechs mal hunderttausend Menschen ihren Platz in der Metropole erstritten oder einfach nur ihrer Seele Luft verschafften. Sie alle wollten leben, lieben und glücklich sein! Erst wenn sie am Abend die Arbeit niederlegten, verlagerte sich mit der Dämmerung das Geschrei und Gesumm in die Kneipen, Cabarets und Restaurants, vor allem aber in die Kaffeehäuser. In diesen Lokalen, die immer mehr in Mode kamen, wurden Nachrichten und Meinungen gehandelt wie Wertpapiere an der Börse.

Das erste Pariser Etablissement dieser Art, in dem weder Bier noch Wein oder andere benebelnde Getränke ausgeschenkt wurden, sondern ausschließlich solche, welche die Sinne schärften und die Gedanken stimulierten, befand sich in der Rue des Fossés Saint-Germain Numéro 13, direkt gegenüber der alten Komödie.

Ein Italiener aus Palermo, Francesco Procopio, hatte es 1686 eröffnet. Schwere Stühle mit rotem Lederbezug und dicke Balken über niedrigen, pastellgelben Wänden prägten das Bild des Lokals, in dem an wuchtigen Eichentischen die Gäste Zeitung lasen, Schach spielten oder sich die Köpfe heiß redeten. Hier hatte jeder Zutritt, der seine Zeche bezahlen konnte. Niemand musste sich vor einem höher Stehenden erheben, vielmehr nahm jeder neue Gast den nächstbesten Platz ein, warf sich, den Dreispitz auf dem Kopf und die Pfeife im Mund, auf einen Stuhl, streckte die Beine aus und griff nach einem Journal oder mischte sich in das Gespräch seiner Tischnachbarn ein. Und während draußen in den Gassen die Laternen angezündet wurden, destillierten all die Stimmungen und Launen, die bei Tage diffus in der Luft gelegen hatten, hier drinnen zu klaren Gedanken, wurden Hoffnungen, Ängste und Ansprüche auf den Punkt gebracht und kamen zur Sprache.

In diesem Lokal, dem „Café Procope“, das bei der Polizei von Paris als Treffpunkt gefährlicher Freidenker und Aufrührer galt, hatte Sophie Volland, inzwischen 18 Jahre alt, eine Anstellung als Serviererin gefunden.

„Wie immer eine Tasse Schokolade, Monsieur Diderot?“

„Ja, mit viel Vanille und Zimt.“

„Ist das alles, oder haben Sie noch einen Wunsch?“

„Wenn du mich so freundlich fragst – ja, Mirzoza.“

„Monsieur Diderot, ich heiße Sophie!“

„Mag sein, Mirzoza. Aber du bist doch eine Märchenprinzessin!“

Sophie wusste nicht, ob sie lachen oder sich ärgern sollte. Dieser Diderot, ein Mann Anfang dreißig, der fast täglich ins Procope kam, gehörte zu den so genannten Philosophen, den Stammgästen des Lokals, die hier ihr zweites Zuhause hatten und den lieben langen Tag heftig diskutierten. Als einfache Kellnerin hatte sie keine Ahnung, was die Philosophen für Männer waren oder was sie taten – einen richtigen Beruf schienen sie nicht zu haben –, doch immer, wenn sie an ihren Tischen bediente, fühlte sie sich noch jünger, als sie ohnehin war, und in ihrem Nacken kribbelte es wie ein ganzer Schwarm Mücken. Geradeso wie jetzt, als Diderot sie mit seinen unglaublich hellen blauen Augen anschaute, ein freches Grinsen auf den Lippen, und sein kleiner Kopf mit dem blonden Schopf auf den breiten Lastenträgerschultern ruckte wie ein Wetterhahn auf einem Kirchturm.

„Sie sagten, Sie hätten noch einen Wunsch?“, fragte sie.

„Richtig!“, rief er. „Hast du heute Abend etwas vor?“

Sophie kehrte ihm den Rücken zu und ging zum Büfett. Was war nur mit den Männern? Schon in der Tabakschenke, in der sie früher gearbeitet hatte, einer verräuchterten Höhle im Faubourg Saint-Marceau, hatten sie ihr nachgestellt, aber das waren Kutscher, Soldaten oder Kloakenreiniger gewesen, und Sophie wusste, wie man mit ihnen umgehen musste. Doch hier? Wenn die gelehrten Herren im Procope solche Reden führten, dann lag es wahrscheinlich am Kaffee, der Herzrasen machte. Ihr Aussehen, dachte Sophie, könne der Grund jedenfalls nicht sein. Sie fand sich mit ihren roten Haaren, den Sommersprossen und den grünen Augen alles andere als hübsch.

Am Büfett füllte sie aus großen Kannen Tee, Kaffee und Schokolade in die Tassen. Zwei Jahre war sie inzwischen in Paris. Ob sie hier wohl jemals das Glück fand, von dem sie träumte? Einen einfachen, rechtschaffenen Mann, der sie lieb hatte und in den Hafen der Ehe führte?

Sophie stellte die Kanne mit der heißen Schokolade ab und brachte ihr Tablett an den Tisch.

„Bitte sehr, Monsieur Diderot. Mit viel Vanille und Zimt."

„Danke, Mirzoza." Er nahm die dampfende Tasse und führte sie an die Lippen. „Hast du inzwischen nachgedacht, wo wir zwei uns amüsieren? Im Abigu-Comique geben sie ‚Tartuffe'. Oder willst du lieber tanzen?"

Während er mit einer Inbrunst seine Schokolade trank, als schlürfe er Nektar, blickte er sie über den Rand der Tasse an. Dann stellte er die Tasse ab, seine Oberlippe zierte jetzt ein feiner Schnurrbart. „Wann soll ich dich abholen?"

Sophie nahm das Ende ihrer Schürze und wischte ihm die Spuren der Schokolade aus dem Gesicht. „Statt ins Theater oder zum Ball sollten Sie lieber zum Barbier gehen, Monsieur Diderot! Oder rasiert man sich in Ihrer Märchenwelt nicht?" Unter dem Gelächter der anderen Philosophen hob sie ihr Tablett vom Tisch und ging weiter.

Mit dem Strom der Theaterbesucher, die wenig später in das Procope drängten, betrat Antoine Sartine das Lokal: ein akkurat gekleideter junger Mann mit freundlichem Dutzendgesicht und gepflegten Manieren. Den Dreispitz in der Hand, blickte er einmal in die Runde und nahm dann wie fast jeden Abend an einem Einzeltisch nahe der Tür Platz, so unauffällig, dass sein Kommen von kaum einem Gast registriert wurde.

Das war ganz in seinem Sinn. Denn Antoine Sartine frequentierte nicht zum Vergnügen das Café Procope, er ging hier vielmehr seiner Arbeit nach. Unmittelbar dem Generalleutnant der Pariser Polizei unterstellt, hatte er den Auftrag, die Philosophen und Bücherschreiber in den Kaffeehäusern der Stadt zu beobachten, ihre Gespräche zu notieren und ihre Entwicklung zu verfolgen. Hinter einer Zeitung verborgen, schien er ganz in die Lektüre versunken, während er tatsächlich mit beiden Ohren lauschte, damit kein Wort seiner Aufmerksamkeit entging, gleichgültig, worüber man sich links und rechts an den Tischen gerade ereiferte: die Übersetzung Homers, das Prinzip der Gewaltenteilung oder die jansenistische Prädestinationslehre.

Ja, Antoine Sartine war Polizeioffizier, und er war es gerne. Die nie versiegende Flut von Informationen etikettierte und klassifizierte er mit strenger Systematik, um Ordnung in die unübersichtliche Welt der Dachstuhlschreiberlinge zu bringen, die sich Philosophen nannten und sich mit Romanen und Dramen, Traktaten und Pamphleten jedweder Art unsterblich zu machen versuchten. Ob Adliger oder Kleriker, Arzt oder Advokat, Journalist, Privatgelehrter oder Bibliothekar – kein Autor in Paris, der je ein Wort zu Papier gebracht hatte, entging Sartines System. Er schätzte Geist, Witz und Talent, doch geriet seine Loyalität darüber niemals ins Wanken: Stellte ein Autor die orthodoxen Lehren von Kirche und Staat infrage, begann er zu ermitteln.

Denn Sinn und Zweck seiner Arbeit war, das Königreich Frankreich vor seinen Feinden zu schützen. Darauf hatte Antoine Sartine einen Eid geleistet. Dem Staat verdankte er alles, was er besaß: seine Bildung, seinen Anzug, seine Wohnung. Das Einzige, was ihm zum Glück auf Erden fehlte, war eine Frau, die das Leben mit ihm teilte. Sartine betrachtete die Heirat als wichtigen Schritt in seiner geordneten beruflichen Laufbahn. Ob Sophie die Richtige war?

Gerade kam sie aus der Küche, die Wangen gerötet von der Arbeit. Ihr Anblick berührte ihn so angenehm wie eine frische Meeresbrise. Sie trocknete sich die Hände an der Schürze und eilte zum Büfett, wo bereits zwei Schankmädchen unter der Aufsicht des Patrons damit beschäftigt waren, die Bestellungen der aus dem Theater kommenden Besucher zu besorgen.

Sartine ließ die Zeitung sinken und schaute ihr voller Wohlgefallen bei der Arbeit zu. Die neue Kellnerin des Procope unterschied sich von ihren Kolleginnen auf erfreuliche Weise. Weder kokettierte sie mit den Gästen, noch ging sie auf deren Annäherungsversuche ein. Ob er heute wohl Gelegenheit fand, einmal in Ruhe mit ihr zu sprechen?

Am Nebentisch wurden Stimmen laut. Unauffällig blickte Sartine zu seinen Nachbarn hinüber. Der Verleger Le Bréton, ein Mann wie ein Walross, saß dort in Gesellschaft dreier Schreiberlinge, die Sartine bislang nur dem Aussehen und Namen nach kannte. Es ging um Gott und die Welt, und das Wort führte Denis Diderot.

„Beichten, wozu soll ich beichten?“, rief er. „Um ein Stück Brot zu essen, das man Leib des Herrn nennt?“

Ein geistreicher Bursche, notierte der Kriminalleutnant in seiner ordentlichen Handschrift und beschloss, künftig ein Auge auf ihn zu haben. *Renommiert mit seiner Unfrömmigkeit. Spricht verächtlich von den heiligen Mysterien.*

„Nanana“, erwiderte der Verleger am Nebentisch. „An Ihrer Stelle, Diderot, wüsste ich schon einen Grund, um zu beichten. Fängt mit P an, genauso wie der hübsche Popo der Dame.“

Sartine runzelte die Brauen. Nach den Gotteslästerungen kam man nun auf die weltlichen Dinge zu sprechen. In ihren Weibergeschichten suhlten sich die Philosophen noch lieber als in der Verunglimpfung von Kirche und Staat.

Hat Madame de Puisieux als Mätresse, fügte Sartine seinem Dossier hinzu. Er kannte die Person. Die Puisieux war eine Übersetzerin, die ihre Liebhaber öfter wechselte als ihre Schreibfedern. Sartine verschwand wieder hinter seiner Zeitung und spitzte die Ohren.

„Ich will die Seelen der Menschen anrühren, sie zum Lachen und Weinen bringen, sie aufklären und wachrütteln – alles, was man mit Büchern vermag!" Diderot redete mit solcher Begeisterung, dass er weder das Kneifen seines engen grauen Rocks noch das Kratzen seiner schwarzen Wollstrümpfe spürte. In seinem Leben gab es zwei Leidenschaften: die Frauen und die Literatur, und wenn er mit einer von beiden beschäftigt war, existierte nichts anderes für ihn – weder die Geldnot, die ihn wie sein eigener Schatten verfolgte, noch die Spitzel der Polizei, die sich im Café Procope eingenistet hatten. „Ich will die Menschen zeigen, wie sie lieben und leiden, wie sie ihr Leben wagen für die Abenteuer des Geistes. Ich will die Nebel verjagen, die in ihren Köpfen wabern – was immer den freien Geist unterjocht, der selbst zu denken wagt und nur akzeptiert, was ihm Erfahrung und Vernunft bezeugen."

„Und davon wollen Sie leben?", fragte Le Bréton.

„Davon und vor allem dafür!"

Der Verleger fixierte Diderot. „Ich glaube", sagte er, „dann habe ich etwas für Sie. Ein englisches Wörterbuch, die ‚Cyclopedia' von Chambers. Ein Nachschlagewerk, das Kenntnisse aus ganz verschiedenen Wissensgebieten in sich vereint – fabelhafte Sache. Hätten Sie Lust, das ins Französische zu übersetzen? Eventuell mit den übrigen Herren hier am Tisch?"

„Ich kenne die ‚Cyclopedia'", erwiderte Diderots Sitznachbar d'Alembert, ein Mann von dreißig Jahren, der mit seiner zarten Statur so unscheinbar wirkte wie ein Handelskommis, tatsächlich aber ein berühmter Mathematiker war. „Ein hochinteressantes Werk und ein sehr nützliches dazu …"

„Sind Sie von Sinnen?" Sein Gegenüber sprang vom Tisch auf. „Ich, Jean-Jacques Rousseau, soll ein Buch übersetzen? Mich zum Sklaven eines fremden Autors machen?" Sein Anzug war voller Flecken, seine Perücke saß lose auf dem Kopf, doch seine Augen funkelten. „Wie können Sie es wagen, mich so zu beleidigen?"

„Beruhigen Sie sich, Rousseau! Es war nur ein Vorschlag, und er galt eigentlich Ihrem Freund Diderot. Außerdem sollen Sie nicht umsonst arbeiten. Ich biete für die Übersetzung eine hübsche Summe Geld."

„Was bedeutet Geld?", schnaubte Rousseau. „Nur das Geld, das man besitzt, ist Mittel zur Freiheit. Das Geld aber, dem man nachjagt, ist ein Mittel zur Knechtschaft! Darum ru-ru-rufe ich Ihnen zu-zu, nehmen Sie Ihr Ge-Ge-Geld und …" Er brach ab. Dann verließ er den Tisch und stampfte zur Tür hinaus. „Za-Za … Zahl du die Rechnung für mich!", rief er Diderot zu.

„Was für ein unangenehmer Patron!", brummte Le Bréton. „Behauptet, die Menschheit zu lieben, dabei hält er es mit keinem länger als fünf Minuten aus, ohne sich zu streiten. Diderot, was sagen Sie zu meinem Vorschlag?"

Diderot zögerte. Schon seit Jahren versuchte der Verleger, die „Cyclopedia" in Frankreich herauszubringen, er versprach sich davon ein großes Geschäft. Dabei hatte er bereits einen Herausgeber, mehrere Geschäftspartner und ein halbes Dutzend Übersetzer verschlissen. Diderot schüttelte den Kopf. „Eine Übersetzung interessiert mich nicht. Ich will meine eigenen Bücher schreiben."

„Ich biete Ihnen achttausend Livre für das Manuskript", sagte Le Bréton. „Die erste Hälfte bei Vertragsabschluss, die zweite bei Fertigstellung." Er streckte ihm die Hand entgegen „Na los, schlagen Sie ein!"

Diderot verschränkte die Arme vor der Brust. „Geld interessiert mich nicht", erwiderte er, doch die Lüge kratzte ihm so heftig in der Kehle, dass er sich räuspern musste. „Ich bin Schriftsteller, und ich habe viel zu oft meine Feder fremden Autoren geliehen."

„Und wenn ich mein Angebot auf zehntausend erhöhe? Denken Sie an die nächste Miete!"

„Und wenn Sie mir zwanzigtausend bieten – nein! Aber ich möchte Ihnen etwas anderes vorschlagen. Etwas Besseres als den Chambers. Lassen Sie uns eine eigene Enzyklopädie schreiben, Monsieur Le Bréton."

„Wozu? Mister Chambers hat doch eine ganz vorzügliche geschrieben! Außerdem haben die Rechte mich ein Vermögen gekostet."

„Trotzdem! Die ‚Cyclopedia' ist nichts wert. Und ich sage Ihnen auch, warum: Weil eine Enzyklopädie nie das Werk eines einzelnen Menschen sein kann."

„So ziemlich jedes Buch ist das Werk eines einzelnen Menschen."

„Eine Enzyklopädie ist viel mehr als ein Buch, das besagt schon der Begriff: ‚Verknüpfung der Wissenschaften'. Wie aber soll ein einzelner Autor es schaffen, das ganze System der Natur und des Geistes zu erforschen und all die Kenntnisse darzustellen, die sich daraus ableiten? Nein, statt den Chambers zu übersetzen, sollten wir etwas völlig Neues wagen. Das Wissen eines einzelnen Menschen in einem Buch zu versammeln ist nicht genug – wir müssen das Wissen der ganzen Menschheit zusammentragen in einer wirklich vollständigen Enzyklopädie der Wissenschaften, Künste und Handwerke, die alle Zweige möglicher Erkenntnis umfasst."

„Wer um Himmels willen soll das tun?", fragte d'Alembert. „Die Crusca-Akademie in Italien hat vierzig Jahre gebraucht, nur um das Vokabularium für ein solches Werk zu definieren. Das Unternehmen ist gescheitert."

Le Bréton hob die Hand: „Reden Sie weiter, Diderot!"

Der rückte mit seinem Stuhl an den Tisch. „Lassen Sie uns eine Gesellschaft von Gelehrten und Philosophen gründen, die getrennt arbeiten, jeder für sich und auf seinem Gebiet, damit sie sich nicht mit Diskussionen die Zeit stehlen, die jedoch alle miteinander den großen Plan teilen – Dutzende, hunderte von Autoren, die besten Köpfe Frankreichs, um jeden Gegenstand zu behandeln, der sich auf die Pflichten der Menschen bezieht, ihre Nöte, ihre Bedürfnisse, ihre Sehnsüchte und ihre Genüsse. Gemeinsam werden sie ein Buch schreiben, das aufräumt mit Aberglauben und Vorurteilen, die so viel Unglück über die Menschheit gebracht haben. Ein Buch, das nicht nur das Leben abbildet, wie es ist, sondern zeigt, wie es sein kann und sein soll. Ein Buch wie das Buch der Bücher, die Bibel, ein neues Testament für eine neue Zeit!"

„Oho", wunderte sich Le Bréton, „werden wir jetzt plötzlich fromm?"

„Ja, ein Buch wie die Bibel", wiederholte Diderot, „und zugleich das genaue Gegenteil. Eine heilige Schrift des irdischen Lebens, ein Kompendium menschlicher Glückseligkeit. Nach den Lehren der alten Bibel haben die Menschen siebzehnhundertsiebenundvierzig Jahre in einem irdischen Jammertal dahinvegetiert, um sich mit der Aussicht auf ein besseres Jenseits zu trösten. Es wird Zeit, eine neue Bibel zu schreiben, ein Buch, mit dessen Hilfe die Menschen sich eine neue Welt erschaffen, in der sie ihr Glück suchen und finden, hier im Diesseits schon, ein Paradies auf Erden."

„Pst", machte d'Alembert und schaute sich ängstlich um. „Es wäre klüger, wir würden das Thema wechseln."

Doch Le Bréton achtete nicht auf ihn. „Meinen Sie das im Ernst, Diderot? Ein Buch mit dem ganzen Wissen der Menschheit?"

„Ja", erwiderte Diderot. „Eine Enzyklopädie, die alle auf dieser Erde verstreuten Kenntnisse vereint, um sie allen Menschen zu überliefern, die nach uns kommen. Damit unsere Kinder und Enkel nicht nur gebildeter, sondern auch glücklicher werden. Und damit wir nicht sterben, ohne uns um die Menschheit verdient gemacht zu haben."

„Sie wissen, dass dies die größte Aufgabe ist, die sich je ein Schriftsteller gestellt hat?", fragte Le Bréton. Diderot nickte. Le Bréton stieß einen Seufzer aus. „Dann bleibt mir wohl nichts übrig, als mich in mein Schicksal zu fügen. Auf die Gefahr hin, dass Sie mich ruinieren, Diderot – doch große Geschäfte macht man nur mit großen Ideen!" Ein Leuchten überzog sein Gesicht, er hob die Hand, schnippte mit den Fingern und rief: „Bedienung – Champagner!"

VOM TURM der alten Abteikirche Saint-Germain-des-Prés schlug es schon Mitternacht, doch Sophie fand noch keine Ruhe. Das Miauen eines verliebten Katers, der einsam über die Dächer strich, drang durch das offene Fenster ihrer Kammer, zusammen mit dem Gestank der Dachtraufen, die manche Bewohner der Mansarde aus Bequemlichkeit als Aborte missbrauchten. Im Schein einer Kerze saß sie über ihren Schatz gebeugt: ein Kästchen voller Buchstaben und Wörter. Alle Schriftstücke, die Sophie irgendwo fand, sammelte sie und bewahrte sie in diesem Schatzkästlein auf, das sie so sorgfältig wie die Geldkatze mit ihren wenigen Ersparnissen hütete, um es nach der Arbeit aus seinem Versteck zu holen und darin zu lesen: Notizzettel und Kochrezepte, alte Rechnungen, Inventarlisten und Flugschriften, vor allem aber Manuskriptblätter mit Romananfängen, Theaterszenen und Gedichten, die ihre Gäste im Kaffeehaus zurückgelassen hatten. Dabei verriegelte sie stets die Tür, denn niemand sollte wissen, dass sie lesen konnte. Das Lesen dieser Schriftzeichen war ihre Sucht. Aus den Wörtern und Sätzen, aus jedem Gedankenfetzen stiegen neue Welten vor ihr auf, schönere, bessere Welten, in die sie nach der Mühe des Tages entfloh.

Doch an diesem Abend versagte der Zauber. Aber das lag nicht an den Sätzen, die da geschrieben standen, sondern an Sophie. Sie war vollkommen durcheinander, unfähig, auch nur eine Zeile in sich aufzunehmen. Denn Antoine Sartine, der freundliche Stammgast des Procope, hatte sie vor wenigen Stunden gebeten, seine Frau zu werden – in einer ruhigen Minute zwischen zwei Theatervorstellungen, als die Gäste ihr eine Verschnaufpause gönnten.

Sophie legte die Papiere in das Kästchen zurück, schloss den Deckel und verstaute ihren Schatz in einer Mauernische hinter einem losen Stein. Obwohl sie am nächsten Tag früh aufstehen musste, um den Herd in der

Küche anzufachen, wollte sie noch hinunter auf die Straße und ein paar Schritte am Fluss entlanggehen.

Draußen umfing sie dunkles Schweigen. Nur ein paar vereinzelte Müßiggänger begegneten ihr auf der Straße. Eine frische Brise wehte über den Fluss, auf dessen Fluten sich die Lichter der Stadt und des Himmels spiegelten, und vertrieb die Ausdünstungen der Schlachthöfe und Fischmärkte, der Jauchegruben und Friedhöfe, die sich bei Tage in den engen Straßen zwischen den hohen Häusern zu einem Übelkeit erregenden Gestank stauten.

Tief atmete Sophie die laue Nachtluft ein. Sollte sie Sartines Antrag annehmen? Die Vorstellung löste ein sanftes Wohlgefühl in ihr aus. Erstmals seit dem Tod ihrer Mutter würde es wieder einen Menschen geben, der sich um sie kümmerte, der wusste, auf welcher Seite sie sich abends zum Schlafen legte und mit welchem Bein sie morgens aufstand. Wie sehr sehnte sie sich nach solcher Nähe! Im Faubourg Saint-Marceau hatte sie über ein Jahr im Elend gehaust, zusammen mit den Ärmsten der Armen von Paris, in einem Haus, wo ganze Familien in einem einzigen Zimmer mit nackten Wänden wohnten, wo die stets feuchten und schmutzigen Lager ohne Vorhänge waren, wo Küchengeräte mit den Nachttöpfen durcheinander fielen. Jetzt bot ihr der junge Polizeioffizier ein Heim und ein sicheres Auskommen; als seine Frau würde sie immer ein Dach über dem Kopf haben, ordentliche Kleidung und reichlich zu essen. Und sie würde zur Kommunion gehen dürfen. Denn im Kloster hatte sie als Buße dafür, dass sie den Leib Christi erbrochen hatte, geschworen, erst dann wieder an den Tisch des Herrn zu treten, wenn sich jemand fand, der sie heiraten wollte.

War Antoine Sartine der Mann, auf den sie gewartet hatte? Sophie mochte ihn, er behandelte sie stets freundlich und voller Respekt, obwohl er als Staatsdiener weit über ihr stand. Warum aber hatte sie ihn um Bedenkzeit gebeten, statt ihm gleich ihr Jawort zu geben? Weil sie sich nicht vorstellen konnte, ihn eines Tages zu lieben?

Liebe! Seit Sophie das Kloster verlassen hatte, verspürte sie Angst vor dieser unheimlichen Macht. Ihre Mutter war ihr erlegen, und die Äbtissin hatte das Wort stets nur geflüstert, als fürchte sie, mit seiner Nennung eine Heimsuchung heraufzubeschwören.

Am Pont Neuf machte Sophie kehrt. Sie konnte nicht die ganze Nacht durch die Straßen wandern – bis zum Aufstehen waren es nur noch wenige Stunden, und dann lag wieder ein neuer langer Tag vor ihr. Sie wählte den Weg durch die breite Rue Mazarine, die auch zu dieser späten Stunde noch belebt war. Im Schein der Réverbèren, kleiner künstlicher Monde in der Finsternis, die hier alle dreißig Schritt an Schnüren über der Straße hingen, um mit ihrem trüben, ölgespeisten Licht die nächtlichen Passanten vor Überfällen zu schützen, kehrte Sophie zurück. Sie hatte gerade die Kreuzung erreicht, wo die Rue des Fossés Saint-Germain anfing, und sah schon das hohe Gebäude, in dessen Mansarde ihre Schlafkammer lag, da hörte sie plötzlich Schritte. Im nächsten Augenblick stand ein Mann vor ihr. Unwillkürlich wich sie einen Schritt zurück, doch als der Fremde den Hut abnahm und sich vor ihr verbeugte, erkannte sie sein Gesicht: Vor ihr stand der Mann mit dem kleinen Kopf, der Schokoladetrinker – Monsieur Diderot.

„Was fällt Ihnen ein, mir aufzulauern!“, rief sie.

„Ich lauere der Schönheit auf, wo immer ich sie anzutreffen hoffe.“

„Warum besuchen Sie dann nicht Madame de Puisieux. Ich bin sicher, sie wartet schon auf Sie.“

„So wie der große Herrscher Mongagul auf seine Prinzessin Mirzoza?“

„Mongagul? Was soll das für ein Herrscher sein?“

„Wie, du kennst deinen glühendsten Verehrer nicht?“

Bevor Sophie auch nur den Mund öffnen konnte, fing er schon an zu erzählen. Von dem Sultan Mongagul, dessen Palast sich in der Wüste der Traurigkeit erhob, wo statt süßem Wasser salzige Tränen die Brunnen speisten, sodass der Sultan umso quälenderen Durst litt, je öfter er davon trank. Nur ein Lächeln würde ihn von diesem Fluch befreien. Aber vergeblich bemühten sich die Narren am Hofe, ihn aufzuheitern, nicht einmal die reizendsten Jungfrauen seines Reiches, die der berühmte Magier Cucufa mit seinem Zauberring herbeibefahl, damit sie den Gebieter umgarnten, konnten Mongagul von dem großen Kummer erlösen.

„Eines Tages aber“, fuhr Diderot fort, „klopfte eine junge Prinzessin an die Pforte seines Palastes. Mirzoza war ihr Name, sie stammte aus der entferntesten Provinz des Reiches, der Provinz der Glückseligkeit. Ihr Haar loderte wie die Flammen eines Feuers, und bei sich trug sie eine dampfende Schale süße Schokolade. Das war die Medizin ihrer Heimat, die wollte sie dem Herrscher bringen. Und wirklich, als seine Lippen den Rand der Schale berührten, fiel alle Trauer von ihm ab, und seine müden Augen begannen zu leuchten. Denn süßer noch als ihr Trank war der Liebreiz, den die Prinzessin verströmte.“

„Da muss ich aber staunen“, sagte Sophie. „Die Schale dampfte? Obwohl sie aus einer so fernen Provinz kam? Wie hat die Prinzessin es nur angestellt, dass die Schokolade unterwegs nicht kalt wurde?“

„Ich vergaß zu erzählen, dass sie die Schale auf dem Kopf trug wie alle Frauen im Morgenland. So sorgten die Flammen ihres Haares dafür, dass die Hitze auf der langen Reise erhalten blieb."

Sophie lachte. „Ich glaube Ihnen kein Wort!", rief sie.

„Meinst du, ich könnte etwas erfinden, was in Wirklichkeit nicht möglich ist? Nein, Mirzoza, alles, was man sich vorstellen kann, wird eines Tages geschehen, auch wenn es manchmal eine Weile dauert."

Diderot hob ihr Kinn, sodass sie ihn anschauen musste. „Weißt du, was ich an dir mag?", fragte er leise. „Du kannst dich selbst vergessen. Wenn du arbeitest, wenn du lachst, wenn du zuhörst. Darum beneide ich dich. Willst du mir helfen, es von dir zu lernen?"

„Bitte", flüsterte sie, „sprechen Sie nicht so mit mir, Monsieur Mongagul!"

„Wie hast du mich genannt, Sophie?"

Er blickte sie an, als erwachte er aus einem Traum. Sein Lächeln wich einem verstörten Blick. Abrupt ließ er sie stehen und eilte davon, ohne ein Wort zum Abschied.

Doch bevor er im Dunkel der Nacht verschwand, drehte er sich noch einmal um und warf ihr eine Kusshand zu.

DIE VORGÄNGE im Café Procope blieben der Obrigkeit nicht verborgen. Bereits am nächsten Morgen erstattete Antoine Sartine einem Mann Bericht, dessen schlichtes Priesterhabit kaum ahnen ließ, welche gewaltige Verantwortung auf seinen Schultern ruhte. Pater Radominsky, ein Mann von knapp vierzig Jahren, war ein in Polen gebürtiger Jesuit, Profess der dortigen Ordensprovinz und als Vertrauter des römischen Generaloberen nach Frankreich entsandt, um der gleichfalls in Polen geborenen Königin Maria Leszczynska als Beichtvater zu dienen. Ausgestattet mit weitgehenden Vollmachten der Kurie, sollte er seinen Einfluss am Hofe von Versailles zu einem einzigen Zweck nutzen: dass in der Hauptstadt des französischen Königreiches Gottes Wille geschehe, zumindest aber der Wille des Papstes.

„Der Verleger Le Bréton", berichtete Sartine, „bereitet ein neues Werk vor, ein Wörterbuch von beträchtlichem Umfang. Angeblich hat er sein ganzes Geld in das Vorhaben gesteckt. Die Rede ist von achtzigtausend Livre."

„Achtzigtausend? So viel Geld für ein Wörterbuch?"

„Sie nennen es Enzyklopädie. Alles Wissen der Welt, von A bis Z, nach philosophischen Grundsätzen gegliedert."

„Wer ist sonst noch an dem Unternehmen beteiligt?"

Sartine zückte sein Notizbuch. „Vor allem die beiden Herausgeber, Jean le Rond d'Alembert, ein illegitimer Spross der Madame de Tencin …"

„Der ehemaligen Stiftsdame, die den Schleier zerriss, um sich zur Hure von halb Frankreich zu machen?"

„Sie hat ihren Sohn gleich nach der Geburt ausgesetzt, er stand ihrer Karriere am Hofe im Wege. Monsieur d'Alembert leidet noch heute darunter, obwohl er in der Wissenschaft einen hervorragenden Ruf genießt. Er soll bekannte Autoren für das Wörterbuch gewinnen, Kollegen und Professoren der Sorbonne. Wichtiger aber", fügte der Leutnant hinzu, „scheint mir der zweite Herausgeber zu sein. Denis Diderot. Er ist der eigentliche Kopf des Unternehmens."

„Diderot? Ich habe den Namen nie gehört."

„Ein überaus wandelbarer Geist. Literat, Philosoph, Demagoge. Weiß sehr viel, hat aber nichts richtig gelernt, besitzt auch keine akademischen Titel. Ein Mann, der an sehr zweifelhafte Dinge glaubt – Zukunft, Fortschritt und dergleichen. Er hat letztes Jahr eine üble Schmähschrift publiziert, ‚Philosophische Gedanken', in der er den christlichen Wunderglauben zu religiösem Wahn erklärt."

„Was wissen Sie sonst noch über ihn?"

„Er stammt aus ordentlichem Hause, sein Vater besaß eine Messerschmiede in Langres, wo er ursprünglich Geistlicher werden sollte wie sein Onkel, ein Domherr der dortigen Kathedrale. Er hatte bereits die Tonsur und wollte in den Orden eintreten bei der Gesellschaft Jesu, stattdessen aber ist er nach Paris gezogen, um zu studieren."

„Ein abtrünniger Jesuit? Was hat er studiert?"

„Jura, Theologie, Medizin, Mathematik, Philosophie – fast alle Fächer, die es gibt. Trotzdem ist nichts Ordentliches aus ihm geworden. Er hat Predigten für künftige Missionare und Artikel für dubiose Zeitungen verfasst, dazu Theaterkritiken und Übersetzungen. Ein so genannter Berufsschriftsteller, eine neue Spezies unter den Philosophen. Wollen Sie hören, wie er das Wörterbuch nennt?" Der Kriminalleutnant schlug in seinem Notizbuch eine markierte Seite auf, um zu zitieren: „‚Ein Buch wie die Bibel. Ein neues Testament für eine neue Zeit. Eine heilige Schrift des irdischen Lebens.'"

„Das hat er wirklich gesagt?"

Radominsky blickte Sartine prüfend an. Unter den niederen Chargen der Polizei gab es nicht wenige Individuen, die, um sich wichtig zu machen, beim Rapport maßlos übertrieben. Doch der junge Offizier schien nicht von dieser Sorte zu sein.

„Wie lauten Ihre Befehle?“, fragte der Leutnant.

„Ich werde es mir überlegen. Vorerst setzen Sie bitte Ihre Beobachtungen fort.“

Nachdem sich Sartine verabschiedet hatte, sagte Radominsky alle weiteren Verpflichtungen für diesen Vormittag ab. Der Bericht des Kriminalleutnants hatte ihn in höchste Alarmbereitschaft versetzt. Sicher, die Schreiberlinge in den Kaffeehäusern waren zum größten Teil verkrachte Existenzen, Journalisten und Gelehrte aller Fakultäten – ein heillos zerstrittener Haufen, einig in zwei bis drei Fragen, uneins in zwei- bis dreitausend. Doch ein Unternehmen wie diese Enzyklopädie konnte das schlagartig ändern. Nichts einte und stärkte Menschen so sehr wie die Kraft einer Idee, an der sich ihr Glaube entzündete. Als Jesuit wusste Pater Radominsky sehr wohl, dass die Waffen des Geistes gefährlicher waren als alle Kanonen dieser Welt. Wenn die Enzyklopädie all die zerstrittenen Geister in Paris, die im Namen der Vernunft Zwietracht und Zweifel säten, zu einer geschlossenen Kampftruppe wider den Glauben einte, konnte das geplante Wörterbuch Kirche und Staat in eine ähnlich schwere Krise stürzen wie zwei Jahrhunderte zuvor der Teufel Martin Luther mit seiner verdammten Reformation. Wissen war Macht, und wer den Menschen Wissen gab, verlieh ihnen Macht über das eigene Leben. Damit würde das Gesetz Gottes außer Kraft gesetzt und zugleich alles, was auf Erden von seiner himmlischen Allmacht zeugte: die Vorherrschaft der katholischen Kirche, das Gottesgnadentum des Königs, die ewige Ordnung der Dinge.

Die Gebote Gottes auf Erden zu wahren war Aufgabe des Staates und der Monarchie. Doch war der französische Staat bereit, diesen Auftrag zu erfüllen? Pater Radominsky war skeptisch. König Ludwig XV., vom Volk „der Vielgeliebte“ genannt, war ein nach süßlichem Parfüm und säuerlichen Körpersäften stinkender Lüstling, der, statt den Regierungsgeschäften nachzugehen, nur zwei Vergnügungen kannte: die Liebe und die Jagd – Maria Leszczynska, seine Gemahlin, klagte täglich in der Beichte darüber. Der Hof von Versailles war zu einem gigantischen Lustpark verkommen, in dem ein Fest das andere ablöste.

Auf diesen König konnte die Kirche nicht bauen. Radominsky setzte sich an den Schreibtisch, nahm einen Bogen Papier und tauchte die Feder in das Tintenfass. In kurzen, klaren Sätzen warnte er Monseigneur Beaumont, den Erzbischof von Paris, vor der heraufziehenden Gefahr, um sich damit jedweder Unterstützung der Kirche zur Bekämpfung dieser Bedrohung zu versichern. Radominsky läutete nach seinem Diener und befahl ihm, die Kutsche anspannen zu lassen.

„Nach Versailles!“

Kurz nach Mittag traf die Equipage am Königssitz ein. Doch statt wie sonst den Hauptpalast anzusteuern, um die Königin aufzusuchen, ließ Radominsky den Kutscher nach La Celle abbiegen, einer kleinen Ortschaft, die eine Meile entfernt lag. Den Weg dorthin säumte ein Kanal, auf dem zwischen goldfarbenen Gondeln eine Schaluppe vor Anker lag, bereit für eine Vergnügungspartie entlang den Kolonnaden von Rosenstämmen in zartem Rosa und Gelb, die am Ufer blühten. Dahinter, eingerahmt von Arkaden und Bogenlauben, erhob sich auf mehreren Terrassen ein meerschaumweißes Schloss, das mit seinen zahlreichen Türmchen und Erkern an eine verzierte Sahnetorte erinnerte.

Radominsky verließ die Kutsche und ging auf die Freitreppe zu. In diesem Schloss, zu dem nur ein kleiner Kreis von Auserwählten Zugang hatte, residierte Madame de Pompadour, die Mätresse des Königs und mächtigste Frau im ganzen Reich. Ihr wollte der Pater seine Aufwartung machen.

Die Marquise de Pompadour war 26 Jahre jung, und doch galt sie bereits als vollendetes Sinnbild ihres Geschlechts. Mit ihrem weißen Teint, den blassrosa Lippen und den Augen, in denen sich schwarze Sehnsucht und blaue Verheißung paarten, besaß sie alle Gaben, um ihren selbst gewählten Lebenszweck zu erfüllen: ihrem Herrscher zu gefallen, um ihn zu beherrschen.

Bereits im Alter von neun Jahren war ihr geweissagt worden, sie werde einmal die Mätresse des Königs von Frankreich sein. Seitdem setzte sie ihre ganze Tatkraft daran, dass dieser Traum Wirklichkeit wurde. Sogar ihre Heirat mit Monsieur d’Étioles diente einzig diesem Zweck. Sie nutzte das Vermögen ihres Mannes, um sich selbst zu vervollkommnen: Sie lernte singen und Cembalo spielen, nahm Unterricht im Tanzen, in der Rede- und in der Reitkunst. Dabei kreisten alle ihre Gedanken nur darum, von Ludwig bemerkt zu werden. Wann immer sich ihr Gelegenheit bot, war sie zwischen dem Gefolge des Königs zu sehen, und auf einem Maskenball war es ihr endlich gelungen, sich Ludwig zu nähern. Der Ball lag nun anderthalb Jahre zurück, und seitdem war kaum ein Tag vergangen, an dem der Herrscher ihr nicht seine Gunst bezeugt hätte. Als letztes Zeichen seiner Zuneigung hatte Ludwig ihr, nachdem sie sich von Monsieur d’Étioles hatte scheiden lassen, das Lustschloss La Celle geschenkt. Hier flocht sie gerade mit ihrer dreijährigen Tochter Alexandrine einen Blumenkranz, als ein Lakai Besuch für sie meldete.

„Pater Radominsky?“, fragte sie verwundert.

Sie setzte Alexandrine den Kranz auf den blonden Lockenkopf und schickte sie mit einem Kindermädchen hinaus. Was mochte Radominsky von ihr wollen?

Die Pompadour war auf der Hut. Obwohl Ludwig sie in den Stand einer Marquise erhoben hatte, war ihre Stellung am Hofe längst nicht gefestigt. Denn ihrer Person haftete ein Makel an, der sich nicht korrigieren ließ: der Makel ihrer Geburt. Sie hatte das Unglück, die Tochter eines Monsieur Poisson zu sein, der wegen dunkler Geschäfte zum Tod durch den Strang verurteilt worden war und es darum vorzog, im Ausland zu leben. Die unterschiedlichsten Parteien feindeten sie an. Nicht nur die Königin und deren devote Gefolgschaft, auch der Kanzler und der Parlamentspräsident setzten alles daran, ihren Einfluss auf den Herrscher zu beschneiden. Vor all diesen Angriffen und Intrigen schützte sie nur eins, die Verliebtheit des Königs, doch die, da gab die Pompadour sich keinen Illusionen hin, war so vergänglich wie ihre Schönheit.

„Ich bin gekommen“, eröffnete Radominsky das Gespräch, „Sie um einen Gefallen zu bitten. Eine Kleinigkeit, die Sie kaum Mühe kosten wird.“

„Einen Gefallen?“

„Es geht darum, einen neuen Direktor der königlichen Hofbibliothek zu benennen. Ihrer Majestät ist sehr daran gelegen, Ordnung in das Buchwesen zu bringen. Ich dachte, vielleicht wäre dies ein Anlass, die Freundschaft zwischen Ihrer Majestät und Ihnen zu vertiefen.“

„Der Königin zu gefallen ist mein innigster Wunsch“, erwiderte die Pompadour. „Allein, ich bin ratlos, wie ich ihr in dieser Sache dienen kann. Bisher wusste ich nicht einmal, dass es ein solches Amt überhaupt gibt.“ Mit einer Geste forderte sie den Pater zum Sitzen auf.

„Ein sehr wichtiges Amt. Der Direktor der Hofbibliothek ist zugleich oberster Zensor von Frankreich. Täglich erscheinen Dutzende neuer Bücher, da gilt es, die Spreu vom Weizen zu trennen. Die Kirche hat größtes Interesse daran, nur solche Bücher zu fördern, die dem Wohl des Glaubens dienen, und jene zu verhindern, die dem Glauben Schaden zufügen. Wollen Sie der Königin dabei helfen?“

Die Pompadour schaute Radominsky an. Was war das für ein Angebot? Reichte er ihr die Hand, oder lockte er sie in eine Falle? Sie hatte großen

Respekt vor diesem Mann. Der polnische Jesuit war keiner von den vielen eitlen Abbés am Hofe, die ihre Soutane beim Anblick einer hübschen Frau leichtfertig ablegten.

Er nahm sein Priestertum ernst – die Pompadour hatte noch von keiner Verfehlung Radominskys gehört, obwohl er mit seiner hohen Statur und den durchgeistigten Gesichtszügen ein auffallend schöner Mann war. Er hatte die Kraft, der Leidenschaft zu entsagen. Darauf, mehr noch als auf seinem Amt, beruhte die Autorität, die er ausstrahlte.

„Was kann ich tun, Ehrwürdiger Vater, um die Königin in ihrem Bemühen zu unterstützen?"

„König Ludwig schenkt Ihnen Gehör", erwiderte Radominsky. „Wenn Sie Seiner Majestät in einem geneigten Augenblick einen Namen nennen könnten – Sie würden der Kirche einen großen Dienst erweisen."

„Und an welchen Namen haben Sie gedacht?"

„Vielleicht René-Nicolas de Maupéou? Ein Mann, dessen Glaubensstrenge über jeden Zweifel erhaben ist."

Das Lächeln auf dem Gesicht der Marquise erstarb. Sie kannte den jungen Gentilhomme – er gehörte zu ihren ärgsten Widersachern am Hofe. Wenn das Amt, um das es ging, von solcher Wichtigkeit war, durfte sie ihn auf keinen Fall dem König vorschlagen. Doch wenn sie sich dem Wunsch des Paters verweigerte, schlug sie zugleich das Friedensangebot aus, das er ihr machte, und das mögliche Band zwischen ihr und der Königin war zerschnitten, noch ehe es geknüpft war. „Monsieur de Maupéou", erwiderte sie zögernd, „ist sicher ein Mann von höchsten Qualitäten. Doch was halten Sie", fragte sie, einer plötzlichen Eingebung folgend, „von Chrétien de Malesherbes?"

„Malesherbes de Lamoignon? Der Sohn des Kanzlers?", fragte Radominsky überrascht zurück. „Eine brillante Idee, Madame."

„Ihr Beifall freut mich. Dann meinen auch Sie, Monsieur de Malesherbes sei ein Kandidat, den ich dem König mit gutem Gewissen empfehlen kann?"

„Ganz gewiss", bestätigte der Pater. „Nur … würden Sie bitte bald mit ihm sprechen? Die Angelegenheit eilt. Ein paar so genannte Philosophen rotten sich gerade zusammen, um eine Enzyklopädie zu schreiben, die das Wohl der Kirche und des Staats gefährden könnte."

„Es wird mir ein Vergnügen sein, mich um die Sache zu kümmern", sagte die Pompadour mit wiedergewonnener Sicherheit. „Bitte richten Sie der Königin meine untertänigsten Grüße aus."

SELTEN war Sophie bei der Arbeit so fahrig gewesen wie heute. In der Nacht hatte sie kein Auge zugetan. Was war nur mit ihr los? Lag es daran, dass Vollmond war? Aber sosehr sie auch versuchte, Gründe für ihren Zustand zu finden, wusste sie doch, dass etwas ganz anderes die eigentliche Ursache war. In Wirklichkeit hatte sie immerzu an Monsieur Diderot denken müssen.

„Mademoiselle Sophie!"

An einem kleinen Tisch unweit des Eingangs saß Antoine Sartine, wie stets ein Lächeln im freundlichen Gesicht. Bei seinem Anblick überkam Sophie das schlechte Gewissen wie eine Hitzewallung. Den hatte sie ja ganz vergessen! Sie eilte an seinen Tisch.

„Wie immer eine Tasse Kaffee, Monsieur Sartine?"

„Wie immer eine Tasse Tee", verbesserte er sie. „Haben Sie inzwischen über meine Frage nachgedacht?"

„Ja gewiss", stammelte sie, „das heißt …"

Ein eintretender Gast schob sich zwischen sie. Bevor Sartine etwas sagen konnte, floh Sophie zum Tresen. Während sie dort seine Bestellung besorgte, überlegte sie fieberhaft, was sie ihm antworten sollte.

„Schokolade?", fragte er verwundert, als sie mit ihrem Tablett an seinen Platz zurückkehrte.

Irritiert sah sie auf seine Tasse – der Schaum war mit Zimt und Vanille bestäubt. Eilig wandte sie sich ab, um den Fehler zu korrigieren. Da erblickte sie Diderot, nur eine Armeslänge von ihr entfernt. Tablett, Tasse, Untertasse, alles fiel ihr aus der Hand. Unter dem Gelächter der Gäste stürzte sie zur Schanktür hinaus.

In der Küche sank sie auf einen Schemel. Sie bat eine Spülfrau, die Scherben für sie aufzusammeln und danach den Dienst mit ihr zu tauschen. Keine zehn Pferde würden sie heute noch einmal in die Gaststube bringen.

Um sieben Uhr hatte sie eine Stunde frei und verließ das Haus. Ohne Ziel lief sie durch die Gassen, auf die allmählich die Dämmerung herabsank. Während die meisten Pariser beim Essen saßen, kehrte in der Stadt Ruhe ein. Auf den Plätzen warteten die Droschken, die Pferde fraßen Hafer in ihrem Geschirr.

In der Rue Mouffetard stand Diderot plötzlich vor ihr. „Warum bist du davongelaufen?"

„Sind Sie mir etwa gefolgt?", fragte Sophie.

„Natürlich bin ich dir gefolgt, Mirzoza", erwiderte er mit seinem frechen Grinsen. „Wie sollte ich nicht? Der ganze Palast ist auf den Beinen, um dich zu suchen. Sieh nur", er zeigte mit dem Daumen auf zwei Dirnen, die in einem Hauseingang standen, „sogar die Haremsdamen sind gekommen, um dich heimzubringen."

„Haremsdamen?" Gegen ihren Willen musste Sophie lachen.

Er nahm ihre Hand, und während er sie mit sich fortzog, spann er seine Geschichte weiter: Wie der Sultan Mongagul sich so sehr in die Prinzessin Mirzoza verliebte, dass er seinem Zauberer befahl, ihm ein Dutzend Arme wachsen zu lassen, um sie nach Herzenslust an sich zu drücken, ein Dutzend Hände, um sie zu liebkosen, ein Dutzend Münder, um sie zu küssen.

Wie zärtliche Berührungen empfand Sophie Diderots Worte. Konnte das Leben so schön sein wie seine Geschichten?

Auf einmal blieb er stehen und sagte: „Erzähl mir deine Geschichte! Warum bist du nach Paris gekommen?"

„Woher wollen Sie wissen, dass ich keine Pariserin bin?"

„So, wie du sprichst?" Er lachte. „Nein, du kommst aus einer Gegend, in der ein guter Wein wächst. Ich möchte wetten, du warst schon mal in Langres, da komme ich nämlich selbst her. Oder in Dijon? Oder noch weiter im Süden, in Roanne?"

Als er so unvermittelt den Namen der Stadt aussprach, die ihr ganzes Unglück bedeutete, stieg die Vergangenheit wie eine Flutwelle in ihr auf. Plötzlich sah sie ihre Mutter vor sich, im Schandlinnen.

„Ich brauchte Arbeit", sagte sie leise. „Deshalb bin ich nach Paris gekommen."

„Gab es in deiner Heimat denn niemanden, der sich um dich kümmerte?"

Sophie zögerte. Sollte sie ihm ihre Geschichte erzählen? Sie sah Baron de Laterre vor sich, beim Abschied vom Schloss, er beugte sich über sie, um ihr Haar zu küssen, dann Abbé Morel, der sie an der Klosterpforte in die Obhut der Nonnen gab. Nachdem sie das Kloster verlassen hatte, war sie zunächst nach Beaulieu zurückgekehrt, um auf dem Schloss des Barons zu arbeiten. Doch nach nur wenigen Tagen war sie geflohen, heimlich im Morgengrauen – sie konnte an dem Ort nicht leben, wo jedes Haus, jeder Baum sie an ihre Mutter erinnerte. Danach war sie in all den Städten gewesen, die Diderot genannt hatte, erst in Roanne, dann in Dijon und auch in Langres, wo sie sich zwei Wochen als Wäscherin verdingt hatte. Aber nirgendwo hatte sie es länger als einen Monat ausgehalten; stets hatte es sie weiter Richtung Norden gezogen, in die Hauptstadt, als wäre Paris die Lichtung im Zentrum des Labyrinths, durch das sie irrte. Tief in ihrem Innern wusste sie, was sie in dieser Stadt suchte. Doch konnte sie darüber mit einem Fremden sprechen?

Plötzlich wurde ihr bewusst, dass Diderot immer noch ihre Hand hielt. Sie machte sich von ihm los. „Stimmt es, dass Sie Bücher schreiben?"

„Allerdings", erwiderte er mit einem Anflug von Stolz. „Es ist sogar mein Beruf."

„Das ist ein Beruf?", staunte sie.

„Und ob! Der schönste, den es gibt. Weil, wenn man eine Geschichte erfindet, kann man ja alles erleben, was man sich gerade wünscht. Ohne das Haus zu verlassen, reist man in ferne Länder, lernt fremde Völker und Menschen kennen. Beim Schreiben verändert sich die ganze Welt, man braucht es sich nur vorzustellen."

„Macht Ihnen das nicht Angst?", fragte Sophie. „Das ist doch gefährlich!"

„Gefährlich? Weshalb?"

„Weil Sie so tun, als würde es etwas geben, was nicht wirklich ist. Wenn Menschen, die gar nicht leben, plötzlich auftauchen wie Geister aus einer Flasche, das ist doch wie … wie Magie, wie Zauberei."

„Genauso soll es ja sein!", rief Diderot mit leuchtenden Augen. „Aber sag mal, wie kommst du überhaupt darauf? Kannst du etwa lesen?"

„Nein!" Sophie schüttelte heftig den Kopf. „Frauen, die lesen und schreiben können, haben kein Glück im Leben."

„Warum denn das?"

„Weil es so ist", sagte sie trotzig. „Gott will nicht, dass Frauen lesen oder schreiben. Genauso wenig, wie er will, dass sie fremde Männer lieben …" Sie verstummte. Warum hatte sie das gesagt?

„Glaub nicht solche Sachen", flüsterte Diderot und streifte ihre Wange. „Gott hat nichts gegen die Liebe."

Da ertönte von irgendwoher eine Frauenstimme, laut und schrill: „Denis? Was tust du da?"

Diderot zuckte zusammen, und das Lächeln verschwand aus seinem Gesicht. Wie ein Dieb schaute er sich um.

„War das Madame de Puisieux?", fragte Sophie.

„Wie kommst du darauf?", stotterte er. „Nein, das … das war …"

„Ich glaube Ihnen kein Wort", sagte sie und ließ ihn stehen.

EIN NEUER Tag brach an in La Celle. Schwerelose Schäfchenwolken schwebten am pastellblauen Himmel, der sich wie ein Theaterplafond über das meerschaumweiße Lustschloss spannte. Über dem von Rosenkolonnaden gesäumten Kanal hingen schon die Lampions für die nächste nächtliche

Gondelpartie. Doch die Marquise de Pompadour konnte weder den neuen Tag noch die seidige Luft genießen, die durch das offene Fenster strömte. Ernst war das hübsche Gesicht, das ihr aus dem Spiegel entgegenschaute, während eine Zofe mit goldenen Spangen die hohe Perücke an ihrem Kopf befestigte, um sie für das Lever vorzubereiten, die morgendliche Audienz in ihrem Schlafgemach, zu der die Pompadour an diesem Tag einen wichtigen Besucher erwartete.

Was bedrückte die Favoritin des Königs so sehr, dass ihr Lächeln erloschen war? Es war die Sorge um Ludwigs Wohl, die launische Verfassung seines Gemüts, in der sich die ganze Misere des Hofes widerspiegelte. Von außen betrachtet, schien Versailles ein Ort der immer währenden Heiterkeit zu sein, doch in seinen Tiefen lauerte tödliche Langeweile. Dieselben Männer und Frauen, die sich auf Bällen und Soupers so unbeschwert gaben, fielen, sobald sie allein waren, in eine Leere und Sinnlosigkeit, aus der ihnen nur die Aussicht auf neuerliche Ausschweifungen Entkommen versprach. An dieser Melancholie krankte wie kein Zweiter der König, und Aufgabe der Favoritin war es, ihn seinen Überdruss vergessen zu machen, das unerträgliche Übermaß an Zeit mit rastloser Betriebsamkeit zu füllen.

Dies war der Pompadour in der Vergangenheit gelungen wie noch keiner Favoritin Ludwigs je zuvor. Täglich erfand sie neue Zerstreuungen und Amüsements, hielt jeden Schatten von ihm fern, betäubte und entspannte ihn mit ihren Reizen, sodass der König sich umso mehr nach ihr verzehrte, je verschwenderischer sie ihn verwöhnte.

Doch in dieser unaufhörlichen Spirale künstlicher Begierde drohten ihre Kräfte zu erlahmen. Sollte ihre Zeit schon abgelaufen sein? Um der Zukunft ihrer Tochter willen war sie zu allem bereit, um einem solchen Ende entgegenzuwirken.

Vielleicht bot Pater Radominskys Ansinnen ihr dazu Gelegenheit? Bei seinem Besuch hatte der Beichtvater der Königin ihr ein Licht aufgesteckt. Um Einfluss auf Menschen zu nehmen, gab es nicht nur die Liebe. Wissen schien eine ebenso starke Macht zu sein. Denn wer es besaß, hatte Macht über das Denken, die Herzen und Seelen der Menschen.

Doch da war schon ihr Gast – im Spiegel trat er ihr entgegen: ein junger, leicht untersetzter rotgesichtiger Mann in kastanienfarbenem Rock, das Spitzenjabot mit Schnupftabakresten bestreut.

„Monsieur de Malesherbes!“, rief sie und erhob sich von ihrem Frisierstuhl. „Was für ein Betragen! Man mag eine Frau betrügen, aber überraschen sollte man sie niemals!“

„Welchem Umstand verdanke ich den Vorzug Ihrer Einladung, Marquise?“, fragte er, ohne auf die kleine Koketterie einzugehen.

Die Pompadour streckte ihm mit einem Lächeln die Hand entgegen. War dies der geeignete Mann, um ihre Position bei Hofe zu festigen? Ein Verbündeter gegen die vielen Neider, die sie in den Augen des Königs herabzusetzen trachteten? So ungelenk, wie er sich über ihre Hand beugte, ohne auch nur einen Blick auf ihren wohlgeformten Körper zu verschwenden, wäre kein Mensch auf den Gedanken verfallen, dass Malesherbes der Sohn des Kanzlers und Spross einer der mächtigsten Familien Frankreichs war und es mit noch nicht dreißig Jahren bereits zum Parlamentsrat und Generalstaatsanwalt gebracht hatte.

„Warum ich Sie zu mir rief? Ich wollte mich nach Ihren Tanzübungen erkundigen. Haben sie die gewünschten Fortschritte gebracht?“

Malesherbes verzog das Gesicht. „Mein Tanzlehrer hat mir gestern erklärt, ich sei hoffnungslos unbegabt für das Parkett.“

„Dafür bewegen Sie sich umso sicherer auf dem viel glatteren Boden der Politik. Ach“, seufzte die Pompadour, „könnte mir doch nur jemand erklären, wie ich dort meine Füße setzen soll. Ich fürchte, bei jedem Schritt zu straucheln.“

„Eine vollendete Tänzerin wie Sie, Madame? Die Politik unterscheidet sich doch kaum von der Tanzkunst. In beiden Fällen geht es darum, andere Menschen zu führen. Freilich nicht, wohin sie wollen, sondern wohin sie sollen. Politik ist nichts weiter als die Kunst, zwischen Freund und Feind zu unterscheiden.“

„Wenn das nur so einfach wäre“, sagte die Pompadour. „Wie soll man all die Parteien am Hofe und in der Stadt unterscheiden? Sie wirken auf mich wie ein außer Rand und Band geratenes Menuett. Das Parlament widersetzt sich dem Willen des Königs, in der Kirche bekriegen sich die Jesuiten und die Jansenisten wie Füchse und Wölfe, diese unterstützen den Staatsrat, jene das Parlament. Was unterscheidet die eine Partei von der anderen?“

„Ihr Verhältnis zur Wahrheit“, erwiderte Malesherbes. „Es gibt Parteien, die tatsächlich glauben, was sie sagen. Andere, und sie sind in der Mehrzahl, tun das nicht. Gefährlich sind nur die ersten.“

Die Pompadour forderte ihn mit einer Geste auf, von dem Kaffee zu nehmen, den ein Diener ihnen auf einem Tablett reichte. Während Malesherbes mit spitzen Lippen einen Schluck von dem heißen schwarzen Gebräu schlürfte, nahm sie wieder vor dem Spiegel Platz.

„Und zu welcher Partei würden Sie die Philosophen zählen? Wie ich höre, planen sie eine Enzyklopädie, ein Wörterbuch von noch nie da gewesener Gelehrsamkeit."

Malesherbes setzte die Tasse ab. „Die Philosophen", antwortete er, „gehören zweifellos zur Partei derjenigen, die die Wahrheit für sich reklamieren. Ob sie sie auch befördern, steht auf einem anderen Blatt."

„Das heißt, die Enzyklopädie ist ein gefährliches Unternehmen?"

„Die Enzyklopädie gleicht einem Messer – damit kann man Brot schneiden oder einen Menschen umbringen. Es kommt allein darauf an, was man damit macht."

„Monsieur de Malesherbes", sagte sie, „ich würde Sie gern Seiner Majestät für ein wichtiges Amt vorschlagen. Die königliche Hofbibliothek braucht einen neuen Direktor. Mir scheint, Sie wären der geeignete Mann für diese Aufgabe."

„Ihr Vertrauen ehrt mich", erwiderte er. „Doch welche Gegenleistung erwarten Sie dafür?"

Seine Direktheit grenzte an Unverschämtheit. Doch sollte sie wegen seines ungehörigen Benehmens darauf verzichten, das Amt des Zensors mit einem Mann ihrer Wahl zu besetzen?

„Walten Sie einfach Ihres Amtes, so gut Sie es vermögen!", meinte die Pompadour. „Sorgen Sie dafür, dass ich alle gefährlichen Druckschriften erhalte, die in Paris kursieren, frisch von der Presse."

ZU BEGINN eines jeden dritten Monats wurde Paris von einer angstvollen Unruhe erfasst wie vor einer drohenden Heimsuchung oder Plage. Die sonst übervollen Kaffeehäuser schienen zu veröden, erwachsene Männer erbleichten beim Anblick des Kalenders, Hausfrauen verkauften Küchengeräte und Möbel. Denn am Achten des Monats wurde die Miete fällig, und diese Zahlung duldete keinen Aufschub. Wer den Zins nicht zahlte, fand sich auf der Straße wieder.

Von all der Aufregung drang jedoch nichts an Diderots Ohr. Er saß in seiner Schreibstube unter dem Dachstuhl, versunken in die Welt, die seiner Feder entströmte.

Die Arbeit kam gut voran. Während sein Verleger Le Bréton sich um das königliche Privileg zum Druck des Werkes bemühte, korrespondierte sein Mitherausgeber d'Alembert mit den bedeutendsten Köpfen Frankreichs, um sie als Autoren zu gewinnen. Der berühmte Naturforscher Buffon hatte seine Mitarbeit bereits zugesagt, ebenso der in ganz Europa bekannte Rechtsgelehrte Montesquieu – sogar der große Voltaire, der unermüdlich der Vernunft seine Stimme lieh, um zum Sturm auf sämtliche Bastionen des Aberglaubens und der Willkür zu rufen, war bereit, sich in den Dienst der Sache zu stellen.

Diderots Aufgabe war es, Themen und Ideen für die Artikel zu sammeln. Nichts tat er lieber als das! Seine Gedanken wanderten von der Politik über die Philosophie zur Gerechtigkeit, von der Glückseligkeit über den Geschmack zur Liebe.

Ja, die Liebe – sie sollte in der Enzyklopädie einen besonderen Platz einnehmen. Diderot legte die Feder beiseite und lehnte sich zurück. Gestern Abend hatte Sophie das Wort zum ersten Mal in seiner Gegenwart ausgesprochen. Wie sie ihn dabei angeschaut hatte mit ihren grünen Augen … Er hatte schon befürchtet, dass die Zeit der Liebe für ihn abgelaufen sei, dass er all die herrlichen Gefühle, die dieser Zustand in der Seele und im Körper eines Mannes auslösen konnte, für immer verbraucht hatte. Aber jetzt, im Alter von 34 Jahren, hatte er in diese grünen Augen geschaut und spürte wieder jenes wunderbare Begehren.

Was war Sophie für eine Frau? Sie war seinen Fragen ausgewichen, doch ihr Schweigen erhöhte nur den Zauber, den sie auf ihn ausübte. Was war es, das sie vor ihm verbarg? Hatte sie etwa Angst vor ihm? Oder vor Madame de Puisieux?

Beim Gedanken an seine Mätresse verdüsterte sich Diderots Stimmung. Wie überdrüssig war er dieser Frau geworden! Er hatte mit ihr der Enge des Alltags entfliehen wollen, doch wie viel enger waren die Fesseln, in denen er sich nun wieder fand. Immer verlangte sie nach Geld, Geld und noch mehr Geld. Vor ihm lag ein Manuskript, das er ihr zuliebe begonnen hatte: der Anfang eines erotischen Romans, für den Le Bréton ihm fünfzig Louisdor versprochen hatte – 1200 Livre. Doch die Aufgabe inspirierte ihn so wenig wie Madame de Puisieux – das sicherste Zeichen, dass seine Liebe zu ihr erloschen war.

Ob Sophie seine Gefühle erwiderte? Ach, wenn sie nur wüsste, wie es um ihn bestellt war! Es war ja alles ganz anders, als sie dachte. Ob er ihr die Wahrheit sagen sollte? Allerdings, vielleicht gab es ja irgendwo in Paris einen jungen Mann, dem sie versprochen war, einen braven, fleißigen Handwerker oder Arbeiter. Die Vorstellung, dass sie einem anderen ihr Lächeln schenkte, brannte wie Säure in Diderots Seele. Er schob das Manuskript für Le Bréton beiseite und schrieb auf einen frischen Bogen Papier den Titel: *Die Prinzessin Mirzoza und der Sultan Mongagul*.

Kaum fing er an zu schreiben, löste sich die Säure in seiner Seele auf.

Wenn Diderot eine Frau liebte, inspirierte sie ihn – und noch keine Frau hatte ihn je so inspiriert wie Sophie. Die Gedanken sprudelten so rasch aus ihm hervor, dass seine Feder kaum nachkam, sie festzuhalten.

Als er das Anfangskapitel abgeschlossen hatte, fasste er einen Entschluss. Er würde Sophie erst wieder besuchen, wenn er diese Geschichte zu Ende erzählt hatte. Denn was er hier schrieb, war kein Roman, den man für fünfzig Louisdor verkaufte, sondern ihrer beider eigene, unentrinnbare Wirklichkeit. Die wollte er Sophie schenken, um sie gemeinsam mit ihr zu erleben.

Die Erleichterung war im Café Procope zu spüren wie ein plötzlicher Wetterumschwung. Nach langen Tagen der Entbehrung, während deren jeder jeden Sou hatte zusammenkratzen müssen, konnte man endlich wieder ins Kaffeehaus gehen. Denn die Miete war bezahlt, von welchen Geldern auch immer, und damit stieg der Kredit bei Monsieur Procope, um erneut anschreiben zu lassen.

Nur ein Gast im Lokal konnte das frühlingshafte Hochgefühl nicht teilen: Antoine Sartine. Der Staatsrat Malesherbes, der neue Günstling der Marquise de Pompadour, hatte ihm einen heiklen Auftrag erteilt: Sartine sollte „interessante" Literatur aufspüren. Der Kriminalleutnant hegte keinen Zweifel, was damit gemeint war. Die pornografischen Schmierereien, mit denen die meisten der so genannten Schriftsteller sich den Lebensunterhalt verdienten, kursierten ja allerorten. Gott sei Dank, dass endlich jemand kam, den Schweinestall auszumisten!

Sartine wollte mit Freuden dabei helfen. Kopfzerbrechen bereitete ihm allerdings die Tatsache, dass er nun zwei Herren diente: Pater Radominsky war ein Mann der Kirche, Malesherbes ein Mann des Staates. Sartine fürchtete, dass solche doppelte Abhängigkeit auf Dauer nicht gut gehen konnte. Und noch eine zweite Sorge lastete auf seiner Seele: Sophie hatte ihm immer noch keine Antwort gegeben. Sie wich ihm aus.

„Wo ist Diderot? Ich muss ihn dringend sprechen!"

Ein Gast hielt Sophie am Arm und sprach auf sie ein: Jean-Jacques Rousseau, der Schweizer Komponist und Musikschriftsteller. Er war wie immer außer sich. Sartine wusste von ihm nicht viel mehr, als dass er an zwei chronischen Leiden litt, an Kopfschmerz und Harnzwang, und dass er gerade fürchterlich mit einer Oper durchgefallen war, „Les Muses galantes".

„Tut mir Leid", erwiderte Sophie. „Aber Monsieur Diderot war seit einer Woche nicht mehr hier."

Während sie sprach, fiel ihr Blick auf Sartine. Das Blut schoss ihr ins Gesicht, und eilig verschwand sie in der Küche. Rousseau lümmelte sich auf einen Stuhl.

Sartine zählte gerade sechs Sous ab, um seinen Tee zu bezahlen, da schoss Rousseau in die Höhe. „Hast du deine Seele also doch verkauft! An den Blutsauger Le Bréton?"

In der Tür stand Diderot, ein Manuskript unter dem Arm. Er schien alles andere als glücklich, seinen Freund hier zu treffen. „Meine Seele sitzt genau dort, wohin sie gehört, in der Zirbeldrüse", erwiderte er und legte das Manuskript auf Rousseaus Tisch. „Setz dich, ich lade dich ein. Was möchtest du trinken?"

„Willst du mich bestechen? Wie tief bist du gesunken! Romane wolltest du schreiben, Dramen – und jetzt ein Wörterbuch? Das wirst du dein Leben lang bereuen!"

Er machte ein solches Geschrei, dass das ganze Lokal zu ihm herüberschaute. Diderot packte ihn am Arm und schleppte ihn zur Tür hinaus. Während die zwei auf der Straße verschwanden, stand Sartine eilig auf. Doch als er seinen Stock nahm, fiel sein Auge auf das Manuskript, das Diderot hatte liegen lassen. War das eine Gelegenheit? Bei dem Gedanken, dass der Packen Papier vielleicht die Schweinereien enthielt, nach denen Malesherbes fahndete, spürte Sartine so etwas wie Erregung in seinem bedürfnislosen Leib. Er griff nach dem Manuskript.

„Gehört das nicht Monsieur Diderot?" Sophie schaute ihn an.

„Ich … ich wollte das nur in Gewahrsam nehmen. Aber bitte sehr, wenn lieber Sie …" Sartine reichte ihr das Manuskript. Dann legte er die sechs Sous für seinen Tee auf den Tisch. Als er die Tür erreichte, drehte er sich noch einmal um und sagte: „Was meine Frage angeht, Mademoiselle Sophie – bitte treffen Sie bis Ende des Monats Ihre Entscheidung. Ich … ich kann nicht länger warten."

„Du wolltest die Seelen der Menschen anrühren, sie aufklären und wachrütteln – alles, was man mit Büchern vermag. Womit? Mit einem Artikel über das Suppenhuhn? Einer Abhandlung über die Taschenuhr? Dass ich nicht lache!"

Diderot hätte gern etwas erwidert, aber das war aussichtslos. Wenn Rousseau einmal in Rage war, gab es kein Halten. Sie waren inzwischen durch die halbe Stadt gelaufen, aber noch im Tuileriengarten wollte Rousseau sich nicht beruhigen.

„Freundschaft, Liebe – zählen unsere Ideale nicht mehr? Tugend, Freiheit, Fortschritt – alles überflüssig, nur weil Monsieur Le Bréton sich mit seinem Wörterbuch bereichern will? Dafür opferst du deine Bücher? Und so was nennt sich Dichter!“

Rousseau war kleiner als Diderot, reichte ihm kaum bis zur Schulter und wirkte an seiner Seite fast wie ein Jüngling. Obwohl sie einander schon mehrere Jahre kannten, beide aus der Provinz stammten, beide fast gleich alt und beide Söhne von Handwerkern waren, empfand Diderot seinen Freund stets als den Älteren und Erfahreneren, vor allem aber als den Überlegenen.

Er bewunderte die Unversöhnlichkeit, mit der Rousseau von jedermann Umkehr und Abkehr verlangte, und die durch nichts zu erschütternde Überzeugung von sich und seinen Ideen.

Unter dem vorwurfsvollen Blick seines Freundes schwand Diderots Mut dahin. Hatte Rousseau vielleicht Recht? War die Entscheidung für die Enzyklopädie in Wirklichkeit Verrat an seinem eigenen, noch ungeschriebenen Werk?

„Es ist nicht das Geld“, sagte er lahm. „Die Enzyklopädie ist eine Armada der Philosophie, eine Kriegsmaschine der Aufklärung …“

„Mir machst du nichts vor“, unterbrach ihn Rousseau. „Du hast deine Nanette, ich habe meine Thérèse, ich weiß, wovon ich spreche. Jedes Jahr wird sie schwanger, und ich muss die Bälger ins Findelhaus bringen. Ein Mann von deinem Talent! Verrät sein Werk für ein paar Silberlinge!“

„Was soll ich deiner Meinung nach tun?“

„Was fragst du mich? Frag deinen geliebten d'Alembert.“

Diderot stutzte: War das der wahre Grund von Rousseaus Aufregung? Weil Le Bréton nicht ihm, sondern Diderot und d'Alembert die Herausgeberschaft der Enzyklopädie angetragen hatte?

„Wie wäre es, wenn du die Artikel zum Thema Musik schreiben würdest?“, fragte Diderot vorsichtig. „Du könntest dein neues System der Notenschrift darin vorstellen.“

Rousseau winkte ab. „Le Bréton ist ein Verleger, und die Verleger sind zu dumm, um mich zu verstehen. Meine Ideen überfordern diese Geldsäcke.“

„Die Enzyklopädie bietet allen großen Ideen Asyl. Voltaire hat schon zugesagt, außerdem Buffon und Montesquieu.“

„Wenn ich bei dieser Enzyklopädie mitmachen soll, dann nur unter einer Bedingung …“

Diderot horchte auf. „Nämlich?“

„Dass du mich darum bittest, als Freund. Ich würde es nicht fertig bringen, dich im Stich zu lassen."

„Dann bitte ich dich hiermit feierlich!", rief Diderot.

„Am besten", sagte Rousseau, „ich schreibe die Vorrede zu dem Ganzen. Damit die Leser begreifen, worum es geht. Dass die Gesellschaft sich ändern muss, radikal ... Kannst du mir vielleicht zehn Sous leihen? Als Vorschuss auf mein Honorar? Thérèse hat gesagt, ich soll Brot mitbringen."

„Hier hast du ein Livre", sagte Diderot glücklich und drückte ihm die Münze in die Hand.

„Glaub ja nicht, dass ich dir Dank dafür schulde", erwiderte Rousseau. „Aber sag mal, was war das eigentlich für ein Manuskript, das du im Procope unterm Arm hattest?"

DIE LAMPEN im Café Procope waren heruntergebrannt, und die letzten Gäste verließen das Lokal. Dann war Sophie allein in dem großen, dunklen Raum. Sie eilte an den Tresen. Dort, in der Ablage unter der Arbeitsfläche, lag der Stapel Papier.

Sollte sie, oder sollte sie nicht? Das Papier brannte auf ihrer Haut, als sie danach griff. Mehrere hundert beschriebene Seiten. Sie strich über den Stapel – da verrutschte das Deckblatt, und der Titel sprang ihr entgegen: „Die Prinzessin Mirzoza und der Sultan Mongagul". Und ohne zu wissen, was sie tat, begann sie zu lesen. Sie merkte nicht, dass die Lampen im Lokal eine nach der anderen erloschen, spürte nicht die Kühle der Nacht, hörte weder das Knarren der Tür noch die nahenden Schritte.

„Du kannst ja lesen!"

Sophie schrak zusammen. Vor ihr stand Diderot, ein freudiges Staunen im Gesicht.

Sie war so durcheinander, dass sie gleichzeitig nickte und den Kopf schüttelte. Diderot steckte das Manuskript in seine Manteltasche, nahm sie bei der Hand und führte sie hinaus.

Draußen war mondhelle Nacht. Schweigend gingen die zwei Seite an Seite in Richtung der Seine. Die Straßen waren fast menschenleer. „Haben Sie schon viele solche Geschichten geschrieben?", fragte Sophie.

„Nein", sagte Diderot. „Diese Geschichte ist nur für dich. Warum hast du behauptet, du könntest nicht lesen?"

Sie schwieg.

„Aus Angst vor den Büchern? Oder aus Angst vor mir?"

„Beides", sagte sie leise.

„Aber das brauchst du nicht!“ Er zog das Manuskript aus der Manteltasche und reichte es ihr. „Ich möchte, dass du das nimmst. Es ist unsere Geschichte. Sie gehört dir. Ich möchte, dass du sie liest.“

Als Sophie Diderots Aufzeichnungen in die Hand nahm, sah sie plötzlich ihre Mutter vor sich, ihre Augen, ihren Mund, das letzte Wort auf ihren Lippen: „Glück …“ Hatte sie die Botschaft all die Jahre über missverstanden? Wollte ihre Mutter sie damals nicht vor dem Glück warnen, sondern zu ihrem Glück ermutigen? Dass sie keine Angst haben sollte? Weder vor den Büchern noch vor der Liebe?

Als würde er ihre Gedanken erraten, sagte Diderot: „Das Leben ist schöner als jeder Himmel. Soll ich es dir beweisen?“ Dabei kam er ihr mit seinem Gesicht so nahe, dass sie die Wärme seiner Haut zu spüren glaubte. Die Mücken in ihrem Nacken summten, als sie in seine hellen Augen schaute. Er küsste sie. Als seine Lippen sie berührten, schloss sie die Augen, und auf einmal war es, als würden ihm tausend Arme wachsen, um sie zu umfangen, tausend Hände, um sie zu liebkosen, tausend Münder, um sie zu küssen.

„Was hat das zu bedeuten?“

Eine schrille, scharfe Stimme holte sie in die Wirklichkeit zurück. Sophie schlug die Augen auf. Vor ihr stand eine blonde Frau, hübsch wie ein Posaunenengel, doch wütend wie ein Fischweib. Auf dem Arm trug sie ein schlafendes Kind.

„Madame de … Puisieux?“, fragte Sophie.

„Madame de Puisieux? Seine Mätresse?“, kreischte die Fremde. „Wie? Was?“ Sie trat Diderot ans Bein. „Los, sag der kleinen Metze, wer ich bin. Oder soll ich es ihr sagen?“

„Das ist“, stotterte er, „das ist – meine Frau.“

Der Boden unter Sophies Füßen schwankte. Ohne ein Wort warf sie ihm sein Manuskript vor die Füße.

„HIER treibst du dich rum! Mit fremden Weibern! Die ganze Stadt habe ich nach dir abgesucht!“ Die Vorwürfe, mit denen Nanette ihn überschüttete, trafen Diderot wie ein Schwall kaltes Wasser. „Bis Mitternacht habe ich auf dich gewartet, im Kaffeehaus nach dir geschaut, aber da war alles dunkel. Der Hausbesitzer war da, er will seine Miete!“

„Warum denn das? Wir haben die Miete doch bezahlt …“

„Die erste Rate! Weil ich meinen Morgenmantel verkauft habe, während du dich in deine Dachkammer verkrochen hast. Auf der Straße würden wir sitzen, wenn ich mich nicht um alles kümmern würde. Was bist du nur für ein gemeiner Mensch! Seit wir verheiratet sind, betrügst du mich!“

Von dem Geschrei wachte das Kind auf ihrem Arm auf und begann zu weinen. Während Nanette versuchte, ihren Sohn zu beruhigen, bückte sich Diderot, um die Blätter seines Manuskripts aufzusammeln, die der Nachtwind davonzuwehen drohte. Während er den losen Seiten nachsetzte, brach das ganze Elend mit Nanette in ihm auf. Wie hatte er um diese Frau gekämpft! Er hatte sie im Geschäft ihrer Mutter kennen gelernt, einer Weißnäherin, und noch am selben Tag drei Hemden bei ihr gekauft, obwohl er sich das Geld dafür im Pfandhaus hatte leihen müssen. Wegen ihres hübschen Putzmacherinnengesichts hatte er sich mit seinem Vater zerstritten, den er verehrte, hatte ihn hintergangen, um Nanette in aller Heimlichkeit zu heiraten. Für ihre Zärtlichkeiten hatte er sich als Kanzleischreiber verdingt, damit sie sich nicht mehr für fremde Leute die Finger zerstechen musste. Und wozu? Ihre Dummheit stieß ihn im selben Maße ab, wie ihr körperlicher Liebreiz ihn anzog, sodass sich ihre Liebe in atemlosen nächtlichen Umarmungen erschöpfte, für die er sich am Morgen selbst verfluchte.

„Nicht mal deinen Namen darf ich tragen!“, keifte sie. „Obwohl ich dir drei Kinder geboren habe! Bin ich nicht gut genug für dich? Nachdem ich alles für dich aufgegeben habe? Meine Arbeit! Das Geschäft meiner Mutter! Nur wegen deiner Eifersucht musste ich den Laden schließen!“

„Du hast dich den Kunden an den Hals geworfen“, erwiderte Diderot, immer noch die losen Blätter auflesend.

„Eingesperrt hast du mich! Wie eine Nonne! Kaum, dass ich auf die Straße durfte – immer nur Arbeit, Arbeit, Arbeit!“

„Nicht einen Sou behalte ich für mich! Alles Geld, das ich verdiene, gebe ich dir!“

„Deinen Weibern schenkst du es, und ich weiß nicht, wie ich unsere Kinder satt kriegen soll. Zwei sind schon gestorben, weil wir nichts zu essen haben! Aber Monsieur trinkt Schokolade im Café wie ein vornehmer Herr.“

Endlich hatte Diderot die letzte Seite seines Manuskripts aufgehoben. Als er sich aufrichtete, sah er seinen Sohn: Das Gesicht von Tränen verschmiert, streckte der Kleine ihm die Händchen entgegen. Er breitete die Arme aus, um seinen Sohn an sich zu drücken – da erblickte er Madame de Puisieux. Sie kam mit gerafften Röcken aus der Richtung des Procope gelaufen.

Wie zwei Furien fielen die beiden Frauen übereinander her, zogen sich an Kleidern und Haaren, während sie sich mit den hässlichsten Worten beschimpften.

SEKTKORKEN knallten. Weiß schäumte der Champagner in die Gläser, die Le Bréton von allen Seiten entgegengestreckt wurden.

Das halbe Procope scharte sich um den Verleger, der aus zwei Flaschen gleichzeitig einschenkte, während er sprach: „Mit der Geburt Moses begann die Zeitrechnung der Juden, mit der Geburt Jesu die Zeitrechnung der Christen und mit der Geburt des Propheten die Zeitrechnung der Mohammedaner. Heute beginnt eine neue Zeitrechnung – die Zeitrechnung der Philosophen!" Er stellte die Flaschen ab und hielt triumphierend eine Urkunde in die Höhe. „Hier ist das Privileg des Königs, die Druckerlaubnis für die Enzyklopädie!"

Er schmatzte einen Kuss auf das Pergament.

„Ich gebe zu", sagte d'Alembert, „bis heute habe ich nicht wirklich geglaubt, dass es gelingen könnte. Wie haben Sie das nur geschafft?"

„Man muss eben wissen, wie man mit den Leuten redet – der Kanzler des Königs ist auch nur ein Mensch. Er hatte nur eine Sorge: So wenig Theologie wie möglich! Die Pfaffen machen ihm sonst die Hölle heiß."

„Und wir haben wirklich die Freiheit", fragte d'Alembert, „die englische Vorlage abzuwandeln?"

„Je stärker, desto besser, dann brauche ich den Engländern keine Tantiemen zu zahlen", erwiderte Le Bréton glucksend. Er hob sein Glas und prostete seinen Gästen zu. „Aber wo zum Teufel steckt Diderot? Er war doch eben noch da?" Er stellte sich auf die Zehenspitzen, um nach seinem Herausgeber Ausschau zu halten. Schließlich entdeckte er ihn am Tresen im Gespräch mit dem Wirt. „He, kommen Sie endlich zu uns! Wir wollen anstoßen!"

Diderot hob die Hand. „Einen Augenblick!" Er wandte sich wieder dem Patron zu. „Ja, Sophie meine ich, die Kellnerin mit den roten Haaren. Ich muss sie unbedingt sprechen. Ist sie in der Küche?"

Monsieur Procope schüttelte missmutig den Kopf. „Sie hat heute frei, ausgerechnet bei dem Betrieb!"

„Frei? Wieso denn das?"

„Sie hat heute Morgen geheiratet, einen Stammgast, er sitzt meistens dort drüben am Eingang. Ich glaube, er heißt Sartine."

Sophie war vor ihrem Mann zu Bett gegangen. Bis zum Hals hatte sie die Decke hochgezogen – darunter war sie nur mit einem Hemd bekleidet. Mit Herzklopfen wartete sie, dass Sartine sich an ihre Seite legte.

Was für ein Tag! Es war alles so schnell gegangen, dass Sophie es selbst noch nicht begreifen konnte. Ein junger Vikar hatte sie nach der Morgenmesse in Saint-Germain-des-Prés getraut, und jetzt lag sie in einem teuren, weichen Federbett statt auf ihrem Strohlager in der Dachkammer über dem Procope. Sartines Wohnung hatte zwei Zimmer, eine Küche und einen Schlafraum und sogar einen eigenen Abtritt auf dem Zwischengeschoss, den sie sich nur mit drei anderen Parteien teilen mussten. Was für ein Luxus! Die Bettwäsche, die Laken – alles war neu. Sartine hatte gestrahlt, als sie ihm endlich ihr Jawort gegeben hatte. Warum wollte er ausgerechnet sie zur Frau? Sie war arm, nicht hübscher als tausend andere Mädchen und brachte keine Mitgift in die Ehe. Es gab Dutzende Frauen, die ihn vom Fleck weg geheiratet hätten. Was würde der Preis sein, den er von ihr verlangte?

Als Sartine in die Kammer trat, trug er ein weißes, bis zum Boden reichendes Hemd. Während er seine Uhr aufzog, bemerkte Sophie, wie gut er roch.

„Hast du Angst?“, fragte er und legte die Uhr beiseite.

Sie nickte.

Behutsam berührte er ihre Schulter. „Das brauchst du nicht. Ich werde dir nicht wehtun. Wir müssen heute nicht – ich meine, wenn es das ist, wovor du Angst hast. Ich werde dich nie zu etwas drängen, was du nicht möchtest. Du … du kannst es selbst bestimmen, wenn du so weit bist.“ Er öffnete die Schublade des Nachtkastens und holte daraus einen kleinen silbernen Ring hervor. „Darf ich?“, fragte er und nahm ihre Hand. Während er ihr den Ring über den Finger streifte, sagte er: „Ich habe nur eine Bitte: dass wir einander respektieren, wie es sich für Eheleute gehört.“ Er beugte sich über die Nachttischkerze und löschte das Licht.

Dann legte er sich zu ihr.

Sophie wagte kaum zu atmen, als sie seinen Körper an ihrer Seite spürte. Warum berührte er sie nicht? Es war doch das Mindeste, was er von ihr verlangen konnte.

„Bist du noch wach?“, fragte er leise.

„Ja“, flüsterte sie.

„Ich kann dir gar nicht sagen, wie glücklich ich bin.“

Dabei nahm er ihre Hand, und obwohl es das erste Mal war, dass er das tat, schien Sophie diese Berührung vertraut. Ein warmes Gefühl breitete sich in ihr aus, ein Gefühl von Sicherheit und Geborgenheit.

Plötzlich hatte Sophie das Bedürfnis zu reden, ihm ihre Geschichte zu erzählen, und bevor sie wusste, was sie tat, fing sie an zu sprechen. Vom Tag ihrer ersten heiligen Kommunion sprach sie, von dem Prozess, den man ihrer Mutter gemacht hatte, weil sie den Leib Christi erbrochen hatte, von dem Mann mit dem Federhut … Und später, tief in der Nacht, als die Straßenlaternen erloschen und die letzten Kutschen vorübergerollt waren, erzählte sie vom schlimmsten Tag ihres Lebens, dem Tag, an dem man ihre Mutter hingerichtet hatte.

Schweigend und aufmerksam hörte Sartine ihr zu, bis sie zu Ende gesprochen hatte. „Vielleicht kann ich dir helfen", sagte er.

„Helfen? Wie? Es ist doch alles so lange her."

„Ich könnte dir behilflich sein, den Mann zu finden, der gegen deine Mutter ausgesagt hat, den Mann mit dem Federhut. Es muss Akten geben, Berichte, Protokolle …"

„Das wollen Sie für mich tun?"

„Sag nicht länger Sie zu mir, Sophie! Du bist jetzt meine Frau."

Sie drückte seine Hand. Dann spürte sie seine Lippen auf ihrer Wange – ein zarter Kuss in der Finsternis.

Ja, dachte sie, als sie endlich die Augen schloss, sie hatte den richtigen Mann gefunden, einen rechtschaffenen Mann, der sie lieb hatte und bereit war, das Leben mit ihr zu teilen. So schlief sie ein, Rücken an Rücken mit Antoine Sartine, Leutnant der Pariser Kriminalpolizei, der immer noch ihre Hand in der seinen hielt.

Diderot fand in dieser Nacht keinen Schlaf. Während der große Krake Paris dem neuen Tag entgegendämmerte, saß Diderot in seinem scharlachroten Morgenmantel an seinem Schreibtisch, den Gänsekiel in der Hand, die Augen blank von Tränen. Was ihn zu so später Stunde noch wach hielt, war die bittere Erkenntnis, dass die Liebe die heimtückischste, die niederträchtigste aller Illusionen war, einzig dazu erfunden, jeden in die Irre zu führen, der ihr anheim fiel. Es gab keine Liebe, es gab nur Liebschaften oder Überdruss – die Liaison mit Madame de Puisieux oder die Ehe mit Nanette. Wer anderes behauptete, war ein Märchenerzähler. Diderot nahm sein Manuskript hervor, das befleckt war vom Staub der Straße: „Die Prinzessin Mirzoza und der Sultan Mongagul". Sophie war nicht Mirzoza, so wenig, wie er ein orientalischer Sultan war – sie hatte ihn verraten! Wie hatte er sich nur so in dieser Frau irren können? Sophie – eine Prinzessin? Eine kleine Metze war sie, die sich dem Erstbesten an den Hals warf!

Plötzlich hatte er eine Idee. Er kannte nun die Wahrheit dieser Frau und beschloss, ihren Roman umzuschreiben. Er würde ihre widerliche Geschichte so erzählen, wie sie es verdiente. Mithilfe ebenjenes Organs, aus dem allein die Weiber zu kurieren waren.

Er zerriss die Seiten seines Romans und schrieb einen neuen Titel auf ein Deckblatt: *Die geschwätzigen Kleinode*. Er würde das Honorar gerecht teilen: zwanzig Louisdor für die Miete und seine Frau, dreißig für seine Mätresse und das Vergnügen. Mit dem Gefühl, endlich wieder ein Mann zu sein, fing er an zu schreiben.

„Es ist die Krankheit dieser Zeit, den Glauben vor den Richterstuhl der Vernunft zu zerren. Doch wer in das Himmelreich eingehen will, muss die Vernunft in den Dienst des Glaubens stellen. Der Glaube allein weist uns die Richtung und das Ziel …"

Sollte doch alles zu einem guten Ende kommen? Groß und erhaben wie das Himmelreich, von dem Pater Radominsky mit mächtiger Stimme kündete, war die Kathedrale von Notre-Dame, in der Sophie an diesem Sonntagmorgen der heiligen Messe beiwohnte. Unweit der Kanzel saß sie in ihrer Bank.

Sie öffnete ihr Ohr und ihr Herz, damit die Worte Einlass in sie fanden, um die letzten Zweifel ihrer Seele zu ersticken. Denn heute, am ersten Sonntag nach ihrer Heirat mit Antoine Sartine, würde sie endlich zum Tisch des Herrn gehen.

Die Stimme des Paters füllte das gewaltige Gotteshaus. „Wer einer Frau gefallen will, kümmert sich um die Dinge der Welt, wer Gott gefallen will, der kümmert sich um die Sache des Herrn. Wegen der Gefahr der Unzucht soll jeder seine Frau haben und jede ihren Mann. Doch glaubt darum nicht, die Ehe sei ein Ort, um der fleischlichen Begierde nachzugeben. Im Gegenteil! Die Ehe ist eine Arznei gegen die Wollust, auf dass ihr gemeinsam ablasst von der Sünde …"

Sophie fing an zu begreifen. War dies der Grund, warum Sartine sie in der Hochzeitsnacht unberührt gelassen hatte? Wollte er ihr mit seinem Beispiel vorangehen, den Stachel im Fleisch zu überwinden? Wie dankbar war sie, dass der Himmel ihr einen solchen Mann geschickt hatte. Voller Andacht wartete sie auf die Kommunion.

Endlich war der Augenblick da, auf den sie seit so vielen Jahren wartete.

Das Schellengeläut ertönte, und mit gefalteten Händen verließ Sophie die Bank, um an den Tisch des Herrn zu treten, zum ersten Mal seit dem Tag ihrer Erstkommunion. Während sie die Hostie empfing, betete sie zu Gott, dass sie Denis Diderot nie wiedersehen würde.

Vom Baum der Erkenntnis
1749

Was haben Sie uns heute mitgebracht, Monsieur de Malesherbes?" Aufmerksam musterte Madame de Pompadour den Direktor der königlichen Hofbibliothek, der ihr wie an jedem Mittwochmorgen zum Lever seine Aufwartung machte, um sie mit den neuesten Druckerzeugnissen aus Paris zu versorgen. Zwei Jahre waren vergangen, seit sie den jungen Parlamentsrat in sein heikles Amt eingesetzt hatte. Sie wusste, wer dieses Amt bekleidete, lief Gefahr, es mit allen Parteien am Hofe zu verderben – oder es gelang ihm, sich alle Parteien zu verpflichten. Dem Anschein nach war Malesherbes entschlossen, es im letzteren Sinn zu nutzen.

„Etwas sehr Interessantes", erwiderte er, während er eine Prise Schnupftabak nahm. „Einen ‚Brief über die Blinden, zum Gebrauch der Sehenden'. Er stammt von einem anonymen Verfasser und richtet sich an eine gewisse Frau von Puisieux."

„Eine medizinische Abhandlung?"

„Wenn man so will. Der Autor beschreibt den Fall eines englischen Mathematikers, der in seiner Kindheit das Augenlicht verlor, später aber dennoch Professor wurde und obendrein Optik lehrte."

„Warum erscheint ein solches Buch anonym?"

„Der medizinische Aspekt dient nur zur Tarnung. In Wahrheit ist von einer anderen Blindheit die Rede: vom Unvermögen der Menschen, die Wahrheit zu erkennen. Der Autor fragt, welche Vorstellungen von Gott ein Mensch überhaupt haben kann."

„Und wie lautet die Antwort?"

„Dass wir wie die Blinden im Dunkeln tappen. Um Aussagen über Gott zu machen, so die These, müssten wir ihn tasten können."

„Oh, einer von diesen Deisten, die behaupten, an Gott zu glauben, ohne am Sonntag zur Messe zu gehen. Lassen Sie mir das Buch bitte da! Ich werde es noch heute an Père Radominsky weiterleiten. Aber wie ich sehe, haben Sie uns noch etwas mitgebracht?“ Die Pompadour nahm den Band entgegen. „‚Die geschwätzigen Kleinode‘?“, fragte sie und blätterte in den Seiten. „Ich muss sagen, die Titel, die Sie mir heute präsentieren, werden immer kurioser.“

„Eine abscheuliche Geschichte“, erwiderte Malesherbes. „Es fiel mir selten so schwer, ein Buch zu Ende zu lesen. Die Handlung spielt am Hofe eines orientalischen Herrschers und seiner Favoritin.“

„Ein Märchen aus ‚Tausendundeiner Nacht‘?“

„Eher eine Tollheit im Stil des ‚Decamerone‘. In dem Roman geht es um eine äußerst delikate Wette. Der Sultan behauptet, dass nicht eine Frau an seinem Hofe imstande sei, ihrem Mann die Treue zu halten. Sie können sich vielleicht denken, welcher Art die Beweisführung ist?“

„Woher sollte ich? Ich fürchte, ich kann mir die Folter Ihres Berichts nicht ersparen.“

Malesherbes nahm eine Prise aus seiner Tabaksdose, bevor er begann, den Inhalt des Romans zu resümieren. Die Pompadour hörte aufmerksam zu, nur manchmal unterbrach sie ihn mit einer Bekundung ihres Abscheus. Tatsächlich aber verspürte sie, je länger sie lauschte, eine kribbelnde Erregung in ihrem jungen Leib. Was für ein entzückender kleiner Roman! Kleinode, die der Sprache mächtig waren? Selten hatte sie von einer so charmanten Caprice gehört …

„Die Favoritin des Sultans? Wie eine Matrone in einem dieser Häuser? Sie sehen mich erröten, Monsieur!“, rief sie, als Malesherbes zu Ende gesprochen hatte. „Doch ich musste meiner Pflicht gehorchen. Um des Wohls des Landes willen habe ich die Folter gern auf mich genommen.“ Die Pompadour sprach die lautere Wahrheit. Denn was ihr Gast ihr gerade erzählt hatte, inspirierte sie zu einer Idee, auf die noch keine Mätresse des Königs verfallen war. Dieser entzückende kleine Roman bedeutete vielleicht die Lösung all ihrer Probleme. Noch heute würde sie Anordnungen treffen, ihre Idee in die Tat umzusetzen.

Laut sagte sie: „Bitte sorgen Sie für die nötigen Ermittlungen. Wir können solche Bücher unmöglich dulden.“

DENIS DIDEROT saß zu dieser Stunde wie jeden Morgen an seinem Schreibtisch, ohne einen Gedanken an den fraglichen kleinen Roman zu verschwenden, den er vor Monaten aus einer Laune heraus zu Papier gebracht hatte. Umgeben von zwanzig großen Pappkartons, die bis zum Rand mit

Notizzetteln, Kopien und Exzerpten gefüllt waren, schrieb er einen neuen Artikel für die Enzyklopädie.

Mit jedem Tag nahm das große Werk deutlichere Gestalt an. Wenn alles nach Plan ging, sollte der erste Band im nächsten Jahr erscheinen; er selbst hatte bereits den Prospekt mit der Ankündigung verfasst. Le Bréton trommelte unterdessen in ganz Frankreich Drucker und Setzer zusammen und hortete in seinem Verlagshaus in der Rue de la Harpe Unmengen an Papier. Die Subskription war so erfolgreich verlaufen, dass er die ursprünglich kalkulierte Auflage von 1625 Exemplaren schon vor Druckbeginn um mehrere hundert hatte erhöhen müssen.

Le Bréton zahlte seinen Herausgebern Diderot und d'Alembert 144 Livre pro Mann und Monat, genug, um ihre Existenz zu sichern. Rund um die Uhr waren die zwei im Dienst. Um die Reputation der Enzyklopädie zu stärken, mussten sie möglichst viele Gelehrte in offizieller Stellung gewinnen, königliche Räte, Mitglieder der Sorbonne und der Akademien. Zum Glück hatte inzwischen eine stattliche Reihe berühmter Männer ihre Mitwirkung zugesagt, außer Voltaire, Buffon und Montesquieu auch Marmontel und Turgot. In ihrem Gefolge wuchs ein ganzes Heer namenloser Autoren heran: Experten für Medizin und Theologie, für Chemie, Chirurgie und Grammatik, für Geografie, Rhetorik und Architektur, für Gartenbau und Militärwesen. Nur das Thema Musik war bereits erschöpfend behandelt. Jean-Jacques Rousseau hatte in einem unglaublichen Kraftakt 390 Artikel aufs Papier geflammt – in weniger als drei Monaten. Die Frage allerdings, wer die Vorrede zu dem Gesamtwerk schreiben solle, hatten die Herausgeber noch nicht entschieden.

Diderot setzte seinen Namen unter das Manuskript. Wieder war ein Artikel fertig. Welchen Gegenstand würde er sich als nächsten vornehmen? Er war entschlossen, in der Enzyklopädie nicht nur den herkömmlichen Schulweisheiten Platz einzuräumen. Ebenso wichtig waren die mechanischen Künste, die neuen Techniken und Verfahren, die in immer mehr Betrieben und Manufakturen ihren Einzug hielten. Diderot wusste, hier war eine Revolution im Gange, die die Welt von Grund auf verändern würde.

Auf der Straße wurden Stimmen laut. Was war das für ein Lärm? Nichts Gutes ahnend, stand Diderot vom Schreibtisch auf und trat ans Fenster. Schon wieder! Dort unten waren seine Frau und seine Mätresse aneinander geraten.

„Sie? Seine Frau? Er hat mir selbst gesagt, dass er Sie am liebsten gar nicht mehr sehen würde."

„Und wovon bin ich dann schon wieder schwanger? Vielleicht vom Heiligen Geist?“

Plötzlich sprang ein Wasserträger aus der Menge hervor und schüttete einen Eimer über die zwei. Während die Zuschauer sich bogen vor Lachen, schloss Diderot das Fenster. Dank Le Brétons Wechsel konnte Nanette pünktlich zu jedem Achten die Miete zahlen, und Madame de Puisieux bekam, was am Ende des Monats übrig blieb. Damit war seine Pflicht getan.

„Was ist das denn? Ein Artikel über Schokolade? Jetzt fehlt nur noch das Suppenhuhn!“

Diderot drehte sich um. An seinem Schreibtisch stand Rousseau, das Manuskript in der Hand, das er gerade abgeschlossen hatte. „‚Schokolade ist ein wertvolles Nahrungsmittel. Eine Tasse kostet sechs Sous – die angenehmste und billigste Möglichkeit, sich bis zum Abend bei Kräften zu halten.‘ Was für eine kolossale Weisheit“, höhnte Rousseau. „Woher hast du sie? Von Plato? Oder von deiner Krämerin an der Ecke?“

„Alles gehört zusammen, Jean-Jacques, die philosophische Aufräumarbeit in den Köpfen genauso wie solche kleinen Dinge, die das Leben leichter machen.“

„Und dein eigenes Werk? Wie viel Pfund Schokolade ist es wert?“

„Hast du den ‚Blindenbrief‘ vergessen? Voltaire hat ihn schon gelesen. Er überschüttet mich mit Lob und lädt mich zu einem Philosophenessen ein.“

„Wer hat dem alten Schwätzer dein Buch geschickt? D'Alembert? Wenn du die Einladung annimmst, kündige ich dir die Freundschaft.“

„Bist du deshalb gekommen?“

„Natürlich nicht! Ich wollte mit dir ins Procope gehen, um über die Vorrede zu sprechen. Ich habe gestern einen Entwurf gemacht, du wirst begeistert sein.“

„Ins Procope? Nein, auf keinen Fall. Gehen wir ins ‚Régence‘, aber nicht ins Procope.“

„Und warum nicht? Ach so – immer noch wegen der kleinen Serviererin?“

SOPHIE hatte keinen Grund zum Klagen. Sartine war ein fürsorgender Gatte; zu Beginn jeder Woche gab er ihr Haushaltsgeld, er machte ihr sogar hin und wieder kleine Geschenke – ein paar Bonbons, ein Haarband oder eine bunte Schleife –, und in zwei Jahren Ehe hatte er nie die Hand gegen sie erhoben. Und doch fiel es Sophie mit jedem Tag schwerer, ihre

Zuneigung zu bewahren. Sie war jetzt zwanzig Jahre alt – genau das richtige Alter, um Kinder zu gebären. Doch nichts geschah. Ihre Kolleginnen im Procope verspotteten sie schon, weil sie nicht schwanger wurde. Aber wie sollte sie auch? In all den Monaten hatte Sartine sie nicht einmal berührt, obwohl sie ihm längst zu verstehen gegeben hatte, dass sie bereit war, die Dinge mit ihm zu tun, die Eheleute für gewöhnlich miteinander taten. Doch sie war immer noch Jungfrau.

Manchmal las er abends in einem Buch, das er in einer Schublade vor ihr verschloss, bevor er sich zu ihr legte. Dann küsste und streichelte er sie und nahm ihre Hand. So lagen sie da, ohne sich zu rühren, und wenn sie ihn zärtlich drängte, ihm mit kleinen Liebkosungen anzudeuten versuchte, wonach sie sich sehnte, begann er von seiner Zeit als junger Unterleutnant zu sprechen, als er noch mit der Verfolgung der Unzucht beauftragt gewesen war, von den schrecklichen Dingen, die er bei den Dirnen und ihren Freiern gesehen hatte. Als wollte er sie damit von ihrer Sehnsucht kurieren wie mit einer bitteren Medizin.

„Hier, bitte, dein Tee."

„Danke, das ist sehr lieb von dir." Er legte die Zeitung beiseite und berührte mit seiner Hand ihren nackten Arm.

Sophie spürte ein heftiges Kribbeln auf ihrer Haut. Wenn er sie doch nur einmal richtig berühren würde!

„Habe ich dir eigentlich schon gesagt, dass ich sehr glücklich bin, dich zur Frau zu haben?"

Sie nickte. Wie oft hatte er ihr das schon gesagt, fast jeden Tag, seit sie verheiratet waren. Aber wie viel lieber wäre es ihr gewesen, er würde es sie spüren lassen! Wenn er sie einfach nehmen und küssen, sie an sich drücken und pressen würde, bis sie keine Luft mehr bekam! Stattdessen hob er wieder seine Zeitung vors Gesicht.

„Können wir nächsten Sonntag nicht mal aufs Land? Was meinst du?"

„Aufs Land? Ja, warum nicht, ich will darüber nachdenken." Sartine zog seine Repetieruhr aus der Tasche und blickte auf das Zifferblatt. „Was, so spät?", sagte er dann, plötzlich in Eile. Er faltete die Zeitung zusammen und stand auf. „Ich muss noch mal fort."

„Heute? Am Sonntagabend? Ich dachte, wir würden vielleicht …"

„Ein wichtiger Einsatz, leider." Er streichelte ihre Wange. „Man hat mir versprochen, wenn ich mich weiter wie bisher bewähre, bekomme ich in diesem Jahr vielleicht eine Woche Urlaub. Dann könnte ich nach Beaulieu fahren, für dich."

Er gab ihr einen Kuss auf die Wange. Sie wollte die Arme um ihn schlingen, doch er wehrte sie ab.

„Jetzt nicht! Tut mir Leid."

Wenig später hörte sie, wie er im Treppenhaus die Stiege hinabging. Ob er jetzt erleichtert war, nicht mehr in ihrer Nähe sein zu müssen? Aber was hatte er gegen sie? Sie wusste nicht, wie lange sie das noch aushalten würde, ohne wahnsinnig zu werden.

Als Sophie sich umdrehte, fiel ihr Blick auf die Kommode, in der ihr Mann das Buch versteckt hielt, in dem er manchmal las, bevor sie sich zum Schlafen niederlegten. Was war das für ein Buch?

Sophies Hände zitterten, während sie es betrachtete. „Die geschwätzigen Kleinode …" Was für ein seltsamer Titel! Mit klopfendem Herzen schlug sie den Deckel auf. Endlos lange Minuten hatte sie der Versuchung widerstanden und das Buch immer wieder in die Schublade zurückgelegt, doch als die Dämmerung anbrach, war ihr Widerstand dahingeschwunden. Sie sog die Buchstaben in sich auf und traute ihren Augen nicht: Was sie da las, war ihre Geschichte, der Roman, den Diderot ihr geschenkt hatte.

Sie schaute auf den Einband – der Verfassername fehlte, nur der Druckort war angegeben: Kythera. Die Figuren in der Geschichte waren dieselben, die sie kannte, der Sultan Mongagul und die Prinzessin Mirzoza, ebenso der Herrscherpalast.

Ja, es war dieselbe Geschichte, die sie da las. Und doch, wie sehr hatte sich alles verändert!

Die Liebe zwischen Mongagul und Mirzoza war erkaltet. In der Ödnis ihrer Zweisamkeit riefen sie den Magier Cucufa herbei, der dem Sultan und seiner Favoritin Auskunft über die Liebesabenteuer der Hofdamen geben sollte, um sie aus ihrer Langeweile zu erlösen. Cucufa schenkte Mongagul einen Zauberring, dessen Edelstein, sobald er auf das Kleinod einer Frau gerichtet wurde, dieses dazu brachte, alle ihre Affären zu enthüllen. Was aber war mit dem „Kleinod" einer Frau gemeint? Sophie hätte sich am liebsten die Antwort erspart, doch der Roman ließ keinen Zweifel, wovon die Rede war, so wenig wie die Bilder, die sie nun entdeckte, Bilder von entblößten Leibern, die sich um- und ineinander wanden. Es war, als würden die Kleinode das Leben jeder Frau bestimmen.

Dunkle Nacht senkte sich über die Stadt, doch Sophie merkte es nicht. Im Schein einer Lampe las sie weiter. Was für eine kalte, berechnende Frau war aus der zart fühlenden Mirzoza geworden! Um Mongagul für alle Zeit an sich zu binden, richtete sie ihm einen Harem ein mit tausend Gespielinnen. So konnte sie die Favoritin des Sultans bleiben, ohne selbst den Liebespflichten nachzukommen, nach denen es sie nicht mehr verlangte.

„Alcine war lebhaft und hübsch. Mongagul richtete seinen Ring auf sie, und augenblicklich vernahm man ein Raunen unter ihren Röcken … In rascher Folge richtete Mongagul seinen Ring auf alle Frauen außer auf Mirzoza, und alle Kleinode gaben eines nach dem anderen Antwort: ‚Ich werde häufig besucht, ich bin verlassen, schlecht bedient, gelangweilt …'"

Die Buchstaben verschwammen vor Sophies Augen, während Tränen an ihren Wangen herabliefen. Immer widerwärtiger wurden die Geschichten, die der Ring des Magiers den Kleinoden der Frauen entlockte. Noch nie hatte Sophie von solchen Dingen gehört: Paare, die sich unter freiem Himmel liebten, in öffentlichen Bädern und vor fremden Augen, zu zweit, zu viert, im Dutzend … Gegen ihren Willen spürte sie das Kribbeln in ihrem Nacken, fühlte, wie die Lust ihren sehnenden Leib mehr und mehr in Besitz nahm, jenes drängende Verlangen, das seinen Ursprung zwischen ihren Schenkeln hatte und sich von dort in ihrem ganzen Körper ausbreitete, als wären die ungeheuerlichen Fantasien des Buches Antwort auf all die Enttäuschungen und Entbehrungen, die sie in den zwei Jahren ihrer Ehe erlitten hatte. Oder als würde ihr eigenes Kleinod zu reden anfangen.

„Was tust du da?"

Sophie hatte nicht gehört, dass ihr Mann zurückgekehrt war. Sartines Gesicht war ausdruckslos. „Das ist nichts für dich", sagte er und nahm ihr das Buch aus der Hand. „Oder willst du dich an den Bildern schadlos halten?"

„Schadlos? Wofür? Ich begreife das alles nicht. Die ganze Geschichte hat sich verändert. Die Prinzessin Mirzoza, wie konnte sie so werden? Sie hat den Sultan doch geliebt …"

„Woher weißt du, wie die Prinzessin heißt?", fragte er. „Woher kennst du überhaupt die Geschichte? Du kannst doch gar nicht lesen!"

„Die Geschichte gehört mir", sagte sie. „Er hat sie mir doch geschenkt …"

„Er? Wer ist er?"

„Diderot …", flüsterte sie.

Erst jetzt verlor Sartine seine Fassung. „Diderot? Soll das heißen, er hat diese Schweinereien geschrieben?"

„Manchmal frage ich mich, was Sie wirklich wollen, Diderot. Ein Nachschlagewerk oder eine Kriegsmaschine?"

„Ist das nicht dasselbe? Jedes Wort, das der Wahrheit entspringt, ist eine Waffe."

„Mag sein." D'Alembert wiegte nachdenklich den Kopf. „Doch wir dürfen den Bogen nicht überspannen. Ein Stirnrunzeln des Zensors, und wir landen in der Bastille."

Umgeben von Diderots Zettelkästen, brüteten die Herausgeber der Enzyklopädie über der schwierigsten Aufgabe des ganzen Werkes. Unendlich war das Meer des Wissens, durch das sie navigierten. Nach welchen Prinzipien konnten sie es gliedern? Erst eine völlig neue Ordnung der Dinge, die systematische Verkettung allen Wissens, würde den eigentlichen Wert ihres Werkes ausmachen. Darin waren sie sich beide einig. Die Enzyklopädie sollte im Unterschied zu gewöhnlichen Wörterbüchern, die einzelne Begriffe gesondert für sich definierten, eine vollständige Weltkarte des menschlichen Geistes werden, die nicht nur die verschiedenen Bereiche der Erkenntnis abbildete, sondern zugleich auch ihre Lage und Größe wiedergab, ihre wechselseitige Abhängigkeit sowie ihre Verbindungen untereinander – wie die Länder auf einer geografischen Karte. Doch wie war es um diese Beziehungen bestellt? Wie verhielt sich die Wissenschaft zur Kunst? Wie die Kunst zum Handwerk? Wie das Handwerk zur Technik? Wie die Technik zur Philosophie? Wie die Philosophie zur Theologie? Seit Wochen rangen die beiden schon um Antworten auf diese Fragen.

Diderot nahm einen Bogen Papier und skizzierte darauf einen Baum mit einem mächtigen Stamm und einer noch mächtigeren Krone mit zahlreichen Verästelungen und Gabelungen, die unterschiedlich große Kreise miteinander verbanden. In diese trug er einzelne Begriffe ein: Himmelskunde, Chirurgie, Malerei, Wollproduktion, schwarze Magie – in jeden Kreis der Baumkrone einen Begriff.

Während ihre Ideen immer schneller aufeinander folgten, wuchs auf dem Blatt vor ihnen der Baum des Wissens, der die Summe der menschlichen Kenntnisse in revolutionärer, noch nie da gewesener Weise gliederte, in immer neuen Verästelungen und Verzweigungen.

Als sie mit der Zeichnung fertig waren, war draußen ein neuer Tag angebrochen. Übermüdet, doch immer noch wie im Rausch, betrachteten sie ihr Werk. Nach wie vor prangte die Wissenschaft von Gott hoch oben über allen anderen Wissenschaften und Künsten, als wäre sie weiterhin die unumschränkte Herrscherin; tatsächlich aber hatte ein Heer einst namenloser Kenntnisse und Fertigkeiten den neuen Wissensbaum fast vollständig für sich erobert.

Die zwei schauten sich an. „Ich glaube, wir können uns gratulieren", sagte Diderot und reichte d'Alembert die Hand. Als der in die hingestreckte

Hand einschlug, wurden im Treppenhaus eilige Schritte laut. Die Tür flog auf, und zwei Fremde standen im Raum.

„Wer von Ihnen ist der Schriftsteller Denis Diderot?“

„Ich. Womit kann ich Ihnen dienen?“

„Polizei“, erwiderte der eine Fremde und hielt Diderot ein amtliches Siegel vor die Nase. „Sie sind verhaftet!“

Es ging alles so schnell, dass Diderot, als er Stunden später in der Hauptwache der Pariser Polizei auf seine Vernehmung wartete, die Ereignisse immer noch nicht begriff.

Gegen neun Uhr waren die Beamten bei ihm aufgetaucht, um ihn in einem vergitterten Kutschwagen hierher zu verschleppen.

Was warf man ihm vor? Seiner Frau Nanette hatte er nur gesagt, er würde in Geschäften ausgehen und wahrscheinlich auswärts zu Mittag essen; wenn sie bis zum Abend nichts von ihm höre, solle sie Nachricht bei Le Bréton einholen.

Zum Glück hatten sie d'Alembert laufen lassen und sein Arbeitszimmer nur flüchtig durchsucht. Nicht auszumalen, wenn sie in den Pappkartons mit all den Notizen und Unterlagen gewühlt hätten! Der Inhalt war der reinste Sprengstoff. Diderot rieb sich den Arm. Er schmerzte noch von dem Schlag, den einer der Beamten ihm versetzt hatte, um ihn an der Annahme der Korrekturfahnen zu hindern, mit denen ein Druckerlehrling gerade angekommen war, als sie das Haus verließen. Der Beamte hatte den Text an sich genommen.

Auf dem Flur der Hauptwache herrschte trotz der frühen Stunde bereits reger Betrieb. Die Soldaten der Nachtbrigade, die mit ihren Spitzeln bis zum Morgengrauen in den Straßen und Gassen unterwegs gewesen waren, um nach verdächtigen Individuen zu spähen, führten ihre Verhafteten vor, zumeist kleine Diebe oder Ganoven, die des Nachts die Hauptstadt unsicher machten. Außerdem bevölkerte ein Dutzend Dirnen den Gang.

„Mitkommen!“ Ein Gardist führte Diderot in einen kleinen, finsteren Raum, in dessen Rückwand als Fenster nur ein winziges Loch eingelassen war. „Bitte nehmen Sie Platz!“

Jemand zündete eine Kerze an. Erst jetzt sah Diderot den Tisch in der Mitte des Raums und dahinter den Beamten, der ihn verhören würde.

„Monsieur Sartine?“, fragte er ungläubig.

„Ganz richtig“, erwiderte dieser, während er mit der Hand auf einen Stuhl vor seinem Tisch wies.

Bevor er eine Frage stellen konnte, zeigte Sartine ihm seinen Verhaftungszettel: wenige, flüchtig hingekritzelte Zeilen. Diderot konnte nur den Namenszug entziffern. Er stammte von d'Argenson, dem Vizekanzler und Siegelbewahrer.

„Am besten wird es sein, Sie bekennen sich zu Ihrer Schuld. Die Anklage lautet auf Verbreitung sittengefährdender Schriften."

„Ich habe mir nichts dergleichen vorzuwerfen."

„Bitte lassen Sie das! Sie wurden zweifelsfrei als Autor eines pornografischen Romans identifiziert." Sartine hob ein Buch hoch. „Das haben Sie doch geschrieben, nicht wahr?"

Diderot erkannte ein Exemplar der „Geschwätzigen Kleinode". „Ich habe nichts mit diesem Buch zu tun."

Sartine hob ein Glöckchen vom Tisch und läutete. Gleich darauf betrat einer der Beamten, die Diderot verhaftet hatten, den Raum. Sartine gab ihm das Buch und sagte: „Bitte gehen Sie damit zu dem Verleger Le Bréton in der Rue de la Harpe, und fragen Sie ihn nach dem Namen des Verfassers. Sollte er sich weigern, ihn zu nennen, machen Sie ihn darauf aufmerksam, dass wir dann ihn selbst anstelle des Autors zur Rechenschaft ziehen werden."

„Da ist noch etwas, was wir bei der Verhaftung heute Morgen konfisziert haben." Der Beamte hob die Druckfahnen in die Höhe, die Le Brétons Lehrling hatte abgeben wollen.

„Wie lautet der Titel?"

„‚Brief an die Blinden' oder so ähnlich."

„Interessant! Zeigen Sie mal her!"

Der Beamte reichte ihm die ungebundenen Seiten.

„Mein Kompliment, Monsieur Diderot", sagte Sartine, während er in dem Korrekturabzug blätterte. „Ich wusste gar nicht, was für ein vielseitiger und produktiver Autor Sie sind. Oh, was sehe ich da? Der Brief richtet sich an Madame de Puisieux?" Sartine gab die Bogen seinem Beamten zurück. „Gut gemacht, Konstabler! Wenn Sie mit dem Verleger sprechen, überprüfen Sie die Herkunft dieses Textes gleich mit!"

Sartine erhob sich und ging mit dem Beamten hinaus. Diderot hörte, wie ein Schlüssel umgedreht wurde. Er schloss die Augen. Falls Sartine ihm nachweisen konnte, dass er den ‚Blindenbrief' verfasst hatte, würde er für Jahre in die Bastille wandern.

Es dauerte keine Stunde, bis die Tür wieder geöffnet wurde und Sartine zurückkehrte, zusammen mit zwei Wachsoldaten.

„Der Verleger Le Bréton hat Ihre Urheberschaft an diesem Roman zweifelsfrei bestätigt", sagte der Inspektor. „Und ebenso an den Druckfahnen, die heute Morgen bei Ihnen beschlagnahmt wurden." Sartine drehte sich zu den zwei Gardisten herum und rief: „Abführen!"

SARTINES Bericht an seine Vorgesetzten führte zu einem Streit, der unter den schönsten Augen von Frankreich ausgetragen wurde, den Augen der Marquise de Pompadour. Ohne diese Frau wurde in Versailles keine Frage von Belang mehr entschieden. Seit sie ihrem Herrscher nach dem Vorbild eines kleinen erotischen Romans ein veritables Serail eingerichtet hatte, in dem immer wieder neue Gespielinnen sich um das Glück Seiner Majestät bemühten, war ihre Stellung am Hofe unantastbar.

„Der Roman stellt einen gefährlichen Angriff auf die Moral dar. Wenn das Volk die Auffassungen der Liebe und Ehe praktiziert, die in diesem abscheulichen Opuskulum dargestellt werden, löst sich die Gesellschaft auf."

„Sie übertreiben. Die ‚Kleinode' sind eine Lappalie. Abgesehen davon, sitzt der Verfasser seit diesem Morgen in einer Zelle und bereut seine Taten."

„Lappalie? Der Roman beschreibt das Treiben in einem orientalischen Harem! Es reicht nicht, dass dieser Diderot für ein paar Wochen hinter Gitter kommt. Sie müssen ihn ein für alle Mal aus dem Verkehr ziehen!"

„Soll ich mich lächerlich machen? Wenn ich so mit allen Autoren verfahren würde, die irgendwann in ihrem Leben einen schlüpfrigen Roman geschrieben haben, müsste ich halb Frankreich ins Gefängnis stecken."

Père Radominsky musste sich beherrschen, um seinen Zorn zu unterdrücken. Statt dass der Direktor der königlichen Hofbibliothek ihn unterstützte, machte er sich über sein Anliegen lustig. Der Pater hatte zunehmend Zweifel, dass der Sohn des Kanzlers der richtige Mann für das Amt des obersten Zensors von Frankreich war. Malesherbes war ein intelligenter Bursche, aber ohne jeden Charakter. Mit einem gequälten Lächeln wandte sich Radominsky an Madame de Pompadour, die sie beide zu sich gerufen hatte.

„Was ist Ihre Meinung, Marquise? Kann die Regierung Zuchtlosigkeiten dulden, wie dieser Roman sie propagiert?"

„*Quod licet Jovi, non licet bovi*", sagte die Pompadour mit einem unschuldigen Lächeln. „Wenn zwei das Gleiche tun, ist es noch lange nicht dasselbe."

„Bravo!", rief Malesherbes. „Ein wahrhaft majestätisches Urteil!"

Radominsky stutzte. Was bedeutete der verständnisinnige Blick, den die

Pompadour und Malesherbes gerade tauschten? „Ich bewundere Ihr Latein, Madame, aber dieser Diderot ist kein unbedeutender Schmierfink, sondern der Herausgeber der Enzyklopädie, mit der die Philosophen uns den Krieg erklären. Wir haben jetzt die einmalige Möglichkeit, der ganzen Bande das Handwerk zu legen, bevor ihr Machwerk erscheint."

„Ist die Enzyklopädie denn so gefährlich, dass wir davor erzittern müssen?", fragte die Pompadour. „Meines Wissens handeln die meisten Artikel von Ackerbau und Viehzucht."

„Dem Schein nach, ja", erwiderte Radominsky. „Aber es geht nicht um Gemüse und Getreide, sondern um die irdische Glückseligkeit. Diese stellen die Philosophen über den Glauben und die gottgewollte Ordnung der Dinge. Das ist der Ungeist, der die Enzyklopädie so gefährlich macht."

„Dieses Wörterbuch bringt hunderte von Menschen in Arbeit und Brot. Mag sein, dass es ein paar Irrlehren enthält, aber vergessen wir nicht: Hungrige Untertanen sind schlechte Untertanen. Nur wenn sie satt sind, lieben sie den König und seine Regierung", sagte Malesherbes.

„Auf jeden Menschen, den die Enzyklopädie satt macht, kommen tausende, die sie aufhetzt. Sie schürt Aufruhr und Rebellion." Radominsky blickte die Pompadour an. Sie musste den Streit entscheiden.

Ruhig wanderte ihr Blick zwischen den zwei Kontrahenten hin und her. „Wir sind der Meinung", erklärte sie schließlich, „dass gegen den Herausgeber der Enzyklopädie nichts vorliegt, was eine dauerhafte Inhaftierung rechtfertigen würde. Reden Sie mit Diderot, *mon père*, suchen Sie ihn in seiner Zelle auf. Vielleicht gelingt es Ihnen ja, ihn auf den Pfad der Tugend zurückzuführen."

FRÜHABENDLICHE Ruhe war im Café Procope eingekehrt. An den dunklen Eichentischen wurden nur wenige Gespräche geführt; die meisten Gäste spielten Schach, andere blätterten in ihren Zeitungen.

Sophie, die am Tresen Gläser polierte, war in Gedanken bei ihrem Mann. Sartine war vor einer Stunde nach Beaulieu aufgebrochen. Er hatte am Mittag überraschend Urlaub bekommen und die Nachtkutsche nach Dijon genommen, von wo aus er weiter in Richtung Süden fahren wollte. Wenn alles gut ging, würde er in zwei Tagen am Ziel sein. Bei dem Gedanken, dass sie vielleicht bald wissen würde, wer der Mann mit dem Federhut war, wurde Sophie ganz seltsam zumute.

Plötzlich ging die Tür auf, und ein Mann stürzte herein, aufgeregt und außer Atem. Sophie kannte ihn, er war Stammgast im Procope, ein Mann mit einer seltsam kehligen Aussprache, der beim Reden manchmal ins Stottern geriet: der Schweizer Schriftsteller Rousseau.

„Sie ha-ha-haben Diderot verhaftet!"

Die Schachspieler schauten von ihren Tischen auf, die Zeitungsleser lugten über den Rand ihrer Blätter. Auf einmal war das ganze Kaffeehaus in heller Aufregung.

„Wann ist das passiert? Wo?"

„Heute Morgen!", rief Rousseau. „Mitten bei der Arbeit."

Sophie legte ihr Geschirrtuch beiseite. Fast zwei Jahre war es her, dass sie Diderot zum letzten Mal gesehen hatte.

„Was wirft man ihm vor?"

„Er soll irgendeinen albernen Roman geschrieben haben. Pornografisches Zeug, ein orientalisches Märchen."

„Und wo ist er jetzt?"

„Im Kerker. Sie haben ihn nach Vincennes gebracht."

„Nach Vincennes? Das ist ja schlimmer als die Bastille!"

„Ja, eine Katastrophe. Aber das ist nicht alles. Le Bréton hat ihn verraten – sein eigener Verleger! Die Polizei hat im Verlag überprüft, von wem der Roman stammt. Und das Schwein hat alles zugegeben."

Die Nachricht verschlug den Zuhörern die Sprache. Ungläubig starrten sie Rousseau an, der nun den Hergang der Dinge berichtete. Während er sprach, regte sich in Sophie ein Verdacht: Hatte Sartine deshalb so unverhofft Urlaub bekommen? Als Belohnung?

Sie trat hinter dem Tresen hervor und sagte: „Entschuldigung, Monsieur … nur eine Frage: Wie heißt der Roman, dessentwegen Monsieur Diderot verhaftet wurde?"

DER TURM der Festung Vincennes war in eine milchig graue Dunstglocke eingehüllt, als Pater Radominsky aus der Kutsche stieg, die ihn zu dem berüchtigten Gefängnis vor den Toren der Stadt gebracht hatte. Hier wurden all jene Gesetzesbrecher in Haft gehalten, welche die Verliese der Bastille nicht mehr aufzunehmen vermochten und deren Vergehen nach besonders schwerer Strafe verlangten.

Der Direktor der Festung, ein rosagesichtiger Mann mit sorgfältig gepuderter Perücke, empfing Radominsky am Tor. Der Pater fröstelte, während er seinem Gastgeber einen kalten, feuchten Gang entlang folgte, der nur von einer Fackel beschienen war. Es roch nach Fäulnis und Verwesung. Hinter den Zellengittern links und rechts hausten wie Gespenster Scharen verdreckter, abgemagerter Gestalten und streckten die Hände nach ihnen aus. Der Direktor geleitete Radominsky eine enge Treppe hinauf in einen von Tageslicht erhellten Raum, wo ein Kerkermeister mit einem riesigen schwarzen Hund eine verriegelte Tür bewachte.

„Ich lasse Sie nun allein", sagte der Direktor. „Aber keine Sorge – der Posten bleibt vor der Tür."

Der Kerkermeister entfernte die schweren Riegel. Mit lautem Knarren öffnete sich die Tür. Radominsky betrat die Zelle.

„Gelobt sei Jesus Christus!"

„Was wollen Sie? Ich habe niemanden gerufen."

Radominsky blickte in zwei helle blaue Augen. Das also war der berühmte Denis Diderot: ein Mann in den besten Jahren, mit breiten Schultern und blondem Schopf, eingezwängt in einen groben grauen Rock. Seine Waden steckten in billigen schwarzen Wollstrümpfen, die mit weißen Fäden gestopft waren und sicher fürchterlich kratzten. Diderot erhob sich von der Pritsche, die das einzige Möbel in der Zelle war.

„Wer sind Sie?"

„Pater Radominsky, der Beichtvater der Königin. Ich bin gekommen, um Ihnen zu helfen."

„Sie wollen mir die Beichte abnehmen? Ich habe nichts getan, wofür ich um Vergebung bitten müsste. Im Gegenteil. Ich protestiere ausdrücklich gegen meine Verhaftung. Sie ist ein Akt von Willkür und Freiheitsberaubung! Es gibt keinen Grund, mich länger festzuhalten."

„Wirklich nicht? Und was ist mit Ihren Schriften?"

„Sie meinen die ‚Kleinode'?", fragte Diderot verächtlich. „Dass ich nicht lache! Die Pompadour hat nach dem Vorbild des Romans dem König einen Harem eingerichtet, das pfeifen die Spatzen von den Dächern, und zum Dank dafür von Seiner Majestät sogar ein neues Lustschloss bekommen."

„Sie wissen genau, weshalb man Sie eingesperrt hat. Nicht wegen dieses geschmacklosen Romans, sondern wegen Ihrer Mobilmachung gegen die Kirche und den Staat. Ihr ‚Blindenbrief' ist Ketzerei, ein materialistisches Manifest im Ungeist Spinozas!"

„Mein ‚Blindenbrief' ist eine medizinische Abhandlung. Ich schildere darin den wahren Fall des englischen Mathematikers Saunders."

„Halten Sie mich wirklich für so dumm?" Radominsky trat einen Schritt auf Diderot zu und blickte ihn fest an. „Sie leugnen die Existenz Gottes, Monsieur! Um an Gott zu glauben, so Ihre Worte, muss man ihn tasten können. Damit säen Sie Zweifel in den Herzen und Köpfen Ihrer Leser. Und als wäre das nicht genug, stellen Sie auch die Herrschaft des Königs infrage."

„Das ist eine Unterstellung!"

„Ach ja? Und was ist das?" Radominsky holte ein Notizbuch aus seiner Tasche: Sartines Aufzeichnungen aus dem Café Procope, vermehrt um Kopien noch ungedruckter Artikel für die Enzyklopädie, die ein Spitzel in Le Brétons Verlag besorgt hatte. Er brauchte nicht lange zu blättern, um ein passendes Zitat zu finden. „Hier, unter dem Stichwort ‚Autorität' schreiben Sie: ‚Kein Mensch hat von Natur aus das Recht erhalten, anderen zu gebieten … Die wahre und rechtmäßige Macht hat also zwangsläufig ihre Schranken …' Und so geht es weiter – von der Blasphemie geradewegs zum Hochverrat."

„In wessen Auftrag kommen Sie?", fragte Diderot.

„Im Auftrag Gottes, der höchsten Autorität im Himmel und auf Erden. Und in Seinem Namen fordere ich Sie auf: Halten Sie ein, bevor es zu spät ist! Wer solche Ideen verbreitet wie Sie, legt Lunte an ein Pulverfass, das die ganze Gesellschaft in die Luft sprengen kann."

„Nichts liegt mir ferner als das. Ich liebe Frankreich, und ich liebe die Monarchie. Aber kann eine Gesellschaft auf Dauer bestehen, die sich gegen das Naturrecht wendet?"

„Nicht die Natur – Gott selbst hat den König über seine Untertanen in sein Recht eingesetzt!"

„Nur wie einen Vater über seine Kinder! Und dessen Macht hört auf, wenn die Kinder in der Lage sind, sich selbst zu leiten. Die Macht aber, die durch Gewalt erlangt wird, ist Usurpation. Rechtmäßige Macht hat natürliche Grenzen. So steht es schon in der Heiligen Schrift: ‚Eure Unterordnung sei vernünftig.'"

„In der Heiligen Schrift steht aber auch: ‚Alle Macht, die von Gott kommt, ist wohl geordnet.'"

„Heißt das, alle Macht, wie immer sie auch sei, kommt von Gott? Gibt es keine ungerechte Herrschaft? Haben die Usurpatoren Gott auf ihrer Seite? Wenn das so wäre, würde daraus nicht folgen, dass selbst die Macht des Antichristen rechtmäßig wäre? Und müssten Enoch und Elias, die ihr widerstanden haben, dann nicht als Aufrührer und Unruhestifter gelten? Oder sind sie nicht vielmehr vernünftige, unerschrockene und vor allem fromme Männer, die wie Paulus denken, dass jede Macht nur von Gott stammt, solange sie gerecht und wohl geordnet ist?"

Diderot sprach mit solcher Hingabe, mit solchem Eifer, dass Radominsky ihm seine Achtung nicht versagen konnte. Was für eine überbordende Bildung! Was für ein verschwenderischer Einfallsreichtum! Jedes seiner Worte begleitete er mit einer Geste, er ballte die Faust, um seine Argumente zu betonen, zeigte gar mit ausgestrecktem Arm auf sein Gegenüber, sodass sich seine Rede in ein Schwert zu verwandeln schien. Hier war ein Mann, der an das glaubte, was er sagte! Radominsky begriff: Statt diesen Mann zu vernichten, war es seine Pflicht, ihn für die Sache Gottes zu gewinnen.

„Ich erkenne mit Freuden", sagte er, „dass Sie die Worte des Herrn zitieren. Auch wenn Stolz und Hochmut Ihnen vielleicht etwas anderes einflüstern, tief in Ihrem Innern wissen Sie es selbst: Sie sind einer von uns, doch Sie kämpfen auf der falschen Seite."

„Ich kämpfe auf der einzig richtigen Seite – auf der Seite der Vernunft. Es ist nicht meine Absicht, mich über Gott zu erheben. Aber Gott hat den Menschen einen klaren Auftrag gegeben: ‚Füllet die Erde, und machet sie euch untertan!' Wir sind aufgerufen, Gottes Schöpfung fortzuführen und in einen Garten Eden zu verwandeln. Es ist darum unsere Pflicht, mithilfe der Wissenschaft und aller Erfahrungen, die andere Menschen vor uns gemacht haben, das Leben auf Erden so einzurichten, dass wir uns selbst das höchste Gut bescheren können."

„Und was soll dieses höchste Gut sein?"

„Glück!", sagte Diderot, ohne zu zögern. „Das Ende von Not und Entbehrung. Nur in dem Wunsch nach Glück sind sich alle Menschen einig."

„Wir sind nicht auf der Welt, um glücklich zu sein. Wir sind auf der Welt, um Gott zu gehorchen."

„Aber Gott selbst hat uns das Streben nach Glück eingegeben! Wozu?"

„Um uns zu prüfen!"

„Und warum verheißt er dann: ‚Mein Volk soll meiner Gaben die Fülle haben'? Ist das nicht die Verheißung des Glücks?"

„Alles zu besitzen ist ein Fluch, weit schlimmer als jede Not und Entbehrung", erwiderte Radominsky unbeirrt. „Nach dem Gesetz der Gnade ist der Mensch viel glücklicher durch das, was er erhofft, als durch das, was er besitzt. Das Glück, das er auf Erden genießt, ist allenfalls der Keim für ein ewiges Glück."

„Das behaupten immer nur diejenigen, die am meisten besitzen. Und aus welchem Grund? Um anderen Menschen ebendas vorzuenthalten, was sie selbst nicht entbehren können."

Radominsky sah Diderot an. Der erwiderte seinen Blick.

„Kommen Sie auf unsere Seite, Monsieur Diderot!“, sagte Radominsky. „Helfen Sie uns, das Werk Gottes von den Flecken der Sünde zu reinigen! Wir beide, Sie und ich, haben den Verstand und die Gnade, die einzige Enzyklopädie zu schreiben, die Gottes Willen entspricht, ein Kompendium der ewigen Wahrheit. Nicht für das gemeine Volk, sondern für die Elite, die Besten der Besten, die Auserwählten des Herrn.“ Er reichte ihm seine Hand. „Schlagen Sie ein – und Sie sind ein freier Mann.“

Diderot schaute ihn an. „Sie bieten mir an, das Gefängnis mit Ihnen zu verlassen, wenn ich einschlage?“

„Ja. Gott hat Sie mit zu vielen Talenten gesegnet, als dass sie hier in diesem Turm verkommen dürfen.“

„Und all die anderen Gefangenen, die Gott bei ihrer Geburt weniger gütig bedacht hat – was ist mit denen?“

Radominsky zuckte mit den Schultern. „Wer weiß, vielleicht kann ich ja für den einen oder anderen Häftling …“

Diderots heller Blick verfinsterte sich, und leise sagte er: „Verlassen Sie sofort diesen Raum!“

Kaum hatte sich die Zellentür hinter Radominsky geschlossen, schwanden Diderot die Kräfte. Müde sank er auf seine Pritsche, und während sich die Schritte auf dem Gang entfernten, legte sich Schwermut auf sein Gemüt.

Die nächsten Wochen verbrachte Diderot in tiefer Niedergeschlagenheit. Nur ein Gedanke kreiste immer wieder in seinem Kopf herum, ein Gedanke, der seit seiner Verhaftung wie eine Ratte an seiner Seele nagte: Er war verhaftet worden, weil Sophie ihn verraten hatte. Er verfluchte den Tag, da er Sophie begegnet war, verfluchte ihre Worte, ihre Blicke, mit denen sie ihn verführt hatte. Sie hatte sein Leben zerstört: ihn selbst, seine Familie, sein Werk.

Seine einzige Ablenkung waren die Kakerlaken. Da man ihm Bücher und Schreibzeug abgenommen hatte, wurde es ihm in Ermangelung irgendwelcher Tätigkeiten bald zur quälenden Manie, die schwarzen Schaben zu beobachten, wie sie mit ihren flachen, eiförmigen, gepanzerten Körpern aus den Winkeln und Nischen gekrochen kamen. Ihr Anblick versetzte ihn in Raserei. Er zertrat die Tierchen mit den Füßen, zerquetschte sie zwischen den Fingern und legte Köder aus – in Braunbier getränkte Lappen, für die er seinem Wärter horrende Bestechungsgelder bezahlte. Doch es war vergebens: Mit jeder Schabe, die er tötete, schien ein Dutzend neuer Larven aus den Eiern zu schlüpfen, um sich allüberall in der Zelle einzunisten.

Eines Morgens rasselten plötzlich Schlüssel, die Kerkertür ging auf, und herein kam seine Frau.

„Nanette!", rief Diderot und sprang von seiner Pritsche auf. Seit dem Tag, da er sich in ihr hübsches Gesicht verliebte, hatte er sich nicht mehr so gefreut, sie zu sehen: Nach dem Besuch des Jesuiten und drei Wochen Einzelhaft war sie das erste menschliche Wesen, das ihn besuchte.

„Wie du aussiehst!", rief sie. „Dreckig wie ein Kloakenreiniger! Gibt es hier kein Wasser? Wenn dich dein Vater sehen könnte!"

Er ließ die Arme sinken. Ernüchtert beschloss er, das Thema zu wechseln. „Hast du gehört, was mit der Enzyklopädie wird?"

„Statt dich nach deinem Kind zu erkundigen, fragst du nach deinen Büchern!"

„Wie geht es Didier?", fragte er schuldbewusst.

„In Ohnmacht bin ich gefallen, als ich die Wahrheit erfuhr. Mein Mann im Gefängnis! Wie ein Verbrecher! Und mir hast du gesagt, du gehst zum Essen aus!"

„Ich wollte nicht, dass du dir Sorgen machst."

„Daran solltest du lieber denken, wenn du dein Schmuddelzeug schreibst! Zum Generalleutnant der Polizei bin ich gerannt, auf Knien habe ich ihn angefleht, dass er dich freilässt. Aber er kann nichts für dich tun."

„Sprich mit d'Alembert! Er kennt wichtige Leute."

„Wichtigere Leute als den Generalleutnant? Wann ist dein Prozess?"

„Keine Ahnung. Manche Gefangene sind schon seit Jahren hier und warten immer noch auf die Anklage."

„Jahre?" Sie fasste sich an den Bauch, der sich unter ihren Röcken wölbte. „Im Winter kommt das nächste Kind. Willst du, dass wir verhungern?"

„Niemand wird verhungern. Ihr habt ja Le Brétons Wechsel."

„Das glaubst du!", schnaubte Nanette. „Der Mistkerl hat den Wechsel gekündigt."

„Das ist nicht möglich! Wir haben einen Vertrag!"

„Und ob das möglich ist! Der Herr Verleger lässt sich in seiner Sänfte quer durch Paris tragen und schlägt überall Krach wegen deiner Verhaftung, aber uns lässt er verkommen. Du musst deinem Vater schreiben. Er wird uns helfen."

„Das hat keinen Zweck. Warum soll er dir helfen? Er weiß ja gar nichts von dir! Nicht mal, dass du existierst!"

„Was soll das heißen? Willst du damit sagen … er weiß immer noch nicht … dass wir verheiratet sind?“ Die letzten Worte hatte sie laut geschrien, dann erstarb ihre Stimme. Tränen füllten ihre Augen.

Diderot schlug die Augen nieder. Ihr fassungsloses Schweigen war noch schlimmer als ihr Gezeter zuvor.

„Du musst dem Kanzler schreiben“, sagte sie. „Du musst ihn um Gnade bitten. Den Kanzler oder den König.“

„Nein“, sagte Diderot. „Sie können mich hier im Gefängnis behalten, aber ich lasse nicht zu, dass sie sich zu Herren über mein Leben aufschwingen.“

Draußen näherten sich Schritte. Schlüssel rasselten, und mit lautem Knarren ging die Tür auf. In der Öffnung erschien der Wärter. „Die Besuchszeit ist vorbei.“

„Was bist du nur für ein Mensch?“, flüsterte Nanette. Plötzlich drehte sie sich um, und ohne ein weiteres Wort eilte sie davon.

Wie lange würde das Geld reichen, das er bei seiner Verhaftung eingesteckt hatte? Obwohl seine Zelle so eng und feucht war wie ein Brunnenschacht und keine zehn Quadratfuß maß, war sie so teuer wie eine Nobelherberge mitten in Paris. Um nicht mit Mördern und sonstigem Gesindel eingelocht zu werden, hatte Diderot nach einer Einzelzelle verlangt, die ihn nun sechzig Livre im Monat kostete. Hinzu kamen die Ausgaben für seinen Lebensunterhalt, den er aus eigener Tasche bezahlen musste. Im Gefängnis kostete alles doppelt so viel wie draußen. Mit einer Mischung aus Rotwein und Schiefer, den er zu Staub verrieb, fabrizierte er eine Art Tinte, und ein Zahnstocher diente ihm als Feder, mit der er einen Brief an seinen Vater schrieb. Darin schilderte er sein ganzes Unglück, gestand zugleich seine Heirat mit Nanette und bat schließlich um Unterstützung für seine Familie. Gegen den Wochenlohn eines Postillions erklärte sich sein Wärter bereit, den Brief für ihn aufzugeben.

Aus einigen Bemerkungen des Gefängnisdirektors konnte Diderot schließen, dass er im Zuge einer umfassenden Generalmaßnahme verhaftet worden war. Eine ganze Armee von Schriftstellern und Philosophen saß offenbar zusammen mit ihm in der Festung, Doktoren der Sorbonne und Journalisten, Versemacher und Broschürenschreiber, Juristen und Abbés, denen man allesamt vorwarf, den König beleidigt zu haben. Von Auflehnung war die Rede, von Verbreitung des Deismus und Verletzung der guten Sitten. Doch der eigentliche Grund, das wusste Diderot, war ein anderer: Die Regierung brauchte Sündenböcke für die Unruhe, die in der Bevölkerung schwelte wegen der immer härteren Steuern, die der Staat erhob, um Dinge zu finanzieren, die den Untertanen ein Dorn im Auge waren: das riesige Heer, den Luxus am Hofe, die Verschwendungssucht der Marquise de Pompadour.

Diderot hockte gerade am Boden, wo er ein mit Sirup bestrichenes Brettchen als Steg an einen Topf anlegte, als er unverhofft Besuch bekam.

„Was machst du da?“, fragte Rousseau und starrte auf ihn hinab.

„Ich baue eine Falle für die Kakerlaken.“

Rousseau trat mit dem Fuß gegen die Konstruktion. „Hör zu! Ich brauche deinen Rat!“, sagte er, nachdem sie einander umarmt hatten. „Hier – lies selbst! Das stand heute im *Mercure*.“ Rousseau zog eine Zeitung aus seinem Rock.

„Eine Preisschrift?“

„Von der Akademie in Dijon. Ob der Fortschritt der Wissenschaften und Künste zur Verderbnis oder zur Läuterung der Sitten beigetragen hat.“

„Ist das die Frage? Und wie willst du antworten?“

„Natürlich im Sinn des Fortschritts!“

„Jeder Esel, der sich an dem Wettbewerb beteiligt, wird in die Fanfare des Fortschritts stoßen. Wenn du den Preis gewinnen willst, musst du eine Partei ergreifen, die sonst keiner einnimmt.“

„Du rätst mir, mich gegen den Fortschritt zu stellen?“

„Siehst du nicht, wohin der Fortschritt mich gebracht hat?“, erwiderte Diderot. „Direkt ins Gefängnis! Seit über einem Monat hause ich in diesem Loch! Wohin man schaut, wird die Freiheit unterdrückt. Das habe ich hier begriffen. Aber was hast du?“

Noch während er sprach, fing Rousseau an, sich absonderlich zu benehmen. Unverständliche Laute stammelnd, ging er in der Zelle auf und ab. Er flüsterte: „Der Mensch ist frei geboren, doch überall liegt er in Ketten … Was für ein Gedanke! Ich sehe wilde Tiere vor mir, die aus dem Urwald hervorbrechen, rieche das Feuer von Scheiterhaufen, auf denen die alte Ordnung verbrennt.“ Doch so plötzlich, wie dieser entrückte Zustand über ihn gekommen war, fiel er wieder von ihm ab. Mit einem Ruck drehte er sich um. „Ruf den Wärter! Ich muss zurück nach Paris. Auf der Stelle!“

„Aber du bist doch gerade erst gekommen!“

„Die Pflicht ruft. In mir entsteht ein neues Universum, ich fühle es, ich … ich bin ein neuer Mensch!“ Ohne eine Antwort abzuwarten, rief Rousseau selbst nach dem Wärter. „Übrigens“, sagte er, schon in der Tür. „Ich habe gestern Madame de Puisieux im Procope gesehen. Besser, du wartest nicht auf sie. Sie hat einen anderen Liebhaber."

An diesem Abend zündete Diderot eine Kerze an und schrieb einen langen Brief. Es war der verlogenste Brief seines Lebens, doch er war die einzige Möglichkeit, sein Leben zu retten.

SCHNELL wie der Wind raste die sechsspännige Diligence über die gepflasterte Chaussee dahin. Antoine Sartine hatte, um seine schmale Kasse zu schonen, mit einem der billigen Plätze auf dem Dach der Kutsche vorlieb genommen. Die Reise in die Heimat seiner Frau erfüllte ihn mit grenzenlosem Stolz auf das Land, in dem er lebte. Dörfer und Städte zogen an ihm vorbei, in fruchtbaren Tälern und auf anmutigen Hügeln gelegen, Gärten und Wiesen, Felder, Wälder und Weinberge. Am meisten beeindruckte ihn das Streckensystem. Mit Basalt und Kalkstein befestigte Postrouten verbanden alle wichtigen Orte im Land, wobei die verschiedenen Strecken unterteilt und durch zentrale Knotenpunkte verknüpft waren. An diesen Relaisstationen wurden die Pferde gewechselt, und die Passagiere konnten eine Mahlzeit zu sich nehmen oder übernachten.

Erst in Roanne musste Sartine die Postkutsche verlassen, um die letzten Meilen bis Beaulieu auf einem Ochsenfuhrwerk zurückzulegen, das langsam durch die Weinberge rumpelte. Auf dem holprigen Karren spürte er schmerzhaft jedes Schlagloch, doch als er nach einer Wegbiegung den Kirchturm von Beaulieu erblickte, der sich in den blauen Herbsthimmel erhob, fiel alle Mühsal von ihm ab. Endlich würde er Gelegenheit haben, Sophie seine Liebe zu beweisen. Noch bevor er eine Herberge bezog, suchte Sartine das Pfarrhaus auf und pochte gegen die Tür. Kurz darauf hörte er schwere, schlurfende Schritte, dann ging die Tür auf. Vor ihm stand ein hoch gewachsener, grobknochiger Greis in einer abgewetzten schwarzen Kutte.

„Abbé Morel?"

„Wer bist du?", fragte der Pfarrer. „Ich habe dich noch nie in meiner Kirche gesehen."

„Ich soll Ihnen Grüße von Sophie Volland ausrichten. Sie hat früher in Ihrer Gemeinde gelebt."

Ein Leuchten ging über das lederne, runzlige Gesicht. „Sophie Volland … Ja, ich erinnere mich, ein aufgewecktes Mädchen. Aber komm herein, mein Sohn! Du musst mir von ihr erzählen. Wo lebt sie? Geht es ihr gut?"

Im Innern des Pfarrhauses stank es wie in einem Schweinestall, und in der Diele herrschte eine solche Unordnung, dass Sartine darauf achten musste, nicht über die Gegenstände zu stolpern, die überall verstreut lagen. Offenbar lebte der Abbé ohne weibliche Hilfe in dem niedrigen, dunklen Haus. Er holte eine Flasche und zwei Becher aus einem Schrank und schenkte ihnen ein.

„Pflaumenschnaps“, sagte er. „Selbst gebrannt.“

Seinen Ekel unterdrückend, setzte Sartine den schmutzigen Becher an die Lippen und kippte den Schnaps hinunter, während Abbé Morel sich weiter nach Sophie erkundigte.

Alles wollte er über sie wissen, ob sie regelmäßig die Messe besuche, ob sie verheiratet sei, ob sie Kinder habe.

„Wie?“, fragte er, als Sartine den Kopf schüttelte. „Gott hat eure Ehe noch nicht gesegnet? Vielleicht solltest du ein bisschen nachhelfen?“

Es dauerte fast eine Stunde, bis Sartine endlich Gelegenheit fand, auf den Grund seines Besuchs zu sprechen zu kommen.

Die Miene des Pfarrers verdüsterte sich. „Mein Gott! Wie lange ist das her? Fast zehn Jahre! Es war der letzte Scheiterhaufen, der hier brannte.“

„Gibt es noch Unterlagen? Akten? Dokumente?“

„Komm mit, ich zeige sie dir.“

Der Pfarrer führte Sartine in die Sakristei. Dort öffnete er einen riesigen Schrank, der von vergilbten Papieren überquoll. Sartine staunte, wie schnell der alte Mann die richtigen Dokumente fand.

„Hier, das müssen sie sein“, sagte Abbé Morel und legte ein dickes Bündel auf den Tisch. „Der Malefizprozess gegen die Näherin Madeleine Volland.“

„Was genau warf man ihr vor?“

„Sophie hatte den Leib des Herrn erbrochen – das arme Kind. Danach beschuldigte man ihre Mutter der übelsten Vergehen. Angeblich hatte sie einen jungen Mann verhext, einen Gast des Barons. Er hat im Prozess gegen sie ausgesagt. Es hieß, er habe ein Auge auf Madeleine gehabt, doch sie habe seine Zuneigung nicht erwidern wollen.“

Sartine horchte auf. „Können Sie sich erinnern, wie dieser Mann hieß?“

Abbé Morel schüttelte den Kopf. „Ich weiß es nicht, er war ein Edelmann aus Paris. Vielleicht kannst du es selbst herausfinden, hier steht alles aufgeschrieben.“ Er zeigte auf die Akten, dann ließ er Sartine allein in dem kühlen kleinen Raum zurück.

Der Inspektor blies den Staub von dem Bündel, bevor er die Schnürung öffnete. Sorgfältig sichtete er das Material, die Anklageschrift, die

Protokolle der Zeugenvernehmung, das Urteil. Er schichtete die Unterlagen in mehreren Stößen vor sich auf den Tisch, dann begann er zu lesen.

Sartine stutzte: Von ihrer Mutter hatte Sophie Lesen und Schreiben gelernt? Warum hatte sie ihre Kenntnisse so lange vor ihm verborgen? Weil sie mit Madeleines Tod verknüpft waren?

Je länger Sartine in den alten Akten las, desto mehr wuchs seine Empörung. Welcher Abgrund von Unwissen und Aberglaube tat sich vor ihm auf! Das Gericht hatte den Prozess geführt wie zur Zeit der Inquisition. Doch er hatte Sophie versprochen, ihr Antwort auf die Frage zu geben: Wer war der Mann mit dem Federhut?

Sartine prüfte Seite um Seite. Dann endlich – draußen begann es schon zu dämmern – stieß er auf die entscheidende Akte. Da war er, der Mann, der Sophies Mutter auf den Scheiterhaufen gebracht hatte! Er hatte das Gericht regelrecht aufgehetzt. Auf sein Betreiben hatte man den Abort der Näherin Volland durchwühlt und dort im Kot eine weißliche Masse gefunden. Der Fund hatte als Beweis genügt, dass die Angeklagte die ihr gespendete Hostie unverdaut ausgeschieden hatte. Stand sie also mit dem Teufel im Bunde?

Sartine blätterte weiter, bis ans Ende der Akte, wo der Schreiber die Identität des jungen Mannes, der vor Gericht offenbar keine Angaben zu seiner Person hatte machen müssen, für das Protokoll festgehalten hatte. Als er den Namen las, erstarrte er. Es war, als würden sich zwei Hände um seine Kehle schließen, um ihm die Luft abzudrücken.

„SOLLEN die Untertanen den Staat lieben oder fürchten?", fragte Madame de Pompadour ihre zwei Ratgeber.

„Ich plädiere für die Liebe", sagte Malesherbes. „Die Liebe macht bekanntlich blind, das erleichtert der Regierung die Arbeit."

„Ich plädiere für die Furcht", sagte Pater Radominsky, „sie allein hält die Menschen in Zucht."

„Ich habe den Eindruck, Madame", sagte Malesherbes mit einem Lächeln, „Sie fragen nicht ohne Hintergedanken. Gibt es einen Anlass für Ihre Sorge?"

„Wie gut Sie mich kennen! In der Tat, heute Morgen erhielt ich diesen Brief." Sie nahm ein Kuvert, das auf ihrer Frisierkommode lag, und öffnete es. „Von Monsieur Diderot, an den Polizeipräfekten von Paris sowie an den Kanzler des Königs." Sie reichte den Brief Radominsky.

Der Pater faltete das Blatt auf und trug den Inhalt vor:

„Ein Ehrenmann, der das Unglück hatte, sich die Ungnade des Ministeriums zuzuziehen, fleht Sie um Milde und Beistand an. Von der Festung Vincennes aus, in der man ihn festhält, wirft er sich Ihnen zu Füßen und bittet Sie um seine Freiheit.

Ich habe erlitten, was ein Mensch erleiden kann; ich bin erschöpft, von Kummer verzehrt. Dennoch will ich Ihnen gestehen, dass ich tausendmal lieber hier sterben würde, als diesen Ort in den Augen aller ehrbaren Menschen entehrt zu verlassen. Aber Sie wollen zufrieden gestellt sein, und dies soll geschehen.

Ich gestehe also, dass die „Geschwätzigen Kleinode“ sowie der „Brief über die Blinden“ geistige Vermessenheiten darstellen, die meiner Feder entschlüpft sind. Aber ich kann Ihnen auf Ehre versichern, dass es die letzten sein werden und dass es die einzigen sind.

Was diejenigen betrifft, die an der Verbreitung dieser Werke beteiligt waren, so werde ich Ihnen mündlich ihre Namen mitteilen.

Ich bitte Sie inständig, mir das Leben zu retten, indem Sie mir die Freiheit wiedergeben. Ich verspreche Ihnen, von beidem einen Gebrauch zu machen, der vergangene Fehler gutmacht, indem ich das Universalwörterbuch der Wissenschaften und Künste fertig stelle, zu dessen Herausgebern ich zähle, an welchem ich seit drei Jahren arbeite und für das ich unendliche Mühen auf mich genommen habe.“

Radominsky ließ den Brief sinken.

„Was kann Diderot nur bewogen haben, so etwas zu schreiben?“, fragte Madame de Pompadour.

„Gewiss nicht die Liebe zum Staat“, erklärte Malesherbes.

„Sind Sie der gleichen Meinung, *mon père*?“

Radominsky schüttelte den Kopf. „Ganz und gar nicht“, erwiderte er. „Ich glaube, dass sehr wohl die Liebe dem Verfasser dieses Briefes die Feder führte – die Liebe zum Werk. Ich habe mit diesem Mann gesprochen. Er hat diesen Brief geschrieben, um seine Enzyklopädie zu retten. Lieber verrät er sich selbst als sein Werk.“

„Wie lautet Ihre Entscheidung?“, fragte Malesherbes die Marquise. „Was soll mit Diderot geschehen?“

„Welche Möglichkeiten habe ich?“

„Jede, die Ihnen gefällt, Madame“, sagte Radominsky. „Das Urteil liegt in Ihrem Ermessen. Ob Sie Diderot die Freiheit schenken … oder ihn hinrichten lassen.“

Die Marquise runzelte die Stirn. Prüfend sah sie die zwei unterschiedlichen Männer an. Radominsky war der einzige Abbé am Hofe, der keine Perücke trug, und statt mit einer seidenen Soutane kleidete er sich wie ein gewöhnlicher Landpfarrer, obwohl er der Beichtvater der Königin war – das vollkommene Gegenteil Malesherbes', der mit feinem Lächeln, hinter dem er wie stets seine Empfindungen verbarg, gerade eine Prise aus seiner perlmuttenen Schnupftabaksdose nahm.

„Sie meinen, Diderot liebt sein Werk mehr als sich selbst?", fragte sie schließlich. „Nun, dann wird es am klügsten sein, dieses an seiner Stelle zu bestrafen. Vielleicht wird das dem Herrn eine Lehre sein."

SOPHIE tunkte den Holzlöffel in die Sauce, um noch einmal abzuschmecken. Vielleicht ein bisschen mehr Portwein? Seit zwei Stunden schmorte die Ente auf dem Herd. Sophie hatte den Braten von ihren Ersparnissen gekauft, die sie in ihrer Geldkatze unter der Matratze aufbewahrte und von denen nicht einmal ihr Mann wusste. Sie wollte Sartine bei der Rückkehr von seiner Reise mit einem Festmahl überraschen.

Einen solchen Empfang hatte Sartine sich redlich verdient.

Welcher Mann sonst hätte den ersten Urlaub, den er in seinem Leben bekam, für seine Frau geopfert? Den Fahrplänen nach sollte seine Postkutsche noch vor dem Abend in Paris eintreffen.

Im Treppenhaus hörte sie Schritte. Sollte er das schon sein? Eilig band sich Sophie die Schürze ab, um nachzuschauen. Als sie die Tür öffnete, machte ihr Herz vor Freude einen Sprung: Vor ihr stand Sartine. Mit einem Lächeln reichte er ihr eine Schachtel aus rotem Karton.

„Das ist für dich. Ein Geschenk aus deiner Heimat."

„Aus Beaulieu? Für mich?" Sie gab ihm einen Kuss auf die Wange. „Aber komm, du musst ja ganz erschöpft sein." Sie nahm seine Hand und führte ihn zu seinem Lieblingsplatz, dem Lehnstuhl.

„Wie das duftet", sagte er. „Und der Tisch! Du hast ja wie an einem Feiertag gedeckt. Nein, lass nur!", wehrte er ab, als sie sich hinkniete, um ihm die Stiefel auszuziehen. „Willst du nicht lieber dein Geschenk aufmachen?"

Sie nahm das Päckchen und öffnete die Schleife. Als sie den Inhalt erblickte, stutzte sie: eine feingliedrige Silberkette mit einem kleinen geschnitzten Engel aus hellem, glatt poliertem Material, der sie an einen Totenkopf erinnerte.

„Was … was ist das?", fragte sie irritiert. „Elfenbein?"

„Ein Glücksbringer, sagen die Leute in Beaulieu. Es gibt ganz verschiedene davon. Freust du dich nicht?“

„Doch, natürlich, es ist sehr … hübsch“, sagte sie. „Wie lieb von dir.“ Sie legte sich die Kette um den Hals. „Hast du sie bei den Sachen von meiner Mutter gefunden?“

Sartine schüttelte den Kopf. „Nein, Sophie. Um dir die Wahrheit zu sagen: Ich habe überhaupt nichts gefunden. Es gibt keine Sachen mehr von deiner Mutter. Die ganze Reise war – umsonst.“

„Aber warum? Hast du mit niemandem gesprochen? Abbé Morel, Baron de Laterre – sind sie alle schon tot?“

Sartine nickte. „Und was noch schlimmer ist – das Kirchenarchiv ist abgebrannt, mit allen Urkunden und Dokumenten. Vor zwei Jahren ist es passiert. Es ist alles vernichtet. Wir werden die Wahrheit über deine Mutter – ich meine, über den Prozess – wohl nie erfahren.“

Sophie musste sich setzen.

„Wer weiß, wozu es gut ist“, sagte Sartine, während sie auf einen Stuhl sank. „Ich meine, was hättest du davon, die alten Dinge wieder aufzurühren?“

Sophie blickte ihn verständnislos an. „Ich muss doch wissen, was damals passiert ist. Ich kann doch jetzt nicht einfach schweigen, nur weil alles verbrannt ist.“

„Manchmal ist es besser zu schweigen – zu schweigen und zu vergessen.“ Er blickte sie an, unsicher, fast verängstigt, doch gleichzeitig lauerte eine seltsame Wut auf dem Grund seiner Augen wie eine Warnung. Sophie fröstelte – sie kannte diesen Blick: Genauso hatte er sie schon einmal angesehen, in der Nacht vor seiner Abfahrt, als er sie beim Lesen überrascht hatte. Und ihr drängte sich eine Frage auf, die sie während seiner Reise die ganze Zeit unterdrückt hatte.

„Wofür hast du Urlaub bekommen?“

„Ich hatte dir doch gesagt, es war eine Belohnung, die mir schon lange versprochen war.“

„Ja, aber du hast nicht gesagt, wofür.“

„Für meine Arbeit, wofür sonst?“

„Aber ich möchte wissen, wofür. Sag mir bitte die Wahrheit.“

„Ist das ein Verhör? Was geht dich die Wahrheit an! Das ist Berufsgeheimnis!“

„Hast du dafür gesorgt, dass Diderot verhaftet wurde?“

„Woher weißt du von der Verhaftung?“

„Aus dem Procope. Da war von nichts anderem die Rede."

„So? Tatsächlich?" Entgeistert schaute er sie an. Dann aber brach die ganze Wut aus ihm hervor. „Ja, zum Teufel, ja!", schrie er. „Ich habe Diderot zur Anzeige gebracht. Er hat es nicht anders verdient. Oder was glaubst du, wofür man mich bezahlt? Damit solche Verbrecher dahin kommen, wohin sie gehören: hinter Schloss und Riegel."

„Dann ist es also wahr", flüsterte Sophie entsetzt. „Und ich habe dir seinen Namen gesagt …"

„Ja und? Darauf kannst du stolz sein! Damit hast du einmal in deinem Leben etwas für mich getan, wenigstens dieses eine verfluchte Mal! Außerdem, wie kommst du dazu, mir Vorwürfe zu machen? Die ganze Zeit hast du so getan, als könntest du nicht lesen, dabei …" Mitten im Satz verstummte er. Im nächsten Moment schoss er zum Herd und hob den Deckel von der Kasserolle.

„Eine Ente? Für uns?", fragte er mit scharfer Stimme. Er nahm die Flasche, die neben dem Herd stand. „Und Portwein? Sieh mal an! Woher hast du so viel Geld?"

„Das hatte ich gespart", sagte Sophie. „Mein Notgroschen. Ich wollte dich überraschen."

„Gespart? Wovon?" Er lachte laut auf. „Gib dir keine Mühe, ich weiß, woher das Geld stammt. Diderot hat es dir gegeben! Er hat dich bezahlt!"

„Diderot?", fragte Sophie fassungslos. „Mich bezahlt? Warum?"

„Weil du mit ihm unter einer Decke steckst. Weil du seine Hure bist!"

DER NEBEL war so dicht, dass Sophie keine zwanzig Schritt weit sehen konnte. Ohne Ziel lief sie durch die von milchigen Schwaden verhangenen Gassen. Sie hatte nur einen Wunsch: Sie wollte fort, so rasch wie irgend möglich, fort von ihrem Zuhause, fort von ihrem Mann.

Am Pont Neuf überquerte sie die Seine. Wenig später hörte sie ein ersticktes Johlen und Schreien. Brandgeruch lag in der Luft. Wo war sie? Einen Steinwurf entfernt musste das Châtelet sein, der Sitz des Gerichts, vor dessen Fassade sich tanzende Schatten im Nebel erhoben. Rasch ging sie weiter, und plötzlich erblickte sie ein Feuer, dessen Flammen hoch in den Himmel schlugen, umringt von einer hundertfachen Menschenmenge.

Eine Prozession schwarz gewandeter Richter kam aus dem Nebel gezogen, gefolgt von einem Schinderkarren. Doch keine gefesselten Gefangenen flehten hinter den Gitterstäben um Gnade, stattdessen stapelten sich dort Bücher. Einer der Richter griff in den Bücherberg hinein und nahm einen Band, dann stieg er die Stufen zum Justizpalast hinauf und reichte das Buch einem Henker, der auf der Freitreppe in seinem Kapuzenmantel wartete. Ein Knecht rief mit lauter Stimme: „Denis Diderot!" Als Sophie den Namen hörte, erschrak sie. Was hatte das zu bedeuten?

Totenstille herrschte auf dem Platz. Der Henker hielt das Buch in die Höhe. „Im Namen Seiner Majestät des Königs übergebe ich die Schriften von Denis Diderot dem Feuer! Die ‚Geschwätzigen Kleinode', die ‚Philosophischen Gedanken' und den ‚Brief über die Blinden'." Mit einer einzigen Bewegung seiner gewaltigen Arme zerriss er das Buch in zwei Teile, ging zu dem brennenden Scheiterhaufen und warf die Seiten in die lodernden Flammen. Aus hundert und aberhundert Kehlen erhob sich ein Raunen. Die Richter brachten dem Henker weitere Bücher, wieder und wieder. Jeden Autor, jeden Titel verkündeten sie dem Volk, das johlend Beifall zollte. Wie gelähmt stand Sophie da und schaute der Hinrichtung zu. Sie griff neben sich, nach einem Halt, nach einer Hand.

„Warum weinst du?"

Als sie die Worte hörte, erwachte sie aus ihrer Lähmung. Durch den Schleier ihrer Tränen sah sie das Gesicht eines Mannes. Er war ihr so fremd und vertraut wie ihr eigenes Leben.

Der Nebel umfing die beiden wie ein weißes, fließendes Zelt, während sie in die Finsternis eintauchten, die sie schützte.

„Ich habe dich verraten", sagte Sophie, das Gesicht noch tränennass. „Ich weiß nicht, wie es geschah. Auf einmal hatte ich deinen Namen gesagt."

„Es war meine Schuld", sagte Diderot und nahm ihre Hand. „Ich bin der Verräter, ich habe unsere Geschichte verraten."

„Ich war so verwirrt, als ich las, was aus Mirzoza geworden war. Sie war so kalt, so berechnend. Es gab keine Liebe mehr zwischen ihr und dem Sultan."

„Hast du die Geschichte zu Ende gelesen?"

Sophie schüttelte den Kopf.

„Aber dann weißt du ja gar nicht, wie sie ausgeht! Mirzoza besteht die Probe, sie ist die einzige Frau am Hofe, die ihren Mann wirklich liebt. Mongagul erfährt es erst ganz zum Schluss."

„Das hast du geschrieben?", flüsterte sie.

„Ja, Sophie, ich konnte nicht anders." Er zog sie an sich. „Am Anfang, ich gebe es zu, wollte ich, dass der Zauberring auch Mirzoza verrät. Aber es ging nicht, meine Feder weigerte sich, ein solches Ende niederzuschreiben."

„Ach, warum habe ich das nicht gewusst? Kannst du mir je verzeihen?“

„Es gibt nichts zu verzeihen, Sophie. Ich habe meine Strafe verdient! Nur eins musst du mir sagen: Warum hast du geheiratet?“

„Weil ich Angst vor dir hatte, Denis. Weil … weil ich dich liebe …“

„Wie kann man nur Angst vor der Liebe haben?“, flüsterte er, ehe ihre Lippen sich berührten. Er schloss sie in die Arme und bedeckte ihr Gesicht mit Küssen, streichelte ihre Schultern, ihren Hals. Seine Hände glitten über ihren Rücken, ihre Taille, ihre Hüften. Mit einem Seufzer schloss sie die Augen. Alles Sehnen, das in ihr gebrannt hatte, Tag für Tag, Monat für Monat, Jahr für Jahr, schien ein Ende zu haben und doch erst jetzt seinen wirklichen Anfang zu nehmen. Sie war nur noch Fühlen und Empfinden, Wollen und Begehren.

Keine zehn Schritt von ihnen entfernt, verborgen in den Nebelschwaden, die von der Seine aufstiegen, stand Antoine Sartine. Er war den Liebenden gefolgt, vom Châtelet bis hierher, hinunter zum Fluss.

Er konnte sie weder sehen noch hören, nur ab und zu, wenn der Dunst sich für einen Wimpernschlag zu lichten schien, erhaschte er einen Blick auf die beiden, und von den Worten, die sie tauschten, drangen Laute an sein Ohr.

Und doch sah er alles, hörte er alles, fühlte er alles, denn jedes Bild, jeder Ton paarte sich mit den Ahnungen, die aus der Wunde seines Herzens strömten. Gequält von unsäglichem Schmerz, ahnte Antoine Sartine, wie die zwei einander umfingen, wie sie sich küssten, ahnte voller Ohnmacht und Entsetzen in immer deutlicherer Gewissheit, dass seine Ehe ein katastrophaler Irrtum, dass ein gutes Ende gar nicht möglich gewesen war, dass vielmehr alles hatte kommen müssen, wie es sich nun in diesem Augenblick erfüllte …

Ein Seufzer, dann ein Schrei, in dem sich alle Lust entlud, zerriss den Nebel. Das war die Frau, der er ein Heim geboten hatte, die Frau, die ihm geschworen hatte, ihm nie einen Schimpf anzutun, und die ihn nun so schändlich verriet, in den Armen seines Feindes … Er sah ihr rotes Haar wie Flammen in dem weißen Dunst, sah die Schönheit ihres Leibes, die er selbst nie genossen hatte, spürte ihr Verlangen, ihre Begierde, die zu entfachen ihm nie vergönnt gewesen war und die nun in einem letzten Seufzer verebbte und ihm für immer die Freude am Leben nahm.

Unsäglich war die Wut, die Antoine Sartine erfasste: Wut auf seinen elenden, nutzlosen Körper, Wut auf die Frauen dieser Welt. Vor allem aber Wut auf Sophie.

Die verbotene Frucht
1751/52

Ein herrlicher Junitag brach an, ein Tag so strahlend schön, als wäre die Welt an diesem Morgen erst erschaffen worden. Schon um neun Uhr in der Frühe schien die ganze Stadt auf den Beinen. An den Straßenecken versorgten Schankfrauen mit großen Weißblechkannen die vorübereilenden Arbeiter und Handelsgehilfen für zwei Sous mit gesüßtem Milchkaffee, den diese aus irdenen Töpfen im Stehen tranken. Selbst die Gassen des Quartier Latin, das seinen Namen daher hatte, weil hier im Schatten der alten, ehrwürdigen Universität Sorbonne die Studenten und Professoren in lateinischer Sprache das Wissen der Menschen bewahrten und mehrten, waren bereits zu dieser frühen Stunde von rastloser Tätigkeit erfüllt.

„Obacht! Aus dem Weg!“

Nur mit einem beherzten Satz konnte sich ein Mann auf der Place Michel vor einem Kabriolett in Sicherheit bringen, das über den Platz jagte, ohne Rücksicht auf den übrigen Verkehr. Wütend reckte er dem davonrasenden Einspänner die Faust hinterher, während die Passanten sich verwundert nach ihm umdrehten. Denn sein Äußeres zog noch größere Aufmerksamkeit auf sich als seine drohende Gebärde. Gekleidet in eine armenische Tracht, trug er trotz der sommerlichen Wärme eine Bärenfellmütze auf dem Kopf, und seine zornigen Augen blitzten aus dem Gestrüpp eines dunklen Vollbarts hervor.

Schon seit dem frühen Morgen, kaum dass die ersten Boutiquenbesitzer ihre Läden geöffnet hatten, streifte er durch das Quartier, in dem die Bibliotheken und Buchverleiher, die Verleger und Drucker beheimatet waren. Voller Argwohn beäugte er die Menschenmenge, die sich von der Werkstatt des Verlegers Le Bréton in der Rue de la Harpe bis auf die Gasse zurückstaute. All die Professoren und Studenten, die Schriftsteller und Abbés, die Advokaten und Philosophen, die heftig miteinander disputierten, hatten nur ein Thema: Der erste Band der Enzyklopädie – seit über einem Jahr angekündigt – wurde an diesem Morgen erstmals an die Subskribenten ausgeliefert.

Der Armenier tippte einem Studenten auf die Schulter. „Ich habe gehört, das Werk enthalte revolutionäre Artikel zum Thema Musik?“

„Wen interessiert schon Musik?“, sagte der Student. „Auf die Vorrede kommt es an! Da werden Doktrinen zerschlagen! Zitadellen geschleift!“

„Woher wollen Sie das wissen? Die Bogen sind doch gerade erst gedruckt!“

„Das weiß doch jeder“, erwiderte der Student.

Der Armenier kannte die Vorrede selbst längst auswendig – einen Text wie ein Schlachtruf. Der Neid fraß wie Säure in seinen Eingeweiden. Warum hatte man nicht ihn, wie vor langer Zeit vereinbart, die Vorrede schreiben lassen? Man hatte ihm nicht vertraut … Diesen Verrat konnte er Denis Diderot nicht verzeihen.

„Vorsicht! Aus dem Weg!“

Diesmal kam die Warnung zu spät. Eine riesige Dogge, die der Equipage ihres Herrn vorauseilte, rannte den Armenier über den Haufen. Der Gefallene lag am Boden. Der Student reichte ihm seine Hand.

„Sie könnten sich wenigstens bedanken“, sagte der junge Mann, als der andere wieder auf den Beinen stand.

„Ich habe Sie nicht um Hilfe gebeten!“, erwiderte der Armenier gereizt. „Jean-Jacques Rousseau hat noch nie einen anderen Menschen gebraucht!“

„HAT SIE es tatsächlich geschafft!“, zischte die Königin und blickte von dem Folianten auf, der aufgeschlagen auf ihrem Schoß lag. „Obwohl ihr Vater noch vor dem Galgen ins Ausland fliehen musste!“

„Wie belieben, Majestät?“, fragte ihre Freundin, die uralte Herzogin de Luynes, und hielt ihr Hörrohr ans Ohr, während ihr Bruder, der nicht weniger alte Kardinal de Luynes, leise schnarchend in einem Sessel an ihrer Seite schlief. „Die Pompadour!“, brüllte die Königin. „Der neue Hofalmanach führt erstmals ihre Tochter Alexandrine auf. Wie eine echte Prinzessin. Jetzt steht ihrer Heirat mit dem Herzog von Picquigny wohl nichts mehr im Wege.“

Während die Königin und ihre Freundin gleichzeitig das Kreuzzeichen schlugen, wandte Pater Radominsky, der ein wenig abseits an einem Kamin saß, sich wieder seiner eigenen Lektüre zu. Der Hofalmanach, der alljährlich aufs Neue erschien, verzeichnete zwar den gesamten Adel des Landes, doch der Pater wusste, dass der Foliant, den er gerade in Händen hielt, ein druckfrisches Exemplar der Enzyklopädie, das sein Buchbinder ihm am Morgen gebracht hatte, von ungleich größerer Bedeutung für die Zukunft des Königreichs war.

„Die Philosophen haben es gewagt“, las er in der Vorrede, „das Joch der

Scholastik abzuschütteln und mit ihm die Autorität, die Vorurteile und Barbarei. Sie haben als Erste den Mut aufgebracht, sich gegen eine despotische und willkürliche Macht zu erheben, in Vorbereitung einer Revolution, die den Grund zu einer gerechteren und glücklicheren Regierung legt …"

Jedes Wort war ein Aufruf, die Bastionen von Kirche und Staat zu stürmen. Radominsky schwankte zwischen Bewunderung und Entsetzen. Der neue Baum der Erkenntnis, der das Vorsatzblatt zierte, war ein genialer Entwurf, aber die Theologie, seit Jahrhunderten die höchste aller Wissenschaften, war in dem neuen Wissensbaum zu einem kleinen unscheinbaren Ast verdorrt. Was hätten er und Diderot gemeinsam leisten können! Stattdessen musste er nun mit den verhassten Jansenisten gemeinsame Sache machen, den alten Widersachern der Jesuiten in der Kirche, am Hofe und im Parlament, um die von den Philosophen drohende Gefahr abzuwenden. Er warf einen skeptischen Blick auf die Königin und ihren ältesten Sohn Louis-Stanislas, den Dauphin, der mit frommem Pferdegesicht in sein Gebetbuch vertieft war. Die zwei waren seine wichtigsten Verbündeten.

Radominsky tat einen tiefen Seufzer. Der König war ein willenloses Geschöpf in den Händen einer Hure, die offen mit den Ideen der Aufrührer kokettierte und auf schamlose Weise die Libertinage des Geistes mit der des Fleisches verknüpfte.

Um dem Schicksal ihrer Vorgängerinnen zu entgehen, die sich jeweils nur wenige Monate der Gunst des Herrschers hatten erfreuen dürfen, hatte die Pompadour den Liebesdienst an Ludwig unter vollkommener Hintanstellung ihrer eigenen Bedürfnisse organisiert. Es war am ganzen Hofe bekannt, dass ihr Leibarzt, Dr. Quesnay, ihr allerlei Mittel verabreichte, um ihre Leidenschaft zu entfachen, und zusammen mit ihrem königlichen Buhlen las sie die obszönsten Werke, die in Paris gedruckt wurden und mit denen Malesherbes in seiner Eigenschaft als oberster Zensor des Reiches sie jeden Mittwoch versorgte. Sie hatte Ludwig sogar ein regelrechtes Serail eingerichtet.

Noch keine Mätresse des Königs war je auf diesen Ausweg verfallen, die Unzulänglichkeiten des eigenen Leibes mithilfe fremder Liebesdienerinnen auszugleichen. Im Hirschgraben, einem kleinen Pavillon von Versailles, scharte die Pompadour die lüsternen Geschöpfe um sich, die ihr Leibkammerdiener aus Paris besorgte. Dank dieses Serails behielt die Pompadour die Herrschaft über den König und Frankreich in ihren Händen; der Eintrag ihrer Tochter in den Hofalmanach war nur eine von vielen Bestätigungen.

Dieser Machtfülle der Favoritin stand die Königin ohnmächtig gegenüber. Sieben Jahre älter als ihr Gemahl, hatte Maria Leszczynska Frankreich zehn Kinder geschenkt und war mit ihren fast fünfzig Jahren vollkommen verblüht. Sie hatte sich damit abgefunden, nicht die einzige Frau in Ludwigs Leben zu sein, und sich ganz vom Lärm des Hofes zurückgezogen. Sie verbrachte die Vormittage mit Gebeten und erbaulicher Lektüre, anschließend malte sie ein wenig, ging sodann zur Messe und besuchte ihren Gemahl. Am Nachmittag fertigte sie Handarbeiten für Bedürftige an. Am Abend versammelte sie ihren kleinen Hof um sich, der aus greisen Kardinälen, verwelkten Jungfern und ihrem frommen Sohn bestand. Wie sollte es dieser Königin gelingen, ihren Mann aus den Fängen der Pompadour zu befreien?

Der Kardinal de Luynes wachte mit einem so lauten Schnarcher auf, dass Radominsky aufschrak. Schuld an der Unruhe war Monsieur de Malesherbes, der von einem Lakaien in den Raum geführt wurde und nun mit einer Verneigung der Königin seine Referenz bezeugte. Er war noch über Marias Hand gebeugt, als sein Blick auf Radominsky fiel.

„Was lesen Sie da, *mon père*? Die Enzyklopädie? Respekt! Ich habe mein Exemplar noch nicht einmal aufgeschnitten."

„Dann wird es höchste Zeit", erwiderte der Pater. „Anstatt die Aufforderung zu seiner eigenen Vernichtung mit aller Strenge zu verfolgen, zeichnet der Staat sie mit dem königlichen Druckprivileg aus. Wenn irgendein Wirrkopf diese Hetzschrift zu lesen bekommt – die Folgen sind nicht auszudenken!"

„Ich bedauere", antwortete Malesherbes, „aber mir sind die Hände gebunden. Die Herausgeber haben die Enzyklopädie dem Comte d'Argenson gewidmet, dem Vizekanzler und Siegelbewahrer des Königs."

„Und der hat sich nicht geweigert", fragte die Königin, „ein so gotteslästerliches Werk unter seinen Schutz zu nehmen?"

Radominsky sagte: „Meines Wissens hatte der Comte d'Argenson die Zueignung bereits abgelehnt, doch nach einer Unterredung mit der Marquise de Pompadour hat er sich anders besonnen."

„Das ist ja wirklich unerhört!" In ihrer Aufregung sprang die Königin von ihrem Sessel auf. „Monsieur de Malesherbes, was gedenken Sie zu unternehmen?"

„Wie gesagt, mir sind die Hände gebunden, Majestät." Malesherbes fügte hinzu: „Es sei denn, ich bekomme Beweise, die ein Verbot des Werkes im Interesse des Staates unumgänglich machen."

Bereits am folgenden Tag scharte Pater Radominsky seine Truppen in der Jesuitenkirche Saint-Paul-Saint-Louis um sich: Kommissare und Nachtbrigadiers, Inspektoren, Sergeanten und gemeine Spitzel.

„Besorgt mir alles, was ihr von den Philosophen zu hören oder zu lesen bekommt!", rief er von der Kanzel herab. „Ich will jeden Artikel, ob handschriftlich oder gedruckt, jeden Gedanken, den die Aufrührer verbreiten. Kein Buch, kein Satz, kein Wort – nicht einmal ein Semikolon darf uns entgehen!"

SOPHIE war jetzt 22 Jahre alt, und zusammen mit Diderot erlebte sie eine Zeit, die ihr wie ein Märchen erschien. Obwohl sie arbeiten musste wie fast alle Menschen, empfand sie jeden neuen Tag wie eine wunderbare Verheißung.

War dies das Glück? Sophie wusste es nicht. Sie spürte nur: Es war der Aufbruch zu einem neuen, anderen Leben. Kaum ein Tag verging, ohne dass sie Diderot sah und in ihren Armen hielt. Meistens trafen sie sich in Le Brétons Verlag, wo Diderot ein Arbeitszimmer hatte, mit einer eigenen Schlafstatt, die durch einen Vorhang vom übrigen Raum getrennt war. Doch wann immer sie konnten, verließen sie das Haus, um sich unter freiem Himmel zu lieben. Sie liebten sich am Ufer der Seine, im Park der Tuilerien, im Bois de Boulogne, und an den Sonntagen zogen sie hinaus in die Faubourgs vor den Toren der Stadt, nach Montmartre oder Vaugirard.

Nachdem Sophie ihren Ehemann verlassen hatte, war sie nie wieder in seine Wohnung zurückgekehrt. Sie hatte ihm den silbernen Ring, den er ihr in der Hochzeitsnacht geschenkt hatte, mit der Post geschickt, zusammen mit anderen Wertsachen, die aus ihrer Ehe stammten. Nur den Glücksbringer aus Beaulieu, die Kette mit dem geschnitzten Engel, hatte sie behalten – es war der einzige Gegenstand, der sie mit ihrer Heimat verband. Sie bewahrte die Kette zwischen ihrer Wäsche auf.

Sie arbeitete nun als Zofe im Haus eines Monsieur Poisson, seines Zeichens Generaldirektor für das Bauwesen und die Künste in Paris. Sophie kannte Monsieur Poisson bereits aus dem Kaffeehaus. Obwohl noch keine dreißig Jahre alt, machte er mit seiner ebenso eleganten wie fülligen Figur den Eindruck eines Mannes, dessen Ehrgeiz sich darin erschöpfte, dreimal am Tag gut zu speisen. Er behandelte Sophie mit einer Freundlichkeit, die manchmal wie Schüchternheit wirkte, und mehr noch als ihr Geschick im Haushalt schätzte er ihre Gabe, aus Romanen und Dramen vorzulesen. Ganze Abende lang lauschte er ihrem Vortrag. Zur Belohnung entband er

Sophie weitgehend von den gewöhnlichen Pflichten im Haus, sodass sie fast täglich mehrere Stunden mit ihrem Geliebten verbringen konnte.

Diderot hatte sich nach seiner Entlassung aus dem Gefängnis von Madame de Puisieux getrennt, doch lebte er weiter bei seiner Familie in der Rue de l'Estrapade. Der kleine Didier war im Winter an einer fiebrigen Erkältung gestorben. Zur Beerdigung war Diderots alter Vater aus Langres angereist und hatte ihm an Didiers Grab das Versprechen abgenommen, immer für seine Familie zu sorgen. Der Anstand sollte gewahrt bleiben. Diderots größter Wunsch, den er in einer zärtlichen Stunde Sophie anvertraute, aber war, dass sie ihm einen neuen Sohn schenkte.

Eines Tages fragte Diderot sie, ob sie ein Manuskript für ihn ins Reine schreiben könne – einen Text über die Zubereitung von Schokolade. Glücklich über sein Vertrauen, nahm sie die Seiten an sich. Im Haus von Monsieur Poisson hatte sie eine eigene Dachkammer, wo sie ungestört arbeiten konnte. Bereits am nächsten Tag gab sie Diderot die fertige Abschrift zurück.

Es dauerte nicht lange, und Sophie wurde zu einer festen Mitarbeiterin der Enzyklopädie. Sie kopierte Manuskripte für den Druck, exzerpierte aus wissenschaftlichen Werken, korrigierte Fahnenabzüge und verglich sie mit den Vorlagen. Was für wunderbare Welten taten sich ihr auf! Da gab es Tiere und Pflanzen, deren Namen sie noch nie gehört hatte, Berge, die unter ewigem Schnee und Eis begraben lagen, Flüsse, die breiter waren als Meeresarme. Sie lernte die Ideen der Philosophen kennen, früher als jeder Subskribent. Wissbegierig sog sie die neuen Lehren in sich auf, über die Rechte und Pflichten der Menschen, über die Formen ihres Zusammenlebens, vor allem aber über ihr Recht auf Glück. Dabei ordnete sich in Sophies Kopf das Chaos der verstreuten Kenntnisse, die sie in den vielen Jahren wahlloser Lektüre angesammelt hatte.

So überwand Sophie den Aberglauben ihrer Kindheit, die Vorurteile und Schreckenslehren, mit denen sie aufgewachsen war. Sie aß vom Baum der Erkenntnis, doch ohne Angst, weder vor der Liebe noch vor den Büchern und auch nicht vor dem Leben. Denn wovor sie sich so lange gefürchtet hatte, war längst Wirklichkeit geworden: Sie lebte das Leben ihrer Mutter, liebte und las und dachte und folgte dabei nur ihrem eigenen Herzen und ihrem eigenen Verstand. Doch kein Blitz fuhr auf sie herab, um sie zu strafen – im Gegenteil. Das menschliche Glück, das Diderot und die Philosophen in der Enzyklopädie verkündeten, war kein Märchen, sondern mit Händen zu greifen. Hier auf Erden schon!

DAS VERLAGSHAUS in der Rue de la Harpe summte wie ein Bienenkorb. Die Arbeiten für den nächsten Band der Enzyklopädie waren in vollem Gang. Mit flinken Augen überprüfte Le Bréton die Bestände – Pressen, Lettern, Druckerschwärze, Leder für die Farbballen, Kerzen, Kiele, Ausschließplatten, Satzschiffe, Rahmen und hundert andere Dinge mehr –, während er seinen Angestellten unentwegt Anweisungen und Befehle zurief.

Le Bréton verfolgte ein ehrgeiziges Ziel. Er wollte mit der Enzyklopädie noch glänzendere Geschäfte als mit dem Hofalmanach machen, den er als erster ordentlicher Buchdrucker des Königs in Auftrag hatte. Dieser Adelskalender trug ihm 30000 Livre jährliche Rente ein – mehr als die „Odyssee“ und die Bibel zusammen. Um sein Ziel zu erreichen, achtete Le Bréton bei der Enzyklopädie wie beim Almanach auf beste Qualität bei Druck und Satz.

Außerdem hatte er ein ausgeklügeltes System entwickelt, das es ihm ermöglichte, die Enzyklopädie in ganz Frankreich anzubieten. Er selbst verkaufte Subskriptionen an die Buchhändler, und die Buchhändler verkauften sie an die einzelnen Kunden, wobei er den Buchhändlern erhebliche Anteile am Erlös zubilligte, gestaffelt nach der Höhe ihrer Umsätze. Seine größte Hoffnung aber setzte Le Bréton auf die Werbung, welche die Jesuiten mit ihren Angriffen auf die Enzyklopädie für das Werk betrieben. Diese Angriffe würden nach der Auslieferung des ersten Bandes so sicher erfolgen wie das Amen in der Kirche.

Während im Erdgeschoss unter Le Bretons Aufsicht die Druckballen eingefärbt wurden, empfing Diderot in seinem Redaktionsbüro einen wichtigen Gast aus Deutschland. Melchior Grimm war Journalist und verdiente sein Geld damit, dass er die Königs- und Fürstenhöfe Europas über das geistige Leben in der französischen Hauptstadt unterrichtete. Die neue Ausgabe seiner bereits berühmten „Litterarischen Korrespondenz“ wollte er ausschließlich dem Erscheinen der Enzyklopädie widmen.

„Wie wollen Sie, Monsieur Diderot“, fragte er, „in einem so rückständigen Staat wie Frankreich ein so aufklärerisches Werk publizieren? In kaum einem Land hat die Zensur größere Vollmachten als hier bei Ihnen.“

Der Abbé de Prades, ein junger Doktor der Theologie und seit wenigen Monaten Mitarbeiter der Enzyklopädie, blickte vom Schreibtisch auf, wo er gerade einen Text redigierte, während Diderot seinem Gast ein Glas Wein einschenkte.

„Manchmal“, erwiderte der Herausgeber mit einem Lächeln, „muss man die Menschen in die Irre leiten, um die Wahrheit zu verbreiten.“ Diderot griff nach einem Exemplar der Enzyklopädie und schlug den Band auf. „Nehmen Sie zum Beispiel diesen Artikel hier: ‚Anthropophagie'."

„Über Menschenfresserei?", fragte sein Gast verwundert.

„Sehen Sie hier den kleinen Pfeil? Er führt zu den eigentlichen Aussagen und Thesen, um die es uns geht."

„Siehe Eucharistie, Kommunion, Altar", murmelte Grimm. Plötzlich schien er zu begreifen. „Mein Gott, sind Sie des Teufels? Wenn das die Zensoren entdecken!"

„Die Gefahr ist nicht allzu groß", meldete sich de Prades zu Wort. „Bei meinem Rigorosum haben die Herren Professoren so tief geschlafen, dass sie nicht einmal aufwachten, als die Glocke der Sorbonne sie zum Angelus rief. Dabei enthält meine Dissertation mehr Sprengstoff als das Arsenal von Paris. Sie haben mir den Doktorhut aufgesetzt, ohne eine einzige Zeile zu lesen. *Jerusalem coelestis* – das himmlische Jerusalem im Titel genügte, um die Herren ruhig schlafen zu lassen."

„Ja", bestätigte Diderot, „die Arroganz der Macht wird nur von ihrer Ignoranz überboten."

Melchior Grimm blickte die zwei mit ungläubigem Staunen an. „Trotzdem", sagte er schließlich, „haben Sie keine Angst, dass die Sache irgendwann auffliegt?"

In jeder freien Minute widmete sich Sophie der Enzyklopädie. Sobald Monsieur Poisson sie für ein paar Stunden entließ, machte sie sich auf den Weg in die Rue de la Harpe, um sich mit Diderot zu treffen, oder sie stieg hinauf in ihre Kammer. Hier hatte sie sich ein richtiges Büro eingerichtet, mit einem großen Brett als Schreibtisch und mehreren kleinen Brettern als Regal, auf dem sich Dutzende von Manuskripten stapelten, zusammen mit dem ersten Band der Enzyklopädie.

Sie war gerade mit der Reinschrift eines Artikels beschäftigt, als die Tür aufging. Robert streckte seinen Kopf durch den Spalt, der Leibdiener Monsieur Poissons, ein Mann von fast vierzig Jahren, mit dunklen Haaren und noch dunklerem Blick.

Sophie mochte ihn nicht besonders; morgens ging Robert zur Messe, und abends betrank er sich. Instinktiv bedeckte sie das Manuskript mit ihren Händen, doch er griff einfach in das Regal, nahm die Enzyklopädie und begann darin zu lesen.

„Was ist das für ein Buch?"

„Ein Wörterbuch", sagte Sophie unwillig. „Darin werden Begriffe erklärt, woher sie stammen und was sie bedeuten. Dinge, die man nicht weiß, aber wissen sollte."

Roberts dunkle Augen leuchteten auf. „So ein Buch habe ich mir schon immer gewünscht. Würdest du es mir vielleicht leihen?"

Sophie sah, wie schwer es ihm fiel, seine Bitte zu äußern. Plötzlich schämte sie sich. Hatte sie ihm Unrecht getan? Weil sie dem Tratsch im Haus vertraut hatte, statt sich ihr eigenes Urteil zu bilden?

„Bitte", sagte er leise. „Es war immer mein größter Wunsch, zu lernen und zu studieren."

„Na gut", sagte Sophie. „Aber mach keine Flecken und Eselsohren."

„Versprochen!", rief er und strahlte. „Ach ja", sagte er, als er ihre Kammer verließ. „Monsieur lässt dich rufen. Du möchtest bitte in den Salon kommen."

Monsieur Poisson erwartete Sophie in Gesellschaft einer fremden Frau, mit der er angeregt plauderte. Ihre Lippen schimmerten blassrosa, und ihre Augen waren eine Mischung von Blau und Schwarz. Als Sophie den Raum betrat, unterbrach sie das Gespräch mit Monsieur Poisson und drehte sich zu ihr um.

„So, du bist also Sophie."

Sophie blickte sie an wie eine Erscheinung: Noch nie hatte sie eine so schöne Frau gesehen.

„Das ist meine Schwester", sagte Monsieur Poisson. „Ich hatte zufällig von dir erzählt, und meine Schwester ist heute eigens gekommen, um dich kennen zu lernen. Ich denke, ich lasse euch besser allein", meinte er dann unvermittelt und verließ den Salon.

„Ich freue mich wirklich, dich zu sehen", meinte die fremde Dame. „Mein Bruder hat dich in den höchsten Tönen gepriesen. Er hat nicht übertrieben."

„Wenn Sie mir sagen würden, womit ich Ihnen dienen kann?"

„Ich will dir einen Vorschlag machen. Ich möchte, dass du in Zukunft für mich arbeitest. Mein Bruder hat dich lang genug für sich allein gehabt. Ich unterhalte ein kleines Lustschloss bei Versailles. Dort wohnen lauter hübsche junge Mädchen wie du. Ich würde mich freuen, wenn du bald dazugehören würdest."

„Ihr Vorschlag ehrt mich, Madame – aber … was wird Monsieur dazu sagen?"

„Darum mach dir keine Gedanken! Mein Bruder lässt dich zwar nur ungern gehen, aber im höheren Interesse ist er grundsätzlich bereit … Komm mit mir, es wird dir bei uns gefallen. Ihr Mädchen habt keine andere Aufgabe, als einen hohen Gast zu verwöhnen, der uns hin und wieder besucht. Du weißt doch sicher, wie man einen Mann glücklich macht, oder?“ Sie zwinkerte Sophie zu. „Es soll dein Schaden nicht sein.“

Als Sophie dieses Zwinkern sah, fiel es ihr wie Schuppen von den Augen. So hatte ihr schon einmal jemand zugezwinkert – damals im Faubourg Saint-Marceau. Eine dicke, grell geschminkte Frau hatte sie bei ihrer Arbeit in der Tabakschenke angesprochen, eine Matrone, die in der Nachbarschaft ein öffentliches Haus betrieb. Sie schüttelte den Kopf. „Nein“, sagte sie, „ich möchte lieber in Monsieurs Diensten bleiben.“

„Sei nicht dumm! Du wirst es gut bei mir haben. Du bekommst Schmuck und herrliche Kleider und brauchst nie wieder zu arbeiten.“

Sophie schüttelte erneut den Kopf.

„Sehnst du dich vielleicht zurück nach Saint-Marceau? Da kommst du doch her, nicht wahr?“

„Das wissen Sie?“, fragte Sophie.

„Natürlich weiß ich das und auch, dass du zuletzt im Café Procope gearbeitet hast. Glaubst du, ich hole mir jemanden ins Haus, ohne zu wissen, mit wem ich es zu tun habe? Ich warne dich! Ein Wort von mir, und mein Bruder wirft dich auf die Straße. Also entscheide dich!“

„Bitte verzeihen Sie mir, Madame, aber ich kann nicht mit Ihnen kommen. Mein Herz … gehört schon einem Mann.“

Als Sophie den Blick hob, erwartete sie, in ein wütendes Gesicht zu sehen. Doch alle Härte, alle Kälte war aus den blauschwarzen Augen gewichen. Nachdenklich schaute die fremde Dame sie an. „Ich weiß, was du fühlst“, sagte sie. „Ich habe auch einmal so für einen Mann empfunden, vor vielen Jahren, aber ich habe mich anders entschieden.“

Sie nahm Sophies Hand und drückte sie, ihr Gesicht war voller Mitgefühl. „Ich wünsche dir alles Glück der Welt.“ Dann wandte sie sich ab und ging. In der Tür drehte sie sich noch einmal um. „Was muss das für eine wunderbare Liebe sein, dass du sie der Liebe des Königs vorziehst.“

Vollkommen irritiert blieb Sophie zurück. Die Liebe des Königs? Es dauerte bis zum späten Abend, ehe sie Antwort auf ihre Frage bekam. Robert sollte das Rätsel lösen. Sie fand ihn in der Küche, wo er im Schein einer Kerze las. Auf dem Tisch vor ihm lag die aufgeschlagene Enzyklopädie.

Als Sophie ihn ansprach, blickte er mit glühenden Wangen auf. „Das war Madame de Pompadour, die Mätresse des Königs“, sagte er. „Hast du denn nicht gewusst, dass diese Hure die Schwester unseres Herrn ist?“

Als Sophie allein in ihrem Zimmer war, war sie so aufgewühlt, dass sie unmöglich schlafen konnte. Sie sehnte sich nach ihrem Geliebten, doch Diderot war nach Fontainebleau gereist, um einen Autor zu treffen.

Sie öffnete das Fenster und schaute hinaus in die Nacht. Der Friede der träumenden Stadt beruhigte sie, und sie nickte. Ja, ihr Herz gehörte schon einem Mann … Plötzlich überkam sie ein wahnsinniges Glücksgefühl. Sie spürte seinen Atem, die Wärme seiner Haut, seine Lippen auf ihrem Mund.

Sie trat an ihren Schreibtisch und nahm die Feder. Sie musste diesen Augenblick festhalten, ihre Gefühle in Worte fassen. *Die Liebe ist, wo immer sie auftritt, stets die Gebieterin. Sie bildet die Seele, das Herz und den Geist, je nach ihrer Art …*

Sophie hörte weder die Glocke, die in der Ferne zur Mitternacht schlug, noch den monotonen Gesang des Nachtwächters, der unter ihrem Fenster mit seiner Laterne vorüberzog. Die Worte und Sätze flossen wie von allein auf das Papier.

Nachdem sie das letzte Wort niedergeschrieben hatte, nahm sie eine Büchse vom Regal und streute Sand auf die Seite, damit die Tinte trocknete. Ohne den Text noch einmal zu lesen, faltete sie den Bogen zusammen.

Am nächsten Tag las Sophie Monsieur Poisson aus Montesquieus „Persischen Briefen“ vor. Obwohl der Roman, in dem zwei orientalische Standesherren auf komischste Weise ihre Eindrücke von einer Reise nach Frankreich austauschen, sonst zu ihren Lieblingsbüchern gehörte, war ihr die Lektüre noch nie so lang erschienen wie an diesem Nachmittag. Sie konnte es gar nicht erwarten, Diderot ihren Text zu zeigen.

Als Poisson sie endlich entließ, war draußen bereits die Abenddämmerung angebrochen. Eilig lief Sophie in die Rue de la Harpe. Das Redaktionsbüro war leer, doch auf dem Schreibtisch stand eine Tasse dampfende Schokolade. Er konnte also nicht weit sein. Rasch legte Sophie das gefaltete Manuskriptblatt neben die Tasse, gerade rechtzeitig, bevor Diderot den Raum betrat.

„Was ist das?“, fragte er, nachdem sie sich begrüßt hatten, und nahm den Bogen vom Tisch. „Ein Artikel über die Liebe?“

„Keine Ahnung.“ Sophie zuckte die Achseln. „Vielleicht hat einer von deinen Autoren den Text gebracht, als du nicht da warst.“

Während Diderot zu lesen begann, pochte das Blut in Sophies Adern so laut, dass sie glaubte, es müsse im ganzen Raum zu hören sein. Ruhig und konzentriert folgten Diderots blaue Augen den Zeilen. Schließlich ließ er das Blatt sinken. „Großartig“, sagte er. „Ein Meisterwerk! Wie glücklich muss ein Mensch sein, der solche Liebe erfährt. Aber wer hat das geschrieben?"

„Hat der Verfasser denn nicht unterzeichnet?"

Er blickte auf das Blatt. „Nein. Kein Name, kein Kürzel."

Sophie lächelte. „Dann bleibt uns nichts anderes übrig, als es zusammen herauszufinden. Vielleicht erkennst du ja den Stil." Sie schlang die Arme um seinen Hals und küsste ihn mit solcher Hingabe und Leidenschaft, dass es keinen Zweifel mehr gab. „Weißt du jetzt", flüsterte sie, „wer den Artikel geschrieben hat?"

Diderot schaute sie ungläubig an. „Willst du etwa sagen …"

„Ja, Liebster, letzte Nacht. Du warst so weit fort, und ich wusste nicht, wie ich es aushalten sollte ohne dich."

Diderot wirkte plötzlich sehr ernst. „Dein Artikel ist wunderbar, aber … ich kann ihn nicht drucken. Die Leser würden eine Frau als Verfasserin niemals akzeptieren."

„Dann ist mein Manuskript also nichts wert?", rief Sophie. „Mein Manuskript – und meine Liebe?" In ihre Enttäuschung mischte sich Wut. „Wenn das so ist, tut es mir Leid, dass ich dir den Text überhaupt gezeigt habe …"

„Pst …!", machte er und legte ihr einen Finger auf die Lippen. „Hör erst mal zu: Ich glaube, ich habe eine Idee."

„Wirklich? Da bin ich aber gespannt."

„Also, eine Frau kommt als Autorin der Enzyklopädie nicht infrage. Aber müssen wir denn den Lesern verraten, dass eine Frau den Artikel geschrieben hat? Wie wäre es, wenn dein Artikel unter dem Namen eines Mannes erscheint? Irgendeines meiner Mitarbeiter? Wie gefällt dir zum Beispiel der Name Jaucourt?" Er grinste sie an. „Wäre das eine Lösung?"

Von diesem Tag an schrieb Sophie regelmäßig Artikel für die Enzyklopädie. Bei der Auswahl der Themen ließ Diderot ihr freie Hand. Er meinte, die beste Voraussetzung, um andere Menschen für ein Thema zu interessieren, sei das eigene Interesse. Also beschäftigte Sophie sich mit Fragen, über die sie selbst gern mehr erfahren wollte. Sie schrieb über die Arbeit von Hebammen und über die Mode, über Eifersucht und über das Schnarchen. Da sie in ihren Beiträgen eine außergewöhnliche Sicherheit in Ausdruck und Stil bewies, vertraute Diderot ihr mit der Zeit immer bedeutendere Aufgaben an. Sie überarbeitete Artikel über die Nächstenliebe, über das Hübsche und das Hässliche – und schließlich sogar Artikel über Fragen der Philosophie und Theologie.

Als sie ihm eines Tages eine umfangreiche Abhandlung mit dem Titel „Gewissheit" zeigte, die sie in nächtelanger Arbeit redigiert hatte, machte Diderot ihr das schönste Kompliment, das sie sich vorstellen konnte. Er gab ihr einen zärtlichen Kuss und sagte: „Du bist wirklich eine Philosophin."

„Du wirst den Artikel also drucken?"

„Habe ich eine andere Wahl?", fragte er. „Bist du glücklich?"

„Ja", sagte sie, „ja – das bin ich ..."

Der Mann mit dem Federhut gehörte der Vergangenheit an.

WIE JEDEN Morgen begann Antoine Sartine seinen Dienst im Hauptkommissariat der Pariser Polizei Punkt neun Uhr. Seit seiner Beförderung zum Sekretär des Generalleutnants, die vor wenigen Monaten erfolgt war, hatte er ein geradezu herrschaftliches Dienstzimmer. Wenn sein Amt ihn nicht zwang, außer Haus zu ermitteln, verbrachte er fast sämtliche Stunden des Tages in diesem Raum. Seine Wohnung benutzte er nur noch zum Schlafen. Die Einsamkeit dort schnürte ihm die Kehle zu.

Zum Glück ließ ihm die Arbeit keine Zeit, sich mit seinen Gefühlen zu beschäftigen. Er war für die Überwachung des gesamten Pariser Buchhandels zuständig – eine Aufgabe, die ebenso viel bürokratische Gründlichkeit wie literarisches Fingerspitzengefühl erforderte. Im ganzen Land brodelte und gärte es. Die Bevölkerung murrte über die Steuerreform, in der Kirche stritten die Jesuiten mit den Jansenisten, und auch die Auseinandersetzungen zwischen der Krone und dem Parlament um die Macht im Staat wollten kein Ende nehmen. In dieser aufgeheizten Atmosphäre konnte ein Funke genügen, um das Pulverfass in die Luft zu jagen. Antoine Sartine tat alles, was in seiner Macht stand, um das zu verhindern.

In den Regalen seines Büros reihten sich fast fünfhundert Dossiers aneinander, die er persönlich verfasst hatte. Darin fand sich sein Urteil zu Montesquieus „Vom Geist der Gesetze" ebenso wie zu Rousseaus „Abhandlung über die Wissenschaften und die Künste" oder zu Buffons „Naturgeschichte", vor allem aber zu zahllosen kleinen und großen Skandalschriften aus dem Bereich der Theologie, der Philosophie und der Rechtswissenschaft. Die Verfasser waren so unterschiedlich wie ihre Ergüsse. Die meisten kämpften bloß darum, eine Rezension im *Mercure* zu ergattern, der wichtigsten Zeitung der Stadt, einige wenige bemühten sich um den Einzug in die Comédie Française oder um einen Sitz in der Akademie. Sie kamen aus allen Schichten des Volkes und allen Winkeln des Königreichs, veröffentlichten Gedichte und gewannen Stipendien und endeten in der Regel doch als Rechtsanwälte oder Staatsdiener. Es sei denn, sie konnten sich im Sold eines Buchhändlers als Berufsschriftsteller über Wasser halten – wie Diderot.

Beim Gedanken an diesen Mann entwand sich Sartines Brust ein Seufzer. Das Erscheinen der Enzyklopädie empfand er als persönliche Niederlage. Nach Sartines Auffassung wurde die Zensur viel zu lax gehandhabt; noch schlimmer aber als die allgemeine Schludrigkeit war ein Fehler in der Prozedur selbst: dass nämlich nicht die gedruckten, sondern die handschriftlichen Texte die Grundlage der Überprüfung bildeten. Gab es darin etwas zu beanstanden, konnte der Zensor zwar Korrekturen verlangen, doch was damit geschah, stand in den Sternen – den fertig gesetzten Fahnenabzug bekam er nie zu sehen. Es genügte also allein das Versprechen des Autors oder des Verlegers, eine angemahnte Änderung vorzunehmen, um die Zensur zu unterlaufen. Diese Schwäche des Systems hatte Diderot beim ersten Band der Enzyklopädie schamlos ausgenutzt. Jetzt war die Enzyklopädie im Handel und enthielt tausend und abertausend Verstöße und Irrlehren, doch durch die Zuneigung des Vizekanzlers war sie gegen jeden Angriff gefeit.

Es klopfte an der Tür.

„Herein!"

Ein Arbeiter betrat den Raum, die Mütze in der Hand. „Ich hätte da wieder was für Sie", sagte er und deutete auf seine Tasche.

„Leg die Sachen auf den Tisch da drüben!"

Während der Arbeiter die Tasche öffnete und mehrere Druckbogen auspackte, zückte Sartine sein Portemonnaie. „Da", sagte er und warf ihm eine Münze zu. „Und mach die Tür hinter dir zu!"

Kaum war der Arbeiter hinaus, eilte Sartine an den Tisch, um die Beute zu inspizieren: ein Dutzend neue Artikel der Enzyklopädie. Er nahm ein Messer und schnitt die Bogen auf. Pater Radominsky hatte Auskunft über alles verlangt, was die Philosophen verbreiteten. Sartine war entschlossen, die nötigen Beweise zu liefern. Es würde ihm ein Vergnügen sein, Diderot zu überführen, den Mann, der ihm seine Frau und sein Lebensglück geraubt hatte.

Sartine trug die aufgeschnittenen Seiten zu seinem Schreibtisch und begann zu lesen. Gegen seinen Willen nötigte ihm die Lektüre Bewunderung ab. Was für ein gerissenes System hatten die Enzyklopädisten ersonnen, um die Obrigkeit zu täuschen!

Alle Artikel mit verdächtigen Titeln, ob religiösen oder politischen Inhalts, gaben unanfechtbare Lehrmeinungen wieder; scheinbar harmlose Beiträge aber wie „Hirsch“ oder „Adler“, auf die kein normaler Zensor je ein Auge werfen würde, strotzten nur so von gemeingefährlichen Thesen, zu denen der Leser durch ein ausgeklügeltes Verweissystem geleitet wurde. Doch leider war ein Querverweis nicht strafbar.

Plötzlich stutzte Sartine. Was las er da? „Die Wunder der Bibel können nur historische Wahrheit beanspruchen; selbst die wundersamen Heilungen Jesu Christi haben keine wirkliche Wunderkraft, teilen sie doch viele Merkmale mit den gewöhnlichen Heilungen eines Äskulap …“ Sartine begriff sofort, dass dieser Satz gefährlichster Sprengstoff war: Hier wurde die Heilige Schrift als Gottes Offenbarung geleugnet. Er ging mit dem Zeigefinger zurück bis zum Anfang der Spalte. Der fragliche Satz stand in einem Artikel mit dem Titel „Gewissheit“, gezeichnet von einem Autor namens de Prades.

Sartine verließ den Schreibtisch, trat an sein Regal, zog die Akte hervor und schlug sie auf. Dieser de Prades hatte ein übles Machwerk verfasst, eine Skandalschrift, die gespickt war mit den schlimmsten Verunglimpfungen des christlichen Glaubens, und dann auch noch die Stirn gehabt, die Arbeit als Dissertation an der theologischen Fakultät der Sorbonne einzureichen. Die Professoren hatten keinerlei Grund zur Beanstandung gefunden und de Prades zum Doktor der Theologie promoviert. Sartine hatte den Fall gemeldet.

Noch am selben Tag machte er sich auf den Weg zur Place Royale. Vor dem Portal von Saint-Paul-Saint-Louis stieg er aus der Kutsche und klopfte an die Pforte eines unscheinbaren Hauses im Schatten der prachtvollen Jesuitenkirche.

„Erinnern Sie sich an einen Autor namens de Prades?“, fragte er Radominsky, nachdem der Pater ihm in seinem Arbeitszimmer einen Platz angeboten hatte.

„Natürlich – *Jerusalem coelestis*. Er hat in seiner Dissertation eine Unzahl von Dogmen verletzt. Ich habe bereits ein Verfahren gegen ihn eingeleitet. Aber warum fragen Sie? Ist der Mann schon wieder aufgefallen?“

„Allerdings“, erwiderte Sartine. „Offenbar arbeitet er inzwischen für die Enzyklopädie.“

Radominsky lehnte sich in seinem Stuhl zurück. „Etwas Besseres konnte uns nicht passieren“, sagte er leise. „Ich glaube, jetzt haben wir sie. Das wird den Herren Philosophen das Genick brechen. Gut gemacht, Sartine. Haben Sie zufällig die Unterlagen dabei?“

Der letzte Tag des Jahres 1751 dunkelte bereits, doch das Verlagshaus in der Rue de la Harpe war noch hell erleuchtet. Während im Erdgeschoss die Druckpressen auch an diesem Abend kreischten und stöhnten, stieß man im Redaktionsbüro unter dem Dach auf den Erfolg an.

„Messieurs, auf die Enzyklopädie!"

„Prosit!", erwiderte d'Alembert den Trinkspruch des Verlegers. „Auf dass wir das Werk zu einem guten Ende bringen."

Im Treppenhaus wurden Schritte laut. Im nächsten Moment flog die Tür auf, und herein eilte Grimm, der deutsche Journalist, hochrot im Gesicht. „Jerusalem ist gefallen!", keuchte er und warf sich auf einen Stuhl. „Die Sorbonne hat de Prades die Doktorwürde aberkannt und ihn aus der theologischen Fakultät entfernt."

„Was?", rief d'Alembert. „Das ist nicht möglich!"

„Und ob das möglich ist! Sie behaupten, dass de Prades die Wunder Jesu leugnet."

Diderot zuckte zusammen. „Wer sagt das?"

„Der Dekan der Fakultät. Die Professoren sind außer sich."

„Wo ist de Prades jetzt?", fragte d'Alembert sichtlich nervös.

„Er hat sich irgendwo außerhalb von Paris versteckt. Die Jesuiten verbreiten das Gerücht, dass hinter de Prades ein ganzes Komplott steckt. Sie reden von einer Verschwörung."

„Und aus wem soll die bestehen?"

„Aus den Herausgebern und den Autoren der Enzyklopädie. Als Beweis führen sie Parallelen zwischen der Dissertation und einem Artikel im nächsten Band des Wörterbuchs an."

„Woher wollen sie wissen, was darin steht? Der zweite Band ist doch noch gar nicht erschienen!"

„Was weiß ich? Auf jeden Fall sind sie dadurch auf die Idee gekommen, sich das ‚Himmlische Jerusalem' genauer anzuschauen."

„Sie schießen auf de Prades, um uns zu treffen." D'Alembert sah Diderot vorwurfsvoll an. „Ich habe gleich gewusst, es ist unverantwortlich, einen so wichtigen Beitrag einem so unerfahrenen Mann wie de Prades zu überlassen."

Diderot schwieg und verfluchte im Stillen seinen Leichtsinn, den Text mit Sophies Ergänzungen in Druck gegeben zu haben, statt ihn zu entschärfen. Noch in derselben Nacht schrieb er einen Brief an Madame de Pompadour.

Während er auf die Antwort der Marquise wartete, holten seine Widersacher zum großen Gegenschlag aus. Kaum war am Neujahrstag der zweite Band der Enzyklopädie freigegeben worden, nahm das *Journal de Trévoux*, die Zeitschrift der Jesuiten, die keine andere Aufgabe hatten, als gegen die Philosophen zu hetzen, den Artikel „Gewissheit“ zum Anlass, öffentlich zu fragen, ob die Zensur das Wörterbuch überhaupt prüfe, bevor sie das Imprimatur erteile. Mit inquisitorischer Strenge wies das *Journal* den Herausgebern und Autoren der Enzyklopädie sämtliche Irrlehren nach, die sie bisher verbreitet hatten.

Am 29. Januar verdammte die Generalversammlung der Bischöfe das Wörterbuch. In ganz Paris wurden Plakate angeschlagen, um die Heiligkeit der Wunder Jesu zu bestätigen und die Ketzereien der Enzyklopädisten zu verurteilen.

Jetzt schaltete sich auch das Pariser Parlament ein, das oberste Gericht im Land. Die Arretierung de Prades’ wurde angeordnet. Um seine Haut zu retten, floh er außer Landes, erst nach Holland, dann nach Berlin, wo er mit Voltaires Hilfe Zuflucht in Sanssouci fand, am Hofe des Preußenkönigs Friedrich II.

„Hat die Pompadour endlich geantwortet?“, wollte Le Bréton eine Woche später wissen.

Diderot schüttelte den Kopf.

„Dann muss ich wohl nach Canossa“, seufzte der Verleger. „Jetzt kann uns nur noch Malesherbes helfen.“

Doch der Direktor der königlichen Hofbibliothek und Oberaufseher des Buchhandels empfing den Verleger nicht. Am siebten Februar erließ er eine Ratsverfügung, in der er die bereits erschienenen Bände des Wörterbuchs offiziell verdammte und die Publikation der weiteren mit sofortiger Wirkung untersagte.

Totenstille kehrte nun in der Rue de la Harpe ein. Die Druckpressen standen still, die Setzkästen waren verwaist.

„Dahinter steckt Rousseau“, erklärte Le Bréton. „Es heißt, Malesherbes habe einen Narren an dem verfluchten Neidhammel gefressen.“

„Unmöglich!“, widersprach Diderot. „Rousseau ist mein Freund.“

Ein Laufbursche kam in die Druckerei gestolpert, in der Hand hielt er einen Brief. „Für Monsieur Diderot! Ihre Frau hat mich geschickt.“

„Gib schon her!“ Während der Laufbursche wieder verschwand, blickte Diderot auf das Kuvert – es war mit einem roten Siegel verschlossen. „Von Madame de Pompadour!“

„Gott sei Dank!“, rief Le Bréton. „Endlich eine gute Nachricht!“

„Obacht! Aus dem Weg!“

Mit einem Dutzend fluchenden Passanten suchte Sophie in einem Hauseingang Zuflucht, während das Wasser unter den Rädern einer vorüberrasselnden Kutsche aufspritzte. Der verharschte Schnee, der Paris wochenlang wie mit einer Schicht aus grauem Zuckerguss bedeckt hatte, war in einem Dauerregen geschmolzen. Ein Bach teilte die Straße in zwei Hälften.

Ohne auf ihre Schuhe und Strümpfe zu achten, eilte Sophie durch das Gewühl. Sie war wütend und enttäuscht. Eine Woche war Madame Diderot nun schon in Langres, um ihren Schwiegervater zu besuchen, und trotzdem hatte ihr Geliebter keine Zeit für sie. Ihre Geduld war am Ende. Und wenn er hundertmal Schwierigkeiten hatte – war das ein Grund, so zu tun, als existiere sie nicht mehr?

Die freie Zeit verbrachte sie meist mit Robert, dem Leibdiener ihres Herrn. Er hatte die Enzyklopädie inzwischen so gründlich gelesen, dass er manche Artikel auswendig konnte. Er war als Kind eines Bauern geboren, doch sein Vater war bald nach der Geburt des Sohnes verarmt. Robert war darum bei einem Onkel aufgewachsen. Er hatte gehofft, ein Handwerk zu erlernen, aber um zu überleben, hatte er arbeiten müssen, erst als Bursche bei einem Offizier, dann in einem Jesuitenkolleg als Gärtner und Pförtner. Die Patres hatten ihn von seiner Frau getrennt, die er kurz zuvor geheiratet hatte, und sie als Dienstmagd in die Provinz geschickt. Seitdem hasste er die Jesuiten und war zum glühenden Jansenisten geworden.

Aber was sollte sie mit Robert? Sie wollte Diderot!

Es hörte gerade auf zu regnen, als sie den Hügel von Sainte-Geneviève erreichte. Sie überquerte den Vorplatz der Kirche und bog in die Rue de l’Estrapade ein. Durch den Hintereingang betrat sie das Haus, eilte die Treppen hinauf, öffnete die Tür.

„Du?“ Er stand über eine offene Kiste gebeugt, einen Packen Bücher in der Hand. „Um Himmels willen, was machst du hier? Wenn man dich sieht!“

Sie überhörte seine Bemerkung. „Wohnt hier der große Herrscher Mongagul?“, fragte sie.

„Ach, Sophie, was soll denn das?“

„Ich wollte mich nur erkundigen, ob er Mirzoza ganz vergessen hat. Sie hat ihn seit Wochen nicht mehr gesehen und weiß gar nicht mehr, wie ein Kuss von ihm schmeckt.“

Sie ging auf ihn zu, um ihn zu umarmen, doch er ließ die Bücher in die Kiste fallen und reichte ihr einen Brief.

„Da, lies! Die Antwort der Pompadour."

Sophie nahm das Schreiben und überflog die wenigen Zeilen. *Ich vermag in der Sache des enzyklopädischen Wörterbuchs nichts zu tun. Man behauptet, das Werk enthalte Grundsätze, die der Religion und der Autorität des Königs widersprechen. Verhält es sich so, dann muss es verbrannt werden.*

„Aber das ist ja fürchterlich ..." Entgeistert ließ Sophie das Schreiben sinken. Ihre Wut war erloschen. Sie empfand nur noch Scham. „Ich könnte mich ohrfeigen", sagte sie. „Es ist alles meine Schuld. Wenn ich nicht ..."

„Nein", widersprach er, „ich bin der Herausgeber. Ich habe die Verantwortung."

„Trotzdem, ohne meine Zusätze hätte kein Mensch an dem Artikel Anstoß genommen. Aber wozu packst du Bücher?"

„Voltaire hat mich zu sich nach Preußen eingeladen." Er nahm ihr Gesicht zwischen seine Hände. „Würdest du mit mir kommen, wenn ich dich darum bitte?"

„Das wünschst du dir? Wirklich?" Das Herz klopfte ihr vor Überraschung und Freude. Eine Reise mit Diderot! In ein fremdes Land! Die Vorstellung war schöner als jedes Märchen. Doch plötzlich beschlich sie ein merkwürdiges Gefühl. „Und dann?", fragte sie. „Was soll dann werden?"

„Keine Ahnung. Ich weiß nur, hier kann ich nicht bleiben. Der Prediger von Notre-Dame hat letzten Sonntag auf der Kanzel behauptet, dass es de Prades gar nicht gebe, sondern dass ich die verfluchte Dissertation geschrieben hätte. Die Jesuiten versuchen, sich die Enzyklopädie unter den Nagel zu reißen, um sie selbst herauszugeben. Ich hatte so sehr gehofft, dass die Pompadour ... Wie soll ich im Ausland Autoren finden? Wer wird die Texte drucken? Wie sollen die Bücher zurück nach Frankreich gelangen?"

„Ich weiß es nicht", sagte Sophie. „Ich weiß nur – du darfst jetzt nicht aufgeben! Seit ich dich kenne, lebst du für dieses Buch. Du darfst nicht fort! Du musst es zu Ende bringen, und das kannst du nur hier!"

„Aber wenn ich in Paris bleibe, verhaften sie mich. Und ich weiß nicht, ob ich das noch einmal überstehe."

Auf einmal hatte Sophie eine Idee. „Versprich mir, noch etwas zu warten", sagte sie. „Nur ein paar Tage."

„Warten? Wozu?"

„Frag nicht, Liebster, hab einfach Vertrauen!"

Ein Aufschrei ging durch Europa. Die Enzyklopädie war verboten worden! In Holland, in Genf, in England – in allen Ländern, wo die Freiheit regierte, wurden Proteste laut. Und in Russland und Preußen, wo es keinerlei Freiheit gab, protestierten sogar die Herrscher gegen das Verdikt aus Paris.

Sophie stand unschlüssig im Haus ihres Herrn vor der Tür zum Salon, den Finger zum Anklopfen bereit. Auf der anderen Seite der Tür hörte sie die Stimme ihres Herrn – und die Stimme seiner Schwester, der Marquise de Pompadour. Sophie war so aufgeregt, dass ihr übel war. Sie hatte Diderot gesagt, er solle ihr vertrauen. Und jetzt, da die Gelegenheit da war, auf die sie seit Tagen gehofft hatte, bekam sie weiche Knie, und ihr Magen krampfte sich zusammen.

Plötzlich ging die Tür auf. Eilig machte Sophie einen Schritt zurück. Vor ihr stand Madame de Pompadour. Ihre Stirn war umwölkt.

„Du lauschst an der Tür?"

„Bitte verzeihen Sic, Madame", stammelte Sophie. „Ich … ich hatte auf Sie gewartet."

„Was willst du? Sprich schon!"

„Ich möchte Sie um Hilfe bitten", brachte Sophie mühsam hervor. „Weil … ich habe Ihren Brief an Monsieur Diderot gelesen."

„Wie bitte?"

„Es … es geht um die Enzyklopädie. Ich wollte Sie bitten, ob Sie … ob Sie sich Ihr Urteil noch einmal überlegen könnten. Sie dürfen nicht zulassen, dass man das Wörterbuch verbrennt!"

„Und warum nicht?"

„Weil ich Monsieur Diderot liebe."

„Ach, so ist das", sagte die Pompadour, während Sophie spürte, wie ihr das Blut ins Gesicht schoss. „Ist er also der Mann, dem dein Herz gehört?"

Sophie nickte.

„Wie dem auch sei – du kennst meine Entscheidung."

„Monsieur Diderot hat alles für dieses Wörterbuch geopfert, sein ganzes Wissen, seine ganze Kraft. Wenn Sie das Buch verbieten, ist es wie ein Todesurteil."

Die Pompadour zuckte mit den Schultern. „Tut mit Leid." Sie hatte bereits die Tür erreicht, als sie sich noch einmal umdrehte. „Vielleicht gibt es doch eine Möglichkeit."

„Bitte sagen Sie, was ich tun muss. Ich bin zu allem bereit."

„Nun gut. Wenn du mein Angebot annimmst und mit mir kommst, will ich mir die Sache noch einmal überlegen. Und ich verspreche dir, du wirst mit dem Ergebnis zufrieden sein."

„Sie meinen, nach Versailles?"

„Richtig, in mein kleines Lustschloss."

„Nein", flüsterte Sophie. „Das kann ich nicht. Auch wenn ich es wollte ..."

„Dein letztes Wort?", fragte die Pompadour.

Sophie nickte stumm. Sie schwiegen beide eine lange Weile, während die Diener reglos am offenen Portal warteten.

Dann sagte die Pompadour: „Du scheinst ihn wirklich zu lieben." Fast schien es, als würde sie lächeln.

ES WAR eines von jenen zahllosen Soupers in Versailles, die weniger der Nahrungsaufnahme als vielmehr dem Zweck dienten, die Langeweile des Herrschers zu vertreiben.

Pater Radominsky, der zwischen Maria Leszczynska und Madame de Pompadour an der königlichen Tafel saß, empfand die Konversation als ebenso zäh wie das Ragout. Radominsky dachte über sein weiteres Vorgehen nach. Das Schicksal der Enzyklopädie war besiegelt – von dem Schlag, den er den Philosophen versetzt hatte, würden diese sich so schnell nicht erholen. Seine Absicht war es, das Unternehmen selbst in die Hand zu nehmen. Der König hatte ihn bereits wissen lassen, dass er einer solchen Übernahme durchaus gewogen war.

„Wer weiß", weckte die Pompadour Radominsky aus seinen Überlegungen, „vielleicht richten die vielen Verhaftungen der letzten Zeit mehr Schaden als Nutzen an. Das Land blutet aus, wenn die besten Köpfe Frankreich verlassen."

„Die besten Köpfe Frankreichs sitzen nach wie vor an diesem Tisch", erwiderte König Ludwig.

„Vergessen wir nicht, während wir hier sitzen, ist Voltaire schon wieder in Sanssouci. Der größte Philosoph Frankreichs am Tisch des Preußenkönigs statt an der Tafel Seiner Majestät."

„Sie wissen doch, wie sehr die Politik uns langweilt", erwiderte Ludwig gequält. „Wir haben ganz andere Sorgen. Wir sind erschöpft von der Jagd, erschöpft und verärgert. Meine Büchse hatte Ladehemmung. Da benutze ich täglich ein Gewehr, ohne wirklich zu wissen, wie es funktioniert. Ist vielleicht jemand hier am Tisch, der mir erklären kann, warum das Schießpulver schießt?"

Die Pompadour sagte: „Was wollen Sie, Sire? Ist es mit dem Puder, den wir Frauen täglich gebrauchen, etwa anders? Auch wir sind ahnungslos, wie er sich zusammensetzt und seine Wirkung entfaltet."

„Oder weiß vielleicht jemand", fiel die Königin ein, offenbar glücklich, auch einmal etwas sagen zu können, „wie die seidenen Strümpfe gemacht werden, die wir Frauen tragen?"

„Wie nützlich wäre es doch", sagte die Pompadour, „wenn man solche Dinge irgendwo nachschlagen könnte."

„In der Tat", stimmte die Königin ihr zu. „Das wäre überaus nützlich." Auch der König nickte. Die Pompadour hob eine Glocke und läutete. Die Flügeltür ging auf, und ein Diener trug zwei prächtig eingebundene Bücher herein. Er reichte Ludwig und seiner Frau die Bände. Das Königspaar blätterte, las, staunte.

„Das ist ja unglaublich!", rief Seine Majestät. „Da steht alles geschrieben: wie ein Gewehr funktioniert, woraus Puder besteht …"

„Und wie man Strümpfe wirkt …", ergänzte seine Gemahlin.

„Ähnliche Auskunft erteilt auch das Wörterbuch von Trévoux", wandte Radominsky ein. Doch niemand hörte auf ihn.

„Was für ein großartiges Werk", sagte der König. „Und das haben wir wirklich verboten?"

„Ja, so heißt es", erwiderte seine Favoritin. „Doch fast möchte ich glauben, Majestät haben es nur konfiszieren lassen, um der einzige Mann im Königreich zu sein, der alles weiß."

Ludwigs Blick fiel auf Radominsky. „Wahrhaftig, ich weiß nicht, warum man mir so viel Schlechtes von diesem Buch erzählt hat."

„Weil es Schlechtes enthält", knurrte der Pater.

„Mag sein", erwiderte Ludwig mit einem Lächeln. „Aber soll man den Teil für das Ganze nehmen? Bei dem heutigen Souper kam ein Ragout auf die Tafel, das durchaus misslungen war. Wir haben trotzdem nicht gleich alles zum Fenster hinausgeworfen. Nicht anders wollen wir mit der Enzyklopädie verfahren."

Es ist keineswegs die Absicht Seiner Majestät, dem Publikum ein Buch vorzuenthalten, welches den Wissenschaften und den Künsten von großem Nutzen sein kann; vielmehr gilt deren Wachsen und Gedeihen stets die allerhöchste Aufmerksamkeit Seiner Majestät, weshalb Seine Majestät geruht, den Druck der folgenden Bände zu gestatten.

Der neue Erlass, mit dem die Ratsverfügung vom siebten Februar aufgehoben wurde, war kaum an den Verleger und die Herausgeber der Enzyklopädie ergangen, da kehrten die alten Geister in das Totenhaus in der Rue de la Harpe zurück. Die Druckpressen begannen wieder zu stöhnen und zu kreischen, und Le Bréton hatte alle Hände voll zu tun, Papier in ausreichenden Mengen herbeizuschaffen.

Obwohl der Erlass die weitere Verbreitung der Enzyklopädie unter den Vorbehalt einer schärferen Zensur stellte und außerdem das Verbot der ersten beiden Bände ausdrücklich bestätigte, war die neue Ratsverfügung eine fürchterliche Niederlage für Pater Radominsky. Er beschwor die Königin, ihren Gemahl zur Rücknahme des Erlasses aufzufordern; er intervenierte bei Malesherbes und bei der Pompadour – doch seine Bemühungen waren vergebens. Die Pompadour teilte ihm mit, dass der Anführer der Philosophenbande, Denis Diderot, in Bälde der englischen Royal Society als Kandidat präsentiert werden sollte und die Académie Française gar erwog, d'Alembert in ihre Reihen aufzunehmen – in Anerkennung seiner Verdienste um die Enzyklopädie.

Im Palais Poisson herrschte helle Aufregung. Robert, der Leibdiener des Hausherrn, hatte sich über Nacht aus dem Staub gemacht, mit einer Kassette wertvollem Tafelsilber – und dem entliehenen Band der Enzyklopädie.

Aber was kümmerte das Sophie? Sie war glücklich. Die Enzyklopädie durfte wieder erscheinen! Sophie konnte es gar nicht erwarten, Diderot endlich zu sehen. Sie hatten sich an der Seine verabredet, unter der Brücke, wo sie sich zum ersten Mal geliebt hatten. Sophie war voller Pläne und Ideen – genug, um hundert Bände zu füllen. Aber sie hatte noch eine Überraschung für ihn, ein Geschenk, das wertvoller war als alle Bücher der Welt. Sophie lief die Treppe hinunter zur Seine, und sie hatte das Flussufer noch nicht erreicht, als sie ihn auch schon sah. Angelehnt an einen Brückenpfeiler, wartete Diderot auf sie.

Auch er erkannte sie bereits von weitem und trat unter der Brücke hervor. Sie eilte ihm entgegen.

„Ich muss dir etwas sagen, Sophie."

„Dass du mich liebst? Aber das weiß ich doch."

„Was ich dir sagen muss, wird dir nicht gefallen, Sophie. Du kannst nicht länger mit uns arbeiten. Es geht einfach nicht, dass eine Frau für die Enzyklopädie schreibt. Weder unter ihrem eigenen noch unter einem anderen Namen."

„Das wagst du mir zu sagen? Nach allem, was gewesen ist?"

„Ja, leider, Sophie. Du hast die Enzyklopädie um ein Haar ruiniert! Du hast die schlimmsten Ketzereien in de Prades' Artikel hineingeschrieben. Deine Anmerkungen haben die Zensur erst auf die richtige Fährte gebracht – das hast du selbst gesagt. Hast du das vergessen?"

„Ruiniert? Ich habe getan, was ich konnte, um dein Werk zu retten. Warum, glaubst du, hast du plötzlich die Erlaubnis bekommen weiterzumachen?"

„Was weiß ich? Despoten begründen ihre Entscheidungen nicht."

„Dann will ich es dir sagen: Madame de Pompadour hat sich beim König für dich eingesetzt."

„Die Pompadour? Sie hat mir doch selbst geschrieben, dass sie nichts für mich tun kann."

„Sie hat es sich anders überlegt. Weil ich sie darum gebeten habe."

„Du?" Diderot lachte auf. „Das glaubst du doch wohl selbst nicht."

„Du hast ja keine Ahnung, wie es war!"

„Dann klär mich bitte auf! Womit hast du sie denn überzeugt?"

Die Antwort lag Sophie auf der Zunge. Mit meiner Liebe zu dir! Doch bevor sie ihm jetzt, in diesem Augenblick, da er ihr solche Missachtung entgegenbrachte, ihre Liebe gestand, würde sie sich eher die Zunge abbeißen. Also schwieg sie.

„Na los!", drängte er. „Sag schon."

Er maß sie mit einem so abschätzigen Blick, dass Sophie am ganzen Leib zu frieren begann.

Plötzlich fiel ihr Diderots Frau ein, wie sie mitten in der Nacht auf einmal vor ihr aufgetaucht war, mit seinem Kind auf dem Arm. Die Erinnerung öffnete ihr die Augen, und die Erkenntnis war so bitter wie Galle. Er behandelte sie genauso lieblos wie seine Frau.

„Komm, beruhige dich", sagte er und versuchte zu lächeln. „Ich habe es ja nicht so gemeint."

Er streckte die Hand nach ihr aus, wollte sie streicheln, doch sie schüttelte den Kopf.

„Rühr mich ja nicht an! Nicht jetzt!"

„Aber warum nicht? Komm, wir wollen uns vertragen!"

„Beantworte mir eine Frage ...", sagte Sophie.

„Jede, wenn du nur aufhörst, mir böse zu sein."

„Was ist dir wichtiger? Die Enzyklopädie oder unsere Geschichte?"

Er räusperte sich, dann sagte er: „Die Enzyklopädie ist wichtiger als wir. Wichtiger als jeder einzelne Mensch."

„Wichtiger auch als die Liebe?“

Diderot nickte. „Auch als die Liebe.“

Sophie holte tief Luft. Diese vier Worte entschieden alles. Sie sagte: „Scher dich zum Teufel!“ Ohne ein weiteres Wort ließ sie ihn stehen. Dass sie ein Kind von ihm erwartete, hatte sie ihm nicht gesagt.

Die Vertreibung
1757–59

Dominos und Schäferinnen, chinesische Mandarine und griechische Göttinnen, Pharaonen und Südseeinsulanerinnen füllten den Spiegelsaal, der im Glanz der Kronleuchter erstrahlte. Madame de Pompadour hatte zum Maskenball geladen, und seit Stunden war der Hof von Versailles damit beschäftigt, sich zu vergnügen.

Sogar der Herrscher – im Gewand des Kriegsgottes Mars, Zeichen allerhöchster Verbundenheit mit den Soldaten Seiner Majestät, die gerade gegen England und Preußen zu Felde zogen – schien sich zu amüsieren. Stets von einem Dutzend Haremsdamen umringt, hatte Ludwig an diesem Abend nur dreimal gegähnt.

Sophie war die einzige Frau unter den Gästen, die weder Kostüm noch Maske trug. Ihr war die turmhohe Perücke, die sie auf dem Kopf balancierte, Verkleidung genug. Obwohl sie inzwischen drei Jahre am Hofe war, hatte sie sich immer noch nicht an das künstliche Haarteil gewöhnt, so wenig wie an die dicke Schicht Puder auf ihren Wangen.

Madame de Pompadour hatte sie als Vorleserin zu sich geholt, unmittelbar nachdem ihre geliebte einzige Tochter Alexandrine im Alter von zehn Jahren an Tuberkulose gestorben war. Der Abschied von Monsieur Poisson war Sophie nicht leicht gefallen, doch die Mätresse des Königs behandelte sie mit noch größerer Liebenswürdigkeit als ihr Bruder – fast wie eine jüngere Schwester.

„Ich würde dir gern jemanden vorstellen.“

Sophie drehte sich um. Vor ihr stand die Pompadour im Kostüm einer Gärtnerin.

„Bitte nicht“, sagte Sophie. „Sie wissen doch, dass ich nicht interessiert bin.“

„Eine Frau braucht einen Gönner bei Hofe.“ Die Pompadour hielt einen

Mönch auf, der gerade vorüberkam. Sein Kopf war von einer Kapuze verhüllt. „Ach, Monsieur, kennen Sie eigentlich meine Freundin Sophie?"

„Ich habe schon viel von Ihnen gehört", sagte der Mönch und beugte sich über Sophies Hand. „Am ganzen Hofe wird Ihre Vortragskunst gerühmt."

Als er sich aufrichtete, erkannte Sophie den Mann: Unter der Kapuze verbarg sich Monsieur de Malesherbes, der Direktor der Hofbibliothek. Sie wollte sein Kompliment gerade erwidern, da setzte Musik ein.

„Darf ich bitten?", fragte er und reichte ihr den Arm. Er führte Sophie, vorbei an einem künstlichen Teich, zur Tanzfläche, wo sich bereits einige Paare zum Menuett formierten. Der Tanzmeister hob den Stab, und die erste Reprise des Menuetts begann.

„Ich hoffe nur", seufzte Malesherbes, „der König sieht mich nicht. Auf dem Parkett fühle ich mich so verloren wie im Land der Cacouacs."

„Von welchem Land sprechen Sie?"

„Sie kennen die Cacouacs nicht? Dabei redet man in Paris von nichts anderem."

„Ich bin seit Monaten nicht in der Stadt gewesen."

„Nun, dann ist es kein Wunder, dass Sie ihnen noch nicht begegnet sind."

„Das heißt, die Cacouacs leben in Paris?"

„So ist es! Und doch versteht kein Mensch ihr Gequake." Als er ihr fragendes Gesicht sah, fügte er hinzu: „Nur eine Parodie, Madame, die unlängst im *Mercure* erschien. Gemeint sind natürlich die Philosophen."

„Was haben die Philosophen mit den Cacouacs zu tun?"

„Ganz einfach: Sie wirken wie die freundlichsten Geschöpfe Gottes. Doch sobald sie zu quaken anfangen, verspritzen ihre Zungen tödliches Gift."

„Was für ein scharfsinniger Vergleich", sagte Sophie mit einem Anflug von Bitterkeit. „Ich nehme an, hier spricht der Zensor Seiner Majestät? Und wie beurteilt das Publikum die Cacouacs?"

„Es lacht! Die kleine Parodie könnte für die Enzyklopädisten schlimmere Folgen haben als jede Ratsverfügung. Ich möchte nicht in Monsieur Diderots Haut stecken. Oh, Pardon!", unterbrach er sich, als Sophie ins Stolpern geriet. „Bin ich auf Ihren Saum getreten?"

„Nein, nein. Ich fürchte, ich bin umgeknickt."

Er führte sie ans äußerste Ende des Saales. Hinter einer Grotte aus Pappmaschee, aus der sich anmutig plätschernd ein Wasserfall ergoss, fanden sie in einer Heckenlaube eine Bank.

„Ich glaube, hier sind wir sicher", sagte Malesherbes und nahm zwei

Gläser Wein von einem Tablett, das in der Laube bereitstand. „Auf das Wohl der Favoritin, die uns einander vorgestellt hat!“

Sie begannen zu plaudern. Der Direktor der Hofbibliothek gefiel Sophie; er war charmant, und seine Witze sprühten vor Esprit, selbst wenn er von den allergewöhnlichsten Dingen sprach. Vor allem aber wusste er Abstand zu wahren. Weder belästigte er sie mit Anzüglichkeiten, noch versuchte er, ihr etwas ins Ohr zu raunen wie sonst am Hofe üblich. Nur manchmal musterte er sie auf seltsame Weise, als forsche er in ihrem Gesicht nach etwas, von dem er selbst nicht wusste, was es war.

„Um offen zu sein“, sagte er, „Sie sind mir ein großes Rätsel. Sie sind die einzige Frau am Hofe, die keinen Liebhaber hat. Warum? Sie sind doch die einzige, die wirklich zu lieben vermag.“

„Woher wollen Sie das wissen?“, fragte Sophie.

„Es gibt, wenn ich recht unterrichtet bin, einen natürlichen Beweis.“

Sophie wusste, wovon er sprach, und schwieg.

„Darf ich Sie einmal besuchen“, fragte er, „wenn ich zufällig in Versailles bin?“

Als Sophie Malesherbes zum Abschied die Hand entgegenstreckte, zwitscherte draußen bereits ein Vogel, der den neuen Tag begrüßte.

EIN MÖBELWAGEN, bespannt mit zwei Pferden, wartete vor dem Haus in der Rue Taranne. Ein halbes Dutzend Männer lief treppauf, treppab, um die Möbel abzuladen.

Nanette stand auf dem Treppenabsatz und reckte den Hals, um ihre Augen überall gleichzeitig zu haben. Endlich hatte die Enge in der Rue de l'Estrapade ein Ende! Das Haus, das sie nun in der Gemeinde Saint-Germain-des-Prés bezogen, war groß und schön und beinahe herrschaftlich. Für Nanette ging ein Traum in Erfüllung.

Während sie die Arbeiten dirigierte, stieg Diderot die Treppe hinauf. Hoch oben unter dem Dach, in der Mansarde, hatte er ein Geschoss für sich allein. Als er die Tür hinter sich zumachte, betrachtete er zufrieden sein neues Reich: einen Stuhl mit Strohgeflecht, einen Tisch, Bücherbretter aus Tannenholz – das war alles, was er brauchte.

Der neue Vertrag mit Le Bréton hatte den Umzug möglich gemacht. Diderot verdiente jetzt fast doppelt so viel wie zuvor. Der Verleger konnte es sich leisten – die Geschäfte liefen großartig, nicht zuletzt dank der Jesuiten, die immer noch gegen die Enzyklopädie Sturm liefen. Über 4000 Subskribenten hatten das Wörterbuch inzwischen abonniert, Jahr für Jahr erschien ein weiterer Band. Nur beim Buchstaben C hatte es Schwierigkeiten gegeben, beim Artikel „Constitution", der die Frage behandelte, welcher Instanz die höhere Autorität zukam: dem König oder der Kirche. Der Oberaufseher des Buchwesens, Chrétien de Malesherbes, hatte den Artikel zur Korrektur angefordert, doch offenbar in seiner Schublade vergessen. Wenige Wochen später war d'Alembert in die Académie Française aufgenommen worden. Diderot war sich darum sicher: Das Geschrei über die Cacouacs würde eher verstummen, als er sich in seiner neuen Behausung eingerichtet hatte. Er streifte seinen alten scharlachfarbenen Schlafrock über und setzte sich an den Schreibtisch. Um ihn herum türmten sich die Unterlagen. Die Enzyklopädie hatte einen solchen Umfang angenommen, dass Diderot immer mehr die Aufgaben eines Organisators erfüllen musste – es blieb ihm kaum noch Zeit, eigene Artikel zu schreiben. Gott sei Dank stand ihm Chevalier Jaucourt zur Seite, ein Philosoph aus adliger Familie. Er hatte Theologie und Physiologie in Genf sowie Mathematik und Philologie in Cambridge studiert und hatte als Schüler des berühmten Boerhaave in Leyden zum Doktor der Medizin promoviert. Jetzt gehörte sein Leben der Enzyklopädie. Er war ein Glücksfall für das Unternehmen.

Diderot griff nach einer Feder, nahm einen Bogen Papier und tauchte die Feder in sein Tintenfass. *Liebe Sophie ...*

Es war fast sieben Jahre her, dass er Sophie zum letzten Mal gesehen hatte, doch kein Tag verging, ohne dass er ihr schrieb. Er berichtete ihr von seinen Hoffnungen und Sorgen, vom Fortgang der Arbeit, erkundigte sich nach ihrer Gesundheit, nach ihrem Leben am Hofe, bat sie, sich mit ihm zu treffen. Doch keinen seiner Briefe schickte er ab.

Diderot wusste, es war absurd, was er tat. Doch er konnte nicht anders. Sie hatte ihm seine ersten Briefe ungeöffnet zurückgesandt. Er hatte verstanden und ihr keine weiteren Briefe mehr geschickt. Dennoch hörte er nicht auf, ihr zu schreiben; es war die einzige Möglichkeit, ihr nahe zu sein.

Unter dem Tisch bewegte sich etwas. Diderot legte die Feder beiseite und schaute nach. Zwei braune Kinderaugen blickten ihm entgegen.

„Angélique! Was machst du denn da?"

Seine Tochter strahlte über ihr ganzes vierjähriges Gesicht. „Ich hab mich bei dir versteckt."

„Na, dann komm mal her auf meinen Schoß!"

„Nein. Das geht nicht. Weil ich mein Buch fertig schreiben muss."

Erst jetzt sah Diderot, dass sie einen Bogen Papier und eine Feder in ihren kleinen Händen hielt.

„Aber einen Kuss kannst du mir vorher noch geben, oder?“

„Nur, wenn du mir versprichst, dass ich ein Brüderchen zum Spielen bekomme.“

Ihr Wunsch versetzte ihm einen Stich. Sophie hatte ihm in zwei Zeilen mitgeteilt, dass sie einen Sohn von ihm bekommen habe, dass er Dorval heiße und mit ihr am Hofe lebe.

„So was kann man nicht versprechen, mein Engelchen.“

„Dann bekommst du auch keinen Kuss!“

Diderot seufzte. Ob sie Dorval jemals kennen lernen würde? Er griff nach einem der Pappkartons, um endlich mit der Arbeit anzufangen. Im selben Moment klopfte es an der Tür.

„Herein!“

Jaucourt stand auf der Schwelle, den Dreispitz in der Hand.

„Was gibt's?“

„Haben Sie schon gehört?“, stieß Jaucourt hervor. „Jemand hat den König umgebracht!“

„Waaas?“, rief Diderot und sprang von seinem Stuhl auf.

„Ich komme gerade aus dem Procope. Ein Gast dort hat es mit eigenen Augen gesehen. Ein Attentat. Man hat Ludwig ermordet.“

DREI Tage später erschien Antoine Sartine, inzwischen Untersuchungskommissar, der ein ganzes Heer von Inspektoren und Sergeanten befehligte, bei Pater Radominsky zum Rapport.

„Wie konnte das passieren?“

„Es geschah Punkt Viertel vor sechs am Nachmittag. Der König kam von einem Besuch bei Madame zurück. Der Täter hat sich mit einem Messer auf ihn gestürzt, als Seine Majestät gerade die Kutsche bestieg. Der Mann hat sich dann unbemerkt unter die Leibgarde Seiner Majestät gemischt. Die Klinge des Messers war etwa vier Daumen lang und drang seitlich zwischen der vierten und fünften Rippe in den Leib.“

Während Sartine in seinem Bericht fortfuhr, versuchte Radominsky, sich die Folgen der Katastrophe auszumalen. War der Anschlag ein Zeichen des Himmels? Ein Aufruf, endlich mit aller Konsequenz gegen die Aufrührer und Frevler im Land einzuschreiten? Ach, wenn dem nur so wäre! Das Attentat auf Ludwig war vielmehr dazu angetan, nicht nur Frankreich in eine tiefe Krise zu stürzen, sondern drohte vor allem den einzigen Hüter des Gottesgnadentums königlicher Macht zu treffen – den Orden der Gesellschaft Jesu.

Radominskys Befürchtung war mehr als begründet. In Frankreich, das durch den Waffengang mit England und Preußen ohnehin schon bis ins Mark geschwächt war, war ein Glaubenskrieg entflammt, wie man ihn seit der Vertreibung der Hugenotten nicht mehr erlebt hatte. Schuld daran waren die Jansenisten. Sie erklärten die Ansprüche der Krone gegenüber der Kirche für unantastbar – eine Frechheit angesichts des Papstes, der mit seiner Bulle „Unigenitus“ den Jansenismus als Irrlehre gebrandmarkt hatte. Doch war diese Frechheit ein Wunder, wenn sich das Parlament, die oberste Gerichtsbarkeit im Land, auf die Seite der Rebellion stellte? Obwohl der Erzbischof von Paris befohlen hatte, dass keinem Jünger des Jansenius die Sterbesakramente gespendet werden durften, ohne dass er zuvor der Irrlehre abgeschworen hatte, befahl das Parlament den Priestern in den Pfarreien, allen Sterbenden katholischen Glaubens, gleich welcher Couleur, die Sakramente zu spenden, andernfalls werde ein Haftbefehl gegen sie ergehen.

Und jetzt, inmitten all dieser Wirren, das Attentat! Das Land hallte von den aberwitzigsten Gerüchten über den Täter und seine möglichen Hintermänner wider. Man vermutete Verschwörungen im In- und Ausland, keine Partei traute der anderen über den Weg. Das übelste Gerücht aber streuten die Jansenisten: Hinter dem Anschlag auf König Ludwig verberge sich in Wahrheit ein Komplott der Jesuiten … Welch schamlose Infamie! Allein der Verdacht bedrohte die Existenz des Ordens. Die Gerüchte vom Tod des Königs, die einen Tag lang in Paris kursierten, hatten sich zuvor als falsch erwiesen. Bei dem Anschlag war keine lebenswichtige Ader verletzt worden – zwei dicke Röcke und der Pelz, mit denen der König bekleidet war, hatten die Wucht des Stoßes abgefangen. Doch ob Ludwig nun tot oder nur verletzt war – die Verleumder verstiegen sich zu der Behauptung, dass er seines Lebens nicht mehr sicher sei, solange es noch einen Jesuiten in Versailles gebe, weil die Gesellschaft Jesu alles daransetze, den frömmelnden Dauphin auf dem Thron zu installieren, um so die Herrschaft der Kirche über die Krone abzusichern. Das Attentat konnte bedeuten, dass die Gesellschaft Jesu im Königreich Frankreich für immer verboten wurde.

„Der Mann“, berichtete Sartine, „war mit einer Weste aus grünlichem Samt und einer roten Plüschhose bekleidet. Man fand die Waffe in seiner Tasche, ein aufklappbares Messer mit zwei Klingen. In der Hand trug er ein Gebetbuch. Er erklärte, es von einem Mönch geschenkt bekommen zu haben.“

„Um Gottes willen!“, flüsterte Radominsky entsetzt.

„Außerdem fand man in seinen Taschen eine beträchtliche Summe Geld, siebenunddreißig Louisdor."

„Was wissen Sie über den Attentäter? Was sind seine Motive?"

„Der Mann heißt Damiens. Ein ehemaliger Lakai."

„Wer sind seine Komplizen?"

„Er behauptet, keine zu haben. Sogar unter der Folter blieb er dabei."

„Im *Mercure* wird behauptet, er sei schwachsinnig."

Sartine schüttelte den Kopf. „Nein, das glaube ich nicht. Ich habe ihn mehrmals allein verhört. Er spricht auffallend klar, geradezu druckreif."

„Druckreif? Ein ungebildeter Lakai?"

„Ich halte ihn keineswegs für ungebildet. Ich habe eher den Eindruck, er hat zu viel Bildung genossen. Er sagt dieselben Sätze immer wieder, doch kommt alles so über seine Lippen, als hätte er einen Text auswendig gelernt."

„Was für Sätze sind das?"

Sartine zückte sein Notizbuch. „Zum Beispiel den hier sagt er immer wieder: ‚Die Macht, die durch Gewalt erlangt wird, ist Usurpation und dauert nur so lange, wie die Stärke des Gebietenden die der Gehorchenden übertrifft.'"

Radominsky umklammerte die Lehnen seines Stuhls. Diesen Satz kannte er!

„Und Fragen stellt er", fuhr Sartine fort, „immer wieder dieselben. ‚Gibt es denn keine ungerechte Macht? Gibt es nicht Autoritäten, die keineswegs von Gott stammen, sondern gegen seine Gebote geschaffen werden?'" Er schloss sein Notizbuch und schaute Radominsky an. „Ich glaube, ich weiß, woher diese Sätze stammen."

„Ich auch", sagte Radominsky und erhob sich. „Durchsuchen Sie die Wohnung dieses Mannes. Beschlagnahmen Sie alle Bücher und Broschüren. Ich brauche jedes gedruckte Wort, das der Kerl besitzt!"

DUNKLE Wolken hingen über Versailles, und in dem herrlichsten Schloss Europas, das sonst 24 Stunden am Tag von Lärm, Musik und Lachen erfüllt war, um die Nebel der Langeweile zu vertreiben, wagten sich die Höflinge nur noch auf Zehenspitzen zu bewegen.

Obwohl dem König nur die Haut geritzt worden war, wähnte Ludwig sich dem Tod nahe. Der pferdegesichtige Dauphin Louis-Stanislas, den Staatsgeschäften eigentlich fremd, musste die Sitzungen des Kronrats leiten, während der Herrscher sich mit seinem Beichtvater Desmarets einschloss und sich mehrmals täglich die Sterbesakramente spenden ließ. Zwischen Absolution und Letzter Ölung schickte er reumütige Briefe an seine Gemahlin. Die Pompadour dagegen blieb in ihren Gemächern ohne jede Nachricht. Es war allgemeine Ansicht, dass sie die Schuld an dem Unglück trug. Angeblich war es der Wunsch des Königs, dass sie Versailles für immer verließ.

Die Favoritin weinte, lag auf ihrer Ottomane und schlürfte aus einem silbernen Becher Orangenblütenwasser, das Sophie ihr behutsam einflößte. In ihrer Empörung dachte die Pompadour ernsthaft daran, die Koffer zu packen. Ihr langjähriger Vertrauter, Kardinal Bernis, beruhigte sie, indem er ihr versicherte, dass ein weniger wehleidiger Mann als der König in derselben Verfassung durchaus imstande wäre, am Abend zum Ball zu gehen.

Sophie nutzte die wenige Zeit, in der ihre Herrin sie nicht brauchte, vor allem dazu, sich um ihren Sohn zu kümmern. Obwohl erst fünf Jahre alt, fand Dorval sich in dem riesigen Labyrinth von Versailles bereits besser zurecht als sie selbst. Ganz allein lief er vom Salon der Diana zum Salon des Überflusses, vom Salon des Merkur zum Salon der Venus und von dort zum Ochsenauge, wo ihn ein riesiger Schweizer, der jede Störung vom König fern hielt, am Kragen packte und zu seiner Mutter zurückschickte. Die Zimmerfluchten und Säle imponierten ihm ebenso wenig wie die Gemälde, Statuen und Antiquitäten. Allein der Hauptmann der Schweizergarde, ein kleines, bleichgesichtiges Männlein mit spindeldürren Beinen, dem seine Soldaten, lauter sechs Fuß lange, mit Hellebarden bewaffnete Kerle, trotz ihrer körperlichen Überlegenheit aufs Wort gehorchten, flößte ihm Achtung ein.

Von morgens bis abends war Dorval im Schloss und im Park unterwegs. Noch größer als seine Respektlosigkeit war sein Wissensdurst. Die Köche in den Küchen mussten ihm erklären, wie sie die Speisen zubereiteten, die Stellmacher in den Remisen, wie sie die Wagenräder auf die Achsen der Kutschen montierten, die Schmiede in den Ställen, wie sie die Hufe der Pferde beschlugen. Die Fabeln La Fontaines, aus denen Sophie ihm am Abend vorlas, waren ihm längst nicht mehr genug. Er wollte selbst in den Büchern lesen. Sophie hatte sich darum entschlossen, ihm das Lesen beizubringen. Als Lehrbuch benutzte sie dabei ein mehrbändiges Werk, das noch mehr Antworten enthielt, als selbst Dorval an Fragen stellen konnte.

„Der Mann, der das Buch geschrieben hat", sagte Dorval andächtig, „muss der klügste Mann der ganzen Welt sein."

„Ich glaube, da könntest du Recht haben", erwiderte Sophie.

„Kennst du ihn denn?"

Sie entschloss sich, ihm endlich die Wahrheit zu sagen. „Ja, Dorval, ich kenne den Mann, der das Buch geschrieben hat. Er heißt Denis Diderot, und er ist – dein Vater."

„Mein Vater? Aber warum ist er nicht hier bei uns? Kann der König ihn nicht leiden?"

Die Tür ging auf, und herein kam ein Diener, gefolgt von Monsieur de Malesherbes.

„Wissen Sie, von wem das Buch ist?", rief Dorval.

Malesherbes warf einen Blick auf den noch aufgeschlagenen Band. „Die Enzyklopädie? Aber natürlich! Die ist von Diderot."

„Hast du gehört, Mama!", schrie Dorval, völlig aus dem Häuschen, während Malesherbes Sophie begrüßte. „Er weiß es auch!"

„Monsieur, welchem Umstand verdanke ich die Ehre Ihres Besuchs?", fragte Sophie. Malesherbes zog ein Billett aus der Tasche. „Eine Einladung zum Diner des Barons d'Holbach. Würden Sie mir die Freude machen, mich zu begleiten?"

DAS PALAIS D'HOLBACH lag in der Rue Royale, im vornehmsten Quartier von Paris. Der Baron, ein gebürtiger Pfälzer von leicht bärbeißigem Aussehen, der mit einer charmanten Frau verheiratet war, stand im Ruf, ein glänzender Gastgeber zu sein. Die Diners, die er jeden Sonntag und Donnerstag in seinem fünfstöckigen Haus abhielt, waren sowohl am Hofe wie in der Stadt berühmt.

An dem Sonntag, an dem Sophie dort zu Gast war, gab es Hummer, Kalb und Fasan, garniert mit Früchten und Gemüse, dazu Mandel- und Rosinenspeisen sowie Weine aus der Pfalz. An der Tafel waren zwei Dutzend Damen und Herren versammelt, die sich mit ihren Aperçus gegenseitig an Esprit überboten.

Sophie begriff allmählich, warum das Palais d'Holbach in Versailles als Zitadelle der Atheisten galt. Während die Speisen wechselten, hörte sie die freieste Konversation, die sie je vernommen hatte – keine noch so heikle Frage, die hier nicht gestellt, keine noch so verwirrende Antwort, die hier nicht gegeben wurde. Zum Dessert aber hatte sich der Baron etwas ganz Besonderes ausgedacht: die Uraufführung eines Theaterstückes. Das Drama, das zur Aufführung gelangen sollte, hieß „Der natürliche Sohn oder die Proben der Tugend".

Malesherbes führte Sophie durch eine reich bestückte Bibliothek in einen Saal, der wie ein richtiges Theater hergerichtet war.

Als der Vorhang aufging, traute Sophie ihren Augen nicht. Kein herrschaftlicher Salon, sondern das Heim einfacher Bürger, Frauen, die ihre Reifröcke, und Männer, die ihre Perücken abgelegt hatten. Sie zeigten sich in der ganzen Unordnung ihrer Gefühle wie Menschen aus Fleisch und Blut.

Wie gebannt verfolgte Sophie die Handlung. Sie erlebte das Schicksal eines jungen Mannes, der sich unsterblich in ein Mädchen verliebte – und am Ende erkannte, dass dieses seine eigene Schwester war. Der junge Mann hieß Dorval.

„Darf ich Sie mit dem Autor bekannt machen?“, fragte Malesherbes.

Sophie schaute auf, doch als sie das Gesicht des Mannes sah, den Malesherbes ihr vorstellte, wich das Blut aus ihren Wangen.

„WIE GEHT es dir, Denis?“, fragte Sophie, als sie allein waren.

„Die Enzyklopädie kommt gut voran, obwohl unsere Feinde sich alle Mühe geben, uns das Leben schwer zu machen.“

Die zwei hatten gewartet, bis die übrigen Gäste wieder im Salon versammelt waren. Dann hatten sie sich auf die leere Bühne zurückgezogen, hinter den Vorhang, um ungestört miteinander reden zu können.

„Und … wie geht es dem Sultan?“, fragte Sophie.

Diderot zuckte hilflos mit den Schultern.

„Hast du darum das Stück geschrieben?“

„Ja, Sophie. Ich wollte dich wiedersehen. Baron d’Holbach ist mein Freund. Er hat alles arrangiert.“

„Das Leben ist kein Schauspiel, Denis.“

Er war älter geworden, genauso wie sie. Sein Haar hatte sich gelichtet, und die Falten um Nase und Mund waren schärfer – sie stammten nicht mehr nur vom Lachen.

Er griff nach ihrer Hand. „Komm zurück zu mir, Mirzoza! Wir gehören zusammen.“

Sie entzog ihm ihre Hand. „Nein, Denis. Es … es gibt keine Mirzoza mehr.“

„Aber ich liebe dich. Du bedeutest mir alles, mein ganzes Glück, mehr als mein Leben.“

„Das hast du schon einmal gesagt.“

„Ja, ich weiß, und ich weiß auch, wie sehr ich dich verletzt habe. Aber glaub mir, ich bereue es mit jedem Atemzug.“

„Du hast dich entschieden, Denis. Wir können die Dinge nicht rückgängig machen.“

„Ich bin nicht mehr derselbe, ich habe mich verändert. Ich werde alles akzeptieren, was du verlangst."

„Du hast eine Tochter, nicht wahr? Wie heißt sie?"

„Angélique. Sie ist vier Jahre alt. Sie ist mein Ein und Alles. Aber wenn du es verlangst, verlasse ich meine Familie. Ich habe nur den Wunsch, mit dir zusammen zu sein."

„Hör auf, Denis! Du darfst deine Familie nicht verlassen. Denk an deinen Vater." Die Stimme versagte Sophie. Sie zitterte am ganzen Körper.

Auch Diderot schwieg. „Darf ich dich wenigstens wiedersehen?", fragte er schließlich leise.

„Nein, Denis. Es würde nur wehtun – uns beiden."

Sie stolperte von der Bühne. Sie musste fort, so schnell wie möglich, bevor sie etwas Falsches sagte oder tat.

EIN GERÜCHT machte am Hofe von Versailles die Runde, eine so unerhörte Neuigkeit, dass darüber sogar das Attentat auf den König in Vergessenheit geriet. Die Marquise de Pompadour, so hieß es, sei plötzlich fromm geworden.

War es Reue? War es Kalkül? War es das fortschreitende Alter? Niemand vermochte es mit Gewissheit zu sagen. Auf einmal erklärte die Marquise, dass sie sich mit ihrem Seelenheil befassen und nach den Vorschriften des christlichen Glaubens leben wolle.

Tatsächlich sah man sie nun alle Tage bei der Messe – nicht auf der Tribüne, die eigens für sie über der Sakristei erbaut worden war, sondern unten im Kirchenschiff, gemeinsam mit ihren Leuten, nach deren Fortgang sie allein und in endlosen Anbetungen versunken vor dem Altar zurückblieb.

Während manche von der göttlichen Gnade sprachen, die über sie gekommen sei, verwiesen andere, die eher an körperliche Leiden als Ursache für die erstaunliche Wandlung glaubten, auf die Blutarmut der Marquise und behaupteten, dass ihr Leibarzt, Dr. Quesnay, ihr den Genuss von Eselsmilch verordnet habe, von der sie stündlich einen Becher zu sich nehme, um sich von den Folgen der Ausschweifung zu kurieren.

Die Pompadour war festen Willens, die Skandale um ihre Person ein für alle Mal zu beenden. Sie kam gerade von der Andacht zurück, als sie einen unerwarteten Besucher in ihrem Boudoir vorfand: Pater Radominsky. Der Priester war in die Betrachtung eines Bildes versunken, das auf einer Staffelei neben dem Fenster stand.

„Wie ich höre, ist es Ihr Bestreben, wieder zur Kommunion zugelassen zu werden?“, fragte er, kaum dass sie einander begrüßt hatten.

„Ja, *mon père*. Es ist mein sehnlichster Wunsch, in den Schoß der Kirche zurückzukehren.“

„Es heißt außerdem, dass Sie sich mit der Absicht tragen, die Ehe mit Ihrem Mann zu erneuern.“

„Auch das ist richtig. Allerdings zögert Monsieur d’Étioles noch mit seiner Einwilligung. Er scheint sich allzu sehr an das Junggesellenleben gewöhnt zu haben.“

Radominsky erwiderte ungerührt: „Solange Ihre ehelichen Verhältnisse nicht geregelt sind, bleiben Ihnen die Sakramente verwehrt. Glauben Sie nicht, Sie könnten sich mit der Kirche aussöhnen und gleichzeitig Ihre Beziehung zum König aufrechterhalten.“

„Ich habe Maßnahmen getroffen, die es an Deutlichkeit nicht fehlen lassen. Meine Wohnung ist eine einzige Baustelle. Treppen wurden verlegt, Eingänge zugemauert. Der König kann nur noch durch das Gesellschaftszimmer zu mir gelangen.“

„Ich gebe zu, das ist mehr als ein Anfang.“

„Mein einziges Begehren ist es, Seiner Majestät nahe zu sein. In reiner, keuscher Zuneigung. Ich habe mich in diesem Sinn bereits an den Heiligen Vater in Rom gewandt.“

„Eben wegen dieses Schreibens bin ich hier. Ich biete Ihnen meine Hilfe an. Wer weiß, vielleicht findet sich ja doch eine Regelung, die sowohl Ihren Interessen als auch denen der Kirche entgegenkommt.“ Radominsky trat an die Staffelei, um das angefangene Bild darauf zu betrachten: ein Porträt der Pompadour, wie sie gerade von der Lektüre eines Buches aufschaut. Das Gemälde brachte ihre Schönheit voll zur Geltung.

„Schade nur“, sagte Radominsky, „dass Ihr Kunstsinn sich nicht in gleicher Weise entwickelt hat wie Ihre moralische Urteilskraft.“

„Das Bild ist ein Werk von La Tour“, erwiderte die Pompadour. „Er gilt als der bedeutendste Maler Frankreichs.“

„Ich rede nicht von der Pinselführung, Madame. Sie lassen sich mit einem Band der Enzyklopädie abbilden? Die Bibel hätte Ihnen besser zu Gesicht gestanden.“

Die Marquise bereute ihre Unvorsichtigkeit, das halbfertige Werk unverhüllt in ihrem Boudoir gelassen zu haben.

„Sie täten besser daran, sich nicht in dieser Gesellschaft zu zeigen. Die Stimmung ist ohnehin gegen Sie, und jetzt haben die Ermittlungen der Polizei ergeben, dass der Urheber des Attentats auf den König ein ehemaliger Bediensteter Ihres Bruders ist."

„Meines Bruders?", wiederholte sie entsetzt. „Monsieur de Poisson?"

„Und damit nicht genug", fuhr Radominsky fort, „hat man in seiner Kammer ein Exemplar der Enzyklopädie gefunden. Bei seiner Vernehmung wurde er nicht müde, zur Rechtfertigung seiner scheußlichen Tat daraus zu zitieren."

„Sind Sie darum zu mir gekommen, ehrwürdiger Vater? Was erwarten Sie von mir?"

„Es ist an der Zeit, dass die Regierung mit aller Strenge gegen die Enzyklopädisten einschreitet. Ich habe bereits mit Monsieur Maupéou gesprochen, einem der wenigen vernünftigen Männer im Parlament. Er hat einen Gesetzentwurf vorgelegt. Auf alle Schriften, die zum Aufruhr gegen die Kirche oder den Staat anstiften, soll künftig die Todesstrafe stehen. Dafür brauche ich Ihre Unterstützung beim König."

„Ich habe keinerlei Zugang mehr zu Seiner Majestät."

„Es gibt immer Mittel und Wege. Also enttäuschen Sie mich nicht! Sie müssen sich entscheiden, Madame, auf welcher Seite Sie stehen: auf der Seite des Glaubens oder auf der des Aufruhrs."

SOPHIE stand am Fenster ihres kleinen Appartements und schaute hinaus in den Garten. Draußen war alles kalt und grau. In einem Winkel der Buchsbaumhecke war Dorval gerade damit beschäftigt, ein Vogelhaus aufzustellen. Er hatte dazu seine zwei besten Freunde mobilisiert, den Schmied und den Stellmacher, die er nun mit lauten Rufen dirigierte.

Sophie winkte Dorval gerade zu, als die Pompadour hereinkam. Ihr Gesicht schien blass unter der dicken Puderschicht, ihre schwarzblauen Augen blickten müde und nervös zugleich. Mit schlechtem Gewissen fiel Sophie ein, dass sie ganz vergessen hatte, ihr den stündlichen Becher Eselsmilch zu bringen.

„Mach dir darum keine Sorgen", wehrte die Pompadour ab. „Die Milch trinke ich nur, damit der Hof etwas zu reden hat."

„Bitte verzeihen Sie, Madame, aber Sie sehen aus, als brauchten Sie einen Arzt. Wenn Sie erlauben, hole ich Dr. Quesnay."

„Meinst du, er könnte mir helfen? Nein, dazu bedürfte es eines Wunders. Meine Feinde rotten sich zusammen, man verlangt von mir ein Zeichen."

Sophie berührte sanft ihre Hand. „Sagen Sie mir, wie ich Ihnen helfen kann."

„Wenn du etwas für mich tun willst, dann begleite mich morgen zum Châtelet."

„Zum Sitz des Gerichts?"

Die Pompadour nickte. „Dort wird morgen der Mann hingerichtet, der dem König nach dem Leben trachtete. Man erwartet von mir, dass ich erscheine. Mit meinem gesamten Hofstaat."

„Bitte, Madame, ersparen Sie mir das …", stammelte Sophie. „Eine Hinrichtung …"

„Ich weiß, was du sagen willst", erwiderte die Pompadour. „Deine Mutter. Aber man lauert nur auf einen Vorwand, um mich aus Versailles zu verjagen. Nein, ich dulde keinen Widerspruch", erklärte sie, und ihre Miene wurde plötzlich hart. „Du wirst mich morgen begleiten!"

TAUSENDE von Menschen drängten sich vor dem Châtelet. Der ganze Platz wogte in einem gewaltigen Hin und Her. Die Fenster der Häuser waren schwarz von Menschentrauben; soweit das Auge reichte, hingen die Dächer und Bäume voller Gaffer, bis auf die Schornsteine waren sie gestiegen. Alles reckte den Hals, um einen Blick auf das Schafott zu erhaschen, das drei Fuß über dem Boden in der Mitte des Platzes aufgebaut war. Aber noch war nichts zu sehen außer den berittenen Gardisten und den Soldaten der Fußwache, die sich gegen das Volk stemmten.

Sophie saß an einem Fenster gegenüber dem Schafott und konnte das Blutgerüst wie von einer Tribüne aus sehen. Die Marquise de Pompadour hatte eigens für diesen Tag in einem Bürgerhaus an der Place de Grève eine Etage gemietet, um mit ihrem Hofstaat und einigen Gästen der Hinrichtung beizuwohnen. Sophie spielte nervös mit dem geschnitzten Engel an ihrem Hals. Es war das erste Mal, dass sie die Kette trug. Dorval hatte sie am Vorabend zwischen ihrer Wäsche gefunden. Sophie fröstelte, doch nicht von der Kälte, die an diesem 28. März des Jahres 1757 immer noch herrschte. Sie sah vor sich den Dorfplatz von Beaulieu, vor vielen Jahren, spürte die große Hand von Abbé Morel in der ihren, wie er sie durch die Reihen der Dorfbewohner führte, die alle gekommen waren, um die Hinrichtung ihrer Mutter zu sehen.

Vom Platz drang lautes Johlen und Schreien empor. Das grausige Schauspiel begann. Unweit des Châtelet wurde ein von mehreren Doppelposten bewachtes Tor geöffnet. Ein an Händen und Füßen gefesselter Mann stolperte ins Freie. Die Bajonette voran, bahnten die Gardisten eine Gasse durch die Menge, während vier Soldaten den Delinquenten in Richtung des Schafotts schleiften.

„Da ist er! Der Königsmörder!“

Sophie zwängte sich ans Fenster. Reglos saß der Verurteilte auf dem Blutgerüst und wartete auf die Vollstreckung seines Urteils. Über einem qualmenden Feuer hing ein riesiger Kessel, in dem ein dunkler Sud kochte.

Sophie trat einen Schritt zurück, da hob der Verurteilte den Kopf. Er schaute genau in ihre Richtung. Als sie sein Gesicht sah, erstarrte sie. Es war Robert, der frühere Leibdiener von Monsieur Poisson, der Mann, der ihr Buch gestohlen hatte …

Robert wurde von zwei Knechten entkleidet. Wie eine Puppe ließ er alles mit sich geschehen. Bleich war sein Leib, der nur um die Lenden in ein Tuch gehüllt war, als sie ihn auf den Schragen legten, ihn knebelten und mit Eisenbändern an Armen und Schenkeln befestigten.

Ein Richter trat zu Robert. Laut erhob sich seine Stimme über die Menge: „Nenn uns die Namen deiner Komplizen!“

„Ich bin unschuldig! Ich grüße meine Familie und bete für sie!“

„Gib uns dein Wissen preis, um deines Seelenheils willen!“

„Ich bin des Glaubens voll und habe nur den Wunsch, Frankreich zu dienen!“

Der Richter beriet sich mit dem Henker, der gab mit der Hand seinen Knechten ein Zeichen. Der Kessel, in dem Schwefel brodelte, erfüllte die Luft mit scharfem Geruch. Robert hustete ein paarmal, während ein Knecht ihm ein Messer an die rechte Hand band.

„Ist das die Hand, mit der er den Mord versucht hat?“, fragte jemand.

„Ich nehme es an“, erwiderte die Pompadour.

Da gellte ein Schrei über den Platz. Der Henker hielt ein Kohlebecken unter die Hand, um sie mit Schwefelfeuer zu verbrennen, während Robert schrie und schrie und schrie. Sophie schloss die Augen. Applaus brandete auf.

Sophie öffnete die Augen erst wieder, als der Applaus verebbte. Robert war verstummt. Von seiner Hand war nur noch ein schwarz verkohlter Stumpf übrig. Der Henker nahm eine glühende Zange vom Feuer und ging damit zu Robert. Sophie hörte es zischen, als die Zange die Haut berührte, sah den Rauch, der von Roberts Körper aufstieg. Bei jedem Biss der Zange heulte Robert auf.

„Nenn uns die Namen deiner Komplizen!“

Doch Robert schüttelte immer wieder den Kopf, auf jede Frage, auf jede Aufforderung, die an ihn gerichtet wurde. Wütend winkte der Henker seine Knechte herbei. Sie brachten geschmolzenes Blei, kochendes Öl, brennendes Pech, Wachs und Schwefel, die er nacheinander in Roberts offene Wunden träufelte.

Mit einer Stimme, die nichts Menschliches mehr hatte, brachen die Schreie aus Robert hervor. War er von der Folter irregeworden? Schwanden ihm endlich die Sinne? Man legte seinen Leib, der aus hundert Wunden blutete, auf ein hölzernes Kreuzgestell, und während ein Priester auf ihn einsprach, ihm ein Kruzifix vor das Gesicht hielt, befestigten die Henkersknechte an jedem seiner Arme und Beine das Zugseil eines Pferdes.

„Erbarmen, Herr!“, brüllte Robert, als die Pferde anzogen.

Irgendwann verließ Sophie das Gefühl für die Zeit. Dauerte es Minuten? Dauerte es Stunden? Tränen der Trauer, der Wut und der Ohnmacht liefen an ihren Wangen hinab … Man ließ die Pferde nun in umgekehrter Richtung ziehen. Der Priester sank ohnmächtig zusammen. Das Volk begann zu murren. Man musste sich sputen, die Dämmerung brach herein. Man spannte zwei weitere Pferde an. Roberts Knochen krachten in den Gelenken. Die Kraft zu schreien hatte ihn verlassen.

„Gott sei deiner Seele gnädig!“ Sophie küsste den Engel an ihrer Kette und schlug das Kreuzzeichen. Schließlich hatte Robert Damiens sein Leben ausgehaucht. Die Hand an der Kette, sank Sophie auf ihren Stuhl. Dann schwanden ihr die Sinne. Als sie aus ihrer Ohnmacht erwachte, schaute sie in ein totenblasses Gesicht: Malesherbes stand über sie gebeugt und blickte sie mitfühlend an.

„Es ist vorbei“, sagte er und reichte ihr seinen Arm.

Zum ersten Mal nach wochenlanger Ödnis war wieder Leben in Versailles. Während auf dem Richtplatz Robert Damiens’ Asche in alle Winde zerstreut wurde, waren im Schloss sämtliche Säle erleuchtet. Bis tief in die Nacht stand man in Gruppen beisammen, und es gab nur ein Thema: das gerechte Ende des Königsmörders.

Ludwig ließ sich in seinen Privatgemächern von der Pompadour minutiös über den Verlauf des Tages unterrichten. Alles wollte er erfahren, was sich auf der Place de Grève ereignet hatte, nicht das geringste Detail durfte sie ihm vorenthalten. Als sie ihm schilderte, wie der Attentäter bei lebendigem Leibe auseinander gerissen worden war, weinte er. „Das ist ja entsetzlich, Madame!“

Es dauerte bis zum nächsten Tag, bis Ludwig sich von dem Schock erholte. Erst am Mittag sah er sich imstande, vor die ausländischen Gesandten zu treten, die ihn im Spiegelsaal empfingen. Doch er wurde nicht müde, ihnen in aller Ausführlichkeit von der Exekution „seines Mörders“ zu berichten. In den Kirchen wurden Dankmessen für Ludwigs Errettung gelesen. Zahllose Gemeinden unterwarfen sich in Huldigungsfeiern dem König.

Das Parlament stand der Kirche nicht nach. Bereits am ersten Tag nach der Hinrichtung ordnete der Gerichtshof an, dass Vater, Frau und Tochter des Attentäters unverzüglich das Königreich zu verlassen hatten, widrigenfalls sie gehenkt und erdrosselt würden, und die Richter untersagten allen weiteren Angehörigen, in Zukunft den Namen Damiens zu tragen.

„Kann ein Verbrechen so abscheulich sein wie eine solche Strafe?“, fragte Sophie. „Wo bleibt das Recht?“

„Das Recht ist ein Chamäleon“, erwiderte Malesherbes. „Es nimmt jede erdenkliche Farbe an.“

Sie waren allein in Sophies Appartement. Dorval schlief bereits; sie hatte ihn gerade zu Bett gebracht, als Malesherbes bei ihr anklopfte. Seit er sie von der Place de Grève heimbegleitet hatte, waren seine Besuche beinahe zur täglichen Gewohnheit geworden.

„Manchmal glaube ich fast“, sagte Sophie leise, „auf dem Buch liegt ein Fluch.“

„Von welchem Buch sprechen Sie?“

„Von der Enzyklopädie. Sie sollte das Glück der Menschen vermehren, und jetzt hat sie so viele Menschen ins Unglück gestürzt. Vielleicht wäre es ohne sie nie zu dieser Katastrophe gekommen.“

„Sie meinen, weil Damiens sich auf ein paar Sätze daraus berufen hat?“

„Ich habe im selben Haus wie er gearbeitet, bei Monsieur Poisson, dem Bruder von Madame, und ich habe Damiens die Enzyklopädie zu lesen gegeben.“

„Sie?“, fragte Malesherbes überrascht. „Aber wie kamen Sie dazu?“

„Das ist nicht wichtig, ich hatte zufällig ein Exemplar. Habe ich Mitschuld an seinem Ende?“

Malesherbes berührte behutsam ihre Schulter. „Nein, glauben Sie mir, Sie tragen keine Schuld.“

„Aber ich kannte Robert und wusste, wie fanatisch er war.“

„Wollen Sie Jesus dafür verantwortlich machen, wenn im Namen der Bibel Menschen umgebracht werden? Aber – was ich Sie schon lange fragen wollte“, wechselte er unvermittelt das Thema, „was ist das für ein Schmuck, den Sie da am Hals tragen?“

„Sie meinen den Engel?“

„Er passt wundervoll zu Ihrem Haar. Darf ich?“ Malesherbes griff nach dem Schmuckstück, um es zu betrachten. „Aus was für einem Material ist das? Elfenbein?“

„Ich weiß nicht – es ist nur ein Talisman. Er stammt aus meiner Heimat. Das einzige Andenken, das ich von dort habe.“

„In meiner Heimat gibt es ganz ähnliche. Sie haben mir nie verraten, woher Sie stammen.“

„Sie werden den Ort nicht kennen, es ist nur ein ganz kleines Dorf. Beaulieu heißt es und liegt an der Loire.“

„Beaulieu bei Roanne? Aber natürlich kenne ich das, es ist ja nur einen Tagesritt vom Schloss meiner Familie entfernt. Seltsam, dass ich es nicht an Ihrer Sprache erkannt habe, Sie haben nicht die Spur eines Akzents. Was ist der Grund, Sophie, dass Sie an Damiens’ Schicksal solchen Anteil nehmen?“

„Es war nicht die erste Hinrichtung in meinem Leben“, antwortete sie stockend. „Ich habe schon einmal eine mit ansehen müssen, in meiner Kindheit … Auch damals war ein Buch der Grund, warum ein Mensch sterben musste.“

„Jemand, der Ihnen nahe stand?“

Sophie erzählte von ihrer Mutter, ihrer Kindheit, ihrem kleinen Haus am Dorfrand. Wie Madeleine für sie gesorgt und sie beschützt und ihr das Lesen beigebracht hatte, bis zum Tag ihrer Erstkommunion. Sie erzählte von Abbé Morel, von Baron de Laterre, von dem Mann mit dem Federhut. Von der Ungewissheit auf dem Schloss, während ein fremdes Gericht über ihr Schicksal entschied. Und von dem langen Weg zurück in ihr Dorf, an der Hand des alten Pfarrers …

„Mein Gott“, flüsterte Malesherbes, als sie geendet hatte. Er legte den Arm um ihre Schultern. Seine Augen waren blank von Tränen. Er nahm ihre Hand, und um Worte ringend, sagte er: „Ich verspreche Ihnen, Sophie, wann immer Sie einen Freund brauchen – ich bin für Sie da. Ich werde alles für Sie tun, alles. Für Sie und für Dorval.“

Dankbar erwiderte sie den Druck seiner Hand. „Nur eins frage ich mich“, sagte sie, „wenn ein Buch so viel Unheil anrichtet, ist es dann nicht besser, es zu verbieten?“

„Vielleicht haben Sie Recht“, erwiderte er. „Vielleicht aber muss es Bücher geben, für die Menschen ihr Leben lassen, damit solche Verbrechen nie wieder geschehen.“

„EINE solche Verschärfung der Gesetze ist absurd! Die Todesstrafe auf Bücher wäre eine Katastrophe für Frankreich!“

„Anschläge auf den König sind eine Katastrophe! Und Bücher, die dazu anstiften! Es erstaunt mich, dass ich Sie als Zensor Seiner Majestät daran erinnern muss.“

„Sehr richtig, ich bin Zensor, kein Polizist! Ein Land, in dem die Menschen nur Bücher lesen, die mit ausdrücklicher Genehmigung der Regierung verbreitet werden, bleibt ein Jahrhundert hinter seiner Zeit zurück.“

Radominsky erkannte Malesherbes nicht wieder. Noch gestern hätte er die Ordenskirche der Jesuiten darauf verwettet, dass der Direktor der Hofbibliothek der neuen Auffassung der Dinge folgen würde – er hatte bislang immer seine Fahne nach dem Wind gehängt. Doch vor einer Stunde war Malesherbes bei ihm erschienen, um gegen die Gesetzesinitiative zu intervenieren.

„Es ist noch nicht lange her“, sagte Radominsky, „da haben Sie selbst mit einer Ratsverfügung die Enzyklopädie verboten. Was veranlasst Sie plötzlich, sich so vehement für die Sache der Philosophen einzusetzen?“

„Monsieur d’Alembert, ein Mann, der über jeden Zweifel erhaben ist, hat mich um Hilfe ersucht. Er sieht ein Werk gefährdet, das zum Ruhm Frankreichs mehr beiträgt als der Krieg gegen England und Preußen.“

„Ich kenne den Brief.“ Radominsky lachte. „D’Alembert verlangt darin, dass die Regierung die Enzyklopädisten vor der Journaille schützt, dass wir seinen Kritikern den Mund verbieten.“

„D’Alembert ist Mitglied der Académie Française. Er fürchtet zu Recht um seinen Ruf als Mathematiker.“

„Wenn ich die Todesstrafe für bestimmte Bücher verlange“, erwiderte Radominsky ungerührt, „dann allein zu dem Zweck, großes Unheil von einer großen Zahl von Menschen fern zu halten. Der Anschlag auf den König ist doch der Beweis: Die Enzyklopädie ist nichts anderes als eine Verschwörung zur Zerstörung der Religion und zur Unterminierung des Staates. Und die verderbliche Saat geht auf, sie blüht und gedeiht. Haben Sie schon ‚Über den Geist‘ gelesen, die neueste Schmähschrift der Philosophen? Der Verfasser, ein gewisser Helvétius, erklärt darin das Interesse des Individuums am eigenen Ich zum Hauptprinzip menschlichen Handelns. Selbstliebe als Quelle der Moral!“

„Ich kenne das Buch. Es ist der Versuch, das Glück des Einzelnen mit dem Wohlergehen der Gemeinschaft in Einklang zu bringen. Ein löbliches Unterfangen.“

„Das Buch ist ein einziger Aufruf zur Rebellion. Begreifen Sie doch endlich, dass wir gegen solche Schriften einschreiten müssen! Wenn wir das nicht tun, versündigen wir uns an der von Gott gewollten Ordnung der Dinge."

Malesherbes erwiderte fest seinen Blick. „Sie werden mit Ihrer Initiative nicht durchkommen. Auch wenn Sie Maupéou und das Parlament hinter sich gebracht haben."

„Sie vergessen Ihren Vater, den Kanzler."

„Auch er kann Ihnen nicht helfen. Denn eine Macht im Staat fehlt Ihnen noch. Madame de Pompadour, die Favoritin des Königs."

Radominsky zuckte mit den Schultern. „Madame de Pompadour hat mir ihre Unterstützung bereits zugesagt."

„Das glaube ich nicht. Die Marquise ist eine Freundin der Philosophie."

„Mag sein", entgegnete Radominsky mit einem Lächeln, „vor allem aber ist die Pompadour eine Freundin der Pompadour. Glücklicherweise ist es mir gelungen, ihr eine kleine Freude zu bereiten. Die Königin hat sie gestern offiziell zu ihrer Ehrendame ernannt. Waren Sie darüber nicht im Bilde?"

DIDEROT war einer Einladung Melchior Grimms nach La Chevrette gefolgt, einem kleinen idyllischen Ort, wo Louise d'Épinay, die reiche Mätresse des Journalisten, ein komfortables Landgut mit vielen Gästezimmern besaß. Dort, fern von allen Aufregungen der Hauptstadt Paris, wollte Diderot arbeiten. Doch er sah sich von morgens bis abends den Nachstellungen Rousseaus ausgesetzt, der mit seiner Frau und seiner Schwiegermutter eine Einsiedelei in der Nachbarschaft bezogen hatte. Denn Rousseau hatte einen Satz in Diderots „Natürlichem Sohn" entdeckt, den er als Kritik an seiner Person auffasste: „Nur ein schlechter Mensch lebt allein."

Seit dieser Entdeckung war Rousseau wie von Sinnen; wen immer er zu fassen bekam, ob Diderot selbst oder Grimm oder Baron d'Holbach, der gelegentlich zu Besuch kam – jeden überzog er mit seinen Tiraden, um ihm die Verwerflichkeit eines irregeleiteten Lebens vorzuhalten. Er pries die Natur als einzig möglichen Ort menschlicher Glückseligkeit, prangerte die Verderbnis der Sitten an, die Intrigen und Verstellungen, die wie Unkraut in den Städten wucherten. Jeden, der sich dem Leben in der Natur verweigerte, betrachtete Rousseau als seinen Feind. Diderot hatte sich gerade hingesetzt, um ein paar Zeilen zu schreiben, als ein Diener ihm eine Depesche brachte. Die Handschrift war die seines Verlegers. Ungeduldig öffnete er das Kuvert.

Das Parlament hat den Verkauf der Enzyklopädie verboten und einen Untersuchungsausschuss eingesetzt. Kommen Sie schnell!

Mit der nächsten Postkutsche machte sich Diderot auf den Weg. Bereits in aller Herrgottsfrühe kam er am nächsten Morgen in Paris an.

Le Bréton, der mit d'Alembert im Redaktionsbüro bereits auf ihn wartete, empfing ihn mit einem Buch in der Hand. Wie ein Fanal prangte der Titel auf dem Einband: ÜBER DEN GEIST.

„Haben Sie diesen Mist hier verzapft?"

„Wie kommen Sie auf die Idee?"

„Es geht das Gerücht", erklärte d'Alembert, „dass sich hinter Helvétius niemand anders verbirgt als Sie."

„Wer behauptet das?"

„Die Jesuiten. Im *Journal de Trévoux*."

„Ich weiß nicht, wovon Sie reden. Ich habe mich ein paarmal mit Helvétius unterhalten – ich kann mich nicht an jede Begegnung erinnern. Was soll das überhaupt werden?"

„Das kann ich Ihnen sagen, Diderot", schnaubte Le Bréton. „Ein Strick, passend für Ihren und meinen Hals. Wenn der König sich dem Votum des Parlaments anschließt, sind wir erledigt."

Die Tür ging auf, und herein kam Jaucourt. „Rousseau hat die Seiten gewechselt!", rief er. „Er fällt öffentlich über uns her. Er hat eine Replik auf den Artikel ‚Genf' geschrieben!" Jaucourt zog ein Heft aus der Tasche und reichte es Diderot.

„Wer hat Sie nur angestiftet, die Genfer zu verleumden?", zischte Le Bréton in d'Alemberts Richtung, der den Artikel über die Schweizer Stadt für die Enzyklopädie geschrieben hatte. „Die Genfer waren immer gute Kunden."

Diderot überflog das Pamphlet.

Der Text war eine einzige Kriegserklärung. Um die Tugend seiner Vaterstadt zu retten, verdammte Rousseau alles, was den Philosophen heilig war: die Vernunft, das Theater, den Atheismus. Rousseau musste das widerliche Geschmier in La Chevrette zu Papier gebracht haben, während sie einander täglich sahen.

„Man kann es nicht glauben!", sagte Jaucourt. „Der Opernkomponist verdammt das Theater! Er muss verrückt sein!"

„Er ist krank", erwiderte d'Alembert. „Ein Kranker mit viel Geist. Was sagt man im Procope?"

„Im Procope traut sich fast keiner mehr, was zu sagen", antwortete

Jaucourt. „Jeder fürchtet sich vor jedem. Duclos, Marmontel und Turgot haben ihre Mitarbeit gekündigt."

„Drei unserer wichtigsten Autoren …", stammelte d'Alembert.

„Die Ratten verlassen das sinkende Schiff." Die Nachricht hatte Le Bréton mit solcher Wucht getroffen, dass er auf einen Stuhl sank. „Wenn ich nicht drucken kann, bin ich ruiniert."

„Es geht nicht ums Geld. Die Leute fürchten um ihr Leben. Ihnen droht das Schafott – wie uns auch."

Plötzlich waren alle verstummt. D'Alembert räusperte sich. „Ich … ich glaube nicht, dass die Enzyklopädie je vollendet wird. Zumindest nicht mit mir."

„Was wollen Sie damit sagen?", fragte Diderot.

„Ich bin es leid – leid, leid, leid! Der Spott in den Zeitungen, die Predigten von den Kanzeln und jede Nacht die Angst, dass die Polizei an der Tür klopft. Ich bin Wissenschaftler, kein Soldat!" Er holte tief Luft. „Meine Herren, Sie sind frei, einen Nachfolger für mich zu bestimmen. Ich lege mein Amt als Herausgeber nieder."

„Sie müssen etwas unternehmen, Madame! Diderots Leben steht auf dem Spiel!"

„Ich würde dir liebend gerne helfen, Sophie", erwiderte die Pompadour, „aber mir sind die Hände gebunden. Ich stehe unter schärfster Beobachtung."

Sophie musste einsehen, dass von der Mätresse des Königs keine Hilfe zu erwarten war. Madame de Pompadour war nicht bereit, ihre mit knapper Not bewerkstelligte Rettung am Hofe zu gefährden. Jetzt gab es nur noch einen Menschen, an den Sophie sich wenden konnte: Monsieur de Malesherbes, den Direktor der königlichen Hofbibliothek und Oberaufseher des Buchwesens. Als er das nächste Mal bei ihr vorsprach, teilte sie ihm ihre Ängste mit.

Malesherbes wiegte den Kopf. „Diderot sollte Paris verlassen. Ich war bei ihm, um ihm persönlich zur Flucht zu raten. Er meint, Flucht komme dem Eingeständnis seiner Schuld gleich. Er weigert sich sogar, seinen todkranken Vater in Langres zu besuchen."

„Aber das ist doch Wahnsinn! Wenn Diderot nicht selbst begreift, in welcher Gefahr er schwebt, müssen andere für ihn handeln."

„Was erwarten Sie von mir?"

„Geben Sie die Enzyklopädie frei, Monsieur de Malesherbes! Wegen eines Buches, für das sich der oberste Zensor Frankreichs verbürgt, kann niemand verfolgt werden."

„Sie überschätzen meine Möglichkeiten. Die Monarchie steht auf dem Spiel. Der Krieg gegen England und Preußen nimmt kein Ende und tobt jetzt sogar im fernen Amerika. Die Staatskasse ist leer, das Volk rebelliert gegen den Hof. Frankreich ist ein Pulverfass. Die Kirche und das Parlament haben sich verbündet – eine Allianz, gegen die keine Macht in Frankreich ankommt. Bislang stand noch Madame de Pompadour korrigierend zwischen den beiden Parteien, doch jetzt, da sie um ihre eigene Stellung kämpft …"

„Wollen Sie es nicht dennoch versuchen?"

„Ich bin Zensor, kaum mehr als ein Polizist … Woher rührt eigentlich Ihr Interesse an der Enzyklopädie?", fragte Malesherbes.

Sophie spürte, wie ihr das Blut ins Gesicht stieg. „Sie wissen doch, ich kannte Damiens."

Malesherbes schüttelte den Kopf. „Sie sagten, Sie hätten bereits damals, in den Diensten Monsieur Poissons, ein Exemplar des Wörterbuchs besessen. Woher hatten Sie das Buch, Sophie?"

Unter seinen grauen Augen war es ihr nicht länger möglich zu lügen. Mit rauer Stimme sagte sie: „Dorval ist Diderots Sohn."

Malesherbes nickte. „Ich hatte es mir fast gedacht. Sie haben ihn mit der Enzyklopädie im Lesen unterrichtet. Eine solche Idee kann nur die Liebe eingeben."

„Werden Sie mir trotzdem helfen?"

„WOMIT habe ich das verdient? Diese Schande! Sogar die Nachbarn wissen, dass du dich aus dem Staub machen musst!"

Diderot hörte kaum hin. Während Nanette das Schicksal beklagte, das sie an ihn gekettet hatte, packte er seine Sachen. In fieberhafter Eile sichtete er die Papiere, die im ganzen Raum herumlagen – allesamt mögliche Zeugen der Anklage. Wohin er griff, fand er belastendes Material. Was die Allianz aus Staat und Kirche so viele Jahre nicht geschafft hatte, hatte sie nun im Verbund mit seinem alten Freund Rousseau vollbracht: Die Enzyklopädie – die Kriegsmaschine der Aufklärung – war zerstört.

„Wo ist mein Schlafrock?"

„Den alten Lappen willst du mitnehmen?"

„Ohne ihn kann ich nicht denken."

Er hatte sich bis zum letzten Augenblick gegen die Flucht gesträubt.

Auch Le Bréton hatte alles getan, um ihn in Paris zu halten, sogar einen neuen Vertrag hatte der Geizhals ihm angeboten – 2500 Livre sollte Diderot in Zukunft pro Band bekommen. Doch was in den letzten Wochen passiert war, hatte die schlimmsten Befürchtungen der Enzyklopädisten übertroffen. Während der Verfasser des Essays „Über den Geist", der die Katastrophe ausgelöst hatte, der Generalpächter Helvétius, dank seiner Protektion bei Hofe ungeschoren davonkam, war die Enzyklopädie unter immer heftigeren Beschuss geraten. Der Direktor der Hofbibliothek trieb nun selbst die Vernichtung des Wörterbuchs voran. Offenbar war der wankelmütige Malesherbes endgültig eingeknickt, vielleicht hatte auch sein Vater, der Kanzler Lamoignon, ein Machtwort gesprochen. Mit einer Ratsverfügung hatten Vater und Sohn die Druckerlaubnis aufgehoben und Le Bréton offiziell die Fortführung des Werkes untersagt. Und der Generaladvokat des Parlaments forderte das oberste Gericht des Landes auf, mit aller Schärfe des Gesetzes gegen jene Männer vorzugehen, die den Namen der Philosophie missbrauchten, um der Gesellschaft, dem Staat und dem Glauben den Krieg zu erklären. Die Kirche hatte nicht minder schweres Geschütz aufgefahren. Am fünften März 1759 hatte Rom die Enzyklopädie auf die Liste der verbotenen Bücher gesetzt, und der Papst hatte allen katholischen Eigentümern der bereits ausgelieferten Bände befohlen, diese von einem Priester verbrennen zu lassen.

Im Procope kursierte seit Tagen das Gerücht von einer großen Verhaftungswelle. Kommissar Sartine habe den Auftrag, die Aktion zu leiten, um die Verschwörung ein für alle Mal niederzuwerfen. Doch wohin sollte Diderot fliehen? Nach Genf zu Voltaire? Der hatte nach dem Rückzug seines Vertrauten d'Alembert nicht nur seine Mitarbeit an der Enzyklopädie gekündigt, sondern auch die Rückgabe seiner sämtlichen Manuskripte verlangt. Nach Berlin zu de Prades? Der Abbé war aus dem Exil zurückgekehrt und saß bereits selbst im Gefängnis, trotz des Widerrufs seiner früheren Thesen.

„Ich will versuchen, mich zur Küste durchzuschlagen, und dann ein Boot nach England nehmen", sagte Diderot zu seiner Frau.

Plötzlich ertönte eine ruhige, tiefe Männerstimme. „Monsieur Diderot!"

Er drehte sich um. In der Tür stand Malesherbes, flankiert von zwei Gardisten.

GERÜCHTE von der Razzia waren bis zu Sophie nach Versailles gedrungen. Beim Verlassen der Frühmesse hatte der Dauphin Louis-Stanislas zu seiner Mutter gesagt, der Kopf der Schlange sei zertreten. Sophie, die hinter der

Königin und ihrem Sohn aus der Kapelle gekommen war, war zu Tode erschrocken. Damit konnte nur Diderot gemeint sein!

Ihre Hand zitterte immer noch, als sie eine Viertelstunde später ihrer Herrin einen Becher Eselsmilch reichte. In der Nacht hatte die Pompadour wieder einen schweren Fieberanfall gehabt, schon den dritten innerhalb nur einer Woche. Seit einer Stunde ruhte die Pompadour nun auf ihrer Ottomane.

„Es tut mir unsäglich Leid für dich", sagte sie und nahm den Becher. „Ach, könnte ich dir nur helfen. Aber du siehst ja selbst, was aus mir geworden ist."

„Monsieur de Malesherbes hat behauptet, er sei mein Freund. Wie konnte er nur so handeln? Ich hoffe nur, dass nicht Sartine die Durchsuchung geleitet hat. Er muss Diderot hassen."

Ein Diener räusperte sich in der Tür. Ihm folgte ein Mann mittleren Alters, der eilig den Raum betrat. Sophie kannte ihn flüchtig – es war der deutsche Journalist Melchior Grimm. Als Herausgeber der *Litterarischen Korrespondenz*, der Zeitschrift, mit der er die Höfe Europas über das geistige Leben der französischen Hauptstadt unterhielt, war er des Öfteren bei der Pompadour zu Gast.

„Sie haben Diderots Haus durchsucht!", stieß er hervor. „Ein hoher Polizeioffizier namens Sartine hat die Aktion geleitet."

Sophie wechselte einen entsetzten Blick mit der Marquise.

„Bitte, erzählen Sie uns genau, was passiert ist!", sagte die Pompadour.

„Sie haben nichts gefunden, Madame!", sagte Grimm. „Kein Manuskript, keine Notizen – alles war fort!"

DIDEROT stand am Grab seines Vaters. Er hatte die Hände gefaltet, aber seine Lippen blieben stumm. Das Grab war noch frisch, es roch nach Erde und welken Blumen. Ein Brief seiner Schwester Denise, die bei den Eltern in Langres lebte – zusammen mit ihrem jüngeren Bruder Pierre-Didier, einem streitsüchtigen Abbé –, hatte ihn an seinen Geburtsort zurückgerufen, doch bei seiner Ankunft war sein Vater schon tot gewesen. Er konnte jetzt nur noch die Erbangelegenheiten regeln.

Er betrachtete den schlichten Grabstein: DIDIER DIDEROT, MESSERSCHMIED IN LANGRES, 1695–1759. Der Alte war gestorben, wie er gelebt hatte: Alle Schulden waren bezahlt, geblieben war ein beachtliches Vermögen – Grundstücke, Renten, Warenvorräte –, das seine Nachkommen sich nun teilen konnten. Diderot würde keine Geldsorgen mehr haben.

Didier Diderot war ein fleißiger Arbeiter gewesen, der auf Ordnung in seinem Haus und in seiner Werkstatt hielt, ein Patriarch mit festem Kirchenglauben, ein aufrichtiger und gerechter Mann, stets darauf bedacht, anderen Menschen nützlich zu sein. Ja, nützlich sein – das war sein Lebenszweck gewesen. Ein Versprechen fiel Diderot ein, das er seinem Vater vor zehn Jahren hatte geben müssen als Bedingung dafür, dass der Alte seine Familie unterstützte, während er in der Festung von Vincennes saß: Er solle mit seiner Feder ein „anständiges Werk" schaffen, um sich damit den Segen des Himmels zu erwerben und die Zuneigung des Vaters zurückzugewinnen.

Diderot strich sich über das schüttere Haar. Hatte er mit der Enzyklopädie ein solches Werk geschaffen? Ja, das hatte er, und diese Gewissheit erfüllte ihn mit Stolz. Doch er wusste auch, dass er dieses Werk immer wieder selbst gefährdet hatte. Dreimal hatte er die Enzyklopädie bedrohlichen Angriffen ausgesetzt, jedes Mal verursacht durch andere Bücher, die ein solches Risiko nicht wert waren, und wenn die letzte Krise nicht das Ende des Wörterbuchs bedeutete, kam das einem Wunder gleich. Einem Wunder, das er einzig und allein Malesherbes zu verdanken hatte.

Der Schreck, der Diderot beim Anblick des Zensors und der zwei Gardisten in die Glieder gefahren war, hatte nur wenige Sekunden gedauert. Malesherbes war nicht in die Rue Taranne gekommen, um ihn zu verhaften – sondern um ihn vor der Verhaftung zu warnen. In wenigen Stunden, so hatte Malesherbes ihm verraten, werde Kommissar Sartine auf seinen Befehl hin mit einem Dutzend Beamten bei ihm erscheinen, um die Wohnung zu durchsuchen – er solle alles belastende Material fortschaffen, auf der Stelle!

„Aber wohin mit hunderten von Manuskripten?", hatte Diderot gefragt.

„Bringen Sie alles zu mir!", hatte Malesherbes erwidert. „In meinem Haus wird niemand danach suchen."

Dann hatte der Zensor sich auf den Weg in die Rue de la Harpe gemacht, zu Le Bréton, um dort vom Verleger die Texte zur Beschlagnahme zu verlangen, die zur selben Zeit in sein eigenes Haus verfrachtet wurden. Die letzten Kästen waren kaum fort gewesen, als Sartine mit seinen Beamten an Diderots Tür geklopft hatte.

Während Diderot den Blick auf den frischen Erdhügel mit den welken Blumen richtete, hob er die Hand: Nie mehr, so schwor er sich und dem Alten, würde er Bücher veröffentlichen, die die Enzyklopädie gefährden könnten, und wenn er an seinen ungeschriebenen Werken verreckte! Die Enzyklopädie war wichtiger als jedes andere Buch.

SELTEN war Sophie so glücklich gewesen, sich geirrt zu haben. Ihre Verzweiflung über Malesherbes' vermeintlichen Verrat war nach Aufklärung der Täuschung großer Erleichterung gewichen. Sie bestieg die Kutsche und machte sich auf den Weg, um dem Direktor der Hofbibliothek zu danken.

Seit Monaten war sie zum ersten Mal wieder in der Stadt. In der Rue Vivienne hielt die Kutsche an. In dieser Straße residierten alle Banken von Paris. Das Portal des Palais Malesherbes wurde von zwei livrierten Türstehern bewacht. Sophie verließ den Wagen. Die Pompadour hatte ihr gesagt, dass Malesherbes' Frau mit den Kindern auf dem Land lebte.

Der Direktor der Hofbibliothek empfing sie mit einem Handkuss.

„Ich bin gekommen", erwiderte Sophie, „Sie um Verzeihung zu bitten. Ich habe dem äußeren Schein größeren Glauben geschenkt als meiner inneren Überzeugung. Ich hatte geglaubt, Sie wollten Monsieur Diderot vernichten."

„Den Vater Ihres Sohnes? Sie mussten mein Handeln missverstehen, Sophie. Wie anders hätten Sie mein Verbot der Enzyklopädie deuten sollen? Ich bin es, der Sie um Verzeihung bitten muss", sagte er. „Glauben Sie mir, ich habe das Wörterbuch nur retten können, indem ich seine Verbreitung untersagte. Die öffentliche Meinung verlangte ein Opfer."

„Ich mache mir trotzdem Vorwürfe", erwiderte Sophie. „Ich hätte wissen müssen, dass Sie zu solchem Verrat nicht fähig sind. Sie haben Ihre Karriere aufs Spiel gesetzt, Monsieur de Malesherbes. Man hätte Sie anzeigen können, wegen Hochverrats, Sartine hätte keine Sekunde gezögert …"

„Pst …", machte er und legte einen Finger auf ihre Lippen. Ein warmes Lächeln erfüllte seine grauen Augen. Sie sah Verständnis, Zärtlichkeit, Liebe, und ein Gefühl von warmer Geborgenheit durchströmte sie. Sophie schloss die Augen und wartete auf seinen Kuss.

DORNEN UND DISTELN
1760–66

Die Turmuhr von Saint-Germain-des-Prés rief die Gläubigen zum Angelus, als Diderot sein Haus in der Rue Taranne verließ. Er musste sich beeilen, um sieben war er mit einem Uhrmacher am Quai de l'Horloge verabredet.

Diderot war Frühaufsteher wie die Arbeiter und Handwerker, die überall aus den Häusern strömten, um sich auf den Weg zu ihrem Tagwerk zu machen. Was für ein Glück, dass er die Arbeit an der Enzyklopädie fortsetzen konnte!

Dieses Wunder war allein Malesherbes zu verdanken. Der Zensor hatte sich nicht nur zur stillschweigenden Duldung des Werkes bequemt, sondern zudem die Weiterführung ermöglicht, durch Arrangements und Vereinbarungen, die alle offiziellen Sanktionen außer Kraft setzten. Zwar hatte Malesherbes den Verleger zur Zahlung von 72 Livre an jeden Subskribenten verpflichtet, als Entschädigung für die ausgefallenen Textbände, die ja nicht mehr gedruckt werden durften, doch um sein eigenes Verbot zu unterlaufen, welches das ganze Unternehmen unweigerlich hätte ruinieren müssen, hatte er Le Bréton zugleich gestattet, den Ansprüchen der Kunden ersatzweise durch Lieferung von grafischen Werken Genüge zu tun. Dazu hatte er die Druckerlaubnis für eine Sammlung von tausend Tafeln über die Wissenschaften, die freien Künste und die Technik erteilt, ein scheinbar harmloser Titel, unter dem sich in Wahrheit die Tafelbände der Enzyklopädie verbargen. Die Subskribenten waren mit dieser Regelung zufrieden.

Diderot hatte sich mit seinem Verleger folgenden Plan ausgedacht: Während sie Jahr für Jahr die offiziell genehmigten Tafelbände lieferten, würden sie gleichzeitig die noch ausstehenden, aber verbotenen zehn Textbände fertig stellen. Diese wollten sie an einem fingierten Druckort „im Ausland" produzieren, zum Beispiel auf „Kythera" wie vor Jahren die „Geschwätzigen Kleinode", um sie dann als „Importware" mit einem Schlag unters Volk zu bringen – in der Hoffnung, dass die Aufregung aufseiten der Regierung und der Kirche sich bis dahin gelegt hatte.

Diderot arbeitete wie ein Besessener. Von morgens bis abends war er für sein Werk unterwegs. Sein besonderer Ehrgeiz galt dabei den Tafelbänden. Die Tafeln sollten den Stand der Technik genauer und anschaulicher illustrieren als jedes andere Werk zuvor. Täglich suchte Diderot zu diesem Zweck Handwerker auf, ging in die Werkstätten der Strumpfwirker, Gobelinarbeiter und Möbeltischler, ließ sich in die Geheimnisse von Webstühlen und die Mechanik von Flaschenzügen einweihen, während Jaucourt sich um die Redaktion der Textbände kümmerte.

Am Hôpital Bicêtre hielt Diderot sich den Ärmel vor den Mund, so ekelhaft war der Gestank, der ihm dort entgegenschlug. Vermummte Arbeiter warfen gerade Leichenreste, an denen junge Chirurgen der Anatomie ihre lebensnotwendige Kunst geübt hatten, auf einen Jauchekarren, der vor dem Eingang des Krankenhauses wartete. Diderot war empört: Wann würde man endlich anfangen, die mephitische Luft und ihre mörderischen Einwirkungen mit den modernen Mitteln der Chemie zu bekämpfen?

Jeden Monat gingen Dutzende von Menschen an den giftigen Dünsten und Dämpfen der Stadt zugrunde. Dabei versprachen neue Versuche zur Zersetzung der Luft der stinkenden Geißel Herr zu werden. Was für eine Pflichtvergessenheit des Magistrats, die Augen vor den Wundern der Chemie zu verschließen! Konnte es für eine Regierung etwas Wichtigeres geben als die Gesundheit der Bürger? Diderot beschloss, einen Artikel zu dem Thema zu schreiben.

Als er den Quai erreichte, stieg von der Seine eine frische Morgenbrise auf. Nur einen Steinwurf entfernt war die Treppe, die zur Seine hinabführte. Dort hatte er sich immer mit Sophie getroffen. Seit ihrer letzten Begegnung nach der Aufführung des „Natürlichen Sohns" wusste Diderot, dass sie jede weitere ablehnen würde. Es hieß, sie sei inzwischen die Mätresse von Malesherbes.

Die Stundenglocke von Notre-Dame schlug siebenmal an. Diderot wandte sich ab, um seinen Weg fortzusetzen. Nein, er hatte beschlossen, all seine Anstrengungen auf das Gelingen des Wörterbuchs zu richten. Sein Traum war es, dass die Enzyklopädie einst zu den begehrtesten Werken bei den Bücherverleihern gehörte. Keine Macht der Welt durfte ihn an der Verwirklichung dieses Traumes hindern.

Vor allem aber träumte er davon, eines Tages Dorval und Angélique das vollendete Werk aushändigen zu können: das ganze Wissen der Menschheit, die reine Wahrheit, die Wegkarte zum Paradies auf Erden – als sein Vermächtnis für seine Kinder.

Am Arm von Malesherbes betrat Sophie die Comédie Française, wo er als Direktor der königlichen Hofbibliothek eine eigene Loge besaß. Aber warum war das Theater wie ein Feldlager besetzt? Am Eingang empfing sie eine ganze Kompanie Wachsoldaten mit geschultertem Gewehr.

Heute jährte sich der Tag, seit Sophie mit Malesherbes in einer Liaison am Hofe lebte. Die Tatsache, dass der Staatsrat seit über zehn Jahren verheiratet war, stand einer solchen Verbindung nicht im Wege. Eine Ehe, so hatte Madame de Pompadour Sophie erklärt, wurde nicht im Himmel geschlossen, sondern beim Notar, den Ausschlag gab nicht die Liebe, sondern die Vernunft. Jeder Mann hatte eine Mätresse, jede Frau einen Hausfreund, das war die Regel.

Sophie hatte noch keine Stunde bereut, dass sie dem Rat ihrer Gönnerin gefolgt war und den Direktor der Hofbibliothek erhört hatte. Malesherbes war ein ebenso intelligenter wie liebevoller Mann, der sich auch rührend um ihren Sohn Dorval kümmerte. Dass sie einmal Diderots Geliebte gewesen war, hinderte den Zensor nicht, dessen Lebenswerk nach Kräften zu fördern.

Im Parterre herrschte bereits ein fürchterliches Gedränge, als Sophie und Malesherbes in ihrer Loge Platz nahmen. Ein Lakai reichte Ingwerkonfekt und Champagner. Malesherbes lehnte beides ab, stattdessen holte er seine Schnupftabaksdose hervor.

„Nun sagen Sie schon, was Sie auf dem Herzen haben“, forderte Sophie ihn auf, nachdem sie von ihrem Glas genippt hatte. „Wenn Sie eine Prise brauchen, muss es sich um etwas Ernstes handeln. Wollen Sie mir etwa das Du anbieten?“

„Die Vertrautheit des Du mit Ihnen zu teilen wäre mein sehnlichster Wunsch, doch wage ich nicht, Sie darum zu bitten. Ich möchte Ihnen einen anderen Vorschlag machen …“ Lautes Klatschen unterbrach ihn. Endlich ging der Vorhang auf. „Les Écossaises“ hieß das Lustspiel und war im Programmheft als eine Übersetzung aus dem Englischen angegeben. Tatsächlich aber war es eine Antwort Voltaires auf die Verleumdungen der Philosophen durch die selbst ernannten Seelenretter in den Kirchen, die Kanzelhusaren und Gotteskanonen, die nicht müde wurden, gegen die Enzyklopädie zu Felde zu ziehen.

Sophie hörte kaum zu. Sie war abgelenkt durch den Anblick eines Mannes, der von einer Nachbarloge aus das Geschehen verfolgte: Pater Radominsky, der Beichtvater der Königin. Mit versteinertem Gesicht wohnte er der Aufführung bei, während die Schauspieler auf der Bühne ihn und seinesgleichen verspotteten.

„Dass er den Mut hat, sich hier blicken zu lassen“, sagte Malesherbes. „Respekt!“

„Allerdings“, erwiderte Sophie. „Aber Sie wollten mir einen Vorschlag machen?“

Er blickte sie an und sagte: „Haben Sie schon einmal daran gedacht, Sophie, sich von Monsieur Sartine scheiden zu lassen?“

„WAS HEISST das – adoptieren?“

„Als Sohn annehmen, wie ein Vater.“

„Aber ich habe doch einen Vater, er hat das große Buch geschrieben, die Enzyklopädie! Warum soll ich einen neuen Vater kriegen?“

Das ganze Unverständnis seiner acht Jahre sprach aus Dorvals hellen blauen Augen. Seit einer halben Stunde bestürmte er Sophie mit Fragen, weil er nicht begreifen konnte, was sie ihm zu erklären versuchte. Aber war das verwunderlich? Sie selbst war ja auch vor dem Vorschlag zurückgeschreckt, den Malesherbes ihr am Abend zuvor im Theater gemacht hatte: Der Direktor der königlichen Hofbibliothek wollte ihren Sohn adoptieren, als Zeichen seiner Verbundenheit. Darum hatte er sie gefragt, ob sie sich von Sartine, als dessen Sohn Dorval juristisch immer noch galt, scheiden lassen wolle.

„Ich will keinen neuen Vater", wiederholte Dorval. „Warum kann ich nicht bei meinem richtigen Vater sein?"

„Du weißt doch, dass er in Paris lebt. Er muss dort das große Buch zu Ende schreiben."

„Dann sollten wir auch nach Paris ziehen. Vielleicht kann ich ihm ja helfen."

„Das geht nicht. Madame de Pompadour ist krank, sie braucht mich, um wieder gesund zu werden. Magst du Monsieur de Malesherbes denn nicht?"

„Doch. Er ist immer sehr nett zu mir. Aber – ich will nicht zwei Väter haben."

Sophie konnte Dorval nicht länger in die Augen sehen. Sie hatte ja selbst ein ungutes Gefühl. Alles sprach dafür, Malesherbes' Vorschlag zu folgen, vor allem im Hinblick auf Dorvals Zukunft – nach einer Adoption würde er in den Adelsstand erhoben. Trotzdem schien ihr die Lösung irgendwie falsch. Malesherbes hatte ihre Not erkannt und ihr vorgeschlagen, Dorval selbst entscheiden zu lassen; sie müsse ihm nur Gelegenheit geben, sich von den Vorteilen einer Adoption zu überzeugen. Aber wie sollte ihr das gelingen, wenn sie sich selbst nicht sicher war?

„Weshalb willst du, dass Monsieur de Malesherbes mein Vater wird?", fragte Dorval ernst.

„Weil ich glaube, dass es keinen besseren Vater für dich geben kann. Als sein Sohn würdest du zu einer der mächtigsten Familien Frankreichs gehören. Du wärst dann ein richtiger Prinz."

„Ein richtiger Prinz?" Seine Augen leuchteten für einen kurzen Moment auf. „Mit einem eigenen Schloss?"

„Nicht nur mit einem! Soweit ich weiß, hat Monsieur de Malesherbes ein halbes Dutzend Schlösser. Glaubst du mir jetzt, dass es keinen besseren Vater für dich geben kann?"

„Außer meinem richtigen Vater", sagte Dorval leise.

„Natürlich", erwiderte Sophie und musste ihre Tränen unterdrücken. „Aber sollen wir es nicht wenigstens versuchen?"

„Eins musst du mir aber noch sagen, Mama … Darf ich weiter bei dir bleiben, wenn Monsieur de Malesherbes mich adoptiert?“

„Aber sicher! Glaubst du denn, ich ließe dich fort?“

Dorval dachte so angestrengt nach, dass sein kleines Gesicht sich in Falten legte. Schließlich sagte er: „Würdest du dich sehr freuen, wenn ich Ja sage?“

Obwohl sich jede Faser ihres Leibes dagegen sträubte, nickte Sophie.

„Also gut, Mama, dann bin ich einverstanden.“

ANTOINE SARTINE blätterte in einer Akte, die er nur aus dem Regal holte, wenn er die Tür seines Dienstzimmers verriegelt wusste. Er hatte diese Akte ausschließlich für seinen persönlichen Gebrauch angelegt, ohne Kenntnis seiner Vorgesetzten, obwohl er seit seiner Beförderung zum dritthöchsten Offizier der Pariser Polizei mehrere Schreiber unter sich hatte. Denn dieses Dossier betraf einen Mann, der über jeden Zweifel erhaben schien und der doch seit einiger Zeit Anlass zu erheblicher Irritation gab: Chrétien Lamoignon de Malesherbes, Sohn des Kanzlers und Zensor Seiner Majestät des Königs.

Konnte man diesem Mann noch trauen? Sartine hatte die Akte nach seiner erfolglosen Razzia im Haus Diderots begonnen. Es hatte in den Reihen der Polizei Gerüchte über die Rolle gegeben, die der Direktor der königlichen Hofbibliothek bei dieser Aktion gespielt haben sollte. Seitdem trug Sartine in dieses Dossier alles ein, was ihm an der Person des obersten Zensors auffällig erschien. In nur wenigen Monaten war daraus eine der problematischsten Akten geworden, die er je geführt hatte, voller Widersprüche und Ungereimtheiten. Malesherbes verkehrte mit dem Erzbischof von Paris ebenso wie mit zwielichtigen Gestalten vom Schlage Rousseaus oder d'Alemberts; er wohnte am Morgen dem Lever des Königs in Versailles bei und besuchte am Nachmittag Vorträge in der Académie des Sciences; er warnte einmal vor den aufrührerischen Gazetten aus Holland, die sich in Frankreich ausbreiteten, und hielt dann wieder seine schützende Hand über die Enzyklopädie, die doch weit größeren Schaden anrichtete als alle Publikationen Europas.

Sorgfältig las Sartine das ganze Dossier. Auch wenn er nicht wusste, was ihn an diesem Nachmittag erwartete – es war immer von Vorteil, einen Menschen genau zu studieren, bevor man sich mit ihm traf. Malesherbes hatte ihn für fünf Uhr in sein Stadtpalais in der Rue Vivienne bestellt.

„Wie schön, Sie zu sehen“, empfing der Direktor der königlichen Hofbibliothek ihn zwei Stunden später in seinem Salon. „Ich schlage vor, wir trinken erst mal ein Glas."

„Gern", erwiderte Sartine, obwohl er im Dienst sonst keinen Alkohol anrührte.

Ein Lakai reichte ihm auf einem Tablett ein gefülltes Sherryglas. Während Malesherbes ihm einen Platz anbot, schaute Sartine sich um: Spiegel und Leuchter, Gold- und Stuckverzierungen, Bilder und Gobelins, kostbare Möbel und Teppiche. Um als Polizeioffizier ein solches Haus zu führen, musste man Generalleutnant sein. Aber dieses Amt, das einen Adelstitel zur Voraussetzung hatte und außerdem ein Vermögen kostete, würde er niemals erreichen.

„Es ist mir eine hohe Ehre, hier von Ihnen empfangen zu werden", sagte er. „Darf ich erfahren, weshalb Sie mich rufen ließen?"

„Natürlich, ich wollte gerade darauf zu sprechen kommen", erwiderte Malesherbes und erhob sich wieder von seinem Stuhl, als er sah, dass sein Gast keine Anstalten machte, sich zu setzen. „Sie haben mir schon manchen wichtigen Dienst erwiesen, Sartine, und Sie wissen, wie sehr ich Sie schätze. Heute allerdings möchte ich Sie um einen Gefallen bitten, der mir mehr bedeutet als alles, was Sie bisher für mich geleistet haben." Er räusperte sich. „Ich möchte, dass Sie sich scheiden lassen."

„Wie bitte?", fragte Sartine, völlig überrumpelt. „Pardon, Monsieur, wenn Sie von meinem Ehestand sprechen, so sehe ich keinerlei Grund, an diesem etwas zu ändern."

„Ich gebe zu, dass ich weder das Recht noch die Mittel habe, Sie zu einem solchen Schritt zu drängen. Außer vielleicht unser langjähriges Verhältnis – und meine Versicherung, dass ein Entgegenkommen Ihrerseits Ihr Schaden nicht sein soll."

„Sie wissen", sagte Sartine zögernd, „ich lebe bereits seit Jahren von meiner Frau getrennt. Trotzdem … eine Scheidung ist eine ernste Angelegenheit …"

„Das Leben eines jungen Menschen auch", unterbrach ihn Malesherbes. „Um es kurz zu machen: Ich brauche Ihre Einwilligung, um Dorval zu adoptieren."

„Sie wollen den Sohn meiner Frau adoptieren? Wozu um Himmels willen das?"

„Ich möchte dem Jungen eine Zukunft geben, die seinen Talenten entspricht."

„Bitte halten Sie mich nicht für begriffsstutzig, aber offen gestanden …"

In seiner Not fielen Sartine nur die Worte der Bibel ein: „Was Gott geeint hat, das darf der Mensch nicht scheiden.“

„Zum Glück kennt die katholische Kirche für jede ihrer wohl begründeten Regeln eine ebenso wohl begründete Ausnahme.“ Malesherbes nahm eine Urkunde von seinem Schreibtisch und reichte sie ihm. „Hier, ich habe alles vorbereiten lassen.“

Verwirrt nahm Sartine das Blatt, unfähig, die wenigen Zeilen zu lesen. Natürlich wusste er, dass Sophie seit über einem Jahr die Mätresse seines Vorgesetzten war. Aber was für ein Interesse konnte Malesherbes daran haben, den Sohn von Diderot in seine Familie aufzunehmen? Diderot war ein Staatsfeind, Dorval ein Bastard. War es möglich, dass die Liebe einen Mann derart verblendete? Sartine schaute auf das Blatt Papier in seiner Hand. Sein Herz zog sich zusammen, der ganze Schmerz stieg wieder in ihm auf, den Sophie ihm zugefügt hatte. Und jetzt verlangte ihr neuer Liebhaber von ihm, seine Schmach als Mann, die schlimmste Demütigung seines Lebens, öffentlich einzugestehen?

„Dorval ist mein Sohn“, sagte er.

Malesherbes winkte ab. „Lassen wir das, ich weiß Bescheid.“

„Ich habe keine Ahnung, worauf Sie anspielen“, erwiderte Sartine fest. „Aber ich weigere mich, in die Scheidung einzuwilligen.“

„Sie verweigern sich meinem ausdrücklichen Wunsch? Das hätte ich nicht erwartet, nach allem, was ich für Sie getan habe.“ Malesherbes’ Züge wurden plötzlich hart. „Dann bleibt mir nur die Wahl, meinen Wunsch in einen Befehl zu verwandeln. Ich verlange Ihre Unterschrift, Sartine. Auf der Stelle!“

„Ich denke nicht daran.“

„Sie kündigen mir den Gehorsam?“

„Ich habe ein gutes Gewissen. In all meinen Dienstjahren habe ich mir nicht ein Versäumnis zuschulden kommen lassen. Ich bin mir nicht sicher, ob Sie das auch von sich behaupten können.“

„Worauf wollen Sie hinaus?“

„Mit Ihrem ‚Memorandum über die Pressefreiheit‘ haben Sie Spuren hinterlassen, die sehr gefährlich für Sie werden könnten. Sie stellen darin die Gedankenfreiheit über die Freiheit des Staates, sich gegen seine Feinde zu verteidigen“, erwiderte Sartine. „Dafür würde jeder andere Autor zu mehreren Jahren Festungshaft verurteilt werden, wenn nicht gar zum Tod.“

„Mag sein, aber Sie vergessen, wer ich bin.“

„Keineswegs“, sagte Sartine, empört über diesen Hochmut. „Es fragt sich nur, wie lange Sie noch die Vorteile Ihrer jetzigen Stellung genießen. Mir liegen Erkenntnisse vor, die auf schweren Amtsmissbrauch hinweisen. Zeugen haben ausgesagt, dass Sie persönlich die Überführung Diderots vereitelt haben, indem Sie ihn warnten oder sogar halfen, belastendes Material beiseite zu schaffen. Ein solches Vergehen gilt als Hochverrat." Er hatte die Drohung aufs Geratewohl ausgesprochen, durch nichts anderes begründet als einen Verdacht, doch an der Miene seines Vorgesetzten erkannte er, dass er ins Schwarze getroffen hatte.

„Sie widerlicher kleiner Spitzel", sagte Malesherbes. „Verlassen Sie sofort mein Haus!"

„Mit Ihrer gütigen Erlaubnis", sagte Sartine und nahm seinen Dreispitz, den ein Lakai ihm reichte.

Als die Tür sich vor ihm öffnete, ließ er ein letztes Mal seinen Blick durch den Raum schweifen. Nein, er gehörte nicht in diese Welt. Malesherbes hatte ihm bereits den Rücken zugewandt und blätterte in irgendwelchen Papieren.

Sartine schluckte. Die Arroganz, mit der ihm dieser Mann, der den Erfolg seiner Ermittlungen vereitelt und ihn der Lächerlichkeit preisgegeben hatte, hier in diesem Haus vollkommene Gleichgültigkeit bekundete, war erniedrigender als jede noch so bösartige Beleidigung. Niemals würde er sich gegen den Liebhaber seiner Frau auflehnen können, was der ihm auch immer antat. Im Gegenteil – er, Antoine Sartine, würde nun geopfert, als kleines Rädchen im großen Getriebe der Macht, und er würde alles verlieren, was er sich in über zwanzig Jahren erarbeitet hatte. Sogar der Blick des Lakaien, der ihm die Tür des Salons aufhielt, drückte Verachtung aus. Sartine richtete noch einmal das Wort an Malesherbes. Man konnte ihm seine Ehre nehmen, nicht aber seinen Stolz. „Übrigens, bevor ich gehe, möchte ich Ihnen noch einen Gruß ausrichten." Er machte eine Pause. „Von Abbé Morel. Aus Beaulieu."

„ER HAT wirklich in die Scheidung eingewilligt?"

Der Duft von Ambra, vermischt mit dem Horngeruch verbrannten Haars, erfüllte die Luft im Boudoir der Pompadour, während sich ein Friseur mit Kamm und Kräuselschere um die Mätresse des Königs bemühte.

„Ein Bote hat mir heute Morgen die Nachricht gebracht", erwiderte Sophie, die mit einem Brief in der Hand hinter dem Frisierschemel stand. „Monsieur de Malesherbes hat sie mir geschickt."

Die Pompadour hörte nur mit halbem Ohr hin. Ihre Aufmerksamkeit galt ihrem Konterfei im Spiegel. Sie war so stark geschminkt, um die tiefe Traurigkeit auf ihrem Antlitz zu verbergen, dass sie wie eine Puppe aussah. Man munkelte am Hofe, sie leide an Schwindsucht und ihre Tage als Ludwigs Favoritin seien gezählt. Alle Welt wusste, Demoiselle Ronan, die Tochter eines Advokaten aus Grenoble, machte ihr den Platz im Herzen des Königs streitig. Dieses Mal war wirkliche Liebe im Spiel. Demoiselle Ronan hatte das längste schwarze Haar, das man sich nur vorstellen konnte – so lang, dass sie damit ihren nackten Leib wie mit einem Schleier umhüllte, wenn sie sich mit orientalischer Trägheit vor Ludwigs begehrlichen Blicken auf ihrem Kanapee räkelte. Doch nicht allein diese Reize machten die neue Dame seines Herzens so gefährlich; sie besaß ein Faustpfand, das der Marquise in all den Jahren versagt geblieben war: Sie hatte einen Sohn, den der König von Frankreich anerkannte.

„Zufrieden, Madame?“, fragte der Friseur.

„Deine Kunst hilft kaum mehr als meine Eselsmilch – aber sei’s drum.“ Die Pompadour drehte sich zu Sophie um. „Ist das der Brief?“ Sie nahm ihr das Schreiben aus der Hand und überflog die wenigen Zeilen.

„Das übliche Ritual“, sagte sie. „Der einzige Grund, den die Kirche zur Auflösung der Ehe gelten lässt. Ich hoffe nur“, fügte sie hinzu und gab ihr den Brief zurück, „dass er nicht den Tatsachen entspricht.“

Sophie spürte, wie ihr das Blut ins Gesicht schoss.

„Was ist mir dir?“ Die Pompadour runzelte die Stirn. „Soll das etwa heißen, dass …?“

Sie begriff, dass ihre hingeworfene Bemerkung der bitteren Wahrheit entsprach. Mit einer Kopfbewegung schickte sie den Friseur hinaus.

„Ihr habt eure Ehe also nie vollzogen?“, sagte sie, nachdem der Figaro seinen Toilettenwagen hinausgerollt hatte.

Sophie nickte. „Sartine hat mich kein einziges Mal berührt.“

„Wenn ein Mann bei einer so hübschen Frau wie dir auf diesen Genuss verzichtet, kann es dafür nur einen Grund geben. Die Liebe ist nichts weiter als ein Hirngespinst. Sie hängt allein von der Einbildungskraft ab.“

„Was hat die Einbildungskraft mit der Liebe zu tun?“

„Der Zusammenhang ist wissenschaftlich erwiesen.“ Die Pompadour griff nach einem Exemplar der Enzyklopädie und schlug den Band auf. „Hast du nicht den Artikel ‚Erektion‘ gelesen? Nein? Dann hör zu.“

Während die Pompadour vorlas, dämmerte Sophie das Geheimnis ihrer Ehe. Sie hatte Sartines Glied weder zu sehen noch zu spüren bekommen – nie hatte es sich in ihrer Gegenwart aufgerichtet, auch nicht des Nachts, wenn sie Seite an Seite im Bett lagen, ohne Schlaf zu finden … Ihr Mann war nicht imstande gewesen, die Ehe zu vollziehen – das war der Grund, warum er sie in all den Jahren ihres Zusammenlebens niemals berührt hatte. Auf einmal tat Sartine ihr unendlich Leid.

„Was, glaubst du, war sein Preis, Sophie?"

„Preis? Ich weiß nicht, wovon Sie reden …"

„Von dem Grund, weshalb Sartine in die Scheidung eingewilligt hat", sagte die Pompadour. „Glaub mir, wenn ein Mann eine solche Unzulänglichkeit mit seiner Unterschrift eingesteht, dann nur zu einem sehr hohen Preis."

„Ich gratuliere Ihnen von Herzen, Monsieur *de* Sartine. Es ist mir eine außerordentliche Freude, Sie an diesem Platz zu sehen. Wenn ein Mann diese Ernennung verdient hat, dann Sie."

„Ich danke Ihnen, *mon père*. Ich hoffe nur, Sie werden mich auch in Zukunft meiner Aufgabe für würdig befinden."

Die beiden Männer schüttelten einander die Hand. Pater Radominsky war der erste Besucher, den Sartine in seinem neuen Amt empfing, nachdem der Kanzler der Regierung ihn zum Polizeipräfekten von Paris ernannt hatte – auf Vorschlag seines Sohnes Malesherbes. Auf dessen Betreiben hatte König Ludwig sogar die 250 000 Livre, die der Erwerb des höchsten Polizeiamts im Staat kostete, aus seiner Privatschatulle abgezweigt und den neuen Generalleutnant zugleich in den Adelsstand erhoben, sodass Sartine seine Berichte und Bescheide nunmehr mit „Antoine de Sartine" unterzeichnen durfte. Er hatte es weiter gebracht, als er es sich erträumt hatte. Die Zeit der Ohnmacht war vorbei.

„Ihre Ernennung ist das Zeichen", sagte Radominsky, „auf das ich seit zwei Jahren gewartet habe. Doch wir dürfen deshalb nicht ruhen – der Feind schläft nicht. Wie Sie wissen, wird gerade der erste Tafelband der Enzyklopädie an die Subskribenten ausgeliefert. Ich habe mein Exemplar gestern erhalten."

„Ich bereits vor einer Woche."

Sartine tippte auf den druckfrischen Bildband auf seinem Schreibtisch. Radominsky schlug das Buch auf.

„Was für ein prachtvolles Werk", murmelte der Pater. „So prachtvoll wie aus der Werkstatt des Teufels."

Der Anblick der Illustrationen nötigte auch Sartine klammheimliche Bewunderung ab. Das Buch zeigte alle Wunder dieser Welt. Ob Webstuhl oder

Flaschenzug, das Zaumzeug eines Pferdes oder den Querschnitt eines menschlichen Schädels: Die Tafeln gaben die Dinge gestochen scharf wieder.

„Ich habe Informationen", sagte Sartine, „wonach die russische Zarin Katharina dem Herausgeber angeboten hat, die Enzyklopädie in Petersburg oder Riga zu vollenden."

„Der Vorschlag ist eine Provokation Frankreichs", erwiderte Radominsky. „Es soll der Eindruck entstehen, dass in Paris die Philosophie verfolgt wird, während die Skythen sie fördern."

„Diderot hat das Angebot abgelehnt, mit Hinweis auf die Eigentumsrechte der Verleger an den Manuskripten. Lieber wolle er, so seine Antwort, zum Märtyrer der Wahrheit werden als ins Ausland fliehen."

„Glauben Sie, dass dies der wirkliche Grund ist?"

Sartine schüttelte den Kopf.

„Natürlich nicht", bestätigte der Pater. „Diderot fühlt sich in Paris sicher, darum will er bleiben."

Die zwei Männer schauten sich an. Sartine wusste, was Radominsky meinte. Der Plan der Jansenisten war aufgegangen. Der Jesuitenorden, die Kampftruppe des Glaubens und des Gottesstaates, war entmachtet – wegen Unruhen auf ein paar Missionsstationen, fernab in Südamerika. Sartine hatte die Fakten im Kopf: Im August war das Parlament mit 98 von 112 Stimmen zu dem Urteil gelangt, die Gesellschaft Jesu widerspreche dem Naturrecht und sei als Feind der französischen Gesetze aus dem Königreich zu entfernen. Während der Besitz des Ordens beschlagnahmt worden war, hatten die Patres in nur acht Tagen ihre Häuser räumen, ihre Tracht ablegen und sich von jeder Verbindung mit ihren Oberen lösen müssen. Zugleich hatte die Marquise de Pompadour in Rom Klage erhoben, dass die Jesuiten ihr weiter die Kommunion verweigerten, trotz ihres Entschlusses, für den König nur noch Empfindungen der Dankbarkeit und der allerreinsten Anhänglichkeit zu hegen. Papst Klemens hatte befohlen, den Generaloberen der Gesellschaft Jesu in die Engelsburg zu stecken. Radominsky hatte sich daraufhin gezwungen gesehen, Ignatius von Loyola offiziell abzuschwören – seine einzige Chance, weiter als Beichtvater der Königin im Amt zu bleiben. Sartine bewunderte, wie gelassen der Pater sich in sein Schicksal fügte.

„Wie harmlos diese Bilder wirken", sagte Radominsky. „Dabei sind sie ein Teil des Täuschungsmanövers. Malesherbes erlaubt ihren Druck. Damit ist es nur eine Frage der Zeit, wann die nächsten Textbände erscheinen."

„Solange er persönlich die Philosophen vor dem Zugriff des Staates schützt, wird es sehr schwierig sein, etwas zu unternehmen. Gerade erst hat Malesherbes dafür gesorgt, dass Rousseau meinen Leuten entwischen konnte, obwohl sie einen Haftbefehl hatten, um ihn wegen seines jüngsten Romans festzunehmen."

„Sie meinen den ‚Émile'?" Radominsky verzog angewidert das Gesicht. „Das Loblied auf das prächtige Tier! Die Leugnung des Bösen! Als wäre der Mensch von Natur aus gut!"

„Aus der Feder eines Mannes, der seine Kinder ins Findelhaus gebracht hat! Über solches Gesindel hält der Zensor seine Hand."

„Malesherbes muss weg!" Radominsky klappte das Buch zu. „Vorher gibt es keine Ruhe. Aber wie sollen wir diesen Judas entmachten? Als Sohn des Kanzlers und Vertrauter der Pompadour ist er unangreifbar."

„Nicht ganz", sagte Sartine. „Vielleicht habe ich eine Idee ..."

DIE „KLEINE" Post zirkulierte im Unterschied zur „großen" ausschließlich innerhalb der Stadt sowie zwischen der Stadt und dem Hof von Versailles. Von früh bis spät waren täglich ihre Boten unterwegs, um tausende von Briefen zu befördern. Verabredungen wurden auf diese Weise ebenso getroffen wie Geschäfte vereinbart. Doch die „kleine" Post diente nicht nur der alltäglichen Bequemlichkeit der Pariser Bevölkerung, sondern auch dem Austausch von Hoffnung und Verzweiflung, von Liebe und Eifersucht, Stolz und Hass. Und nicht selten geschah es, dass ein kleines, unscheinbares Billett das Leben eines Menschen von Grund auf veränderte.

Es war am frühen Vormittag, als Sophie ein solches Schreiben bekam. Ein Lakai der Pompadour brachte es in ihr Appartement. Sie bürstete gerade ihr rotes Haar, und Dorval las ihr aus einem Buch vor, das sein Stiefvater ihm zum zehnten Geburtstag geschenkt hatte: die „Persischen Briefe" von Montesquieu.

Die akkurate, steile Handschrift auf dem Kuvert erfüllte Sophie mit Unbehagen. Sie schickte Dorval hinaus und erbrach das Siegel.

> Betrifft: den Fall „Madeleine Volland"
> Madame,
> oben angeführter Fall, verhandelt im Jahre 1740 vor dem Landgericht Roanne, wurde von mir, neun Jahre nach Durchführung des Prozesses, in privatem Auftrag und Interesse untersucht. Gegenstand der Investigation, welche im Kirchspiel Beaulieu, Wohn- und Geburtsort besagter

Madeleine Volland, erfolgte, waren Hintergründe und Motive des Verfahrens, welches zur Verurteilung und anschließenden Hinrichtung der Angeklagten führten.

Äußere Umstände, unser beiderseitiges Verhältnis betreffend, haben mir damals nicht erlaubt, Ihnen die Ergebnisse meiner Untersuchung mitzuteilen. Da diese Umstände inzwischen ihre Gültigkeit verloren haben, stelle ich dazu heute richtig: Das Kirchenarchiv von Beaulieu ist nicht, wie seinerzeit von mir behauptet, durch eine Feuersbrunst zerstört worden; vielmehr hatte ich freien Zugang zu demselben und Einsicht in die Prozessakten zum Fall der Madeleine Volland. Ich habe alles notwendige Material gelesen und sichergestellt und bin folglich imstande, den Mann, der mit seiner Klage und mit seiner Aussage vor Gericht das Verfahren mit dem bekannten Ausgang maßgeblich beeinflusst hat, zweifelsfrei zu identifizieren …

Als Sophie den Namen las, fasste sie sich entsetzt an den Hals. Glatt und kalt wie der Tod fühlte sich der geschnitzte Engel an, während sie den Brief, am ganzen Körper zitternd, zu Ende las bis zu der Unterschrift, mit der der Absender gezeichnet hatte: *Antoine de Sartine, Polizeipräfekt von Paris*.

Es WAR bereits später Abend, als Sophie bei Malesherbes in der Rue Vivienne erschien. Sie fand ihn in seinem Kabinett am Fenster.

„So nachdenklich, Monsieur?“, sagte sie und stellte die große Pappschachtel, die sie aus Versailles für ihn mitgebracht hatte, auf seinem Schreibtisch ab.

„Ich habe gerade darüber nachgedacht, ob die Ernennung Sartines vielleicht ein Fehler war“, antwortete er ernst.

„Haben Sie Grund, einen Polizeibeamten zu fürchten? So pessimistisch kenne ich Sie gar nicht.“

„Sie haben Recht, meine Liebste – was sollen die trüben Gedanken? Dorvals Glück ist Sartines Ernennung allemal wert. Aber Sie haben etwas mitgebracht? Für mich?“

„Allerdings, Monsieur. Packen Sie nur aus!“

„Ein Geschenk? Ohne Anlass? Wie reizend“, sagte Malesherbes und öffnete die Schachtel. Plötzlich wurde sein Gesicht starr, und seine Stimme stockte. Er hielt sein Geschenk in der Hand: einen schwarzen breitkrempigen Hut, der mit einem roten Federbusch verziert war.

„Was haben Sie, Monsieur? Gefällt er Ihnen nicht? Probieren Sie ihn an!“ Als er zögerte, nahm Sophie ihm den Hut aus den Händen und setzte ihn auf seinen Kopf.

Unter der schwarzen Krempe wirkte Malesherbes’ Gesicht so bleich wie Kalk. Es war, als stünde ein Geist vor ihr, aufgetaucht aus der Tiefe der Zeit. Sie spürte, wie sich ihr die Kehle zuschnürte. „Oh mein Gott!“, flüsterte sie.

Malesherbes’ Miene war wie versteinert. Aus seinen grauen Augen sprach Verzweiflung. Er nahm den Hut ab und ließ ihn zu Boden fallen. „Ich hatte immer gefürchtet, dass dieser Moment eines Tages kommen würde“, sagte er mit tonloser Stimme. „Die Angst davor hat mich jede Minute unseres Zusammenseins verfolgt. Und doch habe ich immer gehofft, der Kelch würde an mir vorübergehen. Wer … wer hat Ihnen mein Geheimnis verraten? Sartine?“

Sophie nickte, kaum fähig zu sprechen. Ihre ganze Vergangenheit war wieder da, verkörpert in diesem Mann. Und noch schmerzhafter als die Erinnerung war das Begreifen: Darum diese seltsamen Blicke, mit denen Malesherbes sie so oft angeschaut hatte, als suche er in ihrem Gesicht nach etwas, wovon er selbst nicht wusste, was es war, darum seine Fürsorge für ihren Sohn, als wollte er Dorval für etwas entschädigen, was das Schicksal dem Jungen vorenthalten hatte; darum sein Mitgefühl bei der Hinrichtung Damiens’, seine Anteilnahme – an allem, was auf ihr lastete.

Sophie sah der Wahrheit ins Gesicht. Es gab keinen Zweifel mehr. Sie hatte das Bett mit dem Mann geteilt, der ihre Mutter auf dem Gewissen hatte.

„Warum?“, flüsterte sie. „Warum?“

„Ich habe sie geliebt … Ich wollte ihr mein ganzes Leben schenken, ihr alles zu Füßen legen, was ich hatte …“

„Deshalb musste meine Mutter sterben?“

„Sie erwiderte meine Gefühle nicht. Sie hat mich ausgelacht, mich zur Hölle gewünscht … Ich war wie von Sinnen …“

„Was haben Sie vor Gericht gesagt?“

„Ich … ich habe behauptet, sie hätte mich vergiftet, mit einem Kräutertrank … Ich war so jung, ich sah nur die Zurückweisung, die Verletzung meiner Ehre als Mann …“ Er verstummte, hilflos und beschämt, den Blick zu Boden gerichtet.

„Sie haben“, sagte Sophie, „den Aberglauben der Menschen missbraucht, ihre Unwissenheit, die Gesetze, alles, um meine Mutter auf den Scheiterhaufen zu bringen. Nur weil sie Ihre Gefühle verletzt hatte, Ihren Stolz, Ihre Eitelkeit …“ Die Stimme versagte ihr. Es war so erbärmlich, dass es nicht zu ertragen war. Plötzlich war ihr so übel wie am Tag ihrer Erstkommunion. Nur eine Frage hatte sie noch, obwohl sie die Antwort schon wusste. Doch sie musste sie von ihm selbst hören. „Haben Sie mir deshalb die ganze Zeit geholfen?"

Malesherbes nickte. „Deshalb – und weil ich Sie …"

„Weil Sie was?"

„Es ist mir nicht möglich, dieses Wort auszusprechen. Nicht hier und jetzt."

Sophie ahnte, was er meinte. „Und hast du deshalb Diderot gewarnt?", fragte sie weiter. „Hast du deshalb die Enzyklopädie beschützt?"

„Wie sehr habe ich mich nach diesem Du aus Ihrem Mund gesehnt", flüsterte Malesherbes. „Jetzt, da Sie dieses Wort an mich richten, ist es mein Todesurteil."

„Warum hast du es getan?", insistierte Sophie. „Aus schlechtem Gewissen, aus Reue?"

Sein Gesicht zuckte vor Scham, als er sprach: „Ich habe versucht, das Schicksal zu korrigieren. Aber … es war ein schrecklicher Irrtum. Niemand kann das Schicksal korrigieren …"

Eine lange Weile schaute sie ihn an, sprachlos angesichts des Abgrunds, der sich vor ihr aufgetan hatte. Wie hatte sie diesen Mann geachtet! Wie dankbar war sie ihm gewesen! Jetzt aber hatte sie nur noch das Bedürfnis, ihm ins Gesicht zu spucken. Warum tat sie es nicht? Ohne ein weiteres Wort machte sie kehrt und verließ den Raum.

AM FÜNFTEN Oktober des Jahres 1763 suchte Chrétien de Malesherbes seinen Vater auf, den Kanzler des französischen Königreichs, um seinen Abschied als Direktor der königlichen Hofbibliothek und oberster Zensor des Landes einzureichen.

„Hat Ihr Entschluss seinen Grund darin, dass ich beim König in Ungnade gefallen bin?", fragte sein Vater.

„Diese Tatsache hat mir die Entscheidung gewiss erleichtert, Monsieur, doch die Ursache war sie nicht."

„Nun, auch ich werde mein Amt niederlegen, bevor man mich dazu zwingt. Seine Majestät hört nicht mehr auf meinen Rat, meine Zeit ist abgelaufen. Eine neue Welt entsteht, und ich fürchte, sie wird grausame Rache an der alten nehmen."

Die Demission der beiden Staatsmänner erfolgte fast unbemerkt vom Hof in Versailles. Denn die Ablösung wurde überschattet von einem Ereignis, das sich in den vergangenen Monaten wie ein Trauerflor über den Königspalast gesenkt hatte. Madame de Pompadour, die Frau, die länger als jede andere Mätresse zuvor die Gunst des Königs genossen hatte, ihm Stütze und Ratgeberin in der Ausübung seines von Gott gewollten Amtes wie auch in seinen allerprivatesten Belangen gewesen war – diese Frau lag im Sterben. Schon in ihrer Jugend, als sie noch den Namen Jeanne-Antoinette Poisson trug, hatte sie bisweilen Blut gespuckt und auch später zur Zeit ihrer Ehe mit Monsieur d'Étioles. Doch hatte sie sich immer wieder von diesen Anschlägen auf ihren Körper und ihr Glück erholt, weil sie nicht bereit war, vom bunten Glanz des Lebens zu lassen. Diesmal aber ging es auf das Ende zu. Die fieberhafte Anspannung, unter der sie all die Jahre am Hofe gestanden hatte, Tag für Tag, Stunde um Stunde, hatte ihren kränklichen, der Ruhe und Schonung bedürftigen Leib so überanstrengt, dass sie kein Mittel zur Gegenwehr mehr besaß. Entkräftet von zahllosen Erkältungen, Fieberschüben und Schröpfkuren, zudem geschwächt durch eine Zahl von Fehlgeburten, war ihre einst so wunderbare Gestalt bis auf die Knochen abgemagert. Sie hatte keinen Busen mehr, und ihre ehemals makellose Haut war vertrocknet.

Ludwig besuchte seine einstige Favoritin fast täglich für einige Minuten am Krankenbett. Aus Dankbarkeit für ihre zahlreichen Verdienste hatte er ihr erlaubt, im königlichen Palast zu sterben, wo nach der Etikette eigentlich nur Prinzen und Prinzessinnen den Tod erwarten durften. In ihrer alten Bibliothek hatte man für sie ein Lager aufgeschlagen. Die Bücher waren ihre letzte Zuflucht. Zeit ihres Lebens hatten sie ihr geholfen, ihre Erziehung zu vervollkommnen, waren ihre Ratgeber und Wegweiser gewesen. Jetzt halfen sie ihr, aus dem Leben zu scheiden.

Während die Fieberschübe immer rascher aufeinander folgten, wurde die Marquise von einer Frage gequält: Hatte sie ihr Ziel erreicht, sich in der Geschichte einen Platz zu sichern? Von dem Augenblick an, da das Schicksal sie auf ihren hohen Posten gehoben hatte, war dies ihr Bestreben gewesen. Hinter der Maske der Sorglosigkeit hatte sie davon geträumt, ihren Namen mit glanzvollen Siegen zu verbinden, mit eroberten Städten, unterworfenen Provinzen – mit dem Ruhm Frankreichs. Was war von all den Träumen geblieben? Wenigen Siegen standen zahllose Niederlagen entgegen, vor allem ihre Niederlage als Frau. Sie fühlte sich geschlagen wie die französischen Generäle und Soldaten, die nach sieben Jahren zermürbender Schlachten gegen die Preußen und Engländer inzwischen erschöpft die Waffen gestreckt hatten, um mit ihren Feinden einen faulen

Frieden zu schließen. Nein, die Pompadour gab sich keinen Illusionen hin. Es war nur noch Barmherzigkeit, weshalb der König an ihr festhielt. Vielleicht befürchtete er eine Verzweiflungstat, wenn er sie jetzt verließ.

Und noch eine zweite Frage beschäftigte sie in den wenigen Stunden, die ihr noch blieben. Was würde nach ihr kommen? Während Ludwig Trost und Vergessen in den Armen der schönen Demoiselle Ronan fand, nutzten die Gegner der Pompadour bereits ihr Siechtum, um am Hofe ihre Truppen in Stellung zu bringen. Der alte Kanzler und sein Sohn hatten kaum demissioniert, da rissen ihre Widersacher in nur wenigen Tagen alle bedeutenden Ämter an sich. Mit Unterstützung des Parlaments sowie des Erzbischofs von Paris hoben sie Staatsrat Maupéou auf ihren Schild, den Mann, der die Todesstrafe für alle Druckerzeugnisse, die zum Aufruhr gegen die Kirche oder den Staat anstifteten, zum Gesetz erklärt hatte.

Am meisten aber machte der sterbenden Marquise eine Veränderung Sorge, die das Schicksal der von ihr so geliebten Bücher betraf. Denn nur wenige Tage nachdem Maupéou als neuer Kanzler im Amt war, hatte er zum neuen Aufseher des Buchwesens und obersten Zensor im Land einen Mann ernannt, der ihr gefährlicher erschien als jeder andere Kandidat: Antoine de Sartine.

Sophie wich keine Stunde vom Krankenlager der Pompadour. Der Husten der Marquise verschlimmerte sich von Tag zu Tag, das Fieber schien unaufhörlich zu steigen, und immer wieder wurde sie von schweren Erstickungsanfällen geplagt. Sophie führte die Anweisungen der Ärzte aus, die Dr. Quesnay zurate zog, gab der Kranken Eselsmilch und Orangenblütenwasser zu trinken und senkte mit feuchten Umschlägen und Wadenwickeln ihr Fieber.

Dann plötzlich, nach drei Wochen, trat eine erstaunliche Besserung ihres Zustands ein. Das Fieber sank, der Husten hörte fast ganz auf, und eines Morgens konnte die Marquise sogar ihr Bett verlassen, um auf einer Ottomane ihr Frühstück einzunehmen.

Ihre Stimme war fest, als sie Sophie aufforderte, auf einem Stuhl an ihrer Seite Platz zu nehmen. „Was wirst du tun, wenn ich nicht mehr da bin?“

„Sie dürfen so nicht reden, Madame. Warten Sie ab – keine zwei Wochen, und Sie sind wieder gesund, und wir fahren mit der Kutsche in den Bois de Boulogne.“

„Machen wir uns nichts vor! Dies ist nur ein letztes Aufflackern der Lebensgeister. Was also wirst du tun, wenn es so weit ist? Wirst du den Hof verlassen?“

Mehr als ein stummes Nicken brachte Sophie nicht zustande.

Die Pompadour verstand sie auch ohne Worte. „Und Monsieur de Malesherbes? Wirst du dich an ihm rächen?“

Sophie schüttelte den Kopf. „Nein. Rache ist keine Lösung. Was er getan hat, ist so ungeheuerlich … darüber kann nur Gott richten.“

„Du hast Recht“, pflichtete die Pompadour ihr bei. „Glaubst du nicht, du solltest zu Diderot zurückkehren? Dein Herz gehört ihm immer noch, auch wenn du es nicht wahrhaben willst.“

Leise sagte Sophie: „Ich habe zweimal versucht zu lieben, und zweimal habe ich Schiffbruch erlitten. Ich kann nicht mehr an die Liebe glauben. Manchmal erscheint sie mir wie eine Art Gemütskrankheit, die man durch die Ehe zu kurieren versucht.“

„Das mag auf neunzig Prozent aller Fälle zutreffen. Doch gilt das auch für dich? Lange Jahre“, fuhr die Pompadour fort, „habe ich versucht, die Liebe zu leugnen. Weil ich fürchtete, durch sie zu verlieren, was mir stets am wichtigsten erschien: Macht zu haben – über mich und andere. Doch was ist Macht im Vergleich zur Liebe? Die Liebe ist die Seele des Lebens. Sie ist das einzige Gut, das sich vermehrt, wenn wir es verschwenden. Die Augen davor zu verschließen war vielleicht der größte Irrtum meines Lebens.“

„Mir fehlt nicht nur der Glaube, Madame, mir fehlt auch die Kraft. Ich empfinde die Liebe nur noch wie ein Messer, das in meiner Seele wühlt.“

Die beiden Frauen schwiegen eine Weile.

Dann sagte die Pompadour: „Vielleicht ist es so, wie du sagst, Sophie. Vielleicht haben wir nur die Kraft, ein einziges Mal im Leben wirklich zu lieben, und zwar das erste Mal. Aber muss deshalb am Ende nur Asche übrig bleiben?“

Sophie wusste keine Antwort auf diese Frage.

„Wenn du nicht zu Diderot zurückkehren kannst, dann hilf ihm zumindest, sein Werk zu vollenden.“

„Wozu? Immer wenn ich ihm helfen wollte, wurde alles nur noch schlimmer.“

„Trotzdem, du musst es versuchen, selbst wenn du nicht daran glaubst. Das bist du der Liebe schuldig, die du einmal für ihn empfunden hast … Du musst es mir versprechen, Sophie – es ist deine Pflicht, Diderot zu helfen. Wenn ich sterbe, wird niemand mehr da sein, der ihn und die Enzyklopädie schützt. Der neue Kanzler war schon mein Feind, als ich noch eine schöne Frau war. Und Sartine wird jede Gelegenheit nutzen, um sich für die Demütigungen in seinem Leben zu rächen. Als Polizeipräfekt und Chef der

Zensurbehörde ist er einer der mächtigsten Männer in Paris.“ Erschöpft sank die Marquise auf ihr Kissen und schloss die Augen.

„Aber der König?“, fragte Sophie. „Ist von ihm gar keine Hilfe zu erwarten?“

Die Pompadour lächelte. „Ludwig ist ein charmanter Mann, aber er hat keinen Charakter. Er braucht immer jemanden, der sich um ihn kümmert und ihn glücklich macht. Nein, er wird niemandem helfen.“

„Ich habe Angst“, flüsterte Sophie.

„Ich auch, Sophie … Ich auch …“

Jemand öffnete leise die Tür. Ein Abbé kam herein, ein magerer, knochiger Mann, der mit ernstem Kopfnicken grüßte. Er trug einen Messkelch und ein Gebetbuch bei sich.

„Père Sacy hat sich bereit erklärt, mir die Beichte abzunehmen. Ich danke dir – für alles. Jetzt geh bitte, ich habe mit Père Sacy viel zu bereden. Er will mich partout mit Gott versöhnen. Dabei weiß ich nicht einmal, ob es mir im Himmel gefallen wird. Ich fürchte, ich werde dort nur wenige Bekannte wieder finden.“

AM PALMSONNTAG des Jahres 1764, am 15. April, gegen sieben Uhr abends, tat die Marquise de Pompadour, geborene Jeanne-Antoinette Poisson, geschiedene d’Étioles, nach einem rastlosen und anstrengenden, nur 43 Jahre währenden Leben im Königspalast zu Versailles ihren letzten Atemzug.

Es war, als wäre eine große Spieluhr stehen geblieben, deren Seele und Antrieb die Marquise gewesen war. Die goldfarbenen Gondeln auf dem Kanal, der Versailles mit dem Lustschloss La Celle verband, dümpelten nutzlos am Ufer, als würden sie nie wieder zu einer Vergnügungspartie gebraucht, während die rosa und gelben Rosenbäumchen welk die Blüten hängen ließen. Alles Lachen war verstummt, die Lampions in den Kolonnaden schienen für immer erloschen. Selbst die Vögel in den kegelförmig gestutzten Bäumen entlang dem Kanal hatten aufgehört zu zwitschern.

Dem König wurde nachgesagt, er habe beim Anblick des Leichenzugs, der die sterblichen Überreste der Pompadour nach Paris überführte, wo sie in der Kapelle der Kapuzinerinnen an der Place Vendôme beigesetzt werden sollten, nur kühle, herzlose Worte gefunden über die Frau, die ihn so viele Jahre die Ödnis seines Daseins hatte vergessen lassen. Er habe sie niemals geliebt, sagte er, und sie nur behalten, um sie nicht zu töten.

Am Abend nach der Beisetzung lag Sophie viele Stunden wach in ihrem Bett, unfähig zu schlafen. Ihre Wohnung in La Celle, die sie auf Anordnung des Majordomus noch einen Monat behalten durfte, war so leer, dass die Stille in ihren Ohren zu dröhnen schien. Sie hatte die einzige Freundin verloren, die sie je gehabt hatte. Bis zuletzt hatte die Marquise alles getan, um ihr zu helfen.

Ein unbestimmtes Gefühl von Schuld lastete auf ihrer Seele. Sie selbst hatte Malesherbes zum Rücktritt veranlasst, daran gab es für sie keinen Zweifel. Aber hatte sie damit nicht zugleich Diderot und sein Werk in noch größere Gefahr gebracht? Sie musste Diderot warnen; er hatte ja keine Ahnung, was sich in Versailles zusammenbraute. Aber würde eine solche Warnung etwas bewirken? Sophie glaubte es nicht. Sie kannte Diderot: Je größer die Gefahr war, vor der man ihn warnte, desto störrischer reagierte er. Nein, es hatte keinen Sinn, zu Diderot zu gehen. Wahrscheinlich würde er sie nicht einmal empfangen. Was aber konnte sie dann für ihn tun? Sie wusste es nicht, sie wusste nur, sie durfte nicht tatenlos abwarten, dass er dem neuen Oberzensor ins Messer lief.

Auch am nächsten Tag zermarterte sich Sophie das Gehirn, doch ohne Erfolg. Die Frage, wie sie Diderot schützen konnte, verfolgte sie noch, als sie ihren Haushalt am Hofe auflöste, um mit Dorval in ein kleines Haus am Stadtrand von Paris zu ziehen – ja, sogar als sie zwei Wochen nach der Beisetzung ihrer Freundin der Testamentseröffnung beiwohnte, zu der sie der Notar der Marquise de Pompadour geladen hatte, war sie in ihren Gedanken immer noch bei Diderot.

Die Kanzlei befand sich im Faubourg Saint-Honoré. In dem großen, eichengetäfelten Saal waren bei ihrer Ankunft schon einige Dutzend Hinterbliebene versammelt. Die meisten von ihnen kannte Sophie: ein paar Zofen, ein paar Kammerdiener; der Haushofmeister, der Portier und der Kellermeister; außerdem natürlich Dr. Quesnay und Monsieur Poisson, der jüngere Bruder der Verstorbenen. Dieser hieß inzwischen Monsieur de Marigny und trug den Titel eines Marquis.

Mit näselnder Stimme trug der Notar die Verfügungen vor. Plötzlich hörte Sophie ihren eigenen Namen.

„Ich hinterlasse Sophie Volland aus Dankbarkeit für ihre Anhänglichkeit an meine Person eine Pension von sechstausend Livre."

Sophie holte tief Luft. Mit dieser Pension war sie bis an ihr Lebensende aller materiellen Sorgen ledig. Sie konnte die Miete für ihr kleines Haus bezahlen, und Dorval würde es nie an etwas fehlen.

Es folgten zahllose Zusatzerklärungen. In wenigen Augenblicken verwandelte sich der Saal in einen orientalischen Basar. Während die Parteien verschiedene Versionen des Testaments zitierten, alte und neue Fassungen präsentierten, interpretierten, korrigierten, als gäbe es keine verbindliche Wahrheit, wie der letzte Wille der Verstorbenen zu verstehen sei, hörte Sophie nicht mehr zu. Ein Gedanke verschlug ihr den Atem, so ungewöhnlich schien er ihr. Und doch – wäre das nicht die Lösung? Ein Ausweg aus dem Labyrinth, um Diderot und sein Werk zu retten?

Ohne das Ende des Streits abzuwarten, verließ Sophie den Saal. Endlich wusste sie, was sie zu tun hatte.

WIE EIN Kapitän auf der Brücke brüllte Le Bréton den Arbeitern die Kommandos zu, während das Verlagshaus in seinen Fugen stöhnte und ächzte wie ein Schiff auf hoher See. Jeden Mann trieb er einzeln an, prüfte die Qualität der Abzüge, verteilte hier ein Lob und dort einen Tadel, packte auch selbst mit an, wenn ein Arm an der Druckpresse fehlte, damit die Enzyklopädie sicher in den Hafen einlief. Inzwischen war das Werk auf siebzehn Text- und elf Tafelbände angewachsen, die jeden der 4250 Subskribenten sage und schreibe 984 Livre kosteten.

Ja, die Enzyklopädie war das Geschäft seines Lebens geworden – der Hofalmanach, den Le Bréton nach wie vor als erster ordentlicher Buchdrucker des Königs jährlich herausbrachte, war nur ein Butterbrot im Vergleich dazu. Da die meisten Autoren ihre Beiträge ohne Honorar geschrieben hatten, belief sich der Gewinn auf über drei Millionen Livre. Wer hätte das je ahnen können?

Der Einsatz hatte sich wahrlich gelohnt. Le Bréton war ein reicher, mächtiger Mann, von Ministern geachtet und von Konkurrenten gefürchtet. Längst fuhr er mit einer eigenen vierspännigen Kutsche durch die Stadt, um seine Geschäfte zu besorgen. Zufrieden nahm er die goldene Uhr, die er kürzlich für ein kleines Vermögen am Quai de l'Horloge erstanden hatte, aus seiner Westentasche und ließ den Deckel aufspringen. In ein paar Minuten musste er aufbrechen. Er wollte in Massy, in der Nachbarschaft seines Landhauses, eine Scheune besichtigen, die man ihm zu einem günstigen Mietzins angeboten hatte, um die bereits fertigen Bände zwischenzulagern.

Le Bréton klappte gerade den Deckel seiner Uhr zu, als plötzlich eine Dame vor ihm stand, in seidenen Kleidern und mit einer Mantille über den Schultern. Er schaute sie fragend an. „Sie wünschen?" Er hatte die zwei Wörter noch nicht ausgesprochen, da erkannte er sie. Das rote Haar und die vielen Sommersprossen konnten nur einer Frau gehören. „Madame Sophie? Parbleu, das ist aber eine Überraschung!"

„Ich bin gekommen, um Ihnen einen Vorschlag zu machen, Monsieur Le Bréton“, erwiderte sie. „Haben Sie einen Augenblick Zeit?“

„Gewiss, aber vielleicht woanders als in diesem Lärm. Wenn Sie mir bitte folgen.“

Er führte sie die Treppe hinauf in den Salon seiner Privatwohnung und bot ihr einen Platz auf der Chaiselongue an.

„Was also haben Sie auf dem Herzen?“, fragte er und ließ sich in einen Sessel sinken. „Sie wollten mir einen Vorschlag machen?“

Als sie den Grund nannte, weshalb sie gekommen war, schlug er die Hände über dem Kopf zusammen.

„Das kann ich nie und nimmer verantworten. Diderot bringt mich um!“

„Er braucht davon nichts zu wissen“, erwiderte Sophie ruhig. „Als Verleger tragen Sie die letzte Verantwortung für das Unternehmen. Sie dürfen nicht riskieren, dass am Ende womöglich über zwanzig Jahre Arbeit umsonst gewesen sind.“

Le Bréton holte ein Tuch aus der Tasche und wischte sich den Schweiß ab, der auf seiner Stirn perlte. Wie ungemütlich war plötzlich das sonst so behagliche Zimmer! Er rutschte auf seinem Stuhl hin und her, ohne zu einem Schluss zu kommen. Was Sophie sagte, war ja nicht von der Hand zu weisen, sie hatte Recht, wenn sie von einer großen Gefahr sprach, in der sie allesamt schwebten, und die Lösung, die sie vorschlug, war verdammt gescheit. Aber …

„Nun, Monsieur Le Bréton?“

Er tat einen letzten Seufzer. „Und wer, bitte schön“, fragte er, „soll eine solche Manipulation ausführen?“

SAINT-CLOUD war ein kleiner, beschaulicher Ort im Südwesten von Paris, der berühmt war für seinen Park und seine Wasserspiele. Damit das Wasser, das sich in plätschernde Bäche ergoss, um aus zahllosen Springbrunnen und Fontänen in die Seen und Teiche gespien zu werden, von keinerlei Unrat getrübt wurde, hatte man Netze von einem Ufer der Seine zum anderen gespannt. An diesem Ort, nur einen Steinwurf vom Fluss entfernt, hatte Sophie ihr neues Heim gefunden.

„Warum kommt Monsieur de Malesherbes uns nicht besuchen? Bin ich jetzt nicht mehr sein Sohn?“

Sophie sah in Dorvals verstörtes Gesicht. Seit sie ihr Haus in Saint-Cloud bezogen hatten, war er kaum noch wieder zu erkennen. Er spielte nicht mit den Kindern in der Nachbarschaft und zeigte nicht mal mehr Lust zu lesen. Er schien zu leiden wie ein Prinz, den man aus seinem Märchenschloss vertrieben hatte.

Ein Klopfen an der Haustür ersparte Sophie die Antwort. Sie schickte Dorval ins Bett, dann ging sie die Stiege hinunter, um die Tür zu öffnen.

Draußen in der Dunkelheit wartete der Verleger Le Bréton. Hinter ihm im Hof stand ein über und über beladener Pferdekarren. Der Kutscher stieg gerade vom Bock und machte die Plane los.

„Bring alles ins Haus!“, rief Le Bréton ihm zu. „Es ist etwas spät geworden“, sagte er zu Sophie. „Das Stadttor war schon zu, ich musste erst einen Zöllner bestechen, damit er mich durchließ.“

Gleich nachdem die Fracht abgeladen war, machte sich der Verleger auf den Rückweg nach Paris – der Zöllner wartete bis spätestens Mitternacht auf ihn. Sophie sah dem davonrumpelnden Karren nach, bis nur noch das Kutschenlicht zu erkennen war. Als der immer kleiner werdende Schein hinter einer Hügelkuppe verschwand, zog sie den Vorhang zu und verließ das Fenster. Es war höchste Zeit, mit der Arbeit zu beginnen.

In Dutzenden von Stapeln türmten sich die Manuskripte und Korrekturfahnen auf dem Boden, alle alphabetisch sortiert. Sophie hob einen Packen auf den Schreibtisch und blätterte in den Artikeln, die von den unterschiedlichsten Autoren unterzeichnet waren. Die meisten aber trugen das Kürzel Jaucourts. Der Chevalier hatte mehr Artikel geschrieben als alle anderen Autoren, mehr sogar als Diderot.

Sophie nahm wahllos ein geheftetes Bündel von dem Stapel. Es war ein Artikel zum Stichwort „Toleranz“. Ihre Hand zitterte, als sie die erste Seite aufschlug. Wenn sie tat, was sie gerade im Begriff stand zu tun, würde sie nicht nur Diderots Werk zerstören, sondern für immer auch seine Liebe, sobald er von ihrem Eingriff erfuhr. Aber nicht einmal diese Angst konnte sie von ihrem Entschluss abbringen. Sie hatte keine Wahl; es war der einzige Ausweg.

Ihr Vorgehen war mit Le Bréton genau abgesprochen. Er hatte ihr nur solche Beiträge gebracht, die Diderot bereits durchgesehen und handschriftlich mit der Freigabe zum Satz oder Druck versehen hatte.

Zeile für Zeile, Seite für Seite las Sophie den Text. Als sie ans Ende gelangt war, nahm sie die Feder aus dem Tintenfass, und mit einem Seufzer strich sie ein Wort durch, das den Verfasser in Gefahr bringen konnte, dann ein zweites, ein drittes … Behutsam formulierte sie die Sätze um, alles prüfend, was ihr zu kühn oder sonst geeignet schien, Widerspruch zu erregen. Die Verstümmelung der Texte bereitete ihr physische Schmerzen. Doch sie hatte keine andere Möglichkeit, das Werk zu retten. Ein Kompromiss war besser, als alles zu opfern. Und so setzte sie ihre grausame Arbeit fort, um das Leben und Werk eines Mannes zu retten, dem sie nur noch auf diese entsetzliche Weise ihre Liebe beweisen konnte. Später, so war es mit Le Bréton ausgemacht, würden sie die Korrekturbogen ebenso verbrennen wie die Manuskripte, ein Original nach dem anderen, so, wie der Druck des Werkes vorankam, um Sophies Eingriffe unwiderruflich zu machen.

„Es ist vollbracht, Le Bréton! Wir haben es tatsächlich geschafft!"

„Ich weiß, ich weiß, Diderot. Aber das ist kein Grund, sich jetzt auf die faule Haut zu legen."

„Eine Minute nur. Einfach, um es zu genießen ..."

Diderot konnte sich an dem Anblick gar nicht satt sehen. Bis unter die rauchgeschwärzte Decke der Druckerei türmten sich die frischen Bogen der Enzyklopädie, die Le Brétons Männer nun Packen für Packen auf ein Fuhrwerk verluden, das am Hintereingang bereitstand. Sie hatten an diesem Tag die Arbeit am siebzehnten und letzten Textband endgültig abgeschlossen. Tausende von Beiträgen stapelten sich hier, das gesamte Wissen der Welt, geschrieben und redigiert, gesetzt und gedruckt, in fast zwanzig Jahren voller Mühe und Gefahr, unter den Augen der Regierung, gegen den Widerstand der Polizei und der Pfaffen.

„Wir haben sie alle besiegt, sogar die Jesuiten! Wer hätte das jemals für möglich gehalten?"

Zusammen mit Le Bréton bereitete Diderot die Auslagerung der Druckbogen ins „Ausland" vor, tatsächlich aber nur in das Dörfchen Massy, um sie von dort aus gebunden und unter Angabe eines fremden Druckorts – sie hatten sich für Neuchâtel in der Schweiz entschieden – offiziell „einführen" zu können. Diderot freute sich wie ein Dieb, die Zensurbehörde auf diese Weise ein letztes Mal zu überlisten.

Er griff nach einem der Bogen. Er wollte den fertigen Text berühren, als müsse er sich vergewissern, dass er das alles nicht nur träumte.

„Wollen Sie jetzt etwa lesen?", rief Le Bréton. „Das können Sie später noch lange genug, wenn Sie ein alter Mann sind. Wir müssen alles fortschaffen, so schnell wie möglich."

„Nur einen kleinen Blick zum Abschied, bevor die Bogen auf ihrem Fuhrwerk verschwinden. Sie sind doch meine Kinder!"

Diderot schlug einen Artikel unter dem Buchstaben S auf: „Sarazenen" – einer von über 5000 Artikeln, die er in der langen Zeit verfasst hatte. Voller

Stolz las er die Zeilen, die sich tiefschwarz vom weißen Grund abhoben.

Plötzlich stutzte er. Was hatte er denn da geschrieben?

„Jetzt ist es aber genug“, sagte Le Bréton und wollte ihm den Bogen aus der Hand nehmen.

„So lassen Sie mich doch in Ruhe!“ Diderot gab den Text nicht her. In einem so vorteilhaften Licht hatte er die Christen des Morgenlands dargestellt? Wo war seine Kritik geblieben?

„Herrgott! Wie lange wollen Sie denn noch …“

Le Bréton sprach den Satz nicht zu Ende. Als Diderot das verstörte Gesicht des Verlegers sah, stieg ein Verdacht in ihm auf, ein fürchterlicher, ganz und gar ungeheuerlicher Verdacht.

Noch einmal überflog er die Zeilen, fiebernd vor Aufregung. Er hatte den Artikel nicht nur selbst geschrieben, sondern auch redigiert und Korrektur gelesen, er kannte ihn in- und auswendig. Doch je weiter er kam, desto mehr erhärtete sich sein Verdacht: Das, was er da las, waren nie und nimmer seine Worte. Völlig verwirrt blickte er Le Bréton an. Der Verleger war weiß wie Frischkäse.

„Regen Sie sich nur nicht auf!“, schnaufte das Walross. „Ich kann Ihnen alles erklären.“

Es war Nacht in der Rue de la Harpe. Die Druckmaschinen schwiegen, die Arbeiter waren fort. Nur im obersten Geschoss, im Redaktionsbüro unter dem Mansardendach brannte noch Licht, und das dunkle Verlagshaus hallte wider vom Lärm der zwei Stimmen, die aus diesem Raum drangen.

„Sie haben zwanzig Jahre meines Lebens vernichtet!“

„Was für eine maßlose Übertreibung! Es sind doch nur Kleinigkeiten, winzige Details …“

„Wie viele Monate geht der Betrug schon? Nachdem wir alle Feinde besiegt haben, fallen Sie mir in den Rücken – der eigene Verleger! Sie haben mein Werk verfälscht, verstümmelt!“

„Nur zu Ihrem eigenen Schutz. Sie werden mir noch dankbar sein.“

„Dass ich nicht lache! Sie hatten Angst vor einem neuen Verbot. Sie hatten allein Ihren Profit im Sinn. Sie Barbar! Sie Vandale!“ Diderot fehlten die Worte. Was waren die Schrecken der Barbaren, die Verwüstungen der Vandalen im Vergleich zu dieser Schandtat?

Nachdem Diderot die Entstellung seines Sarazenenartikels entdeckt hatte, war er einen Druckbogen nach dem anderen durchgegangen. Sein Artikel über Spinoza? So gut wie nichts war davon übrig geblieben – kein

Wort, dass man Gott müsse tasten können, um ihn zu begreifen. Sein Artikel über die Herrschaft der Sultane? Jede Anspielung auf die Herrschaft des Königs war daraus gestrichen. Diderot hatte die Zensur überwunden geglaubt, doch was war die Zensur der Regierung gegen die Zensur seines Verlegers? Le Bréton hatte sich nicht nur an ihm, sondern an allen Autoren versündigt. Seine Axt hatte keinen verschont. Viele Artikel waren kaum noch wieder zu erkennen, Beiträge von Voltaire, von Marmontel, von Turgot – die Gedanken der größten Philosophen des Jahrhunderts, verfälscht von einem Schurken, dessen Feigheit nur noch durch seine Beschränktheit übertroffen wurde.

„Die Autoren haben ohne Honorar geschrieben. Und so haben Sie es Ihnen gedankt!"

„Haben sie darum das Recht, mich zu ruinieren?"

„Sie haben sich selbst ruiniert! Das ganze Buch ist Makulatur! Die Subskribenten haben auf mein Werk gezeichnet, im Vertrauen auf meinen guten Namen, und jetzt bekommen sie von Ihnen diesen Torso."

„Machen Sie sich keine Sorgen um die Kunden! Denen ist es zehnmal lieber, sie bekommen einen Torso für ihr Geld als überhaupt kein Buch!"

„Die Journalisten werden in ganz Paris, in der Provinz, ja sogar im Ausland verbreiten, dass die Enzyklopädie nichts als ein Haufen geschmackloser Abfälle ist. Man wird uns verspotten und des Verrats anklagen. Sie haben aus dem Buch verbannt, was seinen Reiz und seinen Wert ausmachte."

„Was soll ich tun, Diderot? Machen Sie mir einen vernünftigen Vorschlag, und wir können darüber reden."

Diderot schöpfte für einen Augenblick Hoffnung. „Sind die Originale noch da?", fragte er. „Die Manuskripte und Druckbogen mit den Korrekturen? Damit könnte ich die Fälschungen rückgängig machen. Es wäre eine Heidenarbeit, aber ..."

Le Bréton schüttelte den Kopf. „Tut mir Leid, aber es gibt keine Originale mehr. Es ist alles verbrannt."

„Dann ... dann machen Sie, was Sie wollen!", sagte Diderot. „Ich habe mit dieser Sache nichts mehr zu tun." Er verließ das Redaktionsbüro und stolperte die Treppe hinunter.

Im Jahre 1765, fast zwei Jahrzehnte nachdem Denis Diderot im Café Procope den Verleger Le Bréton für sein Projekt gewonnen hatte, war der Augenblick gekommen: Die letzten zehn Textbände der Enzyklopädie waren, broschiert und in Ballen gebündelt, zur Auslieferung bereit.

Um das Aufsehen so gering wie möglich zu halten, brachte Le Bréton sämtliche zehn Bände auf einen Schlag auf den Markt. Ob in Paris oder Bordeaux, Toulouse oder Rennes: Die Auslieferung erfolgte so rasch und reibungslos, dass weder die Kirche noch die Polizei von der Aktion Kenntnis zu nehmen schien. Auf diese Weise gelangte das aufwändigste Buchunternehmen der Menschheitsgeschichte ohne weitere Intervention der Obrigkeit zum vorläufigen Abschluss: Die Enzyklopädie war in den Händen ihrer Leser.

Während die Philosophen in den Kaffeehäusern von Paris Diderot als Retter des Wörterbuchs feierten, wurde Sophie, die von Le Bréton je ein Exemplar der Textbände erhalten hatte, von Zweifeln geplagt. „Gedruckt in Neuchâtel“, las sie, als sie einen Band aufschlug, „in der Werkstatt von Samuel Fauche & Compagnie.“ Mithilfe dieses Buches sollten die Menschen lernen, ihr Leben auf Erden so einzurichten, dass sie sich selbst das höchste Gut bescheren konnten: Glück. Was war davon übrig geblieben?

Über ihre Zweifel tröstete sie nur der Anblick Dorvals hinweg, der sich mit der Begeisterung seiner 13 Jahre in das Lebenswerk seines Vaters vertiefte.

„Ist mein Vater jetzt berühmt?“, fragte er.

Sophie wollte gerade antworten, als ein Postbote am offenen Fenster ihres Hauses erschien und ihr einen Brief in die Küche reichte.

Madame,
nach allem, was zwischen Ihnen und mir in der Vergangenheit vorgefallen ist, wage ich kaum, Ihnen zu schreiben. Da ich aber weiß, wie sehr Ihnen das Schicksal der Enzyklopädie am Herzen liegt, sehe ich mich heute trotz allem gezwungen, mein Schweigen zu brechen.

Etwas Unvorstellbares ist passiert: Le Bréton sitzt in der Bastille; er wurde verhaftet, als er persönlich zwanzig Partien der neuen Textbände an Subskribenten in Versailles auslieferte, gleichsam vor den Augen des Königs. Damit nicht genug, geht das Gerücht, Diderot habe ihn angezeigt – der Herausgeber seinen Verleger! Was hat ihn nur zu solchem Wahnsinn getrieben?

Mit dem Ausdruck immer währender Verbundenheit bin ich
Ihr Chrétien de Malesherbes

Sophie biss sich auf die Lippe. Sie wusste die Antwort auf Malesherbes’ Frage – und dieses Wissen brachte sie fast um den Verstand.

Es hiess, Paris sei das Paradies der Frauen, das Fegefeuer der Männer und die Hölle der Pferde. Letzteres konnte Sartine nur bestätigen, so sehr rüttelte und holperte die Kutsche auf ihrem Weg von seinem neuen, herrschaftlichen Haus am Montparnasse zur Jesuitenkirche Saint-Paul-Saint-Louis. Pater Radominsky hatte ihn zu sich gerufen, um ihm eine wichtige Mitteilung zu machen.

Jedes Mal wenn er mit seiner Kutsche diesen Teil der Stadt passierte, fragte sich Sartine, wann der Magistrat endlich den Gefahren, die unter den Straßen und Plätzen lauerten, die nötige Aufmerksamkeit widmen würde. Ursache der zahllosen Schlaglöcher und Bodenunebenheiten war die planlose Ausbeutung der Steinbrüche im Pariser Untergrund, die jahrhundertelang ohne die geringsten Sicherheitsvorkehrungen betrieben worden war. Wenn man bedachte, worauf das Fundament ganzer Quartiere beruhte, musste einem angst und bange werden.

Sartine blickte auf seine goldene Repetieruhr. Weshalb wollte Radominsky ihn sprechen? Sartine wusste, dass die Gerüchte über Diderot und seinen Verleger blanker Unsinn waren. Diderot hatte niemanden verraten – Le Bréton war bei seiner dreisten Aktion aufgeflogen, weil die Polizei die Augen offen gehalten hatte. Sartine beschäftigte ein ganz anderes Rätsel: Warum hatte Diderot die Verstümmelung der Enzyklopädie ohne lauten Protest hingenommen? Diderot hatte sich sogar für Le Bréton eingesetzt und dazu beigetragen, dass der Verleger inzwischen wieder auf freiem Fuß war. Warum hatte er das getan? Konnte es sein, dass er die volle Wahrheit wusste? Ein Setzer aus der Druckerei, der Sartine schon seit Jahren mit Informationen aus der Rue de la Harpe versorgte, hatte ihm von der Manipulation der Enzyklopädie berichtet – und davon, wie sie zustande gekommen war. Doch dieses Wissen wollte der Polizeipräfekt vorerst für sich behalten.

Die Glocken von Saint-Paul-Saint-Louis riefen gerade zur Abendmesse, als seine Kutsche die Jesuitenkirche erreichte.

„Gab es keine Möglichkeit, die Freilassung von Le Bréton zu verhindern?“, fragte Radominsky, nachdem sie einander in der Bibliothek begrüßt hatten.

Sartine schüttelte den Kopf. „Der Kanzler, Monsieur de Maupéou, hat mir entsprechende Weisung gegeben. Offenbar ist man aufseiten der Regierung der ganzen Affäre überdrüssig.“

„Die Textbände sind also an die Subskribenten ausgeliefert?“

„Leider, *mon père*, und zwar vollständig. Immerhin haben wir erreicht, dass die Artikel von den schlimmsten Irrlehren bereinigt wurden.“

„Ja, die Artikel der letzten zehn Bände wirken im Vergleich zu den früheren, als habe ein Eunuch Diderot die Feder geführt. Es heißt“, wechselte der Pater dann das Thema, „Le Bréton habe ein Vermögen gemacht?“

„In der Tat, von drei Millionen Livre ist die Rede. Von dem Geld hat er das Haus gekauft, das Monsieur de Jaucourt in der Rue de Mâcon bewohnte – sein letztes. Der Chevalier hat sich für die Enzyklopädie vollkommen ruiniert.“

Radominsky nickte. „Sagen Sie mir, Monsieur de Sartine: Welche Seite hat den Sieg davongetragen? Das Wort Gottes oder die menschliche Anmaßung? Oder“, fügte er voller Bitterkeit hinzu, „hat am Ende nur der Mammon triumphiert?“

„Ich weiß es so wenig sie Sie, *mon père*“, sagte Sartine. „Aber Ihre Frage befremdet mich. Sie klingt beinahe wie ein Abschied.“

„Was für ein sicheres Gespür Sie doch haben“, sagte Radominsky mit wehmütigem Lächeln. „Ja, ich habe mein Amt als Beichtvater der Königin niedergelegt. Der Widerstand am Hofe gegen meine Person war zu groß, nachdem der König die Gesellschaft Jesu nun auch offiziell aufgelöst hat. Man hat mich vor die Wahl gestellt: Entweder ich leiste einen vollständigen Unterwerfungseid, oder ich verliere mein Amt. Ich habe getan, was ich konnte, sogar dem Gründer meines Ordens habe ich abgeschworen, um den Kampf nicht aufzugeben, doch nun ist es genug. Ich bin müde, ein alter Mann, meine Kräfte reichen nur noch für das Gebet.“

„Wohin werden Sie gehen, Hochwürden? Nach Rom?“

Radominsky schüttelte den Kopf. „Ich möchte noch einmal die Schwarze Madonna in meiner Heimat sehen. Ein Kloster unweit von Krakau wird mich aufnehmen. Dort kann ich in der Gemeinschaft meiner Glaubensbrüder warten, bis Gott mich zu sich ruft. Und Sie, Monsieur? Was sind Ihre Pläne?“

Sartine antwortete nicht sogleich. Eine Aufgabe gab es noch, die er zu erfüllen hatte. Sollte er dem Pater die Wahrheit über seine Absichten verraten? Nein, er war jetzt sein eigener Herr. „Ich gebe den Kampf nicht auf“, sagte er darum nur. „Ich werde weiter versuchen, meinem König und meiner Kirche zu dienen.“

EINE Nacht wüster Ausschweifungen lag hinter Diderot, von Wein und Tabak und Liebe. Er hatte keine Stunde geschlafen, als er am Morgen den Pont Neuf überquerte. Der neue Generalleutnant der Pariser Polizei und Chef der Zensurbehörde von Frankreich, Antoine de Sartine, hatte ihn für elf Uhr zu einer Unterredung einbestellt.

Diderot war so benommen, dass er die Schreie der Straßenhändler wie scharfe Stiche empfand, die ihm in die Ohren drangen. Bei seiner Ankunft im Justizpalast war ihm speiübel. Ein Wachsoldat wies ihn an, vor dem Zimmer des Generalleutnants zu warten. Widerwillig nahm Diderot Platz. Durch den offenen Türspalt sah er Sartine an seinem Schreibtisch, in goldbetresster Uniform. Ein Sekretär näherte sich ihm und flüsterte ihm ins Ohr. Sartine verfolgte ihn schon seit Jahren mit ruhigem, systematischem Hass. Was führte er im Schilde, um sich ein weiteres Mal an ihm zu rächen?

„Glauben Sie mir, Monsieur Diderot", sagte Sartine, als sie wenige Minuten später einander gegenübersaßen, „ich hätte Sie zeit meines Lebens lieber zum Freund als zum Feind gehabt. Wir sind beide Männer der Wissenschaft. Wir glauben an die Vernunft, kennen keine Vorurteile und verachten jede Form von Aberglauben."

„Und doch trennen uns Welten, Euer Gnaden", erwiderte Diderot. „Weil es meine Aufgabe ist, Bücher zu schreiben, und die Ihre, sie zu verbrennen."

„Ich tue nur, was ich als meine Pflicht erachte. Auch wenn ich weder das Geblüt noch die Talente habe, die ich haben müsste, um Ihre Achtung zu verdienen – Sie können einen Mann nicht beleidigen, der seine besten Jahre verzehrt hat, um seinen Staat gegen den Aufruhr zu verteidigen."

„Sie verteidigen nicht den Staat, sondern einen Tyrannen."

Sartine maß Diderot mit einem abschätzigen Blick. „Der schlimmste Tyrann", sagte er, „ist die Ausschweifung, weil dieser Tyrann im Innern des Menschen haust. Aber was haben Sie, Monsieur Diderot? Möchten Sie vielleicht einen Schluck Wasser?" Sartine nahm die Karaffe, die auf seinem Schreibtisch stand, und schenkte Diderot ein. Der trank das Glas in einem Zug aus.

„Ich kenne einen weit schlimmeren Tyrannen", sagte er dann. „Dieser Tyrann ist wie ein wildes Tier, das seine Zunge in Menschenblut getaucht hat und jetzt nicht mehr davon lassen kann. Ich weiß, dass es diesem Tier an Nahrung fehlt und es sich darum auf die Philosophen stürzt. Wo immer Widerstand sich regt, schreibt es den Verteidigern der Wahrheit die Schuld an den Unruhen zu, nur weil wir Philosophen uns die Freiheit nehmen, seine Dummheit zu bemerken. In was für einem Land leben wir? Ein ehrlicher Mann kann in vierundzwanzig Stunden sein Vermögen und seine Ehre verlieren, weil es keine Gesetze gibt, er kann seine Freiheit verlieren, weil die Regierenden voller Argwohn sind, und sein Leben, weil für sie das Leben eines Bürgers nichts zählt. Ja, sie treiben die Scheußlichkeit sogar bis zu der Behauptung, man halte Schaden von Frankreich fern, solange man nur Bücher verbrenne …"

„Haben Sie sich darum für die Freilassung Ihres Verlegers Le Bréton eingesetzt?", fragte der Polizeipräfekt.

„Haben Sie mich herzitiert, um mich das zu fragen?"

„Nun, ich hätte durchaus Verständnis gehabt, wenn Sie Ihren Verleger im Stich gelassen hätten. Es heißt, Le Bréton habe Sie auf ziemlich üble Weise hinters Licht geführt."

„Weil er Ihren Zensoren die Arbeit abgenommen hat? Euer Ehren, ich bin Philosoph, kein Denunziant. Außerdem habe ich in meiner Jugend gelernt, dass man ein Unternehmen, das man einmal begonnen hat, auch zu Ende führt."

„Tatsächlich", sagte Sartine voller Staunen, „Sie haben nicht die geringste Ahnung."

„Ahnung?", fragte Diderot irritiert. „Wovon?"

„Von der Wahrheit", erwiderte der Polizeipräfekt. „Wenn Sie ein Freund der Wahrheit sind, Monsieur Diderot, möchten Sie dann nicht wissen, wer die Enzyklopädie tatsächlich auf dem Gewissen hat?"

RAKETEN jagten heulend in den nächtlichen Himmel hinauf, wo sie unter den Ahs und Ohs des versammelten Volkes in prasselnd bunten Feuergarben zerbarsten. Es war die Johannisnacht, die Nacht der Sommersonnenwende, und auf der Place de Grève, wo einmal in der Woche der Markt und einmal im Monat die Hinrichtung der vom Parlament zum Tode Verurteilten stattfand, wurde wie jedes Jahr am 24. Juni das Feuerwerk der Stadt Paris abgebrannt, um den Beginn der neuen Jahreszeit zu feiern.

Das Knattern der Knallfrösche war bis in die Rue Taranne zu hören, und der Widerschein der Feuergarben erhellte die Mansarde, während Diderot die Pappkartons mit all seinen Notizen, Exzerpten und Manuskripten, aus denen sich zwei Jahrzehnte lang die Enzyklopädie gespeist hatte, für immer beiseite räumte.

Er stand vor den Trümmern seines Lebens. Er hatte seine Träume geopfert für die Wahrheit, in der Hoffnung, einst der Lukrez, der Plinius der neuen Zeit zu werden. Dutzende von ungeschriebenen Dramen und Romanen hatten nie das Licht der Welt erblicken dürfen, weil er seine ganze Kraft in den Dienst dieses einen großen Werkes gestellt hatte. Sein Ziel war es gewesen, die Wegkarte zum Paradies auf Erden aufzuzeichnen. Was war davon übrig geblieben?

Während er dafür gekämpft hatte, den Aberglauben aus den Köpfen der Menschen zu vertreiben, war er selbst hinters Licht geführt, die Wahrheit verstümmelt, das Wissen der Welt kastriert worden. Von der Hand einer Frau, die er mehr geliebt hatte als je einen anderen Menschen zuvor und danach …

Auf dem Tisch lag ein Brief, den Diderot an Sophie geschrieben hatte, noch in dem Glauben, Le Bréton sei der Urheber des Verrats. Er nahm den Bogen und zerknüllte ihn. Er hatte den Brief geschrieben, ohne ihn abzuschicken, wie so viele andere Briefe auch, nur um Sophie in Gedanken nahe zu sein. Er hatte sein Herz ebenjenem Menschen ausgeschüttet, der sein ganzes Unglück auf dem Gewissen hatte. Le Bréton war nur ihr Komplize gewesen, der ihn betrogen hatte, um seinen Gewinn zu sichern. Aber die Enttäuschung, die Sophie ihm zugefügt hatte, war bodenlos.

Diderot trat ans Fenster und schaute hinaus in die Dunkelheit, die ab und zu ein Feuerwerksblitz erhellte. Er nickte. Ja, so war das Leben, genauso wie diese Nacht: ein unendliches Meer der Finsternis, nur hin und wieder erleuchtet von den Zuckungen eines irrenden Lichts.

War ein solches Leben zu ertragen? Während er die Antwort suchte, kam ihm eine merkwürdige Idee in den Sinn, die vielleicht einen Roman abgeben konnte: die Geschichte eines Mannes, der seine eigene Freiheit leugnete und sich auf die Vorstellung versteifte, dass all sein Tun in einer himmlischen Schicksalsrolle vorgegeben sei. Weil er nur mit solchem Fatalismus sein Leben ertragen konnte – sein Leben und seine Freiheit.

Diderot ging gerade an den Schreibtisch, um den Einfall zu notieren, da klopfte es.

In der Tür stand Malesherbes. „Darf ich eintreten?"

„Wenn Sie die Unordnung entschuldigen, bitte sehr. Was führt Sie zu mir?"

Der ehemalige oberste Zensor schloss die Tür hinter sich und wartete, dass Diderot ihm einen Platz anbot. Als das nicht geschah, sagte er: „Madame Sophie steht im Begriff, Paris zu verlassen. Ich dachte, das sollten Sie wissen."

Diderot zuckte die Achseln. „Was geht mich das an?"

„Erlauben Sie mir, offen mit Ihnen zu sprechen?"

„Ganz, wie Sie wünschen."

Malesherbes legte ihm die Hand auf den Arm. „Sophie liebt Sie. Niemand weiß das besser als ich. Sie dürfen sie nicht gehen lassen! Vergessen Sie nicht: Sie haben einen gemeinsamen Sohn. Dorval verehrt und bewundert Sie."

„Hat man Sie zu mir geschickt, um mir das mitzuteilen? Dann sagen Sie mir doch bitte, warum man mir meinen Sohn all die Jahre vorenthalten hat?" Diderot schüttelte den Kopf. „Nein, ich will diese Frau nie wiedersehen."

„Ich weiß", sagte Malesherbes, „es steht mir nicht zu, eine Erklärung von Ihnen zu verlangen. Aber ich kann Ihr Verhalten weder begreifen noch gutheißen."

Diderot wandte sich zum Fenster, damit der andere sein Gesicht nicht sah. „Sie haben sich immer für die Enzyklopädie eingesetzt, einige Male sogar Ihr Amt aufs Spiel gesetzt, um sie vor dem Ende zu retten. Sie haben darum ein Recht, die Wahrheit zu erfahren. Sophie hat die Enzyklopädie zerstört. Sie hat ohne mein Wissen hunderte von Artikeln zensiert und bis zur Unkenntlichkeit entstellt. Die Arbeit von Jahrzehnten vernichtet."

„Unmöglich! Wer behauptet das?"

„Monsieur de Sartine, Ihr Nachfolger. Sie hat mich feige betrogen und meinen Verleger angestiftet, ihr bei dem Verrat zu helfen. Sie hat mich der Verachtung, dem Hohn, dem Ruin preisgegeben."

„Und was glauben Sie, warum sie das getan hat?"

„Um mich zu verletzen, um sich an mir zu rächen – was weiß ich?" Diderot drehte sich um. „Aber wozu fragen Sie nach Motiven? Kann es irgendeinen Grund auf der Welt geben, der diese Schandtat rechtfertigen würde?"

Malesherbes schwieg. Er schien nachzudenken. „Begreifen Sie denn nicht?", sagte er schließlich. „Sophie hat Ihr Werk nicht zerstört, sondern gerettet! Ohne ihr Eingreifen wäre die Enzyklopädie für immer verboten worden. Man hätte sie auf den Index gesetzt und verbrannt. Das hat Sophie verhindert. Dafür hat sie ihre Liebe geopfert – den höchsten Preis, den ein Mensch zahlen kann!"

„Ich habe sie nicht darum gebeten", erwiderte Diderot. „In dem Zustand, in dem die Enzyklopädie jetzt ist, kann ich sie nur noch verachten! Es wäre besser gewesen, sie wäre überhaupt nicht erschienen. Und Sie reden von Liebe!"

„Ja, Monsieur, weil die Wahrheit der Liebe bedarf – so wie die Liebe der Wahrheit! Beides gehört zusammen." Malesherbes holte tief Luft. „Angenommen, Pythagoras hätte noch mehr Lehrsätze formuliert als denjenigen, den wir heute kennen – verlöre dieser darum seine Gültigkeit, nur weil die anderen nicht mehr erhalten sind? Oder angenommen, es hätte ein fünftes Evangelium gegeben, das vor vielen Jahrhunderten vernichtet wurde – sollten wir darum heute die ganze Bibel verbrennen?" Malesherbes schüttelte den Kopf. „Nein, Monsieur Diderot. Sie dürfen nicht aufgeben! Danken Sie Sophie, dass Sie Ihr Werk vor der völligen Zerstörung bewahrt hat, und führen Sie es, so gut es eben geht, fort. Es gibt noch viel zu tun, die Tafelbände warten auf Sie!"

„Mein Entschluss steht fest. Ich will nichts mehr mit dieser scheußlichen Angelegenheit zu tun haben."

„Sie haben so Großartiges geleistet", beharrte Malesherbes, „mehr als jeder andere Philosoph unserer Zeit. Sie haben eine Bestandsaufnahme des Denkens gemacht, eine Inventarliste des menschlichen Geistes. Sie haben die Metaphysik vom Sockel gestoßen und die Philosophie an ihre Stelle gesetzt, und Sie haben als Erster erkannt, dass die Naturwissenschaft und die mechanischen Künste die Mathematik und Logik ablösen werden. Mehr noch: Sie haben nicht nur das Wissen darüber gesammelt, wie man die Welt verbessern kann, sondern mit der Enzyklopädie auch ein Programm zur praktischen Verwirklichung entworfen. Sie haben ein neues Zeitalter eröffnet, Monsieur! Wollen Sie jetzt auf halbem Weg Halt oder gar kehrtmachen?"

Diderot schloss die Augen. Er war müde, erschöpft, leer. „Nein", sagte er dann, die Augen wieder auf seinen Besucher gerichtet. „Ich jage nicht nach dem Ruhm, ein Unternehmen fortzuführen, das für mich nur noch Qual bedeutet. Ich habe zu viel gelitten, um mich weiterer Folter auszusetzen. Und was diese Frau betrifft", fuhr er fort, als Malesherbes etwas einwenden wollte, „alle meine Sinne sträuben sich bei dem Gedanken, sie je wiederzusehen. Sie hat mein Werk vernichtet. Ebenso gut hätte sie meinen Sohn umbringen können."

Malesherbes schaute ihn an, die grauen Augen voller Entsetzen. Diderot erwiderte den Blick. So standen sie eine lange Weile einander gegenüber. Dann wandte Malesherbes sich ab und ging.

Kaum war Malesherbes zur Tür hinaus, begann Diderot am ganzen Leib zu zittern. Bis zur letzten Sekunde des Besuchs hatte er um seine Beherrschung gekämpft, doch jetzt verließ ihn die Kraft. Die widersprüchlichsten Gedanken und Gefühle regten sich in seinem Innern und stritten miteinander. Keinen Augenblick länger hielt er es in diesem Raum aus! So, wie er war, unrasiert, ohne Mantel, Perücke und Dreispitz, stolperte er hinaus, die Treppe hinunter, ins Freie, um den Dämonen zu entfliehen.

Auf der Place de Grève war noch die Hölle los. Das Feuerwerk war zwar vorbei, doch immer noch wurden Würste und Brote von den Gerüsten geworfen, die rund um den von Fackeln erleuchteten Platz aufgeschlagen waren.

Angewidert wandte sich Diderot ab. Im Laufschritt eilte er davon, in Richtung Seine, die er wenige Minuten später überquerte.

Ihm knurrte der Magen. Wo fand er jetzt noch etwas zu essen? Die Markthallen waren der einzige Ort in Paris, der niemals zur Ruhe kam. In den

Schenken zwischen den Ständen floss der Branntwein in Strömen. Diderot bestellte ein Glas und dazu eine Portion kaltes Rindfleisch mit Petersilie. Er trank und aß und wartete darauf, dass er endlich müde wurde. Als die Laternen blasser wurden, zahlte er und stand auf. Draußen brach ein neuer Tag an, eine frische Brise wehte vom Fluss herüber. Doch die Dämonen ließen Diderot keine Ruhe. Welchen Ort gab es noch, um sie zu bannen?

Eine Stunde später fand er sich im Café Procope wieder. Seit Jahren hatte er das Lokal nicht mehr betreten. An diesem frühen Morgen saß kaum ein Dutzend Gäste an den schweren Eichentischen unter den schwarzen, verräucherten Deckenbalken. Die meisten steckten hinter einer Zeitung oder tranken schweigend einen Kaffee.

Mit vor Erschöpfung brennenden Augen starrte Diderot auf den Tisch. Ein verblasstes Datum, das jemand mit dem Messer in das dunkle Holz eingeritzt hatte, sprang ihm entgegen: 18. Oktober 1747. Tatsächlich, er saß an demselben Platz, an dem er Le Bréton für seinen großen Plan gewonnen hatte. Der Verleger selbst hatte das Datum eingeritzt, nachdem sie per Handschlag einig geworden waren.

„Sie wünschen?“

Diderot schaute auf. Eine blutjunge Kellnerin stand vor ihm und wartete auf seine Bestellung. Genauso hatte damals Sophie vor ihm gestanden! Die Erinnerung, gegen die er sich seit so vielen Stunden zur Wehr gesetzt hatte, die er mit aller Macht versucht hatte zu unterdrücken, die ganze Nacht hindurch, während er rastlos durch die Stadt gezogen war – hier holte sie ihn ein.

„Bring irgendwas“, sagte Diderot.

„Irgendwas haben wir nicht.“

„Na gut, dann eine Tasse Schokolade.“

„Gern, Monsieur.“ Das Mädchen strahlte, und es strahlte noch immer, als es wenige Minuten später mit dem dampfenden Getränk an seinen Tisch zurückkehrte. Während Diderot die Tasse an die Lippen führte, sagte sie: „Wenn alle Gäste wüssten, wie gut Schokolade tut, würden sie nie etwas anderes bestellen. Eine Portion kostet nur sechs Sous – die angenehmste und billigste Möglichkeit, um sich bis zum Abend bei Kräften zu halten.“

Diderot blickte sie voller Verwunderung an. Ihre Worte kamen ihm vertraut vor, als habe er sie schon einmal gehört … Gehört? Nein! Er hatte sie selbst geschrieben: ein paar unscheinbare Worte unter Millionen und Abermillionen von Worten, die er in seinem Leben irgendwann einmal gesagt oder geschrieben hatte.

„Allerdings", erwiderte er irritiert. „Schokolade ist das beste Getränk überhaupt. Aber woher weißt du das?"

„Das weiß doch jeder vernünftige Mensch", antwortete sie mit einem Lachen. „Schokolade schmeckt nicht nur gut, sondern macht auch einen ganzen Tag lang satt, wenn sie richtig zubereitet wird. Wie das geht, steht in einem großen, gelehrten Buch. Der Patron hat uns Kellnerinnen die Stelle vorgelesen, damit wir es uns merken. Und er hat Recht, es ist wirklich nützlich, das zu wissen. Wenn ein Gast mich fragt, was er trinken soll, habe ich immer eine Antwort bereit. Aber was ist?", fragte sie, als er plötzlich aufstand und sechs Sous auf den Tisch legte. „Habe ich etwas Falsches gesagt?"

EIN FUHRWERK, mit vier Pferden bespannt, wartete vor dem kleinen Haus am Ortsrand von Saint-Cloud. Zwei Lastträger nahmen seit dem frühen Morgen den Hausrat an ihre Haken: Betten, Stühle, Schränke, Tische, Spiegel, Kommoden und Kisten, in denen das Geschirr, die Bücher und die Küchengeräte verstaut waren.

Sophie stand im Wohnzimmer ihres leer geräumten Hauses und sah sich noch einmal um. In einer halben Stunde würde die Postkutsche kommen. Zwei Jahre hatte sie hier gelebt, so viel Zeit war seit dem Tod der Marquise de Pompadour schon wieder vergangen.

War es eine gute Zeit gewesen? Es hatte keinen Sinn, darüber nachzudenken – ihr Entschluss stand fest. Sie wollte Paris für immer verlassen. Diderot hatte Le Bréton angezeigt, der Herausgeber seinen Verleger – und sie trug die Schuld an diesem Wahnsinn … Sie würde in ihre Heimat zurückkehren, nach Beaulieu, um sich endlich ihrer Vergangenheit zu stellen, nach über 25 Jahren.

Bei dem Gedanken klopfte ihr das Herz, und sie fasste an ihre Brust, um das Amulett in ihrer Hand zu spüren. Zum ersten Mal seit langer Zeit trug sie wieder die Kette mit dem Engel.

Müde schloss sie die Augen: Warum war alles so gekommen, wie es nun gekommen war? Sie wusste es nur allzu gut: Weil sie nicht den Mut gehabt hatte, an ihre Liebe zu glauben, nicht den Mut, mit Diderot ihr Glück zu wagen, nicht den Mut, in das wunderbare Paradies einzutreten, das offen vor ihr gelegen hatte. Aus Angst, so zu werden wie ihre Mutter, aus Angst, so zu enden wie sie. Jetzt war ihr Kleinod für immer verstummt. Denn sie würde den Mann, für den es sich regte, niemals wiedersehen.

Eilige Schritte weckten sie aus ihren Gedanken.

„Was trödelst du noch, Mama?“, fragte Dorval, dessen Stimme seit ein paar Monaten so tief wie die eines Mannes klang. „Wir müssen uns beeilen. Die Kutsche ist gleich da.“

„Du hast Recht“, sagte sie. „Aber was schleppst du da für eine schwere Kiste? Sollen die nicht besser die Männer tragen?“

„Nein, die darf nicht auf das Fuhrwerk. Die nehme ich mit in die Kutsche.“

„Warum denn das? Was hast du darin versteckt?“

Dorval wurde rot. „Nichts Schlimmes, Mama, nur mein Lieblingsbuch.“

„Die Enzyklopädie?“

„Ja, die Textbände. Ich hab Angst, dass sie unterwegs verloren gehen.“

„So viel sind sie dir wert?“ Sophie musste lächeln. „Also gut, du kannst sie mit in die Kutsche nehmen.“

Wenig später verließ Sophie das Haus, um noch einmal hinunter zum Fluss zu gehen, bevor sie in die Postkutsche stieg. Das tiefe, gleichmäßige Rauschen der Seine empfing sie am Ufer wie eine Umarmung. Sie würde den Fluss vermissen, dachte Sophie, während sie in die grünen Fluten schaute, den Fluss und all die Erinnerungen, die sie mit ihm verband ... Plötzlich hatte sie das Gefühl, dass jemand sie beobachtete. Unwillkürlich drehte sie sich um. „Du?“

Vor ihr stand Diderot. Mit seinen hellen blauen Augen schaute er sie an, ein unsicheres Lächeln auf seinen Lippen. „Die Lastenträger haben mir gesagt, dass ich dich hier finde“, sagte er. „Warum willst du fort?“

„Ich gehöre einfach nicht hierher. Solange ich hier war, habe ich einen Fehler nach dem anderen gemacht. Darum gehe ich jetzt. Vielleicht ist es ja noch nicht zu spät.“

Diderot schüttelte den Kopf. „Du hast nichts falsch gemacht, Sophie. Ich gebe zu, ich habe dich verflucht, gehasst, verachtet, als ich erfuhr, was du getan hast, aber ...“

„Dann weißt du also Bescheid?“, fragte sie erschrocken. „Dass ich es war und nicht Le Bréton?“

„Sartine hat es mir gesagt.“

„Aber wenn du es gewusst hast, weshalb hast du ihn dann angezeigt?“

„Ich? Le Bréton? Angezeigt? Das traust du mir zu?“

Sophie senkte beschämt den Blick. „Trotzdem“, sagte sie, „was ich dir angetan habe, war ein fürchterlicher Fehler, mein größter von allen. Ich dachte, ich könnte dir auf diese Weise helfen ...“

„Du brauchst mir nichts zu erklären“, sagte Diderot. „Ich weiß, warum du es getan hast. Eine Kellnerin im Procope hat es mir soeben erklärt.“

„Eine Kellnerin im Procope?"

„Glaubst du, du bist das einzige kluge Mädchen, das jemals dort serviert hat?", fragte er mit einem Grinsen. „Es war nur eine Kleinigkeit, und sie hat sich überhaupt nichts dabei gedacht. Aber genau das hat mir die Augen geöffnet. Ich hatte eine Schokolade bestellt, und als sie mir die Tasse brachte, hat sie mir die Vorzüge angepriesen, mit meinen eigenen Worten aus der Enzyklopädie. Kannst du dir vorstellen, was das für mich bedeutet? Plötzlich habe ich begriffen, dass alles, was wir tun, um gegen das Elend und die Dummheit und die Not anzukämpfen, und sei es noch so unvollkommen, doch besser ist, als gar nichts zu tun."

„Dann hast du also", flüsterte Sophie, „verstanden, warum ich …"

„Ja", sagte er. „Du hast mich nicht verraten, weder mich noch die Enzyklopädie. Im Gegenteil, du hast dafür gesorgt, dass sie weiter existiert, und ich würde selbst zum Verräter, wenn ich jetzt aufgäbe." Er streckte die Hand nach ihr aus. „Fahr nicht fort, bitte! Ich brauche dich. Damit wir gemeinsam zu Ende bringen, was wir angefangen haben."

„Wie … wie stellst du dir das vor?", stammelte sie. „Alles, was ich besitze, ist schon verladen, mein ganzer Hausrat."

„Mach dir darum keine Sorgen! Ich helfe dir, die Sachen wieder abzuladen."

Er lächelte Sophie an. Sie wusste nicht, was sie erwidern sollte. Vor wenigen Minuten war alles noch so klar und einfach gewesen. Und jetzt sollte sie hier bleiben? Was bildete er sich ein? Dass sie ihn liebte? Sie wusste doch, dass die Liebe eine Krankheit war, die wie ein Messer in der Seele wühlte, und wenn man sein Herz verlor, verlor man in Wahrheit nur seinen Verstand. Sollte das plötzlich nicht mehr gelten? Nur weil er sie mit seinen hellen blauen Augen anschaute?

Wieder traf sie sein Blick, und im gleichen Moment überfiel sie ein so großer Mückenschwarm, dass ihr ganzer Körper zu kribbeln anfing.

„Bleib hier, Sophie, bleib in Paris! Bleib – bei mir."

Er hob ihr Kinn, sodass sie ihn anschauen musste. Sein Gesicht war jetzt ganz ernst. Sie dachte weder an den nächsten Tag noch an ihre Reise oder an Beaulieu. Es gab keine Vergangenheit und keine Zukunft mehr – es gab nur noch diesen Moment. So plötzlich, wie es gekommen war, hörte das Kribbeln auf, und ihre Verwirrung wich einer klaren, sicheren Ruhe. Ohne ein Wort nahm sie seine Hand.

Es war wie eine Erlösung. Als Sophie den festen Griff fühlte, mit dem Diderot ihren Händedruck erwiderte, regte sich leise, ganz leise in ihr ein längst vergessenes Sehnen, zum ersten Mal seit vielen Jahren, und alles drängte in ihr danach, diesen Mann zu spüren. Sie schlang die Arme um seinen Hals, und sie versanken in einem tiefen, langen Kuss. Als ihre Lippen sich voneinander lösten, ertönte in der Ferne das Horn eines Postillions.

„Hör nicht hin!“, sagte er. „Oder wartest du noch auf eine Kutsche?“

„Nein, Denis“, sagte Sophie. „Komm, gehen wir ins Haus! Ich möchte dir deinen Sohn vorstellen.“

DER HEILIGE BERG
1772

Credo in unum Deum. Patrem omnipotentem, factorem coeli et terrae ...“

Im Kloster Jasna Góra, fernab von der Welt, riefen die Glocken der kleinen Basilika die Mönche zur Vesper, dem abendlichen Stundengebet. Nur Pater Radominsky, seit sechs Jahren zu Gast auf dem heiligen Berg unweit von Krakau, blieb in seiner Zelle. Gebeugt von der Last des Alters, kniete er vor dem Kreuz des Erlösers, um wie jeden Abend den Tag im Gebet zu beschließen.

Die Zelle war ohne jeden Schmuck: ein Bett, ein Tisch, ein Stuhl, an den Wänden Bücher und das Kreuz – mehr brauchte er nicht für sein Seelenheil. Er war für immer in seine Heimat zurückgekehrt, zur Schwarzen Madonna von Tschenstochau, und seit er das Gnadenbild, vor dem er ein halbes Jahrhundert zuvor den Eid abgelegt hatte, sein Leben als Soldat der Gesellschaft Jesu Gott und der katholischen Kirche zu weihen, endlich wieder hatte küssen dürfen, wartete er nur noch darauf, mit dem Willen des Allmächtigen zu sterben.

Aus der Ferne war leiser Geschützdonner zu hören. Seit Tagen stand die russische Armee am Fuße der Klostermauern. Doch was bedeutete diese Bedrohung im Angesicht der Ewigkeit? Der heilige Berg hatte schon viele Angriffe überstanden, und nicht sein festes Mauerwerk, sondern die Heilige Jungfrau Maria hatte ihn immer wieder beschützt. Mit ihrer Hilfe würde er ein weiteres Mal widerstehen.

Es klopfte an der Tür. Ein junger Frater, der Kustos des Klosters, betrat die Zelle. Er brachte ein großes, schweres Paket. Als Radominsky es sah, war es um seine Andacht geschehen.

„Aus Paris?“

„Ja, Ehrwürdiger Vater.“

„Sehr gut, leg es auf den Tisch!“

Während der Kustos die Zelle verließ, erhob Radominsky sich von den Knien. Mit gichtigen Fingern schnürte er das Paket auf. Er konnte es kaum erwarten, den Inhalt in Händen zu halten.

Ungeduldig riss er das Papier auf. Es war ein Buch, eingebunden in feinstes Maroquin: der elfte und letzte Tafelband der Enzyklopädie. Band für Band des großen Werkes hatte er bekommen, Sartine hatte ihm einen nach dem anderen hierher geschickt, all die Jahre hindurch, seit Radominsky Paris verlassen hatte. Die Enzyklopädie war außer der „Summa theologica“ des Thomas von Aquin seine einzige Lektüre in dieser heiligen Abgeschiedenheit.

Nun war das Werk also vollbracht … Radominsky nickte.

Diderot, sein ewiger Widersacher, hatte es unverdrossen fortgeführt, trotz der zahllosen Anfeindungen und Widrigkeiten, denen er ausgesetzt gewesen war, hatte auf persönlichen Ruhm verzichtet, nichts anderes mehr in Druck gegeben, kein Drama, keinen Roman, kein Traktat, um sein ganzes Leben dieser einen großen Aufgabe zu weihen. Ja, Radominsky hatte es immer gewusst, seit er diesem Mann zum ersten und einzigen Mal begegnet war, im Kerker von Vincennes: Sie waren beide vom selben Stamm, auch wenn sie einander ein Leben lang bekriegt hatten.

Er schlug das schwere Buch auf: „Gedruckt bei André-François Le Bréton, Erster ordentlicher Buchdrucker des Königs, Paris, Rue de la Harpe, 1772.“ Aufmerksam betrachtete Radominsky das Frontispiz. Was hatte er nicht alles getan, um dieses Werk zu verhindern! Er hatte seine ganze Macht eingesetzt, um seinem Entstehen Einhalt zu gebieten. Keine Mühe war ihm zu groß gewesen – er hatte sogar gesündigt, den Gründer seines Ordens verleugnet, um der gerechten Sache zu dienen. Gott aber hatte anders entschieden. Warum?

Radominsky wiegte den Kopf. War sein Kampf am Hochmut gescheitert, nicht anders als der Kampf seiner jesuitischen Glaubensbrüder? Obwohl er ahnte, dass die Demut vielleicht die einzige Tugend war, die keinen Einlass in sein Herz gefunden hatte, glaubte er nicht, dass dies die wahre Ursache seiner Niederlage war. Pater Radominsky zweifelte – an Gott und an sich selbst. Wenn es Gottes Wille war, dass es dieses Buch gab, wenn der Allmächtige das Schiff der Enzyklopädie durch all die Stürme der Zeiten fast unbeschadet in den sicheren Hafen geleitet hatte, wenn nun tausende von Menschen die Lehre der Philosophen zu lesen bekamen, die neue Ordnung der Dinge, die auf Metaphysik und Theologie verzichtete, um alles Geschehen auf Erden allein aus der Vernunft und der Erfahrung abzuleiten – dann hatte er, der Jesuit Radominsky, die Zeichen missverstanden, Ursache und Wirkung von Gottes Willen und menschlichem Handeln verwechselt, weil nicht die Menschen, sondern Gott selbst in seiner Unerforschlichkeit dieses Buch gewollt hatte, diesen Triumph der Erkenntnis über die Offenbarung.

Radominsky begann, in dem Tafelband zu blättern. Überwältigt von ihrer Pracht, besah er die Bilder. Es war, als trete ihm darin die ganze Schöpfung Gottes entgegen, in all ihrer Herrlichkeit und Größe. Er sah Wüsten und Meere, Tiere und Pflanzen, Menschen und ihre Werke.

Nur mit Mühe brachte Radominsky es über sich, seinen Blick von dem Buch zu lösen. Dann schloss er den Folianten. Doch seine Gedanken fanden keine Ruhe. Was war das Geheimnis, das sich hinter diesem Werk verbarg, der wirkliche und wahrhaftige Grund, warum der allmächtige Gott es gewollt hatte, im großen Plan der Vorsehung? Mit einem Seufzer strich Radominsky über das Leder des Einbands, langsam und zärtlich. Plötzlich überkam ihn jenes Gefühl der Demut, das ihm in den langen Jahren seiner Gottesdienerschaft stets fremd geblieben war, und es war, als würden sich seine Sinne öffnen für einen kurzen Augenblick, um die Botschaft zu empfangen. Alles, was auf Erden verging, starb im Dienst des Lebens, ging ein in den Fortgang der Schöpfung, die sich in diesem Kreislauf wieder und wieder erneuerte, um ihrer eigenen Vervollkommnung entgegenzustreben.

„Gib deinen Gläubigen, die auf dich vertrauen, die heilige siebenfache Gabe …“

Der Gedanke traf Radominsky mit solcher Wucht, dass er mit den Zähnen knirschte. War dies das Geheimnis, das sich hinter der Enzyklopädie verbarg, der Grund, warum ihn dieses Buch von Anfang an in seinen Bann geschlagen hatte? Auch wenn die Erkenntnis ihn schmerzte, verstand er die Botschaft des Herrn. Er, Radominsky, Soldat der Gesellschaft Jesu, hatte die Enzyklopädie nicht verhindern können, weil sich das Streben der Menschen nach Wissen und Wahrheit nicht unterdrücken ließ; das Wachstum des Geistes war in der Schöpfung ebenso angelegt und vorgesehen wie das Wachstum der Körper, der Pflanzen und Tiere und Menschen.

Radominsky nahm das Buch und stand auf. War sein Leben vergeblich gewesen? Die Frage lastete wie Blei auf seinen Schultern, kaum war er fähig, die wenigen Schritte bis zum Regal zu tun. Nein, der Kampf war noch nicht verloren. Woran er teilgenommen hatte, war nur eine Schlacht gewesen, der Krieg aber ging weiter, solange Menschen auf Erden wandelten. Das ewige Ringen zwischen Gut und Böse – es würde erst am Tag des Jüngsten Gerichts entschieden sein.

Radominsky schlug das Kreuzzeichen, dann stellte er den Folianten zu den übrigen Bänden, die Rücken neben Rücken in dem Regal seiner Zelle prangten: das bedeutendste Buch der Menschheit seit der Bibel, das neue Buch der Bücher. Wozu würde es der Menschheit gereichen?

DAS SCHAFOTT
1794 / JAHR II

Eine neue Zeit war angebrochen. Der Sturm der Revolution war über Frankreich hinweggegangen, ein fünf Jahre währendes Wüten und Toben, um das Land in seinen Grundfesten zu erschüttern. Kein Stein sollte auf dem anderen bleiben, bis das Königreich, dessen Herrscher sich jahrhundertelang der Gnade Gottes hatten sicher wähnen dürfen und sie während nur weniger Jahrzehnte im Himmel und auf Erden verwirkten, in den Flammen des Aufruhrs unterging wie die blutrote Abendsonne nach einem allzu langen Sommertag. Das ganze Gebäude der Macht, morsch und faul vom Fundament bis zum Dach, brach für immer in sich zusammen, unfähig, dem gewaltigen Sturm der Empörung, der sich im Volk erhoben hatte, noch einen Wimpernschlag länger standzuhalten.

Die Franzosen hatten den König entmachtet und die Bastille erstürmt, das Staatsgefängnis des alten Regimes und Sinnbild tyrannischer Grausamkeit, hinter dessen dicken, kalten Mauern unzählige Opfer elendig verendet waren, ohne Namen und ohne Recht. Während die Adelsfamilien, ungetreu dem Schwur, den ihre Ahnen dem Herrscher von Frankreich geleistet hatten, in Scharen das Land verließen, um ihre Haut und ihren Besitz vor dem Zorn ihrer ehemaligen Fronleute und Lakaien zu retten, eroberte der dritte Stand die Macht. Die Nationalversammlung, die nunmehr die Gesetze erließ, beseitigte die feudalen Standesrechte, um sie durch angeborene, unantastbare und unveräußerliche Menschenrechte zu ersetzen, welche fortan die Freiheit und Unversehrbarkeit der Bürger gegen die Willkür des Staates schützen sollten. Die an den Besitz von Grund und Boden gebundenen Privilegien wurden aufgehoben, die Abgabe des geistlichen Zehnten wurde ebenso abgeschafft wie der erbliche Adel, und die

Kirchengüter wurden eingezogen, um als Nationalgüter die Wohlfahrt des Volkes zu mehren.

War also das goldene Zeitalter der Vernunft gekommen? Der Äon der Nächstenliebe und Gerechtigkeit? Das Paradies auf Erden, in dem der Mensch dem Menschen nicht länger ein Wolf, sondern ein Freund und ein Bruder war?

Wehe, wenn eine Bestie sich ihres Verstandes bedient, um ihre Begierden zu stillen! Die neuen Herrscher im Land hatten Blut geleckt und wollten sich nicht mit der halben Macht begnügen, und als der König versuchte, sein Land zu verlassen, erhob sich eine zweite Welle der Empörung. Das Volk, angeführt und aufgestachelt von der revolutionären Kommune, erstürmte nach der Bastille auch die königlichen Gärten der Tuilerien. Ludwig XVI., längst seiner Allmacht enthoben, wurde mitsamt seiner Familie inhaftiert und als „Bürger Louis Capet“ wegen Landesverrats zum Tode verurteilt und hingerichtet.

Die Republik wurde ausgerufen, und um ein Zeichen zu setzen, dass die alte Zeit niemals wiederkehren würde, schaffte der Nationalkonvent den überkommenen Kalender ab und führte eine neue Bemessung der Wochen, Monate und Jahre ein. Diese neue Zeitrechnung begann mit der Beseitigung des Königtums am 22. September des Jahres 1792. Die Wochen wurden nunmehr in zehn Tage unterteilt, die Tage in zehn Stunden, und sie bekamen wie die Monate allesamt neue Namen. Doch während die Zeit wie ehedem verstrich, nur die Namen der Tage, Wochen und Monate auf den Kalenderblättern wechselten, ging das Morden unter den Menschen weiter. Als hätte es nie eine Revolution der Macht im Staat gegeben, folgten auf das Blutbad am Marsfeld, dem einst hunderte von Königsgegnern zum Opfer gefallen waren, die noch blutigeren Septembermorde, bei denen tausende von Königstreuen ihr Leben ließen, folgte auf die Schreckensherrschaft des Ancien Régime die Schreckensherrschaft der Jakobiner, jener unbarmherzigen Söhne der Aufklärung, die, um für jahrhundertealtes Unrecht Rache zu nehmen, jeden hinrichteten, der ihnen und dem neuen Recht zu widersprechen wagte – mit dem einzigen Unterschied, dass nun das Morden nicht mehr im Namen des allmächtigen Gottes geschah, sondern im Namen von Freiheit, Gleichheit und Brüderlichkeit.

„Allons enfants de la patrie, le jour de gloire est arrivé ...“

Man schrieb den dritten Floréal des Jahres II, den 22. April 1794 nach der alten Zeitrechnung. Eine Horde Schulkinder kreuzte Sophies Weg, als sie das Café Procope verließ, wo sie zur Stärkung für den schweren Gang, den sie an diesem sonnigen Frühlingsmorgen antreten musste, eine Tasse Schokolade getrunken hatte. Nachdenklich schaute sie den Kindern nach. Sie sangen die Marseillaise, das Lied der Revolution, zu dessen Klängen ihre Väter so viele Menschen töteten. Lernten sie dafür lesen und schreiben?

In Zweierreihen, wie kleine Soldaten, marschierten die Schüler zum Platz vor der Alten Komödie, wo ein Schafott aufgeschlagen war – in jedem Quartier gab es inzwischen eins, um all die Hinrichtungen zu bewältigen, die das neue Recht der Jakobiner erheischte, und die Lehrer besuchten mit ihren Schülern die schaurigen Stätten, um ihnen ein Beispiel von den Segnungen der Revolution zu geben. Denn die Verurteilten wurden nicht mehr verbrannt oder gevierteilt wie unter der alten Herrschaft, sondern auf zweckmäßige Weise geköpft mithilfe eines ausgeklügelten Mechanismus, den ein menschenfreundlicher Arzt namens Guillotin ersonnen hatte.

Sophie wandte den Blick von den Kindern ab. Ihr Ziel war das Gefängnis von Port Libre in der Vorstadt Saint-Jacques, unweit des ehemaligen Jansenistenklosters Port Royal, wo über 600 Gefangene als Feinde der Republik festgesetzt waren, um auf ihren Prozess oder auf ihren Tod zu warten. Trotz ihrer 65 Jahre beschloss sie, den weiten Weg zu Fuß zu gehen. Einer der Inhaftierten hatte sie zu sich gebeten, um sie vor seiner Hinrichtung ein letztes Mal zu sprechen. Bei dem Gedanken an das Wiedersehen wurde ihr Herz schwer. Auch wenn sie vor langer Zeit beschlossen hatte, diesem Mann nie wieder zu begegnen, konnte sie ihm den Wunsch nicht ausschlagen. Es war sein letzter Wille.

Bei der Kirche Saint-Germain-des-Prés verließ Sophie den Boulevard, um über die Rue de Rennes weiter in Richtung Süden zu laufen. Nach drei Stunden Fußmarsch war sie am Ziel. Vor dem Gefängnistor versperrten zwei Wachtposten ihr den Weg.

„Halt! Dein Name?"

„Bürgerin Volland."

Sophie zeigte einen Passierschein vor, Dorval hatte ihn ihr besorgt. Ihr Sohn war ein einflussreicher Mann in der Stadt, die Jakobiner hatten ihn zum Kommissar für Bildung und Erziehung ernannt.

Der ältere der beiden Soldaten verschwand mit ihrem Papier im Inneren des Gebäudes, während der jüngere sie aufmerksam beäugte. Um sich seinen Blicken zu entziehen, trat Sophie ein paar Schritte beiseite und schaute ins Fenster eines Buchverleihers.

In der voll gestopften Auslage entdeckte sie zwischen abgenutzten Romanen und wissenschaftlichen Abhandlungen eine vollständige Ausgabe der Enzyklopädie: siebzehn Text- und elf Tafelbände. Die dunkelroten Leinendeckel waren speckig und voller Flecken, abgegriffen von wissbegierigen Menschen, die in all den Jahren die Bände ausgeliehen hatten.

Sophie seufzte. Wie hatte dieses Buch ihr Leben verändert … Wie hatte dieses Buch die Welt verändert … Und nun saß der Mann, ohne den es niemals erschienen wäre, in einer Gefängniszelle und wartete auf sie. Auf sie und den Tod, den andere, jüngere Männer, die doch seine geistigen Söhne waren, über ihn verhängt hatten.

„Bürgerin Volland?“ Im Gefängnistor stand der ältere Soldat und winkte sie mit ihrem Passierschein herbei. „Der Delinquent ist bereit!“

Als Sophie die Zelle betrat, stand ein fremder alter Mann vor ihr. Irritiert schaute sie ihn an. Hatte man sie zu einem falschen Gefangenen geführt?

„Danke, dass Sie gekommen sind.“

Sie zuckte zusammen, als sie seine Stimme hörte. „Monsieur de Malesherbes?“ Es dauerte eine Weile, bis sie hinter den alten, welken Zügen das vertraute Gesicht wieder fand. Auf einmal begann ihr Herz zu klopfen. Ein Vierteljahrhundert hatten sie einander nicht mehr gesehen.

„Ich hatte gehofft“, sagte er leise, „Sie würden Ihr Amulett tragen.“

„Den Engel?“, fragte sie verwundert.

„Vielleicht hätte er mir jetzt Glück gebracht, auf meiner letzten Reise. Ich kenne solche Amulette aus meiner Heimat. Man macht sie aus den Gebeinen von Hingerichteten. Ich wollte Sie um den Talisman bitten, als ein letztes Geschenk, um ihn mit ins Grab zu nehmen. Für mein Seelenheil, und … um Sie davon zu befreien.“

Sophie verstand nicht, was er damit meinte. Sartine hatte ihr die Kette geschenkt, er hatte sie aus Beaulieu mitgebracht, nachdem er dort im Kirchenarchiv geforscht hatte. Doch als sie die Trauer in Malesherbes' Augen sah, überkam sie eine Ahnung wie ein kalter Abendhauch, sodass sie plötzlich fröstelte. War das Amulett, dieser Talisman, den sie ein halbes Leben lang auf ihrer Brust getragen hatte, womöglich …? Die Vorstellung war so unerträglich, dass sie sich zwang, den Gedanken nicht zu Ende zu denken.

„Weshalb hat man Sie verurteilt?“, fragte sie. „Weil Sie den König vor dem Revolutionstribunal verteidigt haben?“

„Das Gericht hat befunden, ich hätte gegen die Freiheit des französischen Volkes konspiriert.“

„Sie – ein Konspirateur gegen die Freiheit?“ Sophie schüttelte den Kopf.

„Seit ich Sie kenne, haben Sie sich für die Freiheit und die Aufklärung eingesetzt. Wissen das diese Leute denn nicht?"

Malesherbes zuckte mit den Schultern. „Sie sind verblendet, Sophie. Von ihrem Hass und von ihren Prinzipien, die vielleicht noch mehr Schaden anrichten als ihr Hass. Sie sind beseelt von der Idee der Gerechtigkeit, doch sie betreiben die Gerechtigkeit mit demselben Fanatismus, den früher die Jesuiten bei ihrem Kampf für das Gottesgnadentum des Königs gezeigt haben. Sie handeln allein aus kalkulierender Vernunft. Sie haben keine Liebe."

Sophie nickte. Sie hatte fast dieselben Worte gegenüber ihrem Sohn gebraucht, der das Regiment der Jakobiner als eine grausame, aber unabdingbare Notwendigkeit des Fortschritts verteidigte. „Manchmal", flüsterte sie, „habe ich das Gefühl, die Welt ist dunkler denn je."

„Nein, Sie dürfen so nicht sprechen", sagte Malesherbes. „Der kleinste Funke der Aufklärung leuchtet immer noch heller als der dunkle Mond des Aberglaubens. Die Aufklärung ist nicht mit einer einmaligen Kraftanstrengung zu leisten, sie ist eine Sisyphusarbeit, an der jede Generation weiterarbeiten muss. Die Enzyklopädie hat für die Menschheit ein riesiges Tor aufgestoßen, jetzt liegt es an den Menschen, durch dieses Tor zu schreiten. Doch dafür müssen sie lernen, nicht nur ihrem Verstand zu folgen, sondern auch ihrem Herzen."

„Meinen Sie, dass eine solche Zeit je kommen wird?"

„Wer weiß?", erwiderte er. „Vielleicht ist mein Traum nur eine leere Illusion. Trotzdem, ich halte daran fest, denn nur solange die Menschen den Glauben an eine bessere Zukunft haben, voller Hoffnung und Liebe, haben sie einen Grund zum Leben."

„Das sagen Sie?", fragte Sophie. „Am Tag Ihrer Hinrichtung?"

Er lächelte müde. „Ich bin zweiundsiebzig Jahre alt", sagte er, „alt genug, um die Gerechtigkeit zu ertragen. Auch dann, wenn sie Umwege und Irrwege nimmt, um sich Geltung zu verschaffen." Er verstummte.

Sophie blickte ihn an. Sie verstand auch ohne Worte, was er ihr sagen wollte, und wusste jetzt, warum er sie zu sich gerufen hatte.

„Kannst du mir verzeihen, Sophie?"

Sie schlug die Augen nieder. Obwohl sie die Frage erwartet hatte, konnte sie ihm keine Antwort geben. Mochte die Vergangenheit noch so weit zurückliegen, die Wunde, die er mit seiner Schuld gerissen hatte, schmerzte immer noch in ihrer Seele. Wie wäre ihr Leben verlaufen, wenn ihre Mutter hätte weiterleben dürfen? Vielleicht hätte sie nie diese Angst gehabt, die sie ein Leben lang verfolgt hatte, die Angst vor der Liebe, die Angst vor den

Büchern … Vielleicht hätte sie Jahrzehnte an Diderots Seite gelebt als die glücklichste Frau der Welt … Hätte sie das? Wirklich? Vielleicht hätte sie Diderot ja niemals kennen gelernt, vielleicht hätte sie ihr Dorf nie verlassen …

„Als Diderot vor zehn Jahren starb“, sagte sie leise, „hat man seinen Leichnam seziert – es war sein eigener Wunsch gewesen. Noch über seinen Tod hinaus wollte er dazu beitragen, das Wissen zu mehren über die Natur des Menschen. Die Ärzte waren vor allem an seinem Gehirn interessiert, das so unglaublich viele Kenntnisse gespeichert und noch mehr Ideen hervorgebracht hatte, um Aufschluss zu bekommen über die Art und Weise seines Denkens. Doch ihre Erwartungen erfüllten sich nicht. Denn nicht sein Gehirn wies besondere Merkmale auf, sondern sein Herz. Es war um zwei Drittel größer als bei einem gewöhnlichen Menschen.“

Malesherbes beugte sich über Sophies Hand, um sie zu küssen. Als er sich wieder aufrichtete, waren seine Augen feucht von Tränen. „Danke“, sagte er leise, doch mit fester Stimme. „Jetzt habe ich meinen Frieden gefunden und kann endlich sterben.“

Er wandte sich um und blickte zum Fenster hinaus. Sophie begriff, dass dies der Abschied war. „Sie sollen das Amulett haben“, flüsterte sie. „Ich werde es Ihnen mit auf die Reise geben.“ Dann verließ sie seine Zelle.

Als sie ins Freie trat, empfing sie heller Sonnenschein. Vor dem Tor wartete Dorval. Ihr Sohn war gekommen, um sie abzuholen. Seine Frau erwartete ein Kind, Sophie hatte versprochen, ihr bei der Geburt zu helfen.

Sie hakte sich bei ihm unter, und sie gingen zu der Kutsche, die auf dem Platz für sie bereitstand.

PETER PRANGE

Eine Revolution in Buchform

Die Philosophin ist nach *Die Principessa* der zweite Roman in Peter Pranges Trilogie über die „geistigen Baumeister der Welt". Auch dieses Buch basiert auf historischen Fakten. „Mir ist wichtig, solche Geschichten zu erzählen, die von ihrem Gehalt her uns heute noch etwas zu sagen haben", erklärt Prange. „Ich versuche, die großen geistigen Kräfte durch meine Protagonisten erlebbar zu machen." Wie zum Beispiel durch Sophie Volland, die tatsächlich existierte. „Im Leben Diderots gab es eine geheimnisvolle Frau. Jahrelang war sie an seiner Seite, ohne dass wir wissen, wer sie wirklich war. Von ihr geblieben sind nur die Briefe, die Diderot ihr schrieb – und gäbe es nicht ein Testament von ihrer Hand, wir wüssten nicht einmal, ob sie in der Realität oder nur in diesen Briefen existierte. In der Gestalt der ‚Philosophin' habe ich versucht, dieser Frau eine Identität zu geben."

Peter Prange möchte seine Leser mit einem spannenden Roman fesseln und sie zugleich in eine Welt hineinführen, in der ihr eigenes Denken wurzelt. Das Wort Enzyklopädie – griechisch für „Verknüpfung der Wissenschaften" – gewann im Europa des 18. Jahrhunderts eine vollkommen neue Bedeutung. Dieses Buchprojekt, das größte aller Zeiten, war mehr als ein Schauplatz geistiger Gefechte. Es war auch ein praktisches Handbuch, in dem der Autor Prange unter anderem einen Dreispalter über Schokolade entdeckte, persönlich verfasst von Denis Diderot.

STEVE HAMILTON
Nördlich
von
Nirgendwo

Dies hier war der größte See der Welt. Es ergab einen schrecklichen Sinn, dass sie sich hier draußen auf dem Wasser mit uns treffen wollten. Hier draußen gab es kein Gesetz, keine Konsequenzen, wenn man es brach. Und der See war tief genug, um einen Toten darin zu verbergen.

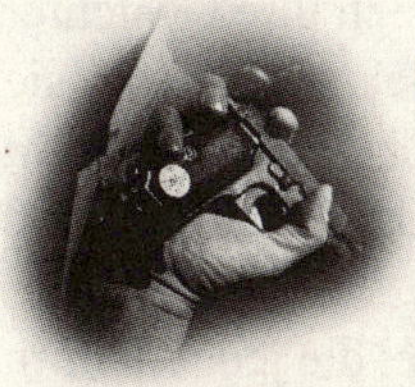

KAPITEL 1

In diesem Sommer drehte sich alles um Geheimnisse. Es war der Sommer, in dem ich 49 wurde, und das ließ mich an fünfzig Jahre denken. Fünfzig Jahre und kaum etwas vorzuweisen. Eine Ehe, die lange zurücklag. Meine Baseballkarriere – vier Jahre in den Nachwuchsligen. Und meine Karriere als Polizeibeamter in Detroit, die eines Nachts endete, als ich zusah, wie mein Partner neben mir starb. Das sah ich, wenn ich auf mein Leben zurückblickte.

Positiv schlug zu Buche, dass ich in diesem Sommer viel Zeit zum Lesen hatte. Und, obwohl ich das noch nicht wissen konnte, ich war im Begriff, einige interessante neue Leute kennen zu lernen. Am vierten Juli würde ich kein Feuerwerk zu sehen bekommen, weil ich den größten Teil des Abends auf dem Fußboden eines fremden Hauses liegen würde, während man mir eine Pistole an die Schläfe presste.

Jack Connery, Besitzer des „Glasgow Inn" in Paradise, Michigan, aufgewachsen in Schottland und angeblich Vetter zweiten Grades von Sean Connery und, zumindest seiner eigenen Meinung nach, genauso gut aussehend – das ist der Mann, der mich am Abend des vierten Juli in das bewusste Haus gebracht hat. Seine Kneipe Glasgow Inn liegt von meinen Hütten aus nur ein Stück die Straße runter. Ich wohne in der ersten Hütte, bei deren Bau ich meinem Vater in den Sechziger- und Siebzigerjahren geholfen habe. Die anderen fünf vermiete ich. Meine Gäste sind meist Jäger im Herbst und Schneemobilfahrer im Winter. Im Sommer sind es Familien, die mal den etwas anderen Urlaub erleben wollen. Sie kommen von der Unteren Halbinsel nach Paradise, weil es der abgelegenste Ort ist, den man erreichen kann, ohne Michigan zu verlassen – oder die gesamten USA. Nachdem sie ewig und drei Tage auf der Fernstraße 75 gefahren sind, denken sie, sie sind fast da, wenn sie die Mackinac Bridge überqueren. Aber es folgt eine weitere Stunde durch die extremste Einöde, die sie jemals gesehen haben, bis sie sich schließlich dem Lake Superior nähern. Aber selbst dann müssen sie noch um die Whitefish Bay herum und mitten durch den tiefsten Wald des Hiawatha National Forest hindurch. Wenn sie dann endlich die Stadt erreichen, begrüßt sie ein Schild. PARADISE. SCHÖN, DASS SIE ES GESCHAFFT HABEN! Sie fahren an der einzigen Ampel in der Stadtmitte vorbei und dann weiter nach Norden, gut drei Kilometer an der Küste entlang, bis sie zu meinen Blockhütten kommen. Sobald ich ihre Gesichter sehe, wenn sie aus dem Auto steigen, weiß ich, was gebacken ist. Wenn sie sich umsehen, als wären sie soeben auf dem Mond gelandet, liegt eine recht lange Woche vor ihnen. Wenn sie aber tief einatmen und dann lächeln, weiß ich, dass es ihnen hier gefallen wird.

Inzwischen habe ich fast nur noch Stammgäste – Leute, die jedes Jahr in derselben Woche hierher kommen. Im Sommer habe ich nicht viel Arbeit mit ihnen. Brennholz brauchen sie nicht viel, vielleicht ein paar Scheite, wenn der Wind vom See die Abende kühl werden lässt.

In diesem Sommer habe ich viel Zeit alleine verbracht. Ich brauchte das einfach. Es hatte eine Zeit gegeben, wo ein Rechtsanwalt mich beschwatzt hatte, Privatdetektiv zu werden. Ich wagte einen Versuch und bekam einen Tritt in den Arsch. Dann tauchte ein alter Freund aus meinen Baseballtagen auf, dreißig Jahre nachdem ich ihn zuletzt gesehen hatte, und bat mich, ihm bei der Suche nach jemandem behilflich zu sein. Ich versprach ihm meine Hilfe. Diesmal bekam ich neben den Tritten in den Arsch auch Tritte an den Kopf. Das reicht, sagte ich mir.

Als es Sommer wurde, fand ich immer wieder Entschuldigungen, mittags nicht bei Jack zu essen. Auch nicht nachmittags auf ein Bier zu ihm zu gehen, obwohl ich wusste, dass er ein eiskaltes Kanadisches für mich bereithielt. Auch nicht zum Abendessen. Wenn ich mal vorbeischaute, fragte er mich jedes Mal, wo ich gesteckt hätte. Und ich sagte dann, ich hätte viel zu tun, die Hütten müssten geputzt werden und es sei auch immer was zu reparieren.

Ende Juni verbrachte ich die meisten Abende in meiner Hütte, las die Zeitung und so viele Bücher, wie ich in die Finger bekommen konnte.

Als der vierte Juli kam, hatte ich vermutlich über eine Woche lang nicht einmal Jacks Gesicht gesehen. Er klopfte an meine Tür. Ich machte auf, und da stand er vor mir. Er hatte mich noch nie zu Hause aufgesucht.

„Jack“, sagte ich. „Was ist passiert?“

Er ging an mir vorbei und sah sich im Wohnraum um. Ich glaube, Jack war diesen Sommer 65 Jahre alt.

„Ist alles in Ordnung?“, fragte ich.

„Alles bestens. Okay“, sagte er. „Hier ist mein Vorschlag. Ich habe ein Zelt dabei. Ist praktisch brandneu, sehr geräumig und hält Wind und Regen ab. Dazu gibt es einen tragbaren Propangasherd. Einen Schlafsack. Einen Rucksack. Zwei tolle Angeln.“

„Wohin willst du?“

„Ich will nirgendwohin. Du fährst. Ich zeichne dir die Stelle auf einer Karte ein. Es ist in der Gegend von Yukon.“

„Wieso sollte ich an den Yukon fahren?“

„Ich will dir bloß helfen, Alex. Denk drüber nach, Alex. Der Typ, der mir von der Stelle erzählt hat, sagt, dass man da toll ein Lager aufschlagen kann. Das Essen angelt man sich aus dem Fluss. Einige Kilometer entfernt liegt ein kleiner Ort, wenn du wirklich mal was brauchst, aber abgesehen davon keine Menschenseele weit und breit, Alex. Ich kümmere mich um die Hütten, das verspreche ich dir.“

„Okay, ich hab verstanden. Das ist deine diskret witzige Art, mir zu verklickern, dass ich die letzte Zeit wenig bei dir gewesen bin.“

„Ja, und das hat mich fast umgebracht“, sagte er. „Keiner, der mir sagt, dass ich alles falsch mache. Keiner, dem ich Essen kochen kann, wenn er nur mit den Fingern schnipst.“

„Heute Abend wollte ich mal reinschauen“, erklärte ich.

„Einen Dreck wolltest du. Du brauchst uns nicht mehr. Keinen von uns. Das hier ist die einsamste Stadt im ganzen Land, und du musst dich noch in deiner Hütte verstecken. Da habe ich mir gedacht, mit dem kann man nur noch eines machen. Schick ihn in den Norden! Soll er doch bei den Bären leben!“

„Bist du fertig?“

„Nein, keineswegs. Ich bin gekommen, um dir ein Ultimatum zu stellen. Entweder bringe ich dich jetzt zum Flughafen und verfrachte dich in einen Flieger, oder du kommst heute Abend mit mir zum Pokern.“

„Pokern? Wo, im Glasgow?“

„Nein, im Soo. Im Haus von ’nem Typen. Du kennst ihn nicht.“

„Seit wann gehst du zum Pokern aus dem Haus? Wer kümmert sich denn um die Kneipe?“

„Normalerweise spielen wir in der Kneipe. Nicht die alte Runde, in der du früher mitgespielt hast. Das ist jetzt eine neue Geschichte. Aber Win will uns seinen neuen Pokertisch vorführen, und da habe ich mir gedacht, mein Sohn soll sich heute mal um alles kümmern. Man nennt das Weggehen, Alex. Gesellige Leute tun das bisweilen.“

„Jack, mir ist wirklich nicht nach Pokern mit einem Haufen Typen, die ich nicht kenne."

„Die seelische Belastung ist zu groß, das verstehe ich. Okay, dann helfe ich dir beim Packen."

„Das kannst du vergessen. Ich fahre nicht."

„Und ich gehe nicht, bevor du dich für eines entschieden hast. Poker oder Yukon, Alex. Ich warte."

Was blieb mir also übrig? Ich wollte ums Verrecken nicht an den Yukon, also entschied ich mich fürs Pokern. Das hielt ich für die bequemste Lösung. Ich Ahnungsloser!

Jack fährt einen silbernen Lincoln Continental, Baujahr 1982, den er 1990 für dreihundert Dollar gekauft haben will.

„Ich sehe nichts von einer Campingausrüstung", sagte ich, als ich mich auf dem Beifahrersitz niederließ.

„Alles im Kofferraum", sagte er. „Ich hoffe, du hast ein bisschen Geld dabei. Die Einsätze könnten etwas höher sein, als du es gewohnt bist."

„Ich habe jetzt schon das Gefühl, einen Fehler zu machen."

Ich sah, wie die Stadt vorüberglitt, als wir am Glasgow Inn vorbei auf der Hauptstraße nach Süden fuhren. Die Sonne begann gerade unterzugehen, als wir den Lakeshore Drive erreichten. Er erstreckt sich über dreißig Kilometer am südlichen Rand der Whitefish Bay und ist die einsamste Straße, die ich je gefahren bin.

Eine Zeit lang fuhren wir schweigend. „Du hast mich also richtig vermisst", sagte ich schließlich.

„Wenn du wie ein Einsiedler leben willst, ist das deine Sache. Der Grund, warum ich dich gefragt habe, ist einzig und allein der, dass wir einen weiteren Spieler brauchten. Swanson war verhindert, und du weißt, wie sehr ich Poker zu fünft hasse."

„Swanson", sagte ich. „Kenne ich den?"

„Du bist ihm schon begegnet. Er ist Anwalt im Soo."

Die Straße war verlassen wie immer. Bis wir Brimley erreichten, würde uns kein Auto begegnen. Um uns herum gab es nichts als Kiefern.

„Wo spielen wir noch mal?"

„Im Haus von Win Vargas. Ich glaube nicht, dass du dem schon mal begegnet bist. Ich hoffe, dass du nichts gegen teuren Whiskey und ebensolche Zigarren hast. Kann auch sein, dass ich deine kleine Obsession hinsichtlich kanadischen Bieres erwähnt habe. Würde mich nicht überraschen, wenn eine Kiste auf dich wartete. Sollte das der Fall sein, denk dran, hinreichend viel Aufhebens davon zu machen. Er beeindruckt die Leute gern."

„Großartig."

Er fuhr weiter. Die Sonne ging unter. Wir passierten den Leuchtturm bei Iroquois Point und erreichten das nördliche Ende der Bay Mills Reservation. Wir fuhren am Community College vorbei, am kleinen Kings Club, dem Kasino, mit dem alles angefangen hatte, und dann am viel größeren Bay Mills Casino. Direkt dahinter lag der neue Golfplatz. Er wirkte fast fertig. Von der Straße aus konnten wir ein halbes Dutzend Bagger und Bulldozer sehen, die im schwindenden Licht dastanden.

Auf einer Brücke überquerten wir den Waiskey River. Als wir an der Einfahrt zum Brimley State Park vorbeikamen, bog Jack nach links in einen unbefestigten Weg ohne Straßenschild ab.

„Wohin fahren wir?", fragte ich. „Ich dachte, wir fahren zum Soo."

„Sonnenuntergang." Mehr brauchte er nicht zu sagen.

Der Weg führte nach Norden durch den Kiefernwald. Die Bäume standen bis an den Wegrand, so dicht, dass man hörte, wie die Nadeln die Fenster streiften. Nach zweieinhalb Kilometern endete der Weg. Wir waren an einer alten Bootslände, ein Holzsteg verfaulte im kalten Wasser. Jack stoppte den Wagen zwei Meter vor dem See.

Wir stiegen aus, standen am Ufer und sahen nach Westen zur sinkenden Sonne. Die Wolken zeigten hunderte von Abstufungen in Rot und Orange, der Himmel selbst strahlte in einem tiefen, ins Grünliche spielenden Blau. Nirgendwo sonst habe ich das je gesehen.

Man muss draußen sein, um das richtig zu erleben. Man muss den Wind auf dem Gesicht spüren, den Geruch des Süßwassers in der Luft wittern. Der Lake Superior, auch Oberer See genannt, ist der größte See der Welt. Er ist erschreckend, er ist tödlich. Es ist ein See auf reinem Granit, ein großer Felsenkrater, von den Gletschern in den Boden gemeißelt, gefüllt mit reinem, süßem, kaltem Wasser und nicht viel sonst. Ein paar Weißfischen. Den Splittern hölzerner Schiffskörper. Den schweigenden Stahlwänden der *Algomak*, der *Sunbeam*, der *Edmund Fitzgerald*. Den Gebeinen der Toten. Ihren Geistern.

An einem Sommerabend, wenn die Sonne untergeht, ist dies der schönste Ort der Welt. Deshalb bin ich hier. Deshalb ist Jack hier. Deshalb stehen wir die langen Winter, die brutale Kälte, die Blizzards, die in einer Nacht einen Meter Schnee abladen, das niemals endende Heulen der Schneemobile durch. Die endlose Schneeschmelze im Frühling, die Mücken im

Juli und im August. Es ist so schnell vorbei, und schon ist die Luft wieder kalt, und der See wird wieder zum Monster.

Für einige von uns reicht das. Also bleiben wir, Jahr für Jahr. Nirgendwo sonst wäre für uns der rechte Ort. Nirgendwo sonst wäre zu Hause.

In diesem Sommer der Geheimnisse war diese Schönheit hier das größte aller Geheimnisse. Diejenigen von uns, die hier leben, haben es bewahrt.

Ich hätte mir nicht träumen lassen, dass sogar dieses Geheimnis in diesem Sommer gefährdet war. Wie sollte ein Mann jemals so etwas gefährden können? Ein einzelner Mann.

Wir stiegen wieder in Jacks Wagen und fuhren zu unserer Pokerrunde. Ich war im Begriff, diesen Mann kennen zu lernen.

DAS HAUS lag im Osten von Sault Ste. Marie, am Ufer des St. Marys River, direkt neben dem alten Golfplatz. Es war ein großes Haus, nur Glas und rechte Winkel. Jedes Licht im Haus schien zu brennen, inklusive eines riesigen Kronleuchters, den man durch das Fenster über dem Eingang sehen konnte.

Als Jack die Türklingel drückte, erklangen acht lange Töne.

Drinnen, hinter der Tür, hörten wir einen Hund bellen. Dann ging sie auf. Der Mann, der sie öffnete, war kahl. Er hatte das beinharte Aussehen einiger Kahlköpfe, diese superharte Ausstrahlung des Bösen.

„Miata, runter“, sagte er. Eine eher kleine Bitte, denn der Hund war nur etwa zwanzig Zentimeter groß. Ich hätte auf einen Chihuahua getippt, mit kurzen Haaren und diesen Knopfaugen, aber ich musste an die vermutlich erfundene Geschichte von dem Ehepaar denken, das nach Mexiko gereist ist und mit einem Hund zurückkam, nur um herauszufinden, dass es sich um eine Ratte handelte. Das hier hätte dieses Tier sein können.

„Sie müssen Alex sein“, sagte der Mann. Er schüttelte meine Hand mit festem Griff. „Ich bin Winston Vargas. Die Kurzform ist Win, denn ich gewinne immer. Stimmt's, Jack?“

Jack rollte mit den Augen und ging an ihm vorbei. Der Hund umsprang uns weiter bellend, und seine kleinen Beinchen bewegten sich mit Kolibrigeschwindigkeit.

„Beachten Sie ihn gar nicht“, sagte Vargas. „Er hält sich für einen Dobermann.“

„Wie haben Sie ihn gerufen? Miata?“ Ich kniete mich hin und bot ihm die Hand dar. Der Hund entblößte seine Zähne. Okay, eine schlechte Idee.

„Meine Frau hat ihn nach ihrem Auto benannt. Natürlich ist sie nicht da.“

„Jedenfalls vielen Dank, dass ich hier sein darf“, sagte ich.

„Es freut mich, dass Sie Zeit hatten“, erwiderte er.

Er geleitete mich durchs Haus zum Pokerraum. An einer Wand war ein regelrechtes Heimkino mit einem Schirm von über zwei Metern in der Diagonale. Eine Bar nahm die gegenüberliegende Wand ein, und auf den Regalen standen genug Flaschen, um Jacks Kneipe damit neu zu bestücken. Die Rückwand war nur Fenster; man sah auf den Fluss hinaus. Mitten im Raum stand unter einer Tiffanylampe einer dieser sechsseitigen Pokertische mit dem grünen Filz in der Mitte und den kleinen Abteilungen an jeder Seite.

„Wie finden Sie ihn?“, fragte er. „Ich habe ihn ganz neu.“

„Ganz schön imposant“, sagte ich.

Zwei Männer saßen schon am Tisch. Ich erkannte Bennett O'Dell, einen alten Freund von Jack, der dann und wann im Glasgow vorbeischaute. Ein weiterer zäher alter Bursche, allerdings ein gutes Stück größer als Jack und mindestens dreißig Kilo schwerer. Er war auch im Gastgewerbe tätig, in einer Kneipe namens „O'Dell's“ drüben auf der Westseite der Stadt. Bennetts Vater hatte sie seinerzeit in den Dreißigern gegründet, und seitdem war sie stets in Familienbesitz gewesen.

„Alex“, sagte Bennett, „was machen Sie denn hier?“

„Ich sehe, ihr kennt euch schon“, sagte Vargas. „Das hier ist Kenny, einer meiner Geschäftspartner. Man kann sagen, er ist meine rechte Hand.“ Kenny trug das Haar lang und glatt und hatte es zu einem Pferdeschwanz gebunden. Er sah so aus, als nähere er sich den Vierzig.

„Wir warten noch auf Gill“, sagte Vargas. „Sie wissen ja, Indianer leben nicht nach der Zeit des weißen Mannes. Alex, ich zeige Ihnen das Haus.“

Vargas verbrachte die nächsten zwanzig Minuten damit, mir das Haus zu zeigen. Mit der Küche fingen wir an. Sie hatte den Profigasherd, die Kochinsel in der Mitte mit dem zweiten Spülbecken. „Das ist meine Spezialität“, erklärte er. „Das Beste vom Besten bei allen Geräten. Herde von Viking, maßgeschneiderte Wandschränke, nennen Sie irgendwas, wir liefern es. Wenn Ihre Frau sich eine Traumküche wünscht, bin ich Ihr Mann. Sind Sie verheiratet?“

„Nein“, sagte ich.

„Aber Sie waren es. Einmal?“

„Ja, vor sehr langer Zeit.“

„Ich habe vor ein paar Jahren zum zweiten Mal geheiratet“, erzählte er, „nachdem ich lange unabhängig war. Es geht doch nichts darüber, beim zweiten Mal alles richtig zu machen. Zu schade, dass Sie heute Abend keine Gelegenheit haben werden, sie kennen zu lernen. Aber beim nächsten Mal, ja?“

„Gerne.“

Von der Küche aus gingen wir auf die rückwärtige Veranda. Das Flussufer lag direkt unter uns, keine zehn Meter entfernt. Ein Frachter fuhr in südlicher Richtung flussab.

„Ich habe da unten eine kleine Anlegestelle“, sagte Vargas. „Nicht groß genug für mein Boot, aber ich habe zwei Jet-Skis. Jemals damit gefahren?“

„Noch nie“, erwiderte ich. „Würde mir vermutlich ähnlich gut gefallen wie ein Schneemobil.“

„Klar, so eins habe ich natürlich auch. Ich weiß aber nicht, wie viel Zeit ich hier im Winter verbringen werde. Wir haben ein Haus in Boa.“

Wir gingen wieder nach drinnen. Das Licht schmerzte mir in den Augen. „Ich zeige Ihnen noch die erste Etage, Alex. Einen Raum da müssen Sie einfach sehen.“

Ich folgte ihm die Treppe hinauf. Das Haus hatte ein wundervolles Treppenhaus, das musste ich zugeben. Die Stufen bestanden alle aus Hartholz, mit dazu passendem Handlauf, getragen von dünnen Holzstäben. Mein alter Herr, der Zimmermann im Selbststudium, wäre zutiefst beeindruckt gewesen.

„Da drüben sind die Gästezimmer, und hier ist unsere Suite.“

Ein großes Doppelbett stand darin, ganz in Weiß mit lavendelfarbenen Spitzen. „Für die Inneneinrichtung ist meine Frau verantwortlich. Hier geht’s ins Bad. Wie finden Sie es?“

Ich blickte hinein und sah einen großen Whirlpool, eine separate Dusche, zwei Schminkspiegel und zwei Waschbecken. Die Armaturen funkelten wie ein Piratenschatz. „Das ist allerdings was“, sagte ich. Ich fragte mich, ob das Bad nicht größer war als meine gesamte Hütte.

„Diese Whirlpools führen wir jetzt auch“, sagte er. „Sie haben keine Vorstellung, wie teuer die sind. Aber jetzt zeige ich Ihnen den schönsten meiner Räume.“

Er führte mich zum Ende des Flurs und öffnete eine Tür. Es war der einzige Raum im Haus, der nicht so hell wie ein Operationssaal war. An zwei Wänden reichten Bücherregale vom Fußboden bis zur Decke, an einer dritten hingen Karten für die Seefahrt. Am Fenster stand ein Teleskop auf einem Dreifuß. „Ich nenne das hier mein Seezimmer. Kommen Sie und schauen Sie mal.“

Ich schaute in das Teleskop. Es zeigte nach Nordwesten. Ich konnte

Schleusen vom Soo und die Internationale Brücke erkennen. Ich war sicher, dass man am Tage auch den See selbst sehen würde.

„Mein Gott, wie ich diesen See liebe“, sagte er. „Geht es Ihnen genauso, Alex?“

Ich sah ihn an. Bei dem gedämpften Licht konnte ich sein Gesicht nicht erkennen, aber sein kahler Schädel schien zu leuchten.

„Was ist da drin?“, fragte ich. Unter den Karten befanden sich Vitrinen an der Wand.

„Verschiedene Sammlerstücke. Ich bin Sammler.“

In einer Vitrine befanden sich Relikte aus Schiffswracks – eine kleine Messingglocke, ein Metallkamm, ein Becher aus Zinn. In einer anderen Vitrine lagen Sachen, die indianischen Ursprungs zu sein schienen – eine Pfeilspitze, ein hölzernes Paddel in fortgeschrittener Auflösung, eine kleine Metallschüssel. Alle Gegenstände zeigten diesen speziellen rötlich grauen Schimmer an den Rändern, den Gegenstände bekommen, die sehr lange in Süßwasser gelegen haben.

„Wie sind Sie daran gekommen?“, fragte ich. „Ich dachte, die Bergungsgesetze seien da recht streng.“

„Im in Michigan gelegenen Teil schon. In Kanada weniger. Taucher bergen die Sachen, verkaufen sie an jemanden, der sie wieder weiterverkauft. Wenn ich dann etwas erwerbe, kommt es sofort in diesen Raum und bleibt auch hier. Wenn ich mal sterbe, geht jedes der Stücke ans Museum. Entweder an das Schiffswrackmuseum draußen in Whitefish Point oder an das Indianermuseum im Community College.“

Als wir endlich wieder am Pokertisch waren, saß Gill LaMarche an seinem Platz und verteilte Chips. „Nun schaut mal, wer da ist“, sagte Vargas. „Sie haben die Führung verpasst.“

„Ich habe die Führung schon mal mitgemacht“, antwortete Gill. Er war Mitglied des Sault-Stammes und wohnte in der Stadt, direkt neben dem Kewadin Casino. Wie bei den meisten Ojibwas in Michigan dachte man gar nicht „Aha, Indianer“, wenn man ihn das erste Mal sah. Wenn man wusste, worauf man zu achten hatte – eine leichte Fülle an den Backenknochen, eine ruhige, bedächtige Art um die Augen herum – , konnte man es vielleicht erkennen.

„Als Erstes versorgen wir mal jeden“, sagte Vargas. Die Tabletts mit Essen rollten aus der Küche an, die Drinks von der Bar, die Zigarren. „Welchen Whiskey trinken Sie?“, fragte Vargas mich. „Ich hab da einen zwölf Jahre alten Macallan …“

„Ist das nicht Jack Daniels, den ich da drüben sehe?“, sagte ich.

„Das ist er. Wenn das Ihre Wahl ist.“

„Der ist genau richtig.“

„Jack hat mir erzählt, Sie seien Fänger beim Baseball gewesen. Ich hätte eigentlich wissen müssen, dass ein Fänger Jack Daniels einem Macallan vorzieht. Im College habe ich Baseball gespielt“, sagte Vargas. „Und dann bei der Luftwaffe, als ich in Korea stationiert war.“ Er brachte mir meinen Drink und setzte sich. „Wollen wir nun Karten spielen oder was?“

Das taten wir dann. Jack saß links von mir, dann Bennett, Vargas, Kenny und dann Gill rechts von mir. Vargas setzte aggressiv und passte nur widerwillig. Er wollte bei jedem Spiel dabei sein. Wenn er nicht gerade erhöhte, machte er sich mit dem Tisch wichtig und sorgte dafür, dass wir unsere Drinks nicht auf den grünen Filz stellten, sondern in die eigens dafür vorgesehenen Abteile. Bis zu diesem Abend hatte ich gar nicht gewusst, wie sehr ich diese Superpokertische hasste.

Vargas redete auch gern. So war es nur eine Frage der Zeit, bis er wieder auf seine Geschäfte zu sprechen kam. „Als ich bei der Luftwaffe entlassen worden war“, sagte er beim Mischen, „habe ich mich entschlossen, das Haushaltswarengeschäft meines Vaters zu übernehmen. Er besaß einen kleinen Laden unten in Petoskey. Nun fragen Sie sich vermutlich, wie ein kleines Haushaltswarengeschäft heutzutage überleben kann, wenn es überall im Land Filialen von Lowes und Home Depot gibt. Die Antwort: Du musst den Zug kommen sehen, bevor er dich überfährt. Diese Riesenketten mit Haushaltsgeräten? Sie waren das Beste, was mir je passiert ist. Und wissen Sie, warum? Sie haben meine Konkurrenten vernichtet. Und zwar alle. Ich habe mir einen neuen Markt geschaffen. Und zwar einen besseren. Wenn man heutzutage ein Spülbecken kaufen will oder eine Toilette, eine Wanne, eine Spülmaschine oder einen Kühlschrank oder Küchenschränke, wohin geht man dann?“

„Lowes oder Home Depot“, sagte Jack.

„Ganz genau“, bestätigte Vargas. „Aber stellt euch mal vor, ihr wollt ein Becken ganz aus Marmor, das aus Italien kommt. Oder einen Viking-Herd, wie ihn die Berufsköche verwenden. Wo kriegt ihr den? Nicht bei Lowes oder Home Depot. Da muss man schon in ein Spezialgeschäft.“

„Wie Ihres“, sagte Bennett. „Geben Sie schon.“

Er fing an auszuteilen.

„Die Dame bietet“, sagte Bennett. „Das sind Sie, Kenny.“

Kenny warf einen Dollar in den Pott. „Die Dame bietet einen Dollar.“

„Ich renoviere da dieses Haus in Kanada", tönte Vargas. „Auf Sugar Island. Sie werden nicht glauben, was ich da in die Küche packe. Allein schon der Fußboden, Kacheln aus Mexiko. Das Problem ist nur, da gibt es diese Kerle am Zoll. Dicke, blöde Paragraphenreiter. Wenn sie sehen, dass ich mit 'nem Kühlschrank rüberfahre, nehmen sie das persönlich. So, als ob ich den Kanadiern die Jobs wegnähme, wenn ich einen amerikanischen Kühlschrank liefere."

„Zoll auf langlebige Verbrauchsgüter", sagte Bennett.

„So nennen die das", bestätigte Vargas. „Sie sollten es aber Straßenraub nennen."

„Ich dachte, es sei nicht mehr so schlimm. Ich meine, jetzt mit dem nordamerikanischen Freihandelsabkommen."

„Sie regen sich jetzt weniger über Kleinzeug auf", sagte Vargas. „Bis zu hundert Dollar oder so. Aber die großen Posten auf der Rechnung, da lassen sie es einen immer noch wissen."

„Aber das zahlt doch wohl der Kunde, oder?"

„Ja. Ich tue das bestimmt nicht."

„Was sind das für Leute?", fragte ich. „Wer kann denn so viel Geld bloß für eine Küche ausgeben?"

„Viele Leute bauen sich Häuser in Kanada", erklärte er. „Sie würden überrascht sein. Aber da drüben verdiene ich nicht wirklich meine Brötchen …"

„Wo denn dann?"

„Bay Harbor."

Bei den Worten lief es mir kalt über den Rücken. Bay Harbor. Da hätte er genauso gut sagen können Sodom und Gomorrha.

„Da habe ich die meiste Kohle gemacht", sagte er. „In Bay Harbor. Natürlich ist das inzwischen etwas überlaufen. Die große Frage ist jetzt, wer das nächste Bay Harbor baut. Und wo er das tut."

WENN Sie nach Süden fahren, über die Mackinac-Brücke und dann die M 31 am Ufer des Michigansees entlang, ist die erste Stadt, auf die Sie treffen, Petoskey. Einst war der Ort ein verschlafenes Fischerdorf, nun ist es ein Paradies für Neureiche. Wenn Sie dann weiter nach Charlevoix fahren, einem weiteren kleinen Fischerdorf, das zum Neureichenparadies wurde, treffen Sie etwa auf halbem Wege auf Bay Harbor. Das Erste, was Sie sehen, ist der Bay-Harbor-Jachtklub. Direkt an der Straße steht ein weißes Gebäude, als Leuchtturm verkleidet. Am Tor sitzt eine Wache, die darauf wartet, Sie abchecken zu können, ob Sie auch auf seiner Liste stehen. Ein Stück weiter runter befindet sich der Bay-Harbor-Golfklub. Noch ein weißes Gebäude direkt an der Straße, noch eine Wache am Tor. Jenseits der Straße, auf einem Hügel, liegt das Bay-Harbor-Reitsportzentrum. Wieder gibt es ein Tor mit einer Wache.

Die Häuser liegen alle an der seewärts gelegenen Seite der Straße. Sie müssen durch ein weiteres Torgebäude, um dorthin zu gelangen. Es gibt da auch Anlagen mit Eigentumswohnungen und ein großes Hotel. Und es gibt dort sogar eine kleine Hauptstraße, wo Sie Diamanten anprobieren können, vielleicht auch ein Gemälde kaufen. Wenn Sie nicht ganz viel Geld locker haben, machen Sie sich gar nicht erst die Mühe, langsamer zu fahren.

„Das Problem ist“, fuhr Vargas fort, „dass der Markt irgendwann gesättigt ist. Sie können nur so und so viel exklusive Häuser in einem Ort bauen. Deshalb ist mir klar, dass irgendwo anders der nächste große Boom wartet. Bei Bay Harbor hatte ich Glück, da es für meinen Laden in Petoskey quasi direkt in meinem Hinterhof lag. Diesmal muss ich der Entwicklung voraus sein. Und das hat mich auf die Idee gebracht … Warum herumraten, wo der nächste Boom zu erwarten ist, wenn ich selber dazu beitragen kann, ihn in Gang zu setzen? Warum nicht das Geschäft mit maßgeschneiderten Küchen erweitern und direkt ins Baugeschäft einsteigen, und zwar von Anfang an, sobald wir den richtigen Ort gefunden haben? Das ist einer der Gründe, warum ich mir hier ein Haus gebaut habe.“

Dieser Satz traf mich wie ein Eispickel. Jack, Bennett, Flinch zuckten nicht mal mit einer Wimper. Sie mussten das wohl vorher schon mal gehört haben. Kenny zeigte nur ein Lächeln.

„Natürlich geht das nicht nur mit meinem eigenen Geld“, sagte Vargas. „Über Kapital in diesen Dimensionen verfüge ich noch nicht. Ich bin nur die Speerspitze. Wir haben Investoren in der Hinterhand, die es lieber sehen, auch im Hintergrund zu bleiben …“

„Sie sprechen von Schwarzgeld?“, fragte Bennett.

„Das kann ich hier nicht erörtern“, sagte Vargas.

„Sie erörtern das aber gerade. Sie sollten da vorsichtiger sein, sonst schlafen Sie am Ende bei den Fischen.“

„Machen Sie sich um mich keine Sorgen“, versetzte Vargas. „Ich bin schon ein großer Junge.“

Ich hatte da meine Zweifel. Auf jeden Mann, der wirklich solche Geschäftsverbindungen hatte, kamen bestimmt zwanzig, die gern großspurig daherredeten, genau wie Vargas.

„Sie müssen zugeben“, sagte Vargas, „so nett Lake Michigan ist, Lake Superior ist der bei weitem tollere See. Deshalb heißt er ja auch so.“

„Das ist nur alles so weit weg“, meinte Jack. „Sogar Bay Harbor war schon ein ordentliches Stück. Von Detroit vier Stunden.“

„Wer braucht denn noch Detroit?“, sagte Vargas. „Bay Harbor hat seinen Flughafen in Traverse City. Wir haben hier einen direkt im Soo. Und viele von den Typen haben ihre eigenen Jets.“

„Trotzdem“, sagte Bennett. „Hier ist doch alles anders. Das Wetter. Die Art der Leute. Alles.“

„Das ist doch gerade ein Teil des Reizes“, sagte Vargas. „Hier hat man immer noch so ein Gefühl von Wildnis. Von den besten Kasinos ganz zu schweigen, die wir Gill verdanken.“

Gill nickte. „Da helfe ich doch gerne. Deshalb habe ich sie ja schließlich eigenhändig gebaut.“

„Alex“, sagte Vargas. „Sie leben doch in Paradise? Wie weit ist das, zirka eine halbe Stunde Fahrt?“

„In der Größenordnung.“

„Was kosten die Grundstücke bei Ihnen da draußen? Am Ufer, sagen wir in der Gegend von Whitefish Point?“

„Nun ja …“ Ich wusste nicht, was ich sagen sollte. Ich wollte ihm nur mit irgendetwas über den Schädel schlagen.

„Weil ich mir nämlich überlege, dass wir vielleicht in diese Richtung denken sollten. Wenn man an Ihrer Seite der Bucht etwas in Gang setzte, hätten wir erheblich mehr Land zur Verfügung. Und wir sind wirklich am See. Hier sind wir nur am Fluss.“

Bring ihn auf der Stelle um, dachte ich. Hacke seine Leiche in kleine Stücke, und füttere damit die Fische.

„Sie werden nicht ernsthaft an den See wollen“, sagte Bennett. „Der See schlägt über kurz oder lang alles in Trümmer. Hier haben Sie wenigstens einen gewissen Schutz.“

„Allerdings, das Wetter“, sagte Jack. „Da drüben ist es sogar noch schlimmer. Ich kann mir nicht vorstellen, dass man da irgendetwas bauen könnte.“

Der Ausdruck auf Kennys Gesicht schien sagen zu wollen: *Ihr könnt kämpfen, so viel ihr wollt. Aber Bay Harbor kommt. Wenn nicht dieses Jahr, dann nächstes.*

Das Telefon klingelte, während Vargas sich einen weiteren Macallan einschenkte. Er hob ab und sagte: „Hier Vargas.“ Dann entschuldigte er sich und meinte, wir sollten doch einige Runden ohne ihn spielen.

Als Vargas schließlich zum Tisch zurückkam, hatte sich etwas verändert. Er ließ seinen Macallan unberührt an der Bar stehen, nahm sich ein richtiges Glas und füllte es drei Finger breit mit Jack Daniels.

„Ist alles in Ordnung?", fragte Gill. „Sie wirken plötzlich etwas angespannt."

„Ich bin ein alter First-Base-Mann", sagte Vargas, während er sich setzte. „Die sind immer angespannt. Stimmt's, Alex?"

„Ich gebe", sagte ich. „Sie kennen das Spiel."

„Stud mit fünf Karten. Stud heißt doch Hengst. Da wir gerade von Hengsten sprechen, wo ist Mr Swanson eigentlich heute Abend?"

„Weiß nicht", meinte Bennett. „Er sagte nur, er könne heute nicht spielen."

„Das letzte Mal konnte er auch nicht spielen", sagte Vargas.

„Halt ein viel beschäftigter Mann", erwiderte Bennett.

„Ja, er hat viel zu tun", sagte Vargas. Seine Stimme wurde mit jeder Sekunde kälter. „Wollt ihr Jungs was Lustiges hören? Wollt ihr wissen, wer gerade am Telefon war?"

Offensichtlich wollte das niemand wissen. Er erzählte es uns trotzdem.

„Das war ein Privatdetektiv", sagte er. „Wusstet ihr eigentlich, dass es im ganzen Bezirk nur einen Privatdetektiv gibt?"

Oh nein, stöhnte ich im Stillen. Das nimmt kein gutes Ende.

„Zunächst hat er auf mich wie ein Idiot gewirkt, ehrlich. Aber ich musste ihn damit beauftragen. Energie hat er schon. Er beobachtet meine Frau. Er verfolgt sie jetzt schon zwei geschlagene Wochen lang."

„Warum erzählen Sie uns das?", fragte Bennett. „Wenn da irgendwas zwischen Ihnen und Ihrer Frau ist …"

„Nicht zwischen mir und meiner Frau. Zwischen meiner Frau und einem anderen."

„Na gut", sagte Bennett. „Sie müssen wirklich nicht …"

„Aber ich tue es", insistierte Vargas. „Und ich sage euch auch, warum. Ich will, dass jemand an diesem Tisch, dass jemand anders hier am Tisch außer Kenny, der mit diesem Scheiß überhaupt nichts zu tun hat, mir erzählt, warum unser Freund Mr Swanson heute Abend nicht mit uns Karten spielt."

„Weil er gesagt hat, er kann nicht", sagte Bennett.

„Wieso kann er nicht spielen?"

„Das wissen wir nicht", antwortete Bennett.

„Und letzte Woche, als er da nicht spielen konnte, da wusstet ihr es auch nicht."

„Stimmt."

„Okay. Also spielten wir letzte Woche zu fünft in Bennetts Kneipe, und wir hätten diese Woche wieder zu fünft gespielt, aber, wie es der Zufall will, hat Jack seinen Freund Alex zur Hand, und der kann für Swanson einspringen.“

„Halten Sie Alex da raus“, sagte Jack. „Ich habe ihn eingeladen mitzuspielen. Damit wir zu sechst sind. Mehr steckt da nicht dahinter. Was mit Swanson los ist, davon haben wir keine Ahnung.“

„Und was ist mit nächster Woche?“, fragte Vargas. „Spielt Swanson vielleicht nächste Woche? Oder vertritt Alex ihn wieder? Absagen wollen wir das Spiel doch wohl nicht, denn dann hätte meine Frau keinen Vorwand, mit den Mädels einen draufzumachen. Was nicht heißt, dass sie wirklich was mit den Mädels unternimmt, wie sie behauptet, sondern dass sie stattdessen ein wenig rechtlichen Beistand gratis von unserem Freund bekommt, dem Herrn Rechtsanwalt Swanson, und das in Zimmer 117 vom ‚Best Western Inn‘, und zwar genau in diesem Moment.“

Niemand sagte etwas. Vargas versuchte, sich einen weiteren Drink einzuschenken, und goss dabei die halbe Flasche in sein Chipsfach.

Da begann der Hund zu kläffen. „Miata“, fauchte Vargas, „was soll die Scheißbellerei?“

Etwa zwei Sekunden später wussten wir die Antwort. Gerade als ich dachte, der Abend könne eigentlich gar nicht mehr schlimmer werden, traten die Männer mit den Pistolen jede Tür im Haus ein.

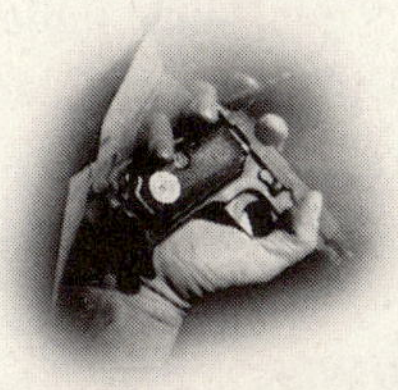

KAPITEL 2

Alle mit dem Gesicht auf den Boden! Los! Los! Los!“

Alles vollzog sich in traumartiger Unwirklichkeit, wie etwas, das sich in Zeitlupe in einer anderen Dimension abspielt. Ich war schon einmal in dieser Sphäre gewesen, an dem Abend, an dem mein Partner erschossen wurde und neben mir auf dem Fußboden starb.

„Ich sagte, auf den Boden! Sofort! Bist du taub?“

Ich hörte das Geräusch eines umstürzenden Stuhles, den Aufprall eines Körpers. Es war Kenny, dachte ich. Irgendwie lag ich selbst schon auf dem Boden. Ich versuchte mich zu zwingen, über das Geschehen klar nachzudenken.

Ein Mann. Da noch einer. Gab es noch einen dritten? Ja, drei Männer. Einige der Lichter gingen aus. Die Tiffanylampe über dem Tisch brannte noch und warf einen glänzenden Kreis in die Mitte des Raumes. Der Hund rannte in völliger Auflösung durchs Haus.

„Keiner bewegt sich. Eine Bewegung, und wir erschießen euch. Euch alle."

Drei Männer mit Handfeuerwaffen. Glocks, denke ich – dieses schlanke schwarze Profil. Warum sah ich keine Gesichter?

Ich lag auf dem Teppich, das Gesicht vom Tisch abgewandt, auch von den anderen. Die anderen Spieler mussten ausgestreckt hinter mir liegen, dachte ich, alle um den Tisch herum, in etwa in der Position, in der sie auch gesessen hatten.

Einer der Männer ging an mir vorbei. Seine Schuhe waren im Obermaterial aus grünem Kunststoff. Wie man sie im Krankenhaus trägt. Deshalb hatte ich keine Gesichter gesehen. Sie alle trugen einen chirurgischen Mundschutz.

Der Hund wagte einen Angriff auf einen von ihnen. Ich konnte sehen, wie er mit den Zähnen an dem grünen Kunststoff riss.

„Du gottverdammte kleine Ratte! Hau bloß ab!"

Ich musste Jack sehen. Ich wartete, bis der Mann an mir vorbeigehüpft war, während er versuchte, den Hund abzuschütteln. Ich warf den Kopf herum. Jetzt sah ich Jack an. Er hatte die Augen offen.

„Du da! Ich hab ‚Nicht bewegen' gesagt!" Eine Pistole wurde gegen meine linke Schläfe gedrückt. Ich konnte den kalten metallischen Druck spüren. „Noch eine Bewegung, und ich schieß dir in den Kopf."

Es war immer derselbe Mann, der redete. Ich konnte nur seine Füße sehen, wie er zu Vargas ging und sich über ihn beugte. „Du", sagte er. „Ist das dein Hund?"

„Ja."

„Auf die Beine. Aber den Blick auf den Boden gesenkt!"

Vargas bewegte sich nicht. Seine Augen waren geschlossen.

„Ich habe gesagt, auf die Beine!" Eine Hand griff nach unten und packte ihn hinten am Kragen seines Hemdes.

„Lasst ihn in Ruhe", sagte Bennett. Er hob den Kopf.

Ich sah, wie sich der zweite Mann auf Bennett zubewegte. Er trat fest zu, direkt in die Rippen. Bennett ließ den Kopf wieder auf den Boden fallen; sein Gesicht lief rot an vor Schmerz. Er rang schwer nach Luft.

„Okay", sagte der erste Mann. „Du hast zehn Sekunden, den Hund in einen Wandschrank zu sperren."

Der klingt wie ein Kanadier, dachte ich. Die beiden anderen hatten noch kein Wort gesagt.

Vargas erhob sich vom Boden und griff nach dem Hund, der den einen Schuh des Mannes gepackt hatte. „Miata! Aus!" Er brauchte einige Sekunden, um die Kiefer des Hundes auseinander zu drücken. Dann fing der Hund wieder an zu bellen.

Ich hörte, wie hinter mir eine Tür aufging und sich wieder schloss, und dann das gedämpfte Geräusch des Hundes, der bellte und mit Zähnen und Krallen die Tür einreißen wollte.

„So ist es schon besser. Jetzt gehen Sie mit diesem Mann hier nach oben und machen Ihren Safe auf. Aber schön die Augen auf dem Boden halten. Ein komisches Geräusch, und wir erschießen deine Freunde."

Sie verließen das Zimmer. Fünf von uns lagen jetzt auf dem Boden, und zwei Mann bewachten uns. Sie gingen um den Tisch herum, lautlos in ihren grünen Slippern. An einem Schuh sah ich die Stelle, an der der Hund das Gewebe aufgerissen hatte. Alte Turnschuhe, ein schmutziger Grauton, mit blauen Diagonalstreifen. Keine Ahnung, welche Marke.

Ich sah zu Jack hinüber. Er erwiderte meinen Blick und nickte mir unmerklich zu.

Bennett rang noch immer nach Luft; die Augen hatte er geschlossen.

Kennys Augen standen weit offen. Er zitterte. Gills Gesicht konnte ich nicht sehen, aber sein Körper lag still da.

Etwa fünf Minuten vergingen. Die zwei Männer umkreisten uns weiter. Ich betrachtete ihre Beine, versuchte ihre Schritte abzuschätzen. Beide um einsachtzig groß, dachte ich. Der mit den Turnschuhen etwas schwerer als der andere. Also um die achtzig Kilo für Mann Nummer eins, der, der sich kanadisch anhörte. Um die neunzig für Mann Nummer zwei, dazu eine Beschreibung seiner Schuhe, was keine große Hilfe sein konnte. Die Pistolen in ihren Händen waren definitiv Glocks, bei beiden derselbe Typ.

Mann Nummer eins trat ans Fenster. Als er sich vom Tisch entfernte, sah ich ihn etwas besser. Er trug Bluejeans und irgendeine Art von schwarzem, glänzendem Plastikmantel. Nein, einen Müllsack. Er trug einen schwarzen Plastikmüllsack. Zu einem Chirurgenmundschutz und einer Kappe aus demselben grünen Material. Als er sich umwandte, sah ich seine Augen. Ich konnte erkennen, dass seine Haut hell war und seine Augenbrauen so blond, dass sie praktisch unsichtbar waren.

Da sah er mich direkt an und merkte, dass ich ihn musterte. Schnell wandte ich meinen Blick ab, aber es war zu spät. Ich hörte ihn auf mich zukommen, und wieder spürte ich, wie das Gewicht der Pistole gegen meine linke Schläfe drückte. „Augen zu!", sagte er.

„Wozu brauchen die so lange?“, sagte der andere Mann. Seine ersten Worte. Er klang nicht kanadisch. „Vielleicht sollte einer von uns mal nachsehen.“

„Immer mit der Ruhe“, sagte der Mann über mir. Ich spürte, wie die Pistole meinen Kopf verließ. „Gib ihnen noch eine Minute.“

Plötzlich hörte man oben Lärm. Es klang wie brechendes Glas.

„Was für ’n Scheiß geht denn da ab? Klingt, als ob er oben alles auseinander nimmt.“

„Du weißt doch, was er macht.“

Weiterer Krach und dann nochmals Krach. Ein Fenster musste zu Bruch gegangen sein. Eine Minute später kam der dritte Mann ins Zimmer zurück.

„Wo ist er?“, fragte der erste Mann.

Keine Antwort, zumindest keine, die ich hören konnte.

„Sind wir fertig?“

Wieder keine Antwort. Vielleicht gestikulierte der Mann nur mit seinen Händen oder nickte.

„Alles klar, nichts wie weg hier“, sagte der erste Mann. „Meine Herren, ich sage Ihnen jetzt, was Sie tun werden. Ich sehe da hinten in der Küche einen Herd mit allem Schnickschnack. Der hat bestimmt auch eine Zeituhr. Die stelle ich auf fünfzehn Minuten. In dieser Zeit bewegt ihr euch nicht, klar? Ihr bewegt keinen einzelnen Muskel. Ich hoffe, ihr wisst die Tatsache zu schätzen, dass auf niemanden geschossen worden ist. Bestimmt fällt euch auch auf, dass ihr noch eure Brieftaschen und eure Uhren besitzt. Zwingt uns nicht, unsere Absichten zu ändern.“

Wir hörten, wie sich die Tür schloss. Ein Fahrzeug wurde in der Einfahrt gestartet und fuhr dann los. Wir alle blieben auf dem Boden liegen. Kein Geräusch war zu hören, nur der Hund im Schrank.

„Ich denke nicht daran, hier fünfzehn Minuten liegen zu bleiben“, sagte Jack.

„Bennett?“, fragte ich. „Sind Sie in Ordnung?“

„Ich denke schon“, sagte er und setzte sich auf.

„Wo ist Vargas?“, fragte Gill.

Wir sahen uns alle an. „Vergewissert euch, dass sie weg sind“, sagte ich. „Jack und ich sehen derweil nach Vargas.“

„Kommen Sie, Gill“, sagte Bennett.

Jack rieb sich die Beine, als er aufstand. Wir gingen die Treppe hinauf.

„In welchem Zimmer ist er?“, fragte Jack. Er ging zur ersten Tür und stieß sie auf. „Hier ist er nicht.“

„Bei all dem zerschlagenen Glas habe ich das Gefühl, er ist hier …“ Ich führte ihn zur letzten Tür im Flur. Sie war geschlossen.

Ich stieß die Tür auf. Vargas kniete auf dem Boden, die Hände vorm Gesicht. Der Raum war eine Trümmerwüste. Alle Karten waren von den Wänden gerissen worden. Alle Vitrinen hatte man zerschlagen. Das Fenster zum Fluss hin war auch zertrümmert.

„Vargas“, sagte ich und beugte mich über ihn. Er lebte noch.

„Oh Gott“, stöhnte er. „Oh Gott, oh Gott, oh Gott.“

Ich half ihm beim Aufstehen. Er richtete sich halb auf und lehnte den Rücken an die Wand. Er sah mich an, dann Jack und dann das, was von dem Raum noch übrig war.

„Was ist unten passiert?“, fragte er schließlich.

„Es geht allen gut“, sagte ich. „Sie sind soeben gegangen.“

„Ist der Hund noch im Wandschrank?“

„Ja.“

„Hat irgendwer schon die Polizei angerufen?“

„Bennett tut das wahrscheinlich in diesem Moment“, sagte ich.

„Er hat mir die Pistole ins Genick gedrückt und gesagt: ‚Mach jetzt den Safe auf, oder diese Kugel tritt direkt zwischen deinen Augen wieder aus.‘ Als ich ihn offen hatte, zwang er mich, hier niederzuknien und die Hände vors Gesicht zu legen. Und dann hat er alles zertrümmert. Er wusste mit dem Safe Bescheid. Er hat sogar gewusst, in welchem Zimmer er sich befindet.“

Ich wandte mich um und sah den offenen Safe an der gegenüberliegenden Wand. Er war hinter einer der Karten versteckt gewesen.

„Warum hat er hier alles verwüstet?“, fragte Vargas. Er schob sich an der Wand hoch, bis er auf den Füßen stand.

„Schauen Sie mal hier runter“, sagte Jack. Er stand am Fenster.

Vargas bahnte sich quer durch den Raum knirschend einen Weg über all das zerbrochene Glas. Am Fenster stellte er sich neben Jack und sah nach draußen.

Ich ging ebenfalls zum Fenster. Über ihre Schultern hinweg sah ich die Trümmer unten auf dem Boden. Eine der Karten war zur Hälfte aus dem Rahmen gerissen, und eine ihrer Ecken wehte im Wind hin und her. Vargas' Teleskop lag etwa zehn Meter vom Haus entfernt direkt am Flussufer, halb an Land und halb schon im Wasser. Tausend Glassplitter funkelten im Licht der untersten Terrasse.

Vargas starrte lange Zeit nach draußen. Dann sah er wieder Jack und mich an. „Sie wussten, wo der Safe war“, sagte er. „Woher haben sie das gewusst?“

„Kommen Sie“, sagte Jack. „Gehen wir nach unten.“

Er nahm Vargas am Arm. Wir knirschten alle drei unseren Weg aus dem Raum hinaus und dann die Treppe runter.

„Win“, sagte Kenny. „Was ist da oben passiert?“

„Er hat mich gezwungen, den Safe zu öffnen“, erklärte Vargas. „Dann hat er das Fenster zertrümmert und danach jedes Scheißding im Zimmer.“

„Die Polizei ist schon auf dem Weg hierher“, berichtete Bennett. „Gill ist draußen. Eine der Türen haben sie aufgebrochen. Ich nehme an, die beiden anderen waren nicht verschlossen.“

„Klar, ich hatte schließlich nicht mit einer Invasion gerechnet“, sagte Vargas. „Wenn dem Hund was passiert ist …“ Er öffnete die Schranktür. Der Hund kam herausgeschossen, bereit, jemanden zu ermorden. Er lief in die Küche, rutschte dort mit allen Beinen über den glatten Boden, dann zurück ins Pokerzimmer, ins Wohnzimmer, in jeden Raum des Hauses und bellte sich dabei heiser.

„Ist das nun der tapferste kleine gottverdammte Hund, den ihr jemals gesehen habt, oder nicht?“, wollte Vargas wissen. „Wenigstens einer, der sich gewehrt hat.“

„Ich meine mich zu erinnern, dass Bennett für Sie ganz schön was eingesteckt hat“, sagte Jack.

„Und wann war das?“

„Als man Sie vom Boden hochgerissen hat“, sagte Jack, „hat er denen gesagt, sie sollten Sie in Ruhe lassen. Dafür hat er einen Tritt bekommen.“

„Hat nichts zu bedeuten“, sagte Bennett. „Blöd war es obendrein.“

Gill kam ins Zimmer. „Von der Polizei ist noch nichts zu sehen“, meinte er. „Sie müssten längst hier sein.“

Vargas nahm die Flasche Jack Daniels vom Pokertisch und tat einen ordentlichen Zug. Dann ging er zur Schiebetür, öffnete sie und trat auf die Veranda hinaus. Wir alle folgten ihm. Ich trat als Letzter nach draußen. Als ich auf der Veranda war, war Vargas schon die Stufen zum Fluss hinuntergegangen. Er hob das Teleskop am Ufer auf. Kenny folgte ihm. „Was haben sie genommen?“, fragte er.

„Sie haben den Safe leer geräumt.“

„Was war drin?“

Vargas sah ihn an und dann uns. „Ihr wisst doch alle, was in dem Safe war.“

„Was haben sie sonst noch mitgenommen?“, fragte Kenny.

„Sieht ganz so aus, als hätten sie den ganzen Scheiß aus dem Fenster geworfen", sagte Vargas. „Einiges davon ist wohl im Wasser gelandet. Der Rest …"

„Hier ist etwas aus deiner Vitrine", sagte Kenny und hob eine kleine Glocke auf. „Die Landkarten dürften wohl hinüber sein."

„Das hier war ein Tausenddollarteleskop", sagte Vargas. Mit einer plötzlichen Bewegung schleuderte er es in den Fluss. Es klatschte über dreißig Meter weit ins Wasser.

„Den Schmuck haben sie nicht angerührt", sagte Vargas. „Die ganzen Diamanten, die ich meiner Frau zu jedem gottverdammten Weihnachten geschenkt habe. Sie sind direkt in mein Zimmer gegangen, direkt zu meinem geheimen Safe und haben mir dann das angetan. Hat einer von euch eine Idee?"

Niemand sagte etwas, aber ich hatte so ein Gefühl, dass das alles etwas mit den Anspielungen zu tun hatte, die er gerade machte, als die Räuber hereingestürmt kamen – mit der Geschichte mit Swanson und seiner Frau. Und mit dem Privatdetektiv, den er angeheuert hatte, um sie zu verfolgen. Über all der Aufregung hatte ich diese kleine Neuigkeit vollkommen vergessen.

Wir hörten die Sirenen. Es klang nach drei Wagen, vielleicht auch vier, die in seine Straße einbogen.

„Der Mann", sagte Vargas, „der mich nach oben gebracht hat, dessen Augen habe ich gut sehen können. Wenn ich diese Augen jemals wiedersehe, erkenne ich sie auf der Stelle."

Wir hörten von drinnen eine Stimme. „Hallo! Ist da jemand?"

Schließlich waren vier Polizisten vom Soo mit uns im Haus, plus des Dienst habenden Detectives. Ich wartete darauf, jeden Moment den Polizeichef am Tatort aufkreuzen zu sehen. Er und ich hatten in der Vergangenheit einiges miteinander erlebt, und alles andere, was an diesem Abend schief gehen konnte, war schon eingetreten. Da schien ein Besuch von Chief Maven nur konsequent.

„Wo ist der Chief?", fragte ich den Detective.

„Er war heute unten im Süden", sagte der Mann. „Ich denke nicht, dass er vor morgen zurück ist."

„Das ist das erste Positive, was heute Abend passiert ist."

Er widersprach mir nicht. Schließlich arbeitete er für Maven und wusste, wovon ich sprach. Ich erzählte ihnen alles, was ich wusste – die teilweise Beschreibung der beiden Männer, die unten geblieben waren, der Schwerere in den Turnschuhen mit den blauen Streifen, der Blonde, der kanadisch geklungen hatte. Die Glocks. Er notierte sich alles und bedankte sich bei mir.

Mitternacht war vorbei, als sie endlich mit uns fertig waren. Ich wusste, sie würden am nächsten Tag wiederkommen und den Tatort im hellen Tageslicht untersuchen. Die Untersuchung würde in den nächsten paar Tagen im Mittelpunkt von Vargas' Leben stehen, aber für den Rest von uns war sie abgeschlossen, so hoffte ich wenigstens. Ich hatte genug von dem Haus. Ich wollte es nie wiedersehen. Und seinen Besitzer genauso wenig.

„Gehen wir, Jack", sagte ich, sobald die Polizei weg war.

Wir ließen Vargas an seiner Bar zurück, neben dem Pokertisch. Die Chips und die Karten lagen noch da. Niemand hatte sich ums Aufräumen gekümmert.

Jack ließ mich seinen Wagen fahren. Er saß auf dem Beifahrersitz und sah aus dem Fenster. Ich fuhr den Weg zurück, den wir gekommen waren, die ganze Strecke hinauf nach Brimley. Der Halbmond spiegelte sich im Wasser. Der Himmel war wolkenlos.

„Na schön", sagte Jack schließlich. „Immerhin habe ich dich heute Abend aus deiner Hütte gekriegt."

„Ich kann es gar nicht abwarten mitzukriegen, was du für morgen Abend geplant hast."

„Was hast du gedacht?", fragte er. „Als wir da so auf dem Boden gelegen haben?"

„Und die Pistolen auf uns gerichtet waren? Du kennst doch die alte Redensart, wie das Leben blitzartig vor einem vorüberzieht?"

„Ja?"

„Sie stimmt. Genau daran habe ich gedacht."

„Was ist dabei als Summe rausgekommen?", fragte er.

„Bei Gott nicht viel. Was hast du gedacht?"

„Dasselbe, mehr oder weniger. Nur bei mir hatte es ein Happyend. Ich habe gedacht, dass ich, wenn das mein letzter Abend auf Erden ist, mir wenigstens nicht mit ansehen muss, wie die ganze Gegend hier zerstört wird."

„Glaubst du wirklich, dass das geschieht? Schließlich leben wir hier oben doch mitten in einer Art Niemandsland, mitten im Nichts."

„Wir leben noch hinter dem Nichts", meinte er. „Ein gutes Stück nördlich von nirgendwo. Aber das heißt nichts. Eines Tages kommen sie. Du kannst die Gegend hier nicht für immer geheim halten."

„Ich hoffe, dass du Unrecht hast", sagte ich. „Aber ich glaube, drauf setzen würde ich nicht."

Ich fuhr still weiter. Jack lehnte den Kopf zurück und schloss die Augen. Es gab nur noch Bäume, das Seeufer, sanft anschlagende Wellen, das schwarze Wasser, das bis ins Unendliche reichte.

AM NÄCHSTEN Tag ging ich zum Mittagessen ins Glasgow Inn. Ich wollte wissen, wie es Jack ging. Auch wollte ich ihm zeigen, dass ich nicht beabsichtigte, wieder in meine Einsiedlergewohnheiten zurückzufallen.

Als ich die Tür öffnete, war er nicht da. Ich konnte mich nicht erinnern, wann dies das letzte Mal der Fall gewesen sein mochte. Stattdessen stand sein Sohn Jonathan hinter der Theke. Er war ein kleiner Quirl, genau wie sein Vater, mit dem gleichen grau gesprenkelten Haar. Seine Augen waren hinter seiner Brille genauso blau wie die seiner Mutter, die ich nur einmal gesehen hatte, an dem Tag, an dem ihr Sohn am Technik-College in Marquette seinen Abschluss machte. Dann war er nach Süden gegangen, um für eine Computerfirma in North Carolina zu arbeiten. Zwei Jahre später war er wieder hier.

„Wo ist dein Vater?“, fragte ich und setzte mich auf einen Barhocker.

„Er liegt oben im Bett. Er war die ganze Nacht wach.“

„Hat er dir erzählt, was drüben in Vargas’ Haus passiert ist?“

„In einer Kurzversion. Schon die löste bei ihm eine eigentümliche Stimmung aus. Er hat mich heute Morgen in den Arm genommen und mir erzählt, dass er mich liebt und dass er stolz auf mich ist.“

Ich musste lächeln. „Morgen ist er wieder der Alte.“

Ich aß zu Mittag und ließ mir das Neueste im Leben von Jacks Sohn erzählen. Jack selbst erschien nicht unten.

Als ich in meine Hütte zurückkam, blinkte das Licht an meinem Anrufbeantworter. Ich drückte den Abspielknopf.

„Alex McKnight“, sagte die Stimme, so warm und beruhigend wie Grobschmirgel an der Schleifmaschine. „Hier spricht Roy Maven. Ich würde mich freuen, wenn Sie heute mal vorbeischauten.“

Ich war nicht überrascht. Ich wusste, dass er mich über kurz oder lang erwischen würde. Am besten, ich brachte es gleich hinter mich, sagte ich mir, ließ den Wagen an und fuhr Richtung Soo.

Ich parkte hinter dem City-County-Bau, auf der Rückseite, beim Eingang zum Gefängnis.

Die Dame am Empfang führte mich zu seinem Büro. Es hatte sich nicht verändert. Immer noch die vier Betonwände. Maven hatte sich auch nicht verändert. Immer noch der Haarschnitt des Schleifers beim Militär, das wettergegerbte Gesicht. Ein weiterer zäher alter Bursche wie Jack, wie Bennett O'Dell. Das Ergebnis einer Art von natürlicher Auslese. Männer in den Sechzigern, die hier das ganze Jahr lebten, mussten hart wie Granit sein. Waren sie das nicht, starben sie entweder an einem Herzanfall beim Schneeschippen oder gaben auf und zogen nach Florida.

„Ich freue mich, dass Sie hier reinschauen", sagte er. Er blickte auf den Polizeibericht in seinem Schoß. „Wie ich von meinen Männern gehört habe, war das eine sehr brenzlige Situation, in der Sie letzte Nacht gewesen sind. Ich bin froh, dass niemand verletzt worden ist."

„Danke. Ich auch."

„Der Besitzer der Immobilie, Winston Vargas, hat Sie zum Pokern eingeladen? Gehören Sie zu seinem Freundeskreis?"

„Ich hab ihn vorher nicht einmal gesehen, aber Jack gehört zu seiner regelmäßigen Runde, und sie brauchten einen sechsten Mann."

„Drei Männer sind gegen elf Uhr eingedrungen, steht hier. Alle mit Pistolen. Glocks, laut Ihrer Aussage. Einer davon hat Mr Vargas nach oben gebracht, die andern beiden blieben unten bei den anderen fünf Spielern. Es sieht ganz so aus, als hätten Sie uns so viel an Personenbeschreibung geliefert, wie unter den gegebenen Umständen möglich gewesen ist. Wir können von Glück sagen, dass Sie da waren."

„Aber ich helfe doch gern, Chief. Sie kennen mich doch."

Er steckte das weg, ohne auch nur zu blinzeln. „Gewaltsames Eindringen, bewaffneter Raub, Vandalismus. Klingt, als ob die sehr geschäftsmäßig vorgegangen wären."

„Würde ich auch sagen. Denken Sie schon an bestimmte Verdächtige?"

„Nicht zu diesem Zeitpunkt. Wir haben eine Kopie von dem hier heute über die Brücke geschickt, aufgrund Ihrer Einschätzung, dass einer der Täter kanadisch klang."

„Wie viel Geld wurde denn gestohlen?"

„Mr Vargas sagte, er hätte knapp unter fünftausend Dollar im Safe deponiert. Sagt, er würde bei der Arbeit immer die Hundertdollarnoten aussortieren. Er hat wohl ein Haushaltswarengeschäft unten in Petoskey. Maßgeschneiderte Einbauküchen und Ähnliches. Wenn er in der Kasse einen Hunderter entdeckt, ersetzt er ihn, wie er sagt, durch hundert Dollar aus seinem Portmonee, nimmt den Schein und legt ihn in den Safe. Er und seine Frau haben bald den fünften Hochzeitstag; seine zweite Ehe. Sagt, er will ihr fünftausend Dollar in Hundertern geben und ihr sagen, sie soll sich dafür kaufen, was immer sie will."

„Fünftausend Dollar“, sagte ich. „Kein großer Reibach für all die Mühe, die sie sich gegeben haben.“

„Richtig. Der Vandalismus hat ihn erheblich schwerer getroffen. Der ganze Kram, den er gesammelt hat. Und das Teleskop. Nahezu alles haben sie in den Fluss geschmissen. Das macht überhaupt keinen Sinn. Wie denken Sie darüber, Alex?“

„Chief, wenn Sie mir etwas anhängen wollen, würde ich es zu schätzen wissen, wenn Sie direkt zur Sache kämen.“

„Ich will Ihnen nichts anhängen. Warum sollte ich?“

„Entweder das, oder Außerirdische sind in Ihren Körper geschlüpft. Wenn ich in Ihr Haus gehe, finde ich die leeren Körperhülsen im Keller.“

Wenn er an dieser Stelle gelächelt, mir einen schönen Tag gewünscht und mich weggeschickt hätte, hätte ich vielleicht den Raum in dem Glauben verlassen, er sei wirklich ein neuer Mensch geworden. Aber das tat er nicht. Er sah wieder in den Report. „Obwohl Sie jedes Mal aufzutauchen scheinen, wenn es ein schweres Verbrechen in meiner Stadt gibt, sehen Sie, wie gut es dieses Mal ausgegangen ist.“

„Was meinen Sie?“

„Es wurde niemand getötet“, sagte er. „Niemand wurde entführt. Ich muss den See nicht nach Leichen abfischen. Und das Allerbeste ist, dass Sie dieses Mal mit allem nichts zu tun haben. Ich werde Sie nicht jedes Mal zu sehen bekommen, sobald ich mich umdrehe. Denn Sie sind kein Privatdetektiv mehr. Stimmt's?“

„Ja“, sagte ich. „Das stimmt.“

„Dieser Vargas da. Sie arbeiten doch nicht für ihn?“

„Nein.“

„Sie werden für niemanden mehr arbeiten. Jedenfalls nicht als Privatdetektiv. Nicht in meiner Stadt. Ich habe letzten Monat Ihren ehemaligen Partner gesehen, Leon Sowieso. Ich traf ihn auf der Ashmun Street. Hat er da jetzt sein Büro?“

„Woher soll ich das wissen?“

„Ich habe ihn nach Ihnen gefragt, und er hat gesagt, Sie seien nicht mehr sein Partner. Sie wollten überhaupt nichts mehr mit der Tätigkeit eines Privatdetektivs zu tun haben.“

„Sind wir jetzt fertig?“

„Ich denke, ja. Vielen Dank für Ihre Hilfe in diesem Fall.“

Vielleicht hätte ich jetzt gehen sollen. Aber ich konnte der Versuchung nicht widerstehen. „Wissen Sie, Chief, ich habe das nur aus zweiter Hand, aber ich bin sicher, dass Vargas einen Privatdetektiv für sich arbeiten lässt. Aber so scharf Vargas auch darauf ist rauszukriegen, wer ihm das angetan hat, bin ich mir sicher, dass er seinen Mann nie auffordern würde, Ihnen in die Quere zu kommen. Ich bin sicher, dass er nur versuchen wird, Ihnen zu helfen."

„Wer?", fragte er. „Doch nicht …?"

„Der einzige Privatdetektiv in der Stadt. Jetzt, wo ich aus dem Geschäft bin. Leon Prudell. Ich kann mir denken, dass Sie von ihm hören werden."

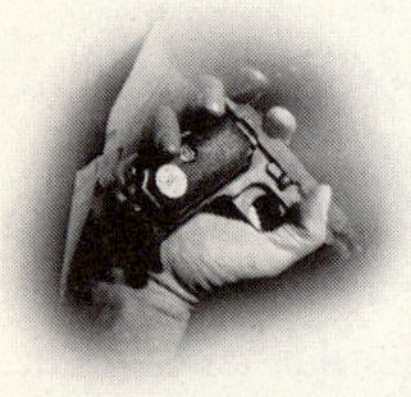

KAPITEL 3

Es war ein herrlicher Tag in Sault Ste. Marie. Für die meiste Zeit des Jahres konnte man das nicht sagen. Vor allem im Winter wäre das nur Galgenhumor. An diesem Tag aber, dem Tag nach dem vierten Juli, konnte es nirgendwo schöner sein als in Sault Ste. Marie.

Im Rest des Landes war es heiß an diesem Tag. Das sah ich morgens auf der Wetterkarte in der Zeitung. Es hatte 35 Grad in New York an diesem Tag, 34 in Detroit. Ich bin bei solcher Hitze schon in Detroit gewesen. Und ich trug dabei eine Polizeiuniform.

An diesem Tag im Juli, an dem das ganze Land schmorte, hatte es im Soo 28 Grad, mit einer konstanten Brise vom See herüber. Ich war nicht in der Stimmung, sofort wieder in meinen Kleinlaster einzusteigen. Der City-County-Bau liegt am Ostende des Schleusenparks, deshalb machte ich einen Spaziergang am St. Marys River entlang. Im Stadtzentrum war viel los. Es war eine Woche mit einem Feiertag und ein so strahlender Tag, dass ich mich nicht wunderte, all die Leute hier zu sehen. Die Touristen wohnten in einem der neuen Hotels, sahen sich Schiffe an, die die Schleusen passierten, und kauften ihren Kindern in den Andenkenläden T-Shirts. Vielleicht hatten sie ihre eigenen Boote auf den Anhängern dabei, ließen sie im See für ein paar Stunden zu Wasser und angelten Weißfische. Mit den neuen Kasinos hatten wir vielleicht mehr Touristen als jemals zuvor. Aber damit konnte ich leben. Sie kommen, geben etwas Geld aus, machen ein paar Fotos und sind dann wieder weg.

Ich ging die Water Street entlang, vorbei am „Ojibwa Hotel". Es war eines der alten Gebäude der Stadt, mit einem festlich gestalteten Speisesaal, von dem aus man die Schleusen sah. Die neuen Hotels lagen alle im Gewerbegebiet in der Nähe der Fernstraßen.

Vargas hatte etwas über eins der Hotels gesagt, dass seine Frau dort mit dem Anwalt Swanson sei. Und dass sein Privatdetektiv jede Bewegung der beiden festhalte. Ich dachte darüber nach und musste laut lachen. Dann führte ich mir mein kleines Treffen mit Chief Maven vor Augen und musste wieder laut lachen.

Das musste ich mit eigenen Augen sehen. Ashmun Street, hatte der Chief gesagt. Leons Büro musste direkt hier in der Gegend sein, es konnte nicht allzu schwer sein, es zu finden.

Ich begann an der Kreuzung mit der Portage Street und arbeitete mich von da nach Süden vor. An beiden Seiten der Straße lagen Andenkenläden. Ein Restaurant, noch ein Andenkenladen, dann überquerte man die Spruce Street. Hier machte man schon die ernsteren Geschäfte. Ein dreistöckiges Bankgebäude auf der einen, ein Wirtschaftsprüfer auf der anderen Seite, dann ein Reisebüro und daneben ein Laden, der einem in 24 Stunden ein Geschäftsschild anfertigte.

Leons Tür. Sie befand sich neben dem Schilderladen. Die Inschrift auf der Tür lautete PRUDELL ERMITTLUNGEN. ERSTER STOCK.

Ich öffnete und ging eine schmale Treppe hinauf. Oben lag ein kleiner Flur mit zwei verschiedenen Büros, die unbenutzt wirkten. Dann stand ich vor der letzten Tür und sah durch die Glasscheibe auf meinen alten Partner Leon Prudell. Er saß am Schreibtisch und starrte aus dem Fenster auf die Straße hinunter. Er war noch ganz der Alte, den ich kannte, zwanzig Kilo Übergewicht und mit diesem Haar, so rot, dass es schon orange war, und das nach allen Seiten abstand. Er trug diesmal nicht sein übliches Flanellhemd und auch nicht seine Jagdstiefel. Er trug ein weißes Hemd mit Schlips. Ich stand eine Zeit lang da und beobachtete ihn und dachte an diesen Abend, an dem er nach Paradise gekommen war und im Glasgow Inn auf mich gewartet und sich mit Jacks Whiskey Mut angetrunken hatte, um sich mit mir auf dem Parkplatz zu prügeln.

Ich hatte ihm den Job weggenommen – so glaubte er wenigstens. Später waren wir dann Partner geworden. Bei einem unserer Fälle hatte er mir aus der Klemme geholfen, danach aber hatte ich mir überlegt, es sei an der Zeit für mich, Klemmen grundsätzlich zu meiden. Ich bat ihn, meinen Namen aus der Firma zu streichen. Keine Prudell-McKnight-Ermittlungen mehr. Seitdem hatte ich ihn nicht mehr oft gesprochen.

Es bedarf keines großen Aufwands, um im Staat Michigan Privatdetektiv zu werden. Man braucht nur drei Jahre als Polizist gearbeitet zu haben oder einen Collegeabschluss in Strafrecht. Leon hatte den Weg übers

College gewählt, direkt hier in der Stadt. Danach hätte er allerdings in den Süden des Staates gehen sollen und sein Büro besser in der Detroiter Gegend eröffnet. Irgendwo, wo ihn nicht jeder noch von der Schule her kannte als den blöden fetten Bengel mit der Brille, der immer in der letzten Reihe gesessen hatte und Schwierigkeiten bekam, weil er unter der Bank Krimis über Privatdetektive las.

Ich klopfte mit dem Knöchel ans Glas. Leon wirbelte herum und sah mich an. Einen Augenblick lang wirkte er verwirrt, dann lächelte er. „Komm rein, Alex“, sagte er. „Die Tür ist offen. Wie findest du mein Büro?“

Ich trat ein und sah mich im Raum um. Er war klein, vielleicht drei mal dreieinhalb Meter. Einige Aktenschränke, Leons Schreibtisch. Davor zwei Stühle für Besucher. An einer Wand hing ein Kalender mit dem Eishockeyteam vom Lake Superior State College. An der anderen Wand hing ein Poster, die Internationale Brücke im Nebel. Und dann noch das Fenster, das auf die Straße einen Stock tiefer ging. „Perfekt“, sagte ich.

„Danke. Schön, dich zu sehen.“

„Ich habe meinen alten Freund Maven besucht“, begann ich und setzte mich auf einen der Besucherstühle. „Er hat mir erzählt, dass du jetzt ein Büro hast. Da bin ich mal vorbeigekommen, um Hallo zu sagen.“

„Chief Maven, aha. Ich wette, ich weiß, worüber ihr euch unterhalten habt.“

„Ja, über Vargas …“

„Mein Klient“, sagte er. „Winston Vargas. Du warst letzte Nacht in seinem Haus.“

„Ich war da. Er hat irgendwann erwähnt, dass du für ihn arbeitest. Irgendwas mit seiner Frau.“

„Dass ich für ihn arbeite, kann ich bestätigen.“

„Leon, was ist deine Aufgabe? Hinter seiner Frau herlaufen, um sie mit dem Anwalt der Familie zu erwischen? Swanson?“

„Meine Aktivitäten hinsichtlich meines Klienten sind strikt vertraulich, Alex. Das weißt du.“

„Ich wollte nur Konversation machen“, erklärte ich. „Ich würde dich niemals bitten, Informationen preiszugeben, die die Beziehungen zwischen Ermittler und Klienten gefährden könnten. Aber ich war letzte Nacht dabei, als du ihn angerufen hast. Er hat uns erzählt, dass du den beiden in ein Hotel gefolgt bist. Und er war drauf und dran, uns zu beschuldigen, Swanson zu decken. Beziehungsweise Jack und Bennett und Gill zu beschuldigen. Ich war nur zufällig dort. Ich und Kenny.“

Leon griff nach einem Schnellhefter auf seinem Tisch und schlug ihn auf. „Das waren die fünf anderen Spieler letzten Abend."

„Ja. Bis die Männer mit den Pistolen uns Gesellschaft leisteten."

„Ich werde Chief Maven um eine Kopie des Polizeiberichts bitten. Wie ich gehört habe, warst du der Einzige, der eine brauchbare Beschreibung geben konnte."

„Ich hatte mir schon gedacht, dass Vargas dich bitten würde, ein Auge darauf zu werfen. Deshalb habe ich Maven schon angekündigt, dass er von dir hören wird."

„Ich bin sicher, wir werden gut miteinander auskommen. Ich weiß, dass du und Maven nicht miteinander konntet."

„Nein, aber darüber mache ich mir keine Sorgen. Ich frage mich nur, was Vargas von dir will. Glaubt er, dass seine Frau und Swanson dahinter stecken?"

Leon blieb stumm und sah mich an.

„Ich weiß, ich weiß. Du kannst diese Informationen nicht preisgeben. Er wird wollen, dass du alles genau untersuchst. Ich spar dir Zeit. Ich bin der Typ, den du suchst. Das Ganze war meine Idee."

„Alex, lass das. Das ist kein Witz."

„Hast du deinen anderen Job nicht mehr? Den mit den Schneemobilen? Und den Außenbordmotoren im Sommer?"

„Ich bin Privatdetektiv, Alex. Hauptberuflich."

„Das Büro hier muss doch einiges kosten. Hast du noch andere Klienten außer Vargas? Ich hoffe nur, er verlangt keine Dummheiten von dir."

„Du weißt, dass ich den geraden Weg bevorzuge, Alex."

„Was hält deine Frau von alldem?"

„Sie lässt mich den Versuch wagen. Sie weiß, was das für mich bedeutet. Es ist schon ein Glück, dass ich sie habe."

„Grüß die Kinder von mir. Und jetzt halte ich dich nicht länger von deiner Arbeit ab."

„Ich freue mich, dass du vorbeigekommen bist."

„Ich mich auch", sagte ich, stand auf und gab ihm die Hand. „Bis bald."

„Alex, du weißt doch, dass du mein Freund bist, nicht wahr?"

„Na klar", sagte ich. „Wenn du mit alldem fertig bist, ruf mich an. Ich spendiere dir dann ein Bier."

Er nickte und lächelte mir zu. Ich verließ sein Büro und schloss die Tür hinter mir. Irgendetwas ging in Leon Prudells Schädel vor sich, und wie stets konnte ich nicht einmal raten, was es sein mochte.

Ich ging zurück zum City-County-Bau, stieg in meinen Laster und fuhr stadtauswärts. Vor O'Dells Kneipe hielt ich an. Es war ein großes, zweistöckiges Holzgebäude am Ende der Bermuda Avenue. Ich würde mir ein Bier genehmigen und sehen, wie es Bennett ging. Ich parkte direkt vor dem Gebäude. Die Verkleidung aus Zedernholz war grau verwittert durch den ständigen Wind vom See.

Bennett zapfte gerade ein Bier hinter der Theke, als ich eintrat, und sah so aus, wie man es vom Eigentümer dieses Hauses erwarten würde – ein gewichtiger Mann, den nichts mehr erschüttern konnte. Er sah sich das Spiel der „Tigers" auf einem Großbildschirm an. Für einen späten Sommernachmittag war es still im Lokal – ich wusste, ab fünf würde es lebhafter werden und bis zwei so bleiben.

„Alex McKnight!", rief er, als er mich sah. „Was führt Sie her? Wo ist Jack?"

„Als ich zuletzt von ihm gehört habe, lag er noch im Bett. Und wo Sie gerade schon zapfen …"

„Kommt sofort", sagte er. „Na, ich kann es ihm nicht verargen, wenn er danach ausschlafen will. Ich habe selbst die halbe Nacht wach gelegen."

Er sah etwas mitgenommen aus. „Danke", sagte ich, als er mir das Bier zuschob.

„Und wissen Sie, was ich mir gedacht habe, als ich so die ganze Nacht die Decke angestarrt habe? Dass es alles meine Schuld gewesen ist."

„Wie kommen Sie denn darauf?"

„Vargas, dieser Pferdearsch, als er das Haus baute, war er ein paarmal hier. Wir sind ins Gespräch gekommen, und er hat mich gefragt, ob hier irgendwo regelmäßig gepokert würde. Ja, sagte ich, ich habe da ein paar Typen, die spielen hier zweimal im Monat. Da ist er dann immer zu den Pokerabenden erschienen, aber er spielt um höhere Einsätze, als die meisten das hier wollen. Eines Tages hat sich dann die frühere Runde aufgelöst, übrig geblieben sind Vargas und dieser Kenny, der bei ihm arbeitet, ich und Gill und Jack. Und Swanson." Er sah mich an. „Bis der anfing, Vargas' Frau flachzulegen, meine ich. Dann brauchten wir einen weiteren Spieler, so hat Jack Sie rangeschleppt. Wenn das kein Glücksfall für Sie war!"

„Ein wahrer Segen, ich weiß."

„Jack hat sich Sorgen um Sie gemacht, Alex. Er meinte, Sie würden sich zu sehr abkapseln."

„Ich hatte da so 'n Tief. Aber ich bin wieder okay."

„Schön zu hören, Alex. Jack ist ein feiner Kerl. Wir kennen uns schon fast fünfzig Jahre. Wir haben immer unsere Hausaufgaben zusammen gemacht, da drüben, in der Ecke." Er wies auf die gegenüberliegende Ecke der Kneipe, wo jetzt ein Dartboard hing.

„Das hier muss doch für Sie voller Erinnerungen stecken."

„Davon können Sie sich gar keinen Begriff machen". Er nahm ein nasses Geschirrtuch und warf damit aus Jux nach seinem Sohn. Ham O'Dell war noch größer als sein Vater, mindestens einsneunzig. Er hatte für Northern Michigan Basketball gespielt. Er war das, was die Zeitungen höflich einen „körperbetonten Spieler" nennen, das heißt, er konnte nicht viel mehr als anderen massiv im Wege sein. Ham wickelte sich das Tuch vom Gesicht und warf damit nach seinem Vater, wobei er ihn fast um einen Meter verfehlte.

„Basketballspieler", sagte Bennett. „Keine Koordination."

Das löste eine längere Kontroverse über die verschiedenen Sportarten aus. Irgendwie kamen wir dann aufs Angeln zu sprechen und schließlich auch auf die Frauen. Das lockte Mrs O'Dell aus der Küche. Margaret O'Dell war eine wirklich reizende Frau, und keiner der beiden Männer im Raum verdiente sie.

„Was macht Jack?", fragte sie mich.

„Abgesehen von gestern Abend, geht es ihm gut." Mir fiel etwas ein, was Jack mir mal erzählt hatte. Oder beinahe erzählt hätte, wie er einst in Margaret verliebt gewesen sei, vor vielen Jahren, und wie er sie an seinen Freund verloren habe. Ich fragte mich, ob er wohl ihr Gesicht gesehen hat, als sein Leben vor ihm abgelaufen war.

Es war Abendessenszeit, als ich zurück in Paradise war. Ich hielt am Glasgow Inn. Jack war aufgestanden und saß am Kamin. Ich aß mit ihm zu Abend und erzählte von meinem Tag – meinem Besuch bei Maven, dann bei Leon und wie ich schließlich angehalten hatte, um Bennett zu sehen. Und Margaret.

Als ich an diesem Abend endlich wieder in meiner Hütte war, blinkte das Lämpchen an meinem Anrufbeantworter. Ich drückte den Abspielknopf und hörte die Stimme von Winston Vargas, der mich für den nächsten Tag zum Mittagessen einlud. Und zwar ausgerechnet auf seinem Boot. Die zweite Nachricht kam von Eleanor Prudell, Leons Frau, die mich bat, sie so schnell wie möglich zurückzurufen.

Es war schon spät, aber ich dachte mir, Vargas' Einladung konnte man schlecht unbeantwortet lassen. Er hatte seine Nummer hinterlassen – ich wählte sie und ließ es fünfmal klingeln, bis sich eine Frau meldete.

„Es tut mir Leid, dass ich so spät anrufe", sagte ich. „Mein Name ist Alex McKnight. Ich war einer der Männer, die gestern Abend in Ihrem Haus Poker gespielt haben. Ihr Gatte hat mich angerufen und mich zum Essen eingeladen. Auf seinem Boot. Ich rufe an, um abzusagen. Ich hoffe, ich habe Sie nicht geweckt, Ma'am."

„Er ist momentan nicht da", sagte sie. „Er hat ein Treffen mit diesem Tölpel, den er angeheuert hat."

„Mit Leon Prudell? Es ist fast Mitternacht."

„Den Namen kenne ich nicht. Der große Typ mit den roten Haaren, der mir in den letzten Wochen nachläuft."

„Würden Sie Ihrem Gatten etwas ausrichten, Ma'am? Dass ich leider nicht mit ihm zu Mittag essen kann?"

„Mache ich. Ich hoffe, es bricht ihm nicht das Herz."

„Vielen Dank, Ma'am. Und gute Nacht."

Den Anruf bei Eleanor Prudell wollte ich mir an sich für morgen aufheben, aber die Angelegenheit mit Vargas wurde von Minute zu Minute rätselhafter. Ich dachte mir, es sei der Mühe wert, den Anruf sofort zu beantworten. Sie meldete sich beim ersten Klingeln.

„Eleanor", sagte ich, „hier ist Alex. Ich nehme an, Sie haben noch nicht geschlafen."

Ich hatte Eleanor Prudell gut genug kennen gelernt, um sie zu mögen und sie zu bewundern, weil sie mit den Privatdetektivträumen ihres Mannes umzugehen wusste. Als Leon sich beide Knöchel gebrochen hatte, war ich Zeuge, wie sie ihren Mann im Haus herumtrug, als sei er ein Korb Wäsche.

„Wie schön, Ihre Stimme zu hören", sagte sie. „Lange her, dass wir Sie das letzte Mal gesehen haben."

„Ist alles in Ordnung? Ihre Nachricht klang etwas besorgt."

„Ich frage mich nur, worin Leon diesmal verwickelt ist. Dieser verrückte Typ von Vargas hat ihn heute siebenmal angerufen. Im Moment sind sie in einer Kneipe, bei einer Art *powwow*, wie er sich ausgedrückt hat. Er verhält sich äußerst merkwürdig, Alex. Ich hatte gehofft, Sie wüssten etwas."

„Wirklich nicht", sagte ich und spürte ein leichtes Schuldgefühl. „Ich habe ihn in letzter Zeit nicht mehr gesehen."

„Ich weiß, dass Sie nicht mehr sein Partner sind. Ich habe nur gehofft, Sie könnten rauskriegen, was los ist."

„Vielleicht kann ich das auch. Vargas will morgen mit mir zu Mittag essen. Vielleicht kann ich dabei rausfinden, was mit Leon los ist."

Sie bedankte sich mehrmals und wünschte mir dann eine gute Nacht.

Ich wählte Vargas' Nummer, entschuldigte mich erneut bei seiner Frau, und sagte ihr, ich könne das mit dem Mittagessen doch einrichten.

„Da bin ich aber froh, das zu hören", sagte sie. „Ich habe mir schon die Augen aus dem Kopf geheult. Jetzt werde ich gut schlafen."

Ich gönnte ihr den Kommentar, wünschte ihr Gute Nacht und hoffte, ihr niemals persönlich begegnen zu müssen. Bevor ich diese Nacht einschlief, lauschte ich dem Wind, der vom See her wehte. Ich fragte mich, was Leon wohl im Schilde führte und weshalb Vargas mit mir essen wollte. Lunch auf einem Boot. Wie schlimm mochte das sein?

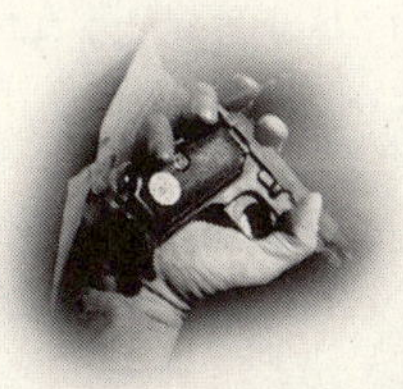

KAPITEL 4

Die Kemp Marina liegt am St. Marys River, nicht weit vom Gebäude der Küstenwache, östlich der Soo-Schleusen. An einer Seite der Marina liegt ein alter Frachter – man kann ihn besichtigen. Und dann ist da die Marina selbst, wo es so ziemlich jeden Typ von Boot gibt, den man für Geld kaufen kann. Ich stand am Eingangstor und fragte mich, wie ich das Boot finden sollte. Ich schritt zwei von den Docks ab. Einige Boote trugen ein kleines Schild mit dem Namen des Eigentümers. Die meisten nicht. Schließlich ging ich zum Schuppen am Eingangstor in der Hoffnung, dort den Hafenmeister zu finden.

Im Schuppen war eine Frau, die versuchte, mit zwei Fingern auf einer mechanischen Schreibmaschine zu schreiben. „Was kann ich für Sie tun?"

„Ich suche das Boot von Winston Vargas. Er hat mir gesagt, ich soll ihn hier am Mittag treffen."

„Okay. Sie gehen wieder nach draußen, gehen dann bis zum letzten Dock. Er hat den vorletzten Liegeplatz auf der rechten Seite."

„Vielen Dank, Ma'am."

Ich ging zum letzten Dock und bis an dessen Ende. Die Sonne stand hoch am Himmel und spiegelte sich in den glänzenden Metallbeschlägen der Boote. Als ich zum vorletzten Liegeplatz rechts kam, war ich zunächst ein wenig überrascht. Das Boot konnte nicht mehr als zwölf Meter lang sein … Es hatte eine Kabine, aber nur mit drei oder vier Schlafplätzen. Verglichen mit anderen Booten hier war es regelrecht bescheiden. Aber Megajachten waren unter Umständen verteufelt langsam. Vargas' Boot hatte einen lang gestreckten Rumpf und vermutlich zwei Dieselmotoren. Es war auf Schnelligkeit ausgelegt.

„Ahoi!“, rief ich. „Ist hier jemand?“

Die Kabinentür öffnete sich, und Vargas schaute heraus. „Alex“, sagte er, „kommen Sie an Bord.“

Vom Dock zum Boot war es ein ziemlicher Schritt. Ich fühlte einen leichten Stich im Hüftmuskel, als ich das Bein weit vorstreckte. Sobald ich einen Fuß an Deck gesetzt hatte, kam der Hund aus der Kabine gestürmt und bellte mich an.

„Miata, lass das! Du kennst doch Alex!“

Der Hund umtänzelte mich wie ein Bantamgewichtler, immer auf der Suche nach einer Deckungslücke. Vargas griff ihn sich mit einer Hand. „Tut mir Leid, Alex. Er ist immer noch von neulich her übernervös.“

„Das macht doch nichts.“

„Offen gesagt, Alex, ich bin ein wenig überrascht, dass Sie gekommen sind. Ich glaube kaum, dass meine Pokerrunde für Sie eine angenehme Erfahrung gewesen ist.“

„Na, für Sie war das ja auch nicht gerade ein toller Abend. Ich wundere mich allerdings, dass Sie mich eingeladen haben.“

„Vielleicht gibt es da ein oder zwei Dinge, nach denen ich Sie fragen möchte. Nur um Ihre Meinung zu hören. Aber warum fahren wir nicht erst mal raus? Es ist so ein herrlicher Tag dafür. Angeln Sie oft?“

„Ab und an. Nicht so oft, wie ich es gern täte.“

„Perfekt. Wir angeln uns ein paar Weißfische.“

Er setzte den Hund wieder aufs Deck, worauf der wieder zu bellen und zu tänzeln begann. „Zwing mich nicht, dich nach drinnen zu tun, Miata. Leg dich da hin!“

Der Hund zog sich schließlich zurück und setzte sich neben Vargas' Kapitänsplatz.

„Ich musste den Hund mitnehmen“, sagte er. „Meine Frau ist ausgegangen. Wieder einmal.“ Ich verspürte keine Lust, irgendwas davon zu hören, was zwischen seiner Frau und dem Anwalt der Familie lief. Oder ihm zu erzählen, dass sie wisse, dass er Leon engagiert hatte, um sie zu beschatten. Die ganze Situation war schon unbehaglich genug, und ich begann meine Zusage zu bereuen.

Vargas ließ das Boot an. Ich spürte, wie das Deck vibrierte, der Doppelmotor bebte vor Kraft. Er ging an mir vorbei, um ein paar Leinen zu lösen, setzte sich auf seinen Kapitänsplatz und betätigte den Gashebel. Hinter dem Boot entstand ein wütender Wirbel, als er zurücksetzte, das Boot in der Fahrrinne in Position brachte und dann losschoss.

Wir liefen aus. „Jemals zuvor durch die Schleusen gefahren?“, fragte er, als wir den St. Marys erreicht hatten.

„Nein, das habe ich noch nie gemacht.“

„Manchmal muss man sich über Funk anmelden, aber es sieht ganz so aus, als ob schon ein paar Boote warten. Interessant wird es, wenn zur selben Zeit ein Frachter in der Schleuse ist. Man kommt sich dann vor wie ein ganz kleiner Fisch, der mit einem Wal im selben Aquarium ist.“

Drei Sportboote warteten darauf, dass sich die südlichste der Schleusen öffnete. Vargas hielt sich hinter ihnen. Fast im selben Moment öffnete sich die Schleuse. Zwei gigantische Stahltore, jedes von ihnen mindestens fünfzehn Meter breit, klappten auf. Die drei Boote vor uns liefen in die Schleusenkammer ein, und Vargas folgte ihnen. Ich konnte über uns die Aussichtsplattform sehen. Mit dem Wasserspiegel auf unterem Niveau fühlte man sich wie auf dem Grund eines Brunnens.

Eine Glocke ertönte, als sich die Tore hinter uns schlossen. Langsam begann sich das Boot zu heben, als von der anderen Seite her Wasser in die Kammer strömte. Die Tore dort hielten den gewaltigen Druck des Lake Superior zurück. Etwas Wasser rieselte durch den Spalt, wo sich die beiden Flügel trafen, als würden sie jeden Moment aufbrechen. Zehn Minuten später waren die Boote sieben Meter höher, und die Tore öffneten sich. Die Leute auf der Aussichtsplattform waren jetzt auf Augenhöhe. Einige von ihnen winkten uns zu. Der Hund bellte zurück.

Als wir die Schleusen passiert hatten, lagen noch drei Kilometer Fluss vor uns, unter der Internationalen Brücke durch. Hinter einer Biegung verengte sich der Fluss und floss am Stadtteil Shallows vorbei, Bennett O'Dells Haus war gut am Ufer auszumachen.

Hinter der letzten Biegung liefen wir endlich ins offene Wasser der Whitefish Bay. Die Sonne strahlte auf den See und verwandelte ihn in tausend grüne und blaue Töne. Vargas schob den Gashebel hoch, und wir rasten los; der Bug hob sich, als wir immer schneller wurden; kalte Gischt schlug uns ins Gesicht. Der See war ruhig, aber trotzdem begann das Deck zu hüpfen. Ich hielt mich an der Reling fest. Der kleine Hund flog wie ein Ball herum, bis Vargas ihn sich mitten in der Luft schnappte.

Er trieb das Boot an seine Grenze und schickte uns brüllend in die Mitte der Bay. Alle anderen Boote waren längst verschwunden. Ich glaubte, er wollte Eindruck auf mich machen. Ich blieb still und wartete darauf, dass er die Geschwindigkeit verringern würde. Das tat er schließlich auch, und wir trieben im Leerlauf dahin. Wir waren inzwischen Meilen vom Ufer entfernt.

„Jetzt sagen Sie mal, Alex“, sagte er und wischte sich übers Gesicht. „Ist das nun ein Boot oder was?“

„Das ist schon ein Boot, das muss ich Ihnen lassen.“

„Ich habe Angeln dabei, wenn Ihnen nach Weißfischfangen ist. Natürlich ist kein Verlass darauf, dass man sich wirklich so ein Mittagessen angeln kann, deshalb habe ich Sandwiches dabei. Und kaltes Bier.“

„Auf das Angeln verzichte ich erst mal. Ich hoffte, Sie würden mir langsam erzählen, was Sie auf dem Herzen haben.“

„Da haben Sie Recht. Aber nicht auf leeren Magen.“ Er zog eine große Kühlkiste heraus und versorgte mich mit einem Roggenbrot mit Pastrami und Schweizer Käse und einem kalten Molson. Alles wurde ein wenig surreal, das gleißende Licht und das sanfte Rollen des Bootes auf dem See. Ich fühlte mich, als würde ich in den Schlaf gewiegt.

Vargas zerstörte den Zauber. „Sie haben ein Problem mit mir, stimmt's? Ich weiß, dass Sie mir eine ehrliche Antwort geben werden. Sie machen aus Ihrem Herzen keine Mördergrube.“

„Sagen wir mal so: Ich sehe einige Dinge anders als Sie. Aber mir ist klar, dass ich Ihre Ansichten doch nicht ändern werde.“

„Wer sagt das? Versuchen Sie es doch.“

„Sie haben mir an dem Abend gesagt, wie sehr Sie die Gegend hier oben lieben, nicht wahr?“

„Ja.“

„Okay, aber das Land scheint Ihnen nichts zu bedeuten, wenn Sie es nicht besitzen können – wenn Sie es nicht für sich und vielleicht noch ein paar Freunde kaufen können, einen Zaun darumziehen und ein Schild BETRETEN VERBOTEN an den Eingang stellen.“

„Wie Bay Harbor.“

„Wie Bay Harbor. Sogar der Kram, den Sie sammeln“, sagte ich, „oben in Ihrem Zimmer. Diese Sachen aus den Schiffswracks. Das indianische Kunsthandwerk. Es reicht Ihnen nicht, sie in ihrer Bedeutung zu schätzen. Sie müssen sie besitzen und in eine Vitrine stellen. In Ihrem eigenen Zimmer, wo niemand sie sehen kann.“

„Sie scheinen in diesem Punkt eine feste Meinung zu haben.“

„Nicht fest genug, um deshalb in Ihr Haus einzubrechen und den ganzen Raum zu verwüsten. Aber es stört mich schon.“

„Sie sehen das alles völlig falsch. Ich glaube nicht, dass Sie mich überhaupt verstanden haben. Das ist aber nicht der Grund, weshalb ich Sie hierher gebracht habe."

„Erzählen Sie mir denn jetzt vielleicht mal, weshalb?"

„Ich will Ihre Meinung hören. Darüber, was neulich abends passiert ist. Und wer dafür verantwortlich sein könnte."

„Warum fragen Sie mich? Und dazu der ganze Aufwand … Wenn Sie nur fünftausend Dollar im Safe gehabt haben …"

„Das ist die Summe, die ich der Polizei genannt habe."

„Okay, also war es mehr. Warum sollten Sie viel Geld in Ihrem Safe haben? Ein Typ wie Sie, ich denke, der investiert das eher irgendwo. So kriegen Sie ja noch nicht mal Zinsen …"

„Allerdings, keine Zinsen. Aber ich brauche auch nicht einen ganzen Batzen davon ans Finanzamt zu geben. Oder an meine erste Frau. Aber sprechen wir jetzt nicht davon. Ich will es schlicht zurück. Und ich dachte, Sie könnten mir dabei helfen."

„Sie haben doch schon einen Mann, der für Sie arbeitet."

„Ja. Ihren Expartner, wie sich zeigt. Aber Sie sind derjenige mit der Erfahrung. Lassen Sie mich Ihnen die Sache darlegen, Alex. Dann sagen Sie mir, was Sie denken."

„Dann legen Sie mal dar."

„Außer mir", sagte er, „gab es nur fünf Leute, die von dem Safe gewusst haben. Nicht mal meine Frau kannte ihn. Ich habe ihn von der Baufirma einbauen lassen. Meine Frau hat die Baustelle kaum einmal besucht, bevor alles fertig war. Jedenfalls war ich vor zwei Monaten bei einem Pokerspiel. In O'Dells Kneipe, im Hinterzimmer. Bennett war dort, Jack, Gill, Kenny und Swanson. Das war, bevor ich irgendwelchen Argwohn wegen Swanson und meiner Frau hatte. Damals hielt ich mich noch für glücklich verheiratet. Ich hatte ein paar Drinks genommen an dem Abend. Vermutlich zu viele. Ich verlor sehr viel Geld, und da habe ich was Blödes gesagt, so was wie ich müsste vielleicht noch an meinen Safe, neues Geld holen."

„Mehr haben Sie nicht gesagt?"

„Nun gut, ich mag etwas mehr gesagt haben. Ich mag sogar etwas damit angegeben haben. Mit all dem Bargeld, das ich im Wandsafe hätte, und dass meine Frau davon nichts wüsste. Sonst würde sie nämlich alles ausgeben. So was in der Art. An die Hälfte von all dem, was ich gesagt habe, kann ich mich nicht mal mehr erinnern."

„Und auf der Grundlage …"

„Auf der Grundlage war meine erste Reaktion auf den Abend neulich, dass es Swanson sein musste. Er wusste, es ist Pokerabend. Er wusste, ich würde da sein, um den Safe zu öffnen. Das macht doch Sinn, oder?“

„Ich habe Swanson ein einziges Mal getroffen. In Jacks Kneipe. Wir haben nicht mehr als zehn Worte miteinander gewechselt. Also weiß ich nicht, was ich dazu sagen soll. Jack können Sie nicht ausschließen. Und Bennett und Gill. Kenny kenne ich nicht …“

„Kenny hat keinerlei Grund, so etwas zu tun.“

„Okay, dann bleibt nur Swanson. Unter der Prämisse, dass niemand sonst von dem Safe gewusst hat.“

„Das ist genau, was ich zuerst gedacht habe. Aber jetzt … Gewisse Dinge haben mich veranlasst, die Sache in einem anderen Licht zu sehen. Lassen Sie uns mal eine Minute über Sie sprechen. Leon hatte einiges Interessantes über Sie zu erzählen. Und Roy auch.“

„Ich nehme an, mit Roy meinen Sie Chief Maven. Was sind Sie beide, Busenfreunde oder was?“

„Keineswegs. Er ist nur ein guter Polizeichef, der ein Verbrechen aufklären will. Natürlich haben wir auch über die anderen Männer gesprochen, die an diesem Abend in meinem Haus waren. Er wirkte ziemlich … erregt, als Ihr Name auftauchte. Leon zeichnet ein sehr positives Bild von Ihnen. Maven vielleicht nicht ganz so positiv. Wenn ich aber beide Bilder zusammennehme, ergibt sich etwas Bedenkenswertes. Ein gescheiterter Baseballspieler, ein gescheiterter Polizist. Sogar als Privatdetektiv ein Versager. Und da denke ich mir, mit allem, was Sie durchgemacht haben, all den Schicksalsschlägen, die Sie einstecken mussten – was bleibt da am Ende übrig? Sie sind immer auf dem geraden Weg geblieben – und wofür?“

„Ich habe nicht wie Sie ein paar Millionen Dollar. Ist Ihnen schon mal der Gedanke gekommen, dass mir das gleichgültig ist?“

„Sie haben in Ihrem ganzen Leben niemals ein Verbrechen begangen, aber vielleicht sind Sie gerade jetzt in einem Gemütszustand, in dem Sie … vielleicht eher empfänglich für die Idee sind, es mal zu versuchen.“

„Sie glauben wirklich, dass ich das getan habe?“

„Nein. Ich weiß, dass Sie das nicht alles arrangiert haben. Aber nehmen wir mal an, jemand … vielleicht auch mehrere … würden mit dem Vorschlag an Sie herantreten, eine Schlüsselrolle bei einem Überfall zu spielen.“

„Mein Gott. Sie sind komplett übergeschnappt.“

„Sie waren doch der Mann, der eigens eingeschleust worden ist. Sie haben mit Verbrechern zu tun gehabt, und Sie haben mit Waffen zu tun gehabt. Sie wussten, wie so etwas funktioniert, wie man sicherstellt, dass alles glatt geht. Wie auch sonst, wenn Sie selbst am Tatort waren? Wenn etwas Unvorhergesehenes passierte, wären Sie da, um einzuschreiten."

„Eine schöne Geschichte. Richtig unterhaltsam."

„Zuerst habe ich gedacht, warum machen die das, wenn all diese anderen Leute da sind. Warum mich nicht alleine abpassen? Oder mich und meine Frau? Dann wird mir schlagartig klar – so ist das ja viel sicherer. Wäre ich alleine gewesen, hätte ich vielleicht was Dummes riskiert. Ich könnte doch durchdrehen. Mit fünf Gästen im Haus, denen gegenüber ich so etwas wie Verantwortung spürte, aber auch nicht so viel, dass ich deshalb durchdrehen würde, wussten Sie, ich würde mitmachen. Es gäbe kein Problem."

„Okay, wenn ich also eingeschleust worden bin – wessen Idee ist das gewesen, Vargas?"

„Sie wissen genau, von wem wir sprechen."

„Wenn es Swanson nicht ist und nicht Kenny, über wen reden wir denn dann? Jack? Gill? Bennett? Hat nicht Bennett einen saftigen Tritt in die Rippen bekommen, weil er Sie schützen wollte?"

„Das war nur Schau. Er hat das vorgetäuscht."

„Wissen alle diese Männer, dass Sie im Begriff stehen, ihren großen Coup zunichte zu machen?"

„Nein. Ich dachte, ich erzähle das erst mal Ihnen. Wenn Sie das ganze Geld wieder herbeischaffen, bin ich vielleicht gewillt, die Sache zu vergessen."

„Das ist wahre Größe."

„Und hören Sie auf, mit mir Spielchen zu spielen." Sein Gesicht war rot angelaufen. „Jetzt ist definitiv Schluss. Ich kann genauso gut mit einer Person weniger an Bord zurück an Land kommen. Ein tragischer Unfall, und Sie liegen auf dem Boden des Sees." Er erhob sich von seinem Sitz.

„Ich nehme an, Sie haben eine Pistole", sagte ich.

„Ich brauche keine Pistole. Schon mal von Moo Duk Kwan gehört? Ein koreanischer Kampfsport. Ich habe ihn gelernt, als ich dort stationiert war."

„Funktioniert der auch auf Schiffen?"

„Das werden Sie jetzt erleben. Stehen Sie auf!" Er nahm seine Pose ein, die linke Hand unten, die rechte zur Faust geballt. Den linken Fuß hob er leicht vom Boden, ohne Zweifel, um mich irgendwann mit einem Tritt zu erledigen.

Ich stand nicht auf. Wenn ich sitzen bleibe, dachte ich, macht er zunächst mal gar nichts. Ruhig bleiben. Ihn aus der Fassung bringen. Ich griff nach meiner Bierflasche und nahm einen großen Schluck. Als ich sie in den kleinen Flaschenhalter an der Reling zurückstellte, betrachtete ich das kleine Regal darunter. Schwimmwesten. Ein Sitzkissen. Ein Feuerlöscher.

„McKnight, wenn Sie ein Mann sind, dann stehen Sie verdammt noch mal auf." Der Hund reagierte auf die Feindseligkeit in der Stimme seines Herrn und begann wieder zu tänzeln und zu bellen.

„Wissen Sie, was Ihr Problem ist, Vargas? Mein Gott, passen Sie auf den Hund auf!"

Er blickte nach unten. Mehr brauchte ich nicht. Ich sprang aus dem Stuhl auf ihn los, und als er mit seinem Sidekick auf mich lostrat, warf ich mich zu Boden und riss ihm das hintere Bein weg. Bevor er wieder hochkam, griff ich nach dem Feuerlöscher und schlug ihm diesen auf den Kopf. Ich stellte mich über ihn, bereit, notfalls erneut zuzuschlagen. Der Hund wurde jetzt förmlich tollwütig, sprang mich an und versuchte mir die Kniescheiben wegzubeißen.

„In zwei Sekunden bist du Fischfutter, du Köter! Aus dem Weg, verdammt noch mal."

Ich nahm mir ein Stück Leine und band Vargas die Hände auf den Rücken. Auf seiner Stirn schwoll schon eine mächtige Beule. Einen bangen Moment lang befürchtete ich schon, zu hart zugeschlagen zu haben, aber dann begann er, wieder zu sich zu kommen. Ich richtete ihn halb auf, lehnte ihn gegen die Kajütentür und setzte mich auf den Kapitänssitz, schob den Gashebel nach vorn und hätte beinahe das Boot zum Kentern gebracht. Das setzte den Hund wieder in Marsch. Ich musste ihn mehrfach zur Seite treten, während ich das Gas gemäßigter betätigte und in vernünftigem Tempo Richtung Ufer fuhr.

„Was zum Scheiß …", sagte Vargas und schüttelte seinen Kopf.

„Ganz ruhig, Vargas. Wir sind auf dem Weg nach Hause."

„Verdammt, ich hätte wissen müssen, dass Sie nur miese Tricks beherrschen."

„Vargas, Sie sind es gewesen, der mich hierher gebracht und mir gedroht hat, mich auf dem Seeboden zurückzulassen. Das gibt mir doch wohl das Recht, unfair zu kämpfen."

„Das wird Ihnen noch verdammt Leid tun."

Den Rest des Weges saß er nur da und starrte mich an. Als ich die Mündung des St. Marys River erreichte, wurde mir klar, dass ich nicht die geringste Lust hatte, das Boot den ganzen Weg bis zur Marina zurückzubringen, das mit den Schleusen zu regeln und zehn Minuten zu warten, während die Leute auf der Aussichtsplattform sich fragten, warum einer der Männer im Boot gefesselt war. Als wir um die Biegung waren, sah ich die Shallows und O'Dells Haus. Welch willkommener Anblick!

Direkt am Fluss waren zwei Anlegestege. Ich wählte den O'Dell am nächsten gelegenen und stellte den Motor ab, während das Boot auf seinen Anlegeplatz zutrieb. Ich warf ein Tau über den Pflock und kletterte von Bord.

„Sie können mich doch nicht einfach hier lassen", sagte Vargas.

„Ich habe Ihre Hände nicht sehr fest gebunden", sagte ich. „Sie können sich selbst befreien. Wenn das misslingt, lassen Sie die Fesseln von Ihrem Hund durchbeißen. Das machen die immer im Film."

„Ich habe Ihnen eine Chance gegeben, Alex. Wir hätten das auf die richtige Art beilegen können. Für alles, was jetzt passiert, tragen Sie die Verantwortung. Ich habe euch mit dem Rücken zur Wand", sagte er. „Euch alle."

„Bis bald, Vargas." Ich ließ ihn zurück, damit er an seinen Fesseln arbeiten konnte. Als ich auf O'Dells Haus zuging, hörte ich das Echo seiner Worte in meinem Kopf. Er hat uns mit dem Rücken zur Wand, sagte er. Wovon redete er? Ich konnte mir nicht vorstellen, dass er wirklich etwas in der Hand hatte.

In O'Dells Wirtschaft war es dunkel und kühl. Bennett saß an einem der Tische bei einem späten Mittagessen. Sein Sohn mixte gerade Drinks für zwei Männer, die am entfernteren Ende der Theke saßen. Seine Frau spülte Gläser.

„Alex!", begrüßte mich Bennett. „Sie werden ja Stammgast bei mir! Wie kommt das?"

„Ich suche jemanden, der mich zur Marina bringt. Mein Laster steht da."

„Wie sind Sie dann hierher gekommen? Sind Sie geschwommen?"

„Das ist eine sehr lange Geschichte." Natürlich musste ich sie erzählen. „Er glaubt, dass ich etwas mit dem Raubüberfall zu tun habe. Und er glaubt, Sie auch."

„Ist der denn komplett verrückt?"

„Sie erinnern sich vermutlich an den Tritt in die Rippen, den Sie sich seinetwegen eingefangen haben? Er glaubt, das war inszeniert."

„Und wie der inszeniert war", sagte er und rieb sich die linke Seite. „Deshalb habe ich die ganze Nacht auch kein Auge zugetan."

„Du musst ins Krankenhaus gehen“, sagte Margaret. „Da könnte was gebrochen sein.“

„Lass man“, wehrte Bennett ab. „Was sollen die schon groß machen? Die verbinden einen heutzutage nicht mal mehr bei einer gebrochenen Rippe. Sie geben dir ein Schmerzmittel und schicken dich wieder nach Hause.“

Zwei Biere später brachte mich Bennett schließlich quer durch die Stadt zur Marina.

„Was, glauben Sie, macht Vargas jetzt? Sieht ganz so aus, als hätten Sie einen neuen Feind.“

„Machen Sie sich um mich keine Sorgen.“ Ich bedankte mich und sah ihm nach, wie er wegfuhr. Dann warf ich einen raschen Blick über den Zaun auf das letzte Dock. Mit all den Jachten davor konnte ich Vargas’ Liegeplatz nicht ausmachen, aber ich glaubte nicht, dass sein Boot schon zurück war.

Ich stieg in meinen Wagen und fuhr nach Westen. Richtung Paradise. Ich fühlte mich müde, und mein Körper schmerzte.

Als ich nach Hause kam, kontrollierte ich zuerst die anderen fünf Hütten. Alle Mieter waren unterwegs und genossen den Tag. Ich ging zu meiner eigenen Hütte zurück, räumte auf, setzte mich hin und versuchte zu lesen. Aber ich konnte mich nicht konzentrieren. Ständig sah ich Vargas’ Fuß auf mich zukommen. Und die Zähne von seinem Hund.

Einige Stunden später begab ich mich ins Glasgow Inn. Jack war hinter dem Tresen. Er sah noch immer ein wenig müde aus. Ich sagte ihm nichts von meiner Essensverabredung mit Vargas. Das hob ich mir für später auf.

Während ich zu Abend aß, widmete ich mich der Lektüre der Lokalzeitung, den *Soo Evening News*. Als Erstes lese ich immer den Polizeibericht auf der zweiten Seite. Der Mann, der über die Verbrechen berichtet, verpasst allem, worüber er berichtet, seinen eigenen unverwechselbaren Dreh.

Bei den anfallenden Delikten handelt es sich meist um Alkohol am Steuer, Vandalismus, Bagatelldiebstähle und Drogenbesitz. Es passierte nicht oft, dass man dem Kriminalreporter den Aufmacher auf der ersten Seite anvertraute und er über etwas richtig Großes schreiben konnte wie den Vorfall in Vargas’ Haus. In der heutigen Zeitung bekamen die Leser den vollen Service, einschließlich eines Trios „maskierter Eindringlinge“, die einen Raum des Hauses systematisch auseinander genommen hatten, während fünf Gäste mit dem Gesicht zum Boden auf der Erde lagen.

Gnädigerweise wurden die Namen der Gäste nicht aufgeführt. Jeder, der bezüglich des Falles etwas mitzuteilen hatte, wurde gebeten, sofort Kontakt mit Chief Maven aufzunehmen.

„Ganz schön aufregend erzählt, wie?“, meinte Jacks Sohn.

„Ich nehme an, einige der Einwohner von Sault Ste. Marie werden heute Abend ihre Türen abschließen“, sagte ich. „Und ihre Schrotflinten laden.“

Jack sagte nichts.

„Jack, erzählst du mir, was du auf dem Herzen hast?“, fragte ich ihn. „Wenn du darüber sprechen willst …“

„Das will ich. In ein paar Tagen. Ist das in Ordnung? Gib mir ein paar Tage.“

„Ganz, wie du willst. Ich werde da sein.“

Zwei Stunden später ging ich, nachdem ich die Zeitung und noch ein oder zwei kalte Kanadische hinter mir hatte.

Als ich bei meiner Hütte war, blieb ich in der Tür stehen und versuchte herauszufinden, was nicht stimmte. Nichts fehlte. Nichts stand woanders, als es sollte. Und doch wusste ich, es war jemand hier gewesen.

Ich untersuchte die Tür. Kein Zeichen für ein gewaltsames Öffnen. Ich sah nach den Fenstern und fand zwei, die unverschlossen waren und offen standen. Ich ließ sie in der Sommerzeit immer offen.

Ich ging im Zimmer auf und ab. Wenn nichts gestohlen worden war und ich vor allem nichts zum Stehlen hatte, dann hatte jemand etwas gesucht. Und hatte es offensichtlich nicht gefunden.

Vargas? Konnte er jemanden geschickt haben, um meine Hütte zu durchsuchen, während ich mit ihm draußen auf dem See war?

„Oh, Leon“, sagte ich plötzlich laut. „Das warst doch nicht etwa du, oder?“

Ich wählte seine Nummer. „Ist er daheim?“, fragte ich seine Frau.

„Nein, er ist nicht hier. Ich weiß nicht, wo er ist.“

„War er den ganzen Tag weg?“

„Ja, seit heute Morgen. Er ist in schwärzester Stimmung aus dem Haus gegangen, Alex. So habe ich ihn noch nie erlebt.“

„Sagen Sie ihm, er soll mich anrufen. Sobald er nach Hause kommt, egal, wie spät es ist.“

Sie versprach es zu tun und wünschte mir eine gute Nacht.

Leon rief nicht an.

Am nächsten Morgen machte ich Gymnastik auf meinem harten Hüttenboden. Liegestütze, Sit-ups. Dann ging ich nach draußen und lief meine Straße runter bis zum Ende und dann wieder zurück. Ich ging nach drinnen und duschte. Dann fuhr ich zu Jacks Kneipe.

Sobald ich die Hauptstraße erreicht hatte, sah ich die Streifenwagen. Sie parkten alle auf Jacks Parkplatz. Vielleicht zehn, vielleicht aber auch zwölf.

Ich hielt am Straßenrand an, direkt an der Einfahrt zu seinem Grundstück, stieg aus und ging zur Vordertür der Kneipe. Ich war drei Meter von der Tür entfernt, als ein Polizist mir in den Weg trat.

„Das Gebäude ist gesperrt. Sie müssen zurücktreten."

„Was ist passiert?", fragte ich.

„Bitte, Sir. Niemand darf das Grundstück betreten."

„Der Eigentümer ist mein Freund", sagte ich. „Sagen Sie mir doch nur, was passiert ist."

Der Polizist war ein junger Bursche, nicht älter als zwanzig. „Ihrem Freund ist nichts passiert", erklärte er.

Die Tür ging auf, und heraus kam Chief Maven.

„Maven, was ist denn hier los? Wo ist Jack?"

„Da drinnen", sagte er und trat neben das Jüngelchen. „Ich kümmre mich um diesen Herrn, Trooper."

„Ich möchte ihn sehen."

„Das geht jetzt nicht. Er ist verhaftet."

„Verhaftet? Und weshalb bitte?"

„Hehlerei. Und Vorbereitung eines bewaffneten Raubüberfalls."

„Maven, das ist doch Wahnsinn. Dahinter steckt Vargas, stimmt's?"

„Vargas hat überhaupt nichts getan, außer sich mit vorgehaltener Waffe ausrauben zu lassen. Vor zwei Stunden haben wir Ihrem Freund Mr Connery einen Durchsuchungsbefehl präsentiert. Einen der gestohlenen Gegenstände haben wir schon in einem Versteck in seinem Schlafzimmer gefunden."

„Was? Was haben Sie gefunden?"

„Zur selben Stunde vollstrecken wir die Durchsuchungsbefehle gegen Bennett, O'Dell und Gill LaMarche. Alle drei werden auf die Wache gebracht, und noch in der nächsten Stunde wird Anzeige gegen sie erstattet. Als wichtigen Zeugen weise ich Sie darauf hin, dass man in Bälde zwecks Beantwortung weiterer Fragen an Sie herantreten wird."

Es dauerte etwas, bis ich das verdaut hatte. Alle drei verhaftet. „Wieso sind Sie hier?", fragte ich schließlich. „Die anderen zwei wohnen in Ihrer Stadt. Wieso sind Sie dann hier in Paradise?"

„Das ist ein Fall im Soo, McKnight. Ich bin hierher gekommen, weil ich wusste, dass Sie über kurz oder lang auftauchen würden. Dann würden Sie wissen wollen, was hier los sei, und niemand würde es Ihnen sagen. Das wiederum heißt, dass Sie mit einem armen Streifenpolizisten Streit anfangen würden, und zu guter Letzt hätte man Sie verhaftet. Da ich aber nun hier bin, kann ich Ihnen wenigstens alles erzählen, was Sie wissen müssen. Ich weiß, wie frustrierend das für Sie sein muss, mit anzusehen, wie Ihr bester Freund verhaftet wird."

„Wenn Sie einen Durchsuchungsbefehl erwirkt haben, mussten Sie dafür gute Gründe geltend machen. Was hat sich Vargas da ausgedacht?"

„Ich habe Ihnen bereits gesagt, dass Vargas nichts damit zu tun hat. Wir haben eine Videoaufzeichnung, McKnight. Wir haben das ganze Ding gefilmt, in lebensechten Farben."

„Wovon reden Sie da?" Ich hielt inne. Irgendwie wusste ich plötzlich, was er sagen würde.

„Das Videoband haben wir von Ihrem Expartner. Von Leon Prudell."

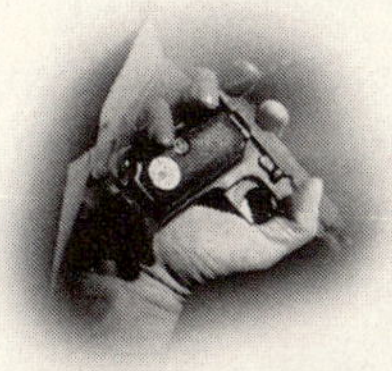

KAPITEL 5

Ich wollte ihnen klar machen, dass sie einen Fehler begingen. Aber ich wusste, ich würde so erfolgreich sein wie Vargas' kleiner Hund – bellen und an ihren Fersen knabbern, ohne irgendetwas zu bewirken. So saß ich nur in meinem Laster, wartete bei heruntergekurbeltem Fenster und sah den Polizisten zu, wie sie in Jacks Kneipe ein und aus gingen. Irgendwann wurde Jack aus der Vordertür geführt. An den Händen trug er Handschellen. Ich stieg aus meinem Wagen und sah zu, wie sie ihn zu einem der Streifenwagen brachten.

Sie öffneten eine Hintertür für ihn. Bevor er einstieg, sah er mich mit einem Ausdruck an, den ich nicht einzuordnen wusste. Er lächelte und nickte mir zu, bevor er in den Wagen glitt.

Ich widerstand der Versuchung, ihnen auf die Wache zu folgen. Ich wusste, dass es eine Weile dauern würde, bis er ordnungsgemäß eingeliefert war, noch länger, wenn sie versuchten, ihn zu verhören. Das Beste, was ich im Moment tun konnte, war, mich zu vergewissern, dass es Jacks Sohn gut ging.

Die Polizisten blieben noch etwa eine Stunde. Der Letzte, der ging, hatte offensichtlich die Hausschlüssel. Er verschloss die Haustür, stieg dann mit seinem Partner in seinen Wagen und schleuderte beim Starten den Kies des Parkplatzes hoch.

Ich stieg aus und ging zum Vordereingang. Innen steckte ein handgeschriebenes Schild. HEUTE GESCHLOSSEN stand darauf. Ich sah nach drinnen. Alles war dunkel. Ich klopfte an die Tür. Nichts.

Ich ging zur Rückseite des Hauses, zu Jacks Privateingang. Ich klopfte. Ich wusste, dass Jonathan sein Zimmer direkt über der Tür hatte. Wenn er zu Hause war, musste er mich hören. Nichts. Wo steckte er?

Ich rief in Leons Büro an. Er war nicht da. Ich hinterließ eine Nachricht und bat ihn, mich baldmöglichst anzurufen. Als Nächstes wählte ich seine Privatnummer – kein Leon, keine Eleanor. Ich hinterließ dort dieselbe Nachricht.

Dann rief ich bei Jack an und hinterließ dort eine Nachricht für seinen Sohn. Ich sei auf der Wache, sagte ich. Komm, so schnell du kannst.

Als ich den City-County-Bau erreichte, war Jonathan schon da.

„Alex", sagte er, als er mich sah. „Ich habe versucht dich anzurufen."

„Wie bist du hierher gekommen? Am Glasgow Inn habe ich dich nicht gesehen."

„Zuerst haben sie mir gesagt, ich solle mich zu ihrer Verfügung halten. Später hieß es, ich solle verschwinden. Ich solle später auf der Wache anrufen und mich erkundigen, wie die rechtliche Lage meines Vaters sei. Aber wohin sollte ich gehen? Also bin ich einfach hergekommen."

„Erzähl mir, was passiert ist."

Er holte tief Luft. „Sie sind heute Morgen gekommen, um neun oder halb zehn. Chief Maven hat gesagt, sie hätten einen Durchsuchungsbefehl für das gesamte Gebäude. Es waren ein paar Gäste zum Frühstück da – Maven hat sie rausgeschmissen und gesagt, wir hätten heute den ganzen Tag geschlossen. Mein Vater musste sich dann an einen der Tische setzen, und ein Polizist hat ihn die ganze Zeit bewacht. Sie haben alles durchsucht. In der Kneipe haben sie angefangen und sich dann durchs ganze Haus durchgearbeitet. Mein Zimmer. Vaters Zimmer. Maven ist wieder runtergekommen. Das war, als er mir sagte, ich solle verschwinden. Ich glaube, die offizielle Verhaftung ist passiert, als ich gerade weg war."

„Was haben sie gefunden? Hast du eine Idee?"

„Nein, Alex. Ich kann es mir nicht einmal vorstellen."

„Haben sie dir gesagt, was im Moment mit ihm geschieht?"

„Sie haben gesagt, er würde eine ganze Weile hier bleiben. Ich weiß nicht, ob sie ihn jetzt verhören oder was."

„Hoffentlich ist er so schlau und hält den Mund."

„Er hat nichts getan, Alex."

„Das weiß ich. Trotzdem sollte er im Moment den Mund halten. Hat er einen Anwalt?“

„Es gibt da einen in Brimley. Er hat schon mal für Vater gearbeitet. Testament aufgesetzt, so was. Ich habe ihn angerufen, aber er war nicht da, und da habe ich ihm eine Nachricht hinterlassen, er solle hierher kommen.“

„Okay. Wenn alles gut geht, setzen sie wahrscheinlich gegen Abend die Höhe der Kaution fest.“

„Wir stellen doch die Kaution für ihn? Wir wollen schließlich nicht, dass er die Nacht im Gefängnis verbringt.“

„Klar holen wir ihn raus. Wir müssen einen Kautionsagenten hierher kriegen. Das Problem ist nur, dass Leon immer noch der einzige Kautionsagent in der Stadt ist.“

„Dann nehmen wir eben ihn.“

„Nein, das geht nicht. Ich erklär dir das später. Als Leon damit anfing, sagte er, der nächste Agent sei weit weg in Mackinac City. Da drüben ist ein Telefonbuch. Sieh doch in den Gelben Seiten unter ‚Kautionen‘ nach, und versuch ihn zu finden. Ich will noch einmal mit Maven sprechen.“

Am Tisch in der Halle saß eine Empfangsdame. Ich fragte sie, ob ich Chief Maven sprechen könne. Sie griff zum Hörer und rief ihn an. „Er empfängt Sie“, sagte sie.

Er wartete schon in der Tür auf mich, als ich dorthin kam. Ich trat ein und setzte mich auf meinen gewohnten Stuhl.

„Ich nehme an, Sie wollen Ihrer ursprünglichen Aussage etwas hinzufügen? Derjenigen, die Sie gegenüber den Beamten in der fraglichen Nacht gemacht haben? Hier ist Papier, falls Sie es aufschreiben wollen.“

„Gelte ich im Moment als Verdächtiger?“

„Nicht zu diesem Zeitpunkt, nein. Aber wenn Sie sonst irgendetwas über die Sache wissen …“

„Ich weiß sonst nichts.“

„Obwohl Ihr bester Freund und zwei seiner Freunde alle darin verwickelt zu sein scheinen, haben Sie keine weiteren Informationen?“

„Sie hatten nichts damit zu tun. Wann kann ich Jack sprechen?“

„Wenn er die Kaution gezahlt hat. Die Höhe wurde noch nicht festgesetzt.“

„Was ist auf dem Videoband, das Sie haben?“

„Das kann ich nicht erörtern.“

„Sie haben gesagt, Prudell hat es aufgenommen. Mir leuchtet nicht ein, wie das möglich gewesen sein soll. Er hat Vargas in der Nacht angerufen. Offensichtlich verfolgte er dessen Frau. Laut Vargas war sie mit Swanson in einem Hotel. Wenn er sie beschattet hat, wie konnte er dann irgendetwas in Vargas' Haus aufnehmen?"

„Ich kann dazu im Moment nichts sagen."

„Diese drei Leute lagen auf dem Boden", sagte ich. „Auf sie waren Waffen gerichtet. Was kann da auf einem Videoband sein, das sie belasten könnte? Das ergibt doch überhaupt keinen Sinn."

„Ich verstehe, warum Sie ratlos sind, McKnight."

„Vargas war das. Ich hatte gestern einen Zusammenstoß mit ihm. Er hat mich gewarnt, er plane etwas."

„Ich würde Ihnen raten, Vargas aus dem Weg zu gehen."

„Was haben Sie in Jacks Schlafzimmer gefunden? Geld aus Vargas' Safe? War es das, was Sie auch in Bennetts und Gills Häusern gefunden haben?"

Maven sah mich nur an.

„Das da drinnen ist mein Freund. Das ist ein Mann, der einmal gewendet hat und hundertfünfzig Kilometer zu einem Restaurant zurückgefahren ist, nur weil ihm plötzlich aufgefallen ist, dass er zu wenig Geld auf den Tisch gelegt hat. Wenn Sie glauben, er hat mit der Sache irgendetwas zu tun, liegen Sie falsch. Und ich bin sicher, dass das auch für Bennett und Gill gilt. Irgendwas stinkt hier fürchterlich, Chief, und ich werde rauskriegen, was das ist."

„Ich dachte mir, dass Sie das sagen würden, McKnight. Nur sind Sie kein Privatdetektiv mehr. Dieses Mal sind Sie ein wichtiger Zeuge und nur Zentimeter davon entfernt, selbst festgenommen zu werden. Sie werden also schön hier in der Gegend bleiben, falls ich Sie brauche. Und Sie werden sich nicht in diese Untersuchung einmischen. Gehen Sie zurück nach Paradise. Bleiben Sie da, bis ich Ihnen was anderes sage."

Ich stand auf. Als ich in die Halle zurückkam, herrschte dort lebhafter Betrieb. Ham O'Dell war jetzt da, überragte alle und wirkte so, als wolle er etwas kaputtschlagen. Zwei Männer vom Sault-Stamm sah ich auch.

„Alex, was ist hier los?", fragte Ham. „Niemand spricht mit mir. Ich war heute Morgen vorbeigekommen, und das Restaurant war geschlossen. Es wimmelte von Polizisten. Sie haben gesagt, mein Vater sei schon verhaftet."

„Wir kümmern uns alle gemeinsam darum", sagte ich. „Jonathan, hast du den Kautionsagenten erreicht?"

„Er ist schon unterwegs. Ich dachte mir, Ham könnte ihn auch brauchen."

„Ihr braucht zehn Prozent von der Kaution; den Betrag kennen wir aber noch nicht. Schafft ihr beide das? Falls nicht, könnte ich helfen."

„Egal, wie viel", sagte Jonathan, „ich besorge es."

„Ich ebenfalls", schloss Ham sich an.

„Vielleicht fragt ihr die beiden Herren drüben wegen Gill", sagte ich. „Ich kann mir aber nicht denken, dass sie einen Agenten benötigen. Der Stamm wird die Kaution für ihn aufbringen. Hast du Jacks Anwalt erreicht?"

„Habe ich", meinte Jonathan. „Er ist hierher unterwegs."

„Okay, dann setzt ihr beiden euch am besten still hierhin. Es wird noch eine Weile dauern, bis die Kaution festgesetzt ist."

„Was hast du vor?", fragte Jonathan.

„Ich suche einen alten Freund auf. Und rede mit ihm über ein Videoband."

Ich fuhr zu Leons Büro auf der Ashmun Street, parkte den Wagen auf der Straße und stieg die schmale Treppe zu seinem Büro hinauf. Durchs Fenster konnte ich sehen, dass er nicht da war.

Ich ging auf die Straße zurück, stieg in den Wagen und dachte nach, was ich als Nächstes tun sollte. Leon war möglicherweise bei Vargas, überlegte ich mir. Ich war mir nicht sicher, ob ich es über mich brächte, bei Vargas an die Tür zu klopfen und nach ihm zu fragen. Zum Teufel, dachte ich. Wenn das erforderlich ist, mache ich es eben.

Ich fuhr zu Vargas' Haus am Fluss. Ein blauer Miata stand in der Einfahrt, ein Saab in der offenen Garage. Leons kleiner roter Schrotthaufen war nirgends zu sehen.

Okay, dann brauche ich also nicht an Vargas' Tür zu klopfen, dachte ich. Stattdessen fuhr ich zurück durch die Stadtmitte und in südlicher Richtung auf die Fernstraße 75, nahm die Ausfahrt nach Rosedale und fuhr zu Leons Haus in der Nähe des Chippew-Flughafens.

Sobald ich auf seiner Straße war, sah ich ihn auch schon aus seiner Haustür kommen. Er legte eine Aktentasche ins Auto, stieg dann ein und begann, rückwärts aus seiner Ausfahrt zu setzen. Ich hielt hinter ihm an und versperrte ihm den Weg.

Er blieb im Wagen und starrte nur geradeaus, während ich ausstieg. Die Fenster waren heruntergekurbelt, so brauchte ich nicht dagegenzuklopfen. Er trug heute nicht nur einen Schlips – der Kerl besaß doch tatsächlich einen Anzug!

„Leon“, sagte ich, „wir müssen reden.“

„Es gibt nichts, worüber wir reden könnten, Alex.“

„Und ob“, sagte ich und stützte mich auf die Motorhaube seines Wagens.

„Hab ich gleich deine Faust im Gesicht?“

„Leon, ich schlage keine Freunde.“

Er sah mich zum ersten Mal an. „Es tut mir Leid, dass es so gekommen ist. Neulich, als du mich in meinem Büro besucht hast, habe ich zwei geschlagene Stunden dagesessen. Ich habe mir überlegt, wie ich mich korrekt verhalten sollte.“

„Und zu welchem Ergebnis bist du gekommen?“

„Dass ich das Band meinem Klienten aushändigen müsste. Ich bin davon ausgegangen, dass er es auf der Stelle zur Polizei brächte. Er hat einen Tag gewartet, aber schließlich hat er es dann doch getan.“

„Hast du meine Hütte durchsucht?“

„Nein.“

„Irgendwer hat es getan.“

„Das würde ich nie machen, Alex.“

„Okay, was ist denn nun auf dem Band?“

„Das kann ich dir nicht sagen.“

„Du brauchst es mir nicht zu sagen. Du kannst es mir zeigen.“

„Ich habe das Original Vargas gegeben.“

„Dann zeig mir die Kopie.“

„Wer sagt denn, dass es eine Kopie gibt?“

„Du hättest nicht ‚Original‘ gesagt, wenn es keine Kopie gäbe.“

Er schüttelte den Kopf. „Ich kann sie dir nicht zeigen, Alex.“

„Hör zu. Jack ist im Gefängnis und wartet darauf, dass Maven mit den Formalitäten durch ist. Dann werden die Haftgründe offiziell genannt, und die Kaution wird festgesetzt. Und wenn das nicht alles bloß ein Albtraum ist, kommt es zum Prozess. Was auch immer auf diesem Band drauf ist, wird dann gezeigt. Und ich werde im Gerichtssaal sein und es mir so wie jeder andere angucken …“

Leon räusperte sich. „Und?“

„Und nichts. Nichts von alldem wird passieren. Du willst auch gar nicht, dass es passiert. Weil du weißt, dass es nicht stimmt. Zur Hölle mit Vargas und Maven. Du weißt, dass sie das nicht getan haben können.“

„Darüber habe ich nicht zu befinden.“

„Doch, hast du. Du kannst dich entscheiden. Du hast das Band. Du wirst es mir jetzt auf der Stelle zeigen. Ich kann diesen Männern nicht helfen, wenn du nicht zuerst einmal mir hilfst, Leon. Du zeigst mir nur einmal das Band, und schon bin ich weg."

„Bei dir klingt das alles so einfach", sagte er. „Auf meine Verantwortung gegenüber meinem Klienten, der mich bezahlt, kommt es nicht an. Auch nicht auf den Eid, den ich unterschreiben musste, stets mit der Polizei und den Gerichten zusammenzuarbeiten."

„Jetzt in dieser Sekunde kommt es nicht darauf an", betonte ich. „Und das weißt du."

„Geh von der Tür weg", sagte er. „Wie soll ich sonst aussteigen?"

Ich ließ ihn aus dem Wagen und folgte ihm ins Haus. Seine Aktentasche hatte er dabei.

„Wo sind Eleanor und die Kinder?", fragte ich.

„Auf einer Geburtstagsfeier."

Er führte mich ins Wohnzimmer, wo sein Fernseher inmitten einer Schrankwand prangte. Ein Videorekorder stand auf dem Apparat, ein zweiter auf dem Boden.

„Ich habe gerade noch eine zweite Kopie gezogen", sagte er. „Ich war auf dem Weg zu Vargas, um sie ihm zu bringen. Das Original habe ich ihm schon gegeben – das war übrigens ein VHS-Kompaktband – etwa so groß." Er zeigte mir mit Daumen und Zeigefinger ein Format von unter zehn Zentimetern. „Hast du mal eins gesehen?"

„Nein."

„Man braucht eine Adapterbox, um es auf einem normalen VHS-Gerät abspielen zu können. Vargas hat versucht, selbst eine Kopie zu machen, aber er ist damit nicht zurande gekommen. Das hier ist wirklich eine Kopie vom Original", sagte er und hielt ein normales VHS-Band in die Höhe. „Für ihn musste ich dann eine Kopie von der Kopie machen. Ich weiß nicht, wie gut die Qualität ist."

Er schaltete den Fernsehapparat ein, schob das Band in einen der Videorekorder und drückte den Abspielknopf. Nach einigen Sekunden Schneegestöber erschien ein Bild auf dem Schirm. Es sprang auf und ab, und es war schwierig, es im Blick zu behalten. Eine Art Korridor war zu sehen. Es gab viele Türen.

„Ist das ein Hotel?"

„Ja. Dass die Aufnahmen so wackelig sind, tut mir Leid. Ich bin dabei gegangen. Ich gehe durch diesen Teil im Schnelllauf …"

„Nein", sagte ich. „Lass mich ruhig alles sehen. Was passiert jetzt?"

„Das ist im ‚Best Western'. Draußen an der Ringstraße. Ich bin Vargas'

Frau dorthin gefolgt. Swansons Wagen stand schon auf dem Parkplatz. Den habe ich in letzter Zeit so oft gesehen, dass ich ihn mit Sicherheit erkenne."

Ein Gesicht erschien auf dem Bildschirm. Ich konnte Leon nicht erkennen – vielleicht, weil ich ihn noch nie mit schwarzen Locken und einem langen Schnauzbart gesehen habe.

„Mein Gott, Leon, was hast du denn an?"

„Ich habe mich verkleidet."

Auf dem Band setzte Leons hastiges Geflüster ein. „Hier spricht Leon Prudell aus dem Best Western Hotel in Sault Ste. Marie, Michigan. Ich habe Mrs Cynthia Vargas observiert, wie sie an der Rezeption eingecheckt hat und dann auf Zimmer einssiebzehn gegangen ist." Die Kamera schwenkte zurück in die Eingangshalle, dann liefen die Türen vorbei, während Leon sich zum fraglichen Raum begab.

„Du gehst da wirklich mit einer Videokamera den Flur entlang?"

„Sie ist in meiner Armbanduhr versteckt. Durch den Ärmel läuft ein Draht. Er ist mit einem Aufzeichnungsgerät in meinem Jackett verbunden."

„Wofür braucht er ein Video? Wenn du sie doch schon dabei erwischt hast, wie sie sich heimlich mit Swanson trifft …"

„Mr Vargas ist sicher, dass seine Frau bald die Scheidung einreicht. Zweifellos mit Swanson als ihrem Anwalt."

„Du hast mir selbst einmal erzählt, dass in Michigan ganz rigide die Zugewinngemeinschaft gilt. Ob eine Frau ihren Ehemann nach Strich und Faden betrogen hat, spielt keine Rolle, wenn das Gericht das Vermögen aufteilt."

„Das habe ich Mr Vargas auch gesagt. Ich glaube, er will das Band aus anderen Gründen. Zum Beispiel, um den beiden das Scheidungsverfahren unsäglich peinlich zu machen."

Auf dem Fernsehschirm schwenkte die Kamera wieder auf Leons Gesicht. „Ich stehe hier vor Zimmer einssiebzehn. Ich unternehme den Versuch, die Anwesenheit sowohl von Douglas Swanson als auch von Cynthia Vargas in diesem Zimmer zu dokumentieren."

„Was trägst du da jetzt?"

„Ich bin als Zimmerkellner angezogen. Ich bringe ihnen eine Flasche Champagner vom Haus."

Die Hotelzimmertür öffnete sich. Swanson erschien in einem weißen Bademantel. „Was gibt's?"

„Champagner, Sir. Mit den Grüßen des Hauses."

„Wir haben keinen Champagner bestellt."

„Mit unseren Grüßen, Sir. Er kommt vom Haus."

„Wieso das? Warum kriegen wir Gratis-Champagner?"

Im Hintergrund war eine Stimme zu hören. Sie war kaum zu verstehen, klang aber weiblich, und allein schon vom Kontext her nahm man an, sie erkundige sich, wer an der Tür sei.

„Ein Kerl mit Champagner!" Swanson wandte sich dem Inneren des Zimmers zu. Dabei öffnete er die Tür ein wenig weiter. Im Hintergrund schimmerte etwas Weißes, ein weiterer Bademantel. Dann schob sich etwas vor das Bild, es füllte den ganzen Schirm. Man hörte das Geräusch von einer Art Aufprall, dann brüllte jemand. Die Kamera schwenkte wie wild hin und her, um sich dann auf die Decke zu fokussieren. Nach wenigen Sekunden wurde der Schirm schwarz.

„Was ist passiert?", fragte ich.

„Ich habe versucht, ein klares Bild von Mrs Vargas aufzunehmen. Ich wollte die Kamera in meiner Armbanduhr dafür in Position bringen, und dabei muss ich Swanson mit dem Tablett gegen den Kopf geschlagen haben. Unglücklicherweise ist mir keine klare Aufnahme von Mrs Vargas gelungen. So lässt das Ganze mich lediglich als Idioten dastehen."

Nach einigen weiteren Sekunden Dunkelheit erschien ein anderes Bild auf dem Schirm. Es war Nacht, aber mit all den Lampen, die da brannten, gab es keinen Zweifel, wessen Haus wir da sahen. Leon drückte auf den Pausenknopf. „Lass mich erzählen, was da vor sich geht", sagte er. „Bevor du es dir ansiehst."

„Das ist Vargas' Haus", sagte ich. „Das ist die Nacht, in der …"

„Ja. Es ist immer noch dieselbe Nacht. Nach meinem kleinen Unfall dachte ich, ich frage Mr Vargas, was ich als Nächstes tun soll. Ich habe ihn wieder per Handy angerufen. Es hat ein paarmal geklingelt, aber dann blieb das Signal weg. Ich wusste, dass er es kaum erwarten konnte zu hören, was ich rausgefunden hatte, also versuchte ich es noch mal. Aber ich kam nicht durch. Die Batterie von meinem Handy war so gut wie leer, also denke ich, ich rufe ihn von 'nem Münzfernsprecher aus an, will aber dafür nicht ins Hotel zurückgehen. Jedenfalls überlege ich mir, wo das nächste Telefon sein mag. Dann dachte ich, Teufel auch, ich bin doch bloß zehn Minuten von seinem Haus entfernt."

„Also bist du hingefahren."

„Ich habe in der Einfahrt geparkt. Direkt hinter dem Ford Explorer, den du da siehst."

„Das ist der von Bennett O'Dell."

„Stimmt. Jedenfalls, noch bevor ich an der Haustür bin, höre ich ein lautes Geräusch, wie ein Fenster, das zu Bruch geht. Ich gehe auf die Seite des Hauses und sehe, wie ein Teleskop aus einem der hinteren Fenster fliegt."

„Dann bist du da gewesen, als alles vonstatten ging. Hast du die Polizei angerufen?"

„Wie gesagt, mein Handy funktionierte nicht. Also habe ich mich zur hinteren Veranda geschlichen und versucht, nach drinnen zu sehen. Ich sah, wie ein Mann direkt ans Fenster kam. Es sah aus, als hätte er eine Chirurgenmaske an. Und er hatte eine Pistole."

„Ja. Die beiden Männer, die unten geblieben sind – als sie warten mussten, ist einer zum hinteren Fenster gegangen und hat rausgeguckt."

„Ich habe mich sofort geduckt. Dann bin ich zum Wagen zurück. Als Erstes bin ich rückwärts aus der Einfahrt raus und ein kurzes Stück die Straße runter. Ich schaltete das Licht aus. Ich musste dringend an ein Telefon kommen. Aber ich hatte folgende Idee: Ich habe meine Armbanduhr ausgezogen und sie auf das Armaturenbrett gelegt, genau in Richtung Haus. Da stand noch ein Haus die Straße runter – ich dachte mir, ich steige aus und laufe dorthin …"

„Und deine kleine Wunderuhr nimmt derweil alles auf, was in Vargas' Haus passiert. Zumindest von außen."

„Genau. Also ziehe ich die Uhr aus, lege sie aufs Brett, richte sie exakt aus … Und da kommen die drei Männer schon raus, gerade als ich mich anschicke, die Tür aufzumachen. Also habe ich eine Entscheidung zu treffen. Warte ich, bis sie weg sind, und rufe dann die Polizei an? Oder soll ich ihnen folgen? Ich wusste, dass ihr die Polizei alarmieren würdet, sobald sie weg waren. Da dachte ich mir, das Beste, was ich tun konnte, war, hinter ihnen herzufahren."

„Okay, dann muss das wohl das Fluchtauto sein, stimmt's?" Ich wies auf den Wagen links in der Einfahrt, direkt hinter Jacks Lincoln.

„Nein, ich glaube, das ist Gill LaMarches Wagen."

„Stimmt. Er ist nach uns gekommen. Aber wenn das nicht ihr Wagen ist, wo ist er dann?"

Er drückte wieder auf den Pausenknopf und ließ die Bilder laufen. Bei einer Entfernung von dreißig bis vierzig Metern und Lichtverhältnissen, die alles andere als ideal waren, war schwer zu erkennen, was da vor sich ging. Drei Mann verließen das Haus – vielleicht trugen sie die Masken noch, vielleicht auch nicht. Es spielte keine Rolle, weil man ihre Gesichter ohnehin nicht sah. Alle drei stiegen in den Ford Explorer, die Scheinwerfer wurden angeschaltet, der Wagen setzte rückwärts aus der Einfahrt und fuhr los, die Straße runter.

„Das ist O'Dells Wagen", sagte ich. „Haben sie ihn gestohlen?"

„Hat er vielleicht erwähnt, dass sein Wagen gestohlen wurde?"

„Nein, hat er nicht. Und gestern hatte er ihn, als er mich zur Marina gefahren hat."

Auf dem Videoband erschien Leons Wagen jetzt in Bewegung. Der Explorer von O'Dell war etwa hundert Meter vor ihm. Man sah den Lichtkegel der Scheinwerfer, die rot glühenden Rücklichter, das beleuchtete hintere Nummernschild.

„Moment mal", sagte ich. „Wer sagt denn, dass das O'Dells Wagen ist? Ich kann mich nicht daran erinnern, seinen Wagen in der Einfahrt gesehen zu haben, als wir ankamen." Ich dachte darüber nach. „Nein, ich bin fast sicher", sagte ich. „O'Dell war schon da, als wir kamen. Aber ich glaube nicht, dass sein Wagen da stand. Das ist überhaupt nicht sein Wagen, den die da fahren, Leon."

„Sieh es dir an."

Das Bild auf dem Schirm sprang von Lichtraum zu Lichtraum. Immer wenn der Wagen unter einer Straßenlaterne durchfuhr, wurde deutlich, dass Leon immer denselben Wagen verfolgte.

„Wohin fahren sie?", fragte ich,

„Das wirst du sehen. Und zwar bald. Da wären wir", sagte er schließlich, als die Bremslichter des Explorer rot aufglühten. Das Fahrzeug fuhr auf einen Parkplatz.

Ich sah genau hin. Es war ein zweistöckiges Gebäude. In den Fenstern leuchteten Bierreklamen. „Das ist O'Dells Kneipe!", stellte ich fest.

„Genau. Und hier hatte ich eine weitere Entscheidung zu treffen."

Die Türen auf der Beifahrerseite öffneten sich, und zwei Männer stiegen aus. Ihre Gesichter konnte ich noch immer nicht erkennen, obwohl es so aussah, als hätten sie die Masken abgelegt. Die beiden Männer stiegen in einen Wagen, der unmittelbar neben dem Explorer geparkt war. Bevor sie noch den Motor anlassen konnten, leuchteten die weißen Rückfahrscheinwerfer des Explorer auf, und er setzte zurück.

„Unsere Männer trennen sich hier", sagte Leon. „Wem sollte ich jetzt folgen?"

„Dem Explorer."

„Das habe ich auch gedacht. Er ist immer noch das Tatfahrzeug. Ich habe mir sicherheitshalber die Nummer von dem anderen Wagen auch gemerkt."

„Und die hast du auch der Polizei gegeben?"

„Ja. Es war übrigens eine Nummer aus Ontario."

„Ich habe gleich gedacht, einer der Männer könnte Kanadier sein. Ist der Eigentümer schon ermittelt?"

„Mit Sicherheit. Warum fragst du nicht Maven?"

„Das mache ich."

„An dieser Stelle verlieren wir die beiden Männer. Vermutlich sind sie danach schlicht über die Brücke gefahren. Ich setze die Verfolgung des ursprünglichen Fahrers fort. Und ab hier betätige ich auch den Vorlauf. Das Band zeigt einfach nur, wie ich ihn weiterverfolge." Er drückte den Knopf, und alles begann vorbeizufliegen.

„Du hast jede Sekunde der Verfolgung aufgenommen?"

„Ich wollte keine Unterbrechungen auf dem Band. So ist es beweiskräftiger. Hier sind wir bei Stopp Nummer zwei", sagte er.

Ein großes Gebäude kam ins Bild, mit vielen Lichtern und den charakteristischen dreieckigen Logos an der Fassade. „Das Kewadin Casino."

„Ja. Wir werden zu einem Privathaus fahren, bloß zwei Blocks weiter."

Man sah eine Straße mit Häusern, und der Explorer fuhr in eine Einfahrt.

„Ich fahre einige Häuser weiter, so, als wollte ich auf der Straße parken. Wie du sehen kannst, steigt der Fahrer aus, um irgendetwas zu erledigen, aber es dauert nicht lange."

Es war so, wie Leon gesagt hatte. Die Tür ging auf, der Fahrer stieg aus, begab sich zu einer Seite des Hauses, kam dann zum Wagen zurück und setzte aus der Einfahrt heraus.

„Du hast nie sein Gesicht sehen können?", fragte ich.

„Kein einziges Mal."

„Ich brauche wohl nicht zu fragen, wessen Haus das war."

„Gill LaMarches."

„Ich habe da so ein unangenehmes Gefühl, was als Nächstes kommt."

„Ich lasse es wieder vorlaufen", sagte er. „Den ganzen Weg aus der Stadt raus, das zieht sich."

„Der nächste Halt ist Jacks Kneipe?"

„Dorthin ist er als Nächstes gefahren, ja."

Wir sahen uns die Fahrt im Schnelldurchgang an, die ganze Strecke bis Paradise. Er schaltete auf normale Geschwindigkeit zurück, sobald der Explorer die Stadt erreichte.

„Wie spät war es in diesem Moment?“, fragte ich.

„Vielleicht Mitternacht, vielleicht auch etwas später.“

„Also als wir noch in Vargas’ Haus waren und mit der Polizei redeten.“

Der Explorer kam auf Jacks Parkplatz zum Stehen, auf der Seite, wo Jack seinen eigenen Wagen immer parkt. Als der Fahrer ausstieg, hielt er einen Moment inne und sah sich um.

„Jetzt könnte man fast sein Gesicht sehen“, sagte ich. „Verdammt, wenn doch das Licht besser wäre.“

„Ich glaube, er hat Verdacht geschöpft“, meinte Leon. „Es ist nicht so leicht, jemanden durch ganz Chippew County zu verfolgen.“

Der Mann verschwand für kurze Zeit aus dem Blickfeld der Kamera. Dann saß er schon wieder in seinem Wagen und war wieder unterwegs.

„Was hat er denn da gerade gemacht?“, fragte ich.

„Sieht ganz so aus, als hätte er etwas hingelegt“, sagte Leon. „Aber das ist bloß eine Annahme.“

„Wenn er nur etwas deponiert hat, muss das direkt vor Jacks Tür gewesen sein. Er hatte keine Zeit, ins Haus zu gehen.“ Was Jack aber nicht viel zu helfen schien, nicht, wenn man das, was da deponiert wurde, später unter seinem Bett gefunden hätte.

„Ich versuche jetzt vorsichtig zu sein“, sagte Leon, als beide Wagen Paradise verließen und sich wieder auf die einsame Strecke begaben. „Ich will mich nicht verraten, deshalb bleibe ich etwas zurück. Jetzt passieren zwei Sachen. Zunächst einmal war das Band zu Ende. Diese kleinen Compact-VHS-Bänder fassen nur so viel. Deshalb sehen wir bald nicht mehr viel.“

Der Schirm wurde schwarz.

„Aber du bist ihm doch weiter gefolgt?“

„Ja, das bin ich. Aber ich habe mich weiter hinten gehalten. So kamen zwei Wagen zwischen uns. Eine Zeit lang hatte ich ihn dann ganz aus den Augen verloren, und da habe ich mir gedacht, ich fahre zurück zu O’Dells Haus. Als ich da ankam, stand der Explorer auf dem Parkplatz. Aber vom Fahrer war nichts zu sehen.“

„Hatten sie noch auf?“

„Ja, ich glaube, es war gegen halb zwei.“

„Bist du reingegangen und hast dich umgesehen?“

„Habe ich gemacht. Es waren vielleicht noch zehn oder zwölf Gäste drin. Aber ich hatte ja keine Vorstellung davon, nach wem ich suchte.“

„Wer war hinter der Theke? O’Dells Frau? Oder sein Sohn?“

„Sie waren beide da. Mir war klar, dass keiner von ihnen den Wagen gefahren hatte. Zum einen war der Fahrer mit Sicherheit ein Mann. Und dann – O'Dells Sohn ist doch knapp zwei Meter. Er war es nicht."

„Und wann hast du Vargas dieses Band ausgehändigt? Vor zwei Tagen?"

„Ja. Ich habe dir doch erklärt …"

„Ist schon in Ordnung, Leon. Ich verstehe, dass du getan hast, was du für deine Pflicht gehalten hast. Du hast Vargas das Band gegeben, und er hat dir dann ein paar Fragen über mich gestellt."

„Du bist in dieser Nacht da gewesen."

„Er glaubt, dass ich dabei mitgemacht habe. Er hält mich für den Mann, den sie eigens eingeschleust haben."

„Das ist mir neu. Davon werde ich ihn abbringen müssen."

„Wenn du ihn schon davon abbringst, warum bringst du ihn nicht gleich dazu, dass das Ganze bewusst so arrangiert worden ist? Ich werde mit Bennett über seinen Wagen sprechen müssen, aber ich bin sicher, dass da was nicht zusammenpasst. Und was Jack und Gill angeht, könnte der Typ ihnen doch bewusst belastendes Material untergejubelt haben. Selbst wenn Jack es dann ins Haus reingebracht hat, was heißt das denn? Ein guten Glaubens begangener Fehler. Ich weiß immer noch nicht, was sie überhaupt gefunden haben. Das ist das Erste, was ich ihn frage, wenn ich ihn sehe."

„Und wer würde ihnen so was unterjubeln wollen?"

„Wie wäre es mit Swanson? Er wusste über den Safe Bescheid, er wusste, Vargas würde die ganze Nacht dort sein. Und weil er kein Idiot ist, stellt er es so an, dass es aussieht, als steckten Bennett, Jack und Gill dahinter."

„Mir kommt das ein bisschen weit hergeholt vor."

„Weniger weit hergeholt, als dass es diese drei wirklich gewesen sind. Was hältst du davon, dass wir zu Swanson gehen und schauen, wie er reagiert, wenn wir ihm das auf den Kopf zu sagen? Wenn er den Test besteht, versuchen wir's bei Kenny."

„Und wieso sollten ‚wir' irgendwas machen, Alex?"

„Ich dachte, du wolltest mir helfen rauszufinden, was wirklich passiert ist."

„Du meinst, dir helfen, das Durcheinander zu ordnen, in das ich deine Freunde verstrickt habe?"

„Es geht hier nicht um dich. Es geht um Vargas. Und darum, dass die Polizei die falschen Leute in ihrem Knast hat."

„Vargas ist noch immer mein Klient."

„Dein Klient ist sowieso vermutlich stinksauer, weil die Polizei mich nicht auch eingebuchtet hat. Ich schlage zurück, Leon. Auf wessen Seite stehst du?"

„Ich will der Sache ebenfalls auf den Grund gehen. Ich bin auf niemands Seite."

„Das heißt, ich bin auf mich gestellt."

„Nun hör mal, ich habe dir das Band gezeigt."

„Tu noch eines mehr. Schreib alle Informationen auf, die du über Swanson und Kenny hast. Wie heißt Kenny überhaupt mit Nachnamen?"

„Heiden."

„Du hast doch bestimmt Telefonnummern. Schließlich stehen sie auch auf der Hauptliste der Verdächtigen."

„Wenn du wirklich mit ihnen reden willst, kann ich dich nicht hindern."

„Und wenn du heute deinen Klienten siehst, richte ihm was von mir aus, ja? Sag ihm, dass der, der ihn wirklich ausgeräubert hat, sich über uns alle kaputtlacht."

VON LEONS Haus waren es zwanzig Minuten zurück zum City-County-Bau im Soo. Die ganze Fahrt dachte ich über Leon nach. Einmal hatte ich ihn seinen Job gekostet. Jetzt, wo er sich endlich erneut als Privatdetektiv niedergelassen hatte, tauchte ich auf und bat ihn, seinen einzigen zahlenden Klienten fallen zu lassen.

Als ich an der Wache ankam, traten Bennett und sein Sohn gerade aus der Tür. Ich erreichte sie, bevor sie in Hams Wagen stiegen. „Bennett, geht es Ihnen gut? Wo ist Jack?"

„Jack und Gill sind schon weg."

„Sind die Kautionen schon festgelegt?"

„Der Richter ist schon hier gewesen." Er besah sich die Reste der Stempelfarbe für die Fingerabdrücke an seinen Händen. „Er hat Anklage gegen sie erhoben und die Kaution auf zehntausend Dollar festgesetzt. Bei mir auf zwanzig."

„Und Sie haben einen Anwalt eingeschaltet?"

„Wozu brauche ich einen Anwalt?"

„Weil man Sie verhaftet hat, Bennett. Deshalb."

„Ich brauche keinen Anwalt, um ihnen zu erzählen, dass sie nichts gegen mich in der Hand haben."

„Wonach hat die Polizei Sie gefragt?"

„Ich habe da so eine vage Erinnerung, als ob mein Explorer in der Unterhaltung aufgetaucht sei. Etwa siebenhundertmal. Man hat ihn übrigens beschlagnahmt."

„Und was war mit Ihrem Haus? Hat man da was gefunden?"

„Nichts. Sie haben sich nur den Wagen geholt."

„Als Jack und ich bei Vargas angekommen sind, war Ihr Wagen gar nicht da. Das stimmt doch?"

„Stimmt."

„Wie sind Sie zu Vargas' Haus gekommen?"

„Normalerweise kommt Gill und nimmt mich mit. Aber an diesem Abend hat er mich angerufen und mir gesagt, bei ihm würde es etwas später. Da habe ich gesagt, kein Problem, meine Frau setzt mich ab, sie kommt sowieso da vorbei. Gill hätte mich dann nach dem Spiel wie sonst nach Hause gebracht."

„Sie fahren nie selber zu den Pokerabenden?"

„Nicht, wenn ich es vermeiden kann. Ich sehe nachts nicht mehr so gut. Und wenn ich dann beim Spiel noch den einen oder anderen Drink zu mir nehme …"

„Das ist vernünftig. Und erklärt viel. Ist es möglich, dass jemand sonst an diesem Abend Ihren Wagen gefahren hat?"

Er sah seinen Sohn an. „Das war es ja, was ich den Typen da drinnen klar machen wollte. Meine Frau und ich haben die dumme Angewohnheit, die Schlüssel unterm Fahrersitz zu deponieren. Früher hatten wir mal zwei Satz Schlüssel, aber einen haben wir verloren, und da haben wir einfach die Schlüssel im Wagen gelassen."

„Da gehst du ins Eisenwarengeschäft", sagte Ham. „Die machen dir eine Kopie. Dauert zehn Minuten."

„Vielen Dank, du Besserwisser", antwortete er. „Ich weiß, dass ich neue Schlüssel hätte besorgen sollen. Ich bin nur noch nicht dazu gekommen."

„Schon gut", sagte ich. „Hat das sonst noch jemand gewusst, dass Sie und Ihre Frau das so handhaben?"

„Ich nehme an, ich habe es mal vor Leuten erwähnt, bei Freunden an der Theke."

„Und die Pokerrunde?"

Er dachte einen Moment nach. „Da habe ich das in der Tat mal erwähnt. Ich weiß das, weil ein anderer gesagt hat, das wäre eine tolle Methode, sich den Wagen stehlen zu lassen. Meinen Sie, dass einer aus der Runde an diesem Abend meinen Wagen benutzt hat? Beziehungsweise jemand anders den Wagen hat nutzen lassen? Weil, selbst haben sie ihn ja kaum brauchen können, nicht, wenn sie da waren. Außer Swanson natürlich."

„Und wie steht es mit Swanson?"

„Swanson hat uns reingelegt?"

„Irgendjemand hat Sie reingelegt, Bennett. Sie und Jack und Gill. Und ich würde gern rausfinden, wer das war."

Er sah mich an. „Wie wollen Sie das machen?"

„Keine Ahnung. Aber das hat mich noch nie abgehalten."

„Ich brauche jetzt ein Bier, Alex. Kommen Sie doch mit rüber zu mir, und wir sprechen darüber."

„Im Moment muss ich die Einladung leider ausschlagen. Aber später komme ich vorbei. Und ihr geht nach Hause."

Ich stieg in meinen Laster und sah ihnen zu, wie sie wegfuhren. Ich durchdachte das Ganze. Es war ein hochriskanter Zug im komplexen Spiel des Abends, wenn sich jemand Bennetts Wagen als Fluchtfahrzeug ‚ausgeliehen' hatte.

Wirklich? Sie wussten, Bennett war beim Pokern. Seine Frau würde in der Wirtschaft sein. Sie wussten, die Schlüssel würden im Wagen liegen. Mit Bennetts Wagen würden sie nicht nur den Verdacht noch mehr auf andere lenken, sondern auch nicht Gefahr laufen, mit einem eigenen Wagen am Tatort festzusitzen, wenn etwas schief ging. Leon hätte das ja fast geschafft. Man stelle sich vor – man kommt raus und stellt fest, dass der Fluchtwagen in der Einfahrt zugeparkt worden ist.

Das Ganze klingt sehr professionell, als hätte jemand wirklich gewusst, was er tat. Die Abstimmung untereinander, die Verkleidung – sie hatten einen Generalplan, und den hatten sie perfekt ausgeführt. Wer war der Drahtzieher?

Ich holte das Stück Papier heraus, das Leon mir gegeben hatte, mit den Telefonnummern von Douglas Swanson und Kenny Heiden. Als Erstes probierte ich Swansons Büronummer, hatte seine Sekretärin dran und erfuhr, dass er fast den ganzen Tag bei Gericht sei. Ich sagte ihr, ich würde später noch einmal anrufen.

Dann versuchte ich es bei Kenny. Bei ihm zu Hause ging niemand dran. Auf dem Anrufbeantworter hinterließ ich die Nachricht, ich hätte ein paar Fragen an ihn und er möge mich bitte anrufen. Als Letztes rief ich bei Gill an und hinterließ dort dieselbe Nachricht.

Einen Anruf noch, dachte ich. Dem Himmel sei Dank für Handys. Ich wählte Jacks Nummer. Jonathan ging dran.

„Wie geht es ihm?“, fragte ich. „Ist er da?“

„Er ist fortgegangen, Alex. Er geht am Strand spazieren.“

„Seit wann geht er am Strand spazieren? Hat er irgendwas erzählt? Was auf dem Revier passiert ist?“

„Kein Sterbenswort.“

„Hat er erzählt, was sie bei euch im Haus gefunden haben?“

„Nein, Alex. Er spricht nicht darüber.“

„Wenn er zurückkommt, sag ihm, ich käme bald. Lass ihn nirgendwo mehr hingehen. Ich mach mich auf den Weg.“

Ich schaltete das Telefon ab und warf es auf den Beifahrersitz. Gerade als ich den Parkplatz verlassen wollte, klingelte es. Ich nahm es wieder auf.

„Alex, hier ist Gill.“

„Vielen Dank, dass Sie zurückrufen. Wie ist es gelaufen?“

„Routinemäßig.“

„Es freut mich, dass Sie es locker sehen. Kann ich Ihnen ein paar Fragen stellen?“

„Warum nicht?“

„Ich wollte jetzt nach Paradise zurück, aber warum soll ich nicht erst bei Ihnen vorbeifahren?“

„Wissen Sie, wo das ist?“

Ich musste an das Video denken. „Ja, ich kenne den Weg. Ich habe den Film gesehen.“

MAN KANN das Kewadin Casino schon von der Stadtmitte aus sehen. Es ist das mit Abstand größte Gebäude im Soo, und es liegt im Osten, auf einem Grundstück, das man aus der Stadt herausgesäbelt und dem Sault-Stamm übergeben hat.

Als ich daran vorbeifuhr, fiel mir auf, wie viele Wagen auf den diversen Morgen Asphalt standen, die das Kasino umgeben. An der Seite gab es einen Sonderparkplatz nur für Wohnmobile – an die zweihundert mussten dort stehen. Die Sommergäste, die hier vorbeikamen, landeten fast alle im Kasino.

Die Gegend sah im strahlenden Sonnenlicht erheblich besser aus als auf dem grobkörnigen, düsteren Video, das ich in Leons Wohnzimmer gesehen hatte. Ich folgte der Route, an die ich mich vom Band her erinnerte, und bog hinter dem Kasino in ein völlig neues Viertel ein, das man in seinem Schatten gebaut hatte. Ich wusste, dass viele der Leute, die im Kasino arbeiteten, hier wohnten, darunter auch Gill.

Gill saß auf seiner Veranda vor dem Haus, als ich kam. Ein großer Krug mit Limonade stand auf dem Tisch und erwartete mich. Ich setzte mich auf den leeren Stuhl, sah einige Minuten lang mit ihm auf die Straße und das Kasino hinaus. Wir saßen im Schatten, tranken Limonade, und eine sanfte Brise wehte uns vom See her an.

„Was hat die Polizei gefragt?", begann ich schließlich.

„Sie hatten kaum Gelegenheit, mich groß nach irgendwas zu fragen. Mein Anwalt war schon vor mir da. Sie haben sich vor allem mit ihm unterhalten."

„Und was haben sie ihn gefragt?"

„Sie wollten wissen, wer den eigentlichen Überfall ausgeführt hat. Sie wollten die Männer mit den Waffen. Sie machten meinem Anwalt klar, dass sie jegliche Form der Zusammenarbeit von meiner Seite sehr wohl zu schätzen wüssten."

„Was hat Ihr Anwalt dazu gesagt?"

„Er hat gesagt, dass ich ihnen liebend gern behilflich sein würde, aber überhaupt nichts Einschlägiges wüsste."

„Was hat man in Ihrem Haus gefunden?"

„Einige Gegenstände. Offensichtlich stammten sie aus Vargas' Haus."

„Das war alles? Kein Geld?"

„Nur diese Gegenstände, Alex. Sie lagen auf meiner Veranda, als ich in dieser Nacht nach Hause kam."

„Was haben Sie damit gemacht?"

„Nun, Sie müssen da einiges in Betracht ziehen. Zuerst mal habe ich überhaupt nicht klar gedacht. Ich war als Geisel genommen worden, auf dem Boden liegend und mit Pistolen bedroht ... Als die Polizei dann endlich mit uns fertig war, war es nach ein Uhr morgens. Als ich dann endlich nach Hause kam, lag dieses Paket neben meiner Seitentür. Um die Wahrheit zu sagen, und das hat mein Anwalt heute auch dem Chief erzählt, hatte ich keinen Schimmer, woher das kommen könnte. Ich benutze diese Seitentür nicht oft. Ich habe ganz bestimmt nicht gedacht, es könnte in Vargas' Haus gestohlen worden sein."

„Und Sie haben das Paket aufgemacht ...?"

„Ja."

„Haben Sie die Gegenstände erkannt? Ich meine, Sie hatten sie doch schon mal gesehen? An dem Abend, als Vargas die Führung für mich gemacht hat, haben Sie doch gesagt, Sie hätten die bereits schon hinter sich."

Er lachte leise. „Ja, er hat auch mich rumgeführt, vor vielleicht drei Monaten, als wir zuletzt in seinem Haus gespielt haben. Ich hätte das Zeug wieder erkennen sollen. Es hatte sich mir nur nicht so eingeprägt."

„Ich hätte gedacht, dass schon die Tatsache, dass er solche Sachen besitzt, Sie stören würde."

Wieder lachte er. „Alex, der ganze Ojibwa-Kram, den er da oben hatte, war im Grunde wertlos. Einige wenige Stücke waren vielleicht interessant, sie waren allerdings in keinem guten Zustand. Ich schätze, das Museum im Community College würde sie als Schenkung annehmen, aber sie würden sie nicht ausstellen. Sie sind zu beschädigt. Sie erinnern sich doch an das Ruder in einer Vitrine?"

„Ja, das Ding, das so echt alt aussah. Das mit den Schnitzereien."

„Das Ruder war nicht alt. Wenn Sie ein hölzernes Ruder nehmen und in Süßwasser werfen, löst es sich auf. Bei Salzwasser ist das ganz was anderes, aber in Süßwasser sieht es schon nach einem Jahr so aus wie dieses Ruder in seiner Vitrine. Und die Schnitzereien? Die sahen so aus, als hätte da jemand mit 'nem Messer rumgespielt, ein Kind vielleicht oder so ein alter Knacker, der den ganzen Sommer auf seiner Veranda gesessen hat."

„War das Ruder auch in dem Paket, das man Ihnen gebracht hat?"

„Das Ruder hätte ich erkannt. Ich erinnere mich, dass es schon in der Vitrine fast auseinander fiel. Ich denke nicht, dass man es noch transportieren konnte."

„Ich bin froh, dass Sie mir das erzählen. Das beweist doch, dass Sie nichts damit zu tun hatten. Weshalb sollten Sie? Das Zeug ist ja wertlos."

„Wertlos im materiellen Sinne", sagte er. „Es hätte sich nicht gelohnt, es zu stehlen."

„Und die Tatsache, dass jemand es vor Ihrem Haus deponiert hat, kann nur eines bedeuten … Man hat Ihnen etwas in die Schuhe schieben wollen. Wer das getan hat, dachte, es würde Sie belasten, wenn man das Zeug bei Ihnen findet."

„Es war schon wieder jemand hier", sagte er. „Letzte Nacht."

„Wissen Sie, wer das war?"

„Ich war im Kasino. Mein Nachbar hat jemanden ganz kurz gesehen, hier auf der Veranda. Er habe sich wie ein Mann bewegt, das ist alles, was er weiß."

„Hier geht etwas sehr Seltsames vor sich. Irgendwer treibt sein Spiel mit uns. Mit uns allen."

„Katz und Maus“, sagte er. „Und Sie wollen wissen, wer die Katze ist, stimmt’s?“

„Stimmt genau.“

„Ich weiß auch, warum Sie das tun. Jack ist der beste Freund, den Sie auf der Welt haben.“

„Ich tue es für euch alle drei.“ Ich dankte ihm noch einmal und fuhr los, am Kasino vorbei, dann nach Westen, aus der Stadt hinaus, in die Wälder Richtung Heimat, nach Paradise.

Ein Katz-und-Maus-Spiel, wie Gill gesagt hatte. Und eine weitere Maus musste ich noch sprechen.

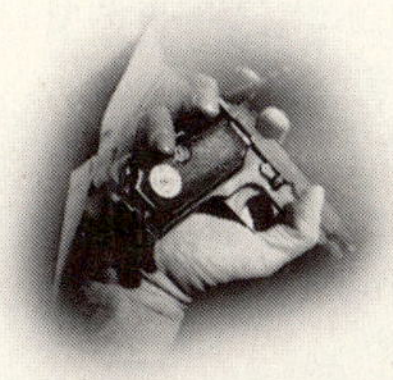

KAPITEL 6

Auf dem Weg nach Paradise versuchte ich es noch einmal bei Swanson. Seine Sekretärin schien meine Stimme zu erkennen, denn sie versicherte mir, er sei noch immer bei Gericht, und schlug mir vor, bei ihr eine Nachricht zu hinterlassen.

„Sagen Sie ihm, Alex McKnight habe angerufen. Und ich müsse ihn so schnell wie möglich sprechen.“

Ich fuhr nach Paradise und hielt vor Jacks Restaurant an. Ich war überrascht, dass es wieder offen hatte. Und Jack selbst, wie er da hinter der Bar stand und einen Drink mixte, wirkte auch nicht so, als ob etwas Ungewöhnliches passiert wäre.

Als er mich sah, stellte er mir das Kanadische auf die Theke.

Ich setzte mich auf einen Barhocker. „Alles in Ordnung, Jack?“

„Mir geht’s gut“, sagte er.

„Erzähl mir, was passiert ist.“

Er warf das Handtuch auf den Tresen. „Du weißt doch, was passiert ist. Sie sind mit einem Durchsuchungsbefehl gekommen, sie haben mich eingebuchtet …“

„Was haben sie hier gefunden?“

„Sie haben gestohlene Gegenstände in meinem Schlafzimmer gefunden.“

„Ich komme gerade von Gill, und er hat mir von den indianischen Handarbeiten erzählt, die ihm jemand vor die Tür gelegt hat. Ziemlich wertloses Zeug, und das sagt mir was.“

„Und was, bitte?“

„Man schiebt euch was in die Schuhe. Jemand hat das Geld genommen, Jack, und jetzt sieht es so aus, als ob du und Bennett und Gill dahinter stecken. In deinem Fall könnte ich mir denken, dass sie dir was gebracht haben, was man leicht mit dir in Verbindung bringt. Vielleicht was Schottisches."

„Stimmt. Es war ein alter Zinnbecher."

„Ich glaube, ich kann mich an ihn erinnern. War da nicht etwas eingraviert?"

„Die Flagge der Royal Navy. Und das Wappen von Scapa Flow auf der anderen Seite. Das ist ein alter Marinehafen in Schottland."

„Und gäbe es irgendeinen Grund für dich, so etwas zu stehlen?"

„Er war ganz schön ramponiert. Ich kann mir nicht denken, dass er das wert ist."

„Warum hast du ihn mit reingenommen? War dir nicht klar, dass er aus Vargas' Haus stammt?"

„Ich weiß nicht, was ich mir gedacht habe, Alex. Aber offensichtlich habe ich einen schweren Fehler gemacht."

„Was wolltest du damit machen?"

„Ich hatte da keine Vorstellung. Vermutlich hätte ich dich irgendwann danach gefragt. Aber ich hatte ja nicht mal dazu Gelegenheit."

„Was haben sie dich auf der Wache gefragt? Ich hoffe, du hast nicht irgendwas ohne deinen Anwalt gesagt."

„Der war natürlich da. Ich bin ja nicht blöd. Sie meinten, wir würden eines Verbrechens bezichtigt, aber die Sache sähe natürlich schon ganz anders aus, wenn ich die Leute nennen würde, die den Raubzug durchgeführt hätten. Das war das Wort, das dein Freund Maven benutzt hat, den ‚Raubzug'."

„Er sollte besser nach demjenigen suchen, der das wirklich getan hat. Ist schon ein Datum für den Prozess anberaumt?"

„Nein. Mein Anwalt glaubt, dass sie das noch ein paar Tage über unseren Häuptern schweben lassen, um noch mehr Informationen aus uns rauszukitzeln."

„Ein paar Tage … Ich muss dringend mit ein paar Leuten sprechen, und zwar zuallererst mit Mr Swanson."

„Tut mir Leid, dass ich dich da reingezogen habe, Alex. Und ich will nicht, dass du rumläufst und die Leute vors Schienbein trittst."

„Das ist jetzt zu spät. Es sind schon etliche Schienbeine getreten worden."

„Verdammt, Alex. Halt dich nur ein einziges Mal in deinem Leben aus etwas raus."

„Als du neulich abends zu mir in die Hütte gekommen bist und dafür gesorgt hast, dass ich mit zum Pokern gegangen bin – warum hast du das gemacht?"

„Weil ich ein blöder Esel bin."

„Du hast das gemacht, um mir zu helfen, Jack. Ich hatte einen Hänger, und du hast alles drangesetzt, mich drüber wegzubringen, ob ich das wollte oder nicht. Den Gefallen zahle ich dir jetzt zurück. Ich helfe dir, ob es dir gefällt oder nicht."

Im Lauf des Nachmittags rief ich noch einmal in Swansons Büro an. Ich saß an der Theke und benutzte Jacks Telefon. Swanson sei nicht mehr bei Gericht, verriet mir seine Sekretärin, aber jetzt sei er bei einem Arbeitsessen. Ja, sie habe ihm meine Nachricht übermittelt. Nein, sie wisse nicht, wann er mich anrufen würde. Er sei ein viel beschäftigter Mann.

Als ich auflegte, stand Jack da und starrte auf das Telefon. „Du bist wirklich hinter Swanson her? Worauf stützt du dich?"

„Wenn er nichts damit zu tun gehabt hat, braucht er sich keine Sorgen zu machen. Ich will ihm nur ein paar Fragen stellen."

„Und was, meinst du, wird er dir erzählen, wenn er was damit zu tun gehabt hat?"

„Weißt du, was bei der Polizeiarbeit das Schwerste ist? Das Schwerste ist nicht, herauszukriegen, wer es getan hat. Das ist sogar meist das Leichteste. Das Schwerste ist, einen Fall dichtzumachen."

„Du meinst, es zu beweisen?"

„Ja. Damals, als ich bei der Polizei in Detroit noch Streife fuhr, waren Franklin und ich oft zuerst am Tatort. Da lag jemand tot auf dem Boden, zumindest übel zugerichtet. Wir riefen Verstärkung herbei, den Krankenwagen, und irgendwann tauchten dann auch zwei Detectives auf. An diese gaben wir den Fall dann ab. Die Typen, die ich kannte, fragten als Erstes mich. Erste Frage: Was ist passiert? Zweite Frage: Wer hat es getan? Weil ich das in den meisten Fällen schlicht wusste. Nach fünf Minuten schon war alles klar. Ich wusste es, Franklin wusste es, der Detective wusste es, sobald er sich den Burschen nur ansah."

„Willst du mir verklickern, dass du Swanson nur zu fragen brauchst, ob er es war, und egal, was er sagt, du weißt die Wahrheit?"

„Sicher bin ich mir da natürlich nicht. Aber einen Versuch muss ich unternehmen, was mein Bauch sagt, wenn ich mir seine Geschichte anhöre."

„Und wenn dein Bauch sich irrt? Ist dir das nie passiert? Alex, eine Bitte. Pack deinen Bauch, geh heim und spiel weiter den Einsiedler."

„Schon gut, beruhige dich, Jack. Ich weiß, du hast einen schweren Tag gehabt …"

„Ich brauche mein Magenmittel", sagte er und klopfte auf die Taschen seiner Schürze. „Wo zum Teufel habe ich nur mein Magenmittel hingetan?"

Jacks Magen wurde an diesem Abend nicht mehr besser. Ich wurde an diesem Abend nicht weniger sauer auf diesen sturen, undankbaren alten Esel. Direkt nach dem Abendessen ging er nach oben und überließ die Wirtschaft seinem Sohn. Ich konnte mich nicht erinnern, dass er das jemals getan hatte, wenn draußen noch Licht war.

Ich blieb noch eine Weile und half Jonathan beim Aufräumen. „He, ich wollte dich noch was fragen. Hat hier jemand rumspioniert?"

„Nein, eigentlich nicht. Obwohl … Das war heute, als wir zurückgekommen sind. Ich bin zur Hintertür reingegangen, und irgendwas hat nicht gestimmt."

„Du meinst, jemand ist im Haus gewesen?"

„Na ja, du weißt doch, wir hatten heute Morgen das Haus voller Polizei, und da dachte ich mir, mir kommt das alles noch etwas fremd vor. Aber als wir zurückkamen, gehe ich die Treppe hinauf, und ich denke, wonach riecht es hier? Es war wie Zigarrenrauch, aber etwas süßer. Die Tür war abgeschlossen. Wie soll da jemand reingekommen sein?"

„Ich weiß es nicht, Jonathan."

Ich half ihm, alles fertig zu machen, sagte Gute Nacht und machte mich davon.

Als ich zu meinen Hütten zurückfuhr, klingelte mein Handy. Ich hoffte, es sei Swanson, stattdessen war es Kenny.

„Ich bin gerade nach Hause gekommen und habe Ihre Nachricht gehört", sagte er. „Worüber wollen Sie mit mir sprechen?"

„Vielen Dank, dass Sie zurückrufen. Ich wollte Ihnen nur wegen neulich abends ein paar Fragen stellen."

„Das verstehe ich nicht. Wir sind beide da gewesen. Was könnte ich wissen, was Sie nicht auch wüssten?"

„Sie kennen Vargas erheblich besser als ich. Ich erhoffe mir von Ihnen bessere Einsichten in dieser Richtung. Ist Ihnen bekannt, dass Jack, Bennett und Gill heute alle verhaftet worden sind?"

Es herrschte ein langes Schweigen am anderen Ende. „Ich wusste, dass irgendetwas im Busch war“, sagte er schließlich. „Win war heute in einer ganz merkwürdigen Stimmung.“

„Er war heute im Geschäft? Sie haben ihn gesehen?“

„Nur ein paar Minuten. Um ehrlich zu sein, bin ich ihm aus dem Weg gegangen. Seit jenem Abend treibt er alle in den Wahnsinn.“

„Gibt es irgendeine Möglichkeit, zu Ihnen zu kommen? Das wäre sehr entgegenkommend von Ihnen.“

„Sie wollen wirklich hier runterkommen?“

„Sie sind doch in Bay Harbor, stimmt's? Da habe ich gleich die Gelegenheit, es mal selber zu sehen.“

„Ich werde morgen früh zu Hause sein. Sagen wir zehn Uhr. Fahren Sie einfach zum Haupteingang. Ich gebe denen Ihren Namen.“

Ich bedankte mich und legte auf. Lieber hätte ich zuerst mit Swanson gesprochen, mich sozusagen von oben nach unten vorgearbeitet. Aber morgen war auch noch genügend Zeit, um es noch einmal bei ihm zu versuchen.

Ich hielt mit dem Wagen vor meiner Hütte, blieb eine Weile im Dunkeln sitzen und lauschte auf die Geräusche des sich abkühlenden Motors. Das Licht des Mondes fiel durch eine Lücke in den Wolken und hob die Umrisse der Hütte vor dem Wald dahinter ab – dieser Hütte, die vor dreißig Jahren aus Kiefernstämmen von einem ehemaligen Fließbandarbeiter und seinem Baseball spielenden Sohn errichtet worden war.

Drinnen brannte Licht. Das war nicht in Ordnung. Ich konnte mich nicht erinnern, es angelassen zu haben.

Ich stieg aus dem Laster und ging zur Eingangstür. Sie war nicht verschlossen. Ich stieß sie auf. Der süße Geruch von Tabakrauch hing in der Luft.

Vorsichtig ging ich nach drinnen. Ich lauschte, ob etwas zu hören war. Niemand war im Raum. Wenigstens jetzt nicht …

Da, mitten im Raum, auf einem Tisch … Der ganze Tisch war voller Papiere. Ich trat einen Schritt näher heran. Da lagen alle meine Kontoauszüge, die Überweisungsquittungen meiner Berufsunfähigkeitsrente, meine Lebensversicherung, sogar der Grundbuchauszug für mein Grundstück. Alles lag da, meine gesamten finanziellen Unterlagen, mein ganzes Leben, ausgebreitet auf dem Tisch. Neben den Papieren stand eine Untertasse aus der Küche, darauf fünf kalte Zigarrenstummel. Es waren diese unangenehm süßlichen kleinen Zigarillos, die mein Vater auf die Jagd mitgenommen hatte, um die Insekten zu verscheuchen. Da hatte doch jemand auf diesem Stuhl hier gesessen, hatte meine Papiere durchgesehen, Zigarren geraucht und die Untertasse als Aschenbecher benutzt. Und dieses Mal wollte er, dass ich es erführe.

ALS ERSTES in Bay Harbor kam der Jachtklub mit dem weißen Torbau, der wie ein Leuchtturm aussehen sollte. Dann der Golfklub. Und dann das riesige Bay-Harbor-Reitsportzentrum, hoch auf dem Hügel, alles beherrschend. Alles hier war neues Geld. Und neues Geld ist nicht diskret wie altes Geld, neues Geld will protzen. Das schoss mir durch den Kopf, als ich am Reitsportzentrum vorbeifuhr und nach dem richtigen Eingang suchte, um zu Kennys Haus zu gelangen. Bay Harbor war neues Geld, wie es schlimmer nicht sein konnte.

Als ich den Eingang entdeckt hatte, bog ich ab und hielt am Torhaus. Es war von Blumen umgeben. Ein Mann in Uniform trat aus der Tür. Auf seinem Hut stand BAY-HARBOR-WACHDIENST.

„Guten Morgen“, sagte ich. „Ich bin auf dem Weg zu Kenny Heiden.“

Der Mann beäugte meinen Kleinlaster. „Ihr Name, Sir?“

„Alex McKnight.“

Er sah auf sein Klappbrett. „Mr Heiden hat Nummer 42. Halten Sie sich links, das Haus liegt dann auf halber Strecke rechts.“

Ich bedankte mich, wartete, dass er auf den Knopf drückte und den großen weißen Balken vor mir hochgehen ließ, und rollte dann durch. Als ich in den Rückspiegel sah, konnte ich den Gedanken nicht unterdrücken, dass er vielleicht die Grundstücksüberwachung benachrichtigte. Heruntergekommener Kleinlaster fährt Richtung Einheit 42.

Auf meinem Weg zu Kennys Haus fuhr ich an Häusern für viele Millionen Dollar auf beiden Seiten der Straße vorbei. Jedes Haus war irgendwas Neoviktorianisches, jedes überladener als das davor, mit jeder Menge Fenster, die auf den See gingen.

Kennys Haus war genauso grandios wie die anderen an der Straße. Er öffnete mir die Tür in Bluejeans und einem grauen Sweatshirt. Er war barfuß. „Kommen Sie rein“, sagte er. „Sind Sie gut durch das Tor gekommen?“

„Der Typ schien mir nicht allzu glücklich zu sein. Aber wirklich, kein Problem.“

„Die spielen sich da ganz schön auf.“

Er führte mich durch das Wohnzimmer in die Küche. Die Wohnung war einfach umwerfend. Nichts war übertrieben oder fehl am Platz. Alles passte zusammen, als stammte es aus einem Magazin. Auf seiner Terrasse waren überall Pflanzen, dazu weiße Korbmöbel, ein großer grüner Sonnenschirm und ein Grill.

„Das meiste hier kommt aus Vargas' Laden", sagte er. „Gefällt es Ihnen?"

„Und ob", sagte ich, „Sie verstehen es, ein Haus einzurichten. Das machen Sie doch für Vargas, oder?"

„Ich bin sein Chefdesigner."

„Ich weiß es wirklich zu schätzen, dass Sie sich die Zeit für mich nehmen."

„Wie ich schon sagte, ist es in dieser Woche im Geschäft sowieso verdammt ungemütlich. Sollen wir uns nach draußen setzen? Für ein Bier ist es noch zu früh, oder?"

„Zehn Uhr ist nicht zu früh."

Sein Kühlschrank war riesig, hatte aber dennoch dasselbe Holzfurnier wie der Rest der Küche. Er schnappte sich zwei Flaschen und führte mich auf die Terrasse. Ein paar Minuten musste ich einfach am Geländer stehen und das alles auf mich einwirken lassen. Direkt unter uns lag die unberührte Küste, dahinter die blauen Wasser des Michigansees, die im Sonnenlicht glitzerten. Vom See her wehte eine steife Brise.

„Ist es hier immer so windig?", fragte ich.

„Wissen Sie, was mir erst neulich jemand erzählt hat? Offensichtlich haben die Indianer niemals an diesem Teil der Küste gelagert, weil der Wind ihnen die Zelte umgeblasen hat."

Er setzte sich unter den flatternden Sonnenschirm. Ich ließ mich ihm gegenüber nieder. „Ich will Ihre Zeit nicht unnötig in Anspruch nehmen. Ich möchte Sie wegen dieses Abends befragen."

„Schießen Sie los", sagte er. „Ich habe nichts zu verbergen."

„Offensichtlich haben nicht viele Leute von dem Geld in Vargas' Safe gewusst. Wer auch immer dieses Ding gedreht hat, war jedenfalls einer davon."

„Und da nehmen Sie selbstverständlich an, dass es der Schwule war. Die Männer gehörten wohl zu seinen etwas raueren Freunden. Um die Wahrheit zu sagen, habe ich gedacht, dass Sie es gewesen sein könnten. Sie waren neu an diesem Abend."

„Und gerade ich war es, der nichts vom Safe gewusst hat."

„Schon. Aber man kann nie wissen."

„In der ganzen Zeit, die Sie Vargas kennen … Wie lange ist das übrigens?"

„Zwölf Jahre."

„Okay, sagen wir mal im letzten Jahr oder so, seit er das Haus gebaut hat, haben Sie da jemals gehört, dass er gegenüber irgendwem den Safe erwähnt hat?"

„Nein, nie. Ich war deshalb sehr überrascht, dass er es überhaupt mal getan hat. Klar konnte ich sehen, dass er einen im Kahn hatte, aber normalerweise ist er sehr zurückhaltend, was seine persönlichen Finanzen angeht."

„Okay, wenn es einer aus der Spielrunde gewesen sein muss, wer, glauben Sie, war es dann?"

„Die Polizei hat die drei Männer verhaftet. Ich nehme an, sie hatte gute Gründe dafür."

„Was ist mit Swanson?"

„Ich weiß nichts über den Mann. Außer dass er ein guter Pokerspieler ist."

Ich nahm einen großen Schluck kaltes Bier. „Warum spielen Sie überhaupt Karten mit Vargas? Er behandelt Sie wie einen abgerichteten Affen."

„Er behandelt jeden wie einen abgerichteten Affen."

„Und das Zusammensein bei der Arbeit reicht Ihnen da nicht?"

„Wissen Sie, als ich mit dem Studium fertig war, lebte ich in Manhattan, in einem Miniapartment. Ich war total pleite und suchte verzweifelt nach einem Job. Dann habe ich von Vargas gehört, ausgerechnet im fernen Michigan, der einen Innenarchitekten aus New York suchte. Ich habe ihn angerufen. Das Erste, was er mich gefragt hat, war: ‚Sind Sie wirklich aus New York?' Ich sagte Ja. Ich musste ihm meine Telefonnummer geben, mit der Vorwahl von Manhattan, sodass er zurückrufen und sich vergewissern konnte. Er hat mich hier eingeflogen, hat mir den Laden gezeigt und mir gesagt, was er damit vorhätte und dass ich sein Chefdesigner würde und dass wir das Geld nur so scheffeln würden. Nun … Alle meine Freunde dachten, ich sei verrückt geworden. Michigan! Sie haben gedacht, der ganze Mittelwesten besteht nur aus Farmern und bigotten Frömmlern und Schwulenhassern. Aber ich habe gesagt, hey, ich bin es leid, in einem Apartment von der Größe eines Wandschranks zu hausen. Ich gehe für ein Jahr hin und gucke, was passiert. Und zwölf Jahre später sitze ich hier. Als er mich einlud, mit ihm zu einer Pokerrunde zu gehen, wusste ich nicht, was ich davon halten sollte. Ich habe schließlich mitgespielt. Ich pokere gern, warum auch nicht? Auf die Dauer ist es hier sehr einsam. Was sollte ich sonst machen? Jeden Abend zu Hause sitzen?"

„Das würde Ihnen kaum liegen."

„Es gab da noch einen anderen Grund. Win hat noch andere Designer angestellt. Sie arbeiten mir zu, aber wenn ich nicht spielen wollte und einer von denen sprang ein … zum Teufel, die würden für meinen Job einen Mord begehen. Ab und zu einen Feierabend mit dem Inhaber der Firma, sein Kumpel werden, Sie wissen, wie das ist."

„Sie haben Ihr Territorium gesichert."

„Etwas in der Art. Unter Innenarchitekten ist die Konkurrenz mörderisch. Ich habe ihm das Geld nicht gestohlen, Alex. Und wissen Sie, wieso nicht?"

„Wieso?"

„Ich habe ihm bereits meine Seele verkauft", sagte er. „Ich habe alles Geld verdient, was ich je brauchen kann. Warum sollte ich mir noch mehr klauen?"

„Alles klar, Kenny. Ich denke, ich habe das verstanden."

„Bitte nennen Sie mich Kendrick. So heiße ich nämlich."

„Kendrick", sagte ich. „Gefällt mir besser. Wir haben uns an diesem Abend gegenseitig falsch eingeschätzt."

„Na ja, ich war nicht sonderlich herzlich. Wins Freunde sind meist von der Sorte der ‚ganzen Kerle'. Als wäre man wieder auf der Highschool."

„Glauben Sie mir, ich bin kein Freund von ihm."

Als ich ein paar Minuten später wegfuhr, wusste ich, dass er mit dem Raubüberfall nichts zu tun hatte. Jedenfalls sagte mir das mein Bauch.

Dem Mann im Torhaus winkte ich zu, als ich hinausfuhr. Als ich auf freier Straße war, griff ich zum Handy. Jetzt war es schon elf Uhr, und ich hatte noch niemandem den Morgen vergällt. Also rief ich Swansons Sekretärin an. „Guten Morgen, Ma'am", sagte ich, als sie abhob. „Ich wollte nachfragen, ob Mr Swanson heute im Hause ist."

„Das ist er mit Sicherheit nicht", sagte sie. „Er wird den ganzen Tag nicht im Büro sein."

„Madam, wieso bekomme ich bloß den Eindruck, dass er nicht mit mir sprechen will? Ich will ihm doch lediglich ein paar Fragen stellen."

„Ich werde ihm sagen, dass Sie angerufen haben. Wenn Sie mich jetzt bitte entschuldigen …"

„Das ist schon in Ordnung. Einen schönen Tag."

Ich warf das Handy auf den Beifahrersitz, direkt auf den Zettel, den Leon mir gegeben hatte. Und da stand doch zufällig Swansons Privatanschrift drauf! Es wurde Zeit für einen Hausbesuch.

Ich fuhr weiter und griff dann wieder zum Telefon. Ich wählte das Polizeibüro vom Soo und verlangte nach Chief Maven. Ich wurde hin und her geschickt, man bat mich zu warten, ich musste ihn erneut verlangen, musste wieder warten, und schließlich war der Mann höchstpersönlich am Apparat. Ich wollte ihn fragen, ob ihm zwischenzeitlich eine Erleuchtung zuteil geworden sei – so etwas wie die Erkenntnis, dass ihn jemand an der Nase herumführte und er sich das gefallen ließ. Ich hatte keine Chance.

„McKnight, wo zum Teufel sind Sie? Ich telefoniere schon den ganzen Morgen hinter Ihnen her."

„Ich bin im Süden des Staates. Hinter Petoskey. Was ist denn los?"

„Wie schnell können Sie hier sein?"

„In zwei Stunden. Gegen eins."

„Seien Sie um 12.45 Uhr hier, McKnight. Ich warte im War Memorial auf Sie."

„Chief, was ist denn passiert? Wieso brauchen Sie mich im Krankenhaus?"

„Gehen Sie nach unten zum Leichenbeschauer. Sie sind der Einzige, der sich die Typen genauer angesehen hat … Wir wollen wissen, ob Sie diesen wieder erkennen."

„Einen der Männer mit den Pistolen? Ich komme, so schnell ich kann."

Das War Memorial Hospital liegt mitten im Geschäftsbezirk des Soo, ein paar Blocks südlich vom Fluss. Ich war einige Minuten vor eins da und ging in den Warteraum der Ambulanz. Maven saß dort und las in einem Magazin. Die Stühle neben ihm waren leer.

„Warum haben Sie so lange gebraucht?", fragte er beim Aufstehen.

„Ich bin schon über hundert gefahren. Ich habe nicht wie Sie eine Sirene, die ich anschmeißen kann."

„Gehen wir." Ich folgte ihm zum Aufzug. Wir fuhren ins Untergeschoss. Maven führte mich einen langen Korridor entlang. Als er die Tür zum Leichenraum öffnete, roch ich die Antiseptika, spürte den kalten Hauch auf meiner Haut.

Der Leichenbeschauer saß an seinem Schreibtisch, als wir eintraten. Er stand auf, um mir die Hand zu geben. Er war ein kleiner, rundlicher Mann in weißem Arztkittel. „Mr. McKnight", sagte er. „Ich bin Dr. Pietrowski, der Leichenbeschauer vom Chippewa County. Wir sind Ihnen dankbar, dass Sie sich herbemüht haben."

„Aber das ist doch selbstverständlich."

„Er ist in diesem Raum", sagte der Pathologe und ging mit mir zur gegenüberliegenden Tür. „Sind Sie bereit, ihn zu sehen?"

„Ich werde mein Bestes tun. Ich weiß nur nicht, ob ich ihn wirklich wieder erkennen werde."

Ich folgte ihm durch die Tür, Maven kam hinter mir her. Mitten im Raum stand ein Stahltisch. Die Leiche darauf war komplett mit einem weißen Tuch bedeckt. Die Neonröhren über uns summten.

Der Pathologe streifte Latexhandschuhe über und zog dann das Tuch zurück. Das Gesicht war so weiß, dass es fast schon blau war. Augen und Mund standen halb offen. Ich trat einen Schritt näher.

„Ist das einer von denen?", fragte Maven.

Ich sah auf das leblose Gesicht vor mir. „Richtig gesehen habe ich nur die beiden Männer, die unten bei uns geblieben sind. Einer war sehr hellhäutig, mit blonden Haaren und blonden Augenbrauen. Das war der, der sich für mich kanadisch angehört hat. Der ist es auf jeden Fall nicht. Der andere Mann war schwerer … Was hat der hier gewogen?"

Der Pathologe griff zu seinem Klappbrett. „Fünfundneunzig Kilo. Da sind ein paar Liter Blut schon abgezogen."

Ich nickte. Das klang in etwa korrekt. „Wie groß ist er?"

„Einsachtzig."

„Er hat eine Maske getragen. Eine Chirurgenmaske und auch so eine Kappe."

Der Pathologe ging zu seinem Arbeitstisch. „So wie diese?", fragte er und hielt eine grüne Maske und eine grüne Kappe hoch.

„Ja."

Er trat hinter den Kopf des toten Mannes. Mit der Mütze bedeckte er die schwarzen Haare des Mannes und drapierte dann die Maske über seinem Mund. „Hilft Ihnen das?"

Ich sah auf den Toten hinunter. „Jetzt kommt er mir bekannt vor", sagte ich. „Ich glaube, das kann der andere Mann sein, der unten gewesen ist. Hundertprozentig sicher bin ich mir allerdings nicht."

„Im Bericht hat etwas von Schuhen gestanden", sagte Maven hinter mir. „Würden Sie die Schuhe wieder erkennen?"

„Wenn er dieselben Schuhe getragen hat, denke ich schon."

Der Pathologe ging wieder zu seinem Arbeitstisch, öffnete eine schwarze Plastiktüte und holte ein Paar alte Turnschuhe heraus. Er brachte sie zu mir herüber. „Sehen Sie sie sich gut an, aber berühren Sie sie bitte nicht."

Es waren alte, abgetragene Schuhe, einst weiß, jetzt schmutzig grau. Zwei blaue Streifen verliefen auf beiden Seiten diagonal.

„Sie sehen wie die Schuhe aus, die er anhatte."

Der Leichenbeschauer ging zurück, um die Schuhe wieder wegzulegen. Ich sah auf den toten Mann hinunter. „Was ist passiert?"

„Er wurde in den Rücken geschossen", sagte der Pathologe. „Zwei Kugeln aus einer Fünfundvierziger. Die eine ging durch den Oberbauch, die andere blieb im Brustbein stecken."

„Wie lange ist er schon tot?"

„Etwa vier Tage."

„Vier Tage. Das wäre … Das wäre dann die Nacht des Raubüberfalls gewesen, nachdem sie weggefahren sind. Wo hat man ihn gefunden?"

„Danach müssen Sie den Chief fragen."

„Gehen wir", sagte Maven. „Hier sind wir fertig."

Ich ging hinter ihm her durch das Büro, den Korridor entlang zum Aufzug. Nebeneinander warteten wir auf ihn. „Wo haben Sie ihn gefunden?", fragte ich.

„Direkt in seinem Blut."

„Wie heißt er?"

„Das brauchen Sie nicht zu wissen."

„Das ist eine allgemein zugängliche Information. Morgen steht sie in der Zeitung."

„Nicht unbedingt. Wir könnten sie noch ein paar Tage zurückhalten."

„Und wieso ist das so ein tolles Geheimnis?"

„Wenn ich Mr Connery hierher bestellte oder Mr O'Dell oder Mr LaMarche, glauben Sie, einer von ihnen würde ihn erkennen?"

„Das bezweifle ich. Ich glaube nicht, dass einer von den anderen ihn deutlich sehen konnte."

„Unter der Voraussetzung, dass sie nicht ohnehin wussten, wer er war. Wenn sein Name Danny Cox wäre, würde Ihnen das irgendwas sagen?"

„Ich habe diesen Namen noch nie zuvor gehört."

Er sah auf die Ziffern über dem Aufzug. „Was haben Sie unten im Süden gemacht?", fragte er.

„Ich hatte eine Verabredung."

„Und ich will das vermutlich nicht mal wissen, wie?"

Der Aufzug tat sich auf. Wir stiegen ein.

„Ich weiß, dass zwei der Räuber in einem Wagen mit kanadischem Nummernschild weggefahren sind. Haben Sie das schon überprüft? Ich glaube nicht, dass amerikanische Privatdetektive diese Information aus Kanada einfach übers Telefon bekommen können."

„Zunächst mal, woher wissen Sie etwas über ein kanadisches Nummernschild? Und zweitens sind Sie kein Privatdetektiv mehr."

„Ich bin noch mal aus dem Ruhestand zurückgekehrt. Sie brauchen offensichtlich ein wenig Hilfe, Chief. Ihre persönlichen Vorurteile sind Ihnen bei diesem Fall im Wege. Sie sollten nach der Person suchen, die wirklich hinter alldem steckt."

„Ihre Verabredung heute Morgen …"

„Kendrick Heiden", sagte ich. „Ich glaube nicht, dass er etwas mit der Sache zu tun hat."

„Wer steht als Nächster auf Ihrer Liste?"

„Douglas Swanson."

„Er war an diesem Abend nicht zugegen."

„Ja, das weiß ich. Sagen Sie mir, wem der Wagen gehört. Ich finde das sowieso heraus."

„Dann machen Sie mal. Beißen Sie sich die Zähne aus."

„Wenn es eine echte Spur gäbe, würden Sie das nicht sagen. Es hat sich wohl um einen gestohlenen Wagen gehandelt. Zumindest um ein gestohlenes Nummernschild. Richtig?"

Die Tür ging auf; wir waren im Erdgeschoss. Maven ging hinaus und rasch zur Eingangstür. „Ich habe viel zu erledigen", sagte er.

„Ich auch."

Er blieb stehen und wandte sich um. „Glauben Sie wirklich, so Ihren Freunden zu helfen? Der Bezirksstaatsanwalt hat seinen Vorschlag auf den Tisch gelegt. Der erste von den Typen, der auspackt, wird nicht wegen verbrecherischer Verschwörung angeklagt. Bloß Hehlerei in minder schwerem Fall, Bewährung, kein Tag im Knast. Aber jetzt haben wir 'ne Leiche dazu. Man hat ihn in den Rücken geschossen und dann im Wald liegen lassen, sodass zwei kleine Kinder ihn heute Morgen gefunden haben. Und da meinen Sie, ich bin in der Stimmung, mir von Ihnen anzuhören, ich bräuchte Hilfe in diesem Fall? Und dass ausgerechnet Sie es sind, der mir hilft?"

„Maven, es ist doch alles so einfach. Sie verdächtigen die Falschen."

„Weil Sie tief in Ihrem Herzen wissen, dass sie unschuldig sind?"

„So ungefähr."

„Und ich bin derjenige, der die persönlichen Vorurteile hat. Denken Sie noch mal drüber nach." Damit ging er.

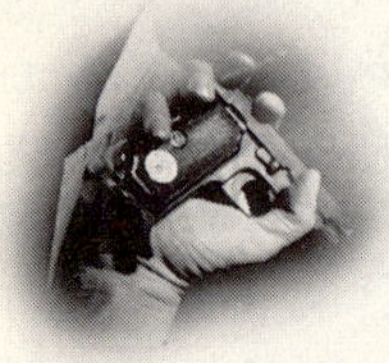

KAPITEL 7

Ich suchte für ein rasches Mittagessen das Restaurant des Ojibwa Hotels auf und setzte mich ans Fenster. Es war ein strahlender Julitag. Draußen waren viele Leute und genossen die Sonne, Leute, die ihre Jobs und alle Sorgen weit hinter sich gelassen hatten. Ich dagegen kam frisch aus dem Leichenschauhaus und hatte so viele Sorgen, dass sie für den ganzen Sommer reichten.

Nach dem Essen fuhr ich bei Swansons Büro vorbei. Auf dem Parkplatz stand nur ein Auto – ein Toyota Camry, sicher der Wagen der Sekretärin. Einen halben Block weiter stellte ich mich an eine Parkuhr und überlegte mir, was jetzt zu tun sei. Wenn ich ein richtiger Privatdetektiv wäre, würde ich hier warten, bis Swanson auftauchte. Irgendwann musste er sich schließlich heute in seinem Büro blicken lassen. Es war kurz nach zwei.

Ich stieg aus dem Laster, ging die Straße entlang zu der kleinen Buchhandlung und kaufte mir jede Zeitschrift, die halbwegs interessant wirkte. Mit einigen Schokoriegeln und einer Flasche Wasser war ich für den Rest des Nachmittags gerüstet.

Drei Stunden saß ich im Laster. Um fünf Uhr kam die Sekretärin aus dem Haupteingang und schloss hinter sich ab. Sie stieg in den Camry und fuhr los.

„Okay“, murmelte ich. „Sie haben sich also nicht im Büro blicken lassen, Swanson. Dann sehen wir doch mal zu Hause nach.“

Nach einem Blick auf den Stadtplan fuhr ich den Hügel am Campus des Lake State College hinauf und fand die Adresse, die Leon mir gegeben hatte. Das Haus sah nach französischem Kolonialstil aus. Ich parkte auf der Straße und klingelte, obwohl ich keine Autos in der Garage erkennen konnte. Niemand öffnete.

Ich fuhr zwei Häuser weiter und blieb dort mit Blick auf seine Einfahrt stehen. Weiteres Warten war angesagt. Da kam mir ein fürchterlicher Gedanke. Vielleicht verbrachte Swanson den Nachmittag irgendwo mit Vargas’ Frau, während ich vergeblich hier rumsaß.

Darüber brauchte ich nicht lange nachzudenken, denn ein dunkelblauer Acura hielt in der Einfahrt. Eine Frau stieg aus. Auf dem Weg zur Eingangstür öffnete sie den Briefkasten und nahm den Inhalt heraus. Mrs Swanson.

Als ich aus dem Laster stieg, waren meine Muskeln vom langen Sitzen so gespannt wie Klaviersaiten. Ich ging zur Eingangstür.

Die Frau, die mir öffnete, war etwa so alt wie ich. Sie hatte dunkles Haar, das zu ergrauen begann, und große braune Augen hinter einer randlosen Brille. Sie lächelte, sagte Hallo und fragte, ob sie mir helfen könne.

„Ist Dougie schon zu Hause?"

„Dougie? So hat ihn seit Jahren niemand mehr genannt."

„Wir sind ganz alte Freunde. Ich war hier in der Gegend und habe gedacht, ich schaue mal vorbei. Er hat doch noch seine Kanzlei?"

„Ja, die hat er noch. Er ist gerade im Büro, aber in ein paar Minuten müsste er nach Hause kommen. Wollen Sie nicht reinkommen und auf ihn warten? Es tut mir Leid, ich habe Ihren Namen nicht verstanden."

„Alex", sagte ich. „Alex McKnight."

Die nächste halbe Stunde verbrachte ich damit, in ihrer Küche zu sitzen. Mrs Swanson schnitt mir ein Stück vom besten selbst gebackenen Möhrenkuchen ab, den ich jemals gegessen hatte, und fragte mich, ob ich ein Bier wolle. Wir unterhielten uns über meine Hütten, wie mein Vater sie eigenhändig gebaut hatte und dass er dreißig Jahre lang Arbeiter bei Ford gewesen war. Ihr Vater hatte bei General Motors gearbeitet. Nach jeder Minute, die ich mit ihr verbrachte, hasste ich ihren Ehemann ein bisschen mehr. Als er nach Hause kam, war ich so weit, ihm eins auf die Schnauze zu geben.

Ich wartete in der Küche, während sie hinausging, um ihn im Wohnzimmer zu begrüßen.

„Douglas", hörte ich sie sagen, „da wartet ein Mann auf dich. Er heißt Alex McKnight."

Swanson kam um die Ecke. Er kam mir vage bekannt vor – Mitte fünfzig, gut in Form für einen Mann, der die meiste Zeit des Tages hinter einem Schreibtisch verbrachte, und natürlich das Silberhaar, das jeder gute Anwalt in den Fünfzigern einfach haben muss. Ich hatte ihn ein paarmal in der Stadt getroffen, und ich war mir ziemlich sicher, dass ich ihm einmal vorgestellt worden war, aber ich war ganz sicher, ihn noch nie so wütend wie in diesem Moment gesehen zu haben. „Was zum Teufel machen Sie in meinem Haus?", fragte er. „Sie haben drei Sekunden zu verschwinden, bevor ich die Polizei rufe."

„Liebling, was ist denn los?", wollte seine Frau wissen.

„Ich zähle", sagte er und griff zum Telefon. „Eins."

„Dougie war in diesem Hotelzimmer", sagte ich. „Da klopft es an die Tür. Er macht auf, und es ist der Zimmerservice."

„Zwei“, sagte er. „Ich wähle.“

„Der Kellner hat ein Riesentablett dabei und darauf eine Flasche Champagner. Dougie sagt: ‚Ich habe keinen Champagner bestellt.‘ Der Kellner sagt: ‚Mit den Grüßen des Hauses‘ und verliert in dem Moment die Kontrolle über das Tablett und kippt das ganze Ding direkt auf Dougies Kopf.“

Swanson hielt im Wählen inne.

„Was meinst du, Dougie? Soll ich deiner Frau die Geschichte nicht zu Ende erzählen?“

„Was wollen Sie? Warum sind Sie hier?“

„Wir müssen uns kurz unterhalten. Können wir das irgendwo in Ruhe tun?“

„Hier drinnen“, sagte er. Er öffnete eine Doppeltür aus Glas. In dem Raum stand ein antiker Schreibtisch, und juristische Werke füllten zwei ganze Wände.

„Ich wollte Ihnen noch danken, Ma'am“, sagte ich zu Mrs Swanson. Sie sagte kein Wort.

Sobald ich sein Büro betreten hatte, zog Swanson die Tür fest zu. Ich setzte mich auf den Besucherstuhl. Swanson blieb an der Doppeltür stehen. „Sie rufen in meinem Büro an“, knurrte er. „Sie belästigen meine Sekretärin. Jetzt kommen Sie in mein Haus und bedrohen mich in Gegenwart meiner Frau.“

„Ich habe Sie nicht bedroht.“

„Und was sollte dann die Geschichte mit der Champagnerflasche? Wenn Sie Geld wollen, vergessen Sie's. Ich lasse mich nicht erpressen.“

„Ich will Ihnen nur ein paar Fragen stellen.“

„McKnight, ich weiß, wer Sie sind. Sie sind Leon Prudells Partner. Und ich weiß, dass er Mrs Vargas in den letzten Wochen gefolgt ist.“

„Ich bin nicht mehr sein Partner, und ich habe erst recht nichts zu tun mit diesem … Woher wissen Sie übrigens, dass er ihr gefolgt ist?“

„Meinen Sie denn, sie merkt es nicht, wenn ihr dieser Riesentölpel mit roten Haaren überallhin nachläuft? Mir war klar, dass das ein Privatdetektiv sein musste, und da es in der ganzen Stadt nur eine einschlägige Firma gibt, war es nicht so schwer herauszufinden, wen Vargas mit ihrer Bewachung beauftragt hatte. Der Eintrag, den ich gesehen habe, lautete ‚Prudell-McKnight Ermittlungen‘.“

„Ein alter Eintrag. Ich bin aus der Firma raus.“

„Dann macht er das also alleine? Warum sind Sie dann hier? Ich war sicher, dass Sie mich unter Druck setzen wollten, dass Sie auf zwei Seiten abkassieren wollen. Privatdetektive ziehen gelegentlich diese Nummer ab. Es gibt Leute, die tun einfach alles für 'nen schnellen Dollar."

„Ich bin hier, weil ich der Glückspilz bin, der Ihren Platz in der Pokerrunde eingenommen hat, und weil ich einige Antworten brauche. Einer der bewaffneten Gangster ist heute Morgen tot aufgefunden worden."

Seine Augen wurden schmal. „Einer der Männer, die in Vargas' Haus eingedrungen sind?"

„Ja."

Er schüttelte den Kopf. Wenn er schauspielerte, machte er das jedenfalls nicht schlecht. Aber genau das tun Anwälte ja. „Ich verstehe das nicht", sagte er. „Was hat das mit mir zu tun?"

„Irgendwer will Jack, Bennett und Gill etwas in die Schuhe schieben. Und ich werde herausfinden, wer das ist."

„Ich weiß, dass die drei gestern verhaftet worden sind. Wieso glauben Sie, dass man ihnen etwas in die Schuhe schieben will?"

„Sind sie Ihre Freunde oder nicht? Glauben Sie wirklich, dass sie damit etwas zu tun haben?"

„Alle drei sind gute Bekannte, Männer, mit denen ich ab und an Karten spiele", erklärte Swanson. „Ich habe genug erlebt, um mich grundsätzlich nicht zu wundern, wozu Leute alles fähig sind. Besonders, wenn es um Geld geht."

„Sie sind doch mit mir einer Meinung, dass derjenige, der das alles geplant hat, Kenntnis von dem Geld in Vargas' Safe haben musste?"

„Das klingt plausibel."

„Vargas behauptet, das Geld im Safe nur einmal erwähnt zu haben, bei einer Pokerrunde vor zwei Monaten. Nicht einmal seine Frau habe etwas davon gewusst."

„Und deshalb nehmen Sie an, einer der Männer, die bei jenem Pokerspiel zugegen waren, muss für den Raub verantwortlich sein."

„Ja", bestätigte ich.

„Und selbiger Mann ist auch für die Machenschaften verantwortlich, deren Opfer drei unschuldige Männer sind."

„Sie machen das großartig. Weiter so!"

„Sodass, wenn es wirklich nicht Jack, Bennett oder Gill gewesen sind, es entweder Kenny oder ich war. Wir beide sind die einzigen anderen Menschen, die von dem Safe gewusst haben."

„Ich glaube nicht, dass es Kenny war", sagte ich.

„Nein, Kenny war es nicht." Swanson warf die Arme hoch. „Sie haben noch einen Mann übrig. Swanson muss es gewesen sein."

„Waren Sie es?"

„Nein. Ich war es nicht. Warum sollte ich?"

„Sie haben doch selbst gesagt, für Geld tun die Leute alles."

„Ich habe gesagt, für einen schnellen Dollar. Ein Dollar ist nur dann schnell, wenn Sie ungeschoren davonkommen."

„Meines Wissens sind Sie gestern nicht verhaftet worden. Bislang kommen Sie ganz schön ungeschoren davon."

„Nehmen wir an, ich habe das arrangiert. Sie haben mich aber da nicht gesehen, oder? Ich muss also drei Mann für den Überfall angeheuert haben."

„Offenbar ja."

„Diese drei Männer, haben die kein Anrecht auf einen Teil des Geldes?"

„Doch. Mit Sicherheit."

„Von wie viel Geld reden wir? Fünftausend Dollar?"

„Das hat Vargas bei der Polizei angegeben. Wir beide wissen doch, dass es mehr war."

„Sicherlich. Sagen wir mal, es waren – hunderttausend Dollar? Sagen wir, es war eine Million. Ein ganz hübscher Fischzug. Ich heuere drei Männer an, bei einem bewaffneten Überfall eine Million Dollar zu stehlen und sie dann bei mir abzuliefern. Was sie natürlich machen, denn sie sind Ehrenmänner. Aber wie hoch sollte denn dann ihr Anteil sein? Meinen Sie, sie teilen ganz gerecht mit mir? Obwohl ich ihnen doch nur von dem Safe erzählt und dann im Sessel gesessen habe, während sie einen Raubüberfall begangen haben? Sagen wir, sie geben mir ein volles Viertel. Ich habe also eine Viertelmillion Dollar. Ich habe meine gesamte juristische Laufbahn riskiert, die mir nebenbei bemerkt noch brutto fünf bis zehn Millionen Dollar einbringen wird, bis ich mich zur Ruhe setze. Ich habe riskiert, in den Knast zu wandern – wie lange? Zwanzig oder dreißig Jahre? Alles, was ich besitze, jede Person, die mir etwas bedeutet … all das habe ich für 250000 Dollar aufs Spiel gesetzt. Sehen Sie das so, Mr McKnight?"

„Ich bin mir sicher, dass es sich nicht so abgespielt hat."

„Wie dann bitte?"

„Deshalb bin ich ja hier. Ich möchte das herausfinden, und ich habe gedacht, Sie könnten mir dabei helfen."

„Ich bedauere, Sie zu enttäuschen."

„Sobald Sie meinen Namen gehört haben, haben Sie sich verleugnen lassen. Können Sie es mir da verargen, dass ich misstrauisch geworden bin?“

„Wenn Sie meiner Sekretärin gesagt hätten, weshalb Sie mich sprechen wollten, hätten wir das alles vermeiden können.“

„Schon, aber ich hätte dann nie den Möhrenkuchen Ihrer Frau probiert.“

„Ich glaube, wir sind fertig, Mr McKnight. Die Tür hinter Ihnen führt nach draußen.“

„Richten Sie Ihrer Frau meinen herzlichen Dank aus.“

ICH STIEG in den Laster und starrte eine Weile ins Leere. Swanson hatte Recht. Es war verdammt schwierig, auf diese Weise Geld zu verdienen, und verteufelt riskant. Also steckte vielleicht etwas ganz anderes dahinter.

Was auch immer das sein mochte, es sollte mir einfallen, bevor sie bei Jack für die Gefängnisuniform Maß nahmen und bevor mein Freund mit den süßlichen Zigarren auf die Idee kam, es sich erneut in meiner Hütte gemütlich zu machen. Oder bevor noch jemand ermordet wurde. Es war an der Zeit, aufs Ganze zu gehen.

Ich griff zum Handy und wählte Leons Nummer. Dann ließ ich den Laster an und fuhr in Richtung von Vargas' Haus.

Leon hob gleich beim ersten Klingeln ab.

„Ich bin auf dem Weg zu Mrs Vargas“, sagte ich. „Wird sie jetzt zu Hause sein?“

„Alex, das kannst du doch nicht machen.“

„Und was ist mit Vargas? Wird der da sein?“

„Vargas sollte in den nächsten Stunden noch nicht da sein. Er müsste im Laden sein. Er fährt zurzeit nur an drei Tagen in der Woche hin. Die Fahrt ist so lang.“

„Okay, dann ist seine Frau allein. Das ist gut.“

„Davon würde ich nicht ausgehen, Alex. Wenn sie weiß, dass ihr Mann nicht zu Hause sein wird …“

„Ich weiß, dass Swanson momentan nicht da ist.“

„Alex, was machst du?“

„Ich fahre herum und stelle den Leuten Fragen. Wie kommt es, dass du sie nicht mehr beschattest?“

„Vargas scheint das Interesse daran verloren zu haben. Er scheint derzeit andere Dinge im Kopf zu haben.“

„Und ob, da würde ich drauf wetten.“

Ich fuhr nach Nordosten zum Fluss. Golfer putteten auf dem Grün, als ich vorbeifuhr, und da sah ich schon Vargas' Haus. Ein blauer Miata stand in der Einfahrt. Ich parkte hinter ihm.

Als ich auf die Klingel drückte, erwartete ich, dass mein kleiner Freund loskläffte, aber das Geräusch blieb aus. Cynthia Vargas kam an die Tür und musterte mich. „Was gibt es?“, fragte sie. Sie war blond, perfekt gebaut, genau das, was man sich als Zweitfrau zulegen würde.

„Guten Tag, Ma'am“, sagte ich. „Es tut mir Leid, dass ich Sie störe. Ich wollte Sie fragen, ob ich Ihnen ein paar Fragen stellen darf.“

„Sie sind Alex McKnight.“

„Wir haben neulich miteinander telefoniert“, sagte ich.

„Stimmt, und Sie waren bei dem Pokerspiel hier. Sie waren eine der Geiseln. Kommen Sie doch rein. Wollen Sie ein Bier?“

Und ob ich das wollte. Aber ich lehnte dankend ab.

Sie durchschritt das ganze Haus und trat auf die rückwärtige Veranda hinaus. Ich nahm an, dass ich ihr folgen sollte. Zum zweiten Mal verbrachte ich meine Zeit mit der Frau eines anderen Mannes.

Mrs Vargas setzte sich in einen Liegestuhl und sah nach Westen, wo sogar noch um sieben Uhr abends die Sonne hoch über dem Horizont hing. Sie setzte ihre Sonnenbrille auf. „Setzen Sie sich doch“, forderte sie mich auf.

Ich zog einen weiteren Liegestuhl heran und setzte mich auf das Fußteil. Entspannt zu liegen war jetzt nicht mein Ding. Als ich nach Westen sah, bemerkte ich die Pappe, die noch immer das zerbrochene Fenster im ersten Stock ausfüllte.

„Ich sehe Ihren Hund nirgendwo. Er freut sich immer so, wenn er mich sieht.“

„Das ist nicht mein Hund. Das ist Wins Hund. Er nimmt ihn sogar mit zur Arbeit. Er hat versucht, ihn mir am selben Tag zu schenken, an dem er mir auch das doofe kleine Auto gekauft hat.“

„Mrs Vargas, ich muss Sie etwas fragen.“

„Sie sind mit den drei Männern befreundet, die man verhaftet hat.“

„Ja, woher wissen Sie das?“

„Ich habe mitgehört, was Win am Telefon über Sie gesagt hat. Sie sind der, den man nicht erwischt hat.“

„Man hat niemanden ‚erwischt‘, Ma'am. Das Ganze ist ein Missverständnis.“

„Ihre Freunde da, für Sie ist es erwiesen, dass die nichts damit zu tun haben? Dann sind Sie also hier, um mich zu fragen, ob ich es war?“

Damit hatte ich nicht gerechnet. „Ich versuche nur die Wahrheit herauszufinden."

„Mein Anwalt hat mich gerade angerufen. Unmittelbar bevor Sie gekommen sind. Er hat gesagt, Sie seien gerade bei ihm zu Hause gewesen."

„Ist das Ihre Bezeichnung für ihn? Ihr Anwalt?"

Sie schob ihre Sonnenbrille nach unten und sah mich über den Rand hinweg an. „Es war vielleicht ein Fehler, Sie hereinzubitten. Sie wirkten wie ein Gentleman, aber da habe ich mich offensichtlich vertan."

„Ich bitte um Entschuldigung."

Sie setzte sich die Brille wieder zurecht. „Er hat mir gesagt, dass Sie vielleicht vorbeikämen. Sind Sie jemals in Bay Harbor gewesen, Alex?"

„Doch, da bin ich schon gewesen."

„Wenn Sie dort ein wirklich schönes Haus von über fünfhundert Quadratmetern hätten, würden Sie das verkaufen und hierher ziehen?"

„Das kann ich nicht beantworten. Das Problem fängt schon damit an, dass ich niemals in Bay Harbor leben würde."

„Hat Win Ihnen über seine Idee erzählt, hier in der Gegend etwas völlig Neues zu bauen? Natürlich hat er das. Er spricht ja von nichts anderem mehr. Was halten Sie von seiner tollen Idee?"

„Ich hoffe inbrünstig, dass er sie nicht verwirklichen wird."

Es herrschte verlegenes Schweigen. „Der Safe da oben in dem Raum ...", sagte ich schließlich.

„Ich habe alles darüber gewusst. Wie idiotisch muss man sein, um einen Safe im eigenen Haus nicht zu kennen."

„Haben Sie die Kombination gekannt?"

„Nein."

„Wussten Sie, was sich da drin befand?"

„Ich bitte Sie. Was legt man wohl in einen Safe? Bei Win ist es entweder Geld oder seine komischen Sammelstücke. Und die würde er nicht in den Safe tun, weil er dann nicht jeden nach oben schleppen könnte, um damit anzugeben."

„Sie scheinen seine Interessen nicht zu teilen."

„Richtig. Deshalb habe ich drei Schläger angeheuert, um hier einzubrechen und seine tolle Sammlung klein zu schlagen und ganz nebenbei noch sein Geld zu stehlen. Weniger, weil ich etwas von der Beute mitbekommen würde, sondern nur, um es ihm abzunehmen. Alles nur, weil ich ihn hasse. Wollen Sie darauf hinaus, Mr McKnight?"

„Sie erzählen mir, Sie hätten mit der Sache nichts zu tun."

„Ja, genau das erzähle ich Ihnen. Aber je mehr ich darüber nachdenke, desto mehr wünschte ich, ich hätte es getan. Ich meine, was sollte das, so viel Geld da oben im Safe zu haben? Jetzt, wo es weg ist, ist mein Gatte psychotisch geworden, und ich schlafe nachts nicht mehr, weil ich drauf warte, dass diese Kerle hier wieder einbrechen. Sie wissen gar nicht, wie sehr ich diesen Ort hasse."

Ich hatte keine Chance, darauf etwas zu erwidern. Das nächste Geräusch, das ich hörte, war das Bellen eines kleinen Hundes. Dann ging die Tür hinter uns auf, und Miata ging auf mich los. Ich nahm ein Kissen vom Liegestuhl und versuchte es als Schild zu benutzen. Es wirkte nur sehr eingeschränkt.

Vargas trat auf die Veranda. Die Beule auf seiner Stirn hatte alle Farben des Regenbogens angenommen. „Ich habe mir schon gedacht, dass dies Ihr Wagen ist, McKnight. Wer sonst würde so etwas fahren?"

„Du kommst früh nach Hause", sagte Mrs Vargas.

„Ja, der Ehemann kommt unerwartet nach Hause", höhnte er. „Aber ich habe nicht damit gerechnet, ihn hier zu finden. Du arbeitest dich auf der sozialen Leiter ganz schön nach unten, Cynthia."

Sie hob eine Hand und wies ihm den Rücken ihres Mittelfingers. Derweil umtänzelte mich der Hund.

„Könnten Sie bitte den Hund entfernen?", sagte ich.

„Warum sollte ich das?", versetzte Vargas. „Was tun Sie überhaupt hier?"

„Schaffen Sie den Hund weg, und ich erzähle es Ihnen."

„Miata, komm her." Vargas nahm ihn auf und legte ihm einen Finger auf die Nase, als er mich weiter anbellte. „Beruhige dich", sagte er.

„Ich bin hierher gekommen, um Ihrer Frau ein paar Fragen zu stellen. Das ist alles. Wer auch immer Sie reingelegt hat, hat auch zugleich meine Freunde reingelegt. Ich will herausfinden, wer das war. Ich könnte mir denken, dass Sie das auch rauskriegen wollen."

„So denken Sie sich das also?"

„Die Tatsache, dass Sie das offensichtlich nicht rauskriegen wollen, ist schon interessant. Sie sollten schon viel weiter sein als ich. Oder wenigstens Leon darauf angesetzt haben. Haben Sie jemanden in meine Hütte einbrechen lassen? In Jacks Haus? In Gills Haus?"

„Wie? Wo soll ich einbrechen lassen?"

„Wer auch immer es ist, sagen Sie ihm, er soll aufhören, diese blöden kleinen Dinger zu rauchen. Ich kann den Geruch nicht ausstehen."

„McKnight, wovon reden Sie?"

Das klang echt. Ich musste annehmen, dass er wirklich nichts davon wusste. Nachdem ich den ganzen Tag herumgefahren und nur in Sackgassen geraten war, stand ich vor meiner letzten Chance. „Vielleicht waren Sie es“, sagte ich. „Vielleicht haben Sie alles arrangiert.“

„McKnight, Sie sind wahnsinnig“, sagte er.

„Na, das wäre ja interessant“, meinte seine Frau. „Er beraubt sich selbst. Und jetzt, wo all das Geld weg ist …“

„Das natürlich nicht weg ist“, sagte ich. „Es liegt nur bei einem Scheidungsanwalt.“

Sein kahler Schädel wurde einen Ton röter.

„Rein hypothetisch gesprochen“, fügte ich hinzu.

„Warum hätte er dann seinen eigenen Raum zerstört?“, fragte sie.

„Um sicherzugehen, dass keiner denkt, er steckt dahinter.“

„Das alte Spiel mit den falschen Fährten“, sagte sie.

„Einer von den Männern ist heute tot aufgefunden worden. Ich hoffe, Ihr Gatte ist sich darüber im Klaren, dass die ganze Geschichte aus dem Ruder zu laufen beginnt.“

„Wer ist tot?“, fragte Vargas. Er wirkte ernstlich überrascht.

„Einer der Männer, die hier eingedrungen sind. Er wurde in den Rücken geschossen.“

„Das klingt ganz nach ihm“, sagte Mrs Vargas.

„Das reicht mir jetzt von dir“, fauchte er. „Warum verschwindest du nicht und legst noch etwas Make-up auf?“

„Keine Chance. Jetzt wird es doch gerade spannend. Wo man dich jetzt wegen Mord am Wickel hat.“

„Ich muss wirklich nicht in meinem Haus stehen und mir so etwas anhören.“

„Aber was ist mit Ihren Freunden?“, sagte sie zu mir. „Warum sollte er ihnen die Sache in die Schuhe schieben?“

„Weil sie die einzigen Leute sind, die über den Safe Bescheid wussten. Irgendjemand musste er als Sündenbock hinstellen.“

Vargas wandte sich um, setzte den Hund nach drinnen und schob die Glastür zu, bevor er wieder entkommen konnte. „Ich glaube, wir haben genug gehört, McKnight. Wie steht es mit unserer Revanche? Dieses Mal benutzen Sie aber keinen Feuerlöscher.“

„Vargas, dafür gibt es keinen Grund.“ Vorsichtshalber erhob ich mich.

„Und ob es den gibt!“ Er kam auf mich zu, in derselben Pose, die ich auf dem Boot gesehen hatte. Er täuschte eine Linke vor und schlug mir dann seine Rechte in die Magengrube, was mir den Atem nahm. Nach einer

Drehung traf er mit dem Fuß an der rechten Seite meinen Kopf. Das haute mich von den Beinen, und mein Kopf dröhnte.

Ich rollte von ihm weg, rappelte mich wieder hoch und verbrachte die nächsten Sekunden damit, wieder zu Atem zu kommen.

In der Zwischenzeit hatte seine Frau endlich einen Grund gesehen, ihren Liegestuhl zu verlassen. Sie stand an das Geländer gelehnt und sah uns fasziniert zu. Drinnen bellte unaufhörlich der Hund und kratzte an der Glastür.

Vargas landete einige weitere Treffer und schickte mich gegen das Geländer. Ich versuchte den schweren Schlägen auszuweichen und wartete darauf, dass mir etwas einfiel.

Endlich wurde er etwas langsamer. Zweimal traf ich ihn, mit einer Linken den Körper und mit einer Rechten das Kinn. Den Treffer schüttelte er ab, wich ein Stück zurück und warf sich dann in einen weiteren Drehsprung, den Gnadenstoß, der mich über das Geländer geworfen hätte. Diesmal hatte ich die Bewegung genau vorausgesehen. Als sein Fuß über meinen Kopf segelte, empfing er einen Tritt von mir, einen guten altmodischen Fußtritt mitten in die Juwelen. Er klappte in der Mitte zusammen.

Er gab hässliche Geräusche von sich, während er sich auf dem Boden wälzte. Ich stand da und untersuchte den Schaden an meinem Gesicht. Mein Kiefer schmerzte höllisch, die Lippe war aufgeplatzt, sodass mir Blut aufs Kinn lief, und das rechte Ohr dröhnte noch immer. Abgesehen davon hatte ich mich noch nie besser gefühlt.

Mrs Vargas stand noch immer da, die Arme um sich selbst geschlungen. Sie sah zu, wie ihr Gatte sich auf den Bohlen wälzte. Der Ausdruck auf ihrem Gesicht war jetzt eine Mischung aus Schock und Genugtuung.

„Ich finde selbst nach draußen", sagte ich. „Lassen Sie Wasser in die Badewanne laufen." Die Art, wie Vargas sich herumwälzte und sich die Lenden hielt, ließ mich fast Mitleid mit ihm empfinden. „Wenn er wieder hochkommt, sorgen Sie dafür, dass er sich hineinsetzt."

Als ich im Begriff stand, die Glastür zu öffnen, gewahrte ich den Hund, der es nicht erwarten konnte, mich anzugreifen, und überlegte es mir anders. Ich ging stattdessen die Treppe hinunter und kam direkt unter dem zerstörten Fenster vorbei. Noch immer lagen Glasscherben auf dem Boden. Ich ging ums Haus nach vorne, stieg in meinen Laster, betrachtete kurz mein Gesicht im Rückspiegel und wischte mir das Blut vom Kinn.

Wenn man manchmal über eine Sache zu scharf nachdenkt, verliert man sie aus dem Blick. Dann schiebt man sie für einige Minuten beiseite, wenn zum Beispiel jemand versucht, Kleinholz aus dir zu machen. Und danach ordnen sich die Gedanken wieder, und man sieht plötzlich etwas, was man zuvor nicht bemerkt hat. Alle Puzzleteile fügen sich mit einem Male zusammen.

Meine Hände zitterten noch, als ich zum Lenkrad griff. Alles, was passiert war, ging auf einen Mann zurück!

Ich fuhr aus der Einfahrt und bretterte los, geradewegs auf ihn zu.

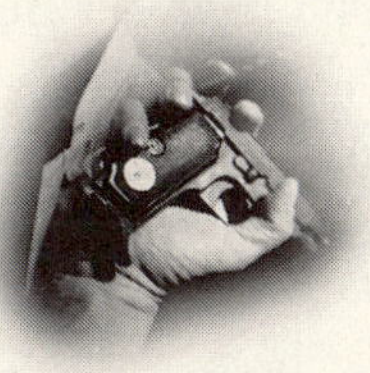

KAPITEL 8

Er stand hinter der Theke, als ich hereinkam. Er sah mich nicht an. Er sprach weiter mit dem Mann ihm gegenüber, mit leiser Stimme. Zwei weitere Männer standen an der Theke, ein paar mehr an den Tischen.

„Bennett, ich muss mit Ihnen sprechen."

„In einer Minute komme ich zu Ihnen", sagte er.

„Es muss aber sofort sein. Zapfen Sie mir wenigstens ein Bier."

Jetzt sah er mich an. Wenn er überhaupt bemerkte, in welchem Zustand ich mich befand, zeigte sich das nicht in seiner Miene.

Ein Aschenbecher auf der Theke. Rauch steigt auf. Der Geruch, widerlich süß.

Der Mann Bennett gegenüber, auf einem Barhocker – ich hatte ihn mir gar nicht angesehen, als ich reingekommen war. Das holte ich jetzt nach. Sein Haar war so blond, dass es weiß war, seine Haut so blass, dass er im Sommer so rot wie eine Rübe würde, sobald er einen Schritt nach draußen tat. Die Augenbrauen – man konnte sie kaum sehen. Er sah zu mir herüber, genau so, wie er mich angesehen hatte, als ich auf Vargas' Boden lag.

„Wir unterhalten uns soeben", sagte der Blonde. „Was soll die Hektik?" Das letzte Wort dehnte er sehr kanadisch.

„Es gibt keine Hektik", sagte Bennett. „Alex ist nur gekommen, um ein Bier zu trinken."

„Sieht ganz so aus, als bräuchte Alex auch etwas Eis für seine Fresse. Scheint mit einem Zementlaster zusammengestoßen zu sein." Er wandte kein Auge von mir. Ich wischte mir das Blut mit dem Ärmel vom Kinn und ging einen Schritt auf ihn zu.

„Alex, lassen Sie das", sagte Bennett. „Bitte, bewegen Sie sich nicht."

Ich wandte den Blick von dem Blonden und sah Bennetts Hände noch immer auf dem Tresen. Alles passte. Der Blonde trug eine Jacke an einem Tag, der viel zu warm dafür war. Der Reißverschluss war mehr als zur Hälfte geöffnet, und die Hand des Mannes steckte innen. Ich brauchte nicht lange zu raten, was er in der Hand hielt.

„Ich bin nicht allein hier", sagte er. „Ich möchte uns ungern den Weg hier raus freischießen, aber zur Not machen wir das."

Ich folgte seinem Blick. Ham saß an einem der Tische, zusammen mit einem weiteren Mann. Er war nicht ganz so blond wie der Typ an der Bar, aber sonst war die Familienähnlichkeit unverkennbar.

„Ihr Bruder", sagte ich zu dem blonden Kanadier. „War das der dritte Mann auf unserer Party?"

„Sie wissen, wer der dritte Mann gewesen ist", sagte er. „Sie haben doch von Anfang an mit drin gehangen."

„Mir völlig neu. Wollen Sie nicht mal was Sinnvolles sagen?"

„Ich habe Ihnen doch gesagt", schaltete Bennett sich ein, „Alex hatte nichts damit zu tun."

„Schon wieder", sagte der Blonde. „Jedes Mal wenn Sie das sagen, rege ich mich mehr auf."

„Ich sage die Wahrheit", meinte Bennett.

„Was ist mit Ihnen, Alex?" Der Blonde wandte sich wieder mir zu. „Wollen Sie mir dasselbe erzählen?"

„Ich weiß verdammt noch mal nicht, wovon Sie reden. Warum sind Sie in meiner Hütte gewesen?"

„Ich musste da was recherchieren. Wollte versuchen, einige geschäftliche Verluste wieder wettzumachen."

„Warum kommen Sie dann nicht heute Nacht wieder? Diesmal werde ich mit Sicherheit da sein."

„Wissen Sie was, ich fühle mich hier langsam unwillkommen. Die Atmosphäre hier wird irgendwie feindselig."

„Dann haben Sie noch nichts wirklich Feindseliges erlebt. Ich habe heute einen Ihrer Partner gesehen", sagte ich. „Zwei Kugeln im Rücken. Das sind dann wohl Sie gewesen? Ganz schön feige, finden Sie nicht selbst?"

Sein Lächeln verschwand. „Sie stehen im Begriff, Ihr eigenes Leben zu beenden, mein Freund."

Ich äffte seinen Akzent nach: „Mein eigenes Leben beenden? Wie kommt es überhaupt, dass ihr Kanadier so komisch sprecht?"

„Alex", sagte Bennett, „um Himmels willen ..."

„Ich werde mich wieder bei Ihnen melden“, sagte der Blonde, während er aufstand. „Bald.“ Er umkreiste mich, ohne mir jemals den Rücken zuzuwenden. Sein Bruder stand ebenfalls auf und ging als Erster durch die Tür. Dann ging mein neuer Freund langsam rückwärts durch die Tür. Sobald die Tür zufiel, trat ich ans Fenster.

„Alex, gehen Sie da weg!“

Ich sah, wie die Männer in einen schwarzen Audi stiegen. Es war nicht der Wagen aus Leons Video und auch nicht dasselbe Kennzeichen, aber auch dieses Nummernschild kam aus Ontario.

Ich ging zurück zur Theke. „Geben Sie mir einen Stift“, sagte ich zu Bennett und griff nach einer Serviette.

Endlich löste sich Bennett aus seiner Erstarrung und fand einen Stift für mich. Ich schrieb die Autonummer auf eine Cocktailserviette.

Als Margaret mit einem Tablett voll Essen aus der Küche kam, blieb sie wie angewurzelt stehen. „Was geht hier vor? Alex, was ist mit Ihrem Gesicht passiert?“

Ich ignorierte die Frage.

„Erzählt mir vielleicht jemand, was hier los ist?“, sagte Margaret.

„Ich erzähl's dir später“, antwortete Bennett. „Ich brauche erst mal frische Luft.“

Ich war so schnell hinter ihm, dass die Tür keine Chance bekam, sich zu schließen. „Wer war dieser Mann?“, fragte ich. „Wie heißt er?“

„Ich kenne seinen Namen nicht.“

„Und ob Sie den kennen. Er war einer von den drei Typen, die Sie benutzt haben, um Vargas auszunehmen.“

Er blieb mitten auf dem Parkplatz stehen. Er seufzte tief und müde. „Kommen Sie mit.“

Ich ging hinter ihm her um den Parkplatz herum zum Fluss. Ich sah das Dock, an dem ich Vargas nach unserem kleinen Arbeitsessen zurückgelassen hatte. Am Ufer stand ein Picknicktisch. Bennett setzte sich, und ich tat dasselbe, ihm direkt gegenüber. Zwei Boote fuhren vorbei. Die Sonne würde bald untergehen.

„Wie haben Sie es herausgefunden?“, fragte er.

„Überhaupt nicht. Wenigstens zunächst nicht. Ich hätte mir viel Ärger erspart, wenn ich eine Weile nachgedacht hätte.“

„Versteh ich nicht.“

„Ich habe gedacht, das Ganze ist eine Falle. Der Einsatz Ihres Wagens, die Unterbringung der Indizien, erst bei Gill und dann bei Jack …“

„Wo haben Sie das her?“

„Ich habe das Video gesehen. Leon hat es mir gezeigt.“

„Ja, das Video. Das hat der Polizei bestimmt gefallen. Ich nehme an, Vargas hat es ihnen gegeben. Wenn das kein Glückstreffer ist – irgendein Idiot filmt das Ganze …“

„Genau das ist der Punkt“, sagte ich. „Sie konnten nicht wissen, dass dieser Glückstreffer passiert. Wenn jemand Sie alle drei reinlegen wollte, warum nimmt er dann Ihren Wagen und bringt ihn wieder hierher? Für Sie ist das keine Falle. Ohne das Video wären Sie durch nichts mit der Sache verknüpft. Nur Jack und Gill.“

Er dachte einen Moment nach. „Okay, ich verstehe, was Sie meinen.“

„Was hatten Sie vor? Ein anonymer Tipp übers Telefon? Der Polizei erzählen, bei Jack und Gill seien Teile der Beute? Sie sacken das Geld ein. Jack und Gill kassieren die Strafe.“

„Alex, Sie haben das völlig falsch verstanden. Nicht deshalb haben wir das gemacht.“

„Wer ist wir, Bennett? Erzählen Sie mir erst mal, wer der dritte Gangster war. War das nicht der andere vorhin in der Kneipe?“

„Nein, es war mein Sohn.“

„Ihr Sohn ist einsfünfundneunzig groß. Er war an dem Abend nicht dabei.“

„Ich habe mehr als einen Sohn. Mein Ältester, Sean, er wohnt unten in Cleveland. Er ist für die Tat hierher gekommen.“

„Und der Dritte war der Typ, den man tot aufgefunden hat, Danny Cox heißt er?“

„Ja, das ist er. Er war ein alter Freund von Sean, von der Highschool her. Sie waren damals immer zusammen. Danny war damals ein richtiger Rüpel, geriet ständig in Schwierigkeiten, und Sean war des Öfteren dabei. Nun gut, Sean ist zu diesem Danny gegangen und hat ihn gefragt, ob er an einer kleinen Sache interessiert sei …“

„Als der Typ seine Pistole an meinen Schädel gepresst hat, war das eine kleine Sache?“

„Nun ja, Danny kannte den anderen Typen, drüben in Kanada, der Pistolen besorgen konnte und sich in solchen Sachen auskannte. Ich hatte Bedenken, aber Danny hat zu mir gesagt, alles liefe problemloser ab, wenn ein echter Profi mitmacht. Dieser Typ, sie nennen ihn Blondie. Offensichtlich ist er ein schwererer Junge, als Danny geahnt hat.“

„Da könnten Sie Recht haben, wenn man bedenkt, dass Danny jetzt mit zwei Einschüssen in der Gerichtsmedizin liegt.“

Bennett wandte sich um und sah auf den Fluss. Die Sonne tauchte alles in strahlendes Orange. „Alex, die Sache sollte nicht so laufen."

„Mir ist gerade was eingefallen, was Vargas gesagt hat. Er hat gesagt, der Tritt, den Sie in die Rippen bekommen haben, war reine Show. Er hatte Recht, stimmt's?"

„Sollte es jedenfalls sein", sagte er. „Danny hat sich da etwas hinreißen lassen."

„Dann waren Danny und Blondie die Leute unten. Ihr Sohn Sean war der Typ, der den Safe ausgeräumt hat?"

„Ja."

„Und Sean war es auch, der das Zeug an Gill und Jack geliefert hat."

„Ja."

„Wie viel haben Sie gekriegt? Jeder scheint da eine andere Zahl im Kopf zu haben."

„Nichts, Alex. Sean hat nichts gekriegt."

„Haben sie nun das Geld aus dem Safe genommen oder nicht?"

Er hob die Arme. „Sean ist hierher gekommen und hat die Sache mit Danny und dem anderen Typen durchgezogen. Natürlich muss man Danny bezahlen, und natürlich muss man auch Blondie bezahlen. Die Sache ist nun die, als sie zu meiner Kneipe zurückkamen und das Geld verteilen wollten, waren lausige dreißigtausend Dollar in der Tüte. Scheiß-Vargas, ich hätte das wissen müssen. All sein großes Gerede, wie viele Beziehungen er habe und welche Summen in seinem Safe seien. Dreißig lausige Tausender, das sind gerade zehn für jeden."

„Nicht gerade der Coup des Lebens."

„Nein, und ich bin sicher, Blondie war nicht allzu glücklich. Ich nehme an, Sean hat ihnen gesagt, jeder soll sich noch die Hälfte von seinem Anteil nehmen, weil er wusste, dass es nicht das war, was sie erwartet hatten. So haben jetzt beide fünfzehn. Immer noch nicht viel."

„Bennett …"

„Blondie denkt nun seit drei, vier Tagen darüber nach, Alex. Er hat das Gefühl, dass er einen Riesenfehler gemacht hat, mit Amateuren zu arbeiten. Dann nimmt er sich 'ne Zeitung und sieht, wie ich und Jack und Gill in den Knast wandern, und er denkt sich, was haben die mich reingelegt. Wenn wir alle drei nämlich mit dringesteckt haben, und so sieht's momentan aus, wie ich zugeben muss, macht es doch nur Sinn, dass wir auch alle am Geld beteiligt sind. Sie auch. Er glaubt, Sie müssen der Boss gewesen sein."

„Und was bringt ihn auf die Idee?"

„Die Tatsache, dass er ein Profi ist, Alex. Und die Tatsache, dass er eine Liste mit allen hatte, die an dem Abend anwesend sein sollten, und dass Sie nicht auf dieser Liste standen. Da denkt er sich, wenn man Sie in letzter Minute noch geholt hat, muss das Gründe gehabt haben. Also recherchiert er und findet raus, dass Sie früher Polizist gewesen sind und danach Privatdetektiv."

„Und jetzt denkt der Profi aus Kanada, jeder hat einen Batzen Geld und ihn hat man übers Ohr gehauen. Und natürlich bin ich der geniale Kopf hinter alledem."

„Er muss sich überlegt haben, dass Sean das meiste versteckt hält. Sie erinnern sich, sie hatten diese großen Plastiksäcke. Da kann man viel Geld drin verstecken. Also will er jetzt den Rest des Geldes. Ich weiß nicht, was ich machen soll, Alex."

„Gehen Sie zur Polizei. Erzählen Sie, was passiert ist."

„Und was wird dann aus meinem Sohn?"

„Darüber hätten Sie vorher nachdenken sollen."

„Also wandert er ins Gefängnis. Und ich wandere ins Gefängnis. Und Blondie glaubt immer noch, wir hätten ihn übers Ohr gehauen. Was passiert dann mit meiner Frau? Sie müssen mir helfen, Alex."

„Sie haben Ihren Sohn benutzt, um Vargas auszunehmen. Und Sie haben es Ihren besten Freunden in die Schuhe geschoben. Wieso sollte ich Ihnen jetzt helfen?"

„Es ging hier nicht um Geld, Alex. Nicht, was mich angeht. Sean steckte in Schwierigkeiten. Er hatte Schulden. Diese Männer, denen er in Cleveland das Geld schuldete … sie hatten ihn in der Hand. Ich wollte ihm aus der Klemme helfen."

„Und da haben Sie ihm gesagt, komm doch vorbei, und raube das Haus aus. Mit gezogener Pistole. Während wir alle da waren."

„Nein, das war eher seine Idee. Ich habe ihm nur gesagt, ich kenne diesen Typen mit etwas Geld im Safe. Jemand, der ohnehin einen Überfall verdiente. Zum Teufel, vielleicht würde er dann ja nach Bay Harbor zurückgehen und seine Baupläne hier vergessen."

„Und Sie sollten dafür sorgen, dass wir alle da sind, wenn es passiert."

„Ja, er hat gesagt, so würde es besser klappen. Wenn Vargas allein wäre, würde er glauben, einer von uns steckt dahinter. Wenn wir alle da sind, sieht das mehr nach Zufall aus."

„Denn wer würde schließlich so blöd oder so verrückt sein, das durchzuziehen, während wir im Haus sind …"

„Ja, so in etwa."

Ich dachte darüber nach. Glaubwürdiger wurde es nicht.

„Es waren keine Patronen in den Pistolen", sagte er. „Zumindest sollten keine drin sein. Andererseits könnte ich wetten, dass Blondies Waffe geladen war."

„Das ist ja noch dümmer. Was, wenn Vargas bewaffnet gewesen wäre? Er hätte Ihren Sohn mit der Waffe bedrohen können."

„Ich glaube, auch deshalb sollte ich da sein und sicherstellen, dass alles richtig abläuft."

„Nun gut, kommen wir zu der Sache mit dem Zeug, das sie an Gill und Jack verteilt haben."

„Das war Teil der Abmachung mit meinem Sohn. Ich habe ihm gesagt, nimm du dir das Geld und hilf dir damit aus der Bredouille, aber einen Gefallen musst du mir tun. Nimm das Zeug da, und gib es meinen Freunden."

„Das ist doch jetzt wohl ein Witz, oder?"

„Sie haben die Sachen da oben doch gesehen, Alex. Er dürfte sie nicht haben. Sie gehören ihm nicht."

„Und deshalb haben Sie Ihrem Sohn gesagt, er soll sie nehmen. Und dann Gill und Jack geben. So wie Robin Hood."

„Ja, so in etwa."

„Gill hat mir gesagt, diese Objekte seien wertlos."

„Sie wirkten, als wären sie wichtig – mit den indianischen Einkerbungen drauf …"

„Und dieser dämliche Becher, bloß weil da die Flagge der königlichen Marine drauf war …"

„Der Becher hat Jack etwas bedeutet", sagte er. „Sein Vater, Alex. Sie wissen das mit seinem Vater?"

„Nein, weiß ich nicht. Erzählen Sie."

„Okay. Jacks Vater hieß Elias Connery. Kurzform Eli. Im Krieg hat er sich zur Royal Navy gemeldet. Er diente auf einer Korvette, die in Scapa Flow stationiert war."

„Das war das Wappen auf dem Becher."

„Allerdings, und deshalb wusste ich auch, dass er ihn haben wollte. Besonders wo Eli später direkt hier im See untergegangen ist. Nach dem Krieg gab es hier jede Menge Jobs, besonders für erfahrene Seeleute. Ich weiß noch, wie Eli gesagt hat, der See hier sei gefährlicher als jeder Ozean. An einigen Stellen sei er genauso tief und an anderen flach und voll gezackter Felsen, die nur darauf warteten, ein Schiff zu zerreißen. Jedenfalls habe ich damals Jack kennen gelernt. Wir wurden dicke Freunde. Er war Trauzeuge auf meiner Hochzeit."

„Sie haben gesagt, sein Vater ist im See untergegangen?"

„Ja, 1965. Das Letzte, was man von ihm gehört hat, war, dass sein Schiff draußen beim Devil's Chair war. Man hat es nie gefunden."

„Sie wollen mir doch nicht erzählen, dass der Becher Jacks Vater gehört hat."

„Ich habe Ihnen doch gesagt, dass damals viele Männer aus Schottland hier am See waren. Der Becher könnte jedem von ihnen gehört haben, auch Jacks Vater. Es spielt keine Rolle, Alex. Ich wollte, dass Jack ihn bekam."

„Haben Sie jemals daran gedacht, Vargas darum zu bitten?"

„Einmal habe ich es erwähnt. Er hat kein Wort dazu gesagt. Er hat sich nicht mal die Mühe gegeben, Nein zu sagen. Umso mehr Grund, ihm den Becher abzunehmen."

„Klar, der hatte es wirklich verdient."

„Das hat er. Die ganze Zeit hier rumzutönen, was für ein Ass er ist und wie er hier alles mit riesigen Häusern voll knallt. Und das ganze Geld, das er in seinem Safe versteckt hat. Was dann gar nicht der Fall ist, wie sich rausstellt. Er hat alles, was da passiert ist, verdient."

„Und Jack und Gill haben verdient, dass sie verhaftet worden sind. Und der alte Freund von Ihrem Sohn hat es verdient, dass er umgebracht worden ist."

„Ich habe Ihnen doch gesagt, dass das nicht vorgesehen war. Da ist alles schief gelaufen, von Anfang bis Ende. Ich habe Ihnen gesagt, dass Sean sogar auf seinen Anteil verzichtet hat, bloß damit sich Blondies Laune bessert. Alex, Sie müssen mir helfen."

„Ich habe Ihnen doch schon geholfen. Sie haben mich wie einen Idioten durch die Gegend laufen lassen, um zu beweisen, dass Sie unschuldig sind."

„Es tut mir Leid, okay? Ich wusste nicht, was ich tun sollte. Aber jetzt brauche ich Sie wirklich. Der Typ kommt zurück, Alex."

„Sie gehen jetzt zur Polizei, Bennett. Und dann helfe ich Ihnen."

„Sie wissen genau, dass ich das nicht tun kann."

„Dann sind Sie allein auf sich gestellt. Sie haben Ihren Deal mit dem Teufel gemacht. Damit müssen Sie jetzt leben."

„Ich muss Blondie umbringen, Alex. Das ist der einzige Weg."

„Immer wenn ich denke, blöder können Sie nicht mehr werden, Bennett …"

„Alex, bitte. Ich flehe Sie an."

„Gute Nacht", sagte ich. Und ging.

Ich war schon wütend gewesen, als ich Bennett verlassen hatte. Je mehr ich darüber nachdachte, desto wütender wurde ich. Zu dem Zeitpunkt, als ich in Paradise ankam, war ich so weit, irgendwem den Kopf abzureißen. Ich hätte nicht im Glasgow Inn vorbeischauen sollen. Aber ich tat es trotzdem.

„Du hast sehr wohl gewusst, woher der Becher kam“, sagte ich. Ich war in den Raum gestürzt und hatte mich an die Theke gesetzt.

„Auch dir einen schönen Abend“, sagte Jack. Er aß ein spätes Abendessen. „Wer hat dich zusammengeschlagen, Alex? War das Bennett?“

„Du hast das die ganze Zeit gewusst. Du hättest mich bremsen können.“

„Ich meine mich zu erinnern, dass ich genau das versucht habe. Es war also Bennett, stimmt's?“

„Warum hast du mir nicht gesagt, dass es Bennett gewesen ist?“

„Weil ich wusste, dass du dann in die Luft gehen würdest.“

„Und wieso muss ich deine ganze Familiengeschichte von ihm erfahren? Ich habe gedacht, wir seien Freunde.“

„Du hättest mich nur zu fragen brauchen, Alex. Wann hast du mir zum letzten Mal eine Frage gestellt, die meine Person betraf?“

„Wir kennen uns fünfzehn Jahre, und du bist nie auf die Idee gekommen, mal zu erwähnen, dass dein Vater da draußen im See untergegangen ist?“

Er legte sein Sandwich auf den Teller und trug ihn in die Küche. Als er zurückkam, nahm er ein kaltes Kanadisches aus dem Kühlschrank und stellte es vor mich. „Du lebst schon lange in deiner eigenen kleinen Welt“, sagte er. „Ganze Wochen vergehen, in denen du keinen Fuß hier reinsetzt. Dann plötzlich schaust du rein und verbringst den ganzen Tag hier. Wenn du dir jemals fünf Minuten Zeit genommen und gesagt hättest: ‚He, wovon hat dein Vater eigentlich gelebt?‘, oder: ‚Wann ist übrigens dein Vater gestorben?‘, hätte ich dir die ganze Geschichte erzählt. Aber nein. Wenn du den Mund aufmachst, ist es entweder, um bei mir ein Abendessen zu bestellen oder mich um ein Bier zu bitten. Und jetzt, wo ich ein Problem habe, bist du der letzte Mensch auf der Welt, dessen Hilfe ich möchte. Weil du doch nur losstürzen und noch mehr Ärger machen würdest. So wie dein Gesicht aussieht, hast du genau das bereits getan.“

Ich wusste nicht, was ich darauf erwidern sollte. Es schmerzte mehr als alles, womit mich Vargas an diesem Tag getroffen haben mochte.

„Hat Bennett dir erzählt, warum er so ein Ding gedreht hat?“, fragte Jack.

„Er hat gesagt, sein Sohn hätte Geld gebraucht.“

„Sein Sohn Sean? Das hatte ich mir gedacht. Ich wusste, dass Sean in der Klemme steckte."

„Hast du eigentlich eine Vorstellung davon, was sie dir damit angetan haben? Sie haben dich voll mit reingezogen."

„Ich denke, dass Bennett der größte verdammte Idiot auf der ganzen Welt ist. Und deshalb liebe ich ihn. Er hat das bekloppteste Ding durchgezogen, von dem ich je gehört habe, aber er hat versucht, Sean zu retten. Und diesen alten Zinnbecher, den er mir geben ließ. Verdammt noch mal, wer sonst würde so was Verrücktes machen?"

„Es war überhaupt nicht verrückt", sagte ich. „Er wusste, du würdest drauf reinfallen, Jack. Vielleicht würdest du sogar denken, er habe es für dich getan. Der gute alte Bennett."

„Du kapierst überhaupt nichts."

„Nein, du kapierst es nicht. Und das macht dich zu einem genauso großen Idioten, wie er es ist."

Er nahm die Flasche vom Tresen. „Ich glaube, du solltest jetzt gehen", sagte er.

„Da hast du Recht." Ich ging, ohne ihn noch eines Blickes zu würdigen.

ALS ICH nach Hause kam, konnte ich nicht schlafen, also saß ich da und las, einen Eisbeutel an meinen Mund gepresst. Ich versuchte an nichts anderes zu denken als an die Wörter auf der Seite. Es klappte nicht.

Das Telefon klingelte. Ich nahm ab und hörte eine Frauenstimme. „Alex, hier spricht Cynthia Vargas."

„Mrs Vargas? Ist alles in Ordnung?"

„Oh, ganz reizend. Mein Mann ist den ganzen Abend herumgehumpelt und hat jeden Namen für Sie gebraucht, den das Wörterbuch hergibt. Ich glaube, er will Sie umbringen, Alex. Ich dachte, ich warne Sie besser. Wenn Sie ihn kommen sehen, seien Sie auf der Hut."

„Das werde ich tun. Ich bin Ihnen wirklich dankbar."

Sie wünschte mir eine gute Nacht. Ich versuchte erneut einzuschlafen, lag da auf dem Rücken und starrte die Decke an.

Als ich endlich Schlaf fand, fand ich ihn gründlich und tief, und er verließ mich erst wieder am späten Morgen. Das Geräusch des Windes weckte mich. Durch das Fenster sah ich einen schieferfarbenen Himmel, und die Kiefern bogen sich im Wind. Noch regnete es nicht, aber wenn es losging, würde es biblisch sein. Gott helfe jedem, der jetzt draußen auf dem See war.

Ich stand auf und trat vor den Spiegel. Mein Gesicht war so hässlich wie das Wetter, mit Abschürfungen in der linken unteren Hälfte und um beide Augen. Jede Farbe des Regenbogens hatte ich aufzuweisen.

Gut dreißig Minuten stand ich unter der heißen Dusche und wartete darauf, dass sich meine Schultern entkrampften. Ich machte mir Kaffee und ein kleines Frühstück und verbrachte den Rest des Tages damit, nichts zu tun. Ständig hatte ich einen Eisbeutel bei mir, den ich an den Teil meines Kopfes oder Körpers presste, der gerade wehtat.

Ich aß allein zu Abend, eine billige tiefgefrorene Mahlzeit, die ich in der Mikrowelle aufwärmte. Ich trank noch ein Bier. Die Sonne ging unter. Niemand störte mich. Ich brauchte mich nicht um Bennett O'Dell zu kümmern und den hirnverbrannten Mist, den er sich auf den Hals geladen hatte. Ich brauchte mich nicht um Winston Vargas zu kümmern. Oder um einen kanadischen Halsabschneider von der Mafia, der durch die Gegend lief und sich von den Leuten „Blondie" nennen ließ.

Ich brauchte mich auch nicht um Jack zu kümmern, der mir erklärt hatte, dass ich mich aus seinen Angelegenheiten raushalten solle.

Wieder sah ich mir mein Gesicht im Spiegel an. Dann traf es mich wie ein Schlag. Das war es, was Jack gestern Abend gesehen hatte, als er mich angeschaut hatte. Dieses Gesicht hatte er da gesehen. Er wollte, dass ich mich aus der Sache raushielt. Von Anfang an hatte er mich beiseite geschoben. Er versuchte mich zu schützen, weil er wusste, ich würde wieder einen Weg finden, mir meine Fußtritte abzuholen. Wie gewöhnlich.

Ich ging nach draußen, gerade in dem Moment, als draußen zwei Minivans vorbeifuhren. Es waren die Männer aus der letzten Hütte, lauter Zahnärzte und Kieferorthopäden aus dem Süden des Staates. Als der Fahrer des ersten Wagens mich sah, hielt er an und kurbelte das Fenster herunter. „Was ist denn mit Ihnen passiert?"

„Ein kleines Missverständnis."

„Das Geld haben wir Ihrem Helfer gegeben. Ich hoffe, das war so in Ordnung."

„Meinem Helfer? Tut mir Leid, aber ich weiß nicht, wen Sie meinen."

„Diesen großen blonden Typ. Er hat gesagt, er arbeitet für Sie."

„Wann war das?"

„Etwa vor zwei Stunden. Haben wir da Mist gemacht, Alex? Er wirkte vertrauenswürdig."

„Nein, nein, das ist alles okay. Fahrt ihr mal schön. Ich spreche mit meinem Helfer."

Die Minivans fuhren los. Ich ging zurück in meine Hütte und wühlte in den Tiefen meines Wandschranks, bis ich den Schuhkarton fand. Ich nahm den schweren Revolver heraus und lud ihn. Dann trat ich wieder nach draußen und ging leise die Straße hinunter.

Die letzte Hütte ist etwa sechshundert Meter entfernt. Als ich um die letzte Ecke bog, blieb ich stehen und beobachtete die Hütte. Alles war ruhig. Das letzte Licht des Tages war jetzt nahezu verschwunden.

Du bist ein Narr, sagte ich mir. Zu denken, du kannst den ganzen Tag drinnen bleiben und jede Bedrohung verschwindet. Sie war unmittelbar hier, hier in dieser Hütte.

Ich schlich mich zur Tür, Schritt für Schritt auf dem weichen Teppich aus Kiefernnadeln. Die Tür stand einen Spalt offen. Ich stieß sie auf, bereit, auf alles zu schießen, was sich bewegte.

Eine kleine Lampe brannte auf dem großen Tisch mitten im Raum. Ich schaltete die anderen Lampen an, als ich durch die Hütte ging. Sie war leer, aber ich konnte den Rauch seiner Zigarre riechen.

Da, auf dem Tisch in der Mitte, im Aschenbecher, ein Zigarrenstummel. Er fühlte sich noch warm an. Darunter waren einige Fetzen zerrissenes Papier. Ich nahm einen Fetzen und sah die „100“. Es waren Hundertdollarnoten, vielleicht fünf oder sechs. Die Männer mussten ihn bar bezahlt haben. Und das hatte er mit dem Geld gemacht. Der Rest des Hauses sah unberührt aus, aber allein die Tatsache, dass er hier gewesen war, reichte schon, um mein Blut zum Kochen zu bringen.

Das war die letzte Hütte, die mein Vater gebaut hatte, bevor er gestorben war. Diese Holzbalken hatte er zugesägt, diese Steine hatte er mit bloßen Händen zusammengefügt, um diesen Kamin zu errichten. Das war sein Meisterstück. Mehr als alles andere war es diese Hütte, die mich an meinen Vater erinnerte.

Ich warf den Stummel nach draußen, ließ das zerrissene Geld im Aschenbecher liegen, schloss sorgfältig ab und ging zu meiner Hütte zurück. Es war dunkel, als ich sie erreichte. Sterne standen am Himmel. Ich ließ den Wagen an und fuhr zum Glasgow Inn. Als ich eintrat, dachte ich, ich könnte den Zigarrenrauch wieder riechen.

„Jonathan“, sagte ich zu Jacks Sohn, „hat hier einer diese kleinen Zigarren geraucht?“

„Und ob. Ich hasse die Dinger.“

„Wie sah er aus?“

„Ganz hellhäutiger Typ, blondes Haar. Fast weiß.“

„Wann ist er hier gewesen?“

„Vielleicht vor gut zwei Stunden gegangen. Willst du mal sehen, was er mir als Trinkgeld dagelassen hat?“ Jonathan packte ein Häufchen neben der Kasse. „Sieht aus wie ein in kleinste Stücke gerissener Hunderter. Ist das bekloppt oder was?“

„Wo ist Jack?“

„Das soll ich dir nicht sagen.“

„Jonathan“, sagte ich. „Er könnte in größten Schwierigkeiten stecken. Er ist bei Bennett, stimmt's?“

„Ja.“

„Wo sind sie hin?“

„Das hat er mir nicht gesagt, Alex. Das schwöre ich.“

„Wann ist er los?“

„Gegen sechs. Unmittelbar nachdem Bennett ihn angerufen hat.“

„Hat Jack dir gesagt, warum er ihn sehen wollte?“

„Er hat gesagt, er wolle ihm bei was helfen. Das war alles.“

Es war genug. Mit Höchstgeschwindigkeit raste ich auf die Straße und hoffte, dass es noch nicht zu spät war.

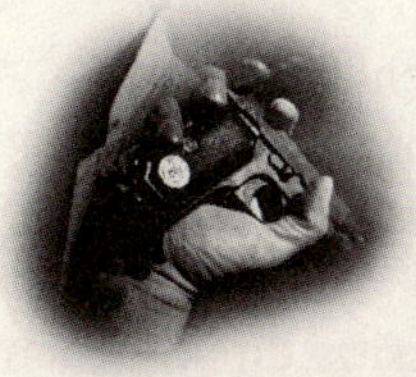

KAPITEL 9

Ich war gerade aus Paradise heraus, als ich zum Handy griff und O'Dells Nummer wählte. Margaret ging dran.

„Margaret“, sagte ich. „Ist Bennett da? Hier ist Alex.“

„Nein!“, erwiderte sie. Bei dem Lärm einer Samstagsklientel in der Kneipe konnte ich sie kaum verstehen. „Ich bin völlig alleine hier!“

„Wissen Sie, wohin sie gegangen sind?“

„Nein, er ist seit zwei Stunden weg, Alex! Ham hat er mitgenommen! Ich habe dreißig Gäste hier!“

„Was ist mit Jack? Oder Gill? Sind sie bei ihm?“

„Er hat telefoniert, bevor er gegangen ist. Ich denke, das war Jack, ja. Und mit noch jemandem. Das könnte Gill gewesen sein, ich weiß es nicht.“

„Sie haben keine Ahnung, wo sie hin sind?“

„Keine Ahnung, Alex. Aber wenn Sie ihn finden, sagen Sie ihm, er soll seinen Arsch auf der Stelle hierher bewegen.“

„Als er telefoniert hat, hat er da was notiert? So was wie eine Adresse oder eine Wegbeschreibung?“

„Moment … Doch, ich glaube, er hat was auf den Block geschrieben, der bei uns neben dem Telefon liegt. Aber er muss den Zettel mitgenommen haben."

Mir kam eine Idee. „Margaret, haben Sie einen Bleistift zur Hand?"

„Hat das nicht Zeit, Alex? Ich habe hier Gäste an der Theke."

„Es dauert nur eine Sekunde. Es könnte sehr wichtig sein."

„Ein Bleistift, ein Bleistift. Ja, hier ist einer."

„Okay, nehmen Sie den Block, und reiben Sie leicht übers Papier. Als wollten Sie es schraffieren. Wissen Sie, was ich meine?"

„Ich denke schon. Sie meinen doch so wie im Fernsehen, wenn sie sehen wollen, was jemand auf einen Block geschrieben hat?"

„Ja, genau so."

„Ich versuch's mal. Ich krieg tatsächlich was, Alex. Da steht … da steht ‚Elf'."

„Was noch?"

„Warten Sie. Da steht ‚W', und das da sieht wie …P-I-E und noch was. Das kann ich nicht lesen."

„Vielleicht ‚West Pier'?"

„Klar, Elf West Pier, ich glaube, das ist es."

„Ich werde jetzt Bennett finden und ihn nach Hause schicken."

„Ich wünschte, Sie täten das, Alex. Ich mache mir Sorgen. Bennett hat mir kein Wort von dem gesagt, was hier vor sich geht, trotzdem weiß ich, dass es üble Dinge sind."

Ich legte auf und warf das Telefon auf den Beifahrersitz, direkt neben meine Pistole. Als ich mich dem Soo näherte, dachte ich über die Adresse nach, die Margaret mir genannt hatte. Ich wusste, dass der West Pier im Westen der Stadt lag. Da sind sie in diesem Moment, dachte ich, und machen weiß Gott was, was irgendwie mit Blondie zu tun hat.

Ich bretterte auf der Portage Street nach Westen, dann bog ich in die Straße ab, die unter der Brücke hindurchführte.

Ich verlangsamte die Fahrt an der Kreuzung mit der Eisenbahn. Langsam rollte ich an einigen aufgegebenen Lagerhäusern vorbei und an einem unbewohnten alten Haus. Zahlen sah ich keine. Wie sollte ich da Nummer elf finden?

Einige Wagen parkten an der Straße. Bennetts Explorer war noch von der Polizei konfisziert. Jacks Lincoln sah ich nirgends.

Ich hielt an, als die Pflasterung allmählich aufhörte. Hinter diesem Punkt sah ich alte Eisenbahngleise, die etwa vierhundert Meter weit zum Pier selbst führten. Früher hatte man dort die Schiffsfracht direkt auf die Eisenbahn umgeladen. Jetzt gab es hier nichts weiter als ein paar Ziegelbauten, rostige Schienen, mannshohes Unkraut und den feuchten Dunst des St. Marys River. Was auch immer Bennett vorhaben mochte, er hatte sich einen scheußlichen Ort dafür ausgesucht.

Ich nahm die Pistole und ging zum nächsten Gebäude hinüber. Die Eingangstür zeigte eine „15" auf dem Glas. Sonst war dort eine dicke Staubschicht und nichts als totale Finsternis dahinter.

Ich schlich im Dunkeln weiter zum nächsten Gebäude. Dessen Eingangstür zeigte eine mit weißer Kreide gekrakelte „13". Der nächste Bau in dieser Richtung musste dann wohl Nummer elf sein.

Es war ein zweistöckiger Bau mit Metalldach. Hier mochten einst riesige Warenmengen vom Fluss her gelagert haben, als das Gebäude noch in Betrieb war. Ich rüttelte an der Tür. Sie war verschlossen.

Ein schmaler Gang lief an der einen Seite des Baus entlang, ein breiterer an der anderen – breit genug, um darauf einen Wagen hinters Gebäude zu fahren. Ich nahm den breiteren Weg und kam an einigen dunklen Fenstern vorbei, die alle aus diesem dicken Glas bestanden, das man in alten Fabriken findet. Der Boden war zerfurcht und von Unkraut überwuchert. Hunderte kleiner Pfützen reflektierten das Licht des Mondes.

Als ich zur Rückseite des Gebäudes kam, sah ich eine alte hölzerne Laderampe und den Auflieger eines Sattelschleppers, der so wirkte, als stünde er schon dreißig Jahre dort, und alles schimmerte im Mondlicht. Ich bring dich um, Bennett, sagte ich zu mir. Wenn du nicht schon tot bist.

Ich stieg über einige Zementstufen auf die Laderampe. Es gab zwei große Rolltore, die ich gar nicht erst probieren wollte. Daneben war eine normale Metalltür. Ich überlegte, wie ich die Sache angehen sollte.

Geh leise rein, dachte ich. Die Tür stand einen Spalt offen. Es gab ein fürchterliches metallisches Knirschen, als ich sie aufstieß. Drinnen war es dunkel.

„Bennett!"

Die Explosion eines Schusses zerriss alles. Ich fiel zu Boden. Dann war plötzlich alles nur noch Lärm und Schmerz und Angst, als eine weitere Explosion die Wand hinter mir zu treffen schien, dann noch eine. Dann fiel eine schwere Last auf meinen Rücken, und ich dachte, ich sei tot.

„Ich bin es!", schrie ich. „Hier ist Alex!"

Es wurde still, zumindest gab es keine weiteren Schüsse mehr. Mit dem

Dröhnen in meinen Ohren konnte ich meinen, dass es für mich nie wieder wahre Stille geben würde. Die Last auf meinem Rücken presste mich zu Boden.

Endlich eine Stimme. „Alex? Bist du das?“

„Ja! Holt mich hier raus!“

Ich hörte Schritte, und dann wurde das Gewicht von meinem Rücken gehoben. Starke Arme packten mich an den Schultern und zogen mich in eine Sitzposition. Ein Licht erstrahlte und blendete mich. „Alex, mein Gott. Seht ihn euch mal an!“

„Sagt mir vielleicht einer mal, was hier vor sich geht?“, sagte ich. „Ihr hättet mir fast den Schädel weggepustet. Und könntet ihr mal den dämlichen Scheinwerfer von meinem Gesicht nehmen?“

Als ich wieder etwas erkennen konnte, sah ich, dass Bennett die Stablampe hielt. Die andere Hand umklammerte den langen Schaft eines Jagdgewehrs. Ham stand neben ihm, mit einer weiteren Stablampe und einem weiteren Gewehr. Jack und Gill flankierten sie, jeder mit einer weiteren Knarre. Jacks Waffe kannte ich, eine alte Winchester mit Spezialabzug. Sie war seit Jahren nicht mehr abgefeuert worden.

„Die Tür ist auf Sie draufgefallen“, sagte Bennett. „Wir haben sie aus den Angeln geschossen. Sie wiegt bestimmt ’nen Zentner.“ Er wandte sich an seinen Sohn. „Ham, heb ihn vom Boden auf.“

Sein Sohn versuchte mich aufzurichten. Ich stieß ihn beiseite und stand ohne Hilfe auf.

„Wie haben Sie uns gefunden?“, fragte Bennett.

„Ganz einfach, ich bin den idiotischen Spuren gefolgt. Erzählt ihr mir jetzt vielleicht einmal, was hier vor sich geht?“

„Wir wollten hier Blondie treffen. Er hätte schon vor einer Stunde hier sein müssen.“

„Und ihr habt hier drauf gewartet, ihn abzuknallen? Guckt euch doch selber mal an!“

„Was hätten wir sonst tun sollen? Er hat das doch alles ausgelöst.“

„Ich hoffe nur, du hast diese alte Flinte wenigstens gereinigt, Jack. Ich bin überrascht, dass sie dir nicht in den Händen explodiert ist.“

„Ich wollte Sie ja anrufen“, sagte Bennett. „Jack hat dafür gesorgt, dass ich es nicht getan habe. Er macht sich doch nur Sorgen um Sie.“

„Und wieso wollten Sie mich anrufen, Bennett? Damit ich euer Aufgebot an Hilfssheriffs verstärke? Habt ihr wirklich geglaubt, dieser Blondie fällt darauf rein? Warum habt ihr ihn nicht gleich auf den Schießstand bestellt?

Hier, stellen Sie sich doch bitte dahin, da, vor die Zielscheibe? Für wie blöd haltet ihr diesen Typen?“

„Alex, das war seine Idee. Er hat den Ort ausgesucht“, sagte Bennett. „Er hat mir gesagt, ich soll um neun Uhr hier sein. Das heißt genau genommen, wir beide. ‚Haben Sie auf jeden Fall das Geld dabei. Und Alex‘.“

„Er hat Sie bloß an der Nase herumgeführt. Auf keinen Fall wäre er in diese Falle gegangen. Er wollte sehen, was Sie tun würden. Er kann in diesem Moment da draußen sein und uns beobachten.“

Bennett ging durch die leere Türöffnung in die Nacht hinaus. Er stand auf der Laderampe und sah auf den Fluss. An dieser Stelle war er über drei Kilometer breit. Die Lichter vom Soo Kanada brannten in der Ferne. „Glauben Sie wirklich, dass er da draußen ist? Auf einem Boot oder so?“

„Sollte das der Fall sein, habt ihr ihm eine tolle Schau geboten. Bennett, der Kerl ist ein Profi. Er will das Geld.“

„Es gibt kein Geld. Das habe ich ihm doch gesagt.“

„Er glaubt Ihnen eben nicht. Wo parkt ihr?“

„Unten an der Brücke ist ein Parkplatz. Jack hat uns am Gasthaus abgeholt. Warum?“

„Du solltest jetzt alle nach Hause bringen, Jack. Margaret kommt um vor Sorgen, ganz abgesehen davon, dass sie für einen Samstagabend zu wenig Personal hat. Ich fahre nach Paradise zurück. Ich habe urplötzlich ein ganz komisches Gefühl.“

„Wieso?“, fragte Jack. „Was stimmt denn nicht?“

„Ich glaube, dass er gar nicht auf dem Fluss ist. Vielleicht hatte er einen ganz anderen Grund, uns hierher zu locken. Ich hoffe, ich habe Unrecht. Überzeugt euch, dass bei Margaret alles in Ordnung ist. Ich rufe sie übers Handy an. Und Jonathan ebenfalls.“

Gemeinsam gingen wir über den Weg neben dem Gebäude zurück. Die vier Männer sprangen auf die Ladefläche meines Kleinlasters, und ich brachte sie zurück zum Parkplatz an der Portage Street.

Ich setzte sie neben Jacks Wagen ab und fuhr dann nach Osten, Richtung Paradise. Zufällig sah ich mein Gesicht im Rückspiegel. Es starrte vor Schmutz. Zusätzlich zu den Schrammen, die ich hatte. Ich war keine Schönheit.

Als ich die Stadt erreichte, bot sich mir der willkommene Anblick des Glasgow Inn. Ich würde reingehen, mein Gesicht auf der Toilette waschen, ein paar kalte Kanadische trinken. Wenn Jack dann käme, wäre ich fast in der Stimmung, ihm nachzusehen, dass er so ein Esel war.

Als ich in den Parkplatz einbog, raste ein Pick-up an mir vorbei, der unmittelbar hinter mir gefahren sein musste. Ich öffnete meine Tür, stieg aus, sah die Straße entlang und dann in den Nachthimmel. Über den Wald hinweg sah ich einen riesigen schwarzen Drachen in den Himmel klettern. Rauch! Der da an mir vorbeigefahren war, gehörte zur freiwilligen Feuerwehr. Er fuhr nach Norden.

Ich sprang wieder in den Wagen und schleuderte beim Durchstarten Kies auf. Als ich in meine Zufahrtsstraße einbog, erwartete ich, dass die Feuerwehr vor meiner Hütte stände. Das war nicht der Fall.

Ich fuhr weiter die Straße entlang bis zur letzten Hütte. Hinter der letzten Kurve sah ich den Wagen: FREIWILLIGE FEUERWEHR PARADISE. Eine leuchtende Wasserfahne hing im Himmel, angestrahlt von den Scheinwerfern des Feuerwehrautos. Sieben oder acht weitere Fahrzeuge standen in der Gegend herum. Einer der Männer wandte sich zu mir um, als ich ausstieg. Er hatte seine Gummistiefel an, seinen Feuerwehrhelm, aber keine Jacke. Überall Flammen, orange, gelb und blau. Ich ging an ihm vorbei auf die Hütte zu.

„Mr McKnight! Treten Sie zurück!“

Ich fühlte, wie ich zurückgerissen wurde. Ich starrte weiter in die Flammen. Das war meines Vaters Meisterwerk, die beste Sache, die er je gebaut hatte, und die letzte. Sie verbrannte vor meinen Augen.

DREI STUNDEN vergingen. Es war lange nach Mitternacht, als die Feuerwehrleute abzogen. Sie wollten keine Glut zurücklassen, nicht mit so viel trockenem Gebüsch in der Umgebung. „Das Letzte, was wir wollen, ist ein Waldbrand“, sagte der Kommandant. „Haben Sie irgendeine Idee, wie das passiert sein kann?“

Ich hatte ihm nichts zu sagen. Ich stand nur da und sah den Männern zu, wie sie die Ruine der Hütte mit feinen Wasserschleiern tränkten. Ich ballte meine Hände zu Fäusten, löste sie dann wieder, um sie erneut zu ballen.

„Das ist sehr schnell gegangen, Mr McKnight. Fassen Sie nichts an, bis der Brandexperte da war. Wir kommen morgen wieder, um sicherzugehen, dass nichts mehr raucht.“

„Okay. Vielen Dank.“

Als sie gegangen waren, waren nur noch ich und ein Haufen schwarzer Schutt da. Der Kamin stand noch, der Kamin, den mein Vater mit seinen Händen gebaut hatte, Stein für Stein. Er stand nun einsam auf der Lichtung und wirkte seltsam fehl am Platze. Ich weiß nicht, wie lange ich da gewartet habe. Ich wollte nicht Abschied nehmen.

Schließlich ging ich doch. Ich fuhr den Wagen zu meiner Hütte zurück, ging nach drinnen und setzte mich in einen Sessel. Benommen starrte ich auf den Fußboden, bis das Telefon klingelte. Ich sah auf die Uhr. Es war 1.42 Uhr.

„McKnight“, sagte die Stimme. „Seien Sie Ihren Träumen treu, das hält Sie jung.“

„Ich schwöre Ihnen, Blondie, ich bringe Sie um.“

„Ja, das hatten wir schon. Habe ich mich jetzt klar ausgedrückt? Lasst ihr Jungs das Zeug nun rüberwachsen oder nicht?“

„Da ist nichts zum Rüber-wachsen-Lassen. Ich hatte nichts mit dem Raub zu tun, das zunächst mal. Und selbst wenn ich damit zu tun hätte, im Safe waren dreißigtausend und kein Cent mehr.“

„Ich weiß, wer Vargas ist. Und ich weiß, was er so am Laufen hat. Das ist der einzige Grund, warum ich eingestiegen bin. Das ist jetzt wohl die gerechte Strafe dafür, dass ich mich mit Amateuren eingelassen habe, wie? Dass Seanie seinen Anteil aufgegeben hat, war so was wie ein erster Hinweis. Er hat ihn aufgegeben, weil er wusste, dass es sehr viel mehr gab. Er hätte das Geld sogar am eigenen Körper verstecken können, bei dem Riesensack, den er getragen hat. Dafür hätte er mehr Mumm haben müssen, als ich ihm zugetraut hätte, aber bitte, warum nicht. Vielleicht hat er es so gemacht. Als ich rausgekriegt hatte, wer Sie waren, dieser geheimnisvolle Gast, der eigentlich gar nicht da sein durfte, ergab alles plötzlich einen Sinn. Ich weiß alles über Sie, McKnight. Ich habe gedacht, Sie sind verdammt cool, als ich Ihnen die Pistole gegen den Schädel presste. Jetzt weiß ich, wieso. Sie haben gewusst, worum es in dieser Nacht ging. Sie haben von Anfang an mit dringesteckt.“

„Blondie, alles, was Sie gesagt haben, ist totaler Quatsch. Ich weiß, was Sie sind, Blondie. Glauben Sie mir, da habe ich viel Bessere gesehen. Eine Hütte abfackeln, mein Gott, das ist doch Hühnerkacke. Warum kommen Sie nicht rüber und reden mit mir, wenn Sie mir ins Gesicht sehen?“

„Oh, das tun wir schon noch, McKnight. Was Sie machen müssen, ist, das Geld aufzubringen und zu O'Dells Kneipe zu kommen. Ich rufe Sie da morgen früh um acht Uhr an.“

„Es gibt kein Geld, Blondie. Wann kapieren Sie das endlich?“

„Ich denke mir, dass Vargas mindestens eine halbe Million in dem Safe hatte, McKnight. Wenn dem so war, muss ich Ihnen vertrauen, dass Sie auch den Rest rüberwachsen lassen. Ich weiß, Sie sind ein ehrenwerter Mann. Sie sind auch der mit dem kühlen Kopf, deshalb würde ich es zu schätzen wissen, wenn Sie morgen die Verhandlungen auf Ihrer Seite führten. Sie sollten ein Boot bereithalten. Ich gebe Ihnen die GPS-Koordinaten für eine Position draußen auf dem See. Dort werden wir Sie treffen."

„Ich werde nicht da sein, Blondie. So läuft das nicht."

„Ich denke, Sie werden dort sein, McKnight. Ich weiß, Sie sind ein einsamer Mann, ohne Familie, ohne irgendwen, der Ihnen wirklich wichtig ist. Außer einem einzigen Menschen vielleicht. Ich habe hier jemanden, mit dem sollten Sie mal sprechen."

Es herrschte kurze Zeit Schweigen in der Leitung, und in diesem fürchterlichen Moment wusste ich, wer es sein würde.

„Alex, ich bin es."

„Jack. Mein Gott. Jack …"

„Es tut mir Leid, Alex. Es tut mir Leid."

Auf meinem Weg zu O'Dells Kneipe fuhr ich bei Jonathan vorbei, um ihn mitzunehmen. Er kam die Hintertreppe herunter und rieb sich die Augen. Sobald er mich erblickte, wusste er, dass etwas nicht stimmte. Während er sich anzog, ging ich auf den Parkplatz und sah mir Jacks Auto an. Die Fahrertür stand noch offen, und das Deckenlicht brannte. Ein Dutzend Motten umflatterten es. Die Nacht war kalt geworden.

Während ich fuhr, erzählte ich Jonathan, was ich wusste. Er sagte kein Wort. Schließlich, als ich fertig war, fragte er: „Und was machen wir jetzt?"

„Wir holen ihn zurück."

„Wie?"

„Das weiß ich auch noch nicht."

Als wir in O'Dells Kneipe ankamen, war Gill bereits da. Er saß mit Bennett und Ham an einem Tisch. Margaret schenkte ihm gerade Kaffee ein. Sie wirkten wie die müdesten und elendesten vier Menschen auf der ganzen Welt. Es war fast drei Uhr morgens.

Sobald alle saßen, wiederholte ich noch einmal, was mir Blondie am Telefon erzählt hatte.

„Wir sollen uns mit ihm auf offenem Wasser treffen?", sagte Bennett. „Wie verrückt ist der Typ?"

„Wie hat Jack geklungen, als Sie mit ihm gesprochen haben?", wollte Gill wissen.

„Er hat nur ein paar Worte gesagt."

„Warum rufen wir nicht die Polizei?", fragte Jonathan.

„Wir können die Polizei nicht einschalten", meinte Bennett.

„Und warum nicht?"

„Wenn wir das tun, bringen sie ihn um. Das müssen wir schon selbst mit diesen Gangstern ausmachen."

„Das mit der Polizei bleibt uns immer noch als Möglichkeit", sagte ich. „Im Moment wüsste ich nicht mal, wen wir anrufen sollten. Wir wissen nicht, wo das sein wird, in Kanada oder in den USA."

„Ich kann einiges Geld aufbringen", erklärte Bennett. „Aber nicht so viel und nicht in der kurzen Frist. Wir müssen ihm klar machen, dass wir es noch nicht zusammenhaben."

„Das kauft er uns nicht ab", wandte Gill ein. „Ich müsste mit Leuten von unserem Stamm sprechen."

„Wir sollten niemandem irgendwas zahlen", sagte Ham. „Wir sind in der Überzahl. Alles, was wir brauchen, ist ein guter Plan."

„Lass mal hören", forderte Jonathan ihn auf.

„Ich habe noch keinen", antwortete Ham kleinlaut. „Ich meine ja nur ..."

„Übrigens, wo ist Ihr anderer Sohn?", fragte ich Bennett.

Bennett sah plötzlich sehr mitgenommen aus. „Ich habe versucht, Kontakt mit ihm aufzunehmen. Er geht nicht ans Telefon."

„Glauben Sie, dass er auch entführt worden ist?"

„Ich denke nicht. Nach zwei Tagen habe ich ein paar Freunde von ihm hier in der Gegend angerufen. Was sie mir erzählt haben, hat mir überhaupt nicht gefallen."

„Was haben sie denn gesagt?"

„Er hatte Geld, Alex. Ganz plötzlich muss Sean rumgelaufen sein, als hätte er die Taschen voller Geld. Scheint einige alte Schulden beglichen zu haben, hat ein wenig gefeiert. Und dann ist er verschwunden. Er hat seinen Job hingeschmissen und ist aus seiner Wohnung ausgezogen. Er ist untergetaucht."

„Und was wollen Sie mir damit sagen?"

„Dass vielleicht doch mehr Geld im Safe war. Dass er vielleicht doch seine Partner übers Ohr gehauen hat."

„Mein Gott, ist das schön. Das ist ja großartig!"

„Ich habe einen guten Sohn", sagte Bennett und legte seine Hand auf Hams Schulter. „Genau wie Jack. Danach hätte ich besser aufgehört, okay? Was Sean getan hat, tut mir Leid. Was kann ich denn sonst sagen? Es tut mir Leid."

Wir saßen noch länger da und dachten nach. Ich stand schließlich auf und machte den einzigen Anruf, den ich noch tätigen konnte.

Eine halbe Stunde später ging die Tür auf. Es war schon schlimm genug, dass ich Leon Prudell mitten in der Nacht geweckt und ihn gebeten hatte herüberzukommen – der Empfang, den man ihm bereitete, war direkt feindselig.

„Was will der denn hier?“, fragte Bennett.

„Leon fällt immer etwas ein“, sagte ich. „Ich dachte, genau das könnten wir jetzt brauchen.“

„Was soll der schon für uns tun können?“, knurrte Bennett. „Er arbeitet für Vargas. Uns kann er nicht helfen.“

„Er hat mich gefeuert“, erklärte Leon. „Ich bin frei in meinem Handeln.“

„Und warum hat er Sie gefeuert?“, fragte Bennett.

„Er wollte Bennetts Kopf in einer Silberschüssel. Ich habe abgelehnt, ihm dabei zu helfen.“

Das ließ Bennett verstummen. Leon zog sich einen Stuhl heran, trank eine Tasse Kaffee und hörte mir zu, als ich die Geschichte ein weiteres Mal erzählte.

„Dieser Blondie ist ein Profi? Würde er Jack gegebenenfalls töten? Und jeden anderen auch?“

„Ohne eine Sekunde zu zögern.“

„Und das Ganze mitten im See. Ein totales Heimspiel für ihn. Er kann jeden im See verschwinden lassen, wenn er das will.“

„Ja, so in etwa habe ich mir seinen Plan auch vorgestellt.“

„Er hat im Moment alle Trümpfe in der Hand“, meinte Leon. „Wir müssen ihn irgendwie ausmanövrieren.“

„Und wie bewerkstelligen wir das?“

„Okay, wir wissen, dass sie zu zweit sind, stimmt’s? Können es auch mehr sein?“

„Könnte sein“, sagte ich. „Aber ich würde wetten, dass es zwei sind.“

„Okay. Und sie haben Jack. Und wie viele sind wir?“ Er zählte die fünf Männer im Raum und schenkte Margaret ein kurzes Lächeln, als er sie überging.

„Ich gehöre dazu“, sagte sie.

„Sie bilden die Heimatfront.“

„Von wegen!“

„Er hat Recht“, sagte ich. „Wir müssen jemanden hier haben.“

„Also gut, fünf Männer“, sagte Leon. „Und ich. Und Margaret. Wir sind mit sieben gegen zwei in der Überzahl.“

„Sie werden es nicht zulassen, dass wir alle rausfahren, um ihnen das Geld zu übergeben“, wandte ich ein. „Mit Sicherheit wollen sie nur zwei von uns dahaben.“

„Der Rest kann sich ja im Boot verstecken“, schlug Ham vor. „Wir können sie dann überraschen.“

„Das bringt Jack in Gefahr“, meinte Leon. „Denken Sie dran, die haben die ganze Zeit eine Pistole an seinem Kopf.“

Margaret verbarg ihr Gesicht in den Händen.

„Wir müssen unsere zahlenmäßige Überlegenheit anders ins Spiel bringen“, sagte Leon. „Wir brauchen ein zweites Boot.“

„Wir sind mitten im See“, erwiderte ich. „Sie werden auf uns schießen, sobald sie es sehen.“

„Genau da liegt das Problem. Wir können ein Boot nirgendwo verstecken.“

„Was ist, wenn wir das zweite Boot gar nicht erst zu verstecken versuchen?“ Langsam bildete sich eine Idee in meinem Kopf. „Was war das noch mal, was du mal versucht hast, Leon? Als du den Hockeyheinis vorgespielt hast, sie wären umzingelt?“

„Die Illusion einer überwältigenden Übermacht.“

„Genau das meine ich.“

„Sie haben doch ein Boot, Bennett?“, sagte Leon.

„Ein Freund ein Stück die Straße runter hat ein gutes Boot. Er leiht es mir bestimmt.“

„Okay, dann brauchen wir noch eins. Groß muss es sein und schnell.“

„Und wie kommen wir an ein solches Boot?“, fragte Bennett.

„Ich kenne eins, das perfekt wäre“, sagte ich. „Was meinst du, Leon?“

„Was soll dieser Vargas schon machen?“, versetzte Leon. „Zweimal kann er mich nicht feuern.“

BENNETT verschwand, um seinen Nachbarn zu wecken und ihn um sein Boot zu bitten. Leon und ich fuhren quer durch die Stadt zur Kemp Marina. Um vier Uhr früh waren die Straßen verlassen.

„Glaubst du, dass die Marina aufhat?“, fragte er.

„Das muss sie. Manche Leute wohnen auf ihren Booten. Die kann man doch nicht einsperren.“

„Aber irgendeine Kontrolle muss es da geben.“

„Irgendwas wird uns schon einfallen. Hast du deinen Superdietrich dabei?“

Er tätschelte seine Jackentasche. „Ich gehe nie ohne aus dem Haus.“

„Meinst du, du kriegst das Boot gestartet?“

„Das werden wir sehen.“

Eine Minute verging. Dann räusperte er sich. „Glaubst du, dass die dem alle gewachsen sind?“

„Ich weiß es nicht.“

„Das kann nur auf zwei Arten enden, Alex. Entweder wir oder sie – eine Seite kommt nicht lebend davon.“

„Du hast kleine Kinder, Leon. Du hast uns mit deiner Idee schon sehr geholfen. Du brauchst bei den Ereignissen auf dem Wasser nicht dabei zu sein.“

„Ihr braucht mich da draußen. Jack braucht mich. Ich bin der einzige Mann, den die nicht auf Anhieb erkennen.“

„Da hast du allerdings Recht.“

„Ziehen wir es durch“, sagte er. „Da ist die Marina.“

Wir fuhren auf den Parkplatz. Etwa ein Dutzend Fahrzeuge parkte dort. Wir hielten direkt am Zaun. Das Gelände war hell erleuchtet, was seinen guten Grund hatte, wenn man bedachte, wie viel Geld da schwamm.

Wir stiegen aus und gingen zum Eingangstor. Als ich es anstieß, schwang es auf.

„Gentlemen!“, rief eine Stimme hinter uns. Ein Mann kam aus dem kleinen Schuppen des Hafenmeisters und holte uns rasch ein. „Kann ich Ihnen helfen?“

„Wir sind mit Win Vargas an seinem Boot verabredet“, sagte ich. „Wir wollen zusammen fischen.“

„Jeder Besucher zwischen neun Uhr abends und sieben Uhr morgens muss auf einer Liste stehen. Für Vargas steht da niemand.“

„Nein, nicht schon wieder!“, schimpfte ich. „Win ist wirklich ein Idiot. Können Sie das begreifen?“

Der Mann fiel auf die Nummer nicht rein. Er hatte etwas von einem Exmilitär an sich, der sich an die Vorschriften hielt. „Sie stehen nicht auf der Liste“, sagte er. „Sie müssen leider warten, bis Mr Vargas eintrifft. Sie können gerne drinnen warten.“

„Wir warten im Laster. Das gibt uns Gelegenheit, unser Angelzeug fertig zu machen.“

„Ich habe frischen Kaffee drinnen. Der hilft, Sie wach zu kriegen. Sie wirken so, als könnten Sie so etwas gut vertragen.“

„Nein, vielen Dank“, lehnte ich ab. Wir gingen zum Lastwagen zurück und stiegen ein.

„Was jetzt?“

„Oben auf dem Zaun ist Rasierklingendraht. Da klettern wir nicht drüber.“

„Wir könnten ihn schmieren. Ihm ein paar Scheinchen zuschieben."

„Versuchen wir es. Wenn das nicht wirkt, müssen wir irgendwo ein kleines Boot auftreiben und es vom Fluss aus versuchen."

Wir stiegen aus und gingen wieder zum Eingangstor. Als ich nach drinnen linste, sah ich unseren Mann mit dem Kopf auf dem Tisch.

„Und der hat mir gesagt, ich brauch 'nen Kaffee", sagte ich.

„Pst, komm. Zeig mir, wo das Boot ist."

Auf Zehenspitzen entfernten wir uns von dem Schuppen und gingen dann an Vargas' Reihe entlang. „Das vorletzte da hinten."

Wir stiegen an Bord. Ich hielt es für besser, wenn wir unsichtbar blieben, so setzte ich mich aufs Deck, während er sich an die Arbeit machte. Er holte eine kleine Taschenlampe heraus. „Hier", sagte er, „halt mal." Ich leuchtete, während er mit einer Hand die Spitze des Dietrichs in die Zündung einführte.

Er arbeitete volle fünf Minuten am Zündschloss. „Verdammt", ächzte er, „verdammt und verdammt."

„Was ist mit der Kabinentür? Vielleicht hat Vargas drinnen einen Ersatzschlüssel."

„Na gut, versuch ich's mal mit der", sagte er.

Er ging zur Doppeltür der Kabine und führte den Dietrich ein. Der Griff ließ sich drehen!

Wir klappten eine der Türen nach innen und gingen nach unten. Der erste Raum war eine kleine Kombüse mit jeder Menge Regalen und Fächern. „Du siehst hier nach", sagte ich. „Ich schau mal in den anderen Raum."

Davor war eine weitere Doppeltür. Als ich sie öffnete, erwartete ich, dahinter die Schlafkojen zu sehen. Aber was ich sah, waren Kartons. Vom Boden bis zur Decke nichts als Wellpappekartons.

„Leon, komm mal her."

Er streckte den Kopf in den Raum. „Was ist das für 'n Zeug?"

„Elektrogeräte. Stereoanlagen, Mikrowellen. Die großen Kartons zuunterst sind entweder Kühlschränke oder Herde."

„Was macht er damit? Bringt er die nach Kanada?"

„Er hat mir diesen tollen Vortrag bei der Pokerrunde gehalten. Wie seine kanadischen Kollegen beim Zoll bluten müssen, wenn er über die Grenze liefert. Ich denke mir, dass er gegen genügend Bargeld die extrem teuren amerikanischen Geräte durch die Hintertür anliefert. Blondie hat gesagt, er kennt Vargas und seine Masche. Ich glaube, wir stehen soeben davor."

„Na klar", sagte Leon. „Wenn er einen kanadischen Hafen anläuft, muss er die gelbe Quarantäneflagge hissen und an Bord die Zollleute nachsehen lassen, was er da so hat. Aber der See ist groß. Er kann mit dem Ding hier praktisch überall landen."

„Das erklärt die Doppeltüren. Wohl auch maßgeschneidert, damit das Zeug durchpasst."

„Er muss mit dem Boot runter nach Petoskey fahren und dort die Ladung an Bord nehmen. Aber wieso lässt er sie dann über Nacht hier? Ziemlich riskant."

„Das Wetter", sagte ich. „Denk an gestern Morgen. Sah ganz so aus, als ob sich ein Sturm zusammenbraute. Ich wette, da hat er die Fahrt abgebrochen. Dann holen wir mal die Schlüssel, am besten gleich beim Besitzer. Die Zeit läuft uns weg."

„Wieso, willst du …"

„Wir können ihn jetzt unter Druck setzen. Los, wecken wir deinen ehemaligen Klienten."

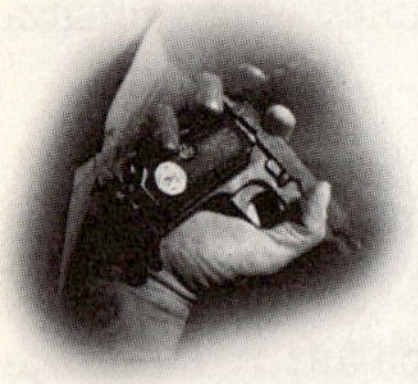

KAPITEL 10

Gegen fünf Uhr rollten wir in Vargas' Einfahrt. Der Himmel begann sich soeben am östlichen Horizont einzufärben. Ohne Schlaf, mit dem Bild der noch brennenden Hütte im Kopf und Jacks Stimme im Ohr, lief ich nur noch auf Adrenalin.

Ich klopfte an Vargas' Eingangstür. Irgendwo drinnen hörten wir das vertraute Kläffen des schärfsten Chihuahuas der Welt.

Mrs Vargas kam an die Tür; sie trug einen Bademantel, streckte den Kopf durch den Türspalt und hinderte mit dem Fuß den Hund am Herausstürzen. „Alex", sagte sie, „was ist los?"

„Wir müssen dringend mit Ihrem Gatten sprechen."

„Ihr Gesicht haben Sie aber hübsch zugerichtet, Alex. Und das muss wohl Mr Prudell sein. Hat er Sie nicht gestern gefeuert?"

Vargas tauchte hinter ihr auf. Er trug einen purpurroten Seidenschlafanzug. Auf einem Arm hielt er den Hund. „Wieso sind Sie hier?"

Ich schob die Tür auf. „Wir wollten Sie um einen kleinen Gefallen bitten."

„Was wollen Sie? Sie können hier nicht reinkommen."

„Rufen Sie doch die Polizei", sagte ich. „Sagen Sie ihr, wir träfen uns alle an Ihrem Boot. Sie sollte aber auf jeden Fall jemanden vom Zoll mitbringen."

„Wovon reden Sie?"

„Wir brauchen Ihr Boot."

„Wozu brauchen Sie es?"

„Ich gebe Ihnen die Stenoversion", sagte ich. „Einer der Männer, die bei Ihnen eingedrungen sind, hat Jack in seiner Gewalt. Wir sollen uns mit ihm mitten auf dem See treffen. Ein Boot haben wir, brauchen aber ein zweites. Und zwar ein schnelles. Sie geben uns Ihr Boot, wir bringen es heute noch zurück, wir vergessen alles, was wir über Ihr kleines Nebengeschäft wissen, und Sie sehen uns nie wieder. Das ist unser Angebot. Und jetzt geben Sie uns die Schlüssel."

„Geben Sie mir fünf Minuten, um mich anzuziehen."

„Vargas, Sie kommen nicht mit!"

„Und ob ich mitkomme. Wenn Sie das Boot nehmen, nehmen Sie mich mit. Sie kriegen das Boot ohne mich nicht mal aus dem Hafen. Mr Shadmore lässt Sie niemals raus. Und Sie haben keinen Schimmer davon, wie man die Schleuse passiert. An wen wendet man sich? Auf welcher Welle?"

Ich sah Leon an. „Ziehen Sie sich an", sagte ich zu Vargas. „Beeilung, bitte. Und wenn Sie meinen, dass Sie den Hund mitnehmen …"

„Der Hund geht überallhin mit, wohin ich gehe."

„Vargas, im Wagen habe ich eine Pistole. Wenn Sie den Hund mitnehmen, schwöre ich Ihnen, dass ich ihn abknalle."

„Sie sollten dem Hund nicht drohen", sagte Mrs Vargas. „Er ist das Einzige, was er auf der Welt liebt. Außer Geld."

„Danke für den Tipp."

Wir standen fünf Minuten da und warteten, bis Vargas wieder die Treppe herunterkam, von Kopf bis zum dicken Zeh in schwarzes Nylon gekleidet. Mein Herz stand still, als ich die schwarze Beretta in seiner Hand sah. Er zog den Reißverschluss seiner Jacke auf und verstaute sie im Schulterhalfter. „Ich bin fertig", sagte er.

Wir fuhren in meinem Laster zur Marina. Es war richtig gemütlich, wir drei so eng zusammengepfercht auf den Vordersitzen, mit Leon in der Mitte, aber es war nur eine kurze Fahrt. Als wir angekommen waren, nahm Leon den Wagen und fuhr weiter, um einzukaufen. „Der Super Kmart hat vierundzwanzig Stunden offen", sagte er. „Wir sehen uns dann in O'Dells Kneipe wieder."

So blieben Vargas und ich als Bordbesatzung zurück. Der Hafenmeister beäugte uns misstrauisch, als wir eincheckten.

Beim Boot angekommen, sprang Vargas hinein und ließ es an. Ich sprang hinter ihm her. Er lenkte das Boot rückwärts vom Liegeplatz, schob das Handgas nach vorne und fuhr den Fluss hinunter zu den Schleusen.

„Dann ist die Sache wohl schief gegangen", sagte er schließlich. „Streit in eurem kleinen Team, wie?"

„Von welchem Team sprechen Sie?"

„Sie haben gesagt, dass einer der Räuber Jack in seiner Gewalt hat. Da hat es wohl Streit um die Aufteilung der Beute gegeben?"

„Wenn alles vorbei ist, sorge ich dafür, dass Sie alle Einzelheiten erfahren, das verspreche ich Ihnen. Für den Augenblick sage ich Ihnen nur zwei Dinge: Jack hat damit nichts zu tun und ich genauso wenig. Das ist die reine Wahrheit, Vargas. Ich habe keinen Grund, Sie anzulügen."

„Okay, wenn Sie es sagen."

Ein leichter Nebel lag über dem Fluss. Hinter uns ging allmählich die Sonne auf.

„Wie viel haben sie denn nun wirklich genommen?", fragte ich.

„Sie haben etwas über siebenhunderttausend erbeutet."

„Ganz schön viele Kühlschränke."

„Das kann man wohl sagen."

„Alles nur Bargeld, um Zoll und Steuern zu sparen? Oder steckt da mehr dahinter? Vielleicht ein paar Herde, die vom Lastwagen gefallen sind? Das wäre dann hundert Prozent Reinverdienst, stimmt's? Oder transportieren Sie noch etwas anderes, wenn Sie so am Zoll vorbeifahren?"

„Sie erzählen mir nicht die ganze Geschichte, warum sollte ich es dann tun?"

„Da haben Sie Recht."

Im Nebel sah ich die Schleusen auftauchen.

„Wer ist der Mann, den Sie treffen wollen?", fragte er.

„Man nennt ihn Blondie."

„Den Namen habe ich schon mal gehört. Typ aus Kanada, stimmt's? Der Kerl ist mit einer Waffe in mein Haus eingedrungen. Ich will ihn haben, Alex."

„Ich will ihn auch haben, das können Sie mir glauben."

Die Schleusen kamen näher.

„Wer war der dritte Mann?", wollte er wissen.

Ich zögerte. „Jemand von außerhalb", sagte ich. „Sie kennen ihn nicht." Es war nur halb gelogen. Ich wollte nicht, dass Vargas jetzt schon auf die O'Dells losging. Dafür war später immer noch Zeit genug.

Er griff zum Handfunkgerät und sprach mit dem Schleusenwart. Sobald wir in der Schleuse waren, ließ er den Motor im Leerlauf weiterlaufen. Wir warteten, dass das Wasser uns sieben Meter in die Höhe hob.

„Ich habe mich für verdammt schlau gehalten, dass ich das Geld da im Safe hatte“, sagte er schließlich. „Keine Steuern, keine Exfrau, keine zukünftige Exfrau. Ich hätte mir denken können, dass so etwas passieren musste. So viel Geld kann man nicht lange verstecken.“

„Ich habe eine Bitte“, sagte ich. „Sie erinnern sich doch an den Zinnbecher in Ihrer Sammlung? Den von der Royal Navy?“

„Klar, was ist damit?“

„Ich nehme an, die Polizei wird ihn Ihnen eines Tages zurückgeben. Sie können ihn dann in Ihren Glaskasten zurückstellen. Wenn aber irgendwer Sie fragen sollte, ob er ihn haben kann, tun Sie mir dann einen Gefallen?“

„Und der wäre?“

„Geben Sie ihm den Becher.“

Es war kurz nach sechs Uhr, als wir hinter O'Dells Lokal anlegten. Dort lag schon ein anderes Boot, eine acht Meter lange Motorjacht. Sie war nicht mit Vargas' Boot zu vergleichen, aber ähnlich sah sie ihm schon.

Bennett und Ham hielten aus verschiedenen Fenstern Ausschau, als wir ins Haus kamen. Leon war offensichtlich noch mit seinem Einkauf beschäftigt.

Bennetts Augen wurden riesengroß, als er Vargas hinter mir hereinkommen sah. „Was will der denn hier?“

„Er leiht uns netterweise sein Boot“, sagte ich. „Außerdem hat er eine Pistole, und ich wette, er kann damit umgehen. Wir brauchen alle Hilfe, die wir kriegen können.“

„Der fährt nicht mit uns raus!“

„Bennett, was auch immer Ihr Problem ist, halten Sie den Deckel drauf, ja? Wir holen uns Jack, und dann setzt ihr zwei euch hin und sprecht euch mal so richtig aus. Ich bin sicher, Sie haben ihm ein paar interessante Sachen zu erzählen.“

Er schluckte heftig, sagte aber nichts.

Ich zog einen Stuhl für Vargas heran. „Setzen Sie sich doch“, sagte ich. „Außerdem sollten wir alle etwas essen. Wir werden die Energie bitter nötig haben.“

Die nächsten beiden Stunden beäugte Bennett Vargas argwöhnisch. „Wieso mussten Sie ihn hierher bringen?“, sagte er, als er mich endlich in einer Ecke für sich allein hatte. „Und was sollte das, dass ich ihm bestimmt viel zu erzählen hätte?“

„Ich dachte, Sie wollten ihm vielleicht erzählen, was wirklich abgegangen ist. Aber einen guten Rat gebe ich Ihnen. Wenn es zwischen euch zu Gewalttätigkeiten kommt, wenden Sie besser schmutzige Tricks an."

„Das kann ich durchaus, keine Bange."

„Haben Sie eine Tasche, die wir benutzen könnten? Um das Geld reinzutun?"

Er griff nach einer blauen Sporttasche. „Alles Geld, was ich in die Finger kriegen konnte, habe ich obendrauf gepackt", sagte er und öffnete sie. „Da oben sind zweitausend Dollar. Der Rest besteht aus zerrissenen Zeitungen."

„Das muss dann wohl ausreichen."

„Alex, wir haben Sonntagmorgen. Die Banken haben zu. Das Geld hier stammt aus der Schublade; das ist jeder Dollar, den ich finden konnte. Wie soll das denn funktionieren?"

„Immer mit der Ruhe, Bennett. Warten Sie, bis Leon hier ist. Dann reden wir darüber."

Leon kam gegen sieben Uhr, mit Kmart-Einkaufstüten in beiden Armen. Bis zu Blondies Anruf blieb uns noch eine Stunde. Wir benutzten sie, um alle Jagdgewehre mit schwarzem Isolierband zu umwickeln. Leon nahm einen schwarzen Griff für einen Fahrradlenker und befestigte ihn mit Klebeband an einem Flintenschaft. „Na, wie wirkt das von weitem?", sagte er und hielt das Gewehr in die Luft.

„Wie ein Sturmgewehr", sagte Bennett.

„Wer auf Vargas' Boot fährt, zieht eine von diesen Windjacken an." Er zog die entsprechenden Exemplare aus einer anderen Tüte. Sie waren alle schwarz. „Und für jeden eine schwarze Baseballkappe. Und diese Sonnenbrillen. Der Typ hat jeden von euch zumindest einmal gesehen. Deshalb werde ich der Vorderste sein."

„Wie?", sagte Bennett, „Sie meinen, er soll denken, das FBI kommt uns zu Hilfe oder sonst was?"

„Das hatte ich mir ursprünglich gedacht", antwortete Leon. „Jetzt habe ich was Besseres." Er sah zu Vargas hinüber. „Mr Vargas, wir brauchen einen Namen. Irgendwen in Kanada. Wir benötigen den Namen, bei dessen Klang Blondie in die Hose macht."

Vargas dachte darüber nach. „Wenn wir den Namen dieses Mannes benutzen", sagte er schließlich, „müssen Sie vergessen, dass Sie ihn jemals gehört haben."

„Kapiert."

„Dieser Name lautet Isabella. Mr Isabella."

„Wer ist das denn?", sagte Bennett. „Irgendein Schlaumeier, der sich bei den Gangstern in Kanada nach oben gearbeitet hat?"

Vargas starrte ihn an. Es war derselbe Blick, den er mir gewidmet hatte, bevor er mit seiner Moo-Duk-Kwan-Show meinen ganzen Körper malträtierte.

„Blondie und Isabella", sagte Bennett. „Nicht gerade Bugsy und Scarface, wie? Die blöden Kanadier kriegen nicht mal ihre Namen auf die Reihe."

„Ihr habt gehört, was er gesagt hat", sagte ich. „Wir benutzen den Namen und vergessen ihn danach sofort wieder."

„Ist das der Plan?", fragte Jonathan. „Das zweite Boot stößt dazu, als wollte Mr Isabella die Fete sprengen?"

„Das ist die Idee", sagte Leon. „Es muss nur so lange wirken, dass sie überrascht und verunsichert sind. Sie sollen den Eindruck gewinnen, dass es in ihrem eigenen Interesse liegt, Jack freizugeben."

„Und was dann?"

„Dann sehen wir, was passiert", sagte Leon. „Und handeln entsprechend."

Zu dieser Zeit war es fast acht Uhr, fast die Zeit für Blondies Anruf. Acht Uhr kam und ging vorbei. Weitere fünf Minuten vergingen. Dann zehn. Als das Telefon endlich schrillte, sprang jeder hoch.

„Lassen Sie mich rangehen", sagte ich. Ich ging hinter den Tresen und hob ab.

„Guten Morgen", sagte er. „Ist dort Alex?"

„Ja."

„So ist's brav. Sind Sie bereit, Ihren Freund abzuholen?"

„Lassen Sie mich mit ihm reden."

„Tut mir Leid, er kann sich im Moment nicht freimachen, Alex. Sie erinnern sich doch an die Pistole, die ich bei Ihrer kleinen Pokerrunde an Ihre Schläfe gehalten habe? Genau das passiert in diesem Moment mit Ihrem Freund."

„Sagen Sie uns, was wir machen sollen."

„Ich will, dass Sie und Bennett uns an einer bestimmten Stelle des Sees treffen. Ich gebe Ihnen jetzt die GPS-Koordinaten durch. Sind Sie bereit?"

„Schießen Sie los."

Er nannte mir Breite und Länge auf mehrere Stellen genau. Ich schrieb sie auf und zeigte sie Bennett.

„Bennett ist am Steuer, und Sie haben das Geld. Sonst ist niemand an Bord. Wenn wir sonst wen sehen, ist Jack tot. Wenn wir eine Waffe sehen, wenn wir eine Hand am Funkgerät sehen, hat Jack eine Kugel in der Schläfe. Sind wir uns auch in diesem Punkt einig?“

Bennett hielt eine Karte vom See hoch und deutete grob das entsprechende Gebiet an. Es war ein gutes Stück hinter der Whitefish Bay, Richtung Seemitte.

„Die Stelle ist fast hundertfünfzig Kilometer entfernt“, sagte ich. „Sie wissen doch, dass man mit einem kleinen Boot nicht so weit raus darf. Das Wetter kann hier jede Minute umschlagen.“

„Das Wetter ist das bei weitem kleinste Problem, das Sie haben. Wir treffen uns dort am Mittag.“

„Am Mittag“, bestätigte ich. „Wir brauchen mehr Zeit. Ich denke nicht, dass unser Boot so schnell ist.“

„Wir werden am Mittag dort sein. Wenn Sie dann nicht da sind, muss Jack halt schwimmen.“ Er hatte eingehängt.

„Los“, sagte ich. „Wir haben nicht mal mehr vier Stunden.“

Wir gingen durch die Hintertür. Ich sagte Margaret, ich würde sie per Handy anrufen, sobald wir wieder in Reichweite seien. „Wenn Sie um vier Uhr noch nichts von uns gehört haben, verständigen Sie die Polizei.“

Bennett und ich stiegen in das von ihm geliehene Boot. Vargas steuerte das andere, das Leon, Ham, Jonathan und Gill an Bord hatte. Die Idee war, dass sie fünf, sechs Kilometer hinter uns zurückbleiben und erst nachkommen sollten, wenn wir den Kontakt hergestellt hatten.

„Moment mal, Sie brauchen noch das hier“, sagte Leon und setzte einen Fernsehmonitor auf den Stuhl neben Bennetts Führersitz. Er schloss ihn am Zigarettenanzünder an.

„Was ist das?“, fragte Bennett.

„Meine Videokamera in der Armbanduhr“, erklärte er. „Alex zieht sie an und hält sie auf die Typen gerichtet. Dann sehen die sich selbst auf dem Schirm.“

„Was soll das bewirken?“

„Warten Sie nur ab, wenn Alex ihnen erzählt, dass Mr Isabella sie mit einer Kamera live überwacht. Das sollte ihnen einen Schrecken einjagen.“

Leon ging zurück zu dem anderen Boot, und dann fuhren wir alle den Fluss hinunter auf die Bucht zu. Bennett schob den Gashebel auf volle Pulle. Wir machten etwa fünfunddreißig Knoten. Die Sonne begann endlich, den Morgennebel aufzulösen.

„Haben wir genug Benzin?“ Ich musste das Röhren des Motors überschreien.

„Das hoffe ich. Das ist alles meine Schuld!“, schrie Bennett. „Ich habe gedacht, das Geld könnte bei meinem Sohn Gutes bewirken. Als ob Geld jemals für irgendwen etwas Gutes bewirkt hätte!“

„Fahren Sie lieber das Boot!“ Ich sah hinter uns. Sogar mit der schweren Fracht hatte Vargas’ Boot kein Problem, unser Tempo mitzuhalten.

Wir brauchten gut zwei Stunden, um Whitefish Point hinter uns zu lassen. Die Sonne kam heraus und brannte auf unsere Rücken, als wir über die Wellen glitten. Ich blickte auf die GPS-Anzeige am Armaturenbrett. Wir näherten uns 47 Grad Nord und 85 Grad West. Die Koordinaten des Treffpunktes waren noch über eine Stunde entfernt.

Dies hier war der größte See der Welt, über dreißigtausend Quadratmeilen offenes Wasser, größer als einige Staaten zusammengenommen. Es ergab einen schrecklichen Sinn, dass Blondie uns hier draußen treffen wollte. Niemand würde uns sehen. Hier draußen gab es kein Gesetz, keine Konsequenzen, wenn man es brach. Und der See war tief genug, um einen Toten zu verbergen. Oder zwei Tote. Oder drei. Du wirfst sie einfach über Bord, und sie verschwinden für immer.

Als wir den 47. Breitengrad passiert hatten, begann Vargas mehr und mehr zurückzubleiben. Bald war sein Boot nur noch ein Punkt am Horizont.

„Wir sind fast da!“, rief Bennett, der auf die GPS-Anzeige sah.

Ich nahm das Fernglas und sah nach vorne. Da. Ich sah das Boot. Es war zu weit entfernt, um Details erkennen zu können, aber es war Zeit, alles vorzubereiten.

Ich nahm meinen Revolver heraus und legte ihn auf das Brett unterhalb der Reling. So kam ich leichter an ihn ran. Ich sah noch einmal ins Glas. Es war ein großes Boot, ungefähr genauso groß wie das von Vargas. Es sah aus, als nähme es eine Richtung, die von uns wegführte. Ich konnte einen Mann direkt am Heck stehen sehen, und es sah so aus, als hielte er eine bedrohliche Waffe – eine Art Sturmgewehr. Ein richtiges.

Ich knüpfte den Anker von seiner Leine los und band ihn an den Griff der Geldtasche.

„Was machen Sie da?“, schrie Bennett.

„Sie werden auf uns schießen, sobald wir in Reichweite sind!“, sagte ich. „Es sei denn, ich gebe ihnen einen guten Grund, es nicht zu tun.“

Wir kamen näher. Bennett drosselte den Motor auf halbe Geschwindigkeit. Der Mann am Heck beobachtete uns durch sein Fernglas. Es war Blondies Bruder. Blondie konnte ich noch nicht sehen. Oder Jack.

„Unser Auftritt!“, sagte ich. Ich rückte Leons Videouhr am linken Handgelenk zurecht und stellte sie an. Ein Bild erschien auf dem Monitor – erst der Himmel, dann die Bootswand. Ich griff nach der Geldtasche und dem Anker. Meine Hände zitterten.

ICH HIELT die Tasche über die Reling, mit dem Anker nach vorne. Sie sollten ihn sehen: Wenn sie mich erschössen, würde das Geld ein Bad nehmen – in etwa hundertfünfzig Meter Tiefe.

Ich sah, dass Blondies Bruder das Gewehr jetzt in einer Hand hielt und mir mit der anderen zuwinkte. Es sah so aus, als riefe er mir etwas zu, aber beim Dröhnen des Motors konnte ich es nicht hören.

„Drehen Sie langsam bei“, sagte ich zu Bennett.

„Wo ist Jack?“, sagte er. „Ich sehe Jack nicht.“

„Er muss da sein“, sagte ich eher zu mir selbst.

Als wir näher kamen, konnte ich hören, was Blondies Bruder brüllte. „Geh zurück von der Reling, oder ich schieße!“

„Schieß, und das Geld liegt auf dem Seeboden!“, schrie ich zurück.

Im Schatten eines Sonnensegels konnte ich zwei Männer erkennen. Als wir noch näher kamen, sah ich Jack vor Blondie stehen. Jack hatte silbernes Isolierband über den Mund geklebt, seine Hände waren hinter seinem Rücken.

„Bleiben Sie auf etwa sechs Meter Distanz“, sagte ich zu Bennett. „Und schieben Sie den Monitor stärker nach vorne.“

Er schob das Gas fast bis zum Leerlauf zurück. Dann stieß er den Stuhl mit dem Fuß mitten auf das Deck.

„Was ist das für ein Ding?“, fragte Blondie. Ich konnte jetzt seine Pistole erkennen. Sie war auf Jacks Kopf gerichtet. „Wollen Sie Ihren Freund sterben sehen?“

„Das würde ich nicht machen“, sagte ich. Blondies Bruder zielte mit seinem Sturmgewehr auf meine Brust.

„Nehmen Sie den Anker von der Tasche“, schnauzte Blondie. „Und zwar in drei Sekunden.“

Ich riskierte einen Blick auf den Monitor und drehte meinen linken Arm, mit dem ich die Tasche hielt. Blondies Boot erschien auf dem Schirm, aber der Seegang machte es schwer, ein klares Bild zu erzielen.

„McKnight, nehmen Sie den Anker weg!“

„Sie sollten besser lächeln, Blondie“, sagte ich. Ich musste meine Stimme natürlich klingen lassen, als sei ich nicht dabei, vor Angst den Verstand zu verlieren. „Sie wollen doch einen guten Eindruck auf Mr Isabella machen, oder?“

Das hatte gesessen. Er konnte die Wirkung nicht verbergen. „McKnight, wovon reden Sie?“

„Sie sind im Moment live vor der Kamera“, sagte ich. „Sehen Sie auf den Monitor, Blondie. Mr Isabella beobachtet jede Ihrer Bewegungen.“

Er starrte mit großen Augen auf den Monitor. „Was zum Teufel –“

„Sie haben einen Fehler gemacht, Blondie. Sie haben sich den Falschen geschnappt. Jack und Mr Isabella sind wie Brüder. Stimmt das nicht, Jack?“

Jack nickte. Blondie legte den Arm eng um Jacks Hals und presste ihm die Pistole direkt gegen die Schläfe. „Ich glaube Ihnen kein Wort, McKnight. Schmeißen Sie die Tasche rüber. Auf der Stelle.“

Ein Geräusch. In der Ferne, ein Motor.

„Wer ist das?“, schrie Blondie. Sein Gesicht war jetzt puterrot. „Ich habe Ihnen gesagt, wenn noch wer hier auftaucht, stirbt Ihr Freund.“

„Das sind nur ein paar von Isabellas Leuten. Sie wollen ein Wort mit Ihnen reden.“

Blondie und sein Bruder sahen sich an.

„Sie wissen, was passiert, wenn Isabellas Männer hierher kommen“, sagte ich. „Die Typen werden Sie umlegen. Geben Sie Jack her, und wir geben Ihnen das Geld. Dann haben Sie einen Riesenvorsprung und sind lange weg, wenn die hier auftauchen.“

Blondie legte den Arm enger um Jacks Hals.

„Seien Sie doch kein Narr!“, rief Bennett. „Nehmen Sie schon das gottverdammte Geld!“

Nein, Bennett, nein. Das können wir jetzt nicht brauchen.

„Diese Typen schneiden Sie in Stücke!“

Halt die Schnauze, Bennett.

„Das sind siebenhunderttausend Dollar, ihr verdammten Arschlöcher! Nehmt das Geld und haut ab! Solange ihr das noch könnt!“

„Werfen Sie die Tasche rüber!“, rief Blondie.

„Geben Sie uns erst Jack“, beharrte ich.

„Werft die Tasche rüber!“

„Zuerst Jack.“

Das Boot kam näher. Ich wagte nicht hinzusehen. Aber ich war sicher, dass sich alle vier Männer an der Reling aufgestellt hatten – Leon, Jonathan, Ham und Gill, und Vargas saß am Steuer. Ich konnte mir nur vorstellen, wie es wirken würde, vier Männer in Schwarz, mit riesigen schwarzen Gewehren.

Ich hielt die Tasche noch etwas weiter übers Wasser. Das Gewicht des Ankers ließ meine Unterarmmuskeln sich verkrampfen und schmerzen. Aber ich wusste, wenn ich das Ganze nur eine Sekunde nach innen holte, würde mich eine Kugel durchbohren.

Dann, eine Stimme hinter mir. „Runter mit den Waffen!“ Es klang wie Leon, der in ein Megaphon brüllte.

Blondie stieß Jack unter dem Sonnensegel hervor. „Zurück da!“, schrie er. „Er hat eine Kugel im Kopf, wenn ihr näher kommt.“

„Waffen runter, aber sofort!“

Ich wusste, dass Vargas’ Boot nicht zu nahe herankommen konnte, ohne dass sie alles durchschauen würden. Das Isolierband auf den Gewehren, die billigen Windjacken. Die Illusion wäre hin.

„Ihr zerstört eure letzte Chance“, warnte ich. „Wenn ihr uns jetzt Jack gebt, könnt ihr noch mit dem Leben davonkommen.“

„Ich bringe ihn um, McKnight! Das schwöre ich bei Gott!“

Ich sah Jack an. Er hatte die Augen geschlossen.

„Gebt ihn raus, oder ihr seid tot!“, schrie Bennett. „Das sind Isabellas Leute, und ihr seid geliefert.“

„Das sind nicht seine Leute“, sagte Blondies Bruder.

Sekunden vergingen. Ich wartete auf die erste Salve.

Stattdessen eine Stimme: „He, Marcus! Derrick!“ Ich wandte mich um und sah Vargas an der Reling seines Bootes stehen. Er hatte das Sprechgerät seiner Funkanlage in der Hand. „Hier ist Mr Isabella. Er will euch sprechen.“

Das löste den Zauber. Beim Klang seines Namens wandte sich Blondies Bruder um, feuerte sein Gewehr ab und streckte Vargas nieder. Als ich mich aufs Deck warf, sah ich Blondies Waffe aufblitzen, die sich von Jacks Kopf löste und auf mich zielte. Hinter mir hörte ich, wie Glas explodierte. Bennett schrie auf und schlug hart aufs Deck. Weitere Schüsse folgten, von Blondies Boot, von Vargas’ Boot. Und etwas klatschte ins Wasser.

Ich griff nach meinem Revolver auf dem Bord unter der Reling und riss ihn hoch, umklammerte ihn mit beiden Händen. Jack konnte ich nicht sehen. Wo war er? Blondies Bruder tauchte hinter der Reling auf und feuerte auf Vargas’ Boot. Ich nahm ihn ins Visier und zog den Abzug. Neben meinem Ohr explodierte etwas, Holzsplitter flogen mir ins Gesicht. Ich warf mich wieder nieder. Ich sah Bennett auf Deck liegen. Er blutete an der Stirn, hatte aber die Augen offen. „Unten bleiben!“, rief ich.

„Jack ist im Wasser. Ich hab ihn reinspringen sehen.“

Ich hörte das Geräusch einer Schiffsschraube und sah über die Bordwand. Blondie war am Steuer. Das Boot bewegte sich von uns weg und das verdammt schnell. Vargas’ Boot beschleunigte ebenfalls und kam auf uns zu.

„Passt auf Jack auf!“, schrie ich. „Wo ist er?“ Ich suchte das Wasser ab. Ich konnte ihn nicht sehen.

Da! Ich tauchte mit Kopfsprung in den See und spürte den eisigen Schock des Wassers. Ich schwamm zu der Stelle, wo ich ihn gesehen hatte, gegen die Wellen und die brutale Kälte ankämpfend. Als ich ihn endlich erreicht hatte, kämpfte er verzweifelt darum, seinen Kopf über Wasser zu halten. Die Hände auf den Rücken gebunden und mit Isolierband über dem Mund, hatte er keine Chance.

Ich packte ihn, warf seinen Kopf nach hinten und versuchte ihn nach bester Rettungsschwimmerart abzuschleppen. Mein Körper war schon gefühllos. Selbst Mitte Juli ist der See verdammt kalt. Ein paar Minuten hast du, dann bist du hinüber.

Vargas’ Boot erreichte uns als erstes. Ham kam die Leiter an der Seite heruntergestiegen; ein Bein schon im Wasser, grapschte er sich Jack. Er hob ihn wie eine Puppe hoch und hievte ihn über die Reling. Dann wiederholte er das Ganze mit mir.

Ich landete auf dem Deck, richtete mich mühsam auf und versuchte zu atmen. Als ich aufsah, hatten Jonathan und Gill schon das Isolierband von Jacks Mund entfernt und banden seine Hände los. Vargas lag hinter ihnen auf dem Deck. Er hob den Kopf.

„Vargas!“ Ich kroch zu ihm.

„Fassen Sie mich nicht an, McKnight. Lassen Sie mich wieder zu Atem kommen. Er hat mich mitten auf der Brust getroffen.“

„Was? Wieso sind Sie …“

„Meinen Sie denn, ich fahre mit euch Clowns raus ohne meine Weste?“

Ich blickte an seinem Körper hinunter. Die dicke schwarze Weste war unübersehbar, aber mir war sie nicht aufgefallen. „Sie hatten eine Weste aus Kevlar-Fasern an?“

„Meinen Sie, Kevlar hätte die Kugeln aufgehalten? Die ist aus Keramik.“

„Was haben Sie mit dem Funk gemacht? Sie haben ihre Namen genannt.“

„Marcus und Derrick. Die Forsythe-Brüder. Ich habe über Funk Isabella angerufen und ihre richtigen Namen erfahren.“

„Sie haben ihn wirklich gesprochen?“

„Die Dinge sahen nicht gut aus. Ich dachte, ich habe keine andere Wahl.“ Er schob sich in eine sitzende Position. „Oh Gott, tut das weh! Morgen werde ich da einen höllischen Bluterguss haben.“

„Alex.“

Ich wandte mich um und sah Jacks Gesicht. Er sah aus wie eine ertrunkene Ratte. „Bist du okay?“, fragte ich.

„Ich brauche einen Drink.“

„Du bibberst ja. Wir müssen dich warm kriegen.“

„Ich sehe meinen Vater nirgends“, sagte Ham. „Wo ist er denn?“

„Oh Gott, der ist noch auf dem Boot.“ Ich stellte mich auf meine wackligen Beine und sah über die Reling. Das Boot war etwa 15 Meter entfernt, aber ich konnte Bennett nirgends sehen. „Fahren wir hin.“

Vargas ließ sich auf dem Kapitänssitz nieder. Er wendete das Boot.

Bennett lag noch auf dem Deck, seine Stirn blutete. Das Blut war ihm in die Augen und über die Nase gelaufen. Ham sprang über die Reling und landete auf dem Deck des anderen Bootes. Leons Bildschirm fiel vom Stuhl.

„Du blutest“, sagte Ham. „Bist du getroffen?“

„Und ob ich getroffen bin. Von mindestens fünfzig Glassplittern! Wo ist Jack?“

„Ihm geht es gut“, sagte Ham. „Allen geht es gut.“

Bennett schloss die Augen. „Wie um Himmels willen haben wir das bloß durchziehen können?“

„Wir müssen das Boot einholen“, sagte Vargas.

„Warum?“, fragte ich.

„Wenn er davonkommt, dann kommt er zurück, um uns kaltzumachen.“

„Ich glaube, ich habe seinen Bruder umgelegt“, sagte ich.

„Ein Grund mehr“, knurrte Vargas. „Los, er entkommt uns.“

„Gill, Sie gehen besser auf das andere Boot. Einer muss es steuern, während sich der andere um Bennett kümmert. – Vargas, haben Sie einen Erste-Hilfe-Kasten?“ setzte ich hinzu.

„In der Kabine. Rechts an der Wand.“

Gill ging hinein, griff ihn sich und kletterte dann über die Leiter an der Seite auf Bennetts Boot.

„Ihr fahrt direkt nach Hause“, sagte ich. „Wir treffen euch später da. Jonathan, du bringst Jack nach unten und siehst zu, ob du ihn warm kriegst.“

„Ich habe Decken dabei“, erklärte Vargas. „Die unteren Schubladen links.“

Sobald Gill auf dem anderen Boot war, schob Vargas den Gashebel durch und schoss hinter Blondie her. Ich saß im Sitz neben ihm, Leon gleich hinter ihm. Die kalte Luft ließ mich genauso heftig zittern wie Jack.

„Du nimmst dir besser auch eine Decke“, meinte Leon.

Ich ging in die Kabine. Jack zog sich die nassen Kleider aus, während Jonathan mit den Decken neben ihm stand. „Gib mir auch eine“, bat ich ihn.

Jack packte mich am Arm und sah mir in die Augen. Er lächelte. „Gut gemacht.“

Eingewickelt in eine Decke, ging ich nach draußen und setzte mich wieder neben Vargas. Er fuhr weiter mit Vollgas. Wolken waren aufgezogen. Der Wind peitschte die Wellen bis zu einem Meter hoch. Wir schlugen heftig auf die Wogen.

„Warum haben Sie Isabella nicht gleich zu Beginn angerufen?“, fragte ich.

„Man ruft Isabella nicht einfach an. Und man stellt ihm keine Fragen zu anderen Leuten im Geschäft.“

„Was haben Sie gemacht, sein Boot angefunkt?“

„Ja, ich habe zu seinem Boot gefunkt. Er hat übrigens über Funk ganz freundlich geklungen, als wäre ich sein bester Kumpel. Das ist kein gutes Zeichen.“

Ich sah auf das Wasser hinaus. Von Blondies Boot war nichts zu sehen. „Woher wissen Sie, welche Richtung er eingeschlagen hat?“

„Der nächstgelegene Landeplatz für ihn ist Batchawana Bay.“

„Wie weit ist das?“

„Von hier vielleicht eine, anderthalb Stunden. Natürlich ist da auch Isabellas Boot. Das kann interessant werden.“

Eine weitere halbe Stunde schnitten wir die Wellen, bis wir ihn endlich sahen. Sogar mit der Fracht war Vargas’ Boot erheblich schneller.

„Wir haben ihn“, sagte er. „In fünf Minuten sind wir neben ihm. Wohin fährt er? Er wendet.“

Wir beobachteten, wie das Boot nach Norden abdrehte. Dann sahen wir auch, warum.

„Ach du Scheiße“, sagte Vargas. „Das ist Isabella.“

In der Entfernung war das schwer auszumachen, aber das Boot, das auf uns zuraste, hatte eine lang gestreckte Form und schoss über das Wasser wie ein Höchstgeschwindigkeitsrennboot.

„Wir müssen hier weg“, sagte er. Er wendete hart. Als wir davonrasten, ging ich ans Heck und sah zu, wie das große Boot wendete, um Blondie abzufangen. Über das Dröhnen unseres Motors, über drei Kilometer offenes Wasser hinweg konnten wir die Schüsse hören.

„Ich hoffe, Blondie leistet ihnen erheblichen Widerstand“, sagte Vargas. „Das könnte sie etwas aufhalten.“

„Werden sie danach uns verfolgen?“, fragte ich.

„Ich würde jedenfalls nicht dagegen wetten.“

„Ist dieser Isabella Ihr Kontaktmann in Kanada?“, fragte Leon. „Derjenige, dem Sie die Geräte liefern?“

„Nicht direkt an ihn. Aber er hat seine Finger im Spiel. Gestern habe ich wegen des Wetters nicht geliefert, und heute bin ich rausgefahren, um die Brüder Forsythe zu erschießen. Das ist nicht exakt das Verhalten, das er bei seinen Geschäftspartnern gern sieht.“ Vargas fuhr das Boot weiterhin mit Höchstgeschwindigkeit. Die Wellen waren jetzt einszwanzig hoch.

Isabellas Boot kam näher. Vargas sah sich nicht um. Er hielt das Boot auf geradem Kurs. Ich sah auf die GPS-Anzeige – wir waren noch zwei Stunden von zu Hause entfernt. Leon schob sich über das Deck und versuchte die Gewehre einzusammeln. Bei dem Seegang sah das aus, als bewege er sich auf einem Trampolin.

„Versuchen Sie’s gar nicht erst!“, schrie Vargas. „Wenn die uns erreichen, sind wir tot. Egal, was wir machen.“

Leon setzte sich aufs Deck und hielt sich an der Reling fest. Die Wellen erreichten jetzt bald zwei Meter. Das ließ unsere Geschwindigkeit auf unter zwanzig Knoten sinken. Als wir endlich die Whitefish Bay erreichten, hatte Isabella die Distanz auf achthundert Meter verringert. Ich wartete auf die erste Kugel.

Dann sah ich ein Patrouillenboot der Küstenwache, zwölf Meter geballte, seemännische Autorität, in blitzendem Weiß mit den charakteristischen orangefarbenen Streifen. Ein zweites Boot war direkt daneben. Bennett.

„Wir müssen die Waffen loswerden!“, rief Leon.

Leon und ich sammelten die vier mit Isolierband aufgemotzten Gewehre und meinen Revolver ein und warfen alles am Heck über Bord. Dabei konnten wir sehen, wie Isabellas Boot hastig wendete. Sie waren so nahe herangekommen, dass wir zwei Männer an der Reling erkennen konnten, die uns anstarrten. Beide waren schwarz gekleidet, mit schwarzen Sonnenbrillen.

„Ich hätte nie gedacht, dass ich das einmal sagen würde: Gott sei gedankt für die US-Küstenwache“, meinte Vargas mit einem Grinsen. „Wenn Sie nichts dagegen haben, danke ich ihnen aber nicht persönlich. Die Jungs können sehr neugierig sein."

Er wählte einen neuen Kurs nach Südwesten und beschrieb einen kilometerweiten Bogen um die beiden Boote. Als das Schiff der Küstenwache sich schließlich von Bennett löste und in Richtung des Flusses fuhr, lenkte Vargas zu Bennett hinüber.

Bennett war nirgends zu sehen. Nur Ham und Gill saßen friedlich an den Schalthebeln und erwarteten unsere Ankunft.

„Wo ist Bennett?", fragte ich.

Wie auf ein Stichwort hin öffnete sich die Kajütentür. Bennett streckte den Kopf hinaus, die Stirn mit Bandagen umwickelt. „Sind sie weg?"

„Uns ist das Benzin ausgegangen", sagte Gill. „Wir mussten die Küstenwache über Funk rufen. Wir hatten schon Angst, ihr würdet uns bei der Rückfahrt verpassen. Bennett ist in der Kajüte verschwunden, damit sie nicht zu viele Fragen stellten. Immerhin hatten wir ja schon die kaputte Frontscheibe zu erklären."

„Natürlich haben wir auch eine Abreibung erster Klasse bekommen", sagte Ham. „Die ganze Zeit, in der sie uns aufgetankt haben, hielten sie uns vor, wie wir auf den offenen See rausfahren könnten, wo das Wetter sich doch so verschlechterte, und dann noch ohne Benzin. Sie müssen uns für die größten Idioten auf dem ganzen See gehalten haben."

„Da würde ich ihnen nicht widersprechen", versetzte ich. „Los, fahren wir nach Hause."

Wir fuhren durch die Bucht auf den Fluss zu. Jetzt, da uns keiner mehr jagte, konnten wir uns Zeit lassen. Ich ging nach drinnen und sah nach Jack. Er hatte sich in Decken gehüllt und schnarchte.

„Heißt das, er hat bei alldem geschlafen?", fragte ich.

„Sobald wir nicht mehr so auf die Wellen knallten", erwiderte Jonathan. „Da war er plötzlich weg. Wann kann ich denn anfangen, dir zu danken, Alex?"

„Das nächste Mal, wenn du meinen Deckel kassierst."

Er schenkte mir ein müdes Lächeln. Ich schlug ihm auf die Schulter und ging zurück an Deck. Leon hatte das Steuer übernommen. Vargas saß am Heck und rieb sich die linke Schulter.

„Morgen wird Ihnen alles wehtun", sagte ich.

„Und ob, aber wenn ich an die Alternative denke, nehme ich das gerne in Kauf."

„Wie groß ist das Problem, das Sie jetzt mit Isabella haben?"

„Ich denke, ich habe mich in diesem Moment zur Ruhe gesetzt."

„Lassen die das mit sich machen? Dass Sie einfach weggehen?"

„Das müssen sie wohl."

„Und dieses Gerede, dass man hier im großen Stil Häuser baut, das neue Bay Harbor – da hat doch auch Isabella dahintergesteckt, oder?"

„So ist es. Das ist jetzt wohl auch vorbei."

„Ich weiß nicht, wie der heutige Tag ohne Ihre Hilfe verlaufen wäre. Ich glaube nicht, dass er ein gutes Ende genommen hätte."

„Ich habe mir gedacht, es sei in meinem eigenen Interesse, euch alle am Leben zu halten. Irgendwer hat schließlich mein Geld. Sie haben mir die komplette Geschichte versprochen, Alex. Ich warte."

Ich erzählte ihm, was ich wusste, von Bennett und seinem Sohn und von dem Geld, das schon lange weg sei. „Sie werden das mit Bennett ausfechten müssen", schloss ich.

„Wir werden darüber wohl bei Gelegenheit gemütlich zu plaudern haben."

„Wenn wir gleich bei seiner Kneipe sind, kommen Sie doch einfach mit rein und trinken was."

„Vielleicht schaue ich morgen mal rein. Ich will jetzt nach Hause und Miata rauslassen. Er war den ganzen Tag drinnen."

„Vielleicht gehen Sie erst mal besser woandershin. Ziehen sich eine Zeit lang aus dem Verkehr. Vielleicht sollten Sie gar Leon wieder anheuern."

„Machen Sie sich keine Gedanken. Ich kann schon auf mich aufpassen."

Als wir Bennetts Haus erreicht hatten, verließen wir alle die Boote. Jack war jetzt wach und nicht allzu glücklich darüber, eine Leiter hinabsteigen zu müssen, mit nichts als mit einer Decke bekleidet. Als wir alle auf dem Dock standen, sah Vargas uns lange an, nickte kurz und legte ab.

„He, Alex", sagte Bennett. „Was ist eigentlich aus der Geldtasche geworden? Die Tasche mit den zweitausend Dollar drin?"

„Die habe ich wohl ins Wasser fallen lassen, Bennett. Das tut mir aber so was von Leid."

„Machen Sie sich keine Gedanken, Alex. Ich wollte nur fragen."

„Ich brauche einen Drink", verkündete ich. „Den brauchen wir wohl alle." Ich verließ das Dock als Letzter. Ich sah den Fluss hinunter, sah Vargas am Steuer seines Bootes, gerade bevor er um die Kurve verschwand. Es war das letzte Mal, dass ich ihn lebend sehen sollte.

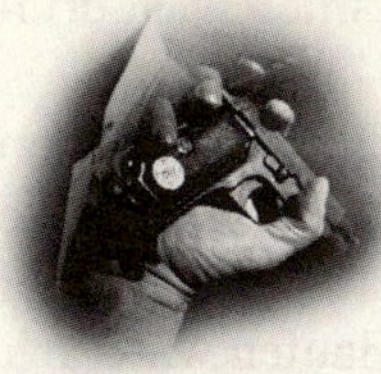

KAPITEL 11

Wir genossen unsere Drinks und Margarets berühmtes Rindergulasch. Ich sah sie mir alle an, einen nach dem anderen – Jack, wie er da saß in irgendwelchen Kleidungsstücken, die Bennett ihm gegeben hatte, die Ärmel über zwanzig Zentimeter zu lang. Jonathan, der neben seinem Vater saß und ihm die linke Hand auf den Rücken gelegt hatte. Gill, der sofort zur Stelle gewesen war, um seinem Freund zu helfen, ohne eine Frage zu stellen. Leon, das rote Haar zerzauster denn je vom Wind und der Gischt des Sees, trug immer noch die schwarze Windjacke und saß da mit einem müden Lächeln auf dem Gesicht. Mein Partner.

Ich konnte nicht umhin, für jeden von ihnen etwas zu empfinden, sogar für Bennett, den alten Esel, der uns die Suppe eingebrockt hatte – wie er da saß, den Kopf bandagiert, und Margaret von der Rettungsaktion erzählte, und alles war schief oder falsch. Ich konnte mir ausmalen, wie sich die Geschichte ein Jahr später anhören würde. Bennett sah ständig zu Ham hinüber, der im Raum auf und ab ging, immer noch erregt von den Geschehnissen. Der Ausdruck auf Bennetts Gesicht ließ mich ihm fast vergeben. Er hatte das alles für seinen Sohn getan – seinen anderen Sohn, Sean, der sich so in Schwierigkeiten gebracht hatte. Es war dumm und gefährlich, so etwas zu tun. Aber ich hatte keinen Sohn.

Die Sonne ging unter, als wir uns endlich verabschiedeten. Ich fuhr Jack und Jonathan in meinem Laster nach Hause, Jack in der Mitte, der schon wieder einschlief. Wir mussten ihn praktisch die Hintertreppe hinauftragen, ihm Bennetts übergroße Klamotten ausziehen und ihn zu Bett bringen.

Jonathan hängte das GESCHLOSSEN-Schild an die Kneipentür. Danach ging er nach oben in sein Bett und ich nach Hause in meines.

DAS TELEFON klingelte. Ich richtete mich im Bett auf und sah auf die Uhr. Es war kurz nach Mitternacht. Das Telefon klingelte wieder.

„McKnight, hier ist Chief Maven. Ich bin im Haus von Winston Vargas. Er ist tot. Kommen Sie sofort her. Ich erwarte Sie in dreißig Minuten." Er hängte auf.

Wieder fuhr ich in der Dunkelheit von Paradise zum Soo. Vier Polizeiwagen vom Soo standen in Vargas' Einfahrt. Ich parkte an der Straße, ging zur Tür und drückte auf die Klingel. Ein Beamter vom Soo öffnete die Tür. Ich sagte ihm, Chief Maven habe mich angerufen. Er bat mich nach drinnen und ließ mich im Wohnzimmer warten.

Während ich wartete, versuchte ich meine Gefühle bezüglich Winston Vargas zu sortieren. Es kam nicht überraschend, dass er tot war. Es war die Frucht seiner Taten. Eines Tages wäre ihm das auf jeden Fall passiert. Aber nicht heute Abend, wenn er nicht mit uns draußen auf dem See gewesen wäre.

Ich konnte hören, wie die Kamera nebenan ihre Aufnahmen schoss. Ich sah den Widerschein der Blitzlichter auf dem Boden der Diele. Endlich streckte Maven seinen Kopf um die Ecke. Er sah müde aus.

„Kommen Sie“, sagte er.

Ich stand auf und ging in den anderen Raum. Es war das Spielzimmer, der Raum, in dem alles seinen Anfang genommen hatte. Vargas lag mit dem Gesicht nach unten auf dem Teppich, keinen Meter weit von der Stelle entfernt, wo er am Abend des Raubüberfalls gelegen hatte.

Ich habe Leute gesehen, denen der Hinterkopf weggeschossen worden war. Keiner von ihnen war so kahl gewesen wie Vargas. Irgendwie machte das die ganze Sache noch grausiger. Kein Haar war da, das auch nur einen Tropfen Blut aufgesaugt oder eins der schrecklichen Details verborgen hätte, etwa wo die Kugel eingetreten oder wie viel vom Schädel zerstört war. Ich musste wegsehen.

„Wir sollten zurück zur Wache gehen“, sagte Maven. „Offen gestanden habe ich im Moment die Energie nicht. Also frage ich Sie freiweg, hier auf der Stelle. Wissen Sie irgendetwas hierüber?“

„Ich weiß nicht, wer das war“, sagte ich.

„Haben Sie eine Idee, warum Vargas eine lange Reise plante? Oben stehen zwei gepackte Koffer.“

„Wir haben nicht gerade unsere Freizeit miteinander verbracht, Chief. Woher sollte ich so was wissen?“

„Wissen Sie etwas über Vargas’ Boot? Warum er zum Beispiel dreißig Elektrogeräte erster Güte in die Kabine gepackt hat?“

„Offensichtlich betrieb er etwas anrüchige Geschäfte, Chief. Das wirft dann vielleicht auch ein Licht auf die Vorgänge hier heute Nacht.“

Er sah mich an. „Kaum zu glauben, dass Sie es nie zum Detective gebracht haben. Sie sind der geborene Kriminalist. Wissen Sie irgendetwas über zwei Männer namens Marcus und Derrick Forsythe?“

Ich zögerte. Wenn ich es abstritt, konnte mir das zum Verhängnis werden. „Ich glaube, ich weiß, wer sie sind“, sagte ich. „Es gab da jemanden, der mich bedroht hat, zusammen mit Bennett, Jack und Gill. Sie haben geglaubt, wir hätten etwas mit dem Raubüberfall zu tun und dass es dabei vielleicht um mehr Geld gegangen sei und dass wir das hätten."

„Und wieso sollten sie das denken?"

„Weil Sie drei von uns verhaftet haben. Und ich war mit den dreien zusammen gewesen. Das Ganze war ein Irrtum."

„Ausgelöst durch unseren Fehler, die drei zu verhaften?"

„Chief, ich bin sicher, dass sie es waren, die gestern meine Hütte in Brand gesteckt haben."

„Nun, gut, Sie brauchen sich ihretwegen keine Sorgen mehr zu machen. Wir haben gehört, dass ihr Boot vor ein paar Stunden in der Batchawana Bay angetrieben wurde. Niemand an Bord, nur jede Menge Blut und etwa hundert Einschläge von Kugeln."

„Dann sind das also Ihre drei Räuber", sagte ich. „Die beiden Forsythe-Burschen und dieser andere, Danny Cox."

„Hm. Löst sich praktisch in Wohlgefallen auf, wie? Alle drei Räuber sind tot."

„Und einer von ihnen, es muss wohl Cox gewesen sein … er wollte die beiden anderen über den Tisch ziehen. Und da hat er Bennett, Jack und Gill vorgeschoben, um sich dahinter zu verstecken."

„Sodass der Bezirksstaatsanwalt die Verfahren einstellen sollte."

„Das ist seine Entscheidung. Aber ich kann mir nicht vorstellen, dass er sich hier noch weit aus dem Fenster lehnen will."

„Nein", sagte Maven. „Wie ich ihn kenne, wird er das nicht tun."

„Wo ist Mrs Vargas? Und wo ist der Hund?"

„Mrs Vargas ist im Krankenhaus. Sie steht unter Schock. Offensichtlich hat sie alles mit angesehen. Sie sagt, zwei Männer seien hereinspaziert gekommen, hätten ihr gesagt, sie solle sich keine Sorgen machen, sie erschössen keine Frauen oder Hunde. Dann haben sie ihn abgeknallt, ein Schuss, und dann sind sie gegangen. Als wir ankamen, hatte der Hund Schaum vorm Maul. Das verdammte Biest hat sich ganz schön gewehrt, als wir ihn fortschaffen wollten."

„Und wo ist er jetzt?"

„In der Garage. Erst vor ein paar Minuten hat er aufgehört zu kläffen."

„Kann ich ihn sehen?"

„Aber bitte schön, McKnight. Er wird Ihnen in die Visage springen."

Ich ging durch die Küche, öffnete die Tür zur Garage und machte mich auf den Angriff gefasst. Er blieb aus.

„Miata", sagte ich, „wo bist du?"

Ich schaltete das Licht ein und sah Vargas' Saab auf dem einen Stellplatz und den blauen Miata seiner Frau auf dem anderen. Den Hund konnte ich nirgends entdecken. Ich ging um beide Wagen herum. Keine Spur von dem Hund. Schließlich ließ ich mich auf Hände und Knie nieder. Der Hund war unter Vargas' Wagen. Er zitterte.

„Ich weiß, du hast eine schlimme Nacht gehabt", sagte ich. „Komm mal her."

Als ich nach ihm langte, biss er mich. Ich zog die Hand zurück und betrachtete die kleinen Tropfen Blut, die zwischen Daumen und Zeigefinger hervorsickerten.

„Du hast mich voll erwischt", sagte ich. „Fühlst du dich jetzt besser?" Wieder langte ich nach ihm. Dieses Mal knabberte er mir die Spitze des Ringfingers an.

„Miata, wir sind uns beide sehr ähnlich … wenn ich mich im Recht weiß, nehme ich jeden Kampf an. Du kannst mich so viel beißen, wie du nur willst, ich gebe nicht auf, bis ich dich da drunter weghabe. Also mach es uns beiden leichter."

Wieder griff ich nach ihm und hatte ihn schließlich am Halsband. Er wehrte sich mit Zähnen und Krallen, als ich ihn hochhob und an die Brust presste. Ich hielt ihn fest, während er weitere fünf Minuten verbissen mit mir kämpfte. Dann gab er auf. Ich hielt ihn fest. Fünf Minuten später war ich mit ihm wieder im Haus.

„Was haben Sie mit dem Hund vor?", fragte Maven.

„Ich will ihn mitnehmen. Sonst kommt er doch ins Tierheim, oder?"

„Wir bringen ihn da unter, bis Mrs Vargas imstande ist, ihn abzuholen."

„Ich denke nicht, dass sie das tun wird. Sollte das trotzdem der Fall sein, sagen Sie ihr doch, sie soll mich anrufen."

Er schüttelte den Kopf. „Klar, McKnight. Ihr passt einfach traumhaft zueinander."

Als ich in den Lastwagen stieg, machte ich mich auf einen weiteren Kampf mit Miata gefasst. Stattdessen legte er sich in größtmöglicher Entfernung von mir auf den Beifahrersitz.

„Ich weiß, wie du dich fühlst", sagte ich. „Weißt du was, statt dass du mit mir kommst, habe ich eine viel bessere Idee."

Ich fuhr Richtung Süden nach Rosedale. Es war schon nach ein Uhr nachts, aber ich wusste, Leon war eine Nachteule. Ich sah noch zwei Lichter im Haus brennen, als ich vorfuhr. Miata ließ sich diesmal von mir auf den Arm nehmen. Als Leon die Tür öffnete, warf er einen Blick auf den Hund und sagte dann nur: „Vargas ist tot."

„Sie haben ihn erwischt", bestätigte ich. „Er hatte schon die Koffer gepackt. Ich konnte den Hund nicht einfach dalassen, und da habe ich mir gedacht, ob deine Kinder sich nicht eine Zeit lang um ihn kümmern können."

„Willst du das nicht selber tun?"

„Ich bin ihm nicht gewachsen."

Leon nahm Miata und kraulte ihm den Kopf. „Kein Problem, Alex. Alle vier zusammen sollten wir ihm gewachsen sein."

„Da bin ich euch sehr dankbar."

„Komm doch rein, Alex. Auf einen Drink."

Ich ging mit rein, setzte mich an seinen Küchentisch, und wir beide genehmigten uns einen.

„Ich packe morgen die Sachen im Büro", sagte er. „Ich gebe meinen Job als Privatdetektiv auf."

„Kriegst du den Laden nicht zum Laufen?"

„Ich hatte einen einzigen Kunden. Sieh dir an, was passiert ist."

„Du hast Jack das Leben gerettet, Leon. Der ganze Plan stammte von dir."

„Noch ein Grund, Schluss zu machen. Hör auf, wenn du am besten bist."

„Ich weiß gar nicht, wie ich dir danken soll."

„Dafür sind wir ja schließlich Partner."

Darauf tranken wir. Dann sagte ich ihm Gute Nacht.

ALLES kehrte in seinen Normalzustand zurück. Die Anklagen wurden fallen gelassen. Ich verbrachte die meisten Abende damit, im Glasgow Inn zu Abend zu essen und die Spiele der Tigers im Fernsehen zu verfolgen. Jack und ich sprachen kaum über das Vorgefallene. Eines Abends fragte er mich, wann ich denn wieder so weit sei, Poker zu spielen.

„Ich bin so weit, wenn du so weit bist", antwortete ich. „Tu mir nur einen Gefallen."

„Und der wäre?"

„Arrangiere das Spiel hier in deiner Kneipe. Lass uns nicht im Haus eines Fremden spielen."

„Typisch", sagte er. „Du willst nirgendwohin gehen."

Da wusste ich, dass Jack langsam darüber hinwegkam.

Der Sommer ging dahin. Nachts wurde es schon kälter. Die Sonnenuntergänge erfolgten immer früher. In Brimley arbeiteten sie noch am Golfplatz, aber von größeren Immobilienprojekten sprach niemand mehr.

Jeden Tag arbeitete ich an der letzten von meinen Hütten, machte Fuhren zur Müllkippe mit halb geschmolzenen Bettgestellen, schaffte das angekohlte Holz beiseite und bereitete den Bauplatz vor. In gut zwei Wochen würden sie mir eine Ladung Weißkieferstämme liefern. Ich würde die Hütte von Hand wieder aufbauen, so, wie es mein Vater mir beigebracht hatte, als ich 18 Jahre alt war. Den ursprünglichen Grundriss würde ich belassen und auch den steinernen Kamin meines Vaters übernehmen, alles andere würde ich von Grund auf neu bauen, gleichgültig, wie lange das dauern würde. Die Arbeit im Freien, in der Sonne, sollte mir den Kopf klar machen.

Aber alles kam immer wieder, meist in der Nacht. Sobald ich die Augen schloss, war ich wieder auf dem Boot. Und sah dieselbe Szene wieder und wieder, hörte dieselben Worte.

Dann, an einem der letzten warmen Tage des Sommers, riss ich die einzige Ecke der Hütte ab, die nicht niedergebrannt war. Ich wollte das Holz als Brennholz benutzen. Ich stand da und dachte darüber nach, ließ die Szene wieder ablaufen, immer dasselbe Stück, eine einzige winzige Stelle aus der ganzen Episode. Ich sprang in meinen Lastwagen und fuhr los.

Bennett saß an einem der Tische, als ich das Restaurant betrat. Ham stand hinter dem Tresen. Margaret konnte ich nirgendwo entdecken.

„Alex!“, sagte Bennett, als er zu mir aufschaute. „Schön, dass Sie mal vorbeischauen! Ham, zapf dem Mann ein Bier.“

Ich setzte mich. Ham brachte mir das Bier. „Aufs Haus“, sagte er.

„Alles, was recht ist“, sagte Bennett. „Dieser Mann zahlt niemals mehr einen Drink. Nicht in dieser Kneipe.“

Ich trank das Bier nicht. „Erzählen Sie mir das doch noch mal“, sagte ich. „Wie ist das Geld aus dem Haus gekommen?“

„Was?“

„Ihr Sohn, Sean. Der, der sich mit dem ganzen Geld davongemacht hat. Wie hat er es aus Vargas’ Haus geschafft?“

„Wir sind davon ausgegangen, dass er es unter dem Sack hatte – Sie wissen doch, diese schwarzen Plastiksäcke.“

„Siebenhunderttausend Dollar“, sagte ich. „Minus dreißigtausend für seine Partner. Dieses ganze Geld hatte er unter dem Sack?“

„Muss er doch, Alex.“

„Vielleicht hat er ganz was anderes mit dem Geld gemacht. Vielleicht hat er es aus dem Fenster geworfen. Das würde auch erklären, warum er das Fenster überhaupt zerschlagen hat. Wenn er es aus dem Fenster geworfen hat, muss jemand anders es in Empfang genommen haben. Wie ist es gelaufen, Ham? Waren Sie am Ufer? Oder auf dem Fluss?“

„Jetzt halten Sie aber mal die Luft an“, sagte Bennett. „Sie wollen doch wohl nicht Ham beschuldigen? Sie können doch nicht einfach hier reinspazieren und so was über meinen Sohn sagen, Alex. Nicht über meinen guten Sohn.“

„Das waren nicht einfach Sean und Ham, Ihr guter Sohn“, sagte ich. „Das waren Sie. Sie haben von Anfang an dahintergesteckt, Bennett. Diese hübsche Ansprache, die Sie mir auf dem Boot gehalten haben. Entsinnen Sie sich? ‚Es gibt kein gutes Geld, Alex. Es ist alles schlecht.‘ Als Ihre Freunde verhaftet wurden, haben Sie weiter gelogen. Als Jack gekidnappt wurde, haben Sie weiter gelogen.“

„Jetzt reicht’s. Verlassen Sie auf der Stelle mein Lokal, Alex.“

„Interessiert es Sie denn überhaupt nicht, wie ich das rausgefunden habe?“ Bennett saß mit verschränkten Armen da.

„Als wir auf dem Boot waren, bevor Vargas’ Boot zu uns aufschloss, sagte ich Blondie, er solle das Geld nehmen. Ich habe gesagt: ‚Hier, nehmen Sie’s. Geben Sie uns Jack. Nehmen Sie das Geld, und hauen Sie ab, bevor Isabellas Männer hier sind.‘ Sie standen hinter mir und haben gesagt: ‚Seien Sie kein Narr, nehmen Sie das Geld.‘ Und ich habe gedacht, Bennett, um Gottes willen, halten Sie die Schnauze. Es ist mir, um genau zu sein, bis heute nicht aufgefallen. Sie haben ihm gesagt, da wären siebenhunderttausend Dollar in der Tasche. Sie haben den exakten Betrag genannt.“

„Das war die Summe, über die wir geredet haben“, sagte Bennett. „Sie haben sie doch selbst genannt, als Sie mich gefragt haben, wo Sean das Geld wohl gelassen hat. Da haben Sie siebenhunderttausend gesagt. Das war die Summe, die Vargas im Safe gehabt hat.“

„Zu diesem Zeitpunkt hatten Sie davon keine Ahnung. Das heißt, Sie sollten keine Ahnung davon gehabt haben. Erst haben Sie mir erzählt, es seien nur dreißigtausend im Safe gewesen, und Sean habe in die Röhre geguckt. Dann hieß es, es müsse mehr gewesen sein und Sean sei verschwunden. Sie haben niemals wissen können, wie viel Geld in dem Safe war, Bennett. Es sei denn, Sie haben selbst dabei mitgemacht.“

Ich konnte hören, wie Ham hinter dem Tresen hervorkam.

„Wie lange hat Jack Sie gekannt?“, fragte ich. „Fünfzig Jahre? Ein halbes Jahrhundert als Ihr bester Freund?“

Auf diesen Punkt hatte sich der ganze Sommer zugespitzt. Dieser Sommer der Geheimnisse. Das größte Geheimnis von allen war, was eine Tasche voll Geld aus einem Menschen machen kann.

„Sie tragen für alles die Verantwortung, Bennett. Alles, was wir durchmachen mussten: Vargas ist tot, der Freund Ihres Sohnes ist tot. Jack wäre um ein Haar tot gewesen. Alles Ihre Schuld."

Ham stand jetzt direkt hinter mir. Bennett war aufgestanden. Beide waren verteufelt viel größer als ich. Mir war das egal. Wie ich dem Hund gesagt hatte: Wenn ich mich im Recht weiß, nehme ich jeden Kampf an.

EINIGE Stunden später schaute ich ins Glasgow Inn rein. Es war kalt, und der Wind blies stark genug, um meterhohe Wellen gegen die Felsen zu schleudern. Das Geräusch war mir vertraut.

Der Sommer war vorbei, sagte dieses Geräusch. Gleichgültig, was im Kalender stand, der See wendete das Blatt auf Herbst. Seit zehntausend Jahren schrieb der See seine eigenen Gesetze.

Als ich eintrat, sah ich als Erstes ein gemütliches Feuer. Es war ein willkommener Anblick. Ich setzte mich in einen der großen Sessel und legte die Beine hoch. Jack warf mir nur einen Blick zu, dann brachte er mir einen Eisbeutel und ein Kanadisches. Ich hielt den Eisbeutel über mein linkes Auge.

„Erzählst du mir vielleicht, was passiert ist?" Er setzte sich in den anderen Sessel und legte seine Füße neben meine.

„Erst musst du mir von deinem Vater erzählen", sagte ich. „Erzähl mir alles von Anfang an."

„Das ist eine lange Geschichte", sagte er.

„Ich habe heute nichts mehr vor. Erzähl sie mir."

Und das tat er. Während draußen der Wind tobte, saß ich am Feuer und lauschte der Geschichte von Elias Connery, wie er mit zwanzig zum Lake Superior gekommen war und wie er sich in ein Mädchen in einer Kneipe und in den See selbst verliebt hatte. Er ging in den Krieg, er bekam einen Sohn, er kehrte zum See zurück, und nun war er selbst ein Stück davon. Und würde es ewig sein.

Ich wünschte mir, dass er niemals enden würde; denn wenn er aufhörte, war ich an der Reihe. Ich würde ihm erzählen müssen, was drüben in O'Dells Kneipe passiert war. Er stand im Begriff, nach fünfzig Jahren seinen besten Freund zu verlieren. Was hieß, dass er nun mit mir vorlieb nehmen musste. Alex McKnight wäre jetzt sein bester Freund auf der Welt.

Ganz nebenbei: eine ziemliche Aufgabe. Ich hoffte, ihr gewachsen zu sein. Versuchen wollte ich es jedenfalls.

STEVE HAMILTON

Foto: Phyllis McCabe

„Nach sechzehn Tagen hatte ich genau zwei Wörter zu Papier gebracht: *Kapitel eins*."

Nach mittlerweile fünf erfolgreichen Kriminalromanen kann der in Detroit geborene Steve Hamilton mit einem gewissen Amüsement auf jene Zeit zurückblicken, als er sich abmühte, seinen ersten Krimi zu Papier zu bringen. „Schon im College hatte ich einen Erzählwettbewerb gewonnen und mir danach vorgenommen, auch neben meinem Beruf bei IBM noch schriftstellerisch tätig zu sein. Doch es vergingen rund zwölf Jahre, ehe ich einen ernsthaften neuen Anlauf nahm. Ich hörte vom Wettbewerb eines Verlags, der das beste Manuskript mit einer Privatdetektivgeschichte zu veröffentlichen versprach. Also nahm ich Urlaub und versuchte im Stil von Chandler über einen hartgesottenen Typen zu schreiben, der bei heruntergelassenen Jalousien in seinem Büro sitzt, bis die geheimnisvolle Blondine hereinkommt – oder der reiche Typ auf der Suche nach der geheimnisvollen Blondine. Es klappte nicht, ich traf einfach nicht den richtigen Ton, und nach sechzehn Tagen hatte ich ganze zwei Wörter vorzuweisen: *Kapitel eins*. Schließlich versuchte ich jemanden zu schildern, der sich fühlte wie ich: alleine und zutiefst frustriert. Wer war er? Vielleicht ein Polizist aus meiner Heimatstadt Detroit. Wo konnte er überhaupt allein sein? Vielleicht in einer Hütte im Norden Michigans." So entstanden die Romanfigur Alex McKnight und *Ein kalter Tag im Paradies*, Hamiltons erster preisgekrönter Krimi. *Nördlich von Nirgendwo* ist der vierte Roman des Autors, der mit seiner Frau und zwei Kindern im Norden des Staates New York lebt.

DAS LETZTE
VERSPRECHEN
RICHARD PAUL EVANS

In der Liebe hat
man nicht die freie Wahl,
sie wird vom Schicksal
bestimmt.

Italienisches Sprichwort

PROLOG

Für die Italiener ist Gott ein Landsmann, und ich habe das Gefühl, dass sie Recht haben. Die Morgensonne in der Toskana malt die Landschaft mit einer anderen Palette als den Rest der Welt; sie taucht die Hügel und die Weinstöcke in schimmerndes Rosé und Gold und die Blätter der sonst so tristen Olivenbäume in Silber, sodass sie im Morgenwind funkeln wie ein Heringsschwarm.

Es ist noch früh, als ich im Chianti durch die Weinberge gehe. Die Glocken von San Donato haben noch nicht geläutet, und es ist ganz still bis auf das ferne Knallen von Gewehrschüssen, das durch das Valdarno hallt. Die Männer machen Jagd auf *cinghiale,* Wildschweine. Auf meinen Streifzügen durch die Gegend habe ich bisher weder die Jäger noch ihre erhoffte Beute zu sehen bekommen, aber die Schüsse höre ich jeden Morgen.

An diesem Morgen bin ich um vier Uhr aufgewacht, noch vor den Jägern, und habe fast eine Stunde lang wach gelegen. Dann habe ich mich angezogen und bin zu einem Spaziergang aufgebrochen. Meine Frau ist es gewohnt, dass ich mitten in der Nacht aus dem Bett krieche wie ein Geburtshelfer. Ich finde, das ist ein passender Vergleich. Geschichten sind wie Babys – sie nehmen im Allgemeinen keine Rücksicht auf die Tageszeit, wenn sie auf die Welt kommen wollen.

Ich hatte die ganze Nacht über eine Geschichte nachgedacht, die mir zugefallen war.

Manche Geschichten werden angefertigt nach Plan, Zeile um Zeile gebaut, Stein um Stein. Aber es gibt auch Geschichten, die der Autor sich unter Qualen abringt. Und dann sind da jene Geschichten, die den Autor suchen, die wie die Samen des Löwenzahns durch Zeit und Raum wehen, bis sie fruchtbaren Boden finden, auf dem sie landen und Wurzeln schlagen können. Dies hier ist eine solche Geschichte. Sie fand mich während meiner zweiten Woche in Italien.

ICH BEGEGNETE Eliana am Pool eines Countryclubs, ungefähr neun Kilometer südwestlich von Florenz. Sie lag auf einem Liegestuhl und las ein Taschenbuch. Sie war schlank und attraktiv, und ich schätzte sie auf Anfang dreißig. Ihr pfirsichfarbener Bikini schien zu leuchten auf ihrer bronzefarbenen Haut, und ihr langes Haar war braun mit honigfarbenen Strähnen darin. Aber was mir besonders an ihr auffiel, waren ihre dunklen Augen.

Es war ein glühend heißer Tag. Die Kinder spielten, lärmten und plantschten im Wasser, während die Erwachsenen sich auf den Liegestühlen ausstreckten, die um den Pool herum aufgestellt waren. Alle Plätze waren belegt, doch der Himmel meinte es gut mit mir an jenem Tag. Als ich mich dem Pool näherte, packte ein Mann gerade seine Sachen zusammen und räumte den Liegestuhl neben ihrem. Ich breitete mein Handtuch aus, setzte mich, nahm ein Buch zur Hand und begann zu lesen.

Plötzlich tauchte ein magerer, kahlköpfiger Italiener vor mir auf. *„Non si può portare le scarpe sul piano vasca, signore.“*

Ich blickte zu ihm auf. *„Scusi“*, sagte ich in meinem zwei Wochen alten Italienisch. *„Non ho capito.“*

Er zeigte auf meine Füße. Ich hatte immer noch keine Ahnung, was er meinte. Ich trug Tennisschuhe mit weißen Sohlen. Vielleicht hatte ich mir einen Fauxpas in Sachen Mode geleistet? Ich sah ihn verständnislos an.

Plötzlich sagte die Frau neben mir in perfektem Englisch: „Er hat Ihnen erklärt, dass Schuhe im Poolbereich nicht gestattet sind.“

Ich sah sie überrascht an und zog meine Schuhe aus.

„Grazie, signora“, sagte der Mann zu der Frau und ging weg.

Ich lehnte mich auf meinem Stuhl zurück. „Vielen Dank.“

„Keine Ursache.“ Sie zögerte. „Sie sind Amerikaner, nicht wahr? Aus welchem Teil der Staaten kommen Sie denn?“

Es erstaunte mich, dass ich so offensichtlich als Amerikaner zu erkennen war. „Ich bin aus Utah, aus Salt Lake City.“

Ein Lächeln glitt über ihre Züge. „Ach wirklich? Ich komme aus Vernal.“

Vernal ist eine Kleinstadt im Osten des Bundesstaates Utah, ein Zwischenstopp auf dem Weg ins Nirgendwo. Ich war nie dort gewesen und kannte auch niemanden, der in Vernal zu Hause war. „Ich dachte, Sie seien Italienerin“, sagte ich.

„Das denken die Italiener auch. Ich habe sechs Jahre hier gelebt. Nach so langer Zeit sieht man aus wie eine Einheimische.“ Sie beugte sich vor und streckte die Hand aus. „Ich heiße Eliana.“

Ich stellte mich ebenfalls vor.

Sie lehnte sich wieder zurück. „Wie haben Sie sich denn hierher verirrt? Sie sind weit weg von den üblichen Touristenattraktionen."

„Mein Makler hat mir davon erzählt. Und ich bin eigentlich kein Tourist. Ich bin vor zwei Wochen mit meiner Frau und meinen Kindern hierher gezogen. Wir haben ein Landhaus gemietet, ungefähr acht Kilometer von hier, in San Donato."

„San Donato ist wunderschön. Sind Sie hier, um zu arbeiten?"

„Ich bin Schriftsteller, daher kann ich überall arbeiten. Aber ich bin vor allem hier, weil ich hoffe, ein wenig Inspiration zu finden. Wir haben vor, etwa ein Jahr zu bleiben."

„Sie sind Schriftsteller? Ich bin eine unersättliche Leseratte. Was für Bücher schreiben Sie denn?"

Ich blickte auf das Buch, das aufgeschlagen auf ihrem Schoß lag. „Wahrscheinlich genau die Sorte, die Sie gerade lesen."

Sie sah mich lächelnd an. „Liebesgeschichten?"

Ich nickte. „Gibt es eine Liebesgeschichte, die Sie besonders mögen?"

Sie lächelte. „Meine", sagte sie.

„Ihre?"

„Ich habe noch keine Liebesgeschichte gelesen, die sich mit meiner vergleichen ließe."

„Erzählen Sie mir davon."

Und sie erzählte. Dies ist Elianas Geschichte.

KAPITEL 1

Zwei Jahre zuvor, Toskana, Spätsommer 1999

Eliana entriegelte die Zedernholzläden und öffnete das Fenster ihres im ersten Stock gelegenen Malerateliers. Die frische Luft tat ihr gut, und sie atmete tief durch. Nachdenklich betrachtete sie ihr Spiegelbild in der Glasscheibe des Fensters. Ihre Augen waren gerötet nach der durchwachten Nacht.

Zwischen den beiden hohen Zypressen, die links und rechts vom Fenster standen, konnte sie in der Ferne, noch halb vom Morgennebel verhüllt, die Weinberge sehen. *Sembra una cartolina,* dachte sie. Wie eine Postkarte. Genau das Gleiche hatte sie gedacht, als sie sechs Jahre zuvor in die Toskana gekommen war, nur dass sie damals auf Englisch gedacht hatte.

Das Land hatte seine Schönheit für sie immer noch nicht verloren, trotz aller Kümmernisse, und dafür war sie dankbar.

Die zweistöckige Villa, in der sie lebte, stammte aus dem 15. Jahrhundert und war hufeisenförmig angelegt. An der vorderen Seite des Grundstücks verlief eine Mauer, die den wunderschönen Innenhof begrenzte. Die Wohnung ihrer Familie war die größte des Hauses und nahm den gesamten Ostflügel ein. Vor ihrer Hochzeit, noch in Amerika, hatte Maurizio, ihr Bräutigam, ihr erzählt, ihre Wohnung in Italien liege in dem neuen Teil des restaurierten Hauses. Erst drei Jahre später, nach ihrer Ankunft in Italien, hatte sie begriffen, dass „neu" in einem alten Land ein relativer Begriff ist, denn der „neue Flügel" war immerhin zweihundertsiebzig Jahre alt.

Die Wohnung im mittleren Teil der Villa war nur halb so groß wie die von Eliana. Dort wohnte Anna, ihre Schwägerin. Sie lebte allein, seitdem ihr Mann sie ein paar Jahre zuvor verlassen hatte.

Im Westflügel befanden sich eine kleine Wohnung, die vermietet wurde, eine Reihe Abstellräume und ein Torbogen mit einem schmiedeeisernen Tor, das in den Garten führte.

Die übrigen Bauten, die zum Anwesen gehörten, lagen ein paar hundert Meter von der Villa entfernt mitten in den Weinbergen: ein kleines, weiß verputztes Haus, in dem Luca, der Chef der Weinkellerei, mit seiner Frau lebte, daneben die *cantina*, die Weinkellerei, in der die Trauben zu Wein verarbeitet wurden. Dort wurde auch der fertige Wein in Flaschen gefüllt und für die Auslieferung vorbereitet.

Elianas Atelier hatte weiß verputzte Wände und dunkle Holzbalken an der hohen, gewölbten Decke. Im Winter heizte sie den Raum mit einem grauen gusseisernen Ofen, neben dem das einzige Bild im Raum hing, das nicht von ihr selbst stammte – ein Porträt der Mutter Gottes, wie sie ihre Hände im Gebet gen Himmel hob.

Auf einer Kommode unter diesem Bild bewahrte Eliana in einer Glasschale ihre Rosenkränze auf und ein paar dicke Kerzen. Sie war fromme Katholikin, hatte aber schon seit geraumer Zeit keine Messe mehr besuchen können. Alessio, ihr sechs Jahre alter Sohn, litt unter schwerem Asthma und konnte den Weihrauch nicht vertragen, den der Priester der kleinen Dorfkirche in der Nähe während seiner Gottesdienste verbrannte. Also ging sie nur zur Kirche, wenn ihr Mann da war, was auch am Wochenende selten genug vorkam. Doch Eliana betete jeden Morgen allein vor dem Bild in ihrem Atelier, bekreuzigte sich und entzündete eine

Kerze, die ihre Bitten gen Himmel tragen sollte – und sie hatte viele Bitten. Die Mutter Gottes war die Schutzpatronin der Mütter. Sie wusste, wie es in Elianas Herz aussah; mehr als irgendjemand sonst konnte sie Eliana verstehen, denn sie hatte erlitten, was Eliana am meisten fürchtete – ihren Sohn zu verlieren.

Alessio hatte die ersten Anzeichen von Asthma im Alter von zwei Jahren entwickelt. Eines Abends im Sommer hatte er plötzlich keine Luft mehr bekommen. Anna hatte damals noch nicht bei ihnen gewohnt, und Maurizio war geschäftlich unterwegs, als es passierte. Eliana stand allein da und wusste zunächst nicht, was sie tun sollte. Sie war schließlich in aller Eile mit ihm in die Notaufnahme des nächsten Krankenhauses gefahren.

Es war der Beginn eines neuen Lebens gewesen. Alessio hatte Medikamente bekommen, und er inhalierte regelmäßig, aber von Zeit zu Zeit bekam er Asthmaanfälle, die so schwer waren, dass sie sofort mit ihm ins Krankenhaus musste.

Nachdem sie ihr Morgengebet beendet hatte, machte Eliana sich in der Küche einen Tee und stellte die dampfende Tasse auf den kleinen Tisch neben ihrer Staffelei. Dann suchte sie sich eine CD aus und schaltete ihre Stereoanlage an.

Sie hatte sich für Pavarotti entschieden. Die Musik erklang nur leise, denn zwei Türen von ihrem Atelier entfernt lag Alessio und schlief. Wenn sie Glück hatte, blieb das noch eine Weile so.

Sie war mit ihrem Sohn allein, ihr Mann Maurizio war geschäftlich unterwegs. Er hatte mitten in der Nacht angerufen und erklärt, dass er später kommen werde – Samstag oder Sonntag, sie wusste es nicht mehr genau. Sie fragte sich, warum er sie überhaupt angerufen hatte, denn er hatte nicht einmal gefragt, wie es Alessio ging. Und sie hatte ihm auch nicht erzählt, dass sie die halbe Nacht wach gewesen war, um ihrem Sohn beizustehen.

In der Nacht, als Alessios Atmung sich endlich normalisiert hatte und er eingeschlafen war, hatte sie sich auf die Couch neben seinem Bett gelegt, auf jeden Atemzug gelauscht und sich leise in den Schlaf geweint. So fremd Maurizio ihr in den letzten Jahren auch geworden war und obwohl er sie immer wieder belogen und betrogen hatte, hatte Eliana sich in diesem Augenblick gewünscht, er wäre bei ihr und hielte sie in seinen Armen. Nur zehn Minuten lang wäre sie gern schwach gewesen.

Ihre Freundinnen in Vernal sprachen noch immer von Elianas märchenhaftem Leben – das Mädchen von nebenan, das von einem italienischen

Liebhaber im Sturm erobert und in ein wunderschönes, fremdes Land mitgenommen worden war. Sie verstand die Fantasien ihrer Freundinnen, denn diese Fantasien waren auch einmal ihre eigenen gewesen.

Aber daheim in Vernal wussten sie nicht, wie ihr Leben in Italien wirklich war. Sie wussten nicht, dass ihr italienischer Mann fast nie zu Hause war – oder wie sie sich fühlte, wenn sie Maurizio unterwegs anrief und eine fremde Frau das Gespräch an seinem Handy annahm und dann rasch das Mundstück zuhielt, sodass nur noch gedämpftes Getuschel durch die Leitung drang. Ihre Freundinnen wussten nichts von den Tagen und Nächten, die sie mit der Sorge um ihren Sohn Alessio allein zubrachte. Sie hat Glück gehabt, sagten ihre Freundinnen immer noch, wenn sie von ihr sprachen, sie hat unsere amerikanische Kleinstadt hinter sich gelassen und lebt jetzt in der Toskana.

Zweimal hatte Eliana die Weihnachtstage mit Alessio in Utah verbracht, aber dann, als Alessio drei Jahre alt war, hatte das Flugzeug nach Amerika vierzig Minuten inmitten der Abgase anderer Jets vor der Startbahn warten müssen. Das hatte die Luft in der Kabine so stark verunreinigt, dass Alessio eine halbe Stunde nach dem Abflug einen schweren Asthmaanfall erlitt.

Mithilfe der Flugbegleiter hatte Eliana ihrem Sohn den Inhalator umgelegt und ihn mit Sauerstoff und seinen Medikamenten versorgt, aber er hatte trotzdem zu wenig Luft bekommen. Zum Glück war eine Ärztin an Bord gewesen, die im Erste-Hilfe-Koffer des Jets ein geeignetes Mittel fand, das sie Alessio direkt in die Vene spritzte. Die Wirkung war minimal gewesen. Schließlich war der Pilot nach Rom zurückgekehrt, wo auf der Landebahn schon ein Krankenwagen wartete.

Seither war Eliana nie wieder mit ihrem Sohn geflogen. Ebenso wenig konnte sie Alessio mit ihrem Mann allein lassen. Sie hätte es nicht gewagt, selbst wenn Maurizio bereit gewesen wäre, auf ihn aufzupassen. Ihr Mann hatte keine Ahnung, wie er mit einem Kind umgehen sollte, ganz zu schweigen von Alessios medizinischer Versorgung. In Italien war das einfach nicht die Aufgabe der Männer – das war Maurizios Auffassung.

Maurizio war nicht immer so gewesen. Als er ihr in Amerika den Hof gemacht hatte, hatte er überall mit angefasst, hatte beim Abwasch geholfen, gesaugt und sich sogar als der bessere Koch von ihnen beiden erwiesen. Aber in Italien hatte sich all das geändert. Maurizio hatte ihr erklärt, dass die Ehefrauen seiner Freunde von ihren Männern keine Hilfe bei der Hausarbeit erwarteten und dass sie das auch nicht tun solle.

Eliana hatte sich Vorwürfe gemacht, weil sie es nicht hatte kommen sehen. Maurizios Mutter Antonella hatte sich sein Leben lang für ihn abgerackert, angefangen vom Bügeln der Unterwäsche bis hin zur Kleidung, die sie jeden Morgen für ihn bereitlegte. Einmal – Eliana war damals erst kurz in Italien gewesen – hatte Antonella ihr gezeigt, wie Maurizio seine Socken gebügelt haben wollte. Eliana war fassungslos gewesen und hatte begriffen, dass Maurizio nicht allein die Schuld daran trug, wie die Dinge sich entwickelt hatten. Man hatte ihn zeitlebens darauf gedrillt, dass Frauen zum Dienen bestimmt waren.

Schließlich waren Maurizio und sie auf Elianas Betreiben bei einem Eheberater gewesen. Der Therapeut, ein älterer Italiener, nickte, als sie von ihren Problemen sprach. Ja, er verstehe sie, aber es liege an ihr.

„Sie sind nicht mehr in Amerika", sagte er. „So schwierig es für Sie sein mag, Sie müssen Ihr neues Leben und die neue Kultur akzeptieren." Er machte sogar den Vorschlag, dass in Zukunft nur noch Italienisch bei ihnen zu Hause gesprochen werden solle. Kein Englisch mehr.

Eliana konnte es nicht fassen. „Aber Englisch ist meine Sprache und Teil meiner Identität."

„Jetzt nicht mehr", versetzte er. „Sie müssen aufhören, sich an die Vergangenheit zu klammern, damit Sie sie überwinden können. Das sind Sie Ihrer Familie schuldig."

Nachdem sie sich von dem Therapeuten verabschiedet hatten, war sie völlig verzweifelt gewesen. Sie hatte sich ihre Ehe ganz anders vorgestellt, und Maurizio war nicht mehr der Mann, zu dem sie Ja gesagt hatte. Der Mann, den sie geheiratet hatte, war romantisch und fürsorglich gewesen. Sie kam sich vor wie ein Tier, das in eine Falle geraten war.

Maurizio war genauso unzufrieden. „Früher hatten wir viel mehr Spaß miteinander", beklagte er sich einmal. „Du hast dich verändert."

Natürlich hatte sie sich verändert. Sie war Mutter geworden. Manchmal hatte sie das Gefühl, als ob Maurizio ihr die Schuld an den Veränderungen gab, die ihr Sohn in ihr Leben gebracht hatte – vor allem auch durch seine Krankheit. Und sie fragte sich, ob das der Grund war, warum er so wenig Zeit mit seiner Familie verbrachte.

Sie war es leid, stark und gelassen sein zu müssen. Sie wollte nicht mehr allein sein, sondern einen Partner auf ihrem Lebensweg haben, einen Mann, mit dem sie ein Glas Wein und anschließend das Bett teilen konnte. Jemand, der ihr wieder das Gefühl gab, geliebt zu werden. Aber da die Hoffnung die grausamste aller Foltern sein kann, lernte sie, solche

Gedanken zu meiden. Sie war verheiratet, in guten wie in schlechten Tagen. Verheiratet und einsam lebte sie in ihrer wunderschönen Villa, zwölf Kilometer außerhalb von Florenz.

KAPITEL 2

Florenz – Spätsommer 1999

Der Arno teilt das Zentrum von Florenz, sodass es aussieht wie ein gebrochenes Herz. Es sind Dutzende von Brücken über den Fluss gebaut worden, aber fast keine hat der Zeit und den Kriegen standgehalten. In der Altstadt ist nur der Ponte Vecchio übrig geblieben.

Ron Story blieb mitten auf der Brücke stehen, lehnte sich an das breite Metallgeländer und wischte sich die Schweißperlen von der Stirn. Der Ponte Vecchio war wie ein kleines Einkaufszentrum. Links und rechts boten Juweliere und Goldschmiede in bunten Läden ihre Waren feil, dazwischen drängten sich die Straßenhändler. Seit Jahrhunderten sah es hier schon so aus.

Ron ließ seinen Rucksack zu Boden sinken und blickte auf den Fluss hinunter, in dem sich die Senf- und Ockertöne der Altstadt spiegelten. Es war wunderschön, wie ein italienischer Traum.

Ron war sechs Monate zuvor nach Italien gekommen. Die erste Woche hatte er in Rom verbracht und sich die Kunstschätze der Stadt angesehen. Dann war er in einen Zug nach Süden gestiegen und auf Sizilien gelandet, in Taormina, wo er den Rest des Frühlings in einer *pensione* am Mittelmeer gewohnt hatte. Als es Ende Mai wärmer geworden war, hatten seine Reisen ihn nach Nordwesten geführt, entlang der Westküste des Tyrrhenischen Meeres bis nach La Spezia. Eine Woche hatte er in Genua und zwei Wochen in Mailand verbracht, wo er sich Leonardo da Vincis „Abendmahl“ angesehen hatte. Danach war er weitergereist nach Osten, zuerst nach Verona, dann weiter nach Venedig. Fast drei Wochen hatte er die Gassen Venedigs durchstreift und war schließlich Ende Juli, als sein Touristenvisum ablief, nach Florenz gekommen. Er wollte versuchen, in den Uffizien, dem weltberühmten Museum von Florenz, Arbeit zu finden.

Seit seiner Ankunft in Italien war er allein gewesen. Aber erst jetzt kam ihm das ganze Ausmaß seiner Einsamkeit zu Bewusstsein. Am Morgen hatte er allein in einem Café gesessen und ein junges italienisches Paar beobachtet. Die beiden hatten am Nebentisch gelacht, geflirtet und sich berührt. Neid war in ihm aufgestiegen; es war lange her, seit er mit einer Frau zusammen gewesen war. Aber eine Stimme tief in seinem Innern sagte ihm, dass es noch nicht lange genug war.

Ron warf sich seinen Rucksack über die Schultern und ging weiter zum Ende der Brücke und von dort weiter zu den Uffizien. Der Innenhof des Museums war voll mit Touristen. Vor dem Eingang bis zum Ende des großen Gebäudes standen die Menschen Schlange, um die weltberühmten Kunstwerke zu sehen. Ron reihte sich in die weniger lange Schlange Wartender vor dem Schalter für die Reservierungen ein. Dann bemerkte er einen stämmigen Italiener, der am Eingang Wache hielt. Er hatte einen Block in der Hand und rief die Namen auf, unter denen Reservierungen gemacht worden waren. Ron trat an ihn heran.

„Entschuldigen Sie bitte, *signore*, ich bin hier, um mich um einen Job zu bewerben."

Der Mann blickte von seiner Liste auf. „Was für einen Job?"

„Als Museumsführer."

„Die Jobs werden drinnen vergeben. Sie müssen durch die Tür hinter dem Souvenirladen gehen." Der Mann hakte das Seil auf und winkte ihn durch.

Über drei Jahre hatte Ron auf diesen Augenblick gewartet. Er bekam Gänsehaut – nicht nur wegen der kühlen Luft, die ihm bei seinem Eintritt entgegenschlug. Die Eingangshalle war vollkommen überfüllt, aber unter einem Gewölbebogen im hinteren Teil der Halle entdeckte er den kleinen Souvenirladen. Ron ging an dem Laden vorbei und stand vor der Museumsverwaltung, der DIREZIONE DEL MUSEO, wie auf dem Schild zu lesen war. Die Tür stand halb offen, und er spähte hinein. Eine schlanke Frau mit einer ausgeprägten Nase und einer auffälligen Brille saß an einem mit Papieren übersäten Schreibtisch und schrieb. Sie blickte auf.

„Kann ich etwas für Sie tun?" Die Frau sprach Englisch, nur schwach schwang ein florentinischer Akzent mit.

„Der Wachmann draußen sagte, ich solle mich an Sie wenden, wenn ich mich um eine Stelle als Museumsführer bewerben will."

Sie sah ihn fragend an. „Kommen Sie doch bitte herein."

Ron trat ein.

„Ich weiß nicht, warum er das gesagt hat", sagte sie. „Wir rekrutieren unser Personal ganz anders. Die Stellen sind sehr begehrt. Einmal im Jahr findet eine Prüfung statt, und wir haben normalerweise über tausend Bewerber."

Ron runzelte die Stirn. Damit hatte er nicht gerechnet, und es war ihm ein wenig peinlich. Die Frau musterte ihn von Kopf bis Fuß und schien zu dem Schluss zu kommen, dass er ein attraktiver Mann war.

„Sie sind Amerikaner?"

„Ja."

Sie zeigte mit dem Kopf auf einen Stuhl vor ihrem Schreibtisch. „Bitte, nehmen Sie doch Platz."

Ron stellte seinen Rucksack auf den Boden und setzte sich.

„Haben Sie schon einmal als Museumsführer gearbeitet?"

„Nein. Aber ich weiß alles über die Uffizien."

„Was meinen Sie mit ‚alles'?"

„Fragen Sie mich etwas!"

Sie überlegte kurz. „Erzählen Sie mir etwas über die Entstehungsgeschichte des Museums!"

„Die Uffizien sind das erste Museum des modernen Europa. Sie wurden offiziell im Jahr 1765 eröffnet, obwohl das Gebäude damals schon fast zweihundert Jahre alt war. Herzog Cosimo I. aus dem Geschlecht der Medici hatte Giorgio Vasari den Auftrag erteilt, einen gewaltigen Palast am Fluss zu entwerfen, der den Eindruck machen sollte, als schwebte er in der Luft. Das Museum hat den Zweiten Weltkrieg überstanden, eine große Flutkatastrophe und sogar eine von der Mafia gelegte Bombe."

„Was ist mit den Kunstwerken?"

„Die Uffizien beherbergen Arbeiten von Raffael, Rembrandt, Michelangelo, Leonardo, Cimabue, Botticelli sowie hunderter anderer Maler. Suchen Sie sich einen aus!"

„Erzählen Sie mir etwas über Botticelli!"

„Alessandro Filipepi, auch Sandro Botticelli genannt, wurde 1445 in Florenz geboren, wo er bis zu seinem Tod im Jahre 1510 lebte. Botticelli bedeutet ‚kleine Fässer' und war eigentlich der Spitzname von Alessandros älterem Bruder, der ziemlich dick war. Pech für die Familie Filipepi, dass der Name an ihr haften blieb! Botticelli ist mit zwölf Bildern in den Uffizien vertreten. Zum Beispiel die ‚Primavera', Ölfarbe auf Holz, gemalt für Lorenzo Medici im Jahre 1485 – das Bild ist 1919 von den Uffizien erworben worden und wurde erst kürzlich, im Jahr 1982, restauriert. Dann die ‚Geburt der Venus', bisweilen scherzhaft auch ‚Venus auf der Muschelschale' genannt, Tempera auf Leinwand, Auftraggeber und Herkunft unbekannt – allerdings mutmaßen viele Experten, es sei ebenfalls von der Familie Medici in Auftrag gegeben worden. Die Uffizien haben das Werk 1815 erworben und es 1987 restaurieren lassen."

„Bravo! Das ist wirklich beeindruckend."

„Ich habe mir alle Werke des Museums eingeprägt, jedes Bild, jedes Fresko, jeden Gobelin und jede Skulptur; die Künstler, die Gönner, die die Werke in Auftrag gegeben haben, das Datum, an dem eine Arbeit begonnen und beendet wurde, seine künstlerische Bedeutung und das Jahr, in dem die Uffizien es erworben haben."

Die Frau sah ihn erstaunt an. „Wir haben hier tausende von Exponaten. Man würde viele Jahre brauchen, um alles über sie zu lernen."

„Ich habe nur anderthalb Jahre gebraucht. Aber ich habe mich neun Stunden am Tag damit beschäftigt."

„Sie haben neun Stunden täglich die Uffizien studiert?"

„Ich hatte viel Zeit."

Sie sah ihn neugierig an. Ron fand es merkwürdig, dass sie sich so viel Zeit für ihn nahm, obwohl doch keine Stellen zu vergeben waren.

„Sprechen Sie Italienisch?"

„Ein wenig. *Il mio italiano è ancora un po' brutto*."

Sie lächelte. „Ich finde, Sie sprechen recht gut. Wo haben Sie Italienisch gelernt?"

„Überwiegend aus Büchern. Aber ich habe in Amerika einige italienische Freunde."

„Entschuldigen Sie bitte, Sir, ich habe ganz vergessen, Sie nach Ihrem Namen zu fragen."

„Ron Story."

„Story?"

„*Sì.*"

„Ich heiße Patrizia."

„*Piacere,* Patrizia."

„Willkommen in den Uffizien, Signor Story!" Sie sah ihn kurz an und stand dann auf. „Einen Augenblick bitte", sagte sie und verließ den Raum. Kurz darauf kam sie mit einer älteren Frau zurück. Die Frau war groß, hatte dunkelblondes Haar, trug eine Sonnenbrille von Gucci mit blauen Gläsern, eine Lederhose und eine Seidenbluse.

Patrizia kehrte an ihren Schreibtisch zurück. Die andere Frau setzte sich neben sie auf einen Stuhl, schlug die Beine übereinander und lächelte Ron an. Sie sagte nichts.

„Signor Story“, sagte Patrizia, „das ist Francesca Punteri, eine unserer Führerinnen. Ich habe sie gefragt, ob sie Sie als Assistenten nehmen würde. Einige der Führer hier haben mehr Arbeit, als sie bewältigen können, und einige können keine englischsprachigen Gruppen annehmen, weil ihr Englisch nicht gut genug ist. In Francescas Fall trifft beides zu.“

„Mein Englisch nicht so gut“, warf die Frau ein, wie um diese Behauptung zu bekräftigen.

„In diesem Fall nehmen die Führer sich einen Assistenten und teilen das Honorar. Auf diese Weise können sie mehr Geld verdienen. Rein theoretisch ist es nicht legal, aber in Italien gibt es immer Möglichkeiten, die Vorschriften zu umgehen.“

„Wie hoch ist das Honorar?“

„Im Allgemeinen zweihunderttausend Lire pro Führung. Sie könnten also etwa mit der Hälfte rechnen.“

„Ich würde die Arbeit machen, und sie bekäme die Hälfte des Honorars dafür?“

„Sie würden natürlich das gesamte Trinkgeld behalten“, fügte Patrizia hinzu. „Ich finde, das ist ein faires Angebot.“

Ron sah Francesca an. „Wann soll ich anfangen?“

„Oggi pomeriggio, se vuole – heute Nachmittag, wenn Sie wollen.“

Er nickte. „Sehr gut. Wann treffe ich Sie?“

„Um drei Uhr vor dem Schalter für die Reservierungen.“

„Abgemacht, drei Uhr.“ Daraufhin stand Francesca auf. Ron erhob sich ebenfalls und schüttelte ihr die Hand. „Bis dann also. Es war mir ein Vergnügen, Sie kennen zu lernen.“

„Piacere mio – ganz meinerseits.“

Francesca verließ den Raum, und Patrizia lächelte ihn an. „Ich habe gerade ein bisschen Zeit. Wenn Sie wollen, führe ich Sie etwas herum. Und dann könnten wir in der Cafeteria einen Kaffee trinken.“

„Vielen Dank. Das wäre nett.“

Sie verließen das Büro und gingen zusammen die steinernen Treppen hinauf in den ersten Stock.

Während sie Seite an Seite durch die prächtigen Ausstellungsräume liefen, stieg in Ron ein Gefühl der Ehrfurcht auf. Dieses Gebäude, diese Kunstwerke hatten ihm das Leben gerettet. Vielleicht war dies eine Art Entschädigung für all die Ungerechtigkeiten, die ihm in den vergangenen Jahren widerfahren waren.

KAPITEL 3

Eliana saß im Wohnzimmer und las, als sie den Kies unter den Rädern des Alfa Romeo knirschen hörte. Es war acht Uhr abends und bereits dunkel. Maurizio hatte seinem Sohn am Telefon versprochen, um drei zu kommen. Aber inzwischen hatte Alessio gegessen, gebadet und war ins Bett gegangen. Das Abendessen war kalt geworden.

Die Haustür wurde geöffnet. Kurz darauf warf Maurizio seine Anzugjacke auf das Sofa und ließ sich mit einem lauten Seufzer der Erschöpfung in einen Sessel vor dem Fernseher fallen. Eliana legte ihr Buch beiseite und ging in die Küche, um das Essen aufzuwärmen. Sie begrüßte ihn nicht, weil sie wusste, dass alles, was sie sagen würde, mehr einer Zurechtweisung gleichkommen würde als einem Willkommen. Diesmal war er zwei Wochen fort gewesen. Sie wollte keinen Streit vom Zaun brechen, kaum dass er nach Hause gekommen war.

Abgesehen von fünfundvierzig Minuten Fußballspiel mit Alessio hatte sie fast den ganzen Nachmittag in der Küche zugebracht, um für Maurizios Rückkehr ein besonderes Mahl zuzubereiten: Spinat-Birnen-Ravioli in Walnussrahmsoße, Pilzcrostini und gegrilltes Steak. Auf dem Tisch standen eine Flasche ihres eigenen besten Weines und ein silberner Kerzenleuchter.

Das Essen war nicht das Einzige, dem Eliana sich mit besonderer Sorgfalt gewidmet hatte. Sie hatte ein ausgiebiges Bad mit duftenden Ölen genommen, sich die Nägel lackiert und viel Zeit für ihre Frisur aufgewendet. Aber jetzt bereute sie all das. Mit jeder Minute, die Maurizio sich verspätet hatte, hatte ihre Stimmung sich verschlechtert.

Sie rief ihn zum Essen und beobachtete einen Augenblick, wie er auf seinem Teller herumstocherte. „Hast du schon gegessen?“, fragte sie.

„Nein. Hm, nun ja, nur einen Imbiss. Ich musste tanken und habe mir an der Tankstelle einen Hamburger mitgenommen.“

Sie hätte am liebsten laut geschrien. Stattdessen seufzte sie nur leise.

„Wo ist Alessio?“

„Im Bett. Er hat auf dich gewartet. Du hattest ihm versprochen, mit ihm Fußball zu spielen.“

„Ich hatte ihm gar nichts versprochen. Ich habe ihm gesagt, wenn ich rechtzeitig zu Hause bin, dann spiele ich noch mit ihm."

„Für ein Kind ist das dasselbe."

„Es ist aber nicht dasselbe. Das sollte ihm mal jemand beibringen."

„Ich glaube, das tust du gerade."

Der Rest des Essens verlief schweigend; das einzige Geräusch war das leise Klicken von Besteck auf Porzellan. Eliana räumte ihr Geschirr in die Spüle, noch bevor Maurizio fertig war, und ging nach oben in ihr Atelier. Auf dem Weg nahm sie Maurizios Jackett vom Sofa mit.

Kaum dass sie aus dem Raum war, stand Maurizio ebenfalls auf, nahm die Weinflasche und ging ins Wohnzimmer, um sich ein Fußballspiel anzusehen. Obwohl Eliana so wortkarg war, war er zufrieden. Er hatte gut gegessen – zweimal, um genau zu sein. Seine Mannschaft, Fiorentina, spielte zur Abwechslung einmal recht ordentlich. Eliana war gekränkt wegen etwas, aber das war ein Ritual, das sie schon mindestens hundertmal bei seiner Rückkehr nach Hause vollzogen hatten, und es lief immer auf die gleiche Art und Weise ab. Eliana schmollte ein Weilchen und warf ihm vor, dass er zu wenig zu Hause sei. Er rief ihr dann ins Gedächtnis, wie gut sie versorgt sei und welche Opfer sein Leben auf der Straße ihm abverlange, wie viele einsame Stunden es ihm beschere.

Immer das gleiche Spiel, dachte er. Wenn sie mich unbedingt zu Hause haben will, warum macht sie mir das Nach-Hause-Kommen dann so ungemütlich?

Gegen Mitternacht schaltete Maurizio den Fernseher aus und ging ins Schlafzimmer.

Eliana hatte noch immer nicht mit ihm gesprochen. Kein gutes Omen, dachte er.

Er warf seine Kleider neben dem Bett auf den Boden und kroch nackt unter die Decke. „Eliana, komm ins Bett, *amore*!"

Keine Antwort. Einen Augenblick später versuchte er es noch einmal. „Ich bin viel zu lange ohne meine Frau gewesen", sagte er einschmeichelnd. „Lass deinen Mann nicht länger warten."

Ein paar Minuten später kam Eliana ins Zimmer. Bebend vor Zorn blieb sie am Fußende des Bettes stehen. „Erzähl mal, Maurizio, war es sehr einsam unterwegs?", fragte sie leise.

„Ich bin immer einsam, *amore*."

„Dann warst du also ganz allein?"

Er musterte sie wachsam. „Natürlich."

„Wem gehören dann die hier?“ Sie hielt ihm zwei Diamantohrringe hin. „Die waren in deiner Jackentasche.“

Maurizios Blick ging zwischen den Ohrringen und Eliana hin und her. Er lachte nervös. *„Per te, amore.* Die sind für dich. Ich war spät dran, deshalb hatte ich keine Zeit, sie einpacken zu lassen.“

„Ach ja?“ Elianas Augen blitzten. Sie hob die andere Hand. „Und der Lippenstift, den ich zusammen mit den Ohrringen gefunden habe – war der auch ein Geschenk für mich? Vielleicht solltest du nächstes Mal einen kaufen, der nicht schon benutzt wurde.“

Einen Augenblick lang starrten sie einander an, dann gab Maurizio mit einem lauten Seufzer auf. *„Eliana, è così.“*

Eliana explodierte. „Von wegen, so ist es eben! So bist du.“ Sie schleuderte die Ohrringe und den Lippenstift an die Wand. „Es ist vorbei, Maurizio. Es ist aus zwischen uns.“

„Amore“, sagte er gelassen.

„Wage es nie wieder, mich so zu nennen!“

„Wir haben doch ein gutes Leben hier, *amore*.“

„Was weißt du denn von meinem Leben? Du bist ja nie hier.“

Er wandte den Blick von ihr ab, aber seine Haltung änderte sich nicht. Auf diese Weise war er stark. „Wo willst du denn hin?“

„Nach Hause. Ich nehme Alessio und gehe mit ihm nach Amerika zurück.“

Maurizio blickte sie kalt an. „Du wirst meinen Sohn nicht mitnehmen nach Amerika.“

„Oh doch, das werde ich.“

„Nein, ich werde es nicht zulassen. Und ohne meine Zustimmung müsstest du einen Richter davon überzeugen, dass du deinem Sohn in Amerika ein besseres Leben bieten könntest. Falls du nicht irgendwo einen Schatz vergraben hast, halte ich das für höchst unwahrscheinlich. Du hast nichts gelernt. Du hast kein Geld. Du hast keine Versicherung. Wovon willst du Alessios Arztrechnungen bezahlen? Sei vernünftig, Eliana. Ein italienischer Richter würde dir niemals gestatten, ihn mitzunehmen.“

Eliana war sprachlos.

„Du weißt, dass ich Recht habe, Eliana. Also, entscheide dich. Du kannst dich von mir scheiden lassen, allein in Italien leben und versuchen, einen Job zu finden, während jemand anders auf Alessio aufpasst, oder du kannst allein nach Amerika zurückkehren. Oder du bleibst bei mir und hast ein schönes Zuhause auf dem Land und kümmerst dich um unseren

Sohn. Das sind die Möglichkeiten, die du hast, denn ich werde nicht zulassen, dass du mit ihm Italien verlässt. Das wäre nicht in seinem Interesse."

Eliana war, als hätte er ihr soeben einen Schlag in den Magen versetzt. Er hatte sie in der Hand, und sie wussten es beide.

Maurizio sah sie mitfühlend an. „So schlimm ist es doch gar nicht, Eliana. Ich tue nur, was alle Männer tun. Das einzige Problem ist deine Sicht der Dinge. Jetzt sei eine brave Ehefrau, und komm ins Bett."

RONS erste Führung durch die Uffizien dauerte etwa zwei Stunden. Francesca begleitete ihn, aber sie ließ ihn gewähren, ohne sich einzumischen. Anschließend tranken sie zusammen einen Kaffee. Francesca war zufrieden mit seiner Arbeit, wobei sie nicht nur sein Wissen und seine Liebe zur Kunst beeindruckt hatten, sondern vor allem sein Umgang mit den Menschen. Zwölf Jahre war sie schon in der Branche und wusste, dass die meisten Touristen mehr Zeit damit verbrachten, den Führer anzusehen als das Kunstwerk.

Francesca war eine umtriebige Geschäftsfrau. Sie hatte Absprachen mit etlichen großen Hotels getroffen und machte mehr Führungen als die meisten anderen Führer in Florenz. Sie gab Ron ihre Handy- und ihre Privatnummer und nannte ihm den Termin für die nächste Führung am kommenden Morgen.

Nachdem sie sich verabschiedet hatten, dachte Ron über sein nächstes Vorhaben nach. Nachdem er sechs Monate lang in Hotels und Herbergen geschlafen hatte, hatte er das Bedürfnis, sich häuslich niederzulassen. Ihm fiel ein, dass er in der Nähe des Bahnhofs an einem Maklerbüro vorbeigekommen war, und machte sich auf den Weg.

Das Büro war klein und nur mit zwei Holzschreibtischen ausgestattet. Hinter einem davon saß ein junger Mann und rauchte eine Zigarette.

Er sah auf, als Ron eintrat. „*Buona sera.* Kann ich Ihnen helfen?"

„Ich suche eine Wohnung."

„Bitte nehmen Sie doch Platz! Suchen Sie etwas in Florenz?"

„Es sollte außerhalb der Stadt sein, aber nicht zu weit entfernt – vielleicht im Chianti."

„Im Chianti." Der Makler zog kurz an seiner Zigarette. „Sie haben Glück, dort sind im Augenblick ein paar Wohnungen frei." Er griff nach einem schwarzen Aktenordner auf dem Schreibtisch und schlug ihn auf. „Wie viele Räume benötigen Sie denn?"

„Ich suche etwas nur für mich allein. Ich hätte gern einen Kamin und eine schöne Aussicht. Vielleicht etwas in einem alten Bauernhaus oder einer Villa in der Nähe eines Weinbergs."

„Im Chianti liegen alle Häuser in der Nähe von Weinbergen." Er erhob sich und hielt Ron die Hand hin. „Mein Name ist übrigens Luigi Tommassi."

„Ich heiße Ron Story. Ich bin Amerikaner."

„Daher also der Akzent!" Luigi sprach auf Englisch weiter. „Ich habe drei Semester in San Diego studiert." Sein Englisch war ebenso gut wie Rons Italienisch. „Für wie lange möchten Sie denn mieten?"

„Ich möchte mich gerne für längere Zeit hier niederlassen, aber eine Mietdauer von einem Jahr wäre mir erst einmal am liebsten."

„Das ist kein Problem. Wenn Sie wollen, könnten wir uns gleich heute ein paar Wohnungen ansehen."

„Das wäre prima."

Luigi nahm den Telefonhörer zur Hand und vereinbarte mehrere Besichtigungstermine. Dann folgte Ron ihm zu seinem Wagen, einem kleinen marineblauen Punto, der vor dem Büro geparkt war.

Den ersten Termin hatten sie in Chiocchio, einem Städtchen im Chianti, ungefähr eine halbe Stunde von Florenz entfernt. Das Mietobjekt war ein hundert Jahre altes Landhaus mit einem herrlichen Blick über die Weinberge. Aber es störte Ron, dass es sonst keine Häuser in der Nähe gab. Er legte zwar Wert auf eine gewisse Privatsphäre, wollte aber nicht in der Einsamkeit leben.

Das zweite Objekt lag in einem betriebsamen Örtchen namens Grassina. Das Mietobjekt war neu und sauber, aber sehr modern eingerichtet und ohne den ländlichen italienischen Charme, nach dem Ron suchte.

Ihre dritte Besichtigung führte sie in eine Villa in der Nähe von Impruneta. Das Haus lag auf dem Land, abseits der Hauptverkehrsstraße, und war schwer zu finden. Nachdem Luigi mehrfach falsch abgebogen war, führte die Straße aus einem Wald hinaus in einen großen Garten mit Olivenbäumen. An einem Pfosten hing ein handgeschriebenes Schild mit der Aufschrift: VILLA RENDOLA, 1000 METRI.

„Hier sind wir richtig. Das ist der Name des Hauses", sagte Luigi erleichtert.

Sie fuhren über eine kleine Anhöhe, und dann tauchte das Haus vor ihnen auf. Ron gefiel es sofort. Die prachtvolle Villa stand am Ende einer langen, von Zypressen gesäumten Einfahrt und war umgeben von bernsteinfarben verputzten Mauern. In der Ferne war eine Burg auf einem Hügel zu sehen. Luigi parkte den Wagen, und sie stiegen aus.

„Das Haus ist aufgeteilt in drei Wohnungen“, erklärte der Makler. „In der Beschreibung heißt es, dass eine möblierte Zweizimmerwohnung zu vermieten sei.“

In der Nähe des Hauses standen drei gewaltige Libanonzedern, alte Eichen, Zypressen und, direkt neben der Villa, ein einzelner Walnussbaum.

„Ein Walnussbaum ist ein guter Gefährte für ein Haus“, meinte Luigi, als liefe die Villa Gefahr, sich allzu einsam zu fühlen.

Ron drückte das schwere Holztor auf, das in einen großzügig angelegten Innenhof führte. Er war mit abgetretenen schwarzgrauen Steinen gepflastert, die offensichtlich schon sehr alt waren. Auf der rechten Seite befand sich die Hintertür der zur Villa gehörigen Kapelle. Die Mitte des Hofes beherrschte ein steinerner Brunnen, und überall standen Terrakottatöpfe mit Geranien.

„Wie alt ist die Anlage?“, fragte Ron.

„Über fünfhundert Jahre. Die Vermieterin erzählte mir am Telefon, es sei ein ehemaliger Landsitz Machiavellis.“

„Des Machiavelli?“

„Ja, Niccolò Machiavelli“, sagte Luigi. „Wenn Sie Interesse haben, werde ich danach fragen.“

Ron nickte. „*Sì*. Ich habe Interesse.“

Die Frau, die sich um die Villa kümmerte, stand im Hof und goss die Geranien. *„Benvenuti, signori!“*, rief sie den beiden Männern zu und stellte sich vor. Ihr Name war Anna Ferrini. Sie war klein und stämmig, hatte rötliches Haar, und Ron schätzte, dass sie etwa zehn Jahre älter war als er selbst. Sie verwaltete die Villa nicht nur, sie wohnte auch dort.

„Signora, stimmt es, dass Machiavelli einmal hier gelebt hat?“, fragte Luigi.

„Sì.“ Sie stürzte sich in eine Darstellung der Geschichte der Villa, die mit dem übereinstimmte, was Ron bereits über Machiavellis Leben wusste. Nachdem er in Ungnade gefallen war, hatten die Medici Machiavelli in diese ländliche Villa verbannt, abseits des politischen Geschehens, das er so sehr liebte. Hier, in ebendem Teil der Villa, der zu vermieten war, hatte er die Essays und Bücher geschrieben, denen er seinen Ruhm verdankte. Er war in der Villa gestorben.

Ron hörte ihr fasziniert zu. Es kam ihm vor, als sei Machiavellis Geschichte wie ein Omen, denn eigentlich lebte er selbst auch im Exil.

Die Villa war seit vielen Generationen Eigentum der Familie Ferrini, doch die kleine Wohnung wurde erst seit drei Jahren vermietet.

„Kommen Sie herein, meine Herren“, sagte Anna Ferrini schließlich. „Draußen ist es viel zu heiß.“

Sie zeigte ihnen die kleine Küche, die mit einem Gasherd, einem Ofen und einer Terrazzospüle ausgestattet war. Der Kühlschrank war typisch italienisch, klein und mit abgerundeten Ecken; Ron fühlte sich unweigerlich an die amerikanischen Eisschränke der Fünfzigerjahre erinnert.

Ein kleiner Flur führte ins Schlafzimmer, das mit rosafarbenen Fliesen ausgelegt war. Das Bett war sehr breit und hatte ein kunstvoll geschmiedetes Haupt. Ron zog die Gardinen vor dem einzigen Fenster zurück und drückte die Fensterläden auf. Er sah hinaus in die toskanische Hügellandschaft mit ihren Weinbergen und Obstgärten.

Luigi zog ihn beiseite. „Wie gefällt Ihnen die Wohnung?“

„Sehr gut. Wie hoch ist die Miete?“

„Sie will drei Millionen Lire pro Monat und mindestens einen Halbjahresvertrag.“

„Das einzige Problem ist die Fahrerei. Es ist ziemlich weit in die Stadt.“

„Ja, das ist richtig. Vielleicht sollten Sie sich einen Motorroller zulegen. Signora Ferrini sagte aber, dass der Bus nach Florenz alle Stunde fährt. Übrigens gibt es hier auch noch einen Swimmingpool. Sie will ihn uns gleich zeigen.“

Luigi folgte Anna Ferrini in den Hof, doch Ron verweilte noch kurz in der Küche, um die Atmosphäre des alten Hauses auf sich wirken zu lassen. Er fühlte sich, als ob er schon tausendmal hier gewesen wäre, und ihm war, als ob dies genau der Ort war, an den er sich in Gedanken geflüchtet hatte, um seinem früheren Leben zu entrinnen. Er hätte nicht gedacht, dass er den Zufluchtsort seiner Träume so bald, ja dass er ihn überhaupt finden würde. Er sah sich noch einmal gründlich um, dann folgte er Signora Ferrini und Luigi nach draußen.

Zusammen gingen sie über den Hof und durch ein Tor in der Mauer, die die Villa umgab. Ein schmaler Weg führte zum Swimmingpool.

„Wenn Sie sich einen Wagen oder einen Motorroller kaufen, wäre hier der Parkplatz dafür“, sagte Luigi und zeigte auf eine Art Carport mit einer Kiesauffahrt. Es war ein Gestell aus Holz, das oben mit Maschendraht bespannt war. Der Wein, der sich an den Pfosten hochrankte, sorgte für eine natürliche Beschattung dieses luftigen Unterstandes.

Der Pool lag an der westlichen Seite der Villa, neben einer Terrasse mit

Blick auf die Weinberge. Er war groß, und sein kühles blaues Wasser wirkte einladend. Nicht weit davon entfernt standen eine Kinderrutsche und eine Schaukel.

Als Ron sich umsah, stellte er fest, dass sie nicht allein waren. Auf der gegenüberliegenden Seite des Pools lag eine junge Frau auf einer Decke. Sie trug ein leichtes beigefarbenes Sommerkleid, dessen Träger sie sich von den Schultern gestreift hatte. Sie war wohlproportioniert, hatte eine schlanke Taille, volle Brüste und lange Beine. Ihm fielen ihre zarten Gesichtszüge auf und das dunkle Haar. Sie lag neben einem kleinen Jungen auf der Seite und las ein Buch, während der Junge lautstark mit kleinen Spielzeugfiguren spielte.

Als sie aufsah, dachte Ron, dass sie die schönste Frau war, die er je gesehen hatte, und dass ihre haselnussbraunen Augen ihn an ein Gemälde von Botticelli erinnerten.

Anna Ferrini winkte. „*Ciao*, Eliana, *buona giornata.*“

„*Ciao,* Anna“, erwiderte die junge Frau freundlich.

Anna Ferrini flüsterte Luigi etwas zu, und Luigi teilte Ron mit, was sie gesagt hatte. „Sie meint, dass abgesehen von ihr selbst die Frau dort Ihre einzige Nachbarin wäre. Sie hat nur den einen Sohn, und er ist sehr ruhig.“

Anna Ferrini zeigte dorthin, wo der Besitz endete. „Die *fattoria* ist noch in Betrieb. Unsere Familie ist im ganzen Chianti für ihr Olivenöl bekannt. Außerdem wird hier Wein produziert, erstklassiger Wein. Falls Sie sich dazu entschließen sollten, die Wohnung zu mieten, sind Sie schon jetzt herzlich zur *vendemmia* eingeladen – zur Weinlese. Anschließend gibt es immer ein großes Festmahl.“

„Das wäre wunderbar. Vielen Dank“, sagte Ron, der immer noch die Frau am Pool ansah.

„Also, was sagen Sie?“, fragte Luigi.

„Wozu?“, fragte Ron, der zunächst gar nicht wusste, was Luigi meinte.

„Zu der Wohnung.“ Luigi grinste.

„Ach so. Ab wann wäre sie denn verfügbar?“

„Sie haben sich also entschieden?“

Ron nickte.

Luigi sah ihn überrascht an. „Wann möchten Sie denn einziehen?“

„Sofort“, sagte Ron. „Morgen Nachmittag, wenn das möglich ist.“

„Sie können bis morgen mit Sack und Pack umziehen?“

„Ich besitze nicht viel“, erwiderte Ron.

Luigi sprach mit Anna Ferrini und kam dann mit der Nachricht zurück, dass der Umzug am kommenden Tag stattfinden könne, dass Signora Ferrini diese Lösung sogar vorziehe, weil sie demnächst in Urlaub fahren wolle.

Als sie zurück zum Wagen gingen, drehte Ron sich noch einmal nach der Frau am Pool um. Sie sah zu ihm auf, und ihre Blicke begegneten sich kurz. Warum er sie so anziehend fand, wusste er nicht, aber er wusste, dass er sie gern wiedersehen wollte.

ANNA FERRINI stand auf der gekiesten Einfahrt und sah zu, wie der Punto auf dem von Zypressen gesäumten Weg davonfuhr. Dann ging sie zurück zum Pool und setzte sich auf einen Liegestuhl neben Eliana.

„Wie geht es dir?“, fragte Anna.

„Ganz gut.“

Obwohl Eliana Anna seit mehr als drei Jahren Englisch beibrachte, war sie eine wenig motivierte Schülerin, und die Frauen sprachen eigentlich nur Italienisch miteinander.

„Wir haben einen neuen Mieter“, sagte Anna. „Er zieht morgen ein.“

„Schön.“ Eliana wandte sich an Alessio. „Geh doch ein bisschen schwimmen, mein Spatz.“

Alessio stand auf und ging zum Pool hinüber, wo er sich auf den Rand setzte, die Beine ins Wasser baumeln ließ und darüber nachdachte, ob er hineinspringen sollte oder nicht.

„Wir brauchen ein paar Bilder für den neuen Mieter“, sagte Anna, während sie Alessio beobachtete. „Die letzten Mieter haben alle Bilder gekauft, die du in der Wohnung aufgehängt hattest. Das Geld liegt noch drüben bei mir.“

„Das ist schön.“

„Deine Bilder sind sehr gut, Eliana. Besser, als du denkst. Du solltest mehr dafür verlangen.“

„Du weißt, dass ich nicht wegen des Geldes male“, antwortete sie und drehte sich auf den Rücken. „Ich habe noch ein paar Landschaften, die in der Wohnung sicher ganz schön aussehen würden.“

„Er ist *americano*“, sagte Anna.

„Wer ist *americano*?“

„Der neue Mieter.“ In Annas Stimme schwang eine Spur Erregung mit. „Und er ist ledig.“

Eliana lächelte. Anna tat so, als wäre Eliana ebenfalls ledig und keine verheiratete Frau, dabei waren sie Schwägerinnen.

Anna lehnte sich auf dem Stuhl zurück. „Er ist *bello*, nicht wahr?“

„Ist mir nicht aufgefallen."

„Glaub mir! Er ist *bello*."

Eliana ließ Annas Bemerkung mit der leichten Brise verfliegen, die über sie hinwegstrich. „Ich glaube, Alessio brütet wieder etwas aus", sagte sie dann.

„Wo ist Manuela? Sollte sie nicht heute auf Alessio aufpassen?"

„Sie ist krank. Sie hat eine Grippe."

„Vielleicht hat sie Alessio angesteckt."

„Ich hoffe nicht." Eliana blickte zu ihrem Sohn hinüber. Er war noch nicht ins Wasser gestiegen, was sie ungewöhnlich fand. „Hast du immer noch vor, Freitag ans Meer zu fahren?", fragte sie.

„Ja, mit meiner langweiligen Kusine Claudia." Sie seufzte. „Kann ich noch etwas für dich tun, bevor ich fahre? Ich könnte Lebensmittel für dich besorgen."

„Nein, *grazie*. Wenn Manuela wiederkommt, kann ich selbst einkaufen fahren."

„Du musst mehr raus, Eliana. Wie wäre es, wenn ich heute Nachmittag auf Alessio aufpasse? Fahr doch nach Florenz, und kauf dir etwas Hübsches!"

„Anna, das geht nicht. Du musst noch alles für den neuen Mieter fertig machen. Hast du übrigens schon gepackt?"

Anna schüttelte seufzend den Kopf.

„Ich hänge die Bilder nach Alessios Mittagsschlaf auf", sagte Eliana. „Lass die Tür einfach offen."

„*Grazie*. Wann kommt *il cretino* denn zurück?"

„Du sollst ihn nicht so nennen. Er hat gesagt, morgen, aber ich weiß es nicht."

Die beiden Frauen sprachen nur selten von Maurizio. Die Art, wie er seine Familie vernachlässigte, und seine zahlreichen Seitensprünge waren ein zu unerfreuliches Thema. Er war zwar Annas Bruder, aber sie billigte sein Verhalten in keiner Weise, und es hatte bereits häufiger Auseinandersetzungen zwischen den beiden gegeben. Inzwischen sprachen sie nur noch miteinander, wenn es um das Familiengeschäft ging. Anna verwaltete die Villa, aber Maurizio hatte als ältester Sohn grundsätzlich das letzte Wort bei allem, was den Familienbesitz betraf.

Anna war nicht nur deshalb auf Elianas Seite, weil die beiden Frauen gute Freundinnen waren, sondern auch, weil sie verstand, was Eliana durchmachte, wenn Maurizio sie betrog. Anna selbst war von ihrem Mann wegen einer jungen Schweizerin verlassen worden. Während ihrer Scheidung war Eliana ihre größte Stütze gewesen.

Anna erhob sich aus dem Liegestuhl. „Ich muss los." Sie bückte sich und küsste Eliana auf die Wangen. Dann winkte sie Alessio zu. *„Ciao, bello!"*

„Ciao, zia", antwortete er.

Sie ging um den Pool herum, blieb stehen, pflückte eine Hand voll Salbeiblätter und verschwand dann im Haus.

Am nächsten Morgen führte Ron einen katholischen Kirchenchor aus Boston durch die Uffizien, kehrte dann über den Ponte Vecchio in sein Hotel zurück und räumte sein Zimmer. Er setzte sich mit einer Zeitung auf die Hoteltreppe und wartete auf Luigi. Als der Makler vorfuhr, verstauten sie Rons wenige Habseligkeiten auf dem Rücksitz des Punto und machten sich auf den Weg nach Rendola.

Unterwegs hielten sie kurz an einem Supermarkt und kauften ein paar Lebensmittel. Außerdem besorgten sie einen Busfahrplan.

Als sie auf Rendola ankamen, war niemand im Innenhof zu sehen, und sie klingelten an Anna Ferrinis Wohnungstür. Einen Augenblick später öffnete Anna. Sie hatte einen großen Briefumschlag unter dem Arm und eine Flasche Rotwein in der Hand. Zusammen gingen sie hinüber zum Westflügel in die Wohnung. Ron und Luigi nahmen am Küchentisch Platz und unterzeichneten den Mietvertrag, während Anna die Weinflasche öffnete und drei Gläser füllte. Sie besiegelten das Geschäft mit einem Trinkspruch.

Dann gab Anna Ron die Schlüssel und ging. Luigi verabschiedete sich ebenfalls, und Ron machte sich daran, sich in seiner neuen Wohnung einzurichten. Er hängte seine Kleider auf und sah sich in seinem neuen Zuhause um. An den Wänden hingen vier Bilder, die bei der Besichtigung noch nicht da gewesen waren, zwei Landschaften – die Hügel des Chianti und ein Sonnenblumenfeld –, ein Stillleben und ein gerahmtes Porträt von Franz von Assisi. Im Gegensatz zu den billigen Reproduktionen, die in den meisten möblierten Mietwohnungen hingen, waren dies Originale, die ihm sehr gut gefielen, besonders das Gemälde mit den Sonnenblumen.

Später am Nachmittag kam Anna mit einem Geschenk zum Einzug vorbei: einer Tüte *biscotti*, einer großen Flasche Olivenöl und einer noch ofenwarmen Spinattorte. Sie sprach ein stockendes, einsilbiges Englisch und war ebenso erleichtert wie überrascht, als Ron auf Italienisch antwortete.

„Aber Sie sprechen ja Italienisch!", rief sie aus.

„*Poco*“, antwortete er und machte eine Geste, die besagen sollte, dass seine Sprachkenntnisse eher bescheiden waren.

„Sie sprechen besser Italienisch als mein Exmann“, sagte sie und fügte dann leise hinzu: „*Cretino.*“ Sie räusperte sich. „Ich fahre übrigens morgen in Urlaub, ans Meer. Falls es irgendwelche Probleme gibt, dann weiß Eliana, wo sie mich erreichen kann.“

„Eliana?“

Sie zeigte auf die grüne Tür auf der gegenüberliegenden Seite des Innenhofs. „Die Frau, die gestern zusammen mit ihrem Sohn am Pool gesessen hat. Sie wohnt in der Wohnung nebenan. Sie ist übrigens Amerikanerin!“

DIE VILLA hatte eine Satellitenschüssel, und Ron verfolgte eine Weile die Nachrichten auf CNN, dann zappte er, bis er ein Fußballspiel fand. Als das Spiel aus war, stellte er seinen Wecker auf halb sechs und ging zu Bett. Die Geräusche der ländlichen Umgebung strömten ebenso in den Raum wie die kühle Nachtluft. An die Stelle des Hupens und der kreischenden Bremsen in der Stadt waren das Quaken von Fröschen und die schrillen Gesänge von Grillen und Zikaden getreten.

Über drei Jahre hatte er sich gewünscht, woanders zu sein als dort, wo er sich befand. Vor allem hatte er sich gewünscht, in seinen eigenen vier Wänden sein zu können. Die Erkenntnis, dass er endlich angekommen war, erfüllte ihn mit einem tiefen Glücksgefühl.

Seine Gedanken kehrten zu der Frau am Pool zurück. Sie hieß also Eliana. War sie wirklich so schön, wie er sie wahrgenommen hatte? Er bezweifelte es. Wahrscheinlicher war, dass seine Einsamkeit ihm etwas vorgegaukelt hatte. Vielleicht war sie ja nur ein Traum, genau wie all die anderen guten Dinge, die ihm in der letzten Woche begegnet waren.

KAPITEL 4

Ron erwachte am nächsten Morgen vom Schrillen seines Weckers. Ich bin immer noch hier, es ist also kein Traum, dachte er und lächelte. Er verließ seine Wohnung noch vor Sonnenaufgang und ging zu Fuß hinüber zur Bushaltestelle.

Über eine Stunde zu früh erreichte er das Zentrum von Florenz. Daher ging er auf seinem Weg zu den Uffizien noch in eine *pasticceria*, um einen Cappuccino zu trinken und eine Blätterteigpastete zu essen.

Noch bevor er den Innenhof des Museums betrat, spürte er, wie seine Stimmung sich änderte. Die Uffizien waren für Ron mehr als ein Museum – sie waren ein Tempel, und vor ihren Kunstwerken zu stehen war für ihn so etwas wie eine religiöse Handlung. In seinen dunkelsten Stunden, als er seinen Glauben schon verloren hatte, war die Kunst seine engste Verbindung zu allem Göttlichen gewesen, und sie gab ihm noch immer Kraft. Wenn er arbeitete, fühlte er sich wie ein Prediger, der die göttliche Natur der Kunst deutet.

In den meisten Fällen waren seine Worte zwar vergebens, weil die Menschen, die ihm zuhörten, nach ihren langen Flügen vollkommen übermüdet waren. Aber manchmal trafen seine Predigten auf aufmerksame Ohren, und er sah, wie die Augen eines Zuhörers aufleuchteten. Das waren Momente, in denen er vollkommen glücklich war.

Gegen neun Uhr hatte Ron seine erste Führung an diesem Tag bereits hinter sich. Seine zweite Gruppe hatte abgesagt, weil ihr Bus in Siena liegen geblieben war. Ron trank einen Kaffee in einer Bar auf der Piazza della Signoria und machte sich dann auf den Weg, um sich Motorroller anzusehen.

In seiner ersten Woche in Italien war er noch der Meinung gewesen, dass es der reine Selbstmord sei, auf italienischen Straßen Motorroller zu fahren, aber inzwischen war ihm klar geworden, dass ein Motorroller das einzig vernünftige Verkehrsmittel in Florenz war. Nach einer Weile fand er eine Vespa, die ihm gefiel; sie war schwarz-gelb wie eine Wespe. Er kaufte sich einen Helm und ein Schloss, und als er vom Hof des Händlers fuhr, fühlte er sich schon fast wie ein Einheimischer. Er überquerte den Arno und machte sich auf den Weg nach Rendola.

FRÜH am Morgen, als Ron schon unterwegs war zur Arbeit, hatte Eliana mit Anna Kaffee getrunken.

„Der Amerikaner ist gestern eingezogen", sagte Anna und ließ Zucker in ihre zweite Tasse Kaffee rieseln.

Eliana nickte. „Ich habe ihn gesehen", sagte sie.

„Er fährt ziemlich früh zur Arbeit. Heute Morgen ist er schon um sechs Uhr aufgebrochen."

„Spionierst du ihm nach?"

„Aber natürlich! Er ist sehr *bello*."

„Ach ja?"

„Vielleicht solltest du mal rübergehen und ihn hier willkommen heißen."

Eliana sah Anna über ihre Tasse hinweg an. „Meinst du, ich soll ihn verführen?"

„Certo."

Eliana lachte. „Ich bin verheiratet, Anna. In guten wie in schlechten Tagen, aber dennoch: Bis dass der Tod uns scheidet."

„So viel Glück haben wir nicht."

Eliana ging nicht darauf ein. „Wie heißt er eigentlich?", fragte sie.

„Ron Story", erwiderte Anna.

„Ist er beruflich hier?"

„Keine Ahnung. Ich habe nicht danach gefragt. Er hat seine Miete von einem Konto in der Schweiz überwiesen." Anna blickte über Elianas Schulter hinweg auf die Uhr an der Wand. „Geht die Uhr richtig?"

„Sì."

„Dann mache ich mich mal besser auf den Weg." Sie trank ihren Kaffee aus, dann gingen die beiden Frauen zu Annas Wohnung. Eliana half der Schwägerin, ihr Gepäck zum Wagen hinauszutragen, dann umarmten sie sich zum Abschied.

An die Mauer der Villa gelehnt, sah Eliana Anna nach. Während der kleine rote Wagen in einer Staubwolke am Ende der Einfahrt verschwand, seufzte sie. Sie fühlte sich jetzt schon einsam.

Sie ging langsam über den Hof zurück zu ihrer Wohnung und sah zur Tür des Amerikaners hinüber. Obwohl Anna ihr erzählt hatte, dass er nicht zu Hause war, wünschte sich ein Teil von ihr, dass er in diesem Augenblick heraustreten möge. Sie wollte ihn kennen lernen. Und auch wenn sie es nicht zugegeben hatte, so hatte Anna doch Recht gehabt. Er war *bello*. Von ihrem Fenster aus hatte sie beobachtet, wie er eingezogen war, und hatte seine jungenhafte und doch ernste Ausstrahlung sehr ansprechend gefunden.

Sie schob den Gedanken beiseite. Dachte sie jetzt langsam schon wie Anna? Sie wollte den fremden Mann nicht bemerken, schließlich war sie verheiratet. Verheiratet, aber nicht tot, hätte Anna gekontert. Eliana war nicht sicher, ob das immer stimmte.

Sie ging in ihre Wohnung und in Alessios Zimmer hinauf. Er war wach, lag aber immer noch still in seinem Bett.

„Wie fühlst du dich, mein Schatz?"

„Mama, mein Kopf tut weh. Er fühlt sich so an, als hätte jemand draufgesessen."

Sie lächelte. „Ich glaube nicht, dass das jemand getan hat. Aber zeig mal her." Sie legte ihre Wange an seine Stirn, und wie sie vermutet hatte, fühlte sie sich sehr warm an. Und er war verschleimt. Das machte ihr mehr Sorgen als das Fieber. „Ich hole dir deine Medizin. Ich bin gleich wieder da."

Einige Minuten später kam Eliana mit einem feuchten Waschlappen, Hustensaft und einem Schälchen Schokoladeneis zurück. Sie gab ihm die Medizin, faltete den Waschlappen zusammen und legte ihn Alessio auf die Stirn. „Soll ich dir etwas vorlesen?"

„Ich will Nintendo spielen."

„Später. Bücher sind jetzt besser." Sie ging zum Schrank und holte eine Indianergeschichte, die er besonders mochte. Während sie vorlas, aß Alessio sein Eis. Sie hielt inne, als er einen Hustenanfall bekam, und legte das Buch beiseite, um ihn in die Arme zu nehmen. Später baute sie ihm ein kleines Nest aus Sofakissen und Decken in ihrem Atelier und rollte dann den Fernseher hinein, damit sie in Alessios Nähe bleiben konnte, während sie malte.

An der Wand in ihrem Atelier gab es einen leeren Platz, weil sie ihr Lieblingsbild, eine Landschaft mit einem Sonnenblumenfeld, in die neu vermietete Wohnung gehängt hatte. Das Bild fehlte ihr, und sie fragte sich, warum sie dem neuen Mieter ausgerechnet dieses Bild gegeben hatte.

Was tat er hier in Italien? Sie hatte genügend Amerikaner kennen gelernt, die in Italien lebten, um zu wissen, dass keiner von ihnen zufällig hier war. Wenn man sich genügend für ihr Schicksal interessierte und die richtigen Fragen stellte, dann fand man irgendwann den wahren Grund, warum sie hergekommen waren – das war ihre Erfahrung.

Eliana dachte darüber nach, warum sie selbst in Italien lebte, und sie dachte an den Mann, der sie hierher gebracht hatte. Wo mochte Maurizio jetzt sein? Wo verbrachte er die Nacht? Und mit wem? Ihre Gedanken verfinsterten sich. Wenn sie ihn nicht mehr liebte, warum machten seine Seitensprünge sie dann immer noch so eifersüchtig? War Eifersucht ein Zeichen von Liebe? Sie war sich nicht sicher, aber wenn es so war, dann gab es vielleicht noch Hoffnung für ihre Ehe, denn wenn es um sie ging, konnte Maurizio rasend sein vor Eifersucht.

Alessio schlief vor dem Fernseher ein. Das Fieber hatte seinen Höhepunkt noch nicht erreicht, aber seine Atmung war ruhig. Eliana räumte ihre Farben weg und trug ihn, ohne ihn zu wecken, auf das Sofa im

Wohnzimmer, damit sie ihn im Blick behalten konnte, solange sie in der Küche zwei Bleche traditioneller amerikanischer Schokoladenkekse backte, eins für Alessio und sie und eins für ihren neuen Nachbarn. Während die Kekse im Ofen waren, rief sie Manuela an, um sich zu erkundigen, wie es ihr ging. Ihr Mann nahm den Anruf entgegen.

„*Ciao*, Vittorino. Wie geht es Manuela?"

„Sie liegt im Bett. Sie ist immer noch krank."

„Das tut mir Leid, grüßen Sie sie ganz herzlich von mir." Sie legte auf. Das wird ein langes Wochenende werden, dachte sie.

EINE halbe Stunde später hörte sie einen Motorroller näher kommen. Sie trat ans Fenster und zog die Vorhänge auseinander. In diesem Augenblick wurde das Tor geöffnet, und Ron trat in den Innenhof, den Helm bereits in der Hand. Er hat sich ein *motorino* zugelegt, dachte Eliana. Ron schloss seine Tür auf und verschwand. Eliana starrte auf die Kekse und fühlte sich plötzlich unsicher. Ob sie lieber warten sollte, bis Alessio wieder gesund war? Dann konnte er den Willkommensgruß hinüberbringen.

Gegen acht Uhr rief Maurizio an. „*Amore*, wie geht es euch?"

„Mir geht es gut, aber Alessio ist krank."

„Geht es ihm denn so weit gut?"

„Ja. Wo bist du?"

„Ich bin noch in Genua. Hör zu, ich kann morgen nicht nach Hause kommen. Ich muss noch einmal nach Mailand. Einer meiner Kunden hat ein Problem mit einer Bestellung. Sieht so aus, als wäre ein Teil der Lieferung korkig."

„Kann das nicht warten? Ich brauche deine Hilfe. Manuela ist immer noch krank, und ich habe niemanden, der auf Alessio aufpasst, damit ich mal aus dem Haus kann."

„Warum musst du denn aus dem Haus?"

Früher hätte diese Frage sie erstaunt, aber inzwischen war sie daran gewöhnt. „In erster Linie, um Lebensmittel zu kaufen."

„Kann Anna nicht auf ihn aufpassen?"

„Anna ist in Urlaub gefahren."

„Oh, das ist ein Problem." Es folgte eine lange Pause. „Was soll ich tun, Eliana? Ich muss zu dem Kunden. Du hast doch bestimmt genug zu essen im Haus."

Eliana seufzte. Sie wollte nicht mehr kämpfen. „Wann kommst du nach Hause?", fragte sie.

„Nächsten Mittwoch. Ganz bestimmt."

„Na schön. Bis dann also."

Sie legte auf und schlug mit der Hand gegen die Wand. „Verdammt, verdammt, verdammt, verdammt", murmelte sie.

Alessio schlief noch immer, als sie nach ihm sah. Sie trug ihn nach oben in sein Bett, deckte ihn gut zu und küsste ihn auf die Stirn. Dann ließ sie sich im Badezimmer ein Bad einlaufen. Sie zog sich aus und sah in den Spiegel. An diesem Tag hatte sie sich weder geschminkt noch die Haare frisiert, sie war gerade dreißig und fühlte sich, als hätte das Leben sie überrollt. Kein Wunder, dass Maurizio mich nicht mehr attraktiv findet, dachte sie.

Sie drehte den Hahn zu und ließ sich langsam in das heiße Wasser hineinsinken. Ein weiterer Tag im Paradies, dachte sie traurig. Und dann, ein paar Minuten später, als sie langsam zur Ruhe kam, hörte sie Alessio schreien.

RON WAR gerade beim Abendessen, als jemand an seine Tür hämmerte. Er stand auf und öffnete sie. Draußen stand Eliana Ferrini. Ihr Haar war feucht und strähnig, und sie hatte sich offensichtlich sehr hastig angezogen.

„Können Sie mir helfen?", fragte sie. Panik schwang in ihrer Stimme mit. „Ich muss meinen Sohn ins Krankenhaus bringen."

„Ich habe nur einen Motorroller."

„Mein Wagen steht vorm Haus. Mein Sohn sitzt schon drin."

Ron folgte ihr hinaus. Vor den Mauern der Villa stand ein grüner BMW mit laufendem Motor und brennenden Scheinwerfern. Eliana stieg rasch hinten ein und bettete Alessios Kopf in ihren Schoß. Ron schloss ihre Tür, sprang auf den Fahrersitz und machte sich kurz mit den Armaturen vertraut.

„Beeilen Sie sich, bitte! Er bekommt keine Luft mehr."

Ron legte den Gang ein und sah über seine Schulter, um den Wagen zu wenden. Dabei fiel sein Blick auf den Jungen. Das Rasseln seiner gequälten Lungen war furchtbar.

„Atme, Alessio! Na, komm schon, atme ganz ruhig, nicht zu schnell." Sie nahm ein Inhaliergerät aus einem kleinen Plastikbeutel und drückte ihm das Mundstück zwischen die Lippen.

Der Wagen machte einen Satz nach vorn und holperte über die geschotterte Einfahrt. „Es tut mir Leid, aber ich kenne den Weg zum Krankenhaus nicht", sagte Ron.

Elianas Stimme klang beherrscht. „Sie müssen da vorn rechts abbiegen. Dann folgen Sie der Straße nach Grassina. Sie wissen, wo Grassina liegt?"

„Ja."

„Im Kreisverkehr nehmen Sie die erste Abzweigung nach rechts. Und bitte, fahren Sie schnell!"

Ron trat das Gaspedal noch weiter durch, während Eliana sich wieder ihrem Sohn zuwandte. Die Innenbeleuchtung war eingeschaltet, und sie konnte sehen, dass Alessios Lippen langsam blau wurden. „Komm schon, Alessio! Bleib bei mir!"

Auf den menschenleeren Landstraßen konnte Ron sehr schnell fahren. Sie kamen durch zwei kleine Dörfer, in denen er das Tempo an den freien Kreuzungen nur leicht zurücknahm und dann die roten Ampeln überfuhr. Im Kreisverkehr in Grassina bog er nach rechts ab, und dann kam endlich das Krankenhaus in Sicht.

„Die Notaufnahme ist da vorne." Eliana zeigte mit dem Finger in die entsprechende Richtung. „Gleich da drüben." Ihre Stimme zitterte jetzt.

Ron brachte den Wagen mit quietschenden Bremsen zum Stehen. Eliana stieß ihre Tür auf und machte sich daran, ihren Sohn herauszuheben. Ron rannte um den Wagen herum und nahm ihr das Kind ab. „Ich nehme ihn. Zeigen Sie mir, wo es langgeht."

Eliana rannte, dicht gefolgt von Ron, auf die Türen der Notaufnahme zu. Dann rief sie der Frau in der Eingangshalle zu: „Mein Sohn hat einen Asthmaanfall! Er bekommt keine Luft mehr!"

Eine Krankenschwester kam herausgestürzt und winkte sie durch. Genau in dem Augenblick wurde Alessio bewusstlos.

Neben Eliana tauchte ein Arzt in grüner Krankenhauskleidung auf. „Wie haben Sie ihn behandelt?", fragte er.

„Ich habe ihm in den letzten fünfzehn Minuten zwei Dosen Albuterol gegeben."

„Bringen Sie ihn auf die Intensivstation! Schwester, holen Sie mir eine Sauerstoffmaske und einen Zerstäuber! Ich brauche Solumedrol, *subito*!"

Die Krankenschwester drückte Alessio eine Sauerstoffmaske aufs Gesicht, während sie ihn auf einer Trage in Richtung Intensivstation schob. Eliana folgte ihnen. Ron blieb draußen vor der Tür zurück und überlegte einen Augenblick lang, was er tun sollte, bevor er zum Wagen zurücklief, um ihn auf dem Parkplatz auf der anderen Seite der Straße abzustellen. Dann kehrte er zurück ins Krankenhaus und wartete.

RON SAH auf seine Armbanduhr. Es war Viertel vor eins. Er saß allein auf einem Plastiksofa in der Eingangshalle des Krankenhauses. Inzwischen waren fast zwei Stunden vergangen, und er hatte noch immer nichts von dem Jungen gehört. Ron beschloss, noch eine Stunde zu warten und sich dann jemanden zu suchen, dem er Eliana Ferrinis Autoschlüssel anvertrauen konnte. Er schloss die Augen und lehnte sich auf dem Sofa zurück.

Eine Dreiviertelstunde später kam Eliana aus der Intensivstation. Ron war eingeschlafen. Einen Moment blieb sie vor ihm stehen und hoffte, ihre Anwesenheit würde genügen, um ihn zu wecken. Als er nicht aufwachte, ging sie neben ihm in die Hocke und berührte ihn leicht am Arm. Seine Lider flatterten, dann schlug er die Augen auf.

„Hey“, sagte sie leise.

Ron rieb sich das Gesicht und richtete sich schließlich auf. „Hey. Wie geht es ihm?“

„Alles in Ordnung. Er schläft jetzt.“

„Da bin ich aber froh“, erwiderte Ron, seine Stimme noch heiser vom Schlaf.

„Es tut mir Leid, dass ich Sie hier draußen so lange habe warten lassen.“

„Ich habe noch Ihre Schlüssel.“ Er beugte sich vor und streckte dann mit einem Lächeln die Hand aus. „Ich heiße übrigens Ron Story.“

Sie erwiderte sein Lächeln und ergriff seine Hand. „Eine ziemlich ungewöhnliche Art, sich miteinander bekannt zu machen. Ich bin Eliana Ferrini.“

„Freut mich, Sie kennen zu lernen. Kommen Sie, setzen Sie sich doch!“ Ron rutschte auf dem Sofa ein Stück zur Seite.

„Vielen Dank, dass Sie mir geholfen haben.“

„Gern geschehen. Was ist eigentlich passiert?“

„Alessio – mein Sohn – hat Asthma. Er hatte sich erkältet, und das hat einen schweren Anfall ausgelöst. Normalerweise funktionieren die Inhaliergeräte recht gut, aber heute Nacht …“ Ihre Stimme versagte, und Ron sah, dass sie vollkommen erschöpft war.

„Geht es Ihnen gut?“, fragte er besorgt.

Sie nickte. „Alles in Ordnung.“ Doch plötzlich stiegen ihr die Tränen in die Augen.

Ron legte seinen Arm um sie. „Ich kann mir vorstellen, wie sehr Sie das mitnimmt“, sagte er.

Sie lehnte den Kopf an seine Schulter und begann zu weinen. Ron legte auch den anderen Arm um sie und zog sie an sich. Es dauerte eine Weile, bis sie ihre Stimme wieder fand. „Es war sehr knapp diesmal“, sagte sie schließlich.

„Ich weiß. Aber jetzt geht es ihm wieder gut.“

Sie blieben so sitzen, bis sie ihre Fassung wiedergewann und sich mit den Händen die Augen trocknete. Ron zog ein Papiertaschentuch aus der Tasche und reichte es ihr.

„Vielen Dank.“ Sie tupfte sich die Augen ab. „Es tut mir Leid, ich kenne Sie nicht einmal.“

„Kein Problem, wir *americani* müssen zusammenhalten.“ Ron lächelte sie an. „Eigentlich finde ich, dass Sie aussehen wie eine Italienerin.“

„Das tun die meisten Leute. Mein Mann ist Italiener. Wir leben seit sechs Jahren hier.“

Ron rückte etwas von ihr ab. Bisher hatte er nicht mit Sicherheit gewusst, ob sie verheiratet war. Es hatte keine Hinweise auf einen Ehemann gegeben. Selbst die Vermieterin hatte nur von einer Frau und einem Kind gesprochen.

Sie wischte sich noch einmal über die Augen. „Ich muss heute Nacht bei Alessio bleiben. Wenn Sie mit dem Wagen zurückfahren wollen, nehmen wir uns morgen ein Taxi.“

„Nein, ich nehme ein Taxi. Vor dem Krankenhaus ist ein Taxistand.“

Sie sah ihn dankbar an. „Das ist wirklich nett. Ich danke Ihnen.“

„Gern geschehen.“ Er griff in seine Tasche und holte die Schlüssel heraus. „Hier, die brauchen Sie noch. Ihr Wagen steht auf dem Parkplatz auf der anderen Straßenseite, in der Nähe der Bushaltestelle.“

Als sie die Schlüssel entgegennahm, streifte sie kurz seine Hand, und ihr wurde bewusst, dass sie ihn nur ungern gehen ließ. Sie strich sich das Haar aus dem Gesicht. „Ich muss wieder zu Alessio.“ Besorgt sah sie ihn an. „Sind Sie sicher, dass Sie zurechtkommen?“

Er lächelte. „Ganz sicher. Wir sehen uns dann auf Rendola.“

„Okay. Gute Nacht.“ Sie wandte sich ab und ging zurück auf die Intensivstation. Ron sah ihr nach, bis sie durch die Türen verschwunden war, und machte sich auf die Suche nach einem Taxi.

AM NÄCHSTEN Tag hatte Ron keine Führungen, wofür er nach den Ereignissen der vergangenen Nacht sehr dankbar war. Er schlief bis zehn Uhr und fuhr dann in die Uffizien. Francesca war gerade mit einer Gruppe unterwegs. Er begleitete sie vom Saal der flämischen Renaissancemaler bis zum nächsten Ausstellungsraum und schlenderte dann allein weiter.

In Gedanken war er bei der letzten Nacht und seiner Begegnung mit Eliana Ferrini. Die Frau, die er aus der Ferne bewundert hatte, hatte eine Stimme bekommen. Ron hatte schon immer gefunden, dass man auf dem Höhepunkt einer Krise entweder das Beste oder das Schlechteste in einem anderen Menschen sieht, und ihm gefiel, was er gesehen hatte.

Es war bereits später Nachmittag, als er nach Rendola zurückkehrte. Elianas BMW stand neben dem mit Wein bewachsenen Carport. Er überlegte kurz, ob er nach ihr sehen sollte, kam dann aber zu dem Schluss, dass sie wahrscheinlich auch ohne ihn genug um die Ohren hatte. Also ging er in seine Wohnung und zog sich Laufsachen an, um zu joggen. Es war ein warmer Abend, und er lief fast eine Stunde, vorbei an Hügeln mit Obstbäumen, Weinbergen und dichten Wäldern.

Er war kaum zurück, als es leise an seiner Tür klopfte. Es war Eliana mit einem Teller in der Hand. *„Buona sera“,* sagte sie lächelnd.

„*Buona sera*. Alles in Ordnung?“

„Ja, vielen Dank. Das Krankenhaus hat uns gegen Mittag entlassen. Alessio muss es jetzt etwas langsamer angehen lassen.“

„Möchten Sie einen Moment hereinkommen?“

„Vielen Dank, lieber nicht. Ich muss bei Alessio bleiben.“ Sie hielt ihm den Teller hin. „Ich habe gestern amerikanische Schokoladenkekse für Sie gebacken – als kleinen Willkommensgruß.“

Ron warf einen Blick auf den Teller. „Mit echten Schokoladestückchen? Wo haben Sie die denn gefunden?“

„Die gibt es hier nicht!“ Eliana lachte. „Ich schneide einfach Schokoriegel klein, das geht auch.“

„Vielen Dank. Sind Sie sicher, dass Sie nicht hereinkommen und einen Kaffee oder vielleicht ein Glas Wein trinken möchten?“

Diesmal zögerte sie. „Lieber nicht. Ich wollte Ihnen nur sagen, wie dankbar ich Ihnen für Ihre Hilfe gestern Abend bin.“

„Gern geschehen. Wenn Sie mich jemals wieder brauchen sollten, dann sagen Sie einfach Bescheid. Jederzeit. Ich kenne ja jetzt den Weg. Ich wette, ich könnte meine Bestzeit noch um eine Minute unterbieten.“

Eliana lachte. „Alessio und ich würden Sie gern zum Dank zu uns zum Essen einladen. Vielleicht morgen Abend? Ich weiß, die Einladung kommt sehr kurzfristig, daher hätte ich volles Verständnis dafür, wenn Sie andere Pläne haben.“

„Keine Pläne. Nur Tiefkühlpizza. Und die kann warten.“

Sie lächelte. „Sagen wir dann so gegen sieben?“

„Sieben passt gut."

„Also, dann – gute Nacht."

„Gute Nacht, Eliana."

Ihr gefiel die Art, wie er ihren Namen aussprach und wie er sie nach amerikanischer Art ohne Umschweife beim Vornamen nannte.

KAPITEL 5

Am nächsten Tag hatte Ron so viel zu tun in den Uffizien wie noch nie, trotzdem dachte er immer wieder an Eliana. Auf dem Heimweg fuhr er mit seinem Motorroller an der Villa vorbei in das nahe gelegene Dorf Impruneta und kaufte eine Flasche Rotwein. Dann wurde ihm klar, dass er nicht wusste, was es zum Essen geben sollte, und kaufte noch eine Flasche Weißwein dazu. Er fuhr nach Hause, duschte schnell und zog sich ein schwarzes Hemd und Jeans an.

Punkt sieben klopfte er an Elianas Tür. Als sie ihm öffnete, war sein erster Gedanke, dass sie umwerfend aussah. Sie hatte ihr Haar hochgesteckt, was ihr sehr gut stand, trug eine Satinbluse und dazu einen dunklen Rock.

„Sie sehen gut aus", sagte er.

„Vielen Dank." Sie dachte das Gleiche von ihm, aber die Worte wollten ihr nicht über die Lippen kommen. „Gestern Abend muss ich wie eine Vogelscheuche ausgesehen haben."

„Nein, haben Sie nicht. Sie haben auch gestern hübsch ausgesehen."

Sie errötete. „Sie haben ja einen Wein mitgebracht."

Ron hielt die beiden Flaschen hoch. „*Sì*. Ich wusste nicht, was Sie kochen wollten, also habe ich roten und weißen mitgebracht."

„Wie aufmerksam! Kommen Sie doch bitte herein!"

Ron trat ein. Von der Stereoanlage im Flur klang leise Musik von Mozart zu ihm herüber. Im Haus duftete es nach Salbei, Oregano, Basilikum und anderen verlockenden Düften, die er nicht näher hätte bestimmen können.

„Ich mache Spaghetti Carbonara, und die sind am besten, wenn sie erst fertig werden, wenn man sich zum Essen niedersetzt. Ich bin gleich wieder da. Sehen Sie sich ruhig um, wenn Sie wollen."

„Vielen Dank."

Während sie in der Küche verschwand, nahm Ron die Wohnung näher in Augenschein. Sie war um ein Vielfaches größer als seine und mit erlesenen antiken Möbeln eingerichtet. Doch was Ron am meisten beeindruckte, waren die vielen Kunstwerke – überall hingen Gemälde und Wandteppiche. Die Diele führte in eine große *sala* mit gewölbter Decke, einem großen, gemauerten Kamin und einem elfenbeinfarbenen Klavier in der gegenüberliegenden Ecke. Es gab vier hohe Bogenfenster mit kostbaren Samtvorhängen.

Nach einer Weile ging Ron in die Küche. Auf dem Herd standen ein dampfender Topf mit Pasta und ein kleinerer Topf, in dem eine dunkle, würzig riechende Soße köchelte. Eliana stand gerade vor einem hölzernen Schneidebrett und schnitt Speck in kleine Würfel. Als sie damit fertig war, trat sie vor den Herd, nahm den Topf mit den kochenden Spaghetti herunter und goss den Inhalt durch ein Stahlsieb in der Spüle. Dann schüttete sie die Spaghetti mit einem Stück Butter zurück in den Topf.

Ron sah sich in der Küche um und entdeckte eine säuberlich aufgereihte Sammlung leerer Weinflaschen. Er betrachtete die Etiketten genau: L' INCANTO. Es war der gleiche Wein, den er fürs Essen gekauft hatte. „Ist das der Wein, der hier gekeltert wird?"

Sie biss sich auf die Unterlippe. „Ja", sagte sie. „Ich hatte gehofft, dass es Ihnen nicht auffällt."

„Dann habe ich Ihnen also Ihren eigenen Wein mitgebracht."

Sie lächelte. „Ja. Aber ich nehme das als Kompliment."

„Ich habe den Wein gekauft, den man mir im Laden empfohlen hat", meinte er und schob ein wenig verlegen die Hände in die Taschen. „Wie geht es Alessio?"

„Zum Glück wieder besser. Er ist gerade oben und sieht fern." Sie stellte eine Bratpfanne auf den Herd. „Wenn man Asthma hat, haben einfache Erkältungen eine vollkommen andere Tragweite."

„Wie lange hat er denn schon Asthma?"

„Den ersten richtigen Anfall hatte er mit zwei." Sie schob die Speckwürfel mit dem Messer vom Schneidebrett in die Pfanne. Es begann sofort zu brutzeln, und der Geruch mischte sich mit den anderen Düften im Raum.

Eliana wandte sich zu Ron um. „Sie brauchen nicht hier zu warten. Heute Abend läuft ein Fußballspiel. Der Fernseher steht in dem Raum gleich neben dem Esszimmer."

„Wenn es Ihnen nichts ausmacht, würde ich lieber hier bleiben. Natürlich nur, wenn es Sie nicht stört."

Die richtige Antwort, dachte sie und lächelte. „Natürlich nicht. Haben Sie vielleicht Lust, mir zu helfen?“

„*Certo*. Was soll ich tun?“

„Sie könnten mir die Eier reichen. Sie stehen auf der Anrichte.“

Ron entdeckte ein Strohkörbchen mit braunen Eiern darin. „Soll ich sie öffnen und verrühren oder sonst etwas damit machen?“

Sie lächelte über den Ausdruck „öffnen“. Er war offensichtlich ein richtiger Junggeselle. „Ich brauche drei Stück, und sie müssen in diesem Gefäß verquirlt werden. Nehmen Sie einfach eine Gabel.“

Ron schlug die Eier auf. „Was soll ich mit den Schalen machen, die mir nicht hineingefallen sind?“

Eliana lachte. „Die Mülltonne steht unter der Spüle.“

Er entsorgte die Schalen und kam dann zurück, um kleine Stückchen Schale aus der Schüssel zu fischen. „Tut mir Leid. Ich bin ein Anfänger.“

„Wenn Sie wollen, zeige ich Ihnen, wie man Spaghetti Carbonara macht.“

„Gerne!“

Sie nahm die Pfanne vom Herd, füllte die Speckwürfel in einen anderen Topf und begann zu rühren. „Ich hoffe, Sie sind nicht zu kalorienbewusst“, sagte sie und gab ihm eine Tasse mit einer klaren gelben Flüssigkeit. „Hier, gießen Sie das langsam zu, während ich rühre.“

„Was ist denn da drin?“

„Hühnerbrühe.“

Er trat neben sie an den Herd und berührte sie dabei ganz leicht. Sie konnte die Wärme seines Körpers spüren, aber sie rückte nicht von ihm ab. Es gefiel ihr, ihn neben sich zu spüren. Langsam goss er die Brühe in den Topf, während Eliana immer weiter rührte. „Man lässt das Ganze ein wenig warm werden, dann fügt man die Eier und den Parmesan hinzu, aber es darf nicht mehr kochen.“ Lächelnd blickte sie zu ihm auf, ohne mit dem Rühren innezuhalten. „Kochen Sie viel?“

„Nein. Ich bin immer noch in der Spaghetti-mit-Fertigsoßen-Phase.“

„Habe ich auch durchgemacht.“ Sie stellte die Temperatur am Herd herunter. „Haben Sie sich gefragt, warum ich vorgestern Abend nicht einfach einen Krankenwagen gerufen habe?“

„Der Gedanke ist mir gekommen.“

„Vor einem Jahr hatte Alessio einen schlimmen Anfall. Er wäre beinahe gestorben, während wir auf den Krankenwagen warteten. Rendola ist schwer zu finden.“

„Mein Makler und ich haben uns bei unserem ersten Besuch hier auch verfahren. Ich wollte Sie übrigens noch etwas fragen: Hat der Name Rendola eine besondere Bedeutung? In meinem Italienischlexikon finde ich ihn nicht."

„Für die meisten Italiener ist es nur ein Name. Rendola kommt aus dem Lateinischen. Es bedeutet: Wo Gott auf die Erde trifft. So hat es mir Maurizio jedenfalls erklärt, als ich seinerzeit herkam."

„Ein passender Name! Es ist ein wunderschönes Fleckchen Erde."

Sie lächelte. „Ich liebe die Toskana, aber vor allem das Chianti." Sie legte ihren Löffel neben den Herd und ging zum Kühlschrank, um ein Päckchen Mozzarella herauszuholen. Die Tomaten standen rot und duftend in einer Schale auf dem Küchentisch. „Ich mache uns *caprese*. Mögen Sie Tomaten?"

„Ja, sehr. Kommen Sie, ich helfe Ihnen."

Ron nahm ein Messer und schnitt die Tomaten in Scheiben, während Eliana den Mozzarella zerteilte. „Sie haben es wirklich schön hier", sagte er.

„Vielen Dank."

„Und mir gefallen Ihre Kunstwerke – vor allem die Ölbilder. Die Bilder in meiner Wohnung müssen von derselben Malerin sein."

Eliana verbarg ihre Freude über seine Bemerkung. „Woher wissen Sie, dass es eine Malerin ist?"

„Ich weiß es gar nicht. Ich habe nur einfach so ein Gefühl."

„Wie meinen Sie das?"

„Im Allgemeinen kann man doch sagen, ob ein Buch von einem Mann oder einer Frau geschrieben wurde, oder? Mit Bildern ist es das Gleiche. Ich nehme an, es ist ein bisschen so wie eine Handschriftenanalyse. Ich habe versucht, die Signatur zu entziffern, es ist mir aber nicht gelungen. Der- oder diejenige, die diese Bilder gemalt hat, verfügt über eine ganz besondere Begabung."

„Ich kenne die Künstlerin", sagte Eliana.

„Und? Wie ist sie so?"

„Sagen Sie es mir. Analysieren Sie den Stil."

„Also schön. Zuerst einmal denke ich, dass sie schon älter ist, vielleicht Ende sechzig."

Eliana blickte mit einem belustigten Lächeln auf. „Wie kommen Sie darauf?"

„Die Gefühlstiefe. Normalerweise braucht es ein ganzes Leben, um dorthin zu kommen. Entweder das oder ein hartes Leben." Er sah sie wieder an. „Habe ich Recht?"

Sie wandte sich wieder dem Mozzarella zu. „Ich sage es Ihnen, wenn Sie fertig sind. Sprechen Sie weiter!"

„In Ordnung. Ich glaube, die Malerin fürchtet sich davor, all das auszusprechen, was sie fühlt, daher beschränkt sie sich auf wenige Farben."

Eliana legte den Kopf zur Seite. „Interessant."

„Ich denke, sie ist einsam."

Daraufhin hielt Eliana mit ihrer Arbeit inne. „Warum meinen Sie das?"

„Weil ihre Bilder eine Art stille, schöne Traurigkeit ausstrahlen. Verstehen Sie, was ich meine?"

Eliana schwieg.

Ron war mit den Tomaten fertig. „Also, wie habe ich abgeschnitten?"

Eliana schichtete abwechselnd Tomaten und Mozzarella auf einen Teller, tröpfelte Olivenöl darüber und gab Basilikum hinzu. „Ich denke, Sie haben sie ziemlich gut eingeschätzt. Aber sie ist nicht alt – obwohl sie Ihnen sagen würde, dass sie sich alt fühlt."

„Ich würde sie bei Gelegenheit gern kennen lernen und sie etwas fragen. In meiner Wohnung hängt ein Bild von einem Sonnenblumenfeld. Ich mag es von den vier Bildern drüben am liebsten. Aber wenn man genau hinsieht, folgt eine der Blumen nicht der Sonne. Danach würde ich sie gern fragen."

Es ist ihm also aufgefallen, dachte sie. Sie stellte den Herd ab und blickte in den Ofen. „Was machen Sie eigentlich beruflich? Wo arbeiten Sie?"

„Ich arbeite als Museumsführer in den Uffizien."

Seine Antwort überraschte sie. „Ach, dann sind Sie also nicht nur ein Hobbykunstkritiker?"

„Nein, die Kunst ist mein Leben."

„Die Uffizien! Sie müssen ziemlich gute Referenzen haben."

„Keine Referenzen, nur Anfängerglück. Ich bin durch die Hintertür reingekommen."

Sie trat vom Herd zurück. „Würden Sie wohl den Topf eine Minute im Auge behalten? Ich muss nach Alessio sehen. Er hat schon gegessen, aber er wollte noch Hallo sagen."

Eliana verließ den Raum und kehrte einige Minuten später zurück. „Er ist eingeschlafen. Dabei hat er den ganzen Tag nach Ihnen gefragt."

„Wirklich?"

„Ja. Er hat hier zu wenig männliche Gesellschaft." Sie blickte in den

Topf. „Jetzt können die übrigen Zutaten für die Soße hinein. Dabei können Sie mir wieder helfen. Es steht schon alles in der Schale da drüben bereit. Würden Sie es hineinschütten, während ich rühre?"

„Ja, gern."

Er tat wie ihm geheißen, während sie rührte. Dann schüttete sie die dampfende Pasta in eine glasierte Keramikschale, die neben dem Herd auf der Anrichte stand, während Ron den Wein öffnete.

Sie trugen alles ins Nebenzimmer und stellten es auf den Tisch. „Nehmen Sie doch da drüben Platz", sagte sie und zeigte auf den Stuhl ihr gegenüber. Sie teilte Ron eine ordentliche Portion Pasta zu und nahm sich dann selbst, während er ihnen ein Glas Rotwein einschenkte. *„Primo piatto*. Der zweite Gang steht im Ofen – in Rotwein und Knoblauch mariniertes Wildschwein."

„Klingt köstlich."

Sie breitete ihre Serviette aus. „Haben Sie etwas dagegen, wenn ich bete?"

„Natürlich nicht."

Sie senkte den Kopf, sprach ein kurzes Gebet und bekreuzigte sich. „Okay, ich glaube, jetzt sind wir endlich so weit. *Buon appetito*."

„Buon appetito."

Ron wickelte die Nudeln um seine Gabel und nahm einen Bissen. Er lächelte anerkennend. „Schmeckt wunderbar."

„Vielen Dank." Sie nahm selbst eine Gabel voll. „Wo kommen Sie denn genau her?"

„Minnesota ist mein eigentliches Zuhause. Oder war es zumindest."

„Und was führt Sie nach Italien?"

Ron zögerte. Zu Elianas Erstaunen schien diese Frage ihn mit Unbehagen zu erfüllen. „Ich glaube, ich brauchte einfach eine Veränderung."

Sie lächelte verständnisvoll. „Die können wir alle ab und zu gebrauchen. Wie lange wollen Sie denn in Italien bleiben?"

„Für immer."

„Für immer? Dann war es Ihnen also ernst mit der Veränderung!"

Ron nickte. „Und was ist mit Ihnen? Woher kommen Sie?"

„Aus einer kleinen Stadt im Osten von Utah namens Vernal, und ich würde morgen nach Amerika zurückkehren, wenn ich könnte."

„Gefällt es Ihnen in Italien nicht?"

„Ich liebe Italien. Aber selbst nach über sechs Jahren fühle ich mich hier immer noch nicht richtig zu Hause."

„Warum gehen Sie dann nicht wieder zurück?“

„Das will mein Mann nicht. Er mag Amerika nicht besonders. Außerdem hat er seine Arbeit und seinen Besitz hier.“ Sie zwang sich zu einem Lächeln. „Aber das ist schon in Ordnung. Italien ist wunderschön – die Menschen, die Landschaft und das Essen sind unübertrefflich.“

„*Dieses* Essen ist ganz eindeutig unübertrefflich.“

Sie sah auf seinen leeren Teller. „Ich hole den nächsten Gang.“

Sie räumte ab und kam dann mit zwei Tellern zurück, auf denen hauchdünn geschnittenes, mit Rucolablättern garniertes Fleisch angerichtet war.

Ron spießte ein Stück mit der Gabel auf und hob es an die Lippen. Während er kaute, sah Eliana ihn erwartungsvoll an.

„Und?“, fragte sie gespannt.

„Sie beherrschen die italienische Küche ebenso perfekt wie die Sprache.“

„Ich betrachte das als Kompliment.“

„Wie wäre es mit einem Trinkspruch? Auf Alessios Gesundheit?“

Sie lächelte zärtlich. „Ich danke Ihnen.“ Sie hob das Glas. *„Alla salute di Alessio!“*

Sie stießen miteinander an und tranken.

„Der Wein ist gut.“ Ron hielt sein Glas hoch und drehte es ins Licht. „Wie ist es so, wenn man im Weinhandel tätig ist?“

„Für mich ist es eine der schönen Seiten meines Lebens in Italien. Wenn Sie möchten, können Sie demnächst bei der *vendemmia* helfen, bei der Weinlese. Wenn die Arbeit erledigt ist, gibt es ein großes Festmahl.“

Ron lächelte. „Davon hat mir Ihre Schwägerin schon erzählt. Wie lange dauert die Lese denn?“

„Das hängt vom Wetter ab, aber für gewöhnlich sind es ungefähr zwei Wochen.“

Eine Weile widmeten sie sich beide schweigend ihrem Essen. Ron nahm den letzten Bissen von seinem Fleisch und legte dann die Gabel beiseite.

Sie warf einen Blick auf seinen Teller. „Was kann ich sonst noch für Sie tun?“

„Nichts. Es war perfekt.“

„Vielen Dank. Ich habe auch einen Nachtisch vorbereitet, aber wenn Sie noch warten wollen, bekommen Sie vorher eine kostenlose Führung durch die Wohnung.“

„Das wäre schön.“

Sie führte ihn in das obere Stockwerk, öffnete die Tür zu ihrem Atelier und trat in den dunklen Raum. Er folgte ihr. Sie betätigte den Lichtschalter. Ringsum sah man nichts als Bilder und Leinwände, auf einer Staffelei stand eine unvollendete Landschaft. Nach einem Augenblick des Schweigens räusperte er sich. „Nun, Sie sind tatsächlich noch keine sechzig“, sagte er.

„Das ist so ziemlich der einzige Punkt, in dem Sie sich geirrt haben.“

„Dann sind Sie also einsam und fürchten sich vor Ihren Gefühlen?“

Sie sah ihn an und lächelte traurig, antwortete aber nicht, und Ron fragte sich, wie eine so schöne Frau einsam sein konnte.

„Möchten Sie vielleicht noch einen Kaffee?“, fragte sie, um das Thema zu wechseln.

„Ja, sehr gern.“

Sie gingen nach unten, und während Eliana sich in der Küche zu schaffen machte, setzte Ron sich auf ein Ledersofa vor einem Glastisch.

Schließlich kam sie mit dem Kaffee und zwei kleinen Porzellantellern herein, auf denen ein Stück Blätterteiggebäck mit weißem Zuckerguss lag. Sie stellte die beiden Teller auf den Tisch und setzte sich Ron gegenüber auf den Fußboden.

Ron nahm mit seiner Gabel ein Stück von dem Gebäck. „Ich liebe *millefoglie*. Das ist es doch, nicht wahr?“

Sie nickte. „*Sì*. Dafür, dass Sie erst ein paar Wochen hier sind, wissen Sie aber viel über Italien.“

„Ich bin schon seit über sechs Monaten in Italien. Ich bin eine Weile herumgereist, um das Land kennen zu lernen.“ Er blickte auf. „Dann haben Sie also auch das Porträt von dem Mönch gemalt, das in meiner Wohnung hängt?“

Sie schmunzelte. „Das ist der heilige Franz von Assisi. Aber Sie können ihn auch ‚den Mönch‘ nennen, wenn Sie wollen.“

„Oh, Entschuldigung. Malen Sie viele Porträts?“

„Eigentlich nicht. Wenn ich mit Modellen arbeiten könnte, würde ich mehr Porträts machen. Es ist schwer, die richtige Stimmung einzufangen, wenn man nur ein Foto als Vorlage hat.“

„Verkaufen Sie Ihre Bilder?“

„Eigentlich nicht, aber es gibt Ausnahmen.“

„Warum nicht?“

„Ich habe Angst, dass die Malerei ihre Bedeutung für mich verlieren könnte, wenn ich anfange, für Geld zu arbeiten. Also stelle ich die Bilder einfach beiseite oder verschenke sie an Freunde.“

„Haben Sie viele Freunde in Italien?“

„Ein paar, ja. Aber Rendola ist sehr abgelegen. Nicht dass das eine Entschuldigung wäre, es ist nur so schwierig mit Alessio. Anna ist meine beste Freundin. Sie ist immer für mich da.“

„Wie sind Ihr Mann und Sie nach Rendola gekommen?“

„Maurizio ist zum Teil hier aufgewachsen. Seine Familie besitzt noch ein Haus in Siena. Seine Mutter lebt dort.“

„Und wo haben Sie beide sich kennen gelernt?“

„In Florenz, in einer Diskothek. Ich habe damals Kunstgeschichte an der Universität von Utah studiert und war zu einem zweimonatigen Aufbaukurs nach Florenz gekommen. Mein Vater war gerade gestorben, als sich diese Gelegenheit bot. Der Tod meines Vaters hat mich ziemlich getroffen, und es tat mir gut, etwas anderes zu sehen. Maurizio habe ich an meinem dritten Abend hier kennen gelernt. Er ist sieben Jahre älter als ich und hat mich damals im Sturm erobert. Aber ich war noch zu jung, um zu heiraten, und da er ohnehin vorhatte, in Amerika Wirtschaftswissenschaften zu studieren, hat er sich dann an der Universität von Utah eingeschrieben, um in meiner Nähe zu sein. Als er sein Examen in der Tasche hatte und nach Italien zurückkehren wollte, fühlte ich mich zwar immer noch zu jung, um zu heiraten, aber ich wollte ihn nicht verlieren, und deshalb habe ich Ja gesagt.“

„Wo arbeitet er jetzt?“

„Er leitet das Weingeschäft der Familie. Er wickelt alle Verkäufe ab und trifft die geschäftlichen Entscheidungen. Dazu muss er in der ganzen Welt herumfahren, er trifft sich mit Importeuren und Großhändlern, manchmal auch mit Restaurantbesitzern.“

„Klingt interessant.“

„Ja, nicht wahr?“, sagte sie, doch ihre Stimme war ausdruckslos. „Er ist fast das ganze Jahr unterwegs. Vielleicht lernen Sie ihn nächste Woche kennen, wenn er kommt. Sie mögen ihn bestimmt. Er ist sehr charmant. Nur einfach nicht …“, sie hielt inne, „… nicht verfügbar.“

„Wie kommen Sie denn damit klar, ein Kind versorgen zu müssen, wenn Ihr Mann so selten zu Hause ist?“

„Ich habe Hilfe. Manuela kommt drei Tage die Woche her. Sie ist sehr gut zu Alessio. Und dann ist da natürlich noch Anna. Was den abwesenden Ehemann betrifft – man gewöhnt sich daran, allein zu sein.“

„Haben Sie sich daran gewöhnt?“

Sie antwortete nicht sofort. „Sie sind ziemlich direkt, finde ich“, sagte sie schließlich, aber dann wurde ihre Stimme weicher. „Nein, ich habe mich nicht daran gewöhnt. Eigentlich wird es immer schlimmer." Sie fuhr sich mit den Fingern durchs Haar. „Ich bin einsam, und manchmal möchte ich am liebsten schreien und weglaufen, weit weg von Rendola. Aber dann sehe ich meinen süßen Sohn und dieses herrliche Land und denke an die Menschen, denen es wirklich schlecht geht." Eliana lachte und wandte sich ein wenig verlegen ab. „So lebe ich – irgendwo zwischen Einsamkeit und Schuldgefühlen." Sie sah Ron an. „Sie halten mich jetzt wahrscheinlich für verrückt. Das dürfen Sie ruhig. Ich tue es auch."

„Nein, ich halte Sie nicht für verrückt."

Sie seufzte. „Wegen vorgestern Abend im Krankenhaus … Ich wollte mich bei Ihnen bedanken, dass Sie …", sie hielt verlegen inne, „dass Sie mich in den Arm genommen haben. Das hat mir gut getan."

„Ich hatte Angst, dass ich vielleicht zu aufdringlich war."

„Nein. Sie waren sehr lieb. Es wäre schön, wenn es mehr Menschen gäbe wie Sie."

Einen Augenblick lang herrschte Schweigen zwischen ihnen. Dann lächelte Ron plötzlich.

„Möchten Sie einen Witz hören, den ich gestern in den Uffizien aufgeschnappt habe?", fragte er.

Sie nickte. *„Certo."*

„Ein Mann und eine Frau sind mit dem Schlafwagen nach Sizilien unterwegs. Der Zug ist vollkommen überfüllt, und die beiden müssen feststellen, dass man sie aus Versehen in einem Schlafwagenabteil untergebracht hat, nur sie beide allein. Zuerst sind sie ein wenig nervös, aber dann machen sie das Licht aus und gehen zu Bett, der Mann in das obere, die Frau in das untere. Irgendwann in der Nacht sagt der Mann zu der Frau: ‚Entschuldigen Sie bitte, aber könnten Sie mir wohl eine Decke geben? Mir ist ein wenig kalt hier oben.'

‚Ich habe eine bessere Idee', sagt die Frau. ‚Warum tun wir nicht einfach so, als wären wir verheiratet, nur für heute Nacht?'

‚Wirklich?', sagt der Mann aufgeregt. ‚Großartige Idee!'

‚Gut', sagt die Frau. Dann dreht sie sich auf die Seite und sagt: ‚Hol dir deine Decke doch selbst.'"

Eliana musste so lachen, dass ihr die Tränen kamen. Auch Ron begann zu lachen, wenn auch nicht über den Witz selbst, sondern über die Wirkung, die er auf Eliana hatte. Ihm war nicht bewusst gewesen, wie gut er auf ihre Situation passte.

Als ihr Lachen verebbte, warf Ron einen Blick auf die Uhr auf dem Kaminsims. Es war fast eins.

„Ich kann nicht fassen, dass es schon so spät ist. Ich verabschiede mich jetzt, bevor Sie mich rauswerfen.“ Er erhob sich und nahm die Tassen vom Tisch auf. „Soll ich Ihnen noch beim Abwasch helfen?“

„Nein, dafür ist es zu spät. Ich spüle lieber morgen früh.“

„Es ist wirklich kein Problem.“

„Das ist nett von Ihnen, aber trotzdem nein danke.“

Sie brachte ihn hinaus, und sie standen gemeinsam in der Tür. Der Innenhof war in ein leuchtendes Silberblau getaucht, erhellt vom Halbmond, der wie ein Voyeur über die Mauer lugte. Ron fühlte sich unsicher wie ein Schuljunge bei seiner ersten Verabredung.

„Vielen Dank für das Essen“, sagte er. „Es war das beste Essen seit meiner Ankunft in Italien.“

„Jetzt übertreiben Sie aber! Vielen Dank noch einmal, dass Sie uns geholfen haben.“

Er sah sie an, ihre Blicke trafen sich, und im Mondlicht entwickelte sich ein wortloses Gespräch zwischen ihnen.

Ron streckte die Hand aus. „Dann also gute Nacht.“

„Gute Nacht, Ron. Schlafen Sie gut!“

Als er fast schon in der Dunkelheit verschwunden war, rief sie ihm nach: „Ron! Darf ich Sie malen?“

„Mich malen?“

„Ich meine, ein Porträt von Ihnen.“

„Ich habe noch nie Modell gesessen.“

„Das spielt keine Rolle. Wenn eine Obstschale dazu in der Lage ist, wie schwer kann es dann wohl sein?“

Er lächelte. „Wann möchten Sie denn anfangen?“

Sie wollte nicht übereifrig erscheinen. „Das Bild, an dem ich zurzeit arbeite, ist fast fertig. Wäre Ihnen Dienstagabend recht?“

„Dienstag passt mir gut. Ich müsste so gegen sieben zu Hause sein.“

„Wie wäre es mit acht Uhr?“

„Also dann am Dienstag um acht. Gute Nacht, Eliana.“

„*Buona notte*, Ron.“

Während er langsam zu seiner Wohnung zurückging, hörte er, wie Eliana die Tür sacht hinter ihm schloss. Sie war anders, als er erwartet hatte, verletzlicher vielleicht, und er hatte das Gefühl, dass er eine verwandte Seele gefunden hatte.

KAPITEL 6

Am nächsten Morgen regnete es, und der Himmel über Florenz war grau. Doch gegen Mittag, als Ron mit seinen Führungen fertig war, klarte es vorübergehend auf. Ron hatte gerade die Uffizien verlassen und stand mit einer kleinen Gruppe im *cortile*, als Francesca ihn einholte.

Atemlos legte sie ihm eine Hand auf den Arm. „*Ciao,* Ron."

„*Ciao,* Francesca." Sie küssten einander auf die Wange.

„Könnten Sie heute Nachmittag noch eine Gruppe einschieben?"

„Kein Problem."

„*Benissimo!* Die Gruppe wird Ihnen gefallen."

„Warum denn?"

„Weil Sie vielleicht einige der Leute kennen werden."

Ron sah sie an. „Wie meinen Sie das?"

„Im Hotel hieß es, die Reise sei von einem Fernsehsender in Minneapolis für seine Werbekunden gebucht worden. Haben Sie mir nicht erzählt, dass Sie in Minneapolis in der Werbebranche gearbeitet haben?"

Einen Augenblick lang war er sprachlos, so als hätte man ihm soeben eine tragische Nachricht übermittelt. „Tut mir Leid, ich kann die Führung nicht übernehmen, Francesca."

„Perché?"

„Tut mir Leid, ich kann einfach nicht. Sie müssen jemand anders finden. Ich muss los."

Ohne eine weitere Erklärung ließ er Francesca stehen und verschwand um die Ecke. Erstaunt sah sie ihm nach.

Im Laufschritt lief Ron zu seinem Motorroller, setzte den Helm auf und machte sich auf den Heimweg, ein paar Minuten bevor der Himmel seine Schleusen erneut öffnete. Als er Rendola erreichte, hatte es zwar wieder aufgehört zu regnen, aber er war vollkommen durchnässt. Am Ende der langen Einfahrt stand ein Wagen, den Ron dort zuvor noch nicht gesehen hatte, ein marineblauer Alfa Romeo. Er stand neben Elianas BMW. Ron bockte den Motorroller auf, verstaute seinen Helm unter dem Sitz und öffnete das Tor zum Innenhof.

Ein Mann lehnte an der Mauer neben Elianas Haustür und rauchte eine

Zigarre. Er war schlank, etwas kleiner als Ron, hatte gewelltes Haar und sonnengebräunte Haut. Er musterte Ron mit kühlem Blick.

Ron nickte. „*Buona sera.*"

„*Buona sera.*" Der Mann nahm die Zigarre aus dem Mund. „Sie sind Signor Story?", fragte er auf Englisch.

Ron trat auf ihn zu. „Ja genau, Ron Story ist mein Name."

Der andere streckte die Hand aus. „Ich bin Maurizio Ferrini, der Eigentümer der Villa Rendola. Meine Schwester Anna hat mir von Ihnen erzählt. Willkommen!"

„Vielen Dank."

„Und, was führt Sie in unsere abgelegene Gegend?"

„Das Dolce Vita", sagte Ron lächelnd.

Maurizio lachte. „Sie scheinen mir ein bisschen zu nass dafür zu sein."

„Der Regen hat mich erwischt."

„Aus welchem Teil der Staaten kommen Sie denn?"

„Minnesota. Aus einer kleinen Ortschaft bei Minneapolis."

„Ich bin mal da gewesen. Im Winter. Es war zu kalt für meinen Geschmack." Er hielt inne und beäugte seine Zigarre. Dann blickte er Ron wieder an. „Meine Frau hat mir erzählt, dass Sie sie und meinen Sohn neulich Abend ins Krankenhaus gefahren haben. Vielen Dank."

„Keine Ursache."

„Sie haben die Absicht, eine Weile in Italien zu leben?"

„Eine Weile."

„Nun, alles Gute dann. Man sieht sich."

„Ihnen auch alles Gute." Ron drehte sich um, und Maurizio führte die Zigarre wieder an die Lippen, während er zusah, wie der neue Mieter durch den Hof in seine Wohnung ging. Er fragte sich, was der wirkliche Grund dafür war, dass der Amerikaner sich in Italien aufhielt.

RON ERWACHTE schon früh am nächsten Morgen und ging joggen. Er lief bis zum Ende der zu Rendola gehörenden Weinberge, dann weiter bis zur Piazza Grande von Impruneta, einmal um den ganzen Platz herum und schließlich wieder zurück, insgesamt fast neun Kilometer.

Als er durch den Innenhof zu seiner Wohnung ging, öffnete Eliana ihr Atelierfenster. „Hallo!", rief sie.

Er blieb stehen und blickte zu ihr hinauf. Es war so hell, dass er seine Augen mit der Hand schützen musste. Sie trug einen Frotteebademantel und beugte sich aus dem Fenster. Er lächelte. „Guten Morgen."

„*Buon giorno,* Ron. Steht unsere Verabredung für heute Abend?"

„Passt es Ihnen denn noch? Schließlich ist Ihr Mann gestern nach Hause gekommen."

„Maurizio ist schon wieder fort. Er kam gestern völlig unerwartet nach Hause und ist heute Morgen in aller Frühe wieder abgefahren. Ich habe gesehen, dass Sie sich mit ihm unterhalten haben."

„Er war sehr freundlich."

„Ich habe mir gedacht, dass Sie ihn mögen."

Ron ging nicht darauf ein. „Dann bleibt es also bei acht Uhr?"

„Ja, acht Uhr." Sie winkte. *„Ciao!"*

ES WAR ein paar Minuten vor acht, als Ron auf Elianas Klingelknopf drückte und damit einen kleinen Aufruhr auslöste. Drinnen waren eilige Schritte auf dem gekachelten Fußboden zu hören, dann wurde die Tür aufgerissen, und Alessio stand vor ihm, im Schlafanzug und ganz außer Atem von seinem Spurt durchs Haus. „Hallo!", stieß er hervor.

Er war klein und drahtig, sein lockiges Haar schimmerte bernsteinfarben. Seine Augen, haselnussbraun wie die seiner Mutter, waren vor Aufregung weit aufgerissen. Ron hatte Alessio das letzte Mal auf dem Weg in die Notaufnahme gesehen und erkannte ihn kaum wieder.

„Du bist bestimmt Alessio."

„Ja, das stimmt. Stellen Sie sich mal vor, was passiert ist!"

Ron hockte sich vor Alessio hin. „Was gibt's denn?"

„Ich habe heute einen Skorpion gefunden. Er war in meinem Schrank."

„Nein, wirklich?"

Alessio nickte. „Er war schwarz. Skorpione haben einen Stachel. Die ganz großen können einen töten, wussten Sie das?"

„War dein Skorpion denn groß?"

Er zeigte mit den Fingern eine Größe von knapp drei Zentimetern. „So groß."

„Hast du ihn gefangen?"

„Mama hat mit einem Schuh draufgehauen."

Ron versuchte, sich ein Lächeln zu verkneifen.

„Ich bin in der Küche!", rief Eliana in diesem Augenblick. „Kommen Sie doch herein!"

Ron legte Alessio eine Hand auf die Schulter. „Wenn wir noch mal einen Skorpion finden, stecken wir ihn in ein leeres Marmeladeglas, um ihn uns genauer anzusehen."

„Okay.“

Eliana stand in der Küche und war damit beschäftigt, das Geschirr vom Abendessen zu spülen. Als sie Ron sah, lächelte sie. „Also schön, du hast ihn gesehen“, sagte sie dann zu Alessio. „Und jetzt ab mit dir ins Bett!“

Alessio runzelte die Stirn. „Muss ich wirklich?“

„Ja, du musst. Gib mir einen Kuss.“ Eliana ging in die Hocke, und Alessio umarmte sie, dann drehte er sich noch einmal zu Ron um.

„*Buona notte,* Ron.“

Ron zwinkerte ihm zu. „Bis bald, Alessio.“

„*Ciao.*“ Langsam ging er die Treppe hinauf.

„Was für ein wohlerzogener kleiner Junge“, meinte Ron, als Alessio fort war.

„Sie hätten ihn mal vor zwanzig Minuten erleben sollen. Er wollte nicht ins Bett gehen, weil er wusste, dass Sie kommen.“ Sie stellte den letzten Teller in den Schrank. „Es hat ihn furchtbar aufgeregt, dass er Sie letztes Mal verpasst hat. Ich musste ihm versprechen, dass er aufbleiben darf, bis Sie kommen.“

„Er hat mir von dem Skorpion erzählt.“

Eliana verdrehte die Augen. „Ich hasse die Viecher.“ Sie trocknete sich die Hände an einem Geschirrtuch ab. „Also, sind Sie so weit?“

„*Sì.*“

Sie gingen die Treppe zum Atelier hinauf, und Eliana schaltete das Licht an. Ron sah sich um. Als er das erste Mal hier gewesen war, hatte er dem Raum nicht allzu viel Aufmerksamkeit geschenkt. Jetzt bemerkte er, dass das Atelier mit Malutensilien und Bildern voll gestopft war. Er schlenderte zur gegenüberliegenden Wand, an der einige Leinwände lehnten, ging in die Knie und betrachtete in aller Ruhe ein Bild nach dem anderen. Er hatte etwa die Hälfte durchgesehen, als eines seine besondere Aufmerksamkeit erregte: Es zeigte eine junge Frau in einer scharlachroten Robe, die an einer Schulter verknotet war und in der Taille von einer goldenen Schärpe gehalten wurde. In einer Hand hielt die Frau eine Öllampe, in der anderen einen Laib Brot.

Ron stand auf und hob das Bild hoch. „Das hier ist interessant.“

Eliana hatte gerade ihren Malerkittel angelegt und blickte auf. „Das ist meine Vestalin.“

Ron erwiderte ihren Blick. „Ihre Vestalin?“

„Eine der vestalischen Jungfrauen.“

„Ich muss gestehen, dass ich nicht viel über sie weiß, nur dass es diesen

Herbst in den Uffizien eine Ausstellung mit dem Titel ‚Die Vestalinnen' geben soll."

„Nun, wenn das so ist, sollten Sie auf jeden Fall ein wenig mehr darüber wissen." Eliana trat neben ihn. „Im alten Rom waren die Vestalinnen die Hüterinnen des Tempels der Vesta – der Göttin des Heims und der Familie. Die Römer glaubten, das Fundament ihres Reiches sei die Familie, daher verfügten diese Frauen über große Macht. Sie wurden auf öffentlichen Plätzen geehrt, und im Kolosseum wies man ihnen die besten Plätze zu. Sie waren die einzigen Frauen in Rom, die über eigenen Besitz verfügen durften."

„Die ersten emanzipierten Frauen der Alten Welt."

„Nicht direkt." Sie blickte von Ron zu dem Gemälde hinüber. „Sie mussten drei Auflagen erfüllen, und wenn sie scheiterten, hatte das ernsthafte Konsequenzen. Erstens mussten sie sich ganz und gar der Göttin Vesta verschreiben. Zweitens mussten sie dafür sorgen, dass die Flamme im Tempel niemals erlosch. Das letzte Versprechen, das man ihnen abverlangte, war die Keuschheit; sie mussten einen heiligen Eid ablegen, der Liebe zu entsagen."

Sie hielt inne. „Der Bruch dieses letzten Schwurs war mit den schwersten Strafen belegt. Es war schrecklich. Die Männer, die sie liebten, wurden vor ihren Augen zu Tode gepeitscht. Dann brachte man die Frauen auf das Feld der Verdammten, wo man sie mit einem Laib Brot und einer Öllampe in eine kleine unterirdische Steinkammer einschloss. Sie wurden lebendig begraben." Eliana schien weit fort zu sein, während sie das Bild betrachtete. Es war, als wäre sie selbst einmal Zeugin dieses Grauens gewesen. „Ihre eigenen Familien durften nicht einmal um sie trauern. Sie starben allein, verlassen von allen Menschen."

Ron sah sich das Gemälde noch einmal an. „Warum haben Sie eine gefallene Vestalin ausgewählt?"

„Ich weiß nicht. Es hat mich fasziniert, dass ein Mensch sich die Liebe so sehr wünschte oder sie so sehr brauchte, dass er dafür alles aufs Spiel setzte, sogar sein eigenes Leben."

„Dann ist es also wirklich passiert – eine von ihnen wurde bei lebendigem Leib begraben?"

„Achtzehn von ihnen."

Ron war überrascht. „Achtzehn?"

Sie blickte zu ihm auf. „Ja. Obwohl eine von ihnen vom Kaiser vergewaltigt und dafür gestraft worden ist. Ziemlich unfair."

„Das finde ich auch."

„Es ist schon immer mit zweierlei Maß gemessen worden." Es klang, als spräche sie eigentlich von etwas ganz anderem. Schließlich wandte sie sich ihm zu. „Wollen wir anfangen?"

Er brachte das Gemälde zu den anderen zurück und zeigte dann auf einen Stuhl vor der Staffelei. „Soll ich mich hier hinsetzen?"

„Ja. Nehmen Sie einfach Platz, und machen Sie es sich bequem." Sie reichte ihm ein Buch und rückte einen Scheinwerfer zurecht, bis Ron von einem kleinen Lichtkreis umgeben war. Dann schaltete sie eine Tischlampe ein, die auf ihre Leinwand gerichtet war, und löschte die übrige Beleuchtung im Raum.

„Also, was passiert jetzt?", wollte Ron wissen.

„Ich beginne mit einer Bleistiftskizze. Später male ich dann den Hintergrund, um dem Ganzen ein gewisses Gleichgewicht zu geben – dazu benötige ich Sie nicht. Dann fange ich mit dem eigentlichen Porträt an."

„Wie lange wird das dauern?"

„Es kommt darauf an, wie viele Fragen das Modell stellt."

„Wenn es so viele stellt wie bisher?"

Sie schmunzelte. „Ungefähr zehn Jahre." Sie setzte sich vor die Staffelei und betrachtete ihn. „Also schön, ich bin so weit."

Sie hob ihren Bleistift und begann zu zeichnen. Der Stift machte ein angenehmes Geräusch auf der Leinwand.

„Es ist mir ein bisschen unangenehm, dass ich Ihnen vorgestern Abend so viel von meinen Kümmernissen erzählt habe", sagte sie, und ihre Stimme klang etwas verlegen. „Es tut mir Leid."

„Dazu möchte ich anmerken, dass ich mich dabei ausgesprochen wohl gefühlt habe. Ein wenig Ehrlichkeit ist immer erfrischend."

„Ich weiß nicht recht. Mein Mann sagt, amerikanische Frauen reden zu viel. In diesem Fall hat er Recht. Aber es tat mir einfach gut, mit einem Erwachsenen Englisch zu sprechen. Mir ist übrigens aufgefallen, dass Sie jedes Mal, wenn ich Ihnen Fragen über Ihr eigenes Leben gestellt habe, das Thema gewechselt haben."

„Da gibt es nicht viel zu erzählen."

„Sie ziehen allein in ein fremdes Land, haben die Absicht, für immer dazubleiben, und Sie haben keine Geschichte zu erzählen?"

Ron lächelte. „Na gut, eine kleine Geschichte. Was wollen Sie denn wissen?"

„Zunächst einmal, was haben Sie in den Staaten gemacht?"

„Ich war …" Er wollte sich ihr zuwenden, als er sprach.

„Nein, nicht bewegen!"

„Entschuldigung. Habe ich so gesessen?"

„Ihre Schulter war ein kleines Stück weiter hinten. So ist es richtig."

„Also gut, ich war Artdirector bei einer Werbeagentur in Minneapolis."

„Und so eine Position haben Sie aufgegeben, um Museumsführer zu werden?"

„So, wie Sie das sagen, klingt es ziemlich dumm."

„Tut mir Leid."

„Nein, das ist nicht der Grund, warum ich Amerika verlassen habe. Ich hatte …", er geriet kurz ins Stocken, „… ich hatte Streit mit meinen Partnern. Außerdem machte mich die Schnelllebigkeit und Hektik in der Werbebranche allmählich kaputt. Als Sie mir erzählt haben, warum Sie Ihre Bilder nicht verkaufen, dachte ich mir, dass ich gern dieselbe Art von Integrität gehabt hätte. Ich bin beim Grafikdesign gelandet, weil ich Kunst liebte und gut davon leben konnte. Ich war ziemlich erfolgreich, habe viel Geld verdient, einige Preise gewonnen, aber nach fünf Jahren hatte ich das Gefühl, dass ich mich selbst verkaufte an Abgabetermine, an die letzte grafische Modetorheit oder die Launen der Kunden. Mir ging die Freude an meiner Kunst verloren – es war, als ob ich meine Seele verlöre. Also verstehe ich sehr gut, warum Sie nicht für Geld malen, und ich glaube, das ist mit ein Grund, warum Ihre Bilder so gut sind. Sie sind ehrlich."

In diesem Augenblick war Eliana dankbar dafür, die Leinwand zu haben, hinter der sie sich verstecken konnte. Sein Verständnis bedeutete ihr mehr, als er sich vorstellen konnte, denn Maurizio fand, dass sie eine Närrin war, weil sie ihre Arbeit nicht zu Geld machte.

„Also, was wollen Sie sonst noch wissen?", fragte er nach einer kleinen Pause.

Sie wandte sich wieder ihrer Zeichnung zu. „Haben Sie Familie?"

„Ich habe einen Bruder."

„Lebt er in Minneapolis?"

„Ich weiß es nicht."

„Dann stehen Sie sich also nicht besonders nahe?"

„Eigentlich stehen wir uns sogar sehr nahe." Ron runzelte die Stirn. „Zumindest war das einmal so. Aber ich habe seit über drei Jahren nichts mehr von ihm gehört. Kurz bevor ich nach Italien reiste, habe ich versucht, ihn zu finden, es ist mir aber nicht gelungen."

„Das tut mir Leid."

„Ja, mir auch. Er fehlt mir sehr."

„Was ist mit Ihren Eltern? Leben die auch in Minnesota?"

„Meine Eltern sind bei einem Autounfall ums Leben gekommen, als ich zwölf Jahre alt war. Mein Bruder Stan und ich sind von unserer Tante und ihrem Mann großgezogen worden."

„Das muss ja schrecklich gewesen sein, so früh beide Eltern zu verlieren. Als mein Vater starb, dachte ich, die Welt geht unter, und ich war immerhin schon achtzehn!"

„Wir überlebten. Mehr schlecht als recht. Ich habe mich der Kunst zugewandt, Stan den Drogen."

Eliana stand plötzlich auf, kam auf ihn zu und stellte das Licht neu ein. Sie bewegte sich mit Gelassenheit und natürlicher Anmut, was Ron überaus angenehm fand.

Aber es war noch mehr als das. Sie hatte etwas an sich, was sein Vertrauen weckte – was ihm das Gefühl gab, er könne ihr alles erzählen. Mit kaum jemandem außer ihr hatte er je über Stan geredet, dabei kannte er sie kaum.

Eliana setzte sich wieder und begann von neuem zu zeichnen. Als sie die Umrisse seines Gesichts skizzierte, dachte sie, was er doch für ein gut aussehender Mann war. „Sind Sie nie verheiratet gewesen?"

Er zögerte. „Nein."

„Irgendwann mal fast in die Falle gegangen?"

„Ich war einmal verlobt. Vor vier Jahren."

„Was ist daraus geworden?"

Wieder zögerte er. „Es sollte nicht sein."

Eliana fragte sich, was das zu bedeuten hatte, aber seine Haltung sagte ihr, dass es besser war, die Sache fürs Erste auf sich beruhen zu lassen.

„Ihre Hände sehen irgendwie merkwürdig aus. Versuchen wir mal etwas anderes. Legen Sie eine Hand aufs Knie, so. Und jetzt schieben Sie das Buch rüber." Sie stand auf, um ihm zu zeigen, was sie meinte. „So ist es gut. Jetzt drehen Sie die andere Hand ein klein wenig um, sodass die Innenfläche nach oben zeigt."

Er zögerte, bevor er tat, worum sie ihn gebeten hatte, und sie bemerkte erschrocken, dass er eine wulstige Narbe hatte, die quer über sein Handgelenk verlief. Sie versuchte so zu tun, als hätte sie nichts bemerkt, doch Ron ließ sie keine Sekunde aus den Augen, und je länger das Schweigen zwischen ihnen dauerte, desto offensichtlicher wurde ihr Verhalten.

„Ich habe schwere Zeiten hinter mir", sagte Ron schließlich.

„Das tut mir Leid."

Eine Weile schwiegen beide, dann fuhr sie ihm mit den Fingern durchs Haar, um es ein wenig zu zerzausen.

„So, jetzt sieht es etwas voller aus", sagte sie und setzte sich wieder, um weiterzuzeichnen. Nach etwa zwanzig Minuten legte sie ihren Bleistift beiseite.

„Ich denke, das ist genug für einen Abend."

„Darf ich mich bewegen?"

„Einen Moment noch. Ich mache schnell ein paar Fotos." Sie holte eine Polaroidkamera hervor und machte ein paar Aufnahmen. „Auf diese Weise kann ich weiterarbeiten, wenn Sie nicht da sind. Jetzt dürfen Sie sich bewegen."

Ron atmete auf und gähnte. Dann reckte er sich und hob die Arme über den Kopf. „Modell sitzen ist anstrengender, als es aussieht."

„Im Studium haben wir einmal ein Nacktmodell gezeichnet, einen jungen Mann, der im Laufe der Sitzung ohnmächtig wurde. Schlechte Durchblutung, meinte unser Lehrer."

„Muss ich mir etwa Sorgen machen?"

„Keine Angst, ich verstehe mich auf erste Hilfe." Lachend legte sie ihre Stifte weg und folgte ihm dann die Treppe hinunter. „Ich hoffe, es war nicht zu langweilig für Sie."

„Keineswegs. Es ist schön, mit Ihnen zusammen zu sein."

„Danke, das empfinde ich auch so", sagte sie leise. An der Tür blieben sie stehen.

„Also, wann ist die nächste Sitzung?"

„Würde Samstag Ihnen passen?"

„Samstag ist gut. Ich habe den ganzen Tag Zeit."

„Schön. Dann schauen wir mal, wann es Samstag passt."

Einen Augenblick lang sahen sie einander nur an und wussten beide nicht, wie sie den Abend beenden sollten.

„Wie wäre es, wenn wir uns einfach umarmen würden?", fragte Eliana schließlich.

„Das wäre schön."

Sie beugte sich vor und umarmte ihn. *„Buona notte,* Ron."

„Buona notte."

Als er fort war, verweilte Eliana in Gedanken bei ihrem Gespräch. Es war ein schöner Abend gewesen, doch er hatte auch Fragen aufgeworfen. Woher hatte er die Narbe an seinem Handgelenk? Was war geschehen?

KAPITEL 7

Ron wachte am nächsten Morgen um sieben Uhr auf. Er hatte keine Führungen und beschloss, mit seinem Motorroller einen Ausflug nach San Gimignano zu machen.

Er verliebte sich sofort in den kleinen mittelalterlichen Ort mit seinen vielen Glockentürmen. Auf seinem Weg durch die gepflasterten Straßen machte er bei einem Museum Halt, vor dem etliche Touristen Schlange standen. Es war ein Museum für Folterinstrumente, die größtenteils aus der Zeit der Inquisition stammten, als Männer und Frauen im Namen Gottes gefoltert wurden. Ron wandte sich ab. Er wusste aus eigener Erfahrung, wie grausam Menschen anderen Menschen gegenüber sein können, und wollte nicht daran erinnert werden.

Er aß in einer Pizzeria am Straßenrand zu Mittag und schlenderte danach noch ein wenig herum, bevor er sich wieder auf den Heimweg machte. Als er die Stadt verließ, kam er an einem Hotel vorbei, das er auf dem Hinweg nicht bemerkt hatte. Er hielt an und betrachtete es näher. Es hieß „Albergo dei Gigli", und er fragte sich, warum es ihm so bekannt vorkam.

Er ging einige Stufen zu einer Glastür hinauf und trat ein. Die Lobby war klein, der Fußboden mit Marmor ausgelegt. Die Wand hinter dem Empfangstisch aus dunklem Walnussholz wurde von einer Lilie aus Messing geschmückt, dem Symbol von Florenz.

Plötzlich wusste er, warum ihm das Hotel bekannt vorkam. Es war eine der Unterkünfte, die er vor vier Jahren in einem Reiseführer gesehen hatte, eine, die sie für ihre Flitterwochen ausgesucht hatten.

„Kann ich Ihnen helfen, Signore?", fragte der Mann am Empfang.

Einen Augenblick lang fand er keine Worte. „Nein, danke", brachte er schließlich heraus. „Ich habe mich in der Adresse geirrt."

Mit klopfendem Herzen verließ er die Empfangshalle und blieb orientierungslos auf der Straße stehen. Dieses Hotel hätte eine angenehme Erinnerung sein sollen und nicht etwas, was ihm all das ins Gedächtnis rief, was er verloren hatte. Er legte die Hände vors Gesicht, bis er sich wieder beruhigt hatte, dann ging er langsam zu seinem Motorroller zurück.

Es war schon nach sechs, als er wieder auf Rendola ankam. Alessio kickte im Innenhof einen Fußball gegen die Mauer. Ron sah ihm eine Weile zu.

„Du bist ziemlich gut, wie?“

Alessio hustete. „Nein, bin ich nicht. Ich kann nicht so schnell laufen.“

Ron runzelte die Stirn. „Darf ich den Ball mal sehen?“

Alessio kickte ihn zu Ron, der ihn aufhob. „Weißt du, wie man in Amerika Football spielt?“

Alessio schüttelte den Kopf.

„Es ist wie Fußball, nur dass man den Ball in der Hand hält. Und die Leute versuchen, dich umzuwerfen, damit du es nicht bis zur Torlinie schaffst. Manchmal wird nach Schiedsrichterentscheidung auch auf ein kleines Tor geschossen. Als Kind war ich kleiner als die anderen Jungen. Sie haben mich einfach umgerannt, als wäre ich gar nicht da. Darum hat mich der Trainer nie spielen lassen. Eines Tages hatte ich eine Idee. Mir war klar geworden, dass es keine Rolle spielt, wie groß ich bin, wenn es darum geht, Tore zu schießen. Ich habe jeden Tag trainiert, bis ich der beste Torschütze der Mannschaft war. Wir haben das wichtigste Spiel des Jahres gewonnen, weil ich ein Tor geschossen habe.“

„Toll!“

„Dass du nicht der schnellste Läufer bist, heißt noch lange nicht, dass du kein guter Fußballspieler sein kannst. Vielleicht hast du nur auf der falschen Position gespielt. Für mich siehst du aus wie ein Torhüter.“

„Wirklich?“

„Die wichtigste Aufgabe überhaupt im Spiel. Wenn der Torhüter den Ball nicht hält, ist es egal, wie gut die anderen Spieler sind, nicht wahr?“

Das klang gut.

„Du weißt doch, was du als Torhüter tun musst, oder?“

„Ich halte den Ball.“

„Genau. Wo ist dein Tor?“

„Dieser Stein da. Und der Blumentopf.“

„Also gut. Du stellst dich dorthin, und ich schieße dir den Ball zu.“ Ron legte den Ball auf den Boden und kickte ihn mit den Zehen in Richtung Tor. Alessio stürzte sich darauf.

„Das war gut. Versuchen wir’s noch mal.“

Eliana hörte ihre Stimmen und kam heraus, um zuzusehen.

Ron schoss wieder und wieder auf das Tor und wurde im Laufe der Zeit schneller, ohne aber Alessios Erfolg zu gefährden. Alessio gelang es, fast alle Bälle zu halten.

„Mann, du bist richtig klasse!“

Alessio kicherte vor Wonne. Plötzlich bemerkte er, dass seine Mutter sie beobachtete. „Hast du das gesehen, Mama? Ich habe ganz viele Bälle gehalten.“

„Ja, ich hab's gesehen!“, rief sie und lächelte.

Ron blickte zu ihr hinüber, ging auf Alessio zu und legte den Arm um ihn. „Hör zu, Alessio, wenn du so weitermachst, blamiere ich mich ganz furchtbar vor deiner Mutter. Lass wenigstens einen Ball durch, okay?“

Alessio dachte über seinen Vorschlag nach. „Gut, aber nur einen.“

„Danke.“ Ron ging, den Ball unterm Arm, auf seinen Platz zurück. Er legte ihn auf den Boden und bezog davor Position. Dann trat er den Ball direkt in Alessios Richtung, der sich unter lautem Gelächter darauf stürzte. Ron warf die Hände hoch. „Das reicht! Genug Demütigungen für einen Tag.“

Alessio lachte. „Ich habe gewonnen!“

Auch Eliana lachte. „Das freut mich zu hören, denn es wird Zeit fürs Abendessen.“ Sie sah Ron voller Zuneigung an. „Hätten Sie nicht Lust, mit uns zu essen, Sie Verlierer?“

„Damit Sie mir meine Niederlage auch noch unter die Nase reiben können? Nein danke!“

„Aber es gibt Brathähnchen.“

„*Per favore,* Ron!“, rief Alessio.

„Also gut. Aber ich will eine Revanche.“

„ICH HABE heute Morgen den Hintergrund des Porträts fertig gestellt“, sagte Eliana nach dem Essen. „Hätten Sie heute Abend Zeit für eine Sitzung?“

„Aber sicher.“

„Ich muss vorher noch Alessio ins Bett bringen.“

„Dann komme ich zum Atelier. Sagen wir, in einer halben Stunde?“

„Ja, gut. Gehen Sie einfach hinein.“

Als Ron zurückkam, erwartete Eliana ihn bereits oben in ihrem Atelier. Im Hintergrund spielte leise klassische Musik. Die Beleuchtung war gedimmt, der Scheinwerfer auf den leeren Stuhl gerichtet.

Als er eintrat, drehte sie sich um. „Hallo.“

„Hallo.“ Er trat näher. „Schläft Alessio?“

„Ich hoffe es. Er war immer noch ganz aufgeregt wegen des Fußballspiels mit Ihnen.“

„Er ist ein netter Junge.“ Ron setzte sich auf seinen Stuhl und nahm die Position vom Vortag ein, soweit er sich noch daran erinnern konnte. „Ist es richtig so?“

„Rücken Sie ein wenig näher. So. Und jetzt drehen Sie sich etwas nach rechts."

„Ich habe mich gefragt, ob es für Alessio wohl gefährlich ist, wenn er bei seinem Asthma Sport treibt."

„Ein gewisses Risiko ist natürlich immer da. Sport kann Asthma auslösen, vor allem, wenn man dabei viel laufen muss."

„Wie beim Fußball."

„Ja. Das heißt aber nicht, dass er nicht laufen darf. Es hat schon Olympiasieger mit Asthma gegeben. Man muss nur seine Grenzen kennen. Maurizio denkt, dass ich Alessio verhätschele. Vielleicht hat er Recht. Aber es ist eine Gratwanderung – einerseits soll er selbstständig werden, andererseits will ich ihn beschützen. Ich hoffe nur, dass ich ihm nicht schade."

„Das kann ich mir nicht vorstellen. Er ist ein aufgeweckter, fröhlicher Junge. Mehr kann man sich doch nicht wünschen."

Sie lächelte. „Wahrscheinlich haben Sie Recht." Sie ließ den Blick über ihre Pinsel wandern, entschied sich mit Bedacht für einen von ihnen und zog ihn dann durch die Farbe. Anschließend studierte sie aufmerksam Rons Gesicht, die sanfte Wölbung seiner Wangen, seine ausgeprägte Nase und begann zu malen.

Es vergingen fast zehn Minuten, bevor sie wieder zu sprechen begann. „Dann wollen Sie also nie mehr nach Amerika zurück?"

„Nie mehr."

Sie legte den Kopf schräg. „Aber fehlt Ihnen denn gar nichts von dort?"

„Doch, einiges."

„Was denn zum Beispiel?"

„Mein Bruder", antwortete er prompt.

„Was noch?"

Er dachte kurz nach. „Echter Ahornsirup, anständige Maiskolben, Eiswürfel in den Drinks, viele Eiswürfel. Gute sanitäre Anlagen. Und die Footballspiele der Minnesota Vikings."

Eliana nickte lächelnd. „Wenn ich Ihnen so zuhöre, bekomme ich richtig Heimweh."

„Also, jetzt sind Sie dran. Was fehlt Ihnen?"

„Meine Mutter. Oh, und ein Wäschetrockner. Den entbehre ich wirklich sehr." Sie öffnete eine Tube mit schwarzer Farbe und drückte noch einen kleinen Klecks auf ihre Palette. „Was gefällt Ihnen denn am besten in Italien?"

„Eine weitere Liste? Mir gefällt der Respekt der Italiener vor allem, was alt ist. Ich finde es herrlich, dass die Leute nicht ständig auf der Suche nach jemandem sind, den sie verklagen können. Dass jede Stadt einen Glockenturm hat. Ich finde es wunderbar, dass man überall parken darf, wo man seinen Wagen hineinquetschen kann. Dass sich die Leute zu jeder Gelegenheit gut anziehen. Und dass sie einen Espresso trinken, mit dem man einen Motor reinigen könnte. Es gefällt mir, dass die Frauen auf ihren Motorrollern so sexy aussehen. Und dass die ganze Stadt an Feiertagen einfach dichtmacht." Er sah sie an. „Jetzt sind Sie an der Reihe."

Sie dachte kurz nach. „Ich liebe die Menschen und ihren Familiensinn. Ich liebe all die wunderschönen Kathedralen. Ich finde es wunderbar, dass die Italiener arbeiten, um zu leben, statt umgekehrt – zumindest die meisten Italiener. Und die Zeit, die ich am meisten liebe, ist die *vendemmia*, die Weinlese."

„Helfen Sie bei der Traubenlese?"

„Hm, eigentlich nicht. Normalerweise fahre ich am ersten Tag der Ernte mit Alessio raus, wenn alle noch gut gelaunt und aufgeregt sind. Die Lese hat so etwas Spirituelles. Ich weiß nicht, wie ich es beschreiben soll, die Erde hat einen ganz bestimmten Geruch, wenn man durch die Weinberge geht – Sie müssen es unbedingt einmal erleben." Eliana lächelte. „Es ist bald so weit. Wenn Sie kommen könnten, würden wir uns sehr freuen."

„Ich werde es einplanen."

Eliana betrachtete ihr Bild. „Ich habe heute nicht viel geschafft."

„Ich rede zu viel. Darf ich mich strecken?"

„Natürlich."

Ron reckte die Arme nach oben. „Was haben Sie morgen früh vor?"

Sie machte sich daran, ihre Farben wegzuräumen. „Bügeln. Und Sie?"

„Ich überlege, ob ich nicht nach Arezzo fahre, zum Turnier. Sie haben das wahrscheinlich schon x-mal gesehen."

Sie schüttelte den Kopf. „Nein, habe ich nicht. Ich wollte es immer mal anschauen, aber es hat nie geklappt."

„Wie wäre es, wenn wir zusammen hinfahren?"

„Ich muss vorher Maurizio anrufen und ihn fragen, ob er morgen schon nach Hause kommt. Reicht es, wenn ich Ihnen morgen früh Bescheid sage?"

„Er könnte doch mitkommen."

Sie lächelte, ging aber nicht darauf ein. „Ich gebe Ihnen Bescheid."

Sie standen auf und gingen zusammen die Treppe hinunter. An der Tür küsste sie ihn auf die Wange. „Vielen Dank, dass Sie so nett zu meinem Sohn sind."

Ron lächelte. „Dann höre ich also morgen früh von Ihnen", sagte er, und Hoffnung schwang in seiner Stimme mit. „Ich wollte übrigens bei Sonnenaufgang aufstehen, um zu joggen, Sie brauchen also keine Angst zu haben, dass Sie mich wecken."

„In Ordnung. Gute Nacht, Ron."

„Gute Nacht, Eliana."

MAURIZIO lag im Bett, als sein Handy klingelte. Er nahm es vom Nachttisch des Hotelzimmers. *„Pronto."*

„Hallo, Maurizio? Ich bin's."

Er zögerte einen Augenblick. „Eliana? Was ist passiert?"

„Nichts ist passiert. Wie sieht es aus bei dir?"

„Wie immer."

„Wo bist du?"

„In Wien."

„Tut mir Leid, ich kann mir nie merken, wo du gerade bist." Es folgte ein kurzes Schweigen. „Als wir das letzte Mal miteinander gesprochen haben, sagtest du, dass du morgen vielleicht schon zu Hause sein wirst."

„Nein, tut mir Leid, morgen muss ich noch nach Venedig. Ich werde nicht vor Mittwoch zurück sein."

„Ist nicht schlimm. Ich hatte nur überlegt, ob ich morgen mit Alessio zu den Ritterspielen nach Arezzo fahre."

„Das wird ihm bestimmt Spaß machen."

„Ron Story hat uns eingeladen, ihn zu begleiten."

„Wer?"

„Ron Story. Unser neuer Mieter."

„Ach ja. Dann amüsiert euch gut. *Buona notte.*"

„Buona notte."

Maurizio legte das Handy weg und rollte sich wieder auf den Rücken.

„Wer war das?" Eine Frau trat aus dem Badezimmer. Ihr kupferrotes Haar war nass, und sie hatte sich ein Handtuch umgewickelt.

„Meine Frau."

Ein zynisches Lächeln glitt über ihre Züge. „Du unartiger Junge." Maurizio winkte sie zu sich, und sie kam ins Bett.

RONS Telefon klingelte gegen acht Uhr. Es war Eliana.

„Ciao, bella."

„Wenn die Einladung noch gilt, würden wir heute gern mit Ihnen fahren."

„Wie schön! Genau das hatte ich gehofft."

„Ich werde ein kleines Picknick vorbereiten. Gleich hinter Incisa gibt es einen wunderschönen Picknickplatz."

„Gute Idee. Was soll ich denn mitbringen?"

„Nichts weiter. Wann wollen wir denn los?"

„Gegen Mittag."

„Wir kommen dann rüber. *Ciao*."

„Ciao."

Eliana und Alessio klopften kurz vor Mittag an Rons Tür. Eliana trug ein dunkelrotes Top und passende Shorts, die gut aussahen zu ihrer gebräunten Haut. In der Hand hielt sie einen großen Picknickkorb. Alessio trug Jeansshorts und ein graues T-Shirt, auf dessen Vorderseite in großen schwarzen Lettern CIAO geschrieben stand. Er hatte einen kleinen Rucksack bei sich.

„Können wir den Fußball mitnehmen?", fragte er aufgeregt.

Ron nickte lächelnd. „Natürlich", sagte er und nahm Eliana den Korb ab. Sie gingen hinüber zum Auto, Ron stellte den Korb in den Kofferraum, und Eliana gab ihm ihre Autoschlüssel. Er hielt ihr die Tür auf, während Alessio seinen Rucksack auf die Rückbank warf und dann selbst einstieg. Sobald sie auf der Schnellstraße ankamen, begann Alessio zu zeichnen.

Eine Dreiviertelstunde später verließen sie die Schnellstraße und fuhren nach Osten, auf Arezzo zu. Das Wetter war herrlich, ein ruhiger Tag mit blauem Himmel und nur wenigen Wolken, und die Stadt war voller Menschen, die sich das Spektakel ansehen wollten. Der nächstgelegene Parkplatz, den sie finden konnten, lag fast einen Kilometer vom Zentrum entfernt. Ron nahm Alessio auf die Schultern und folgte zusammen mit Eliana der Menschenmenge in die Stadt hinein, auf die Piazza Grande.

Seit über dreihundert Jahren lief das Turnier nach dem gleichen Schema ab. Es begann mit den Ausrufen der Herolde, die an den vier Ecken der Stadt den Beginn des Festes verkündeten. Darauf folgte der Umzug der vier teilnehmenden Gruppen von Stadtviertel zu Stadtviertel, wo sie sich von den Priestern die Waffen segnen ließen. Schließlich trafen alle auf der großen Piazza zusammen, zum Lanzenturnier der Berittenen.

Als Ron, Eliana und Alessio auf der Piazza Grande ankamen, drängten sich die Menschen auf dem Platz bereits dicht an dicht, doch Eliana entdeckte einen freien Platz auf einem Steinsims in der Nähe der Tribünen. Eine halbe Stunde später erschienen die ersten Ritter mit ihren Lanzen. Ihnen folgten gepanzerte Fußsoldaten, die Schilde und Speere oder Armbrüste trugen.

Diagonal über den Platz führte ein ungefähr sechs Meter breiter Weg zu einer Holzfigur, die einen bärtigen Soldaten darstellte – den Saracino, der dem Turnier den Namen gegeben hatte. Die Sarazenen waren zu allen Zeiten die Feinde der Stadt Arezzo gewesen.

Plötzlich übertönten Fanfarenstöße und Trommelwirbel den Applaus der Menge. In farbenprächtigen Renaissancekostümen marschierte der Spielmannszug auf. Dann brach die Musik ab. Der Turniermeister hielt eine kurze Ansprache zur Geschichte des Turniers und hob dann sein Zepter – das Turnier war eröffnet.

Vier Männer, jeder in einer anderen Farbe gekleidet und mit einer Lanze ausgestattet, nahmen ihre Position vor dem Saracino ein und erhoben ihre Lanzen gegen seinen Schild.

„Wer sind die Männer?“, fragte Eliana.

„Die Anführer der vier Mannschaften. Sie überzeugen sich davon, dass der Saracino sich frei dreht.“ Ron sah ihr an, dass sie nicht verstand, was er meinte. „Die Figur ist auf einer Art Drehscheibe befestigt. Wenn die Ritter den Schild des Saracino mit ihrer Lanze treffen, dreht er sich um die eigene Achse. Es kommt darauf an, nicht von seinem Morgenstern getroffen zu werden, wenn sie nach dem Lanzenstoß an ihm vorbeipreschen.“

„Das ist es also, was er in der anderen Hand hält?“

Ron nickte. „Früher hatte die Kugel des Morgensterns spitze Eisenstacheln, damit man sehen konnte, wenn ein Ritter getroffen worden war. Heute nimmt man einen Lederball, und es gibt Schiedsrichter, die die Punkte zählen. Viel weniger aufregend als früher.“

„Cool“, sagte Alessio beeindruckt.

Die Ritter auf ihren Pferden stellten sich jetzt Seite an Seite auf. Pferde und Ritter waren komplett in den leuchtenden Farben ihrer Mannschaft gekleidet. Die Lanzen waren gestreift wie Zuckerstangen und wurden senkrecht gehalten. An ihren Spitzen wehten Wimpel in den Farben der jeweiligen Mannschaft.

Dann trabte der erste Ritter mit seinem Pferd vor, und die Menschen verstummten erwartungsvoll. Der Ritter fasste die Holzfigur genau ins Auge, während sein Pferd ungeduldig auf dem Boden scharrte. Dann beugte sich der Ritter vor, rief etwas, und das Pferd galoppierte mit fliegenden Hufen auf den Saracino zu. Als seine Lanze traf, brach die Menge in Jubel aus.

Der Saracino wirbelte herum, und sein Morgenstern verfehlte den Reiter nur knapp.

Alessio klatschte wild in die Hände. „Habt ihr das gesehen? Habt ihr das gesehen?“, rief er aufgeregt.

Ron lächelte über seine Begeisterung. Er fuhr dem Jungen mit der Hand durchs Haar. „Ziemlich aufregend, hm?“

„Die Ritter sehen richtig gut aus, finde ich“, meinte Eliana.

Ron lachte. „Ihr Frauen und eure Ritter.“

Sie lächelte. Dann nahm sie ohne ein Wort seine Hand, ganz so, als bemerke sie gar nicht, was sie tat. Ron schloss seine Finger um ihre. Als Eliana ihre Hand kurz darauf zurückzog, um dem nächsten Ritter zu applaudieren, ließ er sie nur ungern los, doch das Gefühl ihrer Hand in seiner blieb bei ihm für den Rest des Tages.

Ein Ritter nach dem anderen stürmte auf den Saracino los. Das Publikum wurde immer lauter und aufgeregter; jeder Lauf wirkte schneller und leidenschaftlicher als der vorangegangene. Als alle Ritter ihren Auftritt gehabt hatten, wurde der Sieger bekannt gegeben, und die Zuschauer strömten von den Tribünen auf den Platz, um ihn zu feiern.

Eliana und Ron nahmen Alessio an der Hand, und zu dritt bahnten sie sich einen Weg durch die Menge zurück zum Wagen.

Sie fuhren zu Elianas Picknickplatz, der oben auf einem Hügel lag und von dem man einen wunderschönen Blick auf das Valdarno hatte. Es gab mehrere Picknicktische und Feuerstellen, und sie entschieden sich für einen, dessen Platte aus einem massiven Mühlstein bestand. Ron legte eine Decke auf die Bank. Eliana setzte sich und begann mit den Vorbereitungen fürs Essen, während Ron und Alessio in den nahe gelegenen Wald gingen, um Feuerholz zu sammeln. Sie kehrten jeder mit einem Arm voll Zweigen und Ästen zurück und legten das Holz neben die Feuerstelle.

Als Ron sich neben Eliana an den Tisch setzte, ging gerade die Sonne unter. „Wie haben Sie diese Stelle hier gefunden?“

„Anna war vor ein paar Jahren mal mit mir hier. Schön, nicht wahr?“

Er nickte. „Es erinnert mich daran, wie ich als Kind mit meiner Familie gezeltet habe.“

Eliana lächelte. Es war das erste Mal, dass er von seiner Kindheit sprach, und es gefiel ihr. „Mit Ihren Eltern?“

„Mit meinen Stiefeltern.“

„Wie waren Ihre Stiefeltern?“ Sie sah ihn an. „Es macht Ihnen doch nichts aus, dass ich Sie das frage?“

„Nein. Sie waren eigentlich sehr nett.“ Er hielt inne. „Das klingt ein bisschen undankbar. Aber mit vier eigenen Kindern hatten sie schon mehr als genug zu tun, und dann kamen mein Bruder und ich auch noch dazu. Dass mein Bruder ziemlich schwierig war, machte die Sache nicht besser. Er lag ständig im Clinch mit den beiden.“

„Haben Sie noch Kontakt zu ihnen?“

„Hatte ich. Bis …“ Er schwieg plötzlich.

Sie blickte auf. „Bis was?“

„Nichts.“ Er schwieg wieder und wechselte dann das Thema. „Was gibt es eigentlich zu essen?“, fragte er munter.

Eliana hatte das Gefühl, dass er den Wunsch hatte, ihr mehr zu erzählen, aber dass er noch nicht so weit war. Vielleicht ging es aber auch darum, dass sie noch nicht so weit war. Sie beschloss, nicht weiter nachzufragen. „Es gibt ein amerikanisches Erdnussbuttersandwich für Alessio. Und für uns habe ich Brot, Salami und Tomaten mitgenommen.“ Sie hielt ein belegtes Brot hoch. „Ist es so recht, *signore*?“

Ron lachte. „Ich kümmere mich dann mal um das Feuer. He, Alessio, hast du Lust, mir mit dem Feuer zu helfen?“

„Na klar!“

Ron zeigte Alessio, wie man zuerst aus kleinen Zweigen eine Art Indianerzelt baute und es mit Holzstückchen füllte, bevor das Ganze angezündet wurde. Als das Feuer richtig brannte, durfte Alessio größere Holzstücke nachlegen.

Nach dem Abendessen saßen sie am Feuer und machten sich über den Traubenkuchen her, den Eliana als Nachtisch mitgebracht hatte. Inzwischen war es ganz dunkel geworden, und es war nichts mehr zu sehen außer dem orangefarbenen Schimmer des ersterbenden Feuers, aus dem gelegentlich Funken aufstoben wie kleine Glühwürmchen. Die Rufe der Frösche und das Summen der Insekten wurden immer lauter.

Alessio lehnte sich schläfrig an seine Mutter, doch sie mochte noch nicht gehen. Es war ein schöner Tag gewesen, ein richtiger Familientag, und sie wollte nicht, dass er zu Ende ging. Schließlich trat Ron das Feuer aus und trug Alessio zum Wagen, während Eliana all ihre Utensilien in den Picknickkorb packte. Alessio streckte sich auf der Rückbank aus.

Als sie die Villa erreichten, schlief er schon tief und fest. Ron trug ihn nach oben ins Bett. Eliana deckte ihn sorgfältig zu und küsste ihn auf die Stirn. Dann gingen sie zusammen die Treppe hinunter.

„Danke, dass Sie mitgekommen sind“, sagte Ron, als sie zusammen in der Haustür standen. „Es war ein schöner Tag.“

„Vielen Dank, dass Sie uns eingeladen haben. Da haben wir das Glück, in diesem schönen Land zu leben, aber wir unternehmen viel zu selten etwas." Sie sah ihn mit leuchtenden Augen an. „Ich bin froh, dass Sie nach Rendola gekommen sind, Ron."

Einen Moment lang wussten sie beide nicht, was sie sagen sollten, obwohl das Schweigen diesmal nicht aus Verlegenheit geboren war.

„Noch eine Sitzung morgen?", fragte Ron schließlich.

„Morgen kann ich nicht. Anna kommt aus dem Urlaub zurück. Und am Mittwoch fängt schon die Traubenlese an. Hätten Sie Lust, sich Alessio und mir anzuschließen?"

„Große Lust! Um wie viel Uhr geht es denn los?"

„Um acht Uhr morgens."

„Also dann, bis Mittwochmorgen um acht."

„Ja, bis dann. Gute Nacht, Ron." Sie beugte sich vor und küsste ihn auf die Wange. Und diesmal legte er die Arme um sie und zog sie an sich. Die Geste überraschte Eliana, aber sie sperrte sich nicht dagegen.

„Gute Nacht, Eliana."

Ihre Stimme war jetzt leise, beinahe ein Flüstern. „Gute Nacht, Ron."

Als er in seiner Wohnung war, legte er sich aufs Bett, blickte zur Decke hinauf und ging im Geiste den Tag noch einmal durch. All die Aufregung und der Prunk des Festes schienen zu verblassen gegen Eliana. Er konnte sich nicht erinnern, wann er sich das letzte Mal so gut gefühlt hatte. Dann fiel es ihm plötzlich wieder ein. Genauso hatte er sich gefühlt, als er sich das letzte Mal verliebt hatte.

ELIANA ging in ihr Atelier hinauf, schaltete die Musik ein und machte sich daran, an Rons Porträt zu arbeiten. Ob es seine Absicht war oder nicht, Ron gab ihr das Gefühl, jung und schön zu sein, und er weckte auch andere Dinge in ihr – eine ganze seltsame Palette herrlicher und exotischer Gefühle. Sie hatte noch nie einen Mann wie Ron Story kennen gelernt – einen gefühlvollen Mann, der zu schätzen wusste, was sie dachte, einen Mann, der nicht immer nur eine Sache im Sinn hatte – oder zwei, wenn man den Sport mitzählte. Nicht dass für Eliana körperliche Anziehung nicht wichtig gewesen wäre. Sie fand sie wundervoll – aber nur, wenn auch alles andere daneben Bestand haben konnte.

Obwohl er es nie ausdrücklich gesagt hatte, wusste sie, dass Ron sich zu ihr hingezogen fühlte. Es war ein berauschendes Gefühl, wieder begehrt zu werden – vor allem von einem Mann, den sie ihrerseits so begehrenswert fand. Wenn sie ihn malte, sah sie ihn manchmal einfach nur an. Er war attraktiv, aufmerksam und interessant. Warum war er nicht verheiratet? Was war aus seiner Verlobung geworden? Etwas so Schlimmes war passiert, dass er nicht darüber sprechen wollte oder konnte. Und obwohl sie gern gewusst hätte, was es war, wehrte sich ein Teil von ihr dagegen, mehr darüber zu erfahren. Seine geheimnisvolle Vergangenheit hatte ihren eigenen Reiz für sie.

KAPITEL 8

Anna kehrte mit dem Getöse eines sommerlichen Gewitters nach Rendola zurück. Während sie mit ihrem roten Renault die lange Auffahrt zur Villa Rendola hinauffuhr, hielt sie die Hupe gedrückt, unüberhörbar für Eliana und Alessio, die bereits auf sie warteten. *„Ciao, ragazzi!“*, rief sie. „Ich bin wieder da.“

„Willkommen daheim!“, begrüßte Eliana sie. Sie umarmten sich und küssten einander auf die Wangen. Dann ging Anna in die Hocke und umarmte Alessio. „Du bist aber gewachsen!“

„Wirklich?“, fragte Alessio und griff sich auf den Kopf.

„Sì.“

Die beiden Frauen nahmen jede eine Tasche aus dem Auto und gingen damit zu Annas Wohnung. „Na, wie war dein Urlaub?“, fragte Eliana.

„Wunderbar! Absolut wunderbar! Ich habe den tollsten Mann der Welt kennen gelernt.“

„Einen Mann?“

„Sì, sì“, sagte Anna und machte eine Handbewegung, die bedeutete, dass es mehr zu erzählen gab, das jedoch nicht für Kinderohren bestimmt war.

Sie stellten Annas Taschen gleich hinter der Haustür ab. „Komm mit zu mir, Anna. Wir haben mit dem Essen auf dich gewartet.“

„Oh, wunderbar, ich habe einen Bärenhunger.“

Der Tisch war bereits für drei Personen gedeckt. Eliana wärmte das Essen noch einmal auf, dann setzten sie sich zu Gnocchi mit Soße und gerösteten Crostini zu Tisch. Sie redeten fast zwei Stunden, bevor Eliana Alessio nach oben ins Bett schickte. Dann wandte sie sich wieder ihrer Schwägerin zu. „Also, hat dein Romeo einen Namen?“

„Andrea. Andrea Deluca.“ Von Annas Lippen klang der Name so, als packe sie ein Geschenk aus, und sie achtete besonders darauf, das R zu rollen. „Wir haben getanzt, wir haben Wein getrunken, wir sind im Mondlicht am Strand entlanggeschlendert – es war ja so romantisch!"

Eliana lachte über Annas blitzende Augen. „Ich freue mich für dich."

„Ich hatte ganz vergessen, wie berauschend es ist, verliebt zu sein."

Eliana verstand ihre Schwägerin nur allzu gut, aber sie sagte nichts dazu. „Wo habt ihr euch kennen gelernt?"

„Claudia – Gott segne das kleine Biest – und ich hatten uns gestritten, deshalb bin ich allein spazieren gegangen. Andrea ist mir eine ganze Weile gefolgt, bevor er mich fragte, ob ich einen Kaffee mit ihm trinken würde."

Eliana lächelte. „Wo wohnt er?"

„In Genua. Er hat mit seinem Vetter zusammen Strandurlaub gemacht."

„Wirst du ihn bald wiedersehen?"

„Ja. Er kommt zur *vendemmia*. Aber jetzt erzähl mal, Eliana, was war hier los, während ich fort war?"

„Alessio hatte einen schlimmen Anfall und musste Hals über Kopf ins Krankenhaus."

„Das tut mir Leid." Anna schüttelte den Kopf. „Sonst noch etwas?"

„Nichts. Maurizio war zwei Tage hier. Also alles beim Alten."

Anna sah sie ungeduldig an. „Ich glaube dir nicht. Es ist etwas passiert."

„Wie meinst du das?"

„Du hast dich verändert. Du wirkst so … unbeschwert."

„Ich freue mich einfach, dass du wieder hier bist."

Anna sah Eliana forschend an. „Es ist der Amerikaner, oder?"

„Anna, hör auf damit! Ich bin verheiratet."

„Weiß er, dass du verheiratet bist?"

„Ja, natürlich weiß er das. Er hat Maurizio schon kennen gelernt."

Anna blickte enttäuscht drein. „Ich gehe jetzt besser nach Hause; Andrea will heute Abend noch anrufen." Sie küsste Eliana. „Lass uns morgen einen Kaffee zusammen trinken."

„*Certo*. Ich bin froh, dass du wieder hier bist, Anna."

„Ich auch. Es ist schön, zu Hause zu sein."

AM MONTAG und am Dienstag verbrachte Ron viel Zeit in den Uffizien, um sich von Rendola fern zu halten. Er wusste nicht, wie sich sein Umgang mit Eliana gestalten würde, jetzt, wo Anna Ferrini wieder zurück war. Sie war immerhin Maurizio Ferrinis Schwester.

Am Dienstagnachmittag kam er spät von der Arbeit nach Hause, machte sich ein Brot und ging, als es eben zu dämmern begann, in den Garten hinaus, um es sich dort mit einem neuen Roman bequem zu machen. Er bog um die hohe Lorbeerhecke und bemerkte Anna auf der Gartenbank zunächst nicht.

„*Buona sera, signore*", sagte sie plötzlich.

Ron drehte sich um. „Oh, hallo. Willkommen daheim!"

„*Grazie*. Ist mit der Wohnung alles in Ordnung?"

„Ja, es ist alles bestens."

Sie klopfte auf den leeren Platz neben sich auf der Bank. „Kommen Sie, setzen Sie sich ein bisschen zu mir!"

Ron folgte ihrer Einladung. Einen Moment lang ließen beide schweigend ihren Blick auf den Weinbergen ruhen.

„Wie kann sich ein Mensch so etwas ansehen und daran zweifeln, dass es einen Gott gibt?", fragte Anna schließlich. „Ich glaube, Gott ist ein Maler und die Welt ist seine Leinwand." Wie zur Bekräftigung ihrer Worte fegte eine Windbö übers Land und über sie beide hinweg.

„Wie waren Ihre Ferien, Signora Ferrini?"

„Wunderbar! Ich glaube, je älter ich werde, desto mehr fühle ich mich zum Meer hingezogen."

„Mir geht es ganz ähnlich", antwortete Ron.

„Ich muss sagen, es überrascht mich, wie sehr sich die Dinge in meiner kurzen Abwesenheit verändert haben."

„In welcher Hinsicht?"

„Vor allem Eliana hat sich verändert. Ich weiß nicht, wann ich sie das letzte Mal so glücklich gesehen habe."

„Das liegt bestimmt daran, dass Sie wieder hier sind. Sie haben ihr sehr gefehlt."

„Vielleicht nicht so sehr wie sonst", erwiderte Anna. Ron fühlte sich plötzlich ein wenig unbehaglich.

„Und dann ist da noch Alessio. Er redet von nichts anderem als von Ihnen. Es tut ihm gut, einen Mann in der Nähe zu haben, der sich für ihn interessiert." Sie wandte sich zu Ron um. „Aber dasselbe könnte ich auch von Eliana sagen, nicht wahr?"

Ron blickte zu Boden. „Worauf wollen Sie hinaus?"

Sie lächelte. „Das wollte ich Sie eigentlich gerade fragen."

Ron sah sie forschend an. So direkt ihre Anschuldigung war, konnte er doch in ihren Augen keine Missbilligung entdecken.

„Ich weiß, was Sie denken", sagte sie. „Sie denken daran, dass ich Maurizios Schwester bin. Keine Angst, ich werde es niemandem erzählen.

Mein Bruder ist ein Narr. Er verdient Eliana nicht, und wenn ich daran denke, wie sehr Alessio sich nach der Aufmerksamkeit und Anerkennung seines Vaters sehnt, könnte ich weinen. Wenn Sie also den beiden Menschen, die ich auf dieser Welt am meisten liebe, ein wenig Glück bringen, dann möge Gott Sie dafür segnen."

Ron sagte noch immer nichts, und wieder herrschte vollkommene Stille. Plötzlich faltete Anna die Hände, als wollte sie beten. „Ich glaube, Sie sind ein guter Mensch, Signor Story, aber meine Loyalität gilt Eliana und Alessio. Eliana ist so unschuldig wie ein Engel. Sie liebt Gott, und sie liebt Alessio mehr als sich selbst. Und jetzt hat sie sich in Sie verliebt."

„Hat sie Ihnen das erzählt?"

„Das brauchte sie mir nicht zu erzählen." Sie überlegte einen Moment. „Der Weg, auf dem Sie beide sich im Augenblick befinden, mag Ihnen wie ein hübscher Spaziergang erscheinen, aber es ist ein gefährlicher Weg. Und Sie haben schon mehr davon hinter sich gebracht, als Ihnen beiden bewusst ist. Wenn es Ihnen nicht wirklich ernst ist damit, sollten Sie diesen Weg so schnell wie möglich verlassen, denn sonst wird Eliana in ein Loch fallen, aus dem sie, fürchte ich, nicht wieder herauskommt."

Ron fuhr sich nachdenklich mit den Händen durchs Haar.

„Wissen Sie, ich bin der Meinung, was Gott zusammengefügt hat, darf kein Mensch auseinander reißen – nicht einmal der gut aussehende Signor Story. Aber andererseits kann ich nicht glauben, dass ein so guter Mensch wie Eliana für den Rest seines Lebens dazu verurteilt sein soll, ohne Liebe zu leben. Und wenn Maurizio keine Verwandlung durchmacht, die der des Apostels Paulus auf der Straße nach Damaskus ähnelt, ist es genau das, was das Schicksal für Eliana bereithält." Ihre Augen waren jetzt feucht, und ihre Stimme wurde sehr ernst. „Ehrlich, ich weiß nicht, was da richtig und was falsch ist. Ich bete nur darum, dass Sie eine Ahnung davon haben, wohin Sie wollen und was Sie tun, wenn Sie dort ankommen." Wieder blickte sie zu den Feldern hinüber, dann lächelte sie. „*Buona notte,* Signor Story." Sie stand auf und ging ins Haus.

Ron sah ihr nach. Tief in Gedanken blieb er auf der Bank sitzen, bis es ganz dunkel geworden war.

AM ERSTEN Tag der *vendemmia* lag, wie jedes Jahr, eine für jeden spürbare Erregung in der Luft. Die alten Männer waren immer die Ersten, die auf dem Weinberg erschienen. Sie standen zusammen und erzählten einander Geschichten von früheren Weinlesen oder legten schon die Körbe für die

Trauben zurecht und warteten auf das Zeichen dafür, dass mit der Arbeit begonnen werden konnte.

Die jungen Arbeiter, größtenteils Studenten, kamen um Punkt acht Uhr oder etwas später. Die alten Männer ließen ein paar brummige Bemerkungen über ihre Unpünktlichkeit fallen, aber sie taten es nicht so sehr, weil sie verärgert waren, sondern weil sie die Aufmerksamkeit auf ihre eigene Arbeitsmoral lenken wollten.

Die Erntekörbe standen neben den Spalieren bereit, und die Traktoren mit ihren großen Hängern warteten am Ende der Rebreihen, sodass die vollen Kiepen in die Metalltanks der Hänger entleert werden konnten.

Als Ron ankam, waren Eliana und Alessio bereits da. Für Ron hätte sie kaum schöner sein können mit ihren Jeans, dem weißen T-Shirt und Turnschuhen. Alessio kam sofort auf ihn zugerannt. „Ron!“, rief er. „Hier sind wir!“

„*Ciao,* Ron!“, rief Eliana und folgte Alessio. „Ich freue mich, dass Sie gekommen sind.“ Sie gab ihm eine Rebschere. „Die da ist für Sie. Wollen Sie Handschuhe? Es ist eine ziemlich klebrige Angelegenheit.“

Ron sah hinüber zu den alten Männern. Sie trugen keine Handschuhe an ihren schwieligen Händen. „Nein danke“, meinte er, „ich komme schon klar. Wie sieht es aus, Alessio, bist du so weit?“

„Ja. Ich hoffe bloß, dass diesmal nicht so viele Bienen da sind.“

„Niemand hat mir etwas von Bienen gesagt.“

„Unmengen von Bienen“, erklärte Eliana. „Wir sind nicht die Einzigen, die sich von reifen Trauben angezogen fühlen. Aber zwischen die Reben werden Brombeerhecken gepflanzt, weil die Brombeeren vor den Trauben reifen und die Vögel und Bienen sich dann auf diese Früchte stürzen, statt auf die Trauben.“

In diesem Augenblick ertönte das Anfangssignal vom Vorarbeiter, und die Pflücker gingen auf die erste Rebreihe zu. Auch Ron, Eliana und Alessio nahmen ihren Platz ein. Ron betrachtete die reifen Trauben an den Rebstöcken. „Was muss ich jetzt tun?“, fragte er.

„Es ist ganz einfach.“ Eliana nahm eine Traube in die Hand. „Sie halten die Traube fest und schneiden sie mit der Schere ab.“ Sie schnitt den dicken Stiel durch. „Dann werfen Sie sie in den Korb. Wenn der Korb voll ist, rufen wir ‚*Pieno*‘, und der Mann hinten am Traktor bringt uns einen neuen Korb und kippt den hier in seinen Anhänger.“

„Klingt eigentlich ganz einfach. Wie lange dauert so eine Weinlese?“

„Zehn bis vierzehn Tage. Wir haben etwas mehr als zehn Hektar.“

„Gibt es denn keine Maschinen, die die Trauben pflücken können?"

„Die gibt es zwar, aber für einen erstklassigen Wein sollten die Trauben von Hand gepflückt werden. Die Maschinen saugen auch alle möglichen Dinge an, die man nicht in seinem Wein haben möchte."

„Was zum Beispiel?"

„Angeschimmelte Trauben, grüne Trauben, Bienen, Spinnen, Eidechsen."

„In meinem Tischwein könnte also eine Eidechse gewesen sein?"

„Wäre möglich. Ist aber nicht weiter schlimm." Sie strich sich das Haar hinter die Ohren. „Das trägt zum Aroma bei."

Sie machten sich daran, die Trauben zu schneiden. Eliana war erfahrener als Ron und darum auch geschickter und schneller. Nach kurzer Zeit waren seine Hände von dem Saft voll dunkelroter Flecken. Ron begriff schnell, dass Eliana vor allem wegen Alessio mitmachte; sie lachte und spielte mit ihm, verscheuchte die Bienen und naschte von den Trauben. Sie blieben dicht beieinander und arbeiteten den ganzen Vormittag. Um die Mittagszeit begannen einige der Arbeiter, leere Körbe einzusammeln und hinüberzugehen zur *cantina*.

Eliana blickte auf ihre Armbanduhr. „Zeit fürs Mittagessen." Sie wischte sich mit dem Unterarm den Schweiß von der Stirn. „Ich glaube, ich habe genug für heute. Wir arbeiten normalerweise gar nicht so lange mit, aber diesmal hatte Alessio so viel Spaß, dass wir einfach weitergemacht haben."

Sie gingen auf die *cantina* zu. „Manuela macht uns in der Villa etwas zu essen, aber bis dahin ist noch ein wenig Zeit. Soll ich Ihnen noch eben die *cantina* zeigen?", fragte Eliana.

„Ja, gern."

„Was ist mit dir, Alessio? Möchtest du mit in den Weinkeller gehen oder lieber gleich nach Hause?"

„Lieber gleich nach Hause."

„In Ordnung. Sag Manuela, dass ich in fünfzehn Minuten da bin. Und vergiss nicht, dir die Hände zu waschen!"

„Okay." Alessio spurtete quer über das Feld davon.

Eliana sah ihm nach, bis er in der Nähe der Villa verschwand.

„Apropos Händewaschen …", begann Ron.

„Entschuldigung, gleich hier drüben." Sie zeigte ihm einen Wasserhahn an der Außenmauer der *cantina*.

Nachdem sie sich die Hände gewaschen hatten, führte sie ihn um das

Gebäude herum, wo Luca, der Verwalter, gerade mit einer Gruppe von Traktorfahrern redete.

Als sie näher kamen, blickte Luca auf. *„Buon giorno, signora"*, sagte er. Dann sah er zu Ron hinüber. Ron nickte ihm zu, aber Luca erwiderte den Gruß nicht, sondern setzte sein Gespräch mit den Fahrern fort.

„Das hier ist die erste Station des Weins", erklärte Eliana, als sie an einen großen, bis zum Rand mit Trauben gefüllten Behälter aus Metall herantraten. „Hier werden die Trauben hineingeschüttet. Dann transportiert eine riesige Schnecke sie in die Abbeermaschine mit der Quetschwalze. Das ist dieses Ding da." Sie zeigte auf eine Maschine neben dem Metallbehälter. „Da werden die Stiele entfernt und die Trauben zerquetscht."

„Dann werden die Trauben also nicht mehr mit den Füßen zerstampft wie in alten Zeiten?"

„Nein, aber letztes Jahr haben wir es mal gemacht. Ein Werbegag, den Maurizio gern ausprobieren wollte." Sie gingen weiter. „Die zerquetschten Trauben werden dann mitsamt Kernen und Schalen durch die Rohre dahinten in die Fermentationsbottiche gesaugt. Hier entlang." Sie zeigte ihm acht große Stahltanks. Die Luft war erfüllt von dem süßen Duft der frischen Trauben.

„Warum verwendet man die Schalen mit?"

„Weil die Schalen ein Teil des Weins sind – genau genommen geben die Schalen dem Rotwein seine Farbe. Die Trauben bleiben zwischen sechs Tagen und zwei Wochen in diesen Fässern. Während dieser Zeit nimmt der Wein seine Farbe an."

„Müssen Sie etwas mit dem Wein tun, während er hier drin ist?"

„Einiges. Zum Beispiel fügen wir Hefekulturen hinzu, um die Fermentierung zu unterstützen. In den Trauben ist zwar auch Hefe, und die würde eigentlich ausreichen, aber so können wir den ganzen Prozess besser kontrollieren und erzielen eine bessere Gärung."

„Sie kennen sich wirklich aus mit Ihrem Wein."

„Das muss ich auch. Ich bin schließlich die Frau des Chefs."

Sie führte ihn eine Treppe hinunter in einen großen Gewölbekeller. Die Luft war kühl und modrig. Große Eichenfässer säumten die Wände, andere waren in der Mitte des Raumes aufeinander gestapelt. In jedes Fass war eine Nummer geprägt.

„Wir lassen den Wein hier unten ein Jahr lang reifen, dann kann er in Flaschen abgefüllt und verkauft werden." Neben einem der Fässer blieb sie stehen und sah es sich näher an. „Von dem hier könnten wir mal probieren."

Am Ende des Raumes stand eine hölzerne Theke. Eliana nahm sich von dort ein Weinglas und ein langes Glasrohr. Sie zog den Plastikkorken des Fasses heraus und steckte dann das Glasrohr in den Wein. „Das Ding hier wird ‚Dieb' genannt", sagte sie lächelnd, „weil es Wein aus dem Fass stiehlt."

Das Glasrohr füllte sich langsam mit dunkelrotem Wein. Als es voll war, zog Eliana es aus dem Fass und ließ den Wein ins Glas fließen. Sie prüfte seine Farbe, seinen Geruch und nippte daran. „Hm, der ist wirklich gut. Probieren Sie mal." Sie reichte Ron das Glas, wobei sich ihre Hände für einen kurzen Augenblick berührten.

„Lieben Sie Maurizio?", fragte Ron plötzlich.

Die Frage traf sie so unerwartet, dass sie lachen musste. „Also, das ist wirklich genau die Frage, die man einer Frau nach einem Glas Wein stellen sollte. Wie kommen Sie darauf?"

„Entschuldigung, das ist eine schlechte Angewohnheit von mir. Manchmal bin ich ziemlich direkt."

„Das habe ich schon gemerkt." Sie seufzte. „Wenn ich ehrlich sein soll – ich weiß es nicht. Ich meine, wenn ich ihn nicht liebe, warum tut es mir dann so weh, wenn er mich betrügt?"

Ron fand, dass das ein merkwürdiger Gradmesser für Liebe war. „Ihr Mann betrügt Sie?"

Sie blickte zu Boden. „Vor einiger Zeit habe ich Ohrringe in seiner Jackentasche gefunden. Er hat zuerst versucht, mich anzulügen. Er sagte, er habe sie für mich gekauft. Aber ich hatte auch einen benutzten Lippenstift bei den Ohrringen gefunden." Traurig sah sie ihn an. „Ich ahnte schon lange, dass er mich betrügt. Es war lediglich das erste Mal, dass ich ihn darauf festnageln konnte."

„Was hat er gesagt?"

„Zuerst gar nichts. Dann meinte er, so seien die Dinge eben und ich sei diejenige, die ein Problem damit habe, nicht er."

„Und was haben Sie ihm geantwortet?"

„Dass ich ihn verlassen würde. Er meinte, das stehe mir natürlich frei, ich könne nur Alessio nicht mitnehmen – als ob es eine Option wäre, ohne Alessio zu gehen."

Ron runzelte die Stirn. „Könnte er Sie wirklich daran hindern, ihn mitzunehmen?"

„Ja. Er kann mich daran hindern, ihn aus Italien fortzubringen."

„Und wenn Sie einfach nach Hause fliegen und nicht zurückkommen?"

„Glauben Sie mir, ich habe darüber nachgedacht. Aber so einfach ist es nicht. Ohne Maurizios Einverständnis dürfte ich mit Alessio nicht länger als zwei Wochen außer Landes bleiben. Wenn ich auch nur einen Tag länger bliebe, könnte Maurizio die Polizei hinzuziehen, dann würde das FBI verständigt werden, und ich wäre wegen Kindesentführung dran. Ich müsste Alessio nach Italien zurückbringen, und man würde mir seinen Pass wegnehmen. Vielleicht käme ich sogar ins Gefängnis. Auf jeden Fall würde ich das Sorgerecht für ihn verlieren."

„Könnten Sie die Angelegenheit von einem Gericht entscheiden lassen?"

„Könnte ich. Aber ich würde verlieren."

„Warum das?"

„Maurizios Familie hat gute Beziehungen. Und selbst wenn das nicht so wäre, würde ich vor Gericht wahrscheinlich verlieren."

„Warum?"

„Weil ich beweisen müsste, dass ich Alessio in Amerika ein besseres Leben bieten könnte."

„Und das könnten Sie nicht?"

„Nicht als ledige Mutter. Ich bin direkt nach unserer Hochzeit schwanger geworden, und wir sind hierher gezogen, als Alessio ein paar Wochen alt war. Ich habe keine Berufsausbildung, nichts als meine Kunst. Sie wissen selbst, wie teuer Krankenhäuser in Amerika sind, und ich muss ungefähr alle zwei Monate in die Notaufnahme." Sie brach ab. „Ich würde es niemals schaffen, selbst wenn das Gericht seine Zustimmung dazu gäbe."

„Sie haben das alles gründlich durchdacht."

„Eine Million Mal."

Ron strich mit der Hand über die glatte Oberfläche des Fasses. „Warum kümmert es Maurizio, ob Sie gehen, wenn er ohnehin nie zu Hause ist?"

„Hier sind die Dinge einfach anders. Hier ist es ein weitaus schlimmeres Vergehen, eine Familie zu zerstören – ganz gleich aus welchem Grund –, als eine Affäre zu haben. Und für ihn funktioniert es gut. Er hat zu Hause eine Ehefrau und draußen die Freiheit."

„Wie geht er damit um, dass er Sie betrügt?"

„Ehebruch bedeutet ihm nichts. Für ihn ist es eine *scapatella*, eine kleine Liebesaffäre. Manche Leute sind sogar der Ansicht, dass eine *scapatella* hier und da einer Ehe gut tut – dass sie sie frisch hält."

„Dann ist eheliche Treue für Maurizio also nicht wichtig."

„Nein, es spielt keine Rolle, wenn *er* Ehebruch begeht. Wenn *ich* das täte, wäre das etwas vollkommen anderes."

„Klingt für mich nach Doppelmoral."

„Eine gewaltige Doppelmoral."

„Wie kommen Sie dann damit klar?"

„Ich ziehe meinen Jungen groß. Und ich male."

„Und beides machen Sie sehr gut."

„Vielen Dank", sagte sie leise. Sie sah auf ihre Armbanduhr. „Wir machen uns jetzt besser auf den Weg. Manuela hat bestimmt ein Festmahl zubereitet." Als sie zur Treppe gingen, legte Ron einen Arm um sie, und sie lehnte ihren Kopf an seine Schulter.

„Wenn Sie heute Abend nichts vorhaben, könnten wir an dem Bild weiterarbeiten", meinte sie.

„Ich stehe ganz zu Ihrer Verfügung."

MANUELA war gegangen, und Alessio lag in seinem Zimmer und schlief. Die Fenster des Ateliers standen offen, obwohl ein Hauch von Kühle in der Luft lag – ein Vorbote des nahenden Herbstes.

Ron und Eliana plauderten, während sie malte. „Würden Sie mir die Wahrheit sagen, wenn ich Sie etwas frage?", wollte er plötzlich wissen.

Sie stöhnte leise. „Ich weiß nicht, wie viel Ehrlichkeit ich heute noch ertragen kann."

„Es wird Ihnen nicht wehtun. Höchstens mir."

Sie lachte. „Dann fragen Sie mal!"

„Wie gut ist mein Italienisch? Die Wahrheit."

Sie atmete erleichtert auf. „Sie verfügen über einen bemerkenswerten Wortschatz."

„Wörter kann ich mir gut merken. Aber mir macht die Aussprache zu schaffen. Es fällt mir immer noch schwer, das R so zu rollen, wie die Italiener es tun."

„Dieses Problem haben die meisten Menschen aus englischsprachigen Ländern. Während meines ganzen ersten Jahres hier konnte ich das R nicht richtig rollen. Dann ist mir eine Amerikanerin mit tadellosem Italienisch begegnet. Sie sagte: ‚Schätzchen, Italienisch sprechen ist wie küssen. Es kommt darauf an, wie Sie Ihren Mund bewegen.' Dann brachte sie mir einen Trick bei. Soll ich Ihnen den verraten?"

„Certo."

Sie legte ihren Pinsel beiseite und kam hinter der Staffelei hervor, um sich neben Ron zu setzen. „Okay, sprechen Sie mir nach: Bitter. Better. Batter."

„Bitter. Better. Batter."

„Jetzt lächeln Sie dabei und dehnen den ersten Vokal."

„Okay. Biiiterrrr. Beeeterrrr. Baaaterrrr."

„Jetzt schieben Sie die Lippen beim R noch etwas weiter vor. Wie beim Küssen."

„Biiiter. Beeeter. Baaater."

„Na kommen Sie, Ron, wissen Sie denn nicht, wie man küsst?"

„Ich muss es mal eben versuchen." Und damit beugte er sich vor und küsste sie. Sie schloss die Augen, als sie die Wärme seines Mundes auf ihren Lippen spürte. Als er sich langsam zurückzog, sah sie ihm voller Überraschung und Ehrfurcht in die Augen. Sie war ein wenig außer Atem.

„Ich bin ein wenig eingerostet. War das richtig so?" Seine Stimme klang tiefer als sonst.

Sie schluckte. „Nicht schlecht."

In dem Moment ertönte ein leises Klopfen von der geöffneten Tür her.

Sie blickten beide hinüber. Luca, der Verwalter der *cantina*, stand in der Türöffnung. „Entschuldigen Sie bitte, Signora Ferrini, ich habe noch Licht brennen sehen, und ich wollte Alessio nicht wecken."

Eliana wurde blass. „Was gibt es denn, Luca?"

„Ich wollte Ihnen die Speisenfolge für das Festmahl zur *vendemmia* vorlegen."

„Oh, danke. Legen Sie es doch einfach dort drüben hin. Ich sehe es mir morgen früh an."

„In Ordnung." Er legte das Blatt Papier auf ein Regal und sah noch einmal zu Ron hinüber. „Entschuldigen Sie die Störung. Gute Nacht." Und damit verließ er den Raum.

Als die Tür zufiel, stöhnte Eliana auf und legte sich kurz eine Hand über die Augen. „Glauben Sie, er hat es gesehen?"

„Keine Ahnung. Es tut mir Leid."

Sie senkte kurz den Blick. „Schon gut. Es hat nichts bedeutet."

„Wirklich nicht?"

Schweigend sah sie ihn an. Sie wusste nicht, was sie sagen sollte.

Ron stand auf. „Ich gehe dann mal besser."

Eliana folgte ihm nach unten in den Flur. An der Tür legte sie die Arme um ihn, und er hielt sie fest. Der Abschied schien ihnen mit jedem Mal schwerer zu fallen.

„Morgen um dieselbe Zeit?", fragte Ron.

Sie sah zu Boden. „Es tut mir Leid. Ich bin vollkommen durcheinander. Was für ein Tag ist morgen?"

„Donnerstag."

„Nein, morgen habe ich keine Zeit, da muss ich Besorgungen machen. Sie kommen doch trotzdem zu dem Fest, nicht wahr?"

„Ich hatte es vor."

„Schön." Sie beugte sich vor und küsste ihn auf die Wange. „Schlafen Sie gut."

„Gute Nacht. Wir sehen uns am Sonntag."

Sie schloss die Tür hinter ihm, lehnte sich dagegen und fragte sich, wie es wohl wäre, mit ihm zusammenzuleben.

KAPITEL 9

Am Sonntag um ein Uhr kamen die Lieferanten vom nahe gelegenen Restaurant „Osteria di Rendola" und trugen große Tabletts mit Speisen in die Küche, die im oberen Stockwerk der *cantina* lag. Die Gäste – die Arbeiter aus dem Weinberg und der Weinkellerei – erschienen drei Stunden später. Die meisten kamen zu Fuß und im besten Sonntagsstaat. Die älteren Männer trugen Hüte und dazu die etwas muffigen dunklen Anzugjacken aus Wolle, die sie schon jahrzehntelang zu besonderen Gelegenheiten anzogen; ihre Frauen trotteten schweigend neben ihnen her. In der *cantina* scharten sich die alten Männer am einen Ende des Raumes zusammen, während die Frauen in die Küche gingen, um sich nützlich zu machen.

Die jungen Männer kamen in Lederjacken oder Sportsakkos und Hemden, die sie bis zum Bauchnabel offen trugen, mit jungen Damen am Arm, Zigaretten zwischen den Lippen und einem selbstgefälligen Lächeln auf dem Gesicht. Sie sammelten sich am anderen Ende des Raumes.

Ron hatte am Vormittag eine Gruppe durch die Uffizien geführt, war zurück nach Rendola geeilt und hatte sich umgezogen. Er trug eine Baumwollhose und ein Sportjackett. Als er die *cantina* erreichte, hatte das Fest bereits angefangen. Drei ältere Männer gaben mit einem Akkordeon, einer Flöte und einer Gitarre schwungvolle Volkslieder der Toskana zum Besten. Überall wurde gelacht und geredet.

Anna war die Erste, die ihn bemerkte. Sie wurde begleitet von einem untersetzten Herrn mit rundlichem Gesicht, begrüßte ihn herzlich und küsste ihn auf beide Wangen. „Guten Abend, Ron. Ich bin froh, dass Sie kommen konnten. Das ist mein Freund Andrea." Als die beiden Männer sich die Hand reichten, trat Maurizio dazu, sehr elegant in einem beigefarbenen Armani-Anzug. Eliana war an seiner Seite und hielt seine Hand. Sie trug ein schmales champagnerfarbenes Kleid, in dem sie so schön aussah, dass es Ron einen Stich gab.

Maurizio machte eine überraschte Geste. „Signor Story, Sie haben es also doch noch geschafft."

„Ja. Ich musste heute Morgen arbeiten und konnte erst jetzt hier sein. Vielen Dank noch einmal für die Einladung." Er blickte Eliana an und verbeugte sich kurz. „Guten Abend, Mrs Ferrini", sagte er.

„Hallo, Mr Story. Ich freue mich, dass Sie kommen konnten."

„Vielen Dank."

Eliana hoffte, dass Maurizio die Spannung zwischen ihnen nicht bemerkte.

Ron rieb sich die Hände. „Also schön, ich mache das hier zum ersten Mal. Wo soll ich mich hinsetzen?"

„Wo Sie wollen", sagte Maurizio. „Wir sitzen an dem Tisch da vorn, aber ich fürchte, der ist bereits besetzt."

„Es gibt noch genug andere Tische. Das ist kein Problem", erwiderte Ron.

„Amüsieren Sie sich gut", sagte Maurizio. „Trinken Sie so viel Wein, wie Sie mögen, es ist reichlich da." Er wandte sich ab und zog Eliana mit sich.

Ron ging zum Büfett, machte sich einen Teller zurecht, nahm ein Glas Wein und setzte sich dann an einen Tisch zu einem älteren Ehepaar und zwei jungen Frauen um die zwanzig. Er stellte sich seinen Tischnachbarn vor, und es dauerte nicht lange, bis sie ins Gespräch kamen. Die jungen Frauen fragten ihn über Amerika aus und ob er je Mel Gibson oder Tom Cruise begegnet sei. Während er sich unterhielt, bemühte er sich, der Versuchung zu widerstehen, Eliana anzusehen und zu beobachten, wie sie ihre Rolle als Ehefrau des Chefs spielte, aber es fiel ihm sehr schwer. Sie saß mit Maurizio, Alessio, Manuela und ihrem Mann Vittorio, außerdem mit Anna und Andrea, Luca und seiner Frau Concetta am Tisch.

Bevor Ron ganz mit seinem Essen fertig war, machten sich einige der Männer daran, die Büfetttische in einen Nebenraum zu tragen, und die Musiker gingen von Tisch zu Tisch, um die Gäste zum Tanzen aufzufordern.

Ron tanzte abwechselnd und sehr schwungvoll mit seinen Tischnachbarinnen. Als er in einer Pause wieder am Tisch saß, um Atem zu schöpfen, stand plötzlich Eliana bei ihnen. „Amüsiert ihr euch alle gut?", fragte sie lächelnd.

Während die Leute am Tisch ihr begeistert zuprosteten, beugte sie sich über Ron und flüsterte ihm zu: „Wir treffen uns in zehn Minuten am unteren Ende der Straße zum Weinberg, hinter der *cantina*. Ich möchte Ihnen etwas zeigen."

Sie kehrte an ihren Tisch zurück. Ron sah ihr nach, und kurze Zeit später beobachtete er, wie Eliana etwas zu Manuela sagte und dann lässig in Richtung Damentoilette verschwand. Kurze Zeit später entschuldigte Ron sich bei den anderen Gästen an seinem Tisch und ging auf die gegenüberliegende Tür zu. Dass Luca, der auf der anderen Seite des Raumes saß, ihn beobachtete, bemerkte er nicht.

Ron folgte dem geschotterten Weg zu einem kleinen, nicht asphaltierten Platz inmitten alter Olivenbäume. Eliana war bereits dort. Sie lehnte am Pfosten eines Holzzauns und hob die Hand, als er auf sie zukam. „Hier entlang", sagte sie leise.

Schweigend gingen sie zusammen bis zu der Stelle, an der der Weg sacht in eine kleine Schlucht abfiel. Eliana, die hohe Absätze trug, achtete genau darauf, wohin sie ihre Schritte setzte. Ron nahm ihre Hand, die Dämmerung setzte langsam ein, und die Tanzmusik wurde leiser.

„Wohin gehen wir?"

„Warten Sie's ab."

Sie gingen noch ein kleines Stück weiter. Schließlich blieb Eliana vor einer niedrigen Steinmauer stehen, die ihnen den Weg versperrte. Sie strich mit der Hand über die Mauer, dann drehte sie ihr den Rücken zu und stemmte sich hinauf. Ron tat es ihr nach. Gemeinsam blickten sie über das Tal, das sie soeben durchquert hatten.

„Macht es Sie nervös, hier mit mir zu sitzen?", fragte Ron.

„Ein bisschen. Aber für eine Weile wird es wohl gehen." Sie griff abermals nach seiner Hand. „Sie haben schöne Hände."

„Finden Sie?"

„Das habe ich schon bei unserer ersten Begegnung gedacht. Es sind Künstlerhände."

Ron besah sich kritisch seine eigenen Hände.

„Das war ein Kompliment. Sie müssen Danke sagen."

„Danke. Also, was wollten Sie mir zeigen?"

„Das da." Sie zeigte auf das ferne Tal. Die Sonne ging unter, das letzte Tageslicht breitete sich über das Land und tauchte alles in einen sanften Goldschimmer.

„Che meraviglia", sagte Ron so leise, dass man es kaum hören konnte.

„Sì", antwortete sie mit einer Stimme, die nicht mehr war als ein Wispern. „Ich denke, das ist der Ort, an dem sich die ersten Siedler niederließen, die dieses Tal Rendola nannten. Es sieht so aus, als kämen hier Himmel und Erde zusammen. Ich komme immer hierher, wenn ich Frieden brauche. Manchmal bete ich."

Die Luft war frisch, und in der Ferne war leise die Musik zu hören.

„Ich hatte schon immer den Wunsch, dies hier mit jemandem zu teilen. Manche Dinge sind zu schön, um sie nicht zu teilen."

Ron sah sie an. „So wie Sie."

Und plötzlich, als hätte es immer schon so sein sollen, küssten sie sich, leidenschaftlich und hemmungslos.

Als sie sich endlich voneinander lösten, sah Ron sie eindringlich an. „Ich liebe dich, Eliana. Ich liebe dich von ganzem Herzen", sagte er mit rauer Stimme.

Sie schloss die Augen, als wolle sie seine Worte fühlen wie einen warmen Lufthauch, der über sie hinwegstrich. Dann küssten sie sich abermals, ganz sanft zu Anfang und schließlich mit wachsender Leidenschaft. Sie klammerten sich aneinander, als wollten sie sich nie mehr loslassen. Doch plötzlich horchte Eliana auf. „Hast du auch etwas gehört?"

„Nein."

„Warte." Sie löste sich aus seiner Umarmung und ließ sich von der Mauer gleiten.

Kurze Zeit später hörten sie Manuelas Stimme im Tal widerhallen. „Eliana! Eliana!"

Eliana zog die Schuhe aus, nahm sie in die eine Hand und raffte mit der anderen ihren Rock, um zur Weinkellerei zurückzulaufen. Ohne in ihrem Lauf innezuhalten, rief sie: *„Che c'è, Manuela?"*

„Alessio hat einen Anfall!"

Ron blieb zurück und konnte im Dämmerlicht sehen, wie eine Menschenmenge aus der Weinkellerei strömte und sich um Alessio scharte. Er konnte alle erkennen, bis auf Eliana, die in der Menge verschwunden war. Als Lucas winziger Fiat vorgefahren kam, teilte sich die Menge, und Ron erhaschte einen kurzen Blick auf Eliana, wie sie mit Alessio auf dem Arm in den Wagen stieg. Maurizio stand wild gestikulierend da, während Lucas Wagen einen Satz nach vorn machte und losfuhr.

Ohne sich zu rühren, blieb Ron vor der Mauer auf dem Boden sitzen, bis es ganz dunkel wurde. Dann ging er allein zurück in seine Wohnung.

ELIANA kam am nächsten Tag nicht nach Hause. Am Dienstag führte Ron drei Gruppen durch die Uffizien und kehrte erst nach Einbruch der Dunkelheit aus Florenz zurück. Als er seine Tür öffnete, lag auf dem gefliesten Fußboden seiner Diele ein kleiner Brief.

> Lieber Ron,
> Alessio und ich sind am frühen Nachmittag aus dem Krankenhaus zurückgekommen. Wenn du heute Abend Zeit hast, könnten wir weiter an dem Porträt arbeiten. Maurizio ist ausgegangen, du kannst also einfach hereinkommen. Ich lasse die Tür offen.
>
> *Con affetto,*
> Eliana

Er schob den Brief in seine Tasche. Von seiner Tür aus konnte er Licht in Elianas Atelier brennen sehen. Er durchquerte den Innenhof und ging in ihre Wohnung. Als er das Atelier betrat, blickte Eliana auf. „Hallo."

„Hallo. Ich habe deinen Brief bekommen."

Sie sah müde aus, fand er. Er bemerkte auch, dass sein unfertiges Porträt an der Wand lehnte und sie an etwas Neuem arbeitete.

„Ist im Krankenhaus alles gut gegangen?"

„Ja", sagte sie leise. „Eine weitere Autofahrt auf Leben und Tod."

Ron bemerkte, dass ihre Augen plötzlich feucht waren.

„Eliana?"

Langsam atmete sie aus. „Mir geht es gut, Ron."

„Nein, das tut es nicht."

Sie fuhr sich mit den Fingern durchs Haar. „Nein, ich bin ein Nervenbündel." Es folgte eine lange Pause. „Ich muss mit dir reden."

„Über …?" Er setzte sich auf einen Stuhl.

„Darüber. Du weißt schon, den Elefanten im Zimmer. Den, über den wir dauernd stolpern, um den wir herumschleichen und von dem wir uns einbilden möchten, er sei nicht da."

Ron antwortete nicht sofort. „Soll ich vielleicht anfangen?", fragte er nach einer Weile. Und als sie nickte, atmete er tief durch. „Als ich Amerika verließ, wusste ich nicht, ob ich jemals wieder würde lieben können. Aber ich kann es, Eliana. Für mich ist es ein Wunder. Du bist ein Wunder. Ich denke, du bist die schönste und wunderbarste Frau, die mir je begegnet ist. Du bist alles, woran ich denken kann."

Sie schloss die Augen.

„Du bist zu meinem Meridian geworden, Eliana. Ich messe meine Zeit daran, ob ich mit dir zusammen bin oder wann ich das letzte Mal mit dir zusammen war oder wann ich wieder mit dir zusammen sein werde. Ich liebe dich mehr als irgendjemanden oder irgendetwas sonst auf dieser Welt. Und ich will dich, das weiß ich mit absoluter Sicherheit."

Sie musste den Blick von ihm abwenden, bevor es ihr gelang zu antworten. „Ich bin verheiratet, Ron. Ich kann so nicht weitermachen. Ich kann nicht jeden Abend im Bett liegen und an dich denken und mir wünschen, du wärst bei mir. Es ist unrecht. Ich habe Maurizio das Versprechen gegeben, ihn zu lieben und zu ehren und ihm zu gehorchen, in guten wie in schlechten Tagen."

Rons Kehle wurde trocken. „Maurizio hat dich nicht verdient."

„Es geht nicht um Maurizio", sagte sie nachdrücklich und fügte dann mit leiser Stimme hinzu: „Und es geht nicht um dich."

„Um wen geht es dann?"

„Es geht um Gott. Es geht um ein Versprechen, das ich gegeben habe. Ich bin eine solche Heuchlerin! Ich habe dir erzählt, dass Maurizio mich betrügt – und im nächsten Augenblick küsse ich dich." Voller Liebe sah sie ihn an. „Ron, du gibst mir das Gefühl, schön und lebendig zu sein und geliebt zu werden, aber dann kommen diese Schuldgefühle hoch, die alles mit grauer Farbe übertünchen. Ich versuche so zu tun, als wären diese Gefühle nicht da, ich versuche mein Verhalten logisch zu erklären, aber ich bin es leid, ständig ein schlechtes Gewissen zu haben. Immer wieder sage ich mir, dies ist das letzte Mal, dass ich deine Hand halte oder dich begehre, aber dann sehe ich dich, und alle meine Vorsätze lösen sich in Luft auf. Ich kann es nicht verhindern, dass ich mir wünsche, mit dir zusammen zu sein …"

Minutenlang herrschte Schweigen zwischen ihnen. „Willst du damit sagen, dass ich gehen soll?", fragte er schließlich, und seine Stimme klang tiefer als sonst.

„Ron, es geht hier nicht darum, was ich will. Ich will mit dir zusammen sein. Ich habe nur Angst davor, wohin das alles führen wird."

„Und wohin führt es?"

„Du weißt, wohin. Wir wissen es beide. Als wir uns geküsst haben, ist mir klar geworden, dass ich zu weit gegangen bin. Und dass ich alles tun würde, worum du mich bittest."

„Ich würde dich niemals um etwas bitten, was dir wehtäte."

„Wirklich? Und was ist mit Alessio?"

Ron sah sie schweigend an. „Glaubst du, Alessios Anfall hängt mit dem zusammen, was wir getan haben?" Sie wandte sich von ihm ab. Plötzlich verstand Ron. „Du glaubst es wirklich. Du glaubst, Gott habe dich bestraft."

„Vielleicht hat er das getan."

„Vielleicht hat er es auch nicht getan. Was für eine Art Gott ist das?" Seine Stimme klang mit einem Mal verbittert. „Du darfst keinen anderen Mann küssen, sonst töte ich deinen Jungen. Das kann nicht Gott sein, der dir so etwas sagt."

„Es war keine Strafe dafür, dass ich dich geküsst habe."

„Wofür dann?"

„Dafür, dass ich mich in dich verliebt habe."

Ron ließ den Kopf in die Hände sinken, um nachzudenken. „Ich bin nicht nach Italien gekommen, um einem anderen Mann die Frau wegzunehmen. Das verstößt gegen alles, woran ich glaube, Eliana. Wenn Maurizio ein guter Ehemann wäre, wenn er sich auch nur Mühe gäbe, es zu sein, wäre ich schon lange weg. Ich wäre bei Nacht abgereist, und mir würde für den Rest meines Lebens das Herz wehtun, wenn ich an dich dächte, aber ich hätte es für dich und Alessio getan und für deine Familie." Er hob den Kopf und sah ihr forschend in die Augen. „Aber du verdienst es, geliebt zu werden, Eliana. Jeder Mensch verdient Liebe. Jeder *braucht* Liebe."

Sie schlug die Hände vor die Augen, doch sie konnte nicht verhindern, dass die Tränen ihr über die Wangen liefen. Sie begann zu zittern. „Es war so knapp im Krankenhaus. Weißt du, wie das ist, wenn man solche Angst hat, dass man Gott alles versprechen würde?"

Ron runzelte die Stirn. „Was hast du versprochen?"

Sie weinte noch heftiger.

„Eliana, was hast du versprochen?"

„Ich habe versprochen, dass ich meine Familie nicht zerstören werde."

Ron stöhnte. „Oh, Eliana! Du kannst nicht zerstören, was schon zerstört ist. Ihr habt einander ein Versprechen gegeben, aber Maurizio hat es schon längst gebrochen." Plötzlich verlor seine Stimme ihre Kraft. „Bitte, schick mich nicht weg!"

Minutenlang sagte keiner von ihnen etwas. Dann griff Eliana nach seiner Hand. „Ich brauche ein wenig Zeit für mich allein, um nachzudenken."

Eine furchtbare Angst stieg in Ron hoch, doch mit ihr tauchten die vertrauten Schutzmauern wieder auf, auf die er sich so lange verlassen hatte. Er war auf dem Rückzug, das wusste er, und obwohl er sich davor fürchtete, war seine Angst, sie zu verlieren, bei weitem größer. „Wie lange soll ich wegbleiben?"

„Vielleicht eine Woche", antwortete sie bittend.

Ron holte tief Luft. „Ich werde auf dein Urteil warten“, sagte er und ging zur Tür.

Voll Schmerz sah sie ihn an. „Wohin fährst du?“

Er zuckte die Achseln. „Das weiß ich erst, wenn ich ankomme. Ich verstehe mich gut darauf, ohne Ziel unterwegs zu sein.“ Dann sah er sie an. „Ich liebe dich, Eliana. Daran wird sich niemals etwas ändern.“

Dann verließ er das Atelier. Sie hörte, wie er die Treppe hinunterging, hörte, wie ihre Wohnungstür ins Schloss fiel. Das Geräusch hallte wider, als wäre das Haus leer – so leer wie ihr Herz. Es war lange her, seit ihr jemand gesagt hatte, dass er sie liebte. Vielleicht geschah es nie wieder. War es wirklich das, was das Leben von ihr verlangte? Ohne Liebe zu leben? Es war ein hoher Preis. Ein Leben ohne Liebe schien ihr nicht nur sinnlos zu sein, sondern auch mehr, als sie ertragen konnte.

KAPITEL 10

Maurizio saß allein in seinem Zimmer, die Zeitung in der Hand. Eliana war mit Alessio nach Florenz gefahren, um ihm etwas zum Anziehen für die Schule zu kaufen. Eine Viertelstunde nachdem die beiden gegangen waren, klopfte Luca an Maurizios Tür und drückte sie auf.

„*Ciao,* Signor Ferrini.“

Maurizio blickte auf. „*Ciao,* Luca. Was gibt’s denn?“

„Ich habe hier den Bericht vom Labor.“ Er trat ins Zimmer und reichte Maurizio die Papiere. Maurizio überflog sie, dann nickte er. „Ein gutes Ergebnis. Fast fünfundzwanzig Prozent Premiumwein. Fünf Prozent mehr als letztes Jahr.“

„Unser Gesamtertrag liegt bei fast einhundertdreißig Tonnen. Das sind fünf Tonnen mehr als bei der letzten Ernte.“

„Darauf trinke ich.“ Er gab Luca die Papiere zurück. „Sonst noch etwas?“

Luca runzelte die Stirn. „Ja, ich habe noch etwas auf dem Herzen.“

„Cosa?“

„Signor Ferrini, Sie vertrauen mir hier alles an, während Sie fort sind.“

„Ich vertraue Ihnen bedingungslos.“

Luca trat nervös von einem Fuß auf den anderen. „Ist der Amerikaner ein Verwandter von Signora Ferrini?“

„Nein, er ist nur ein Mieter. Warum?“

„Er ist oft mit ihr zusammen.“

Maurizio runzelte die Stirn. „Wie oft?“

„Signore, ich bin Ihrer Frau freundschaftlich verbunden. Vielleicht hat sie bloß Heimweh nach ihrem Land. Ich will die Sache auf keinen Fall hochspielen.“

„Erzählen Sie mir einfach, was Sie wissen.“

„Letzte Woche habe ich die beiden überrascht …“

Alles Blut wich aus Maurizios Gesicht. „Im Bett?“

„Nein, nein. Ihre Frau hat ihn gemalt.“

„Sie hat ein Bild von ihm gemalt?“

„… und sie haben sich geküsst.“

Maurizio blickte starr geradeaus, aber ganz langsam stiegen Wut und Panik in ihm auf. „Ich danke Ihnen, Luca. Sie sind ein treuer Freund.“

„Ich hoffe es, Signore.“

Er verabschiedete sich und ließ Maurizio mit seiner Eifersucht allein. Es dauerte nicht lange, und Maurizios Fantasie ging mit ihm durch. Sie gaukelte ihm lebhafte Bilder von Eliana und ihrem Liebhaber vor, wie sie sich küssten und miteinander schliefen, und seine Fantasien wurden für ihn Realität. Er musste alles über ihre Affäre wissen.

Er ging die Treppe zu Elianas Atelier hinauf und sah sich das Porträt an. Es schien jeden Gedanken zu bestätigen, der ihm durch den Kopf gegangen war. Er dachte darüber nach, ob er das Bild zerstören sollte, zügelte sich dann aber. Zuerst brauchte er Antworten.

Er ging ins Schlafzimmer und durchstöberte Elianas Schubladen nach Briefen, Schmuck – irgendwelchen Hinweisen auf ihre Beziehung zu dem Amerikaner. Er fand nichts. Dann wollte er an ihrem Computer ihre E-Mails abrufen, musste aber feststellen, dass sie durch ein Passwort geschützt waren. Fast eine Stunde lang versuchte er zu erraten, welches Passwort sie benutzte, aber ohne Erfolg.

Dann richtete sein Zorn sich gegen seinen Feind. Er wollte mehr über Ron Story wissen. Da er noch im Internet war, rief er das Telefonbuch von Minneapolis auf – nichts. Dann nahm er sich die öffentlichen Meldungen aus Minneapolis vor und gab Rons Namen ein. Zu seiner Überraschung fand er nicht nur einen Eintrag, sondern hunderte. Er las ein Dutzend oder mehr, dann druckte er einige der Artikel aus. Je mehr er las, desto mächtiger fühlte er sich.

Er hatte entdeckt, was Eliana nicht erfahren hatte – er wusste, warum

Ron Story Amerika verlassen und welche Rolle seine Verlobte dabei gespielt hatte. Er kannte den Grund, warum der Mann nach Italien gekommen war.

„Tut mir Leid, dass wir so spät kommen", sagte Eliana, als sie, mit Tüten beladen, nach Hause kam. „Der Verkehr im Zentrum war *brutto*."

Maurizio sah sie nur kalt an.

„Ich mache sofort das Abendessen fertig, Schatz. Alessio, zieh schon mal deinen Schlafanzug an."

Ohne Maurizios wütenden Blick weiter zu beachten, stellte sie die Tüten ab und ging in die Küche, um aufzuwärmen, was sie vorbereitet hatte. Eine Viertelstunde später rief sie Maurizio und Alessio zum Essen. Sie bemerkte überrascht, dass Maurizio seine Aktentasche mit an den Tisch brachte.

Sie aßen mehr oder weniger schweigend. Die Spannung am Tisch war mit Händen zu greifen, und niemand sagte etwas, bis Maurizio seinen Sohn schroff fragte: „Was macht die Schule?"

Alessio sah ihn verständnislos an. „Ich habe gerade keine Schule."

„Die Schule fängt erst in zwei Wochen wieder an", erklärte Eliana.

Maurizio erwiderte nichts, sondern aß weiter.

„Ab ins Bett", sagte Eliana zu Alessio, als sie fertig waren. „Und vergiss nicht, dir die Zähne zu putzen."

Der Junge stand auf und ließ seine Eltern allein. Nach einem weiteren Augenblick des Schweigens versuchte Eliana, Frieden zu schließen. „Tut mir Leid, dass ich mich mit dem Abendessen verspätet habe. Ich wollte eigentlich früher zurück sein."

„Wo warst du?"

„Habe ich dir doch erzählt. Ich war mit Alessio einkaufen, er brauchte neue Sachen für die Schule."

Seine Miene verdüsterte sich. „Wirklich?"

„Was soll das heißen?"

Maurizio lehnte sich in seinem Stuhl zurück. „Du hattest Recht, ich weiß zu wenig darüber, womit du deine Zeit verbringst. Oder mit *wem*." In seinem letzten Satz schwang ein Unterton mit, der sie beunruhigte. „Erzähl mir von dem Porträt, an dem du arbeitest."

„Du warst in meinem Atelier?"

„Der Mann auf deinem Bild sieht wie unser Mieter aus, dieser Amerikaner." Maurizios Augen wurden schmal. „Hast du dich mit ihm getroffen?"

Eliana antwortete nicht. Sie kannte Maurizio. Das war seine Art, Fragen zu stellen, auf die er die Antwort bereits wusste, seine Art, sie in die Falle zu locken, bis sie sich alle Fluchtwege selbst abgeschnitten hatte.

„Oder sollte ich lieber sagen, unser ehemaliger Mieter? Ich werde ihn rauswerfen, wenn er zurückkommt. Willst du wissen, warum?"

Eliana schüttelte nur den Kopf. Ihre Kehle war wie ausgetrocknet.

„Weil du es bereits weißt, nicht wahr? Nun, du solltest froh sein, dass er fort ist, *amore*. Ich habe ein paar Nachforschungen angestellt. Ron Story ist ein Mörder."

Eliana sah ihn verständnislos an.

„Du glaubst mir nicht, aber es ist wahr. Er hat seine Verlobte getötet." Maurizio beugte sich vor und nahm einige Papiere aus seiner Aktentasche. Er breitete sie vor Eliana auf dem Tisch aus. Es waren insgesamt sechs Seiten, Zeitungsartikel aus dem Internet, die er ausgedruckt hatte. Sie griff nach dem ersten Artikel und begann zu lesen.

> WERBEFACHMANN AUS MINNESOTA ERMORDET VERLOBTE
> Am Freitagabend wurde der Werbefachmann Ron Story aus Wayzata wegen Mordes an seiner Verlobten, Alyssa Boyd aus St. Paul, verhaftet. Ms Boyd war im Como Park blutüberströmt von Joggern aufgefunden worden, eine knappe Stunde nachdem Nachbarn sich bei der Gebäudeverwaltung wegen einer häuslichen Auseinandersetzung zwischen Ms Boyd und Story beschwert hatten. Story wurde gesehen, wie er Ms Boyd aus ihrer Wohnung in den Park folgte. Ms Boyd befand sich in einem Schockzustand, als sie ins Regions Hospital gebracht wurde; sie verstarb direkt nach ihrer Ankunft dort.
>
> Story ist Gesellschafter von Twede Story Advertising, einer der größten Werbeagenturen in Minneapolis. Das Paar wollte drei Tage später heiraten.

Eliana sah sich auch die anderen Artikel an – alle erzählten dieselbe Geschichte. So sehr sie bereits gelitten hatte, jetzt war ihr, als ob ihr das Herz bräche. Sprachlos sah sie Maurizio an.

„Du solltest bei der Wahl deiner Liebhaber ein wenig mehr Vorsicht walten lassen", sagte er. „Vor allem, wenn du ihnen unseren Sohn anvertraust. Wenn du nur noch ein einziges Wort mit ihm wechselst, werde ich dafür sorgen, dass du dafür bezahlst."

Einen Augenblick lang war Eliana zu schockiert, um zu sprechen.

„Wo ist der Amerikaner jetzt?", fragte Maurizio.

„Ich weiß es nicht."

Argwöhnisch sah er sie an.

„Ehrlich, ich weiß es nicht."

Er beugte sich vor, bis sein Gesicht nur noch wenige Zentimeter von ihrem entfernt war. „Wenn er zurückkommt, wirst du ihn nicht mehr treffen. Du wirst nicht mit ihm sprechen. Hast du verstanden?"

Sie zitterte. „Ja."

„Ich werde dich beobachten. Jeder auf Rendola wird dich beobachten."

MAURIZIO war allein im Hof, als Ron eine Woche später nach Rendola zurückkehrte. Es war spät am Abend, das Geräusch seines Motorrollers war schon von weitem zu hören gewesen. Maurizios hasserfülltem Gesichtsausdruck entnahm er sofort, dass er über Eliana und ihn Bescheid wusste. Er fragte sich, ob Eliana ihm unter dem Druck ihres schlechten Gewissens alles erzählt hatte.

„Hat Ihnen die *vendemmia* gefallen, Mr Story?"

Die Frage überraschte Ron. „Ja, sehr."

„Ich hatte gar keine Gelegenheit, mich neulich Abend von Ihnen zu verabschieden. Sie haben sich einfach davongestohlen, nicht wahr? Genau wie meine Frau."

Ron rührte sich nicht.

„Ich weiß, wer Sie sind, Story. Ich weiß, warum Sie die USA verlassen haben." Maurizio sah ihn finster an. „Sie haben viel Zeit mit meiner Frau verbracht, zu viel Zeit. Sie sind hier nicht länger willkommen. Sie werden auf der Stelle abreisen. Ich weiß, dass Sie sich illegal in Italien aufhalten mit einem Touristenvisum, das bereits abgelaufen ist. Ich habe einflussreiche Freunde. Wenn Sie sich jemals wieder hier blicken lassen, werde ich dafür sorgen, dass Sie Italien verlassen müssen."

Ron antwortete nicht.

„Sie sind übrigens nicht der Erste."

Ron zuckte zusammen.

„Oh, Sie dachten, Sie seien etwas Besonderes? Eliana macht das etwa einmal im Jahr. Sie langweilt sich und sucht sich einen Liebhaber."

„Sie sind ein Lügner."

Maurizio lächelte ein dünnes, grausames Lächeln.

„Es hat keinen Ehebruch gegeben", sagte Ron.

„Also, wer lügt jetzt?" Maurizio wurde noch wütender. „Ich werde Eliana das Leben zur Hölle machen, wenn sie sich noch einmal mit Ihnen trifft. Ich könnte ihr zum Beispiel meinen Sohn wegnehmen, und dann werden Sie ja sehen, wie wichtig Sie ihr wirklich sind."

Heißer Zorn stieg in Ron auf, aber er beherrschte sich. Er zweifelte nicht daran, dass Maurizio jedes Mittel recht war, um sich an Eliana zu rächen.

„Sie werden Rendola jetzt verlassen und nie mehr zurückkommen!" Er sah Ron mit einem triumphierenden Glitzern in den Augen an. „Sie haben eine Stunde. Dann rufe ich die Polizei."

EINE Dreiviertelstunde später ging Ron mit seinem Rucksack über der Schulter zu seinem Motorroller. Am großen Tor des Innenhofs blieb er stehen und sah sich noch einmal um. Es war sein letzter Blick auf Rendola, das wusste er. Er sah zu Elianas Atelier hinauf. Es brannte kein Licht dort, aber er glaubte zu erkennen, dass sie dort stand und zu ihm herübersah. Er hatte sie abholen und mit ihr zusammen in den Sonnenuntergang fahren wollen. Aber die Dinge hatten sich verändert. Er schob seinen Rucksack auf dem Rücksitz des Motorrollers zurecht und machte sich auf den Weg nach Florenz.

ALS ELIANA am nächsten Tag bis mittags noch nicht aufgetaucht war, klingelte Anna an ihrer Tür. Als sich nichts tat, versuchte sie, sie mit ihrem Schlüssel zu öffnen, aber innen war der Riegel vorgeschoben. Sie begann gerade sich Sorgen zu machen, als sie Geräusche im Haus hörte und Eliana vorsichtig die Tür öffnete.

Anna erschrak, als sie ihre Schwägerin sah. „Was ist los, bist du krank?", rief sie, trat ein und nahm Eliana in den Arm. „Was ist passiert, Eliana?"

„Maurizio hat von mir und Ron erfahren."

„Oh nein! Komm, setz dich." Sie gingen zum Sofa hinüber. Anna setzte sich und zog Eliana neben sich. „Erzähl mir alles."

„Irgendwie hat Maurizio alles über Ron und mich herausgefunden. Er hat Ron aus der Wohnung geworfen und mir verboten, ihn zu sehen oder mit ihm zu sprechen."

Anna strich ihr über das Haar. „Du Ärmste, das ist ja furchtbar!"

„Aber das ist noch nicht alles, Anna. Es ist grauenhaft."

„Was könnte denn noch grauenhafter sein?"

Eliana begann zu schluchzen. Als sie lange genug mit dem Weinen innehalten konnte, um zu sprechen, stand sie auf. „Ich muss es dir zeigen", sagte sie, ging zum Küchenschrank und holte die Artikel heraus.

Anna nahm die Papiere. „Ich kann das nicht lesen", sagte sie. „Die Artikel sind auf Englisch."

„Entschuldige." Einen nach dem anderen übersetzte Eliana die Artikel für sie. Als sie fertig war, wirkte Anna eher verwirrt als besorgt.

„Ich glaube nicht, dass er zu so etwas fähig ist. Glaubst du das?"

„Aber hier steht es doch, schwarz auf weiß."

„*Sì*. Aber wie lange ist das jetzt her?"

„Ich weiß nicht, ungefähr drei Jahre?"

„Und in Amerika muss man für einen Mord nur drei Jahre ins Gefängnis?"

Die Artikel hatten Eliana dermaßen niedergeschmettert, dass ihr diese Ungereimtheit noch nicht aufgefallen war.

„Glaub mir, Eliana, da steckt mehr dahinter. Ich kenne die Menschen. Was sagt dein Herz dir über Ron?"

„Mein Herz sagt mir, dass er niemandem etwas zuleide tun würde."

Anna nickte.

„Und dass ich nicht ohne ihn leben will." Sie begann von neuem zu weinen. „Aber was, wenn …"

Anna zog sie abermals an sich und hielt sie fest umschlungen. „Kein Wenn, Eliana. Kein Wenn."

KAPITEL 11

Ron wartete drei Tage auf eine Nachricht von Eliana, bevor er versuchte, Kontakt mit ihr aufzunehmen. Er wählte die Nummer ihres Handys, erreichte sie jedoch nicht und bekam auch keine Antwort auf die vielen Nachrichten, die er hinterließ und die von Mal zu Mal eindringlicher wurden. Nach einer Woche riskierte er es, in ihrem Haus anzurufen, aber auch dort ging niemand an den Apparat. Nach einer weiteren Woche begann er sich einzugestehen, dass ihr Schweigen möglicherweise ihr Urteil war.

Er dachte darüber nach, ob er einen Besuch auf Rendola riskieren durfte, entschied sich aber dagegen. Selbst wenn Maurizio nicht da war, würden andere ihn sehen – die Arbeiter, Luca oder Vittorio, der Gärtner. So schwer es Ron fiel, es zu akzeptieren – wenn Eliana ihn hätte wiedersehen wollen, hätte sie sich längst bei ihm gemeldet. Mit gebrochenem Herzen tat er, was für ihn das Nächstliegende war: Er wandte sich wieder der Kunst zu.

Francesca hieß Ron mit Küssen auf die Wangen willkommen. Während seiner Abwesenheit waren die Objekte für die Vestalinnen-Ausstellung angekommen, also führte sie ihn durch die Ausstellungsräume und machte ihn mit den einzelnen Werken vertraut. Zu ihrer Überraschung wirkte Ron vollkommen desinteressiert.

In Wahrheit bedrückte ihn das Ganze. Er konnte sich die Ausstellung nicht ansehen, ohne an Eliana zu denken und an den Abend in ihrem Atelier, als sie ihm von den gefallenen Vestalinnen erzählt hatte. Obwohl es noch nicht lange her war, schien der Abend weit zurückzuliegen.

Die erste Gruppe, die Ron durchs Museum führte, waren Zeitungsjournalisten aus Australien. Sie machten die übliche Besichtigungstour und versammelten sich dann im ersten Stock vor der Marmorstatue einer Vestalin.

„‚Die Vestalinnen' ist eine Ausstellung historischer Leihgaben an die Uffizien", erklärte Ron. „Vesta, die Göttin von Heim und Herd, war für die alten Römer eine wichtige Gottheit. Falls Sie bereits in Rom waren, werden Sie sich vielleicht an den Tempel der Vesta in der Nähe des Forums erinnern. Die Hüterinnen des Tempels wurden Vestalinnen genannt. Sie lebten in der Nähe des Tempels in einem Gebäude, das möglicherweise der Vorgänger eines heutigen Klosters war. Die vestalischen Jungfrauen hatten große Macht. Sie waren nicht nur die Wächterinnen des Tempels, sondern auch der römischen Häuser und Familien. Sie wurden sehr jung für ihr Amt ausgewählt – sie waren zwischen sechs und zehn Jahre alt – und mussten drei heilige Gelübde ablegen. Das erste verlangte ihre bedingungslose Treue gegenüber der Göttin Vesta. Mit dem zweiten Gelübde verpflichteten sie sich, dafür Sorge zu tragen, dass das heilige Feuer in ihrem Tempel nie erlosch. Das letzte Versprechen, das man ihnen abverlangte, war ein Keuschheitsgelübde."

„Was passierte, wenn sie dieses letzte Versprechen brachen?", fragte eine Frau aus der Gruppe.

Ron sah sich nach der Fragestellerin um. Sie stand im Schatten eines Durchgangs. Ihr Blick war starr auf ihn gerichtet. Er brauchte einen Moment, um zu begreifen, dass es Eliana war. Sie sahen einander kurz an, dann wandte Ron sich wieder seiner Gruppe zu.

„Wenn eine der Vestalinnen das letzte Gelübde brach, wurde sie in einer kleinen Kammer bei lebendigem Leib begraben."

Ein entsetztes Raunen lief durch die Gruppe.

Eliana sah ihn immer noch an. „War es das wert?", fragte sie.

Einige der Journalisten lachten über ihre Frage, und fast alle drehten sich zu ihr um. Nur Ron wusste, dass sie es ernst meinte.

„Das könnten nur die Vestalinnen selbst beantworten. Aber ich vermute, achtzehn Frauen hätten diese Frage mit Ja beantwortet. So viele von ihnen wurden nämlich lebendig begraben." Ron wandte den Blick von Eliana ab und sah wieder seine Gruppe an. „Wenn es keine weiteren Fragen gibt, können Sie jetzt weitergehen und sich einige Ausstellungsstücke näher ansehen. Ich erwarte Sie in zehn Minuten im nächsten Saal."

Ron wartete, bis die Journalisten zum größten Teil weitergezogen waren, bevor er an Eliana herantrat. Sie stand allein in dem Durchgang und sah ihn unsicher an. „Hallo", sagte sie leise.

Er erwiderte ihren Gruß nur sehr zurückhaltend. „Hallo."

„Du hast wahrscheinlich gedacht, du würdest mich nie wiedersehen", sagte sie und sah ihn voller Unbehagen an. „Oder vielleicht hast du es auch gehofft."

In Rons Gedanken herrschte ein zu großes Durcheinander, um eine zusammenhängende Antwort geben zu können, daher schwieg er.

Als das Schweigen unerträglich wurde, lächelte Eliana, obwohl ihr mehr nach Weinen zumute war. „Ich … ich wollte mit dir reden."

„Ich versuche seit Wochen, mit dir zu reden."

„Ich weiß. Es tut mir Leid." Plötzlich kam es ihr töricht vor, dass sie überhaupt gekommen war. Sie hatte ihn verlassen. Was hatte sie denn von ihm erwartet? „Deine Gruppe wartet auf dich, Ron", sagte sie. „Ich wollte dir nur etwas bringen … das Porträt … Ich habe es am Eingang abgegeben, da, wo man die Kopfhörer mieten kann."

„Wie geht es Alessio?"

Ihre Unterlippe begann zu zittern. „Es geht ihm gut, aber er fragt ständig nach dir. Du fehlst ihm sehr." Sie sah ihn an. „Und mir auch." Ihre Augen füllten sich mit Tränen. „Es tut mir Leid, dass ich dich verletzt habe, Ron. Du hast etwas Besseres verdient." Sie beugte sich vor und küsste ihn auf die Wange. „Leb wohl." Dann wandte sie sich um und ging langsam davon.

Sie hatte bereits den Korridor hinter der Tür erreicht, als Ron ihr nachrief: „Eliana! Warte!"

Sie drehte sich um, und er sah, dass ihre Wangen feucht von Tränen waren.

„Ich bin in etwa einer halben Stunde fertig. Wir können uns in dem Café im zweiten Stock treffen."

Sie nickte schweigend und ging in Richtung Café davon, um dort auf Ron zu warten. Ron sah ihr noch einen Augenblick nach, dann wandte er sich um und beendete seine Führung.

ELIANA saß an einem kleinen Tisch im hinteren Teil des Cafés, als Ron sie nach seiner Führung suchte. Er setzte sich ihr gegenüber. Sie wussten beide nicht recht, wo sie beginnen sollten.

Ron holte tief Luft. „Ich sage dir jetzt einfach, was ich denke."

Sie nickte.

„Du hast mir das Herz gebrochen", sagte er, „und dann hast du mich ohne eine Erklärung verlassen. Ich glaube, ich hätte mit allem anderen eher fertig werden können als mit der Ungewissheit, ob ich dich jemals wiedersehe. Ob dir immer noch etwas an mir liegt."

Sie wischte sich eine Träne aus dem Augenwinkel.

„Ich habe dich mindestens zwanzigmal angerufen."

„Ich konnte nicht mit dir sprechen. Maurizio ist fast die ganze Zeit zu Hause."

„Du hattest nicht einmal fünf Minuten Zeit, um mit mir zu reden?"

Sie holte tief Luft. „Es ging nicht um fünf Minuten. Wenn ich auch nur eine Minute mit dir geredet hätte, hätte ich es nicht mehr ausgehalten." Sie sah ihm in die Augen. „Glaubst du wirklich, ich hätte nicht jede Minute an dich gedacht, seit du fortgegangen bist? Weißt du, wie furchtbar weh jeder deiner Anrufe getan hat? Ich habe das Telefon in der Hand gehalten und geweint und mir so sehr gewünscht, deine Stimme zu hören, dass ich zitterte."

„Warum bist du nicht einfach drangegangen?"

„Ich war verwirrt und hatte Angst. Maurizio hat mir gedroht. Irgendwie ist er dahinter gekommen. Er hat mir erzählt, dass du ein Mörder bist. Ich dachte, er ist verrückt, aber dann hat er mir das da in die Hand gedrückt." Sie griff in ihre Manteltasche, holte die Zeitungsartikel heraus und legte sie vor Ron auf den Tisch. „Ist das wahr?"

Zuerst antwortete er nicht, dann schob er ihr die Papiere hin. „Warum fragst du? Du hast es doch schwarz auf weiß."

„Ist es wahr?", wiederholte sie und sah ihm fest in die Augen.

„Was glaubst du denn?"

„Ich glaube das, was du mir sagst."

Es war lange her, seit jemand das letzte Mal bereit gewesen war, ihm wirklich zuzuhören. „Nein", antwortete er. „Ich habe sie nicht ermordet. Aber ich habe sie getötet."

Er sah sie an, doch in ihrem Blick war weder Angst noch Entsetzen, sondern nur Mitgefühl.

„Alyssa war meine Verlobte. Ich liebte sie genauso sehr, wie ich dich liebe. Vier Tage vor unserer Hochzeit rief mich mein Bruder an. Er erzählte mir, er habe Alyssa in einem Lokal mit ihrem Exfreund gesehen. Er sagte, die beiden hätten Händchen gehalten und sich geküsst." Bei der Erinnerung schüttelte Ron langsam den Kopf. „Ich ging in ihre Wohnung und stellte sie zur Rede. Zuerst stritt sie alles ab, doch dann versuchte sie mir das Ganze zu erklären. Sie sagte, sie und ihr ehemaliger Freund hätten nie einen sauberen Schlussstrich unter ihre Beziehung gezogen. Sie sei sich nicht ganz sicher gewesen, ob sie noch etwas für ihn empfände. Sie hatte sich mit dem Mann getroffen, um Klarheit zu haben." Ron rieb sich die Stirn. „Sie sagte, nach dem Treffen mit ihm sei ihr klar geworden, dass die Sache schon lange vorbei war – dass sie nur mich wollte. Das hätte mir genügen müssen. Aber ich war so blind vor Eifersucht, dass ich Alyssa gar nicht richtig zuhörte. Sie fing schließlich an zu weinen und rannte aus dem Haus. Ich folgte ihr in den Park in der Nähe ihrer Wohnung. Dann drehte sie sich plötzlich um und bat mich, sie in Ruhe zu lassen. Ich wusste, dass ich im Unrecht war, ich wollte mich entschuldigen, aber ich hatte solche Angst, sie zu verlieren, dass ich nicht wusste, was ich tun sollte. Also tat ich, worum sie mich gebeten hatte, und ließ sie allein." Seine Augen wurden feucht. „Das war das Letzte, was sie jemals zu mir sagte. Eine halbe Stunde später fanden Jogger sie verblutend im Park."

Eliana legte eine Hand auf den Mund. „Lieber Gott."

„Ich bin fast drei Stunden lang durch Minneapolis gefahren. Als ich endlich wieder nach Hause kam, erwartete mich bereits die Polizei. Ich wurde wegen Mordes an Alyssa angeklagt."

„Aber warum?"

„Mindestens ein Dutzend Leute hatten unseren Streit mitbekommen, und einige von ihnen hatten gesehen, wie ich ihr in den Park folgte. Ich hatte kein Alibi. Als die Jogger Alyssa fragten, wer ihr das angetan habe, war alles, was sie sagen konnte, mein Name. Sie starb mit meinem Namen auf den Lippen, und ich bekam fünfzehn Jahre ohne Bewährung wegen Totschlags. Mein Bruder machte sich furchtbare Vorwürfe. Er war damals fast drei Jahre lang clean gewesen und hatte den ersten festen Job seines Lebens. Nach meiner Verurteilung ist er einfach verschwunden. Ich saß im Gefängnis und musste die Trauer um Alyssa ertragen, die Schuldgefühle und die Einsamkeit. Es war zu viel für mich. Da habe ich dann das hier getan." Er drehte sein Handgelenk nach oben, um ihr die Narbe zu zeigen. „Ein Gefängniswärter fand mich, bevor ich verblutet war. Seltsamerweise war es mein Selbstmordversuch, der mir das Leben rettete. Der Gefängnispsychologe empfahl, mich um meiner eigenen Sicherheit willen in den Gewerbebetrieb des Gefängnisses zu stecken. Ich war eine große Nummer in der Werbebranche von Minnesota gewesen, und der Mann, der für die gewerbliche Tätigkeit des Gefängnisses zuständig war, kannte meine Arbeit. Ich gründete im Gefängnis eine Werbeagentur, und wir fingen an, Geld zu verdienen. Schließlich bekam ich eine eigene Zelle und Sondervergünstigungen. Manche Menschen wenden sich im Gefängnis Gott zu, und ich glaube, das war auch mein Weg, allerdings durch ein Medium, das ich verstehen konnte – die Kunst. Ich begann, Bilder in meiner Zelle aufzuhängen. Die meisten Insassen hatten Fotos aus irgendwelchen Pornozeitschriften an den Wänden hängen. Meine Nacktfotos waren Aufnahmen von siebenhundert Jahre alten Statuen und rundlichen Frauen auf Ölgemälden."

„Und was ist mit den Uffizien?"

„Es fing an mit einem Artikel in einer alten Kunstzeitschrift über die Bilder von Botticelli. Wenn ich seine Bilder ansah, konnte ich die Gefängnismauern um mich herum vergessen. Ich begann, Bilder von den Meisterwerken der Uffizien zu sammeln, bis ich die ganze Sammlung des Museums beisammenhatte. Ich glaube, bis dahin war ich immer noch entschlossen gewesen, mir das Leben zu nehmen, wenn der richtige Augenblick gekommen war. Aber durch die Kunst veränderte ich mich. Ich beschloss weiterzuleben und mir so wenig Zeit meines Lebens stehlen zu lassen wie nur möglich. Ich begann Gewichte zu heben, Vitamine zu nehmen und alles zu tun, was gesund war. Und ich gab mir selbst das Versprechen, am Tag meiner Entlassung nach Italien zu ziehen."

„Deshalb hast du Italienisch gelernt."

Ron lächelte. „Ich hatte reichlich Zeit – fünfzehn Jahre ohne Bewährung." Er schüttelte den Kopf. „Dann, eines schönen Tages, drei Jahre nach meiner Inhaftierung, klopfte ein Wärter an meine Tür. ‚He, Story, Ihr Anwalt ist hier und möchte mit Ihnen sprechen!' Mein Anwalt erzählte mir, dass die Polizei am Tag zuvor in St. Paul einen Drogendealer aufgegriffen hatte. Es war seine dritte Straftat, und daher wartete auf ihn bei einer Verurteilung die Höchststrafe. Der Mann war also ziemlich nervös, und um die Polizei milde zu stimmen, erzählte er, dass einer seiner Kunden im Como Park eine Frau getötet habe und ein Geschäftsmann dafür verurteilt worden sei. Er konnte es beweisen, weil der Kerl den Führerschein des Opfers wie ein Souvenir mit sich herumtrug und ihm ihren Verlobungsring gegeben hatte, um seine Schulden zu bezahlen. Den Ring trug jetzt die Freundin des Drogendealers. Mein Anwalt erzählte mir, dass der Bursche festgenommen worden war und die ganze Geschichte sich bestätigt hatte. Am nächsten Tag unterzeichnete ein Richter meine Entlassung. Drei Jahre in der Hölle, und von niemandem auch nur so viel wie eine Entschuldigung. Ich versuchte, meinen Bruder zu finden, doch ohne Erfolg. Also kaufte ich mir ein Flugticket nach Rom."

Eliana starrte ihn an, entsetzt über diese grauenhafte Geschichte. Sie legte ihre Hand auf seine. „Es tut mir so Leid, dass dir das zugestoßen ist", sagte sie. „Es tut mir Leid, dass ich jemals an dir gezweifelt habe."

„Ich habe einmal geglaubt, die Kunst sei der einzige Beweis dafür, dass wir Menschen mehr sind als andere Geschöpfe der Natur", antwortete er. „Jetzt glaube ich das nicht mehr. Ich glaube, die Liebe ist dieser Beweis. Die Kunst ist ein Ausdruck der Liebe."

Sie hob seine Hand an die Lippen und küsste sie. „Ich möchte mit dir allein sein", murmelte sie.

Er stand auf, nahm ihre Hand und zog sie hoch. Zusammen gingen sie zum Eingang der Uffizien, um Rons Porträt abzuholen. Es lehnte an der Wand, und er betrachtete es schweigend, während Eliana auf sein Urteil wartete.

„Was hältst du davon?", fragte sie schließlich.

„Ungeachtet des Modells ist es wunderschön."

Sie nahm seinen Arm und legte den Kopf an seine Schulter. „Gerade das Modell ist es, das es für mich so schön macht."

Ron umfasste ihre Taille und nahm das Porträt. „Wie bist du hergekommen?", fragte er.

„Mit dem Wagen. Ich habe ein paar Häuserblocks entfernt geparkt."

„Dann lass uns das Bild in deinen Wagen legen, und anschließend lade ich dich zum Essen ein."

Sie lächelte. „Das klingt gut."

ES WAR bereits dunkel, als sie das Restaurant verließen. Händchen haltend wanderten sie durch die schmalen, gewundenen Straßen der Altstadt, bis sie den Arno erreichten. Sie blieben stehen und blickten über den Fluss. Träge und dunkel wie Tinte floss das Wasser unter ihnen dahin.

Ron fand einen nicht allzu steilen Weg nach unten ans Flussufer, wo ihnen der Zaun eines privaten Ruderklubs den Weg versperrte. Am Zaun prangte ein Schild mit der Aufschrift ZUTRITT VERBOTEN in fünf verschiedenen Sprachen. Ron ignorierte sie allesamt, kletterte über den Zaun und half dann Eliana hinüber. Sie setzten sich ins weiche Gras. Ron legte den Kopf in Elianas Schoß, und eine Weile saßen sie schweigend da und schauten den Mond an, der rund und leuchtend am Himmel stand.

„Hast du jemals einen solchen Mond gesehen?“, fragte er.

„Nur hier. Ich glaube, dass der Mond eigentlich Florenz gehört. Die Florentiner teilen ihn lediglich mit dem Rest der Welt.“

„Wer passt heute Abend auf Alessio auf? Anna?“

„Nein, Manuela. Anna ist in Genua, bei Andrea. Sie ist ja so verliebt.“

„Das kann ich ihr nachfühlen.“

Eliana beugte sich vor und küsste ihn.

Ron seufzte. „Wann musst du wieder zu Hause sein?“

„Das spielt keine Rolle. Ich habe Manuela gesagt, ich käme erst spät zurück.“

Wieder folgte eine Pause.

„Und Maurizio?“

„Er ist vor drei Tagen abgereist. Er ist in der Schweiz.“

Ron führte ihre Hand an die Lippen und küsste nacheinander jeden ihrer Finger. Dann begann er plötzlich zu lachen. „Dieser Tag entwickelt sich ganz anders, als ich erwartet hatte.“

„Besser, hoffe ich.“

„Viel besser.“

„Und er ist noch nicht vorbei“, sagte sie, und in ihren Worten schwang ein Versprechen mit. „Wie hast du diese Stelle hier entdeckt?“

„Ich wohne ganz in der Nähe, gleich dort drüben.“ Ron zeigte auf die andere Seite des Arno, auf eine Reihe alter Häuser.

„Welches Haus ist es?“

„Das zweite von links. Das große gelbe.“

„Es muss schön sein, auf den Arno zu blicken.“

„Der Ausblick ist nicht so schön wie auf Rendola“, erwiderte er.

„Du findest Rendola schöner als den Arno und seine Brücken?“

„Ich habe von *dir* gesprochen.“

Sie drückte seine Hand. „Glaubst du, dass ich ein Fehler bin?“

„Nein, ich glaube, dass du ein Geschenk bist.“

„Vielleicht bin ich beides. Manchmal denke ich, dass die Dinge, die mir im Leben am teuersten sind, Fehler waren. Wir hatten nicht die Absicht, ein Kind zu bekommen, als ich mit Alessio schwanger wurde.“

„Nur weil ihr es nicht geplant habt, heißt das nicht, dass es ein Fehler war. Es gibt Dinge, die uns widerfahren, weil es so sein muss."

„So wie du", sagte sie. „Ich weiß nicht, welchen Preis ich dafür zahlen muss, mit dir zusammen zu sein, aber ich kann einfach nicht mehr ohne dich sein."

„Dann komm mit mir. Ich verspreche dir, dass ich den Rest meines Lebens darauf verwenden werde, dich glücklich zu machen und dafür zu sorgen, dass du es nicht bereust."

Seine Worte eroberten ihr Herz, und sie legte sich neben ihn und schloss die Augen. Ron stützte sich auf den Ellbogen, sodass er ihr Gesicht betrachten und seine Vollkommenheit bewundern konnte. „Du bist die schönste Frau, die mir je begegnet ist", flüsterte er und küsste sie zärtlich.

„Wenn ich Maurizio verlasse, wirst du dann für mich da sein?", fragte sie und sah ihn an.

„Musst du das fragen?"

„Um Alessios willen muss ich es."

„Ja. Wenn ihr beide, du und Alessio, mich haben wollt." Ron hielt inne. „Wird Maurizio um das Sorgerecht für Alessio kämpfen?"

„Das Sorgerecht ist das Letzte, was Maurizio will. Er ist ohnehin nie zu Hause. Das Sorgerecht ist nur ein Problem, wenn ich versuche, Italien zu verlassen. Aber du willst doch gar nicht aus Italien fort, oder?"

„Nein, will ich nicht."

Wieder schloss sie die Augen, und wieder beugte er sich über sie und küsste sie. Plötzlich füllten seine Augen sich mit Tränen. Er versuchte es vor ihr zu verbergen, aber es gelang ihm nicht.

Eliana zog sich ein wenig von ihm zurück. „Ron, was ist?"

Er schüttelte nur den Kopf und wandte den Blick ab.

Sie küsste ihn auf die Stirn und zog ihn an sich. „Bitte sag mir, was dich bedrückt."

„Ich habe solche Angst, dich zu verlieren."

„Du wirst mich nicht verlieren."

„Eliana, ich habe jeden verloren, den ich jemals geliebt habe. *Jeden.* Meine Eltern, meinen Bruder, Alyssa. Ich ertrage es nicht, auch noch dich zu verlieren."

„Du wirst mich niemals verlieren. Niemals. Das verspreche ich dir. Ich kann nicht mehr ohne dich leben. Du musst mir nur noch dieses eine Mal vertrauen."

Sie hielten einander fest umschlungen, und die Liebe umgab sie wie ein feiner Nebel. Und sie fanden, was ihnen bis dahin verwehrt geblieben war: die Erfüllung des größten aller menschlichen Bedürfnisse, des Bedürfnisses, zu lieben und geliebt zu werden. Die Nacht war schwarz und still und tief, und Ron und Eliana vergaßen alles um sich herum.

Die Morgendämmerung kam früh um diese Jahreszeit in Florenz. Es war erst fünf Uhr, als Eliana erwachte, und sie wusste zuerst nicht, wo sie sich befand. Aber dann lächelte sie, als ihr klar wurde, dass sie noch immer am Ufer des Arno war, noch immer in Rons Armen. Ihr war, als erwache sie aus einem schönen Traum, aber der Traum war Wirklichkeit. Nichts kann süßer sein, dachte sie. Wie lange war es her, dass sie so empfunden hatte? Eine Ewigkeit.

Dann bemerkte sie, dass Ron ebenfalls wach war. Sie legte den Kopf in den Nacken, um ihn anzusehen. Sein Haar war zerzaust, und winzige Bartstoppeln zeigten sich auf seinem Gesicht. Er sah verwegener, aber auch jünger aus als sonst.

„Guten Morgen." Seine Stimme klang heiser. „Ich liebe dich."

Sie seufzte glücklich. „Ich weiß. Und ich liebe dich." Sie zog ihn fester an sich und legte die Wange an seine warme Brust. „Wie werden wir leben, Ron?", fragte sie nach einer Weile.

„Glücklich."

Sie fuhr mit dem Finger über seine Brust. „Wir werden glücklich sein, aber ich muss mir einen Job suchen. Alessios Arztrechnungen sind manchmal ganz schön hoch."

Ron lächelte. „Geld ist kein Problem. Meine Partner wollten mich um jeden Preis aus der Agentur haben. Also haben sie mir eine riesige Abfindung gezahlt. Du musst nicht arbeiten. Du kannst zu Hause bei Alessio bleiben."

Es schien zu schön, um wahr zu sein. Eine Weile lagen sie nur da, hielten sich in den Armen und genossen den Augenblick, doch dann sagte Eliana: „Ich fürchte, Manuela wird sich schon Sorgen machen. Ach, wenn dieser Traum doch nie zu Ende ginge!"

„Der Traum hat gerade erst angefangen", erwiderte Ron. Sie standen auf, und er half ihr über den Zaun. „Wann sagst du es Maurizio?"

„Er kommt nicht vor Freitag nach Hause."

„Möchtest du, dass ich dabei bin, wenn du es ihm sagst?"

„Nein."

„Rufst du mich an, sobald du mit ihm geredet hast?"

„Ja, natürlich."

Er griff nach ihrer Hand, und sie schlenderten durch die noch stillen Straßen zu Elianas Wagen. Seufzend öffnete sie die Autotür. „Was ist mit deinem Bild? Willst du es gleich mitnehmen?“

„Nein, bring es mit, wenn alles geregelt ist und du zu mir kommst. Auf diese Weise hast du mich noch ein paar Tage in deiner Nähe.“

„Gute Idee.“ Sie lächelte und küsste ihn voller Leidenschaft. „Ich liebe dich.“

„Ich liebe dich auch.“

Dann griff sie sich in den Nacken und nahm ihre goldene Kette mit dem Medaillon ab. Sie hielt sie ihm hin. „Die ist für dich, bis du mich für den Rest deines Lebens behalten kannst.“

Langsam schloss er die Hand um die Kette. Was hatte sie gesagt? „Du musst mir noch ein letztes Mal vertrauen.“ Für Ron war die Kette ein Symbol dieses Versprechens.

KAPITEL 12

Eliana kurbelte ihr Fenster herunter und genoss den kühlen Morgenwind. Sie durchlebte noch einmal ihre Gespräche und die Nacht, die hinter ihr lag – wieder geliebt zu werden, was konnte wunderbarer sein? Lächelnd bog sie in die lange Auffahrt von Rendola ein.

Doch dann, als sie das Haus erreichte, setzte ihr Herz aus. Der einzige Wagen, der auf dem geschotterten Parkplatz stand, war Maurizios Alfa Romeo.

Warum war er zu Hause? Voller Angst stieg sie aus dem Wagen, öffnete das Hoftor und durchquerte den Innenhof. Als sie über das steinerne Pflaster ging, kam es ihr vor, als würden alle Geräusche um sie herum um ein Vielfaches verstärkt. Langsam öffnete sie die Wohnungstür.

Maurizio stand vor ihr, und seine Augen waren dunkel vor Zorn. „Wo bist du gewesen?“ Seine Stimme hatte einen scharfen Unterton.

Sie antwortete nicht.

„Wo bist du die ganze Nacht gewesen?“

Sie wich seinem Blick aus. „Seit wann interessiert es dich, wo ich bin?“, fragte sie zurück.

Er packte sie an den Schultern und drückte sie gegen die Wand. „Mit wem bist du zusammen gewesen? Mit dem Amerikaner? Ich habe dir gesagt, du sollst dich von ihm fern halten."

„So wie du dich von anderen Frauen fern hältst?"

„Halt den Mund!", schrie er und hob die Hand. Sie zuckte zusammen, aber der erwartete Schlag blieb aus. „Du willst diesen amerikanischen Kriminellen? Bitte, du kannst ihn haben. Pack deine Sachen und geh!"

Sie rührte sich nicht.

Er trat auf die Wand zu und riss eines ihrer Gemälde herunter. Der Rahmen zerbrach, als es auf dem gekachelten Fußboden aufschlug. „Und schaff mir dieses ganze hässliche Zeug aus dem Haus!"

„In Ordnung, ich gehe. Wo … wo sind Manuela und Alessio?"

„Sie sind nicht hier", sagte er, und seine Stimme hatte plötzlich einen grausamen Unterton.

„Wo ist Alessio?"

„Du glaubst doch nicht, dass du meinen Sohn zu einem anderen Mann mitnehmen wirst! Du gehst allein."

„Ich werde mich von dir scheiden lassen, und ich werde Alessio mitnehmen."

Maurizio wirkte auf düstere Weise erheitert. „So hast du dir das also vorgestellt? Du wirst ihn nicht bekommen. Das kann ich dir versprechen. Du hast deine Entscheidung getroffen, und jetzt verschwinde aus meinem Haus."

„Ich werde Alessio nicht verlassen."

„Das hast du bereits getan."

„Du kannst doch nicht …" Doch bevor sie den Satz beenden konnte, schlug Maurizio ihr ins Gesicht, sodass sie zu Boden fiel. Dann lag er über ihr, schlang sich ihr Haar um die Hand und zog ihren Kopf hoch. Sie hatte zu große Angst, um sich zu wehren. „Bitte, Maurizio", flehte sie. „Bitte, tu mir nichts!"

„Ich sollte dich verprügeln." Er zauderte, doch dann stützte er sich mit dem Knie auf ihren Rücken und richtete sich auf. Sie keuchte vor Schmerz, Blut lief ihr aus der Nase und bildete langsam eine kleine Lache vor ihr. „Ich habe nicht mit ihm geschlafen", schluchzte sie.

„Lügnerin!"

„Wirklich nicht, Maurizio."

„Ich erwarte, dass du weg bist, wenn ich wiederkomme."

Die Tür fiel hinter ihm ins Schloss, und plötzlich war es vollkommen still um sie herum, bis auf ihr eigenes, gedämpftes Weinen.

LANGE blieb Eliana weinend auf dem Boden liegen, bis sie sich zum Telefon schleppte, das auf dem Flurtisch stand. Sie riss es zu sich herunter und tippte mit zitternden Fingern Manuelas Nummer ein. Manuelas Mann Vittorio nahm den Anruf entgegen.

„Vittorio, ich bin es, Eliana. Wo ist Manuela?"

Er zögerte. „Eliana …"

„Hat sie Alessio bei sich?"

„Es tut mir Leid, Eliana. Maurizio hat mir das Versprechen abgenommen, nicht mit Ihnen zu reden."

„Vittorio, ich muss es wissen. Alessios Asthma ist lebensbedrohlich. Wenn er sich aufregt, könnte er einen Anfall bekommen."

„Was soll ich machen? Es tut mir sehr Leid." Vittorio legte auf.

Wie betäubt legte Eliana den Hörer hin und blickte an sich hinab. Sie war über und über mit Blut beschmiert. Mühsam schleppte sie sich ins Bad und wusch sich das Gesicht. Dann ging sie in ihr Schlafzimmer und rollte sich auf dem Bett zusammen. Drei Stunden lang rührte sie sich nicht.

Irgendwann klingelte das Telefon. *„Pronto."*

„Eliana, ich bin es, Anna."

„Anna", sagte sie langsam.

„Was ist los?"

„Maurizio hat mir Alessio weggenommen." Sie begann zu weinen.

„Dann ist es also so weit. Er ist endgültig verrückt geworden. Wo hat er ihn hingebracht?"

„Ich weiß es nicht."

„Was war der Auslöser?"

„Es ist meine Schuld, Anna. Ich war die ganze Nacht mit Ron zusammen. Als ich nach Hause kam, wartete Maurizio auf mich."

„Ich nehme den nächsten Zug nach Hause. Ich bin im Handumdrehen bei dir."

ANNA erreichte Rendola wenige Minuten nach Mitternacht. Sie öffnete die Tür zu Elianas Wohnung, schaltete die Flurbeleuchtung ein und stöhnte, als sie die Blutflecken auf dem Fußboden sah. So schnell sie konnte, rannte sie hinauf ins Schlafzimmer.

„Eliana! Was hat er dir angetan?"

„Anna, rufst du bitte bei Manuela an und fragst, ob Alessio dort ist? Vittorio wollte es mir nicht sagen."

„Natürlich, Liebes."

Anna ging nach unten und rief Vittorio an. Einen Augenblick später ertönte von unten eine Flut italienischer Flüche, dann knallte sie den Hörer auf die Gabel und kam wieder nach oben.

„Hat er gesagt, wo Alessio ist?“

„Nein. So ein Mistkerl!“ Sie setzte sich neben Eliana aufs Bett und begann vorsichtig, ihr den Nacken zu massieren. „Alessio geht es bestimmt gut. Manuela wird sich um ihn kümmern, bis Maurizio wieder zur Vernunft kommt.“

„Was habe ich nur getan, Anna?“

Doch Anna legte ihr einen Finger auf die Lippen. „Pst! Jetzt musst du erst einmal schlafen.“

Anna blieb die ganze Nacht bei ihrer Schwägerin. Als sie am nächsten Morgen erwachte, schlief Eliana noch. Im Raum war es fast dunkel, da die Fensterläden die morgendliche Sonne aussperrten. Leise stand sie auf und ließ Eliana weiterschlafen.

Gegen elf Uhr klingelte das Telefon. „Anna?“, ertönte eine männliche Stimme. „Hier ist Ron. Ist Eliana da?“

„Sie ist hier, Ron, aber sie kann nicht mit Ihnen sprechen. Es geht ihr nicht gut.“

„Was ist los?“

Sie zögerte. „Ron, es ist etwas passiert. Etwas Furchtbares.“

„Wovon reden Sie? Soll ich nach Rendola kommen?“

„Nein. Das dürfen Sie nicht. Eliana wird Sie anrufen, sobald sie dazu in der Lage ist.“

„Was kann ich tun?“

„Nichts anderes als beten. Ich sorge dafür, dass sie Sie anruft.“

Sie legte auf, doch sie erzählte Eliana nichts von dem Anruf.

Es dauerte zwei Tage, bis Maurizio zurückkam. Eliana hatte ihr Bett während dieser Zeit nur zweimal verlassen, einmal, als Anna sie zu einem Teller Suppe überredet hatte, und das zweite Mal, um ein heißes Bad zu nehmen. Sie lag im Bett, als Maurizio die Schlafzimmertür aufriss und hereinstürmte. „Warum bist du noch hier? Ich habe dir gesagt, dass du gehen sollst.“

„Bitte, Maurizio, bring Alessio zurück! Um Alessios willen. Du weißt nicht, wie krank er ist.“

„Nicht so krank, dass du ihn nicht wegen deines Amerikaners im Stich lassen konntest.“

Sie antwortete nicht. Dann begann sie zu schluchzen. „Bitte! Ich tue alles, was du verlangst, Maurizio. Gib mir nur Alessio zurück!“

Er sagte nichts.

„Ich werde mich nicht mehr mit ihm treffen. Ich verspreche es.“

„Das hast du schon einmal gesagt. Warum sollte ich dir glauben?“

Sie wusste nicht, was sie antworten sollte.

„Wo wohnt dein Freund?“

„Warum willst du das wissen?“, fragte sie ängstlich.

Ihre Sorge um Ron machte Maurizio nur noch wütender. Er ging auf die Tür zu.

„Er hat eine Wohnung mit Blick auf den Arno.“

„Wie ist die Adresse?“

„Ich weiß es nicht.“

Er legte die Hand auf den Türgriff.

„Ich sage die Wahrheit, ich weiß es nicht. Es ist das zweite Haus vom Ponte Alle Grazie aus. Es hat eine hellgelbe Farbe.“

„Welche Nummer hat sein Apartment?“

„Ich weiß es nicht. Ich bin nie dort gewesen.“

Einige Sekunden lang starrte Maurizio sie nur an. Als er wieder zu sprechen begann, war seine Stimme kaum mehr als ein Flüstern. „Du willst noch eine Chance? Ich gebe dir noch eine Chance, Eliana, auch wenn du sie nicht verdient hast. Aber sei vorsichtig. Ich werde dir nicht noch einmal trauen. Rendola hat Augen. Und wenn der Amerikaner oder ein anderer Mann dir jemals wieder den Kopf verdrehen sollte, wirst du Alessio für immer verlieren.“

Maurizio drehte sich um, riss die Tür auf und schlug sie hinter sich zu.

Es waren Tage vergangen, seit Ron mit Anna telefoniert hatte, Tage, in denen er hilflos auf Elianas Anruf gewartet hatte. Als sie sich dann endlich meldete, erklärte sie ihm nichts, aber ihre Stimme machte ihm Angst. Er spürte, dass etwas Schreckliches passiert war. Sie vereinbarten ein Treffen in Florenz, auf der belebten Piazzale Michelangelo.

Eliana stand mitten auf dem Platz und hielt im Gedränge der Touristen nach Ron Ausschau. Sie hatte gedacht, dass es leichter für sie wäre, wenn sie inmitten vieler Menschen mit ihm sprechen würde, doch nun bedauerte sie ihre Entscheidung. Sie hatte nur einen Wunsch: mit ihm allein zu sein und in seinen Armen zu liegen.

Als sie ihn am anderen Ende des Platzes entdeckte, sah sie, dass er ein schwarzes T-Shirt trug und die goldene Kette, die sie ihm geschenkt hatte. Rasch ging sie auf ihn zu, doch bei dem Gedanken an das, was sie ihm nun sagen musste, wurde ihr das Herz so schwer, dass sie kaum Luft bekam.

Sie umarmten sich, dann legte sie den Kopf an seine Brust. Er drückte sie an sich. „Was ist denn passiert?"

„In der Nacht, die wir zusammen verbracht haben, ist Maurizio nach Hause gekommen. Er hat bis zum Morgen auf mich gewartet."

„Beruhige dich, Eliana. Es wird alles gut werden. Wir machen genau das, was wir geplant haben. Wir, du und ich und Alessio, wir werden ein neues Leben beginnen."

Sie begann zu weinen. Außerstande zu sprechen, hielt sie sich an ihm fest, bis sie fortfahren konnte. „Ron, ich weiß nicht, wie ich dir das sagen soll…"

Ihre Worte schienen sich wie eine Klinge in seine Brust zu bohren. Er trat einen Schritt zurück und sah sie voller Schrecken an.

„Maurizio hat mir Alessio weggenommen. Ich habe solche Angst! Er weiß weder, wie gefährlich Alessios Asthma ist, noch was zu tun ist, wenn er einen Anfall hat. Ich habe solche Angst, dass ihm etwas zustößt. Es wäre meine Schuld."

„Nein, es wäre nicht deine Schuld."

„Doch, das wäre es. Ich hätte ihn nicht allein lassen dürfen."

„Ich spreche mit Maurizio. Ich hole Alessio zurück."

„Nein, Ron. Du verstehst mich nicht." Sie weinte jetzt noch heftiger. „Wir haben verloren. Ich kann nicht dich *und* Alessio haben. Du musst fortgehen, Ron. Du musst versprechen, mich zu verlassen und nie mehr zurückzukommen."

Es war, als ob ihre Worte wie eisige Wogen über ihm zusammenschlugen. „Und was ist, wenn ich das nicht tue? Wenn ich dir sage, lauf mit mir weg, heute noch, und lass Maurizio und Rendola und all das hinter dir?"

„Und Alessio?" Sie sah zu ihm auf, und ihr Blick war jetzt voller Entschlossenheit. „Ich wäre nicht mehr die Frau, die du geliebt hast."

Ron wusste, dass das die Wahrheit war. Eliana würde es sich niemals verzeihen, wenn sie ihr Kind im Stich ließe. Sie würde anfangen sich zu hassen. Und eines Tages würde sie auch ihn hassen. Ihm wurde klar, dass es keine Fluchtmöglichkeit für sie gab, keine Hintertür.

Voller Schmerz schloss er die Augen und wandte sich von ihr ab. „Hast du es mir nicht versprochen? Hast du nicht gesagt, ich solle dir ein letztes Mal vertrauen?"

Seine Worte, die ihre eigenen Worte waren, taten ihr weh. Sie lehnte sich an ihn und schluchzte. „Ich dachte, es wäre möglich. Du darfst mich nicht hassen, Ron. Das könnte ich nicht ertragen."

Er zog sie wieder an sich und hielt sie fest. „Denk daran, Eliana, die Liebe gibt einem keine zweite Chance." Er löste sich von ihr und schluckte. „Du musst jetzt gehen. Alessio braucht dich."

„Wo wirst du hingehen? Zurück nach Amerika?"

„Amerika bedeutet mir nichts." Er hielt inne und wischte sich die Tränen vom Gesicht. „Außerdem ist es das Beste, wenn du es nicht weißt." Er holte tief Luft, stieß langsam den Atem aus und küsste sie dann auf die Wange. „*Addio, amore*. Ich werde dich immer lieben."

Dann wandte er sich mit gesenktem Kopf von ihr ab und verschwand in der Menge.

ZU HAUSE ging Eliana in ihr Atelier und betete über eine Stunde lang, flehte um Vergebung und bat um die Sicherheit ihres Sohnes. In ihrer Verzweiflung bot sie ihr eigenes Leben im Austausch gegen das ihres Sohnes an, obwohl ihr dieses Opfer sehr dürftig erschien. Sie betete sogar für Maurizio und dass sein Herz sich erweichen möge. Und sie betete für Ron. Sie spürte, dass sie ihm das größte Unrecht angetan hatte, denn in ihrem Herzen betrachtete sie es als die schwerste aller Sünden, einem Menschen die Hoffnung zu nehmen. Sie wusste nicht, ob es dafür Vergebung geben konnte.

IRGENDWANN in den frühen Morgenstunden klingelte das Telefon. Eliana brauchte einen Moment, um zu begreifen, wo sie war und was sie geweckt hatte. Dann griff sie schlaftrunken nach dem Hörer. *„Pronto."*

„Sind Sie das, Eliana?"

„Manuela? Wo sind Sie? Wo ist Alessio?"

„Ich bin mit Alessio im Krankenhaus. Sie müssen kommen."

Elianas Mund wurde trocken. „Was ist passiert? Geht es Alessio gut?"

„Es geht ihm jetzt wieder gut, ja. Er hatte einen schweren Anfall."

„Ich komme sofort."

Die dunklen Straßen waren vollkommen verlassen, und Eliana benötigte nur eine Viertelstunde für die Fahrt. Manuela erwartete sie in der Eingangshalle des Krankenhauses. Die beiden Frauen umarmten sich.

„Ich habe mir solche Sorgen um Sie gemacht", sagte Manuela. „Es tut mir so Leid, Eliana. Ich musste mich Maurizio fügen. Es war die einzige Möglichkeit, in Alessios Nähe zu bleiben."

„Ich weiß, Manuela, ich weiß. Ich bin Ihnen nicht böse."

„Alessio war so furchtbar aufgeregt, seit Maurizio ihn mitgenommen hat. Er hatte mehrere Anfälle, aber dieser hier war der schlimmste. Wir dachten schon, wir würden ihn verlieren."

Eliana wurde blass.

„Es geht ihm jetzt wieder gut, Eliana. Er schläft."

„Wer ist bei ihm?"

„Der Arzt ist gerade gegangen. Jetzt ist nur noch Maurizio da. Kommen Sie, ich bringe Sie hin."

Auf dem Weg zu Alessios Zimmer hallten ihre Schritte in dem menschenleeren Flur wider. Etwa in der Mitte des Korridors im zweiten Stock stand eine Tür einen Spaltbreit offen. Eliana blickte hinein. Sie konnte Alessios kleine Gestalt unter der Decke kaum erkennen. Er hatte eine Sauerstoffmaske auf dem Gesicht, und in seinem Arm steckte eine Kanüle, an die ein Tropf angeschlossen war. Mit Tränen in den Augen stürzte sie zu ihm, griff nach seiner Hand und fiel neben ihm auf die Knie. Er öffnete die Augen und sah sie an. Sie drückte seine Hand auf ihre feuchte Wange. „Ich wusste nicht, wo du warst. Es tut mir so Leid, Alessio. Ich hätte dich niemals im Stich gelassen. Niemals!"

Alessio sah sie an und blickte dann ängstlich über ihre Schulter. Eliana folgte seinem Blick. Maurizio stand im Halbdunkel in der Ecke des Zimmers. Er wirkte klein und hilflos, während sie spürte, dass ihre Kraft zurückkehrte, die Kraft einer Mutter, die ihr Kind beschützt. Er konnte ihr nicht mehr drohen.

Manuela bemerkte ihren Blickwechsel und verließ den Raum.

Maurizio räusperte sich. „Er hat nach dir geweint, seit ich ihn von Rendola fortgebracht habe. Er hatte fast unmittelbar darauf einen Anfall ... und dann noch weitere. Aber letzte Nacht hat das Inhaliergerät nicht geholfen, und wir mussten ihn hierher bringen." Seine Stimme wurde brüchig. „Wir hatten Angst, er würde sterben."

Eliana sah, dass Maurizio zitterte.

„Er ist nicht wirklich mein Sohn, nicht wahr, Eliana?"

„Natürlich ist er dein Sohn. Wie kannst du es wagen, so etwas zu sagen, noch dazu vor ..."

Maurizio hob die Hand, um sie zu unterbrechen. „So habe ich das nicht gemeint." Er schluckte. „Er nennt mich nicht Vater. Ich glaube, er hasst mich."

Eliana verstand plötzlich, warum Maurizio nach ihr hatte rufen lassen. Es steckte mehr dahinter als nur die Angst, seinen Sohn zu verlieren; ihm war klar geworden, dass er ihn bereits verloren hatte. Plötzlich tat er ihr

Leid. „Um Vater zu sein, braucht man Zeit. Er bekommt dich nie zu sehen. Du bist kein Teil seines Lebens."

Maurizio blickte lange zu Boden. „Ich hätte um ein Haar meinen eigenen Sohn umgebracht." Er schwieg eine Weile. „Ich lasse dich gehen, Eliana", sagte er schließlich. „Du kannst Alessio mit nach Amerika nehmen, wenn du willst."

Sie sah ihn ungläubig an, doch er erwiderte ihren Blick nicht. „Ich schäme mich so, weil ich dich geschlagen habe", sagte er.

Eliana schloss die Augen. Als sie sie wieder öffnete, war etwas Wunderbares geschehen. Vor ihr stand der Mann, in den sie sich einmal verliebt hatte. Sie sah ihn mit einem Anflug von Zärtlichkeit an. „Es tut mir auch Leid, was ich getan habe", sagte sie. „Ich wollte dich nicht verletzen, aber ich war so einsam."

„Ich weiß."

Wieder folgte ein langes Schweigen.

„Möchtest du es noch einmal versuchen?", fragte sie.

Er sah sie an, und in seinen Augen glitzerten Tränen. „Nein, Eliana. Ich bin, wie ich bin. Ich würde dir nur wieder wehtun." Er trat auf sie zu und küsste sie auf die Stirn. Einen Augenblick lang sah er zu Alessio hinüber. „Sei ein braver Junge, mein Sohn. Und pass auf deine Mutter auf."

Alessio sah erst ihn an, dann wieder Eliana, als erwartete er eine Erklärung.

„Lebe wohl, *amore*", sagte Maurizio. *„Tesoro mio."*

Eliana erinnerte sich gut an den Tag, an dem er diese Worte zum ersten Mal zu ihr gesagt hatte. Damals hatte er ihr seine Liebe erklärt. Der Kreis hatte sich geschlossen. Tränen stiegen ihr in die Augen, und sie lächelte. Er lächelte zurück und verließ den Raum.

SOBALD Alessio eingeschlafen war, ging Eliana zu einer Krankenhaustelefonzelle und wählte Rons Handynummer. Doch er meldete sich nicht. Insgesamt versuchte sie sechsmal, bei ihm anzurufen, bevor sie Alessio am nächsten Nachmittag wieder nach Rendola brachte.

Dort ließ Eliana ihn in Manuelas Obhut und fuhr zur Ponte Alle Grazie, parkte ihren Wagen und rannte hinüber zu Rons Haus. Sie fand seinen Namen und die Nummer seines Apartments auf dem Briefkasten in der Eingangshalle und klopfte an seine Tür. Nichts rührte sich.

Schließlich versuchte Eliana es bei Rons Vermieter. Eine Frau öffnete ihr. *„Cosa vuole?"*

„Ich suche Signor Ron Story. Apartment fünfhundertzwölf."

„Signor Story ist gestern ausgezogen. Er schien es eilig zu haben."

„Haben Sie eine Adresse, an die Sie seine Post weiterleiten sollen?"

„Nein, Signora. Es tut mir wirklich Leid."

Wegen der Parksituation nahm Eliana sich ein Taxi zu den Uffizien, zahlte und lief hinein. Sie brauchte eine Weile, um das Büro der Museumsleitung zu finden, und klopfte an.

Patrizia öffnete ihr die Tür. „Kann ich Ihnen helfen?"

„Ich suche einen Mann, der hier arbeitet. Sein Name ist Ron Story."

„Ron ist nicht mehr hier."

„Hat er Ihnen eine Adresse hinterlassen?"

Patrizia schüttelte den Kopf. „Nein. Aber vielleicht kann Francesca Ihnen weiterhelfen. Sie hat mit ihm zusammengearbeitet. Sie hat im Moment eine Führung, aber danach kommt sie hierher. Ich wollte gerade gehen. Wenn Sie möchten, können Sie hier auf sie warten."

„Grazie." Es gab noch Hoffnung. Ron hatte ihr von Francesca erzählt. Eliana wusste, dass er sie gut leiden konnte – bestimmt wusste sie etwas über seinen Aufenthaltsort.

Eliana ging eine halbe Stunde in dem stillen Büro auf und ab, bis plötzlich die Tür geöffnet wurde und Francesca eintrat.

„Buona sera", sagte Eliana. „Sie müssen Francesca sein. Ich bin Eliana Ferrini. Ich suche nach Ron Story. Wissen Sie, wo ich ihn finden kann?"

„Nein, Signora. Ron hat Florenz gestern verlassen."

„Hat er Ihnen vielleicht gesagt, wohin?"

Sie schüttelte den Kopf. „Nur dass er Italien verlassen wollte. Er hat mir den Schlüssel für seinen Motorroller gegeben."

Eliana sah zu Boden. Sie war den Tränen nahe.

„Sie sind der Grund, weshalb er gegangen ist, nicht wahr?", fragte Francesca mitfühlend. „Er sagte mir, dass Sie eines Tages kommen würden, um nach ihm zu suchen." Sie legte Eliana eine Hand auf die Schulter. „Verlieren Sie nicht die Hoffnung, Signora Ferrini. Die Liebe sorgt für sich selbst."

Als Eliana das Museum verließ und über den Hof lief, fegte ein frischer Herbstwind über sie hinweg. Sie zog ihre Jacke fester um sich, doch sie spürte tief drinnen eine Kälte, die nichts zu tun hatte mit den herbstlichen Temperaturen. Der Mann, den sie liebte, war für immer fort. Und das letzte Versprechen, das sie ihm abverlangt hatte, war die Bitte, nie wieder zurückzukommen. Sie wusste, dass dieser Schmerz sie für den Rest ihres Lebens verfolgen würde.

Anna stellte den großen Rollkoffer mitten in der Bahnhofshalle von Florenz ab und sah sich um. Die Reisenden strömten unablässig an ihr vorbei. Alessio, dem der Trubel auf dem Bahnhof gut gefiel, war in ihrer Nähe, und Eliana tauchte gerade mit zwei Fahrscheinen in der Hand auf.

„Der nächste Zug nach Rom geht schon in fünfzehn Minuten!“, rief sie. „Wir müssen auf Gleis neun.“ Fünfzehn Minuten waren nicht annähernd genug, um all das zu sagen, was sie Anna zum Abschied sagen wollte.

Anna nahm sie in die Arme. „*Allora*. Ich hasse Abschiede. Ich sage immer, dass ich nicht Lebewohl sage!“

„Stimmt, das sagst du immer“, bestätigte Eliana. Sie umarmte sie noch einmal. „Kannst du es fassen, dass es über sechs Jahre sind, Anna? Was ist nur aus all der Zeit geworden?“

Mit Tränen in den Augen sah Anna Alessio an. „Alessio ist daraus geworden“, sagte sie zärtlich.

Eliana lächelte, erwiderte aber Annas Blick nicht. Sie wollte nicht weinen – noch nicht. „Er war noch so klein, als wir herkamen.“

„Mein kleiner Alessio. Wie soll ich nur ohne ihn leben?“ Anna griff nach einem Taschentuch.

„Was sollen wir nur ohne dich tun?“, fragte Eliana. „Ich hätte es nie geschafft ohne dich. Du wirst mir jeden Tag fehlen.“

Annas Kehle war mit einem Mal wie zugeschnürt, und sie wechselte schnell das Thema. „Hast du etwas von Ron gehört?“

Eliana schüttelte den Kopf.

„Das tut mir Leid.“ Anna strich über ihren Arm. „Verlier die Hoffnung nicht, *bella*. Niemand kann Rendola für immer verlassen.“

Eliana lächelte. „Zu deiner Hochzeit komme ich wieder her.“

„Falls wir alle so lange leben.“

Eliana blickte auf ihre Armbanduhr. „Oje, es wird Zeit!“ Sie griff nach ihrem Koffer und nahm Alessio an der Hand. „Wir müssen gehen, Alessio.“

„Ich hasse Abschiede“, sagte Anna noch einmal. Tränen rollten über ihre Wangen, während sie die beiden küsste.

Eliana drückte sie noch einmal an sich. Dann entwertete sie ihre Fahrscheine und ging hastig den Bahnsteig hinunter, Alessio an der einen Hand, den Koffer mit der anderen hinter sich herziehend. Als sie zu ihrem Waggon kamen, hob Eliana ihren Koffer in den Zug und stieg dann mit Alessio zusammen ein.

Sie suchten sich ihre Plätze, und Eliana nahm aus ihrer Reisetasche ein

Buch für Alessio. Dann lehnte sie sich zurück und schloss die Augen. Während der Zug sich von Florenz entfernte, ließ sie vor ihrem inneren Auge ihr Leben in Italien Revue passieren, und sie fragte sich, ob sie sich jemals wieder ganz in das amerikanische Leben würde einfügen können. Und während all diese Bilder in ihr aufstiegen, kehrten ihre Gedanken immer wieder zu Ron zurück, denn sie konnte nicht vergessen, was er zu ihr gesagt hatte: „Vergiss nicht, Eliana, die Liebe gibt einem keine zweite Chance."

EPILOG

Toskana – Spätsommer 2001

Ich weiß nicht, wie lange ich dort in der toskanischen Sonne gesessen hatte, um Elianas Geschichte zu lauschen. Als sie zum Ende kam, war es bereits Mittag, und neben uns waren mehrere Liegestühle leer geworden. Ich konnte mich jedoch nicht daran erinnern, dass jemand weggegangen war.

„Und wie ist es dann weitergegangen?"

„Ich bin in meine Heimatstadt Vernal in Utah zurückgekehrt, um mein Leben wieder in den Griff zu bekommen – um einen neuen Anfang zu machen. Aber es war hart. Ich hatte mich so sehr verändert." Sie lachte. „Alle dort nannten mich Ellen, aber ich fühlte mich meist nicht angesprochen."

„Und Alessio, wie ist er mit dem Umzug fertig geworden?"

„Am Anfang war es auch für ihn schwer. Seine Großmutter war eine Fremde für ihn, und er brauchte eine Weile, um mit ihr warm zu werden. Aber Sie wissen ja, wie anpassungsfähig Kinder sind. Außerdem hat sich herausgestellt, dass er in Amerika seltener unter Allergien leidet, daher haben wir dort weniger Probleme mit seinem Asthma."

„Haben Sie einen Job gefunden?"

„Ich habe angefangen, meine Bilder zu verkaufen, und es lief überraschend gut. Ich brauchte mich gar nicht um einen anderen Job zu bemühen."

„Ich würde Ihre Arbeiten gern einmal sehen."

Sie lächelte. „Kommen Sie manchmal nach Park City?"

„Andauernd. Meine Kinder laufen dort Ski."

„In der Linton Gallery auf der Main Street sind einige meiner Landschaften ausgestellt."

„Und Ron?"

„Ron“, wiederholte sie. „Ich dachte jeden Tag an ihn. Ich hatte geglaubt, es würde mir etwas besser gehen, wenn ich Italien verlassen würde, aber das war ein Irrtum. Mein Kummer folgte mir quer über den Atlantik.“ Sie lächelte wieder. „Doch das Leben läuft niemals so, wie man es erwartet. Einige Monate nach meiner Rückkehr nach Amerika änderte sich plötzlich alles …“

Utah – Frühjahr 2000

Eliana aß mit ihrer neuen Kunsthändlerin, Marsha Ellington, in einem Straßencafé in dem exklusiven Skiort Park City zu Mittag.

Marsha nahm etwas von ihrem Nudelsalat, ließ die Gabel dann aber sinken. „Haben Sie sich wieder an das amerikanische Leben gewöhnt?“, fragte sie. „Kehrt allmählich Normalität ein?“

„Ich bin mir nicht sicher, ob ich überhaupt noch weiß, was normal ist. Mir kommt es vor, als hätten es alle Leute hier ständig furchtbar eilig.“

„Das ist das, was wir Amerikaner am besten können.“

Eliana deutete seufzend mit dem Daumen auf ihre Brust. „Nicht diese Amerikanerin.“

„Nun gut. Künstler sollten es auch nicht eilig haben. Wollen Sie eigentlich mit Ihrem Sohn in dem Doppelhaus in Vernal wohnen bleiben?“

„Das weiß ich noch nicht. Es ist ziemlich klein. Wir werden sehen.“

„In Park City sind ein paar schöne Häuser zu vermieten.“

„Aber meine Mutter lebt in Vernal. Ich bin mir auch sonst nicht sicher, ob Park City das Richtige für uns wäre.“

„Fest steht jedenfalls, dass Ihre Kunst in Park City gut ankommt. Sie sind doch bestimmt sehr zufrieden damit, wie die Dinge sich entwickelt haben, oder?“

„Ich hatte eigentlich gar nicht viel erwartet. Natürlich bin ich zufrieden.“

„Mich überrascht Ihr Erfolg gar nicht. Ich hatte Ihnen ja gesagt, dass Ihre Sachen sich gut verkaufen würden. Ich wusste es, als ich Ihr erstes Bild sah.“ Sie griff in ihr Portmonee und holte eine Visitenkarte heraus, auf der in goldener Schrift BOYD MCCANN AND ASSOCIATES zu lesen war. „Erinnern Sie sich an Boyd McCann?“

„Nein.“

„Sie haben ihn letzte Woche auf der Vernissage kennen gelernt.“

„Ach ja?“

„Ja, er ist Innenarchitekt in Salt Lake City. Macht nur Geschäfte mit den

Stinkreichen. Er hat mir seine Karte gegeben, weil er möchte, dass Sie ein paar private Aufträge für ihn übernehmen."

„Wirklich?"

„Oh, es kommt noch besser. Er ist seit neuestem wieder Single. Und ihm ist mehr aufgefallen als nur Ihre Malerei."

„Marsha ..."

„Es ist eine tolle Chance, Ellen! Wer weiß, wie viele Aufträge dabei herauskommen ..."

Eliana sah sie ungläubig an, doch Marsha spießte gelassen ein Salatblatt auf ihre Gabel und tunkte es in ein kleines Schälchen mit italienischem Dressing. „Rufen Sie Boyd an, Ellen! Er ist fasziniert von Ihnen."

Eliana warf einen Blick auf die Visitenkarte, machte aber keine Anstalten, sie einzustecken. „Ich weiß nicht."

„Hören Sie, eine Scheidung ist nicht das Ende der Welt. Es wird Zeit, dass Sie sich wieder unters Volk mischen."

Eliana sah auf ihre Armbanduhr. „Ich muss jetzt rüber in die Galerie, Marsha."

„Oh, gehen Sie nur. Ich regle das mit der Rechnung."

Eliana stand auf. „Ich weiß es zu schätzen, dass Sie für mich Ausschau halten, Marsha. Ich bin nur noch nicht so weit. Eines Tages wird sich das sicher ändern."

Sie warf sich ihre Handtasche über die Schulter, überquerte die Straße und ging die beiden Häuserblocks hinüber zur Galerie.

Als Eliana eintrat, saß Carolyn, die Inhaberin der Galerie, auf einer ledernen Couch im Foyer. „Also, Ellen, Sie fahren am besten gleich wieder in Ihr Atelier und fangen an zu malen. Sie sind ausverkauft."

„Es ist alles verkauft?"

„Alles und noch etwas mehr. Zwei Herren haben Ihre beiden letzten Bilder gekauft und großes Interesse daran gezeigt, auch eins der Porträts zu erwerben, die Sie mit in die Ausstellung gegeben haben."

„Um welches Porträt handelt es sich?"

„Das von dem Mann mit dem Buch in der Hand."

Sie schüttelte den Kopf. „Das steht nicht zum Verkauf."

„Oh, das habe ich ihnen auch gesagt. Aber ganz unter uns, ich finde, Sie sollten noch mal darüber nachdenken. Sie könnten ja jederzeit ein neues malen, nicht wahr?"

„Nicht von diesem Mann, nein." Sie legte die Stirn in Falten. „Sie haben den beiden doch nichts versprochen?"

„Nein, natürlich nicht. Aber sie waren ziemlich hartnäckig. Sie wollten unbedingt mit Ihnen persönlich sprechen.“

„Sind sie noch hier?“

„Einer von ihnen. Der andere musste gehen. Es wäre sicher gut, wenn Sie sich mal mit ihm unterhalten.“

„In Ordnung.“ Eliana ging in den Ausstellungsraum. Dort stand, die Hände in die Hosentaschen vergraben, ein breitschultriger Mann vor Rons Porträt. Er hatte dunkles Haar und trug Jeans und ein Tweedjackett.

„Hallo, ich bin Ellen Ferrini.“

Der Mann drehte sich zu ihr um und lächelte freundlich, während er ihr die Hand hinhielt. „Sie sind also die Malerin. Ich heiße Stan. Es ist mir ein Vergnügen, Sie kennen zu lernen.“

„Das Vergnügen ist ganz meinerseits.“

„Was für eine Begabung Sie haben! Mein Partner und ich haben schon zwei Ihrer Bilder gekauft. Wir würden gern auch dieses hier erwerben, aber die Frau vorne sagte, es stehe nicht zum Verkauf.“

„Vielen Dank, aber es ist tatsächlich nicht zu verkaufen.“

„Schade! Wenn es eine Frage des Geldes ist, wären wir bereit, darüber zu reden.“

„Nein, tut mir Leid. Es ist ein Porträt von einem Freund.“ Sie hielt inne. „Es ist alles, was mir von ihm geblieben ist.“

„Tut mir Leid, das zu hören. Ist er verstorben?“

„Nein. Er ist einfach nicht mehr da.“

Der Mann machte einen Schritt auf das Bild zu und musterte es schweigend. „Ich glaube, der wahre Grund, warum Sie das Bild nicht verkaufen wollen, ist, dass es Ihnen gar nicht gehört“, sagte er, ohne sich zu ihr umzudrehen.

„Wie bitte?“

Er wandte sich ihr wieder zu und zeigte auf das Bild. „Es gehört ihm. Sie haben es ihm geschenkt.“

Einen Augenblick verschlug es ihr die Sprache. „Woher wissen Sie das?“

Er lächelte. „Weil er es mir erzählt hat, Eliana. Er ist mein Bruder.“

„Ihr Bruder …“

„Ron ist mein Bruder.“

„Wo ist er?“, stieß sie hervor.

„Nun, er hat gesagt, wegen eines Versprechens, das er Ihnen gegeben hat, dürfe er nicht herkommen. In Wahrheit, denke ich, fehlt ihm einfach der Mut – deshalb hat er mich hergeschickt, um Sie zu holen. Aber wie es aussieht, hat er inzwischen seine Meinung geändert.“ Er blickte über ihre Schulter.

Eliana wirbelte herum. Ron stand hinter ihr in der Tür und sah sie mit einer Mischung aus ängstlicher Erwartung und Glück an.

„Ron!“ Sie stürzte auf ihn zu und warf sich in seine Arme. Nach einer halben Ewigkeit löste sie sich aus seiner Umarmung, um ihn anzusehen. Die Tränen strömten ihr über die Wangen. „Aber du hast gesagt, Amerika bedeute dir nichts mehr.“

„Als ich das sagte, stimmte es auch“, antwortete er lächelnd und strich ihr sanft eine Strähne aus dem Gesicht. „Es tut mir Leid, dass ich so lange gebraucht habe, um dich zu finden. Als ich erfuhr, dass du Italien verlassen hast, bin ich hergekommen.“

Er blickte zu seinem Bruder hinüber, der die beiden gerührt beobachtete. „Darf ich bekannt machen, Eliana, das ist mein – sentimentaler – großer Bruder Stan.“

„Verzeihen Sie mir, dass ich mir einen kleinen Spaß mit Ihnen erlaubt habe“, sagte Stan, „aber Ron hat in den letzten drei Monaten von nichts anderem geredet als von Ihnen. Ich fand, dass ich eine kleine Genugtuung verdient hatte.“

„Ich danke Ihnen, dass Sie sich um Ron gekümmert haben.“

„Eigentlich war es eher andersherum!“ Stan lachte.

Sie drehte sich zu Ron um. „Aber das Versprechen …“

Ron nickte. „Das Versprechen.“ Er sah Eliana in die Augen. „Vor einigen Jahren hat eine Frau mich gebeten, sie in Ruhe zu lassen, und ich habe es getan. Ich habe es seither jeden Tag bereut. Denselben Fehler wollte ich nicht noch einmal machen. Außerdem kann man schlecht jemandem versprechen, ihn nicht zu lieben.“

„Aber du hast gesagt, die Liebe gäbe den Menschen keine zweite Chance.“

Er dachte darüber nach und lächelte. „Ja, aber was weiß ich schon von der Liebe? Du hast gesagt, ich sollte nur noch ein einziges Mal Vertrauen haben. Und du hattest Recht.“

Ron zog sie wieder an sich, und sie war glücklicher, als sie es je für möglich gehalten hätte. „Versprich mir, dass du mich nie wieder verlassen wirst“, murmelte sie.

Ron zog sie noch fester an sich, drückte seine feuchte Wange an ihre und flüsterte ihr ins Ohr: „Ich verspreche es. Aber das ist mein letztes Versprechen.“

Toskana – Spätsommer 2001

Eliana lehnte sich in ihrem Stuhl zurück, als wollte sie den Schlusspunkt ihrer Geschichte besonders betonen. „Es ist einfach die Geschichte einer Frau, wie es so viele gibt", sagte sie.

„Und sie lebten glücklich bis ans Ende ihrer Tage?"

„Er ist mein Leben", antwortete sie lächelnd. „Und wenn Sie wollen, dann gehört die Geschichte Ihnen."

Ich dachte über ihr Angebot nach. „Warum sollten Sie sie mit der ganzen Welt teilen wollen?"

Sie überlegte kurz. „Es gab Zeiten, da hätte ich eine solche Geschichte gut gebrauchen können. Vielleicht gibt es irgendwo da draußen eine andere Frau, die in Bedrängnis ist und sich fragt, ob das Leben sie vergessen hat. Die Angst hat zu lieben, Angst hat zu hoffen. Wenn ich wüsste, wo sie ist, würde ich sie in die Arme nehmen und ihr sagen, dass man weinen darf. Dass man schreien darf. Man darf sogar gegen die Wände hämmern. Aber man darf niemals die Hoffnung verlieren." Sie sah zu mir auf. „Allerdings weiß ich nicht, wo sie ist. Vielleicht würde Ihr Buch sie finden."

„Vielleicht", sagte ich und blickte zu den Kindern hinüber, die im Pool spielten. „Ist Alessio hier?"

„Nein, er ist bei Anna. Wir kommen mindestens einmal im Jahr her, damit er seinen Vater und all seine Verwandten besuchen kann."

„Treffen Sie sich denn noch mit Maurizio?"

„Wir haben uns gerade gestern gesehen. Und wir telefonieren von Zeit zu Zeit miteinander. Ich halte ihn auf dem Laufenden, was Alessio betrifft. Er ist immer noch viel unterwegs, obwohl er versucht, hier zu sein, wenn er weiß, dass wir kommen. Er hat sich verändert. Schon seltsam, wie die Dinge sich entwickeln. Er interessiert sich jetzt viel mehr für Alessio als früher. Und er ist sehr liebenswürdig zu mir. Außerdem hat er eine neue Freundin."

„Vielen Dank, dass Sie mir Ihre Geschichte erzählt haben."

„Gern geschehen."

In diesem Moment kam ein Mann an den Pool. Er war schlank, aber muskulös und hatte dunkles Haar. Er war barfuß, trug ein offenes Hemd und eine Badehose. Elianas Gesichtsausdruck sagte mir sofort, wer er war. Sie winkte ihm zu. *„Amore!"*

Ron lächelte, als er auf uns zukam. *„Ciao, bella"*, sagte er. Als er vor ihr stand, beugte er sich über sie und küsste sie auf die Wange.

„*Amore*, das ist Richard – Richard, das ist mein Mann Ron.“

„*Piacere.*“ Er hielt mir die Hand hin. Als ich sie ergriff, fiel mir die Narbe an seinem Handgelenk auf.

„Es ist mir ein Vergnügen“, erwiderte ich.

Er setzte sich auf die Kante von Elianas Liege und legte ihr den Arm um die Taille.

„Richard ist Schriftsteller“, sagte sie. „Ich habe ihm unsere Geschichte erzählt.“

Ron blickte zu mir auf. „Der beste Teil davon fängt gerade erst an.“ Er beugte sich wieder vor und küsste sie abermals, diesmal auf die Lippen. „Wollen wir mittagessen gehen?“

„Ja, Liebling. Ich muss nur noch meine Sachen einsammeln.“ Sie kramte nach einem Kugelschreiber und kritzelte etwas auf eine Papierserviette, die sie mir dann herüberreichte. „Das ist unsere Telefonnummer. Wenn Sie Hilfe brauchen, um sich in Florenz zurechtzufinden, rufen Sie einfach an. Ich kenne alle Englisch sprechenden Ärzte und Zahnärzte in der Stadt. Ich weiß sogar, wo man Bagels kaufen kann. Vielleicht können wir ja mal alle zusammen essen gehen. Ich würde gern Ihre Frau kennen lernen.“

Wir verabschiedeten uns, und die beiden gingen Arm in Arm davon. Sie flirteten miteinander, als wären sie auf der Hochzeitsreise. Es war offensichtlich, dass er ihr zu Füßen lag, und nichts hätte mich glücklicher machen können. Nur die Geschichte einer Frau, wie es so viele gab. Ich lächelte. Dann packte ich meine Siebensachen und ging nach Hause, um zu schreiben.

RICHARD PAUL EVANS

Foto: Franco Rossi

Ein neuer Anfang in der Toskana

Richard Paul Evans war in der Werbebranche tätig und lebte mit seiner Familie in Salt Lake City im Bundesstaat Utah, als er 1994 für seine Töchter ein Buch schrieb: *Die wundersame Schatulle*, eine bewegende Geschichte über die Liebe zwischen Eltern und Kindern. Evans brachte das Büchlein im Selbstverlag heraus, und niemand war überraschter als er selbst, als es plötzlich auf der Bestsellerliste der *New York Times* erschien.

Für ihn war es der Beginn eines neuen Lebens, denn auch seine nächsten Bücher waren in den USA überaus erfolgreich. Doch der Erfolg hatte seinen Preis: Evans hatte als erfolgreicher Schriftsteller weniger Zeit für seine Familie, die ihm das Wichtigste auf der Welt ist. Seine Frau Keri und er beschlossen, in Italien einen neuen Anfang zu machen. Im Frühjahr 2001 zogen sie mit ihren fünf Kindern in ein Landhaus in der Nähe von Florenz.

Hier schrieb Evans *Das letzte Versprechen*. Die Inspiration zu dem Roman lieferte ihm eine Amerikanerin (das Vorbild für Eliana Ferrini), die er in einem Country Club am Pool kennen lernte, wo sie ihm von ihrer nicht sehr glücklichen Ehe mit einem Italiener erzählte. Inspiriert wurde er aber auch von der Schönheit der toskanischen Landschaft und von Villa Rendola selbst, denn das Weingut existiert tatsächlich. Und für alle Leser, die Lust auf eine kleine Besichtigungstour haben, hat der Autor auf seiner Homepage im Internet (richardpaulevans.com) Bilder von Villa Rendola, Florenz und dem Ponte Vecchio bereitgestellt.

Übersetzer:
Du bist nie allein: Ulrike Thiesmeyer
Nördlich von Nirgendwo: Volker Neuhaus
Das letzte Versprechen: Michaela Link

Illustrationen und Fotos:
Du bist nie allein: S. 4 (links), S. 8: Holzmaserung: MEV
Die Philosophin: S. 4 (rechts), 154/155/156: Frauenporträt und Enzyklopädie: Erich Lessing/akg-images;
Stadtansicht Paris: akg-images
Nördlich von Nirgendwo: S. 5 (links), 330/331/332: Mann und Pistole: Hubertus Mall;
Landschaft: Digitalvision; Kapitelvignetten: Hubertus Mall
Das letzte Versprechen: S. 5 (rechts), 472/473/474: Muzzi/Mauritius; Kapitelvignetten: Veit Müller

Die ungekürzten Ausgaben von *Du bist nie allein, Die Philosophin, Nördlich von Nirgendwo* und *Das letzte Versprechen* sind im Buchhandel erhältlich.